Helgard Cochois

Nzab'ngen

Helgard Cochois

Nzab'ngen

Erinnerungen an ein Schwellenjahr
im Regenwald Westafrikas

Bibliografische Information
der Deutschen Bibliothek

Die Deutsche Bibliothek verzeichnet diese Publikation in der
Deutschen Nationalbibliographie; detaillierte bibliographische Daten
sind im Internet über http://dnb.ddb.de abrufbar.

Herstellung und Verlag: Books on Demand GmbH, Norderstedt
ISBN 978-3-8370-4944-2
Umschlag Titelbild nach einem Aquarell der Autorin
Innentitelbilder nach Vorlagen von Heinrich Balz

'Suppe ohne'
– Einstimmung –

Das ferne Leuchten
– Rückblick, Überblick, Ausblick –

‚Suppe ohne'
Einstimmung

Die Rose, die poetische, helvetische, blühte porzellanrosa hinauf zu den morschen Latten der Küchenveranda. Sie blühte im ersten Satz des ersten Rundbriefes aus dem Regenwald, im Jahre 1974. So lange ist es schon her. An den klebrigen Fäden der Erinnerung sind Rose, Verandalatten und manch anderes hängengeblieben. Ein Berg etwa, ein großer, schöner; ein ärmliches Dorf, ein langgestrecktes, aus Bretterhütten und dazwischen ein Campus mit Tulpenbaum und Kapelle gegenüber einem alten Missionshaus mit steinernem Brunnen davor als Blumenvase. Die Veranda, davor einst die Rose blühte, läuft noch immer um altes Fachwerk, behäbig und breit auf Steinpfeilern ruhend, ein Erbstück aus kolonialen Tagen, da Pioniermission aus einem sich noch christlich wähnenden Europa – was soll's. Aus dem, was an Eindrücken hängen blieb in den klebrigen Fäden der Erinnerung soll sich hier eine erste Seite komponieren. Noch einmal soll die malerische Anmut der Zwillingspalme hinter dem Haus mit dem Gezwitscher der Webervögel beschworen und das schwarze Eukalyptusfiligran vor verblassenden Abendhimmeln über der Tiefebene zum Golf von Guinea in zarten Linien nachgezeichnet werden. Über diesem allen wären die erhabenen Kraterkonturen eines dicht in Urwald gehüllten Zweitausenders zu rühmen. Ein flüchtiger Finger könnte nebenbei auf Kaffee-, Kakao- und Cocoyamfarmen der Umgebung hinweisen. Ein für Impressionismen empfängliches Auge aber würde zwischen dem tristen Grau der Bretterhütten nicht bei streunenden Ziegen verweilen, sondern das zerschlissene Hellgrün der Bananenstauden pittoresk finden bei Tag und poetisch versilbert bei Nacht – ‚Von den Bananenstauden tropft das Mondlicht'.

7

Aus solch poetischen Impressionen und allem übrigen an überwiegend subjektiv gefärbten Episoden, Stimmungen und Reflexionen; aus den klebrigen Fäden und dem, was daran hängen blieb, läßt sich im nachhinein ein Gewebe herstellen. Die lockeren Kettfäden der Erinnerung allein wollen dazu freilich nicht hinreichen. Sie müssen ergänzt und gefestigt werden durch den Einschlag von Garnen, die sich aus dem nachträglich gestrählten und gestrafften Gekritzel der Tagebücher jener Jahre hervorzwirnen lassen. Zudem sollte der Rahmen, in den das Gewebe eingespannt wird, solide genug sein, um nach außen hin genügend Halt durch Anhaltspunkte zu geben.

Daß sich seit den fünfziger Jahren des 20. Jahrhunderts in dem ärmlichen Dorfe an den Hängen eines schönes Berges eine theologische Bildungsanstalt (daher ‚Campus‘) befand, gehört zum Rahmen. Es muß erwähnt werden zum Verständnis des damaligen Vorhandenseins von nachkolonialen Weißen in dieser Gegend. Daß sich inzwischen eine solche mit Studenten, Büchern und geistigen Ansprüchen auftretende Institution an einem so abgelegenen Orte nicht mehr befindet, ist Nebensache. Es soll hier um den Campus von damals, um 1980, gehen; vor allem aber um die Daseinsverfassung einer Europäerin, die zu jener Zeit seit runden sieben Jahren (mit dem Ehemann als Kollegen) hinter den morschen Verandalatten mit jahreszeitlich wiederkehrendem Blick auf eine porzellanrosa Rose lebte.

Der Name des Dorfes sei *Nzab'ngen*.

Nzab'ngen ist die Bezeichnung für eine Soße oder Suppe aus Cocoyamblättern, gekocht ohne Öl und ohne Salz, dafür gewürzt mit ‚special spices‘. Die Einheimischen essen sie als Zukost zu einem steifen Brei aus der kartoffelähnlichen Cocoyamknolle. Die Suppe wurde zubereitet in verrußten Rundhütten über einem Holzfeuer, das zwischen drei Steinen glühte, auf welchen der

8

Kochtopf stand. Die Hausfrau hockte davor, schürte und rührte. Eine Fremde, die eine solche Hütte ein einziges Mal in tief gebückter Haltung betrat und auf einem niederen Schemel sitzend in die grüne Suppe starrte, sitzt dreißig Jahre später sinnend vor dem Bildschirm eines digitalen Schreibmaschinchens. *Nzab'ngen* – ‚Suppe ohne'. Es mutet irgendwie an. Es hat etwas an sich und in sich. Vielleicht ließe sich –? Vielleicht könnte ich –? Zögernd streckt der Gedanke sich aus, greift nach der grünen Suppe samt ‚ohne' mit zwei spitzen Fingern. Greift nach dem Begriff und seinem Inhalt. Bemächtigt sich eines sinnhaltigen Bildes.

Nzab'ngen – ‚Suppe ohne'.

Als Sinnbild für äußere Gegebenheiten und innere Befindlichkeiten, wie sie sich in fremder Umgebung bisweilen entwickeln können, scheint die afrikanische Kulinarie sich in mehrerer Hinsicht aufs beste zu eignen. Zum einen: Grünlich ist die Suppe: dunkelgraugrün und suppig wie westafrikanischer Regenwald während der dicksten Regenzeit. Zum anderen: An einer Suppe läßt sich löffeln; besonders dann, wenn man sie sich selber eingebrockt hat. Zum dritten aber und vor allem von Bedeutsamkeit ist die Präposition ‚ohne', sind die *special spices*! Hier entlang läßt es sich tiefsinnig philosophieren. Hatte nicht während der ersten Jahre im Regenwald der ‚Suppe ohne' ob ihrer Minimalia – Blattgrün und Wasser, Spinat also – der Reiz eines gewissen Luxus geeignet? Es war der Luxus des Verzichts. Ein Süpplein ohne das Öl westlicher Wohlstandsüppigkeit, ohne das Salz raffinierter Kulturgenüsse oder einer gehaltreichen Karriere. Ein Leben ohne Telefon, Fernsehen, Konzert und Vernissagen. Ohne Eigenheim und sogar ohne eigenes Automobil. Wer kann sich so etwas schon leisten! Die ‚Suppe ohne' war zweifelsohne etwas Besonderes. Zumal besondere Gewürze für eine intensive Geschmacksnote sorgten. Mitten im Luxus des Verzichts entfaltete, als könnte es anders nicht sein, die ‚Suppe ohne' den Geschmack des Exotisch-

9

Reizvollen. Eine ganze Weile, wenigstens sieben Jahre lang, schmeckt so etwas. Eines Tages aber oder nach und nach und wie es bisweilen so geht, beginnt der Duft des fremdartig Besonderen zu verdunsten. Die Suppe wirkt zunehmend als Irritation auf die Geschmacksnerven. Der Fremdling, vielleicht und besonders dann, wenn es sich um eine Frau handelt, er, vielmehr sie – wie wird es sich auf ihr Daseinsgefühl auswirken? Statt ‚von Afrika zu lernen', alles schön und gut und vor allem so ‚bereichernd' zu finden; statt feldzuforschen und die Ergebnisse der Afrikawissenschaft (und der Menschheit insgemein) zu widmen, könnte eine Frau eher dazu neigen, sich gereizten Stimmungen hinzugeben und Betrachtungen anzustellen (vorzugsweise schriftlich, im Tagebuch) über den Mangel an Sinngehalten und sich mehrende Gefühle des Ungenügens. Kurz und gar nicht gut: die ‚Suppe ohne' würde immer ungenießbarer, saurer oder sonstwie übler schmecken. Statt ‚besonderer Gewürze' könnte Sand zwischen den Zähnen knirschen, und vielleicht würden sich sogar real existierende Haare in der Suppe finden – schwarzes, drahtig geringeltes Kurzhaar. Sie, die Fremde, wird zwar tapfer weiter an der eingebrockten Suppe löffeln, darum bemüht, ‚mit Anstand über die Runden zu kommen'. Aber eines unschönen Tages hätte sie denn doch genug und Appetit auf Bekömmlicheres aus einer anderen Gegend. Denn Nzab'ngen wäre nicht Afrika schlechthin. Außer dem Regenwald gäbe es auch noch ein Grasland.

Nzab'ngen also sei der Name des Dorfes im Regenwald Westafrikas zu Anfang der achtziger Jahre des vorigen Jahrhunderts. Für Zeitgenossen oder Nachgeborene, die nie in einer derartigen Suppe saßen (oder richtiger davor, um sie anfangs pikant zu finden und später zunehmend lustlos daran zu löffeln), für sie als mögliche Leser müßte der fragliche Ort nun wohl eingehender beschrieben werden als Rahmen, in welchen das persönlich gefärbte Gewebe eingespannt werden soll. Wo also wäre dieses *Nzab'ngen* zu finden und wie befand es sich, wenn es keine Erfindung ist? Es soll allein auf metaphorischer Ebene als ‚Suppe oh-ne' zu finden sein. Denn es geht nicht um ein Dorf. Es geht um Befindlichkeiten und Stimmungen abseits des Dorfes. Überdies wäre hier anzumerken, daß ein Feldforscher damals alles, was es über N. zu erforschen gab, gründlich erforschte und beschrieben hat. Der Foliant ist dreibändig geworden und enthebt der Notwendigkeit, über graue Bretterhütten und streunende Ziegen hinaus auch nur ein einzig beschreibend Wörtlein zu verlieren. Wer hier etwas erwarten sollte, müßte sich auf das *opus magnum* des Kollegen Ehemann verweisen lassen, in welchem alles, was der landes- und völkerkundlich Interessierte wissen möchte, ge-sammelt, aufbereitet und ausgebreitet vorliegt – von der Höhe des Berges im Metern, Zahl und Beschaffenheit der Häuser und ihrer Bewohner, Landwirtschaft und Kleintierhaltung, über den alten Ahnenglauben samt Hexerei und Geheimbünden bis zu den Erfolgen christlicher Mission samt Schulwesen und westlicher Medizin, sowie der gesellschaftlichen Rolle einer Jungen Kirche in einer damals noch stabilen Ein-Parteien-Diktatur, zwanzig Jahre nach der politischen Unabhängigkeit – von diesem allen wird hier keine Rede sein. Es geht um weit weniger Wichtiges.

Das Gewebe des weniger Wichtigen, das hier ausgebreitet wer-den soll, läßt sich mit hinreichender Festigkeit einspannen in den engeren Rahmen eines Campus, der wie eine Insel in der grünen Suppe Nzab'ngen schwamm. Die Insel war zwar *im* Dorf, aber nicht *vom* Dorf. Sie war dörflichem Leben und Treiben enthoben. Diese Insel muß vorweg mit wenigen Strichen skizziert, der Rahmen mit Stichworten zusammengezimmert werden.

Nzab'ngen – nicht auf das Dorf kommt es an, sondern auf einen Campus, den es nicht mehr gibt. Die Theologen sind ausgeflogen. Damals war der Campus ein Kosmos für sich – ein Kollegium, Studenten, Trimester, Bücher, Klausuren, Morgenandachten in einem alten Fachwerkkirchlein, Familienleben in einfachen Unterkünften, Schlafbaracken für die Junggesellen, alles zuhauf in einem großen Parkgelände mit einst vielen schönen Bäumen, blühenden Hecken und gepflegtem Rasen rund um das alte Fachwerkhaus der ersten Missionare – ein Idyll als Sinnmitte des Daseins für Fremdlinge, die da zehn Jahre ihres Lebens hinzubringen gedachten, brüderlich im Dienste einer Jungen Kirche, daher *fraternals* genannt. Den Campus und alles übrige überragte der Berg, der schöngeschwungene, mit moosig gekraustem Urwald bis hinauf zu den Kraterrändern – Sinnbild der Ewigkeit über dem vergänglichen Treiben auf halber Höhe.

Fremdlinge trieben da ihr Wesen unter den Einheimischen. Wer waren sie, woher kamen sie?

Müßten nun nicht die Wege, Umwege und Beweggründe nachgezeichnet werden, die zu Beginn der siebziger Jahre eines Jahrhunderts, das nach zwei Katastrophen einer dritten nur knapp entgangen war, ein beamtetes und nicht mehr ganz junges Ehepaar aus der Wohlstandsgesellschaft Westdeutschlands in den Regenwald Afrikas führten? Es soll genügen, anzudeuten, daß auf Seiten derjenigen, welche sich hier bemüßigt fühlt, Erinnerungen festzuschreiben, weder Abenteuerlust noch Missionseifer die Motive waren, die nach Afrika trieben. Es trieb überhaupt nichts. Es zog. Es zog der Ehemann und zog, wie damals noch überwiegend üblich, die Ehefrau mit.

Mochten Wege und Beweggründe labyrinthisch gewesen sein und im Falle einer Ehefrau bis hinab in Kindheitserfahrungen von Flucht und Heimatlosigkeit reichen – daß man sich in Nzab'ngen vorfand, lag schlicht und nahe an der höheren Bildungsanstalt, die mit allen theologischen Lehrfächern *fraternals* als Lehrkräfte aus Europa in die abgelegene Gegend zog – brüderliche Mitarbeiter für eine Jungen Kirche Afrikas. (Die schwesterlichen waren ohne großes Verbaltheater miteinbegriffen.) Das

12

solide Missionshaus, seit damals nahezu hundert Jahren unter tief über die Veranda gezogenem Dach lang und flach und fachwerkgerippt einige altertümliche Fuß über dem Boden schwebend, es diente den Fremden als neues Zuhause.

Lehrkräfte also, damals noch schlicht ,Tutoren' genannt, waren die Fremden, die Europäer, die beiden Deutschen. Zu dem Dasein im Campus von Nzab'ngen gehörte vor exotischer Kulisse als besondere Würze ein Beruf als Berufung. Pflicht und Neigung in bestem Einvernehmen: was kann es Schöneres geben als tun zu dürfen, was Bedürfnis und innerem Trieb entspricht. Erworbenes Wissen weiterzugeben; zu unterrichten, zu diskutieren. Für eine Frau zudem und nicht immer ganz einfach: Jünglinge und Männer zu lehren, keine Knaben. Hinter schwarz gerunzelter Stirn die Anstrengung des Begriffs knistern zu hören. Die Erfahrung zu machen: *L'esprit n'a pas de sexe. Il n'a pas de pigment de peau non plus.* Allein über Begriffe läßt sich streiten.

Die besonderen Gewürze also waren es, die den ersten Jahren Sinn und Inhalt gaben. Das Besondere überwog. Selbst immer wiederkehrenden Ängste, hervorgerufen durch eine holprige Piste den Berg hinab und verrottende Bohlen über stürzenden Gebirgsbächen, die ein alter Landrover bei jeder Fahrt überwinden mußte; selbst eine Malaria und die Erschöpfung danach – es gehörte zu einer genüg- und friedsamen Existenz. Es gab weder Krieg noch Hunger im Lande. Man war unterwegs noch sicher vor Raubüberfällen. Es waren wenngleich diktatorische, so doch stabile Zeiten nach überstandenem Bürgerkrieg.

So weit der Rahmen in aller Kürze und Sachlichkeit. Eine Vorschau auf das Gewebe aus lockeren Erinnerungsfäden und strafferen Tagebuchgarnen soll einstimmen auf Tonart und Rhythmus, in welcher die Prosa der fünf Kapitel komponiert ist – eine eher unharmonische, durchsetzt mit Synkopen.

Eine Rückschau auf das Lebensgewebe von damals zeigt, daß es ganz überwiegend um Ich-Befindlichkeiten ging, deren Stimmungsfarbe alle Erfahrungen einfärbte, deren Reflexionsraster alle Begebnisse vergröbert wiedergaben – Begebnisse und Verhältnisse rund um das Haus, im Klassenzimmer, sonntags in der Kirche und wochentags in der Kapelle; Reiseerlebnisse unterwegs und am Zielort, allein, zu zweit, mit Kollegen und Studenten; aber auch im Hinblick auf Innerhäusliches, so weit sich daraus die psycho-tektonischen Kräfte erklären lassen, die das vorletzte Jahr in Nzab'ngen zu einem Schwellenjahr aufbuckelten. Es geht um Veränderungen nach außen und innen, deren Auswirkungen sich zwei Jahre später zeigten, als im Oktober 1982 das erste und letzte selbsteingefädelte und in eigener Verantwortung durchgezogene Abenteuer der Jahre in Afrika begann: das Jahr im Grasland. Es hatte seine Wurzeln im breitgestreuten Ungenügen des vorletzten Jahres im Regenwald.

In breitgestreutem Ungenügen und latentem Gekrisel.

Wie jede gelebte Wirklichkeit hatte das biographische Schwellenjahr 1980/81 eine Außen- und eine Innenseite, und beide standen in unentwirrbarem Wechselspiel mit einander. Einige der Äußerlichkeiten verdichteten sich zu nervenbelastenden Ärgerlichkeiten. Das erste Kapitel wird im einzelnen darauf eingehen. Es war durchaus nicht klar, ob es ‚die Nerven' waren oder das Kleinvieh und zunehmende Störungen der Privatsphäre (oder anderweitige unterschwellige Strömungen Richtung Grasland), die den Ausschlag gaben bei dem Wunsch, dem Dasein in Nzab'ngen ein vorzeitiges Ende zu machen. Es verhedderte sich in einem Dickicht von Dingen, die weder einen klaren Durchblick erlaubten, noch mit einem Machtwort zu bereinigen waren. Ernster zu nehmen waren zunehmende häusliche Unverträglichkeiten im Verein mit einem Phänomen, das auf den Flügeln eines Modewortes bis nach Afrika gelangte: eine – nein: *die Midlife Crisis*.

14

Das Gekrisel der Lebensmitte, ein merkwürdiges Gemisch aus Gereiztheit, Unrast und Langeweile... Nicht daß es zuvor nicht auch schon gekriselt hätte. Man darf sogar fragen: Wann hätte es *nicht* gekriselt? Es kriselte seit einem Vierteljahrhundert. Es mochte sich um eine Existenzkomponente jeglicher auf Dauer bedachten menschlichen Beziehung handeln, denn verehelicht war man erst und nach langjährigem Bedenken seit zweimal sieben Jahren. Immer wieder also hatte es gekriselt, bald innerlich einsam, bald offen zwischen zweien, deren Zweisamkeit durch solches Gekrisel zwar gelegentlich in die Krise, aber nicht aus den Fugen geriet. Es hatte gekriselt, inspirativ für die eine Seite, tief enttäuschend für die andere, an der Stolperschwelle zu Afrika. Die Krise verlief sich in den Fragmenten *Bethabara*; für die Muse war keine Zeit mehr im Berufs- und Ehealltag von Nzab' ngen. Es kriselte von Januar 1976 bis zu Karfreitag zwei Jahre später und noch ein Stück weit darüber hinaus bis hinein in eine negative Entscheidung. Daraufhin wurde ein Freijahr in Anspruch genommen, um liegengebliebene Wissenschaft über die Runden zu bringen. So ging das sechste Jahr dahin in Schwabing mit Mansardenblick auf Abendhimmel und Antennenwald. Unter dem Zeitdruck eines einzigen Jahres gelang, was sich acht Jahre lang in Begriffsanalysen und Stoffsammlungen erschöpft hatte. Die Wissenschaft wurde gewissenhaft und mit mäßigem Lob zu Ende gebracht. Der Campus von Nzab'ngen hatte seit Oktober 1980 eine promovierte Lehrkraft mehr. Na und?

Was nun? Die Uhr schlägt vierundvierzig! Wird es nicht endlich Zeit, die klumpfüßig umherhumpelnde Muse beim Schlafittchen zu packen, um sie in Stunden der Muße aufs Dichten zu verpflichten? Lagen nicht irgendwo zwischen den Tagebüchern die Fragmente *Bethabara*? Gewiß. Und eine Fotokopie der ,lyrischen Gesänge' verschimmelte unter den Papieren dessen, der mit dem Anlaß zu diesen Gesängen keine freundlichen Erinnerungen verband. Allein, die Muse wollte sich nicht fangen lassen. Die Rose,

15

die helvetische, blühend vor den morschen Latten der Küchenveranda, erinnerte umsonst. Sie sah mit dunklem Blick ins Ungewisse – die Muse. Sie warf den Kopf in den Nacken und wedelte
mit einem Missionsblättchen. Mit dem nämlichen. Mit dem von
zwei Jahren zuvor. Da wurde es nach und nach klar – die Muse
winkte hinauf ins Grasland!

Zwei Jahre zuvor war auf Glanzpapier ein buntes Bildchen zu
Gesicht gekommen: Würfelhütten aus sonnengelbem Lehm,
strohgedeckt; ein Kranz von grünvioletten Bergen unter einem
Glockenblumenhimmel; zu Füßen singender Sand (er sang ein
Lied aus niederschlesischen Kindheitstagen), ein schwarzer, introvertiert anmutender Felsen in einem Hohlweg (träumend wer
weiß wovon; vielleicht vom Lida-Glück der nächsten Nähe) und
das theophane Hellgrün der Bananenstauden wie Wächter am
Rande einer Böschung, von welcher der Blick in die Runde
schweifte. Ein merkwürdiger Zauber war von dem Bildchen aus-
gegangen und stand seitdem verhüllt am Horizont, irgendwo
oben im Grasland. *Da hin, da hin möcht ich...* Das Schwellenjahr
ging halb blind, halb bebrillt mit einer afro-romantischen Brille in
ungewiß tastendem Zickzack darauf zu.

*

Erinnerungen an ein Schwellenjahr verheißt der Untertitel. Wäre
er länger, würde er ‚Episoden, Stimmungen, Reflexionen' umfas-
sen. Erinnert und beschrieben wird ein Episoden- und Stim-
mungsgewebe aus Alltag, Sonntag und Sonstigem – Reiseein-
drücke, Tagträume, Ärgerlichkeiten. Auf das anfängliche Idyll
folgen Bilder äußeren Verfalls, darin sich der Verfall eines inneren Sinngefüges widerspiegelt. Im Verfallen begriffen war ein
Campus, dessen Hecken und Zäune, Ruhe und Ordnung einst
den Eindruck eines Idylls erweckt hatten. Bei wem? Bei einer
frisch importierten Fremden und *fraternal*. Um Eindrücke also

geht es und um Stimmungen, die nach und nach in Verstimmungen endeten. Hier, gleich zu Anfang, steht als Stolperstein die nachdenkliche Frage im nachhinein: ist des Erinnerns und Festschreibens wert, was vermutlich nur von *einer* unter den *fraternals* im Campus von Nzab'ngen mit solch nachhaltiger Irritation wahrgenommen wurde? Von welcher Größenordnung war, was da verfiel? Weder Leib noch Leben, weder Hab noch Gut waren bedroht. Es herrschten weder Bürgerkrieg noch Hungersnot, weder Hexenjagden im Dorf noch Studentenunruhen im Campus. Bedroht waren nichts weiter als malerische Eukalytusbäume und selbstgepflanzte Tomaten. Nur die Mittagsruhe war dahin. Nur ein Phantom von Privatsphäre rund um das alte Missionshaus mußte auf einmal verteidigt werden. Kurz und noch einmal: Was damals als Verfall (in modernem Jargon: als Minderung der Lebensqualität) empfunden wurde, war gewiß nicht nur, aber doch auch begründet im Wandel des Stimmungsgefüges einer *fraternal*, die sich unter anderem auch von solchem Wandel zu vorzeitigem Aufgeben einer sinnerfüllten Berufstätigkeit veranlaßt sah.

Denn weithin unbeschädigt, wenn auch nicht gänzlich intakt, blieb bis zuletzt das Unterrichten als Sinn des Daseins im Campus von Nzab'ngen. *Didaskalia.* Keiner der Lehrenden war Rechenschaft schuldig darüber, was und wie er lehrte. Es interessierte offenbar auch niemanden (es sei denn Besucher, Kirchenhäupter und gelegentliche Kollegen von auswärts, welche selbstverständlich hospitierten). Wen soll es *im nachhinein* interessieren? Die ausgewählten Erinnerungen an eigene Performanzen sind gedacht als Beispiel dafür, wie fremd und fehl am Platze abendländisches Bildungsgut sich im westafrikanischen Regenwald bisweilen ausnehmen kann. Vor allem sei ein Dogmatikkurs erinnert, der ungewohnte Wege ging. Sollte dergleichen auch weder für Kollegen, noch für Christen insgemein nachdenkenswert sein, so mag es doch der Veranschaulichung dessen dienen, was acht Jahre lang gut und schön und sinnvoll erschien.

17

Umfangreich ist ein Kapitel ‚Städte' – Reisen und kürzere Auf-
enthalte in entfernt liegenden großen Städten des Landes (Duala,
Bamenda, Jaunde), Tagesaufenthalte in der näheren Kleinstadt
und Ausflüge in die Umgebung: als Reiseführer gänzlich ungeeignet. Nicht um Duala geht es, sondern um Garnelen und Diebstahl; nicht um Bamenda, sondern um die Graslandmuse; einzig
Jaunde hinterließ, neben allerlei innerseelischen Ereignissen, die
Beschreibung eines aparten Kunstwerks der Architektur. Ansonsten sind Städte und Städtchen Kulissen für Episoden, die überwiegend und im tiefstem Grunde, in der Seelenwolle sozusagen,
gefärbt sind durch Stimmungen und die ihnen eigentümliche
Innerlichkeit und Selbstbezogenheit.

Dem geistig anregenden Berufsalltag des zweiten Kapitels steht
im vierten gegenüber eine Anhäufung von Enttäuschungen im
Hinblick auf die gottesdienstlichen Gepflogenheiten im Campus.
Die Schuld daran wird durchweg auf die Schulter eigener Bedürfnisse und Ansprüche genommen. Dem geneigten Leser (so
weit er vorstellbar wäre) sollen die als unbeschreiblich langweilig
empfundenen *Sonntagsgottesdienste* von Nzab'ngen beschrieben
und zugemutet werden – samt allen privaten Präliminarien und
Ausweichbewegungen in allerlei Allotria. Zwischen Erwartung
und Enttäuschung schwankende Stimmungen der Morgen- und
Abendandachten in der ‚Kapelle' erinnert ein gesondertes Kapitel
mit einem weißen Elefanten als Zitat und Großsymbol des Hin-
und-wieder der Erscheinung einer Seltenheit: dem Wagnis, in
eigenen Worten anzudeuten, was im Innersten bewegte.

Am Ende und als Gegenstück zu der ‚Suppe ohne': *Das ferne
Leuchten* als verhülltes, ungewisses, schier utopisch anmutendes
Ziel der Stimmungen und Reflexionen des Schwellenjahres. Zunächst ein *Rückblick* auf den ehelichen Schlagschatten, aus dem
heraus es ins Grasland strebte; sodann ein *Überblick* über das letzte Jahr im Regenwald und ein *Ausblick* auf das Jahr in *Mbebete* bei

18

Bamenda vor der endgültigen Rückkehr nach Europa. Dazwischen, im Dezember 1981, die erste Reise nach Mbe, in das Dorf, dessen Vorschein auf Glanzpapier erschienen war und das fortan nicht mehr verhüllt, sondern als fernes Leuchten am Horizont stand. Was während des Schwellenjahres und bis in den Dezember zickzack gegangen, ins Unbestimmte geschweift war, hatte nunmehr ein festes Ziel. Die Muse war von nun an untrennbar mit dem fernen Leuchten verschränkt.

*

Die ‚Erinnerungen an ein Schwellenjahr im Regenwald‘ denken den äußeren und inneren Verfallserscheinungen nach, die den Weg ins Grasland und damit zu etwas sinnvoll Neuem vorbereiteten. Die erste Reise nach Mbe erwies sich als die lang gesuchte literarische Inspiration, die, wenngleich in einem ersten Anlauf scheiternd, sich über ein Vierteljahrhundert hinweg als lebensfähig erwiesen hat. Die Graslandmuse ist treu geblieben über mehr als tausend Seiten hin. Sie bedarf indes seit neuerem in zunehmendem Maße einer Krücke. Sie bedarf des Tagebuchs, um nicht ins Schwanken, Schleudern und Phantasieren zu geraten. Sie soll so weit wie möglich auf gelebte und erlebte Wirklichkeit hin verpflichtet werden. Zu diesem Behufe (denn sie liebt auch das Altmodische) müssen quer zu den Fäden der Erinnerung die eingangs erwähnten Garne gezogen werden, welche sich aus dem Gewölle der Tagebücher hervorzwirnen lassen.

Das Tagebuch. Ein Existential. In jenen Jahren im Regenwald gedieh es immer dann besonders gut, wenn sonst nichts gedeihen wollte – weder die Gurken im Garten, noch der Erholungsschlaf nach vormittäglicher Didaskalia, noch auch und besonders der freizeitliche Versuch, von den neun oder zwölf Musen wenigstens eine, sei es die von *Bethabara* nachträglich noch, sei es die Gaslandmuse vorweg, einzufangen. Einzig das Tagebuch gedieh

– wie Kraut und Rüben gedeihen. Es häufte sich Großes und Kleines, Krimskrams und Krisenträchtiges darin an wie Gewölle im Magen der Schleiereule. Das Tagebuch begann, eine lebenswichtige Rolle zu spielen. Es trug nicht unerheblich bei zu dem Erfolg des Bemühens, ‚mit Anstand über die Runden zu kommen'. Das Tagebuch ist es, das in diesen späten Jahren, Erinnerungen auffrischend, Versunkenes erneut ins Bewußtsein hebend, schwimmende Inseln befestigend im Strom der Zeit und Verschwommenes mit klareren Linien nachzeichnend, zu dem Versuch anregt, dem Gewölle von damals eine lesbare Form zu geben – in sorgfältiger Auswahl und Überarbeitung dessen, was noch immer bedenkenswert erscheint und auch in anderweitiger Hinsicht von Interesse sein könnte.

Für wen?

Zunächst für den eigenen Bedarf an Sinnfindung.

Sodann vielleicht für Freunde und Bekannte, die sich damals, als eine Ehefrau ins Grasland zog, wunderten und zu munkeln begannen. Des weiteren und gegebenenfalls für *fraternals,* die, im Hinblick etwa auf das Kapitel ‚Idyll und Verfall', ähnliches, wenn auch vermutlich in kritischeren sozialen und politischen Kontexten erlebt und empfunden haben mögen – wie schön und von der Aufgabe her sinnvoll vieles, wo nicht alles, zu Anfang war und wie es eines Tages nicht mehr schön und kaum noch sinnvoll war, weiterzumachen.

Ansonsten – ? Leute, die sich, abseits vom Allerweltstourismus, lesend für Afrika interessieren, muß es eine ganze Menge geben. Der Büchermarkt läßt es vermuten. Film und Fernsehen bisweilen auch. Wer wollte sich nicht von exotischen Abenteuern mitreißen lassen (*The African Queen* und alle übrigen und einstigen Erkundungsfahrten ins Herz der Finsternis! Die Großwildjagden,

20

die Farmen und Herrenhäuser und allerlei *White Mischief* aus kolonialen Tagen! Vor allem aber die gegenwartsnäheren Einblicke in exotische Privatabenteuer aus der Perspektive von Afrika faszinierter Europäerinnen!) Darüber hinaus läßt sich, geschichts- und zukunftsbewußter, politischen und kulturellen Themen nachzuspüren (vom Sklavenhandel bis zum *Afropessimismus* der Gegenwart im Hinblick auf Bürgerkriege, Ausbeutung und die Korruption schwarzer Eliten), vorzüglich am Leitfaden dessen, was *African Writers* über ihre eigene Kultur in Geschichte und Gegenwart geschrieben haben und weiterhin schreiben. Man könnte sich lesend auch für die afrikanische Zukunft einer in Europa aussterbenden Weltreligion interessieren.

Vielleicht auch wären Leser denkbar, die, begabt mit einer Vorliebe für das Unscheinbare und nach innen hin überwiegend Stimmungsbedingte, nicht abgeneigt wären, einen Blick zu werfen auf ein nachmissionarisches Leben auf längere Zeit in Afrika, in geordneten Verhältnissen und, zu Anfang wenigstens, unter nahezu idealen Bedingungen in ländlicher, ein europäisches Gemüt idyllisch anmutender Umgebung.

Wichtiger als die Frage ‚Für wen?' ist und bleibt das Schreiben als solches; das Nachzeichnen von gelebtem Leben als Sinnsuche. Die Erinnerungen an ein Schwellenjahr im Regenwald Westafrikas sind ein Gewebe aus vermischten Nachdenklichkeiten und Impressionen, beginnend mit einer Rose, einer poetischen, helvetischen, die porzellanrosa zu den morschen Latten einer Küchenveranda emporblühte…

*

Anmerkung zu den Namen der Ortschaften

Um deutlich zu machen, daß es bei den Erinnerungen weithin, wenn auch nicht ausschließlich, um subjektive Eindrücke und nicht um vorwiegend sachbezogene Darstellungen geht, werden, abgesehen von den drei großen Städten und mehreren kleineren, die Namen der Ortschaften im Umkreis von ‚Nzab'ngen' zwar nicht ersetzt, aber gekürzt wiedergeben. Eine andere Variante der Namensgebung gilt für die Ortschaft ‚Mbebete' im Grasland und das Dorf ‚Mbe': es sind frei erfundene Namen, während es sich bei ‚Nzab'ngen' um ein Wort aus einer der Stammessprachen im Regenwald Westkameruns handelt.

Idyll und Verfall

Ein Campus im Wechsel der Jahre
und Stimmungen

‚Hier ist es schön. Hier bleiben wir.'

Es war einmal.

Der Berg. Der Park. Rosen inmitten tropischer Exotik – es waren Anmutungen von Idyll gewesen, die den Entschluß mitbestimmt hatten, damals, während der ersten Erkundungsreise, im März 1972. Nach dem ersten aller Flüge, einem schauerlichen Nachtflug. Nach alle den Ängsten und vorweggenommenen Katastrophen. Nach vielen Jahren stillschweigender Einwilligung, weil ein sinnvolles Leben nicht mehr möglich schien ohne den Einen, der da entschlossen war, Europa den Rücken zu kehren, um in Afrika zu lehren und zu lernen und der unausweichlichen Karriere für wenigstens ein Jahrzehnt zu entgehen.

Nzab'ngen – ein Glücksfall vor dem Verfall?

Am Morgen nach der abendlichen Ankunft – welch vielversprechender Empfang! Ein Empfang, wie er festlicher nicht hätte erscheinen können für eine, die noch kaum dem festen Boden unter den Füßen traute und noch weniger den Augen. Der Campus erglänzte im glasklaren Licht des Übergangs von der Trocken- zur Regenzeit. Ein nächtlicher Sturm hatte Wolken und Dunst hinweggefegt, der Berg thronte im Königsblau des Morgenhimmels, der Rhythmus seiner Höhenlinie floß durch andächtig erhobenes Staunen. Im Dunkelgrün des Urwaldmantels flammte es rot und gold, in den Einbuchtungen der Vorberge stauten sich modellierend Schattenmassen. Vor der Erhabenheit des Berges hob und senkte sich der Blick. Auf seinen breiten Knien lagen Dorf und Campus von Nzab'ngen. Ké, der Unnahbare, Unwandelbare, Ewigkeitsnahe, ist noch immer, was er einst war und das einzige noch Sehens- und Bewundernswerte. Zu einer Zeit, da fast nichts mehr ist, wie es einst war; da bei einem Besuch vierundzwanzig Jahre nach dem ersten alles, was einst Park und Campus und Idyll war, so kahl, so häßlich, so verwahrlost erschien, thronte der Berg wie ein letzter Trost über dem Verfall.

Das Idyll von damals, noch einmal sei es beschworen.

Wer vom Unterdorf die breite steinige Straße heraufstieg, fand sich linker Hand unter einem mächtigen Tulpenbaum wieder, der den Baldachin seiner Krone hinüber zu der Kapelle wölbte, einem Fachwerkkirchlein aus ersten Missionszeiten. Seitlich auf flacher Anhöhe lag unter Schattenbäumen das einfache Unterrichtsgebäude. Rechter Hand, über einem Gatter, das noch lose in den Angeln hing, prangte die lila Scheinblütenpracht einer Bougainvillea und versperrte den Blick auf das alte Missionshaus. Da entlang durch eine Hibiskushecke führte zwischen Betonpfosten hindurch ein Fußpfad zwischen geweißten Steinen und Agaven an einem großen dunklen Thuja und blühendem Gebüsch vorbei auf einen altersgrauen Steinbrunnen zu und verzweigte sich. Der Blick fiel frei auf das nahe Haus. Ein Haus für Europäer. Kolonial die Veranda, die Fensterscheiben. Die braune Kapuze des Daches, tief herabgezogen, Sonnenglut und Regenstürme abschirmend, sorgte für Düsternis im Hausesinneren. Das altfränkische Fachwerk im weiß getünchten Lehmziegelgemäuer, wie heimatlich mutete es an. Auf breiten Steinpfeilern erhob sich der langgestreckte Bau wie schwebend über dem Boden, Schutz gewährend gegen allerlei kriechendes Getier. Daß in dem Hohlraum nicht nur Hühner scharren, sondern dermaleinst auch dörfliche Schweine sich nächstens wälzen würden, lag noch fern.

Dicht vor dem Wohnzimmerfenster der linken Haushälfte, denn es war ein Doppelhaus für zwei Familien, vor vielen kleinen quadratischen Scheiben mit weißen Gardinchen dahinter, breitete

26

ein Akazienbäumchen lichtes Fiedergeäst und blühte zinnoberrot, durchklettert von Winden, die sich am Morgen dunkelblau aus zartrosa Kelchgründen entfalteten, um am Abend eingerollt und leicht wie Asche abzufallen. Das blieb späterer Beobachtung vorbehalten. Auf den ersten Blick war es kaum möglich, bei zartrosa Kelchgründen oder weißen Gardinchen zu verweilen; immer wieder riß der Berg über dem Haus alles Seelenvermögen an sich zu staunender Andacht. Von nahem betrachtet überragte den Berg eine Zwillingspalme hinter dem Haus und wiegte sich in anmutigen Rhythmen. In den gefiederten Fächerkronen hingen die leeren Nester der Webervögel wie große, poröse, samenlose Früchte… Zur Veranda führten steinerne Stufen empor; das Gatter klappte, eine rote Bank stand da, eine Angekommene ließ sich darauf nieder und der Blick schweifte über die Verandabrüstung hinweg in die dem Berge gegenüberliegende Runde.

In weitem Bogen, drüben längs der Straße, wucherte mannshoch eine hellgrüne Mauer, bananenstaudenähnlich. Aus breiten Blattscheiden brach das Orangegelb spitzgespreizter Blütenblätter, wie Kolibrischnäbel dünn und lang und leicht gebogen. Purpur blühten die Hibiskusbüsche und vanillegelb der Trompetenstrauch. Von einem Lyrabaum, der kurzstämmig und breitkronig dichten Schatten warf, löste sich bisweilen ein Riesenfingerblatt und glitt zu Boden wie ein großer Vogel mit breiten, trägen Schwingen. Eukalyptusbäume standen hoch und schmal und flitterleicht belaubt inmitten der Parkinsel und rings um sie herum, jenseitig anmutend in wolkenloser Himmelsnähe.

Die eigentliche Wunder aber, das Unerwartete, das anheimelnd Poetische und nahezu Unglaubliche waren – Rosen. Rosen längs der Küchenveranda. Porzellanrosa, durchsichtig und zerbrechlich; Rosen duftend an hohen, dürren, nie beschnittenen Stöcken. Rosen wie aus einem Schweizer Missionsgarten. Sie blühten in den ersten Rundbrief hinein. Sie blühten durch viele Jahre hindurch in einer lila Glasvase auf dem Schreibtisch vor dem Fenster im Arbeitskabinett. Sie blühten vor Unterrichtsnotaten und Tagebuchmonologen, vor mühsamer Wissenschaft und vielen Briefen an eine sich sorgende Mutter daheim. Sie blühten und erinnerten an das Fragment *Bethabara* und verblühten daseinssymbolisch. So wie diese Rosen verblühte nach und nach alles vor sich hin. Sieben, acht Jahre – *l'espace d'un matin*… Im vorletzten Jahr mußten die verdorrten Stöcke ausgerissen werden.

Der erste Morgen im Campus von Nzab'ngen indes blüht im Gemüte bis heut. An jenem Morgen war der Himmel hoch und leicht und schüttete ein kühles, blondgrünes Licht weit über das waldige Bergland bis hinab in die Tiefebene, so daß der Blick nach Süden fast bis ans Meer zu reichen schien. Das Meer, das einst die Geschichte angeschwemmt hatte und die europäische Zivilisation, auf Handels- und auf Kriegsschiffen. Das lag lange zurück; aber es bestimmte noch immer die Gegenwart und diesen Park, der im Glanze eines tropischen Märzmorgens seine farbige Sinnlichkeit entfaltete inmitten des ewigen Grüns. Es blühte ringsum, einladend wie zu einem Fest. Die Einladung war angenommen worden, damals; aber ein Fest – ?

Man war gekommen, sich nützlich zu machen für andere und richtete sich ein in dem alten Hause. In den düsteren, von weißgekalkten Wänden kaum aufgehellten Räumen fand sich ungetümes Mobilar, dunkelbraun gebeizt wie Decke und Fußboden, behäbig bis klotzig und nicht von der Stelle zu bewegen: breite Schränke und Urgroßmutterkommoden, allerlei knarrende Bettgestelle und wurmstichige Tische; Stühle und hölzerne Sessel mit schmutziggelben Bezügen. Und viele Regale für Bücher.

Es mag genügen, ein einziges Zimmer in die Erinnerung zurückzurufen. Das, welches jeden Morgen, wenn im Thujabaum die Hähne krähten und der Schlaf entwich, als erstes ins Bewußtsein

28

trat. Vom dürftigen Licht einer Kerze mehr verdüstert als erhellt: die hohe, unwohnliche Räumlichkeit, keine Stube, kein Zimmer, ein Kubus voll flackernder Möbelschatten, drei Fenster, drei Türen. Balken zu Häupten, darüber Ratten; Bretter zu Füßen, darunter, je nach Jahreszeit, Hühner und später Schweine, Flöhe und Sandfliegen. Zwei breite, muffige Schränke mit Schimmelpilz, Silberfischchen, Spinnen und Motten. Eine plumpe Kommode, zwei Stühle am Fußende der Betten. Es war kein Doppelbett. Eine Kleiderleine in der einen Ecke, in der anderen ein Gestell mit einem unbeschreiblichen Wachbecken und Wasserleitungsanschluß. Eine Suppenschüssel und eine Thermosflasche mit warmem Wasser ermöglichten ein Mindestmaß an Morgentoilette.

Zu Füßen, ganz im unteren Dunkel, lag das einzige Stück Luxus aus den Seekisten: der ,Hochzeitsteppich', handgeknüpfte Geometrie aus Nachtblau, Moos- und Jadegrün, verschachtelt mit hellem Fliederlila und schwerem Purpurviolett – Farben, die einst klar und apart ineinanderspielten. Ein Rest der Kultur der schönen Dinge, aus der man ausgezogen war, um in dieses Urväterfachwerk einzuziehen. Was die Seekisten außer Büchern, Wäsche und Kleidung sonst noch hergegeben hatten, war wenig. Küchenutensilien und ein paar Bilder. Zurückgeblieben in Europa war ein kleiner Haushalt, aufgelöst und untergestellt bei Verwandten. Wenig war notwendig. Architektenträume und Wohnlandschaften, an deren Verwirklichung sich auch ein halbes Leben hätte verschwenden lassen: die erlesene Ästhetik kostbarer Materialien, das Raffinement unterkühlter Eleganz im kalkulierten Detail; Farbkombinationen, die zu Gemüte stiegen wie eine sanfte Droge – dergleichen mochte Wohlgefallen erregen; es war nicht Gegenstand des Verzichts gewesen.

In diesem Urväterhause gab es Weniges, Einfaches, Unschönes. Elektrizität gab es anfangs nicht, aber fließendes Wasser aus mehreren Hähnen, frisch und kühl vom Berg herab. Es gab Gas,

Butangas in schweren Behältern, um Teewasser zu kochen und Kerosin, um die empfindlichen, mit Zylindern und Glühnetzen versehenen Aladinlampen und die robusten Nachtwächterlaternen, ‚Buschlampen' genannt, zu füllen und einen großen Kühlschrank in Betrieb zu halten. Es gab genügend Feuerholz. In der Küche (in einem seitlichen Anbau, in dem sich auch Vorratskammer, Bad und WC und leider auch ein Gästezimmer befanden) stand ein gußeiserner Herd, der mäßig qualmte und das offene Gebälk schwärzte. An diesem Herde waltete ein Koch und Hausgehilfe. Er hackte das Holz und buk das Brot. Er wusch die Wäsche und bügelte sie mit einem schweren Holzkohlebügeleisen. Er deckte dreimal am Tag den Tisch mit Eßbarem, mit schwäbischen Spätzle und einheimischem Cocoyambrei.

Das Haus, so einfach und urtümlich im Vergleich mit moderner westlicher Wohnkultur, es war ein Palast verglichen mit den ärmlichen Behausungen, aus welchen sich das Dorf damals zusammensetzte. Nzab'ngen (um die folgenden Einzelheiten entgegen ursprünglicher Absicht hier nun doch einzufügen) bestand aus einer langen, leicht gewundenen und sogenannten Straße, die sich von einem Unterdorf hinauf in ein Oberdorf wand, von Fahrrinnen durchzogen und mit Schlaglöchern reichlich versehen, während der Trockenzeit Füße und Fahrzeuge mit Steinen und Staub behindernd, in der Regenzeit mit Schlammfallen auflauernd. Rohe Bretterhüten über nacktem Lehmboden, geduckt unter grauen Palmblattdächern, hier und da freilich auch schon mit fortschrittlichem Wellblech gedeckt und mit gemauerten Fundamenten versehen – damals. Im Unterdorf aus grauwackigem Stein ein zerbröckelnder, längst unbewohnter Häuptlings‚palast' mit trutzigem Turm. Im Oberdorf etwas ähnliches, unvollendet. Dazwischen die ‚Bars', wo die Männer beisammen saßen und einen Teil des Geldes vertranken, das die Kaffee- und Kakaoernten einbrachten, während die Frauen in den verräucherten Rundhütten saßen und auf drei Steinen die Cocoyams kochten, die sie, zusammen mit dem Feuerholz, auf krummen Rücken aus den Farmen herbeischleppten. Hier und da gelegentlich stehende und stinkende Lachen an den Wasserstellen, deren überdrehte Hähne niemand reparierte; der Schweine-, Ziegen- und Hühnerdreck aller Orten; die Moskitos, Hakenwürmer, Flöhe, Ratten, Schlangen; die streunenden Katzen und räudigen Hunde; und die Leute, deren Freundlichkeit, Stolz und Verschlagenheit einer Fremden weithin undurchsichtig blieben. In dem großen Park lebte es sich wie auf einer Insel inmitten der eingeborenen Alltagswirklichkeit. Was der Ehemann mit Eifer und Hingabe zum Gegenstand seiner Feldforschung machte, blieb für eine auf Näheres Fixierte fern und fremd und allenfalls ein Gegenstand gelegentlicher Impressionen.

Das Dorf blieb indes nicht wie und was es zu Anfang der siebziger Jahre gewesen war. Es entwickelte sich. Immer mehr Leute, einheimische und aus anderen Stämmen zugezogene, bauten bessere und schönere Häuser. Ein neues Viertel entstand in der Nähe einer zweiten höheren Bildungsanstalt, derer das Dorf sich rühmen konnte: ein Lehrerseminar, an dem ebenfalls *fraternals* unterrichteten. Als die Kirche es dem Staate übergab, wurde eine Sekundarschule daraus. Schüler, für die es keine Wohnmöglichkeit auf dem Schulgeländes gab, mußten sich eine Unterkunft im Dorfe suchen; es brachte Geld in die Familien und regte an zum Bau neuer und besserer Häuser.

Im Dorf ging es also langsam aufwärts. Im Campus des Theologischen Seminars hingegen ging es langsam, aber sichtbar abwärts. Das Gerücht, daß Nzab'ngen keine bleibende Statt für die Pfarrerbildungsanstalt sein könne, ging schon zu Ende der sechziger Jahre um. Über die Sprachgrenze eines Landes hinweg, das seit dem Ende deutscher Kolonialherrschaft zur einen Hälfte anglophon, zur anderen frankophon war, wurde ein gemeinsames Seminar in Duala geplant. Es kam nicht zustande. Aber man wollte weg. Man: das waren nicht die weißen Gastarbeiter. Denen gefiel es ganz gut in der exotisch abgelegenen Gegend. Man, das waren die schwarzen Brüder, Kollegen wie Studenten. In einer größeren Ortschaft wie der Kleinstadt K'ba in der Tiefebene unten, gab es mehr Möglichkeiten in jeder nur erdenklichen Hinsicht. Mit dieser Hoffnung, diesem Drang hinaus aus Nzab'ngen, ergab es sich von selbst, daß das Interesse, den Campus in dem gepflegten Zustande zu erhalten, in welchem europäische Schulleiter ihn ihren afrikanischen Nachfolgern übergeben hatten, nachließ. Diesen lokalpolitischen Interessenlinien muß mit zögerndem Finger nachfahren, wer über die Klage um den Verfall des Idylls hinaus verstehen will, wie es dazu kam, daß dem Umkippen und Verrotten der Lattenzäune, dem Umsägen der Bäume und den Trampelpfaden quer durch Privatsphäre kein Einhalt geboten wurde.

‚Hier ist es schön. Hier bleiben wir' – es war einmal. Inzwischen war es – anders. Afrikanischer.

*

Das Schwellenjahr, das vorletzte Jahr in Nzab'ngen, begann mit einem Stimmungsgemisch aus Lustlosigkeit und Gereiztheit. Es war wieder einmal Oktober, und der ganze Regenwald, Campus und Ké und überhaupt alles, war eine dicke grüne Suppe. Eine *Suppe-ohne*. Von ‚special spices' keine Spur. Kühl bis ans Herz hinan ließ ein Wiedersehen, das ungewisse Erwartung sich lyrisch-vibrierender vorgestellt hatte; ärgerlich mutete manche Neuerung im Hause und drum herum an. Beruflich, ehelich, innerlich – es lief nach dem Irgendwie-Prinzip wieder an. Vermutlich lagen Europa und das eine Jahr Wissenschaftsurlaub noch zu nahe. Besonders die voraufgegangenen Wochen. Vermutlich verstellten sie die Gegenwart. Das, woraus sie bestanden, läßt sich im nachhinein in fünf Stufen nach rückwärts zurechthauen.

Die erste Stufe. Eine mitternächtlich verspätete Ankunft in Duala nach einem Fluglotsenstreik in Brüssel mit Übernachtung in Gent. Der Landrover war nicht am Flughafen. Eine Falschmeldung hatte ihn samt Ehemann zurückgeschickt. Das Feilschen mit dem Taxifahrer fraß letzte Energien. Schließlich, angekommen auf dem Hügel von *Bon Accueil*, wo einst die ersten Missionare ihre Hütte gebaut hatten nahe am Fluß, am Wuri, wo jetzt Hafen ist, da kapierte der Nachtwächter erst nach geraumer Weile, was die späte Weiße will, geht und weckt den Gast, und aus dem Türspalt guckt es verschlafen, ‚Bisch du a G`spenscht?' Tappt hilfsbereit im Schlafanzug hinaus in den Hof und in eine große Pfütze, nackten Fußes in Sandalen. Schön, daß du wieder da bist. Freilich. Man ist da und dankbar, wie immer, wenn etwas gut statt schlimm ausgegangen ist. Der seit dreizehn Jahren ehelich Angetraute hat sich während des einen Jahres Alleinsein einen ornamentalen, profilgebenden Kinnbart wachsen lassen. Es stört nicht weiter. Es war die Nacht vom 26. auf den 27. September. Am nächsten Tag Einkäufe und dann die hundertzwanzig Kilometer zurück und hinauf nach Nzab'ngen; durch Regen, Schlamm und tiefe Löcher. Im Campus waren Palmenzweige zur Begrüßung aufgepflanzt. Ist das nun Zuhause? Zuhause war bislang, wo Verstehen und Vertrauen einander begegneten.

Die zweite Stufe zurück. Eine durchhetzte Woche mit Arztbesuchen (eine stärkere Brille, das erste Hörgerät, geschwollene Knie, neue Aknesalbe) und dem Familienkarussell. In Entheim kratzte und putzte eine Dankbare den ganzen Tag bis Mitternacht den Dreck hinweg, der, in mehr als zwei Jahrzehnten angesammelt, anläßlich eines Umzugs zum Vorschein kam. In der Mutterhöhle war zu Besuch eine Verwandte aus der DDR. Im Verein mit der Tante von nebenan fielen drei ergraute Töchter mit bösen Erinnerungen über ihre Väter her. Belastend in die Seele fiel sodann der Mutter hilfloses Bemühen, es allen recht zu machen, dem aufgeschossenen labilen Enkelsohn und einer tüchtigen, wenngleich nun doch recht erschöpften Tochter, die als Tante mit einem Achtzehnjährigen, der bei der Großmutter unterkroch und Verständnis suchte, nichts anzufangen wußte, sich unbehaglich fühlte und falsch reagierte.

Eine dritte Stufe zurück, Ende August, Basel: eine Tagung feministischer Theologinnen, Zigarillos rauchend, fremd und freundlich. Der *Astarte*-Essay, im gleichen Haus ein Jahr zuvor entworfen und zu Ende geschrieben trotz verwirrender Begegnung mit Vergangenheit (das Glück war nicht, wo es drei Jahre zuvor gewesen war und hingehört hätte), er wurde angefordert für eine renommierte Zeitschrift. Bitte sehr, gern. Anderes bewegte tiefgründiger, wühlte, flirrte tristanchromatisch, beschwor von neuem hervor, was seit sieben Jahren in unvollendeten lyrischen ‚Gesängen' dahindämmerte.

Eine vierte Stufe zurück führten die Reise ins Norddeutsche und der Besuch bei der Vaterschwester und Patentante, die es gut meinte, einen Gänsebraten zubereitete und erzählen wollte. Aber die frisch promovierte Nichte war an Familienüberlieferung nicht interessiert. Hörte zwar höflich zu, notierte indes nichts ins Tagebuch und vergaß. So kam zwischen Sand und Heidekraut das später tief bereute Versäumnis zustande, nach der früh verstorbenen Großmutter väterlicherseits und anderen Bewandtnissen zu fragen, die mit der Tante ins Grab sanken.

Die fünfte Stufe. Eine Frau von Dreiundvierzig geht im dunklen Examenskostüm durch flimmernden Robinienschatten die hochsommerliche Arcisstraße in München entlang. Es ist geschafft. Das langwierige Gerangel mit der Wissenschaft ist zu einem Ende gekommen. Glänzend nicht, aber zufriedenstellend. *Cum laude.* Was will ich mehr. Fürs erste und abgesehen von einer noch zu schreibenden Kurzfassung des umfänglichen Opus, ist dem eigenen Anspruch Genüge getan. Von jetzt an – nur noch Litera-

34

tur? Ein Vorsatz mit Fragezeichen. Die Suche nach der Muse – nach welcher? Nach der von *Bethabara*? Oder nach einer anderen, die runde zwei Jahren zuvor zum ersten Male aufgetaucht war, eine fragwürdige Gestalt, klumpfüßig und mit merkwürdig abwesendem Blick? Die Suche nach der Muse würde vermutlich wieder im Tagebuch stattfinden...

Diesen fünf Stufen nach unten in noch nahe, noch virulente Vergangenheit ließe sich anschließen Biographisches im Kleinformat, ein Abriß Lebenslauf aus Daten anderer Art als was für Prüfungsausschüsse und Beamtungsgremien zu formulieren war.

Ein *Curriculum vitae*, rückwärts rollend.

Sieben Jahre vor der verregneten Rückkehr in den Campus von Nzab'ngen, war *man,* im September 1973, ausgereist im Auftrag der Basler Missionsgesellschaft. *Man* war ein Ehepaar Mitte Dreißig, beide mit doppeltem Studienabschluß, hochkarätig der Ehemann: doppelt promoviert, die Ehefrau mit der Absicht, es auch noch und wenigstens einmal hinzukriegen. Als Lehrkraft, als Tutor – es gab noch keine ,Dozenten' für das Pfarrseminar einer Jungen Kirche Westafrikas – war der eine, der Ehemann, beinahe überqualifiziert. Die Ehefrau saß zwischen den üblichen Stühlen.

Vor der Ausreise dehnten und wanden sich die langen Jahre des Studiums, die eine hier, der andere dort, erst Neuphilologie, dann Theologie, und das langhingezogene, überwiegend briefliche Erwägens einer herkömmlichen Ehe statt lebenslänglicher Verbundenheit in Freundschaft. Für die Umtriebe und Ziele einer Studentenrevolte waren beide schon zu alt; zu nachhaltig beschädigt durch Kriegs- und Nachkriegszeiten als Flüchtlingskind die eine, der andere als Kriegdienstverweigerer; Kriegshalbwaisen beide. Die Suche ging nach etwas anderem als einem linksideologischen Ideal von sozialer Gerechtigkeit.

35

Die Suche verband sich mit der Frage: Was läßt sich Sinnvolles anfangen mit dem davongekommenen Leben und mit unguten Erfahrungen im engen Kreise einer kaputten Familie? Nach einer (durch Ereignisse des Kalten Krieges bedingten) Existenzkrise, zwei Jahren im Lehrberuf und anschließendem Theologiestudium auf der einen Seite; auf der anderen nach einer Freundschafts- und Glaubenskrise im Jahre vor dem Abitur (verursacht durch die Anwesenheit eines Mädchens unter zwanzig Knaben in einem damals noch fast ausschließlich Knaben vorbehaltenen Gymnasium), will der junge Mann mit der Überzeugung vertieften christlichen Glaubens 'in die Mission'; die wenig ältere Frau findet es befremdlich; aber immerhin sinnvoller als in einen Krieg. Sinnvoller wohl auch als ein Häuschen mit Garten oder eine akademische Karriere. Familie? Bei alle den Ängsten vor dem dunklen Schlund Afrika und trotz ausgeprägter anderweitiger Interessen? Die Mutter war versorgt mit Enkeln von Sohnesseite. Die Tochter, die doch eigentlich nicht hatte heiraten wollen und sich schließlich doch dazu entschloß – sie mußte nun zusehen, wie sie damit zurechtkam.

Sie ist, trotz Krisen und Gekrisel, bislang damit zurechtgekommen. Auch mit Afrika; denn das Schicksal oder Gott, der sich erbarmt, hat ihr einen vernünftigen und frommen Mann zugedacht. (Ein denkbarer Gedanke wäre zudem, daß Afrika letztlich und trotz aller Schwellenängste ein Fluchtpunkt war: die Verlängerung der Kindheitsfluchtlinie nicht nur, sondern auch eine Fluchtlinie möglichst weit weg von traumatischen Erfahrungen im Zusammenhang mit dem Schicksal der Mutter als Kriegswitwe, alleingelassen, ohne Heimat und Habe und mit zwei Kindern, die sich nicht vertrugen.) Im sechsten Ehejahre hatte man den kleinen Haushalt aufgelöst, sieben Seekisten gepackt und war ausgereist. Ein Jahr zuvor hatte man auf einer Erkundungsreise auch Nzab'ngen besucht, sich umgesehen und beschlossen 'Hier ist es schön. Hier bleiben wir.'

Im Zugwind der Zeit

Der schattenreiche englische Park, das blühende Paradies mit Hecken und Zäunen ringsum, mit verschließbaren Toren und Gattern, es war eine kleine Welt für sich, so lange Europäer hier ihre Kultur und Privatsphäre pflegten und helvetische Rosenstöcke pflanzten. Sie taten ihren nachkolonialen Dienst, verzichteten auf vieles, aber nicht auf alles und nahmen das Recht in Anspruch, sich ihren Wohnbereich samt ausgedehntem Vorgarten nach eigenem Geschmack einzurichten. Dann kamen nach und nach die Zeiten, da kein Wert mehr auf abschirmende Hecken und Zäune gelegt wurde. In dem großen Haus im Palmenwinkel und in einem eigens neu erbauten kleineren Hause richteten sich afrikanische Kollegen und der einheimische Leiter der Behelfsklinik mit ihren Familien nach eigenen Bedürfnissen ein. Das war ihr gutes Recht. Aber auch die engere und weitere Umgebung, der Campus als solcher, war in dieses gute Recht mit einbezogen. Die Europäer, neben den Lehrkräften des Seminars und ihren Familien die Krankenschwester in ihrem Bungalow, sie waren nicht mehr allein in dem ‚mission compound'. Der Campus wurde zu einem *compositum mixtum*.

Was war es denn, das sich nach und nach und so weit die Erinnerung reichte, im Zuge der Zeit veränderte? Die Eukalyptusbäume längs der Dorfstraße, eine filigrane Zier am nahen Horizont, die zum Aquarellieren reizte, waren schon im zweiten Jahre umgehauen worden. Warum? Andere im Campus fielen ebenfalls der Motorsäge zum Opfer – als billiges Feuerholz? Der weiße Lattenzaun, der die Kapelle von der Dorfstraße abschirmte, verrottete, fiel um und wurde nicht erneuert. Auch das Gatter am Eingang zu dem geräumigen Vorgarten des Missionshauses war eines Tages nicht mehr da. Die Öffnung lud zweifellos dazu ein, von der Dorfstraße abzuzweigen, um über grüne Pfade, an Blumenrabatten und am linken Seitenflügel des Hauses, dicht unter

WC-Fenster und Bad vorbei, eine Abkürzung hinüber zu dem neuen Viertel und der Sekundarschule jenseits des Elefantenpfades zu suchen. Hecken wurden nicht mehr gestutzt und verwilderten; immer mehr frei stehendes, dekoratives Gebüsch verschwand. Auch viele Palmen im Palmenwinkel wurden, um Palmwein zu gewinnen, einfach umgehauen.

Das liebe Vieh

Zu einem *compositum mixtum* wurde der Campus nicht nur im Hinblick auf die Menschenlandschaft, sondern auch, was die Tierwelt anbetraf. Das liebe Vieh wurde freizügiger. Vereinzelte Schweine aus dem Dorf, welche in den Park eindrangen und wühlten; eine verirrte Ziege, die Kohlköpfe anknabberte; Hühner, die zwischen den Tomatenstöcken und Blumenbeeten scharrten, hatte es vermutlich immer gegeben. Es hatte sogar einmal ein Pferd gegeben, welches Frottierhandtücher von der Leine fraß und einer Schweizer Krankenschwester gehörte. Die nächste Krankenschwester und die übernächste hielten (außer vielleicht Hühnern und einer Katze) keine Tiere. Die vierte aber, eine gute Bekannte aus Basler Tagen, da man gemeinsam sich dem kursintern vorgeschriebenen Urschrei verweigerte, sie war nicht nur eine tüchtige Krankenschwester und Hebamme, sondern auch eine große Tierfreundin. Sie hielt eine Hündin, die sich vermehrte. Sie pflegte ein halbtotgeschlagenes Hähnchen gesund. Sie hatte ein Herz für die leidende Kreatur. Wer mit Steinen nach Schafen warf, durfte sich nicht von ihr dabei erwischen lassen.

Ärger mit Kleinvieh im Campus war gewiß nicht neu. Immer wieder einmal wurden die Studenten zu Treibjagden versammelt, um aus dem Dorf eingedrungene Schweine und Ziegen zu fangen. Obwohl die Tiere den Eigentümern nur gegen Entgelt zurückgegeben wurden, waren sie trotzdem bald wieder da. Die sonntägliche Ermahnung, Schweine einzusperren und Ziegen

38

anzubinden, half nichts. Ein ungutes Beispiel gab während der ersten Jahre der einheimische Leiter des Pfarrseminars, der seine Ziegen frei im Campus schweifen ließ. Als es der weißen Kollegin mit Hilfe von Studenten eines Tages gelang, eins der ärgerlichen, Tomatenstöcke und Kohlköpfe verwüstenden Tiere zu fangen und einzusperren, gab es großes Theater. Das unablässig schreiende Hornvieh mußte dem Eigentümer ohne Entgelt, selbst ohne das Versprechen, es fortan angebunden zu halten, zurückgegeben werden.

Von Schweinen und Ziegen war die Rede. Seit neuestem aber gab es in Nzab'ngen Schafherden – wo kamen die auf einmal her? Sie zogen so tags wie nachts – und besondern bei Vollmond – über das Fußballfeld, vermutlich, weil es da so reichlich Weide gab. Sie tauchten auch in unmittelbarer Nähe des Hauses auf und knabberten die Tomatenstöcke an. Warum störte das friedlich weidende Kleinvieh so sehr? Steine flogen, die selten trafen. Oft genügte schon ein blindes Geschoß, ein Rudel zu verscheuchen, bis es nach einer halben Stunde wieder da war. Es war aussichtslos. Die Steine indes flogen, geworfen vom Grimm einer Weißen, die das Viehzeug in der Nähe ihres Wohnbereichs nicht dulden wollte. Am Ende waren keine Steine mehr zu finden und die Schafe immer noch da.

In hygienischer Hinsicht am bedenklichsten waren die Schweine. Ob sie aus dem Dorf oder aus dem offenen Koben des Vorstehers der Behelfsklinik kamen, war nicht auszumachen. Sie kamen und wühlten sich bei Nacht und Regen *justement* unter dem Schlafzimmer ein und verbreiteten von dort vermutlich Ungeziefer, das durch die Ritzen des Bohlen- und Bretterfußbodens dringen konnte; sie grunzten und störten den Schlaf, bis eine nervlich wenig widerstandsfähige *fraternal* Abhilfe schaffte, indem sie zwischen die Steinpfeiler von Studenten Baumbuszäunchen und Wellblechbarrikaden bauen ließ.

Lärmende Kinder

Schafe hatten den Vorteil, daß sie keinen Lärm machten. Bislang hatte es die Wohltat ungestörter Mittagsruhe gegeben. Es war möglich gewesen, sich nach der Mahlzeit aufs Bett zu legen, um sich während der heißesten Tageszeit schlafend zu erholen von den beruflichen Anforderungen des Vormittags. Auch zu den übrigen Tages- und Nachtzeiten war bislang nur ungestörte Ruhe rings um das Haus erinnerlich gewesen. Vermutlich hatte es auch zu früheren Zeiten gelegentlich schon Kinder der Studenten und Angestellten in den Guavenbäumen und Beerenbüschen gegeben. Schulkinder in blauen Uniformen waren in den ersten Jahren sicher noch nicht am Haus vorbeigezogen; denn wohin hätten sie ziehen sollen? Erst als das neue Dorfviertel jenseits der Behelfsklinik entstand, ergab sich auch der Durchzug als Abkürzung. Daß sie anfangs störend gelärmt hätten, ist nicht erinnerlich. Anderes galt für die größeren, die Sekundarschüler. Sie lärmten auch späterhin nie; sie ignorierten statt dessen in provozierender Weise mündliche und schriftliche Hinweise, daß der Pfad durch den Vorgarten des Hauses kein öffentlicher Fußweg sei.

Im achten, im vorletzten Jahre, im Schwellenjahr also begann es aufzufallen, das Lärmen in den Büschen und Bäumen, der Mittagslärm der blauuniformierten Kleinen am Haus vorbei. Der Ärger fing an mit der Trockenzeit. Er fing an mit Kleinigkeiten, die noch während des ersten Trimesters nicht der Rede wert erschienen waren, weder im Tagebuch vermerkt wurden noch am Mittagstisch Erwähnung fanden. Vermutlich waren die ersten drei Monate nach der Rückkehr eine Inkubationszeit und Latenzperiode; vermutlich akkumulierte sich unterschwellig, was dann während der Weihnachtsferien mit solcher Vehemenz hervorbrach. Dinge, die in früheren Jahren entweder nicht in Erscheinung getreten oder nicht als Störung empfunden worden waren, fingen an, auf die Nerven zu gehen – wem? Auf die Ner-

40

ven ging der Lärm rings um das Haus einer *fraternal*, deren psychische Belastbarkeit sich offenbar einem Grenzwert näherte. Weder dem Kollegen Ehemann noch dem Kollegen Nachbar ging etwas auf die Nerven. Letzterem nicht, weil seine eigenen Kinder an dem Lärm gelegentlich beteilig waren. Solcher Lärmeinbruch in das Ruhebedürfnis trug, zusammen mit dem lieben Vieh, das Seine dazu bei, daß die Anmutung von Idyll rapide verfiel. Das Schrillen einer Trillerpfeife und das herausfordernd schweigende Defilieren der ‚Oberschüler' ergaben zwei Sonderprobleme. Eines davon streifte die Ränder ideologischer Reizbarkeit.

Muß es wirklich im einzelnen erinnert werden? Es muß nicht, aber es soll. Es soll Anlaß sein, darüber nachzudenken, daß jede Wirklichkeit zwei Seiten hat, die sich gegenseitig bedingen.

Viel Lärm also als erstes um Guaven und Pitangakirschen. Guaven sind mirabellengelb und aprikosengroß; aus dem zartrosa Fruchtfleisch samt den unzähligen perligweißen Samenkörnchen läßt sich ein erfrischend säuerlicher Nachtisch herstellen; gebakken auf Mürbeteig ergeben sie einen köstlichen Sonntagskuchen. Pitangakirschen sind kirschgroße rote Früchte, die auf Büschen wachsen, metallisch säuerlich schmecken und eine pikante Marmelade ergeben, wenn man genügend Zucker zusetzt. Erst im vorletzten Jahr begann, mehr aus Frust als Lust, das Marmeladekochen. Hinter dem Haus bot sich von der Veranda her beim Nachmittagskaffee ein schönes Panorama – ganz in der Nähe der buschige Nachwuchs am Fuße der Zwillingspalme, drüber das malerische Gewedel und dahinter, zum Wasch- und Holzstall hin, blühender Hibiskus und Sträucher mit Pitangakirschen; in geringer Entfernung die ersten weitgebreiteten Schirme, pelzigen Kuppeln und Geästverrenkungen des beginnenden Urwaldes bergauf bis hin zu den bald klaren, bald wolkenverhüllten Konturen des Ké. In einer Senke auf den Berg zu wucherte ein ganzes Guavenwäldchen, zu alt, um noch reichliche Ernten abzugeben, über früchtefressende Vögel sich indes noch überall hin verbreitend. Auf diese Weise war neben der Zwillingspalme ein Bäumchen aufgeschossen und trug alsbald Früchte. Auch vor der Veranda des Nachbarn war ein solches Bäumchen gewachsen. Wie schön. Wie geschenkt. Als freilich immer größere Scharen von Kindern, sei es aus dem Campus, sei es aus dem Dorf, damit begannen, unter erheblicher Entfaltung von Lärm, besonders nachmittags und sonntags, reife und unreife Früchte abzureißen, machte der Nachbar kurzen Prozeß. Er hieb das Bäumchen in seinem Bereich um und das Problem war gelöst. Statt ein gleiches zu tun (war es nicht schade um so ein Bäumchen?), machte eine Ruhebedürftige immer wieder den Versuch, die Kinder zu verscheuchen. Es waren überwiegend Schulkinder, Blauuniformierte. Sie liefen fort und kamen wieder. Wie die Schafe. Sie rissen und schlugen die grünen Früchte von den Zweigen, beschädigten junge Triebe, und es gab keine reifen Guaven mehr für den Nachtisch. Die *fraternal* ging und beschwerte sich beim Schulleiter der Primarschule, auch darüber, daß zur Mittagszeit lärmende Schülerscharen am Haus vorbeizogen. Der ältliche Mann mißverstand die Sache, schickte eine Gruppe Schüler, um den von weißen Steinen gesäumten Weg im Vorgarten von Unrat und Unkraut reinigen zu lassen. Vermutlich erinnerte er sich an Zeiten, wo solcher Arbeitsdienst im ‚mission compound' selbstverständlich gewesen war. Die Episode änderte nichts am Fortgang dessen, was einer ruhebedürftigen Weißen so aufs Gemüt schlug. Erst im letzten Jahr war der Mut vorhanden, das Bäumchen umzusägen. Es nützte nichts; es gab zu viele Büsche mit Pitangakirschen in der Nähe. Sie lockten weiterhin Kinderscharen an.

Ärgerlicher war die Störung der Mittagsruhe. Im vorletzten Jahre begannen Schulkinder der Primarschule mit lautem Rufen, Kreischen und Lachen um eben diese Mittagsruhezeit am Hause vorbeizuziehen. Sie nahmen die gleiche Abkürzung, die auch andere zu nehmen begannen. Aber sie zogen nicht mehr, wie zuvor, stille vorüber. Die schrille Stimme, mit der eines der Kinder mit erstaunlicher Regelmäßigkeit tagtäglich einem anderen Kinde den Namen ‚Määäry' nachschrie, hakte sich so nachdrücklich fest, daß es noch heut in der Erinnerung nachschrillt. Es war dagegen nichts zu machen. Schuld? Doch nicht die lieben Kleinen. Schuld mußten die zerfasernden Nerven einer *fraternal* sein.

Was hinter dem Hause in Bäumen und Büschen umging, zeitigte zwei Episoden mit eigentümlichen Konturen. Da war zunächst der Zwischenfall am vierundvierzigsten Geburtstag, mitten in den Osterferien. Der Ehemann hatte sich gleich nach dem Frühstück aufgemacht in seine Jagdgründe. Das Alleinsein war dem Unberechenbaren ausgeliefert. Durch ein Knacken und Rascheln, inzwischen schon traumatisch eingerastet, aus dem Mittagsschlaf gerissen, fiel es, das Unberechenbare, drei junge Männer an. Von der hinteren Veranda herab flatterte es mit offenem Haar, einer Mänade gleich. Eine zornige Stimme hatte einen von den dreien bereits vom Baum gescheucht. Jetzt stand da eine aufgelöste Weiße in faltenreichem Festgewand und herrschte die drei an. ‚Give me these guavas!' Der junge Mensch gehorchte. ‚You are from where?' – auf der Flucht nach vorn, kaum fähig, abzuschätzen, was sich aus solcher Konfrontation entwickeln könnte. Es lief glimpflich ab. Der Angeherrschte antwortete brav, er komme aus dem Unterdorf und nannte auf eine weitere scharfe Frage hin auch seinen Namen. Wieder im Haus, auf die Veranda zurückgelangt wie bewußtlos, in der Hand ein paar Guaven, bedurfte es keines Bohnenkaffees mehr. Der Kreislauf lief auf Hochtouren und bedurfte geraumer Weile, um sich zu beruhigen. Dem Tagebuch ward Bericht erstattet unter unaufhörlichem Kopfschütteln. Was war bloß los? Bin ich noch bei Verstand? Was geriet da aus den Geleisen? Ein zermürbender Kleinkrieg – alles nur wegen einer Handvoll Guaven? Wegen eines verbissen verteidigten Rechtsanspruchs auf Mittagsruhe? Das war der vierundvierzigste Geburtstag. Ein Kopfschütteln, durchaus selbstkritisch.

In eine überraschend andere Richtung lief der Ärger mit den Kindern in den Guavenbäumen am Karfreitag jenes Schwellenjahres, drei Wochen später. Es kamen Kinder aus dem Campus, fromm zu fragen, ob sie Guaven pflücken dürften. Einer solchen Nachfrage mußte selbstverständlich stattgegeben werden. ‚But the ripe ones only!' Und nur unter Aufsicht. Da kletterten die Kleinen im Baum herum, da stand die Aufsicht, paßte auf und verzichtete auf die eine Schüssel voll oder deren zwei an Nachtisch. Der Verzicht also stand, paßte auf, sah sich ein wenig um im lichten Gebüsch zwischen Haus und Holzschuppen und verfing sich in einer Überraschung. Die halbhohen Sträucher prangten in der dunklen Glut kirschgroßer, roter Beeren. Pitangakirschen! Nie zuvor waren sie so nahe am Haus wahrgenommen worden. Das Wunder mußte über Nacht gereift sein. Es mutete an wie eine Belohnung des lieben Himmels für den Verzicht auf Guaven. Ein großer Glaskrug füllte sich wie von selbst, und am nächsten Tag entstand die erste Konfitüre. Eine stückige, metallisch-herbe, durch viel Zucker ins angenehm Säuerliche gemilderte, purpurgallert-scharlachalgen-kirschrubin-rotglänzende Pitangakirschenkonfitüre. Das Tagebuch konnte die Köstlichkeit bei weitem nicht so genüßlich surreal beschreiben wie die ‚Marmeladenesser' aus den ‚Dreizehn nicht geheuren Geschichten' eines ansonsten Ungelesenen, in welchen die Zunge im Farbenrausch schwelgt, während das Auge sich in Geschmacksorgien verliert. Oder umgekehrt. Beide Sinne jedenfalls, so Zunge wie Auge, versetzten die Sprache in einen aminosäuren-polymeren, endlos über die Zeilen hinringelnden Adjektivrausch, der, in der Tat nicht ganz geheuer, an die zwanzig Jahre zuvor im Gedächtnis hängengeblieben war. Die Art und Weise, wie die Pitangakirschenkonfitüre zustande gekommen war, schien auch nicht ganz geheuer. Sie zeugte von einer wundersam erfreulichen Art von Nicht-ganz-Geheuerlichkeit. Denn ist das Gute, das Schöne, das Erfreuliche nicht immer und eher eine Ausnahme in den äußeren Wirrnissen der großen und den inneren der kleinen Welt?

44

Eine Trillerpfeife

Das Kleinvieh im Campus, lärmende Kinder in den Bäumen und Büschen hinter dem Haus und vor dem Haus ‚Määäry' schräg durch den Mittagsschlaf – während der Weihnachtsferien kam hinzu eine Trillerpfeife. Es war der Tropfen, der ein Faß, in das es schon ein Trimester lang stetig getropft hatte, zum Überlaufen und den Entschluß, Nzab'ngen vorzeitig zu verlassen, rapide zum Reifen brachte.

Kaum waren die Ferien ausgebrochen, der Kollege Ehemann wieder auf Forschungsreise und der Sinn einer gerade wieder Eingewöhnten auf Rückzug ins Eigentliche gerichtet (vielleicht wäre sogar die Muse erschienen!), als nicht idyllische Ruhe den Campus erfüllte, sondern das schrille Trillern einer Trillerpfeife die Nerven zum Zerspringen spannte. Ein Halbwüchsiger, eines von den vielen Kindern des einheimischen Leiters der Behelfsklinik, für den neben dem Schwesternbungalow eine Dienstwohnung gebaut worden und der daselbst eingezogen war mit großer Familie, Ziegen, Schweinen und Hühnern, um von daselbst seine Auffassung von Tierhaltung und Kindererziehung auszubreiten – von dessen Sprößlingen einer, ein stämmiger Bengel, fing an, von morgens bis abends mit nur geringen Unterbrechungen den Campus vollzutrillern. Er zog dabei mit Vorliebe schräg unter dem Fenster des Arbeitskabinetts vorbei, um am Anbau entlang in den Agavenweg einzubiegen. Der ärgerliche Zuruf, das Trillern bleiben zu lassen, erwies sich als wirkungslos. Nach einigen Stunden war es nicht mehr auszuhalten. Wer war hier zuständig? Die Eltern natürlich. Die Mutter saß, ohne Kopfbund und daher für eine Verärgerte fast nicht als Frau des Hauses zu erkennen, in der Küche. Am Boden hockend, Bohnen enthülsend, starrte sie der Weißen, die da kam, von Kopfschmerzen redete und sich beschwerte, verständnislos ins Gesicht. Verzog keine Miene, erwiderte kein Wort. Wie schief, wie peinlich, wie lächerlich war das alles. Mit einem trockenen Lachen ging die Weiße wieder davon. Am nächsten Vormittag ging das Trillern weiter. Verbot und Beschwerde hatten offenbar das Gegenteil dessen bewirkt, was erreicht werden sollte. Der Bengel trillerte nur um so mehr und um so lauter. Watte in die Ohren. Einen Brief an den Vater schreiben? Der Kollege Ehemann war wieder einmal nicht da, um das Richtige zu raten. Der Brief blieb unabgeschickt. Mit der Watte in den Ohren war es irgendwie auszuhalten. Die Nachbarn waren von dem Lärm nicht oder weniger betroffen. Sie wohnten auf der dem Trillern abgewandten Seite des Hauses. Das notdürftig wattegedämpfte Trillern durch mehrere Ferientage hindurch zeitigte Monologe im Tagebuch.

Als *fraternal* konnte – sollte? Mußte! – man sicherlich der Meinung sein, daß solches Trillern im freien Belieben der Mitbewohner des Campus stand. Sie, die brüderlichen Mitarbeiter, waren doch wohl nicht gekommen, um neben ihrer Arbeit her eine immerdar ungestörte Sommerfrische zu genießen inmitten idyllischer Parklandschaft mit nichts als Vogelzwitschern und Grillenzirpen?! Was hatten sie denn für Rechte außer dem Recht des Gastes, der Berufsausübung und der Wohltätigkeit? Sie hatten das Recht, in einem altehrwürdigen Missionshaus zu wohnen – gewiß. Aber auf wie viele Meter im Umkreis davon durften sie Ruhe und Privatsphäre beanspruchen und der Vorliebe für *ihre* Auffassung von Rücksicht frönen? War da etwa der heimliche Konflikt zweier Mentalitäten vorprogrammiert? Es war etwas, das oszillierte. Es flackerte auf der Grenze zwischen öffentlich und privat. Es war der Anspruch einer Weißen – *einer*, wohlgemerkt, nicht der *fraternals* insgesamt! – auf Ruhe und Privatsphäre, der Spannungen erzeugte bis hin zu dem Verdacht, die Weiße sei handgreiflich geworden, als eines der Kinder eines Tages heulend nach Hause lief. Es waren Spannungen, wie sie sich überall auf der Welt zwischen Nachbarn ergeben können. Im Campus von Nzab'ngen waren sie neu.

46

Sie waren neu oder sie wurden als neu empfunden. Sie schaukelte sich auf bis hin zu einem Stein, der durch die Dunkelheit flog. Inmitten unklarer Rechts- und Verfügungsverhältnisse, wie sie jeder Übergangszeit eigen sind, ergaben sich mitunter kritische Situationen, die zu Bewußtsein brachten, wie prekär im Grunde die Präsenz der Weißen auch in diesem Dorfe und in diesem Campus war. Wie vorsichtig und möglichst leise die Nachkömmlinge der einstigen Kolonialherren als nunmehr brüderliche Mitarbeiter trotz aller Privilegien und Geldgebereigenschaften aufzutreten sich befleißigen mußten, wenn sie nicht entweder böses Blut erregen oder sich unmöglich, geradezu lächerlich machen wollten. Der Ehemann und Feldforscher schien das alles klar zu durchschauen. Für eine Ehefrau und Tutorin, die bei aller äußeren Rollenkorrektheit weniger dem Verstehen gesellschaftlicher Interessengeflechte als der Wahrnehmung persönlicher Eindrücke und der Suche nach literarischer Umformung hingegeben war, blieb es ein unbewältigtes Problem.

Die Trillerpfeife also störte nicht nur; sie zer-störte die Weihnachtsferien. Späterhin lärmten die Kinder weiter in Bäumen und Büschen hinter dem Haus, und zur Mittagszeit, wenn die Schule aus war, zog es in hellen Haufen und blauen Scharen am Haus vorbei, schnatterte und kreischte, und ein kleines Mädchen rief einem anderen kleinen Mädchen mit schriller Stimme ‚Määäry' nach. Da war nichts zu machen. Etwas zu machen war allenfalls, wie die Episode mit den Pitangakirschen zeigte, hinter dem Haus. Der Kampf um Ruhe rings ums Haus war ein endloser Kleinkrieg mit kleineren Zwischenerfolgen; aber auf die Dauer aussichtslos. Kritischer als mit dem trillernden Halbwüchsigen, mit den Ruhestörern in den Bäumen und den schrillen Kleinen der Primarschule entwickelte sich die Auseinandersetzung mit den Sekundarschülern, die in Grüppchen und Gruppen am Hause vorbeizogen, schweigend Rechte usurpierend, die eine Weiße ihnen nicht zugestehen wollte.

Apartheid – ?!

Das Dorf, wie beiläufig bemerkt, hatte sich im Laufe von nur sieben Jahren sichtbar entwickelt. Der kirchliche Campus lag nun nicht mehr zwischen Ober- und Unterdorf, er lag zwischen letzterem und einem neuen Viertel in der Nähe der Sekundarschule, auf den Berg zu. Es hatte zur Folge, daß von den Schülern, die im Unterdorf wohnten, nicht mehr die Dorfstraße, sondern ein Wiesenpfad quer durch den einst ‚white man's fence' genannten Teil des Campus eingeschlagen wurde. Er führte vom sogenannten ‚Elefantenpfad' her an der Behelfsklinik vorbei durch einen von Fiebergrasbüscheln gesäumten grasigen Weg auf die schmale Passage zwischen einem Buschliliendickicht und der Schmalseite des nördlichen Seitenflügels des Missionshauses zu, wo sich WC und Bad befanden. Eine Passage, eben breit genug war, um den Landrover hindurchzulassen, wenn dieser bis vor das Haus gefahren kam. Durch diese Engführung waren auch in früheren Jahren Leute gekommen, meist Besucher aus dem Oberdorf. Der Massendurchmarsch von Schülern war neu.

Wäre er zu verhindern gewesen, wenn es schräg gegenüber von Tulpenbaum und Kapelle, gleich neben der prachtvollen Bougainvillea am Eingang zu dem schönen Vorgarten des Missionshauses noch ein verschließbares Gatter gegeben hätte? Es hätte bedeutet: Zutritt nur für Befugte. Wäre es respektiert worden? Das Gatter, das beim ersten Besuch 1972 schon lose in den Angeln des einen von zwei soliden Betonpfeilern hing, die einst zugleich Grenzpfeiler gewesen waren, dieses Gatter gab es nicht mehr. Es war abhanden gekommen und es kümmerte niemanden. Die Öffnung lud ein, nicht nur zur Umgehung der Dorfstraße und zur Abkürzung des Weges zwischen Unterdorf und Sekundarschule. Betonpfeiler und Bougainvillea boten auf der Straße Vorübergehenden willkommenen Sichtschutz, und es entstand ein Freiluftpissoir, für Männer nicht nur; auch Frauen hockten sich da gelegentlich hin. Die Weiße, die es von der Veranda her zufällig sah, wollte ihren Augen nicht trauen. Da es nun nicht alle Tage vorkam und von einer Geruchsbelästigung nichts zu merken war, mochte es hingehen. Schließlich war man in Afrika. Der Durchmarsch der Schülerscharen indes, die das fehlende Gatter zum Anlaß nahmen, der Unbequemlichkeit der Dorfstraße auszuweichend, war weit weniger leicht hinzunehmen.

Als die Kollegin Ehefrau dem Kollegen Ehemann eines Tages den Vorwurf machte, er habe während des Jahres ihrer Abwesenheit und seiner stellvertretenden Schulleiterschaft diesen Massendurchmarsch einreißen lassen, behauptete er, es sei schon immer so gewesen. Schon die Studenten des vormaligen Lehrerseminars seien am Haus vorbeigezogen. Er erinnerte sich richtig: sie kamen vorbei, wenn sie ihre Lehrproben in der Grundschule drüben zu halten hatten. Das kam nicht alle Tage vor und es waren ihrer wenige gewesen. Daß ein europäischer Interims-Direktor alte Ordnungen nicht wieder einführen konnte, war klar. Es wäre prekär gewesen, als Weißer Neuerungen entgegenzutreten, wenn es um schwarze Bequemlichkeit ging. Zudem waren öffentliche Rücksicht und private Neigungen offensichtlich ein Bündnis eingegangen und hatten eine Politik des *Laissez-faire* gefördert. Es mochte hinzukommen, daß der Kollege Ehemann ein Arbeitszimmer mit Blick zum Berg hatte, während das Fenster des Arbeitskabinetts an der östlichen Schmalseite des Hauses den Teil des Campus bis zur Behelfsklinik hin überblickte und bis zu dem Grenzpunkt reichte, wo aus dem Elefantengraspfade die Schülerscharen auftauchten oder verschwanden. Es war nicht möglich, von diesem Arbeitsplatze aus die Scharen zu ignorieren, die sich von da drüben her durch den langen Fiebergrasweg auf das Haus zu bewegten. Wenn die Tür zur Anbauveranda hin offenstand, dann mochten die neugierigen, wo nicht gar spöttischen und späterhin feindseligen Blicke der Älteren unter ihnen zu spüren sein. Dieser neuen Generation verschaffte es vermutlich Genugtuung,

das, was Weiße als ihre Privatsphäre betrachteten, mit afrikanischem Selbstbewußtsein zu ignorieren. Die Nachkömmlinge der
einstigen ,colonial masters' waren schließlich nur noch geduldete
Gastarbeiter. *Needed, but not wanted.* Der Verlauf der Auseinandersetzung soll aufgezeichnet werden, um im nachhinein auch
des verständnisvollen Verhaltens des damaligen afrikanischen
Schulleiters und Amtsbruders zu gedenken.

Das erste Trimester verging in latenter Irritation. Wie in einem
Zustand ungläubigen Abwartens, ob sich diese Störung nicht
vielleicht als vorübergehend erweisen würde. Offenbar nicht.
Während der Weihnachtsferien wurden allerlei Möglichkeiten
bedacht, auf welche Weise sich der schmale Durchgang sperren
ließe. Eine Tischtennisplatte aufstellen? Einen Bambuszaun mit
Gatter bauen? Gar eine Steinmauer errichten? Den Weg aufrau-
hen zu ähnlicher Unbequemlichkeit wie die Dorfstraße? Aber es
mußten da auch einzelne Leute vorbei, die ein altes Recht auf
diesen Durchgang hatten. Der Gedanke, das Eingangsgatter zu
erneuern, kam merkwürdigerweise nicht. An der Vorstellung,
den Durchgang unter dem Fensterchen des WC durch einen
Zaun zu versperren, erwies sich indes die Kraft der Vorwegnahme von dringlich Erwünschtem. Der nie gebaute ,eschatologische
Zaun' verhalf zum Verstehen religiöser Wunschträume.

(Daß die *fraternal* von 1980/81 nicht die einzige unter den Weißen
war, der die Schülerpassage als Störung der Privatsphäre mißfal-
len hatte, wurde ersichtlich beim ersten *Revenant*-Besuch, zwei
Jahre nach der endgültigen Rückkehr in heimatliche Lande. Der
Nachfolger im Hause, ein Holländer mit Familie, hatte eine Not-
lösung gefunden, indem er, offenbar auch nicht einverstanden
mit dem nahen Einblick so dicht bei Bad und WC, einen Trampelpfad quer durch das Buschliliendickicht hin zu dem Eingang
ohne Gatter angelegt und damit den Radius der Privatsphäre um
einige Meter erweitert hatte.)

50

Das neue Jahr und das zweite Trimester begannen. Noch während der letzten Ferientage war dem seelsorgerlich verständnisvollen Kollegen Schulleiter, mehr Bruder als Vorgesetzter, das Leiden unter dem ‚lack of privacy' geklagt worden, das sich als Folge des Mißbrauchs einer ‚private passage' durch die Schülerscharen ergab. Wieviel geruhsamer wäre das Leben in dem kleinen Häuschen im nördlichsten Winkel des Campus unter einem großen Bumabaum und trotz der schwarzen Mamba, die da gelegentlich im Gebälk aufgetaucht sein sollte. Dort hatte der Bruder Schulleiter zu wohnen beschlossen und sich geweigert, in das zweistöckige, repräsentative Europäerhaus im Palmenwinkel am Berg zu ziehen, in dem schon zwei einheimische Schulleiter residiert hatten. Der Kollege Schulleiter schrieb einen Brief an den Schulleiter der Sekundarschule, den Durchzug von Schülern durch den kirchlichen Campus betreffend, mit der Begründung, diese seien möglicherweise ‚involved in stealing'. Vom Stehlen war nicht die Rede gewesen. Sollte damit diplomatisch verhindert werden, daß der Eindruck entstand, es gehe um die Ruhe und Privatsphäre der Weißen? Wenn ja, dann wäre etwas dergleichen demnach als Anmaßung empfunden worden.

Es änderte sich zunächst gar nichts. Die Schüler zogen weiterhin vorbei, wo sie sie nicht sollten, und im Tagebuch begannen diesbezügliche Notate. ‚Aufpassen, daß ich mich nicht hinreißen lasse.' Der Ehemann empfahl Zurückhaltung und richtige Einschätzung der Lage. Man müsse durchrechnen, ob man stark genug sei, den Krieg zu gewinnen, den man erklären wolle. Der Krieg war bereits erklärt. Alpträume nahmen eine Eskalation im Kampf um die ‚private passage' vorweg. Am Freitag, dem 23. Januar, war es so weit. Die Konfrontation ergab sich am Eingang, wo das Gatter fehlte und wo die Tutorin im Gespräch mit einem Studenten stand. Zwei Sekundarschüler kamen am Haus vorbei und bogen in den Agavenweg ein. Die Weiße ging ihnen langsam entgegen und hielt sie an. Leise und beherrscht, spielend mit einem roten Taschenmesser, ward die Frage formuliert. So freundlich wie möglich sollte der Ton sein, aber mit bedeutsamem Unterton. Eine laute Stimme, gar Schimpfen, wäre völlig fehl am Platze gewesen. Soviel war klar. Ob sie nichts gehört hätten vom Erlaß ihres Schulleiters? Der eine, ein hübsches Gesicht: ‚No.' Der andere, ebenso häßlich: ‚Yes. We have got you now.' Die beiden reagierten sachlich-informiert und gingen ihres Weges. Was soeben gewonnen schien, ging verloren im Gespräch mit einem anderen Studenten, der hinzugekommen war. Ein ältlicher Dickschädel und Weiberfeind, der unter anderem auch für das Ernten und Verteilen von Avocados und Mangos im Campus zuständig war. Diesem klagte die Tutorin ganz unsouverän den Ärger mit den durchziehenden Schülerscharen, nahezu wehleidig um Mitgefühl heischend für die prekäre Situation der *fraternals* im Campus und überhaupt. Es war peinlich. Es drang zu spät ins Bewußtsein. Wäre der Kollege Ehemann solchen Klagen zugänglich gewesen, es hätte eines Studenten nicht bedurft. Immerhin war der Kollege Schulleiter bereit gewesen, Verständnis für das Bedürfnis nach Ruhe und Privatsphäre aufzubringen und etwas zu unternehmen. Es soll ihm, auch ohne Namensnennung, unvergessen bleiben.

Der nächste Sonntag kam und mit ihm etwas, das nach Provokation aussah. Man saß nach dem Gottesdienst zu zweit bei einer Tasse Tee in dem Arbeitszimmer, das auf der einen Seite zum Ké hinaufsah und auf der anderen hinüber zu dem steinernen Brunnendenkmal vor dem Haus. Von dünnen Gardinchen nur leicht verhüllt näherte sich eine giftgrüne Strickjacke über prallem schwarzem Arm und drallem Busen. Kam durch die verbotene Passage auf das Haus zu und posierte vor dem Blütenbäumchen, um sich von einem Begleiter fotografieren zu lassen. Posierte geraume Weile, und ein Haufen kleiner Kinder fand sich ein, um der Aufführung zuzusehen. Zwei Studenten kamen vorbei; einer blieb stehen, rief etwas herüber und machte mahnende Handbewegungen. Die giftgrüne Strickjacke ließ sich davon nicht beeindrucken. Sie posierte weiter, ganz offensichtlich wartend auf eine Reaktion von Seiten der Hausbewohner. Da war der eine nun zufällig ein Feldforscher und Menschenkenner, der verstand, was da draußen vorging und daß es dumm gewesen wäre, auf die Provokation einzugehen. Für die andere wurden Anblick und Gebaren der Eindringlinge erträglich beim Gedanken an den Zaun, den zu bauen sie dem verständnisvollen Kollegen Schulleiter vorgeschlagen hatte. Der eschatologische Zaun. Die Vorwegnahme des baldigen Endes allen Ärgers brachte den Ärger in die Schwebe, hob ihn beinahe auf. So bestimmt das Bewußtsein das Sein. Es war ein Schlüsselerlebnis. Die Antizipation des Zaunes erhielt das seelische Gleichgewicht. Zum ersten Male bewußt und reflektierend wurde die Wirkung des Prinzips Hoffnung an einer real möglichen, einer machbaren Sache erfahren. Die giftgrüne Provokation lief ins Leere.

Am folgenden Tag um die Mittagszeit schlenderte der Kollege Schulleiter über den Campus, um Polizei zu spielen. Aufzupassen, daß die Sekundarschüler nicht da entlangliefen, wo sie nicht sollten. Der Beweis guten Willens von Seiten eines verständnisvollen und brüderlich-hilfsbereiten Vorgesetzten machte Mut und stärkte das Selbstbewußtsein. Es war da ein Verbündeter. Eine knappe Stunde später wurde das Selbstbewußtsein auf die Probe gestellt. Es sah sich einem geballten Haufen von rund zehn Schülern gegenüber, einige davon schon älter und hoch aufgeschossen. Ein ungutes Gefühl. Wie war es zu dieser Konfrontation gekommen? Der Blick, vom Tagebuch hinwegschweifend, traf auf den Haufen, der soeben in den Fiebergrasweg auf das Haus zu einbog. Es blieben knappe zwei Minuten Zeit, sich zu entscheiden. Nein. Nein-nein! Ein deutliches Gefühl der Angst vor diesen vielen brachte das Herz zum Klopfen. Die Spannung stieg. Da stieß etwas in die Rippen. Feigling! Zitternd, aber ohne die Kraft, sich zurückzuhalten, ging eine, die gar nicht wollte, auf die vermeintliche Provokation ein, lief voraus und stellte den Haufen im Agavenweg. ‚Good afternoon, gentlemen. It seems you have not got the information… You look quite ignorant… Pass!' Auf Widerstand gefaßt, auf Frechheiten – aber diese jungen Leute guckten eher unschuldig. Kapierten offenbar nicht, wovon die Weiße redete. Sagten kein Wort und gingen weiter. Mit weichen Knien zurück ins Haus. Vor dem Tagebuch ein Blackout. Was war da soeben passiert? Ein Stein war ins Rollen gekommen. Eine knappe Stunde später machte ein anderer Haufen, alles Mädchen, mitten im Fieberweg kehrt und rannte zurück, um den vorgeschriebenen Weg an der Behelfsklinik vorbei zur Dorfstraße zu nehmen. Kurz zuvor war ein Student dazwischengekommen, als die Tutorin zwei weitere irrelaufende Sekundarschüler zur Rede stellen wollte. Es kamen an diesem Nachmittag keine weiteren Irrgänger mehr vorbei. Möglich, daß der Student, der vorn am Eingang zum Vorgarten an der Hecke herumstutzte, die Rückflut abgelenkt hatte. Am späten Nachmittag war das Schauspiel zu sehen, wie zwei Grazien im Fiebergrasweg kehrt machten und vor der Kollegen Ehemann davonliefen, der da völlig ahnungslos ums Hauseck bog. Zum Lachen, grimmig, sarkastisch. Ein gänzlich Harmloser; einer, dem alles, was die Kollegin Ehefrau aufregte, so wurscht-und-egal war, als Schülerschreck.

Der Zaun wurde nicht gebaut; aber die Hauptflut war abgelenkt und zog nun an der Behelfsklinik vorbei zur Dorfstraße. Morgens, vor und nach der Andacht, war der Kollege Schulleiter immer wieder darauf bedacht, Schüler, die von der Straße in den Agavenweg einbiegen wollten, mit sanfter Stimme auf den rechten Weg zu weisen. Es war nun bekannt gemacht, daß dieser Weg keine ‚public passage' war. So ging der Februar hin, der mancherlei andere Sorgen mit sich brachte. Bisweilen schien es, als sei das Problem gelöst. Es war dies keineswegs der Fall. Sei es, daß das Verbot sich unter den betroffenen Sekundarschülern nicht genügend herumsprach; sei es, daß einige es nicht einsahen

54

und dies zum Ausdruck bringen wollten; sei es, weil es Spaß machte, die Weiße ein bißchen zu ärgern – es bogen immer wieder Grüppchen in den Agavenweg ein und mußten zurechtgewiesen werden. Die Weiße durfte nun sogar schimpfen, denn sie wußte, daß sie (von afrikanischen Gnaden) im Recht war. Was ließ sich noch machen, um die Rechtslage klarzustellen?

Der Kollege Schulleiter ging auf den Vorschlag ein, statt eines Gatters ein Verbotsschild anzubringen, und so hing da Ende Februar neben dem Betonpfosten eine Stück Pappe: *Public Notice. No Trespassing.* Das war nun zwar nicht die gewünschte Formulierung, und der erste Regenguß würde dieses Verbot sowieso zunichte machen; wofern man überhaupt so lange zu warten brauchte – und in der Tat: wenige Tage später war diese ,Public Notice' nicht mehr vorhanden. An einem Sonntag. Am Morgen, noch vor dem Gottesdienst, war eine Gruppe von Schülern, die da am Anbau vorbeidefilieren wollten, von der wachsamen Weißen mit strenger Miene zur Umkehr gezwungen worden. Nach dem Gottesdienst war das Verbotsschild weg. Es wurde nicht erneuert. Man überging den Vorfall mit Schweigen. Die Weiße indes schickte weiterhin und ohne Hemmungen, wo immer es sich ergab, Schüler in beiderlei Richtungen zurück. Es war kein Auf-der-Dauer-Lauer-liegen. Gewiß nicht. Es gab noch eine Menge anderer und wichtigerer Dinge. Dem Anspruch auf Privatsphäre um das Haus war von einem verständnisvollen Schulleiter, einem Grasländer, immerhin halbwegs entsprochen worden. Nun aber – wie sah die Sache von der anderen Seite aus?

Es kam an den Tag durch einen Kollegen aus Kerala, der in der Sekundarschule Literatur unterrichtete. Er ließ bei Gelegenheit durchblicken, was dem gutwilligen Kollegen Schulleiter an jenem Sonntag Ende Februar zu Ohren gekommen sein mußte, worauf hin er das Verbotsschild wieder hatte entfernen lassen. Es gehe nämlich, so der Kollege aus Indien, im Zusammenhange mit dem

Anspruch der Weißen auf ‚privacy' die Rede von ‚apartheid' um. Man – das waren Schüler und vermutlich auch jüngere Lehrkräfte der Sekundarschule – empfand den Anspruch der Weißen als Anmaßung. So einfach war das. Die großen Keulen politischer Analogien waren schnell zur Hand und leicht zu handhaben. Wie gut, daß es immerhin ein schwarzer Vorgesetzter gewesen war, der die Rechte weißer Gastarbeiter vertreten (und sich schließlich stillschweigend und in weiser Einsicht in das irrationale Geflecht politischer Emotionen davon wieder zurückgezogen) hatte. Die Geschichte begann auch in Nzab'ngen einen Handschuh umzustülpen.

Ein Steinwurf bei Nacht

Wo nicht gänzlich im Dunkeln, so doch im Zwielicht muß in diesem Zusammenhang bleiben, wie weit der nächtliche Steinwurf am 22. Februar eine Antwort war auf den Versuch, einen Anspruch auf Privatsphäre durchzusetzen.

An jenem Sonntag im Februar flog ein Stein in pechschwarzer Nacht. Er flog knapp am Kopf vorbei. Beim Überqueren der Dorfstraße hatte sich im Dunkeln linker Hand vom Unterdorf herauf ein Grölen genähert, vermutlich Betrunkener, vermutlich Jugendlicher. Dem Lichtkegel der Taschenlampe folgend, ging es nur wenige Schritte an der Kapelle vorbei, da war es auch schon geschehen. Der Stein flog und fiel in der Nähe nieder. Gezielt oder nicht, das nahe Vorbeifliegen und zu Boden Fallen war zu hören. Was war voraufgegangen? Ein Reflex wie drei Wochen zuvor. War es Ärger über das Gegröle? Hatte man der Weißen, die als solche in ihrem langen Sonntagsrock im Lichtkegel der Taschenlampe gut erkennbar gewesen sein mochte, etwas Ungehöriges nachgerufen? Wodurch war das Stehenbleiben und die Wendung zurück veranlaßt worden? Warum richtete sich der grelle Lichtkegel, neue Batterien, auf die Gruppe im Stockdun-

56

keln der Dorfstraße? Ein wildes Geschimpfe brach los – ‚Put out the torch!' Es kam herüber in aggressiv befehlendem Ton. Der Befehl wurde nicht sofort befolgt, denn wer hatte hier ein Recht, zu befehlen und dazu in diesem Ton! ‚It's one of the Europeans' – das war noch deutlich zu hören, aber es war im nachhinein nicht mehr erinnerlich, ob der Stein vor oder nach dieser Feststellung geflogen war. Das Ziel mußte deutlich genug erkennbar gewesen sein. Der Lichtkegel nahm sich zurück – eher langsam. Die Weiße ging im Dunkeln weiter – auch eher langsam. In einem Zustande beträchtlicher Verstörung. Geistesabwesend ward die Bibelstunde des Kollegen Schulleiters abgesessen.

Was war da passiert – und was, zum Glück, war *nicht* passiert! Ein Zufall, der in einem Unfall hätte enden können. Es waren Betrunkene gewesen, gewiß. Also Unzurechnungsfähige, zu allem möglichen Fähige, denen bei Totschlag mildernde Umstände zuerkannt worden wären. Aber was war der Anlaß gewesen? Ein Versuch sinnloser Selbstbehauptung? Wie drei Wochen zuvor war es der irrationale Reflex gewesen, auf eine Gefahr zuzugehen statt ihr auszuweichen. Flucht nach vorn. Warum? Aus Unsicherheit? Aus hypertrophem Selbstgefühl? *Anlaß* für die Aggressivität auf der anderen Seite war das blendende Licht der Taschenlampe gewesen. Aber der *Grund*? Falls es Sekundarschüler gewesen waren, dazu solche aus höheren Klassen, dann taten sich hinter der Alkoholisierung Dimensionen auf, die wiederum Anlaß gaben, nachzudenken über die Situation von *fraternals* in diesem Lande als Fremde und Nachkommen der einstigen Kolonialherren. Der Geschichtsunterricht trug vermutlich dazu bei, das Ressentiment der neuen Eliten angesichts tatsächlich geschehenen Unrechts über die üblichen Vereinfachungen und Verallgemeinerungen hinaus zur Kollektivschuld der Weißen aufzuschaukeln. Schwarz-Weiß-Malerei mit umgekehrten Vorzeichen unter Ausblendung von allem, was Afrika durch die Kolonialisierung gewonnen hatte und weiterhin mit heißer Begier an sich riß.

Auch den Dolch westlicher Bildung samt Wertvorstellungen und Ideologien, mit dem die schwarze Elite dem Weißen, der ihm die Waffe bereitwillig gereicht hatte, zu Leibe ging. Im Hintergrunde geisterte in diesem Falle das Phantom ‚Apartheid' – der rassistisch interpretierte Anspruch einer Weißen auf die Wahrung von Privatsphäre im unmittelbaren Wohn- und Sanitärbereich.

Es war ein geschichtsphilosophischer Stein, der da geflogen war. Er hatte getroffen im Vorbeifliegen. Geworfen von Alkoholisierten, gewiß; aber hat nicht jede Ideologie die Wirkung von Alkohol? Und wenn beides zusammenwirkte, das eine das andere aus der Latenz hervorholte – ? Nun aber. Es war letztlich der grelle Lichtkegel einer Taschenlampe gewesen, der den Steinwurf provoziert hatte. Es war im falschen Augenblick das Falsche getan worden. Der Kollege Ehemann, als er den Vorfall erzählt bekam, zeigte sich nicht weiter beunruhigt. Er gab den guten Rat, das nächste Mal vorsichtiger zu sein. Wie, wenn der Stein getroffen hätte? Nun, er hatte ja schließlich *nicht* getroffen.

*

Die Osterferien bildeten eine Art Wendepunkt. Das dritte Semester mit nach und nach einsetzender Regenzeit brachte weniger Ärger mit sich. Es liefen hin und wieder immer noch Sekundarschüler, seltsamerweise meist größere Mädchen, den untersagten Weg entlang und rissen unterwegs Guaven ab. Ehe der Regen dem ein Ende machte, suchten Kinder weiterhin die Büsche und Bäume hinter dem Hause heim und mittags zogen die kleinen Blauen immer wieder einmal schreiend am Hause vorbei. Dann rauschte der Regen den Campus zu. Es wurde graugrün ringsum und es wurde friedlicher im Rauschen des Regens. Der Nachhall jener drei, vier Monate; jede Erinnerung an die Trockenzeit 80/81, reichte indes hin, dem Entschluß, Nzab'ngen vor der Zeit zu verlassen, Nachdruck zu verleihen.

58

Vom Makel der Ungastlichkeit

Gastlichkeit ist etwas Schönes, zumal in fremdem Lande. In alten Zeiten und primären Kulturen beschützen ungeschriebene Gesetze den Gast, der gemeinhin zugleich der Fremde war. Der Mythos sprach von Göttern und anderen himmlischen Wesen, die sich den Menschen in der Gestalt von Fremden nahten, gastlich aufgenommen und dafür belohnt wurden. Philemon und Baucis etwa. Schön und gut ist Gastlichkeit freilich in der Regel nur, wenn sie sich ungezwungen entfalten darf. Sobald sie von außen zugemutet wird, ändert sich ihre Physiognomie. Sie runzelt die Stirn, sie beginnt zu grollen, und aus Mücken können Elefanten werden. Zumal während der Trockenzeit.

Den Frieden des eigenen Wohnbereichs und der Seele störten während des Schwellenjahres in Nzab'ngen nicht nur Kleinvieh, Lärm und Schülerscharen, die ein fehlendes Gatter zum Anlaß nahmen, eine Abkürzung einzuschlagen. Auch ein Gästezimmer sorgte für Unfrieden. Eine Enklave schräg neben dem eigenen Schlafzimmerfenster. Als Eindringlinge in die Privatsphäre wurden Gäste empfunden, die nicht eigene und private, sondern kirchenoffizielle oder anderer Leute Gäste waren.

Solche Gäste hatte es immer gegeben. Nzab'ngen war für einheimische kirchliche Würdenträger und überseeischen Kirchentourismus trotz schlechter Piste immer eine Reise wert. Die Gäste mußten untergebracht und beköstigt werden. Die von offiziellen und anderweitigen Gästen benutzte Räumlichkeit befand sich ‚on the premises', in dem Seitenflügel, der auch Küche, Bad und WC auf eine Reihe brachte. Wenn die Frau des Hauses, in morgendlicher Dämmerung einen vollen gelben Plastiknachttopf in beiden Händen balancierend, dem WC zustrebte, mußte sie damit rechnen, einem Gast im Schlafanzug in den Weg zu laufen oder vor besetztem Privé zu stehen. Das verschimmelte Bad mußte zur

Verfügung gestellt werden. Die Blecheimerdusche war leicht aus den Angeln zu reißen. Wer war verantwortlich für dieses Gästezimmer, für Kerosin, Klopapier und allfällig anderweitige Bedürfnisse der Gäste? Warum wurden Gäste, statt sie der Privatsphäre eines unter mehreren Haushalten zuzumuten, nicht anderswo untergebracht? In dem zweistöckigen Prestigegebäude zum Beispiel, drüben im Weinpalmenwinkel. Auf dieses Gebäude zu rollte durch ein großes Tor aus ehernem Gestänge von der Straße her und an der Behelfsklinik vorbei jede Landroverladung mit offiziellen Gästen, dem Schulleiter sozusagen vor die Füße, mit welchen er von oben herabstieg – dieses Gebäude stand im vorletzten Jahre leer. Warum also brachte man offizielle Gäste nicht in dem Zweistockwerkhause unter? Es wäre zu unbequem gewesen. Es war viel bequemer, sie Weißen zuzumuten, die nur zu zweit waren und wo die Frau neben dem Beruf her, wie üblich, auch noch als Hausfrau und Gastgeberin dienen konnte.

Offizielle Gäste des Seminars, kirchliche Würdenträger aus einheimischen oder überseeischen Gefilden, verursachten, von frühmorgendlichen Peinlichkeiten abgesehen, weniger Probleme. Sie waren überwiegend willkommen, selbst dann, wenn der Koch die letzte Pampelmuse und das letzte Stück Edelkäse aus Duala drangab, das in aller Aufrichtigkeit auch ohne Teilung ganz gut geschmeckt hätte. Solche Gäste gehörten zum Beruf. Sie kamen während der Trockenzeit, um hospitierend Interesse zu zeigen für eine abgelegene Bildungsanstalt. Davon abgesehen quoll aus dem Landrover auch immer wieder Kirchentourismus aus Europa, der freilich kaum länger als zwei Stunden blieb. – Unter den offiziellen Gästen fand sich eines Tages ein imposantes Exemplar von autochthonem Würdenträger aus der frankophonen Kirche römischer Abstammung jenseits des Ké. Ein Schädel in Proportion mit dem Bauch, ein Pater, der eine Abendvorlesung über Ahnenverehrung zu halten eingeladen war. Der Kollege Ehemann hatte das Walroß von Ehrwürden ans anglophone Ufer gezogen.

Ihm war dieser kolossale Fang zu verdanken. Er war es auch, der den Vortrag fast simultan dolmetschte und damit eine Glanzleistung vollbrachte. Gegen dergleichen war nichts einzuwenden.

Problematischer war das Medizinervölkchen aus dem nächsten größeren kirchlichen Krankenhaus, das turnusmäßig auftauchte, um kurzfristig Fachmännisches durchzuführen, das weder im Kompetenzbereich der Krankenschwester, noch in dem des neuen einheimischen Leiters der Behelfsklinik lag. Diese weißen Medizinmänner, meist noch recht jung, bisweilen auch eine unverheiratete Frau, wurden zwar im Schwesternbungalow verpflegt; aber das Gästezimmer des Seminars mußte auch den Bedürfnissen der Behelfsklinik und der kirchlichen Frauenarbeit dienen. Die damit beauftragten Damen kamen, schwarz und/oder weiß und meist zu zweit, kurzfristig angemeldet, und waren da. Nahmen ohne zu fragen das Bad in Beschlag, erwarteten womöglich heißes Wasser, und wem würde man den Strick der Ungastlichkeit drehen? Nicht dem Herrn des Hauses, der abseits in seinem Arbeitszimmer saß oder sich auf dem Feld der Forschung herumtrieb. Frostige Stimmung also konnte aufkommen zwischen *fraternals*, weißen Frauen, die einander so ungewollt nahe auf dem Halse hatten. In einem Falle sollte es sich rächen, genaue vier Jahre später, als eine als *Revenant* Alleinreisende nach K'ba kam und notgedrungen Gastlichkeit in Anspruch nehmen mußte bei einer *fraternal*, die da einst so schwesterlich unwillkommen gewesen war. Es schleift nach, peinlich und fade zugleich.

Am ärgerlichsten freilich waren anderer Leute private Gäste, für die das offizielle Gästezimmer in Anspruch genommen wurde. Solche Privatgäste wurden bisweilen nicht einmal vorangekündigt; sie standen plötzlich auf der Veranda herum, als seien sie da zu Hause, und am peinlichsten war es, wenn zudem die naheliegende Meinung aufkam, diejenigen, auf deren Seite des Hauses das Gästezimmer sich befand, hätten auch für gewisse Elementarbedürfnisse zu sorgen, einschließlich Frühstück. Leute, denen man sonst unbefangen freundlich begegnet wäre, wurden in solch aufgezwungener Hautnähe zu einer Peinlichkeit. Die Einquartierung wurde zur Erpressung. Erpreßt wurden äußere Formen der Gastlichkeit. Es wurde eine Rolle aufgezwungen, die leicht und mühelos zu spielen gewesen wäre, hätte es sich um Gäste eigener Wahl und Einladung gehandelt. Aber es waren anderer Leute Gäste, die da aus Europa angeflogen kamen, und die Selbstverständlichkeit, mit der das Gästezimmer für sie in Anspruch genommen wurde, verblüffte und verärgerte. War es so völlig unvorstellbar, daß die Einquartierung von Privatbesuch im Gästezimmer des Seminars eine Zumutung und Nötigung für diejenige sein könnte, die von diesen Gästen zwischen Küche und Arbeitszimmer wohl oder übel Notiz nehmen mußte? War denn die eine Hälfte des Hauses ein Gasthof, eine Absteige oder gar ein Hotel garni? Wenn jemand seine Privatgäste ohne auch nur höflichkeitshalber um Erlaubnis zu fragen, bei anderen einquartierte, dann fehlte es entweder an Einfühlungsvermögen oder aber – oder es lag alles und ausschließlich an der labilen inneren Verfassung derjenigen, welcher sich eine Mücke zum Elefanten aufblähte. Vielleicht auch war das Bedürfnis nach Ruhe und Privatsphäre nur die halbe Wahrheit. Vielleicht waren anderer Leute Gäste so unwillkommen, weil eigene Gäste so selten waren oder solche, die willkommen gewesen wären, nicht eingeladen werden konnten.

*

Damit könnte das unliebsame Kapitel schließen. Wäre der Campus zu Anfang nicht so idyllisch erschienen; hätte man sich von Anfang an mit Schafherden, Trillerpfeifen, Määäry, lärmenden Kindern in den Bäumen und Büschen, scharenweise durchziehenden Sekundarschülern und anderer Leute Gästen in nächster Nähe vertraut machen und abfinden müssen – vielleicht wäre ein

62

dickeres Fell gewachsen. Vielleicht auch nicht. Immerhin und trotz allem: das Wichtigste im Campus von Nzab'ngen war letztlich nicht das Idyll mit Berg und Palmen und auch nicht das Haus mit seiner ringsum zunehmend bedrohten Privatsphäre. Das Wichtigste war der Beruf, das Unterrichten. Es waren die Studenten, die dem Dasein Sinn und Inhalt gaben. Hier freilich neigte sich die Hochebene freudiger Pflichterfüllung ebenfalls zur schiefen Ebene, auf der die anfängliche Begeisterung langsam und stetig abwärts glitt. Das ist ein Kapitel für sich.

Pfusch im Arbeitskabinett

Das Kapitel ,Idyll und Verfall' kann nicht schließen ohne einen Blick in das Arbeitskabinett, in welchem nach der Rückkehr im Oktober 1980 ebenfalls unliebsame Veränderungen festzustellen waren. Hier, wo einst auch während der Regenzeit kein Tröpflein einzudringen vermochte, bildeten sich jetzt Pfützen.

An der östlichen Schmalseite des Hauses war die ringsum laufende Veranda zu einer kleinen Räumlichkeit ausgebaut, die allen möglichen Bezeichnungen gerecht wurde – Kammer, Kabuff oder auch und vornehmer: Kabinett. An den drei Außenseiten deuteten dunkle Holzverkleidung, drei Türen und ein Fenster Innenraum an. Die vierte Seite, weißgekalktes Fachwerkgemäuer, erinnerte daran, daß hier eigentlich schon Draußen war – ein Stück Veranda. Der schmale Raum vermittelte dennoch das Gefühl, daß er des Hauses Innerstes und Eigentlichstes war. Dieses Arbeitskabinett war zugleich Büro und Boudoir. Die Tür nach vorn, zur Anbauveranda, stand bei schönem Wetter meist sperrangelweit auf und ließ den Blick vom Schreibtisch her seitwärts schweifen – wodurch auch leider kaum etwas der Aufmerksamkeit entgehen konnte. Ob da der Koch mit einer Frau aus dem Dorf um eine Ananas feilschte, Schüler vorbeizogen oder Gäste ein- und ausgingen, es mußte zur Kenntnis genommen werden. Die Tür stand auf nicht nur aus Belüftungsgründen, sondern auch, um jeden, der sich nahte, meist Studenten, rechtzeitig zu bemerken. Die Tür in der Fachwerkwand führte ins Schlafzimmer, eine dritte zur hinteren Veranda.

Diese Räumlichkeit war nach eigenen Bedürfnissen ausgestattet und nach eigenem Geschmack dekoriert. Das Gemäuer zum Schlafzimmer hin war bis zu Kopfhöhe mit rotbraun-beige gemustertem Tuch bespannt, ein großzügiges Dekor: dicht an dicht lauter kreisrund abstrakte Mondaufgänge, muskatfarben, kristallin gebrochen, streng und lieblich zugleich. Ein paar Wasserfarbengemälde von eigener Hand aus früheren Zeiten erinnerten an Heimat, die es eigentlich nicht gab. An dieser Wand entlang stand ein langes, halbhohes Regal, angefüllt mit einem Teil der Bücher aus den Seekisten, deren anderer Teil in einem Hochregal rechter Hand neben dem Fenster Platz gefunden hatte. Neben der Tür zur hinteren Veranda stand ein breiter, recht bequemer, hölzerner Sessel für Besucher. Er füllte die Ecke aus, in der anfangs ein dicker, vor Altersschwäche wackeliger Schrank gestanden hatte, der sich in die andere Ecke, neben der Tür zur vorderen Veranda, hatte verschieben lassen, ohne auseinanderzubrechen, und in den hinein alles das gestopft und verstaut werden konnte, was keinen angemessenen Platz in den Regalen fand: Packpapier und alte Akten, Stoff- und Wollreste, Nähzeug, Bindfäden, verrostete Nägel – und ein Nachttopf aus gelbem Plastik. Das kubische Ungetüm war nahezu eine Müllablage. Es war, bei der weiten Entfernung des WC, vor allem ein Verschlag zum Verwahren des zur Nacht überaus notwendigen Nachtgeschirrs.

Aber nicht nur dieser Schrank und sein eigentlich unaussprechliches Geheimnis machten das Kabinett zur Hälfte zu einem Boudoir. Es stand ihm gegenüber, an der dunklen hinteren Schmalwand entlang, auch eine Liege, eine schmale Holzpritsche, die,

64

mit einer Matratze und bunten Decken versehen, notfalls Gäste-
bett für eine Nacht sein konnte. Sie diente jedoch überwiegend
als Bücherablage und als ‚Chaiselongue' – hier saß die Tutorin,
wenn in dem Besuchersessel ein Student saß. Im Rücken kroch,
dem Haussa-Händler Ali abgekauft, an der Wand entlang allerlei
Getier des Graslandes: Chamäleon, Spinne und Schlange, weiß
gestickt auf bordeauxrotes Tuch.

Das Fenster, aus Quadratscheiben zusammengesetzt, zum Öffnen
ungeeignet, ließ die Morgensonne, sofern Regen und Nebel sie
nicht verhüllten, gegen halb sieben herein, wenn sie hinter dem
nach Nordosten abflachenden Berg hervorstieg. Auch der Mond
kam von dorten. Sonne und Mond und sonst niemand guckte
von draußen durch mürbe Gardinchen. Auch ein paar rostrote,
goldgeblümte, mottenzerfressene Vorhänge hatten sich unter
allerlei, von einer Vorgängerin nachgelassenen Resten gefunden.
Vorsichtig befestigt und abends zugezogen, hielten sie zudem
einen Teil des Wassers auf, das seit neuestem durch viele Rah-
menritzen drang, wenn der Wind den Regen, der vom Dache
ohne Dachrinne strömte, gegen das Fenster drückte. Der kleine
Tisch, auf welchem zwei Ellenbogen sich eben ausbreiten konnten, mußte bei solcher Gelegenheit vom Fenster weggerückt werden, damit, was da an Papierenem lag, sich nicht vollsaugte in
den seichten Lachen, die sich stetig ansammelten, um sodann auf
dem Bretterboden eine schöne Pfütze zu formen, eben da, wo
zwei Füße Platz finden sollten. Diese Pfützen waren neu. Im Jahre der Abwesenheit waren ‚Verbesserungen' vorgenommen worden. Die äußeren Verkleidungen aus Blech und Holz waren her-
ausgerissen und durch Neuanfertigungen ersetzt worden, die
sich als einheimisch-handwerklicher Pfusch erwiesen. Kurz und
wiederum nicht gut: Wo es bislang bei Regensturm sicher gewesen war, mußten nun allerlei Vorkehrungen getroffen werden,
um Bücher und Hefte zu retten. Auch ein Wink des Schicksals: Es
geht einem Ende entgegen. Geh!

Es ist dieser ‚Verfall' erinnert worden in dem Bewußtsein, daß jede Wirklichkeit zwei Seiten hat. Ein Baum wird umgesägt: für die einen Feuerholz, für andere: schade. Die Mittagsruhe wird gestört: für die einen das gute Recht der Kinder, sich nach der Schule Luft zu machen oder sich an Guaven und Beeren zu verlustieren; für andere eine nervliche Belastung. Dem Bedürfnis nach Privatsphäre wird Nachdruck verliehen und ein Durchgang verboten: für die einen eine Anmaßung, für die Weiße – eine Kohlhaserei? Das Gästezimmer wird in Anspruch genommen: für die einen eine Selbstverständlichkeit, für die andere eine Zumutung. Fazit: hätte die *fraternal* bessere Nerven und mehr Verständnis für einheimische Mentalität und Gepflogenheiten gehabt, wäre alles nicht der Rede wert gewesen.

Wie ging es weiter mit dem ‚Verfall'? Nach der Verlegung des Seminars in die Stadt wurde in Nzab'ngen die Behelfsklinik ausgebaut. Die einstigen Lehrgebäude, nach fast völligem Verfall renoviert, und das Missionshaus werden nun von Klinikangestellten bewohnt. Ein Teil des Missionshauses dient inzwischen als Unterkunft für gut zahlende Touristen, welche kommen, um seltene Vogelarten in den Urwäldern des Ké zu beobachten. Es kamen auch zwei der *fraternals* von einst, um sich im Jahre 2006 noch einmal umzusehen. Für die eine gab es, außer dem ansehnlichen Berg, nichts Sehenswertes mehr zu sehen – allenfalls eine Mauer aus Beton und Metallstäben, die den einstigen ‚white man's fence' von der Straße abschirmt. Es gibt keinen Durchgang mehr da, wo einst ein fehlendes Gatter Schülerscharen zur Abkürzung am Haus vorbei führte. Die Zeiten in Lande wurden unsicher, die Jungendkriminalität nahm zu. Es konnte zu keiner Verdächtigung von schwarz-weißer ‚Apartheid' mehr kommen, denn es gab (außer gelegentlich in der Klinik) keine Weißen mehr in dem einstigen Campusbereich. ‚Apartheid' wurde Schwarz-Schwarz. Afrikaner müssen sich gegen ihresgleichen abgrenzen und schützen durch eine Betonmauer mit Eisenstäben.

Didaskalia
Vom Fünf-Tage-Sinn des Daseins

War es nicht eine glanzvolle Zeit, damals, in den siebziger Jahren, im Campus von Nzab'ngen? Idyll nicht nur, sondern geradezu Ideal mit großem Anfangsbuchstaben! Der Hain des Heros Akademos war über zweitausendfünfhundert Jahre hinweg von Athen an die Hänge des Ké versetzt, ein Kultverein mit hohen Satzungen, festem Tages- und Lebensplan, zwar nicht der Mathematik und den Musen, dafür, doch wohl gleichwertig, dem Studium Heiliger Schriften und des Glaubens an den Dreieinigen Gott geweiht – was kann es Schöneres und Sinnvolleres geben, das Leben und die Tage damit hinzubringen?!

Wie nun freilich so fern ist seitdem alles gerückt. Wie anders ist alles geworden. Nach der Verlegung des Seminars, zu Ende der achtziger Jahre, stand die Stätte lange Jahre wüst und leer, von Elefantengras umwuchert, kaum zugänglich; die Klassenzimmer, einst Arenen des Geistes, waren verwahrlost zu Ziegenställen mit vermoderndem Restmobilar, herabhängenden Zwischendecken, herausgebrochenen Lamellenfenstern, demontiertem Wellblech: eine Urwaldruine beim vorletzten von drei Besuchen, im Jahre 1995. (Dies alles und auch die Anlässe solcher *Revenant*-Besuche finden sich ausführlich beschrieben in den gesammelten Rundbriefen, auf die andernorts hinzuweisen sein wird.)

Wenn hier zu Anfang noch einmal das Bild des Verfall sich aufdrängt, so vor allem, um daran zu erinnern, daß Wissenschaft und Lehre ein Luxus sind, der nur gedeihen kann, wo für die Bedürfnisse des täglichen leiblichen Lebens hinreichend gesorgt ist. Klöster in Tibet und in der Toskana, auch das mönchische Leben in der Akademie Platons, mögen dem am Rande vielleicht widersprechen – für ein Dorf in Afrika wird ein Krankenhaus immer wichtiger und sinnvoller sein als ein Pfarrseminar mit Büchern und Geistesübungen.

Bücher und Geistesübungen, afrikanische Studenten und ein gemischtes Kollegium aus Afrikanern und Europäern. Es sollen hier keine Betrachtungen angestellt werden darüber, wie viel und welche Art von Theologie einer Jungen Kirche Afrikas zu- oder abträglich war oder ist. Es lag ein Lehrplan vor, verfaßt von Weißen in den fünfziger Jahren; die einzelnen Lehrkräfte, ,Tutoren' genannt, hielten sich vermutlich eher mehr als weniger daran. Der Laden lief. Ein kleines Kollegium, selten weniger als vier oder mehr als fünf Lehrkräfte, je nachdem ob sich eine einzige Klasse oder deren drei mit je zehn bis vierzehn Studenten auf dem Campus befanden – größer dürfte das Institut auf dem Gelände des Heros Akademos einst auch nicht gewesen sein. Übersichtlich. Jeder kannte jeden. Der Lehrer lehrte nicht nur; er war auch Seelsorger und Helfer in der Not – vor allem, wenn er ein *fraternal* war und es um Geld ging.

Wie viel müßte hier an Grundlegendem bezüglich Unterkunft, Stipendium, Gesundheitsfürsorge, sowie an Zwischenmenschlichem, Familie nahe oder fern und hinsichtlich allfälliger Versuchungen für Unbeweibte beschrieben werden, damit die schwankenden Motivationen und Leistungen unter dem Anspruch akademischer Standards begreiflich würden? Wenig. Jedenfalls nichts, das einer sozio-psychologischen Studie des damaligen Campus von Nzab'ngen gleichkommen könnte. Eine Skizze muß genügen, damit wenigstens die Grundmauern vorstellbar werden, welchen die luftige Datsche des Geistes und der *Didaskalia*, derer eine Weiße (als damals einzige Frau im Kollegium) sich befleißigte, mehr oder weniger abgehoben auflag.

Da standen, im Halbkreis um den akademischen Hügel, in geziemendem Abstande von der Stätte täglicher Geistesbeschäftigung die Reihenhäuschen der Familien, deren Häupter sich dem Studium hingaben. Die Frauen kochten Jams und braune Bohnen auf drei Steinen in einem winzigen Küchenanbau. In ihrem Haar, in ihren Kleidern war immer der Geruch von Holzkohlenrauch. Sie arbeiteten in den Farmen und zogen die Kinder auf. Sie wuschen die Wäsche an einer Wasserstelle, an der bisweilen auch Schweine wühlten, und ihre Kleinen spielten halbnackt zwischen Hühnern, Hunden und Ziegen. Für etwas Besseres an ‚Lebensqualität' standen der Kirche schlicht keine Mittel zur Verfügung. Diese Studentenfrauen sollten nebenher außer Stricken und Hygiene auch noch etwas Geistliches lernen. Viele wehrten sich dagegen mit unverhohlenem Gähnen. Hatten sie nicht recht? War, was sie leibhaftig und täglich leisteten, nicht lebens- und überlebenswichtiger als alle sogenannte Bildung? Es wäre eine Preisfrage für westliche Feministinnen gewesen.

Die Unverheirateten hatten ein ‚Refektorium' und gemeinsame Schlafbaracken mit unverglasten Fensterhöhlen. Jeder hatte in einer Ecke ein Bettgestell, darüber die Kleiderleine und darunter den Blechkoffer mit Habseligkeiten; jeder hatte einen Stuhl und ein kleines Regal für die wenigen Bücher, eine Buschlaterne, einen Eimer zum Wäschewaschen und ein Buschmesser für das regenzeitliche Grasschlagen. Diese Unterkünfte und Utensilien waren alle zwei Wochen von einem der Tutoren *ex officio* in Augenschein zu nehmen zur Aufrechterhaltung von Ordnung und Sauberkeit. So weit die bescheidenen materiellen Voraussetzungen für des Geistes Tätigkeit im Klassenzimmer, fünf Tage pro Woche, drei Trimester im Jahr und vier Jahre bis zum Diplom als akademischer Voraussetzung für das geistliche Amt.

Die studentische Menschenlandschaft: der Kollege Ehemann betrachtete sie mit religionssoziologischem Forscherblick und seelsorgerlichem Interesse, um gelegentlich Erkenntnisse mitzuteilen, oft breitseit über den Mittagstisch. Erkenntnisse, die von der Kollegin Ehefrau dankbar entgegengenommen wurden; denn ihr fehlte es an psychologischer Deutekunst für gar mancherlei Wahrnehmungen im Klassenzimmer und außerhalb. Dabei ging es nicht, oder nur nebenbei, um Äußerlichkeiten, sei es um einen finster-vorweltlichen Blick bei gerunzelter Stirn, sei es um den mädchenhaften Charme eines jungen Knaben, den spröden Eigensinn eines schmalschädeligen Jünglings oder auch um ein Individuum mit großen, treuherzigen Augen, die ein kindlich-frommes Gemüt vermuten ließen, um eines Tages durch ungenierte Bauernschläue zu überraschen – um dies alles ging es nicht oder weniger. Es ging um das Aufblitzen des Geistes im Blick, wenn die Diskussion lebhaft wurde; um das Enigmatische abwartenden Schweigens; um wortreichen Übereifer, eigensinnige Rechthaberei, diplomatisches Einlenken, theatralisches Gebaren, Clownerien der Verlegenheit, unverbesserliches Besserwissen und kritische Nachdenklichkeit; es ging um phantasiebegabtes Spekulieren und dem Pragmatischen verhaftete Sachlichkeit – solche Wahrnehmungen bedurften der Interpretation zum Zwecke angemessener pädagogischer Verfahren. Vieles freilich mochte auch dem besten Psychologen undurchsichtig bleiben. Es wäre manch ein Kandidat sonst nicht zugelassen worden.

Didaskalia inmitten solcher Studentenschaft – bis zum siebenten Jahre war sie betrieben worden mit ganz überwiegend Lust und Leidenschaft. Anfängliche Hemmungen hatten sich noch während des ersten Jahres gelöst bis hin zur Süchtigkeit. Bis dahin, daß mit Übellaunigkeit zu rechnen war, wenn Unterricht ausfiel. Was konnte es Anregenderes und Sinnvolleres geben als erworbenes Wissen weiterzugeben an Lernwillige, wenngleich nicht immer hinreichend Begabte. An Männer und Jünglinge, o Sokrates! Sogar eine Frau war imstande, dich zu begreifen…

Natürlich gab es Lieblingsfächer. Im Lehrplan stand etwa das Fach *Philosophie*. Eine, die schon lange darauf gelauert hatte, riß es an sich, sobald der Kollege Ehemann den Monopolgriff lockerte. Elementares war vorgesehen; die Auswahl stand frei. Einen Kurs über Staats- und Gesellschaftslehren anzubieten; die Grundideen der *Politeia* und ein wenig *Nikomachische Ethik* vorzutragen; den *Principe* und den *Leviathan* auftreten zu lassen, *Contrat social* und *Kommunistisches Manifest* wenigstens dem Namen nach als Meilensteine vorzuführen – es verlockte dazu des ehrwürdig-respektlosen Bertrand Russell Edelschmöker. Die ‚History of Western Philosophy‘, mit Witz und Eleganz durch die Jahrhunderte plaudernd, lieferte Anregendes.

Niemand im Kollegium riß sich um den Griechischunterricht. Als das Fach der Kollegin zugeschoben wurde, war es ihr recht. Die damit verbundene pädagogische Plage gab Anlaß, das Fach als Prüfstein für Charakter und Willenstärke schmackhaft zu machen, und manche bissen an. ‚You have made us work hard‘ – was kann es Schmeichelhafteres geben. Es war zweifellos die Tutorin, die am Ende am meisten davon profitierte. So viel in der Tat, daß eines späten Ruhestandtages der Sprung von der Koiné zurück in klassisches Attisch gewagt werden konnte und das *Novum Testamentum Graece* Platon wich.

Anglistische Vergangenheit verpflichtete dazu, das Fach Englisch zu übernehmen – gern und mit Hintergedanken. Zufrieden mit dem Monopol für Altes Testament war eine Spezialistin lange Jahre – *zu* lange Jahre. Es sollte sich eines Tages rächen und umschlagen in schieren Überdruß. Lieblingsfach wurde, seit der Kollege Ehemann es losgelassen hatte, Dogmatik. Hier tat sich ein weites Feld auf. Zwar galt es, einem vorgegebenen Systemzwang gerecht zu werden. Es mußte zudem auf den Begriff gebracht werden gar manches, das im Grunde unbegreiflich blieb. Es brachte bisweilen eine hörbar knirschende Konfrontation abendländischer Denkgewohnheiten mit denen afrikanischer Studenten mit sich. Aber es ergab sich auch die Gelegenheit, in dem einen oder anderen der Loci einen ökumenisch-eklektischen Meinungscocktail nach eigenem Geschmack zu mischen, unabhängig von Lehrbüchern, die nichts taugten oder die es nicht gab. Bei aller gelegentlichen Eigenwilligkeit hatte eine Gewissenhafte bislang in diesem Fach so orthodox gelehrt, wie es ohne Heuchelei möglich war. Daß die *ganze* Wahrheit nie deckungsgleich sein konnte mit der Wahrheit, die den Je-Einzelnen erbaut, war seit einem Kierkegaard-Philosophikum schweigende Voraussetzung.

Einmalige Fehlentscheidung eines afrikanischen Schulleiters blieb die Zuweisung des Faches Homiletik an eine frisch aus Europa importierte Lehrkraft, die den Unsinn zwar durchschaute, aber gutwillig mitmachte. (Was machten frisch importierte *fraternals* damals nicht alles gutwillig mit.) So kam es, daß eines Sonntags im Jahre 1974 eine *white woman* in kniekurzem schwarzen Kostüm und Nylons inmitten einer Gruppe schwarzer Studenten schwitzend durch den Urwald lief, um in einem Nachbardorf einer Probepredigt begutachtend beizuwohnen. Es kam nie wieder vor. (Es war so einmalig wie die auf Umwegen zustande gekommene Entscheidung, zwei Jahre später, welche verfügte oder zuließ, daß die Tutorin aus Nzab'ngen die in Bamenda tagende Synode während des Eröffnungsgottesdienstes anpredigte.)

Episoden aus früheren Jahren

Die Klassenzimmer des Lehrgebäudes auf dem Campushügel von Nzab'ngen waren Arena und Agora. Hier fanden die Kampfspiele des Geistes statt und das Feilschen um Meinungen. Es wurde abgehoben Theoretisches verhandelt und Pragmatisches, dem Lauf der Welt Zugewandtes. Ein jeder trug sein Scherflein bei, wie abgegriffen es auch sein mochte, denn glänzend neu geprägte Ideen kamen selten in Umlauf. Wenn es wieder einmal um Geld und Moral und die Anforderungen des erstrebten Berufes ging, wachte auch der Schläfrigste auf. Im Laufe der Jahre machte es nachdenklich: welchen Lebensbewältigungswert hatte das, was da an westlichem Bildungswissen weitergegeben wurde? Über manches schien Verständigung möglich; anderes diente

74

offensichtlich nur Examenszwecken. *Scholae, non vitae.* Die geheimsten Bildungsschätze einer Europäerin, genauer: einer Deutschen, noch genauer: eines Flüchtlingskindes von 1945 aus dem Osten; die ureigenste Lebensphilosophie; das, was Daseinsgefühl geformt und gefärbt hatte – es war nicht lehrbar. Es hätte, wie Stichproben lehrten, auch niemanden interessiert.

Dennoch war zwei-, dreimal Annäherndes gewagt worden. Die Hintergedanken, mit welchen das Fach Englisch übernommen worden war, zogen von Grammatik- und Orthographieübungen ab ins Literarische. Es war da zunächst einmal mit einer begabten Klasse Soyinka, *The Interpreters* gelesen und interpretiert worden. Es ging ganz gut und verleitete zu dem Wagnis, etwas von den Schätzen der eigenen Tradition hervorzuholen, um es hinzuhalten auf flacher Hand: Seht doch, wie kostbar. Welch tiefer Sinn und hoher Glanz. Begreift doch – aber sie begriffen nichts. Diese Perlen entrollten. In niemandes Bewunderung reihten sie sich zu einer Sinnkette; ihr Glanz strahlte in keinem der Augenpaare wider, die mit dem Ausdruck höflichen Befremdens auf die Tutorin gerichtet waren. Was war da gewagt worden?

Lyrik. Abendländische, neuere. W.B. Yeats, *I will arise and go now, and go to Innisfree* – eine Hütte zu bauen aus Weidengeflecht und Lehm, Bohnen zu stecken, Bienen zu züchten und alleine zu sein. ‚And I will have some *peace* there…' Es war das erst im nachhinein als solches erkennbare, das wahnhafte Unterfangen, europäische Asphalt- und Geschichtsmüdigkeit, verbunden mit romantischer Naturschwärmerei einem Geschlechte zuzumuten, das mit aller Macht aus Wäldern und Savanne in die wenigen Städte und größeren Marktflecken eines Agrarlandes strebte. Nur Höflichkeit auf der einen Seite und Naivität auf der anderen verschleierten in geübtem Zusammenspiel die Wirklichkeitsfremdheit eines solchen Unterfangens. Daß ‚Innisfree' (oder ein Kloster in Irland) darüber hinaus einst Symbol der Zuflucht im Irrgarten der Spätfolgen von Fluchterinnerungen der Kindheit gewesen war, wen hätte das etwas angehen sollen? Hier wäre Überlieferung Anbiederung, wo nicht Verrat gewesen: ein Übereignen von etwas, das Empfängern, die sich selbst gern als ‚Leidende' betrachteten, fremd sein und gleichgültig bleiben mußte.

Die Naivität einer *fraternal* mutete der gleichen Klasse die Krone aller Shakespearemonologe zu: *To be or not to be.* Der Versuch, die Höhe, Tiefe und Breite einer so reichen Lebens- und Sterbensphilosophie auszuloten, einzuweihen in die Gedankentiefe eines Unvergleichlichen unter den Dichterfürsten des Abendlandes – er endete in einem Übermonolog, der nur die Interpretin in eine Denk- und Formulierungsekstase versetzte, jene aber, für die das alles gedacht und gesagt wurde, weit da hinten zurückließ. Sie wollten sich nicht erheben und mitreißen lassen in die höchsten Gefilde des Dichtens und Denkens. Die Blicke, die begegneten, fragten ‚Ma-nah?' Es regnete ihnen kein fromm-vertrautes Himmelsbrot; es hagelte barocke Metaphorik – *the slings and arrows of outrageous fortune. The spurns that patient merit of the unworthy takes.* Das Begreifen auf Seiten einer Begeisterten brauchte eine ganze Weile, ehe es in sich ging und bei sich selbst blieb.

Mehr als ein Jahr war darüber hingegangen, als die Versuchung im Jahre vor dem Wissenschaftsurlaub noch einmal überhand nahm. Die Klasse war im Durchschnitt nicht sonderlich begabt. Immerhin gab es zwei oder drei, die zu dem Versuch reizten. Anlaß war eine Aufführung des *Julius Cäsar* in der benachbarten Sekundarschule. Aufbau und Ablauf des Dramas wurden an die Tafel gemalt und die wichtigsten Szenen analysiert. Dann wurden *purple passages* gelesen, insbesondere die Auseinandersetzung zwischen Cassius und Brutus vor der Entscheidungsschlacht bei Philippi. Symbole eines vollkommenen Abschieds und wie süß der Tod nach Versöhnung schmecken kann wurden erläutert. Es sollte zu Erkenntnis und Würdigung idealischer

Männerfreundschaft führen. Da aber saß einer in der hintersten Ecke ganz links, sah die Tutorin prüfend an und sagte: ‚You are a woman.' Die also Identifizierte zuckte mit keiner Wimper, ließ den Betreffenden den Brutus lesen, und Cassius drohte: *Do not presume too much upon my love!* Und Cassius jubelte: *Fill, Lucius, till the wine o'erflow the cup! I cannot drink too much of Brutus' love.* Wen ergriff es, außer der Interpretin? Man hätte gewiß nicht sagen können, daß da zwei Kulturkreise in erhabener Gleichgültigkeit oder prästabiliertem Unverständnis an einander vorbeirotierten. Die exzellente Schüleraufführung in der Sekundarschule hatte gezeigt, daß Shakespeare auch in Afrika verstanden wurde und spielbar war. Dennoch waren die Interessenwelten, bedingt durch unterschiedliche Lebensbedingungen, verschieden. Eine Europäerin wollte weitergeben, was ihr als unvergängliches Bildungsdenkmal im Gemüte stand; aber es war da kein Brückenkopf für *traditio*. Die Studenten begriffen nichts oder wenig, und die Tutorin begriff das Nichtbegreifen nur schwer. Zwei Welten standen einander fremd und freundlich gegenüber. Der Kollege Ehemann, dem es beim Mittagstisch geklagt ward, erging sich in ironischen Kommentaren zum Thema Akkulturation.

Das Verhalten der Studenten zeigte, daß hier etwas gescheitert war. Es blieb nichts weiter übrig, als sich zurückzuziehen auf ein privates Innisfree, den unendlichen Rest im Schweigen zu bewahren und literarische Bildungsschätze in den inneren Gemächern einer schönen Seele zu verschließen. Als symbolische Geste pathetischer Enttäuschung ward Shakespeare, einbändig, in winzigem Kleindruck, der Seminar-Bücherei übergeben in der traurigen Vermutung, daß von den gegenwärtigen und zukünftigen Amtsbrüdern kaum einer diese Schätze jemals heben würde. Eine Ausnahme in dieser literaturbanausischen Landschaft machte im Campus von Nzab'ngen der Kollege Schulleiter mit seiner Sekundarschulbildung. Er entpuppte sich eines Vortragsabends als zwar nicht Fan(atiker), aber Freund Shakespeares.

Die fünf Etappen eines Unterrichtstages

Soweit die Erinnerung an Episoden im Lehrbetrieb voraufgegangener Jahre. Was mag bei denjenigen, die damals Studenten waren, davon hängengeblieben sein? Vielleicht würde sich daran zeigen, wie breit der Graben war, über den hinweg der schwanke Steg beidseitiger Bemühungen um Verständigung führte.

Tag für Tag, von Montags bis Freitag. Fünf Tage pro Woche. Der quasi-rituelle Rahmen, der das Leben im Campus in vorgezeichneten Geleisen hielt; der eingependelte Rhythmus der Tage, er soll hier aus selbstbezogener Sicht nachgezeichnet werden, ehe Erinnerung und Tagebucheinträge *Didaskalia* als *Pentathlon* in einzelnen Episoden des Schwellenjahres vorüberziehen lassen.

Das Vorspiel. – Ob die Sonne aufgeht oder der Regen rauscht: der Wecker klingelt. *The night is gone, the day has come. Let us keep awake and be sober.* Raus aus dem Bett, rein in Hemdbluse und Beinkleid, so männisch wie möglich, um die schlanke Linie auf Mitte Vierzig zu so unauffällig wie selbstbewußt zur Darstellung zu bringen. Dort vor dem Schlafzimmer-Waschbecken der Kollege Ehemann mit Schaum vor dem Mund. Hier, gleich nebenan, im Arbeitskabinett-Boudoir, ein Gesichtswässerlein und das Spieglein an der Wand, darin des Tages erste Selbstbegegnung sich darstellt viereckig, strengbebrillt und behaftet mit chronisch auf- und abblühender Akne, umrahmt von sich lichtendem Haselnußbraun, locker aufgebunden, durchsponnen von sich mehrendem Altweibersommer. Bücher und Hefte für die erste Stunde, falls sie im Stundenplan steht, sind zur Hand; auf jeden Fall eine *Revised Standard Version* und das *Church Hymnary*, beide schon abgegriffen. Warten auf die Zeitansage der Trommel vom Hügel jenseits der Bougainvillea herüber. Der Koch ist auch schon da und wirtschaftet in der Küche. Er wird das Frühstück auf den Tisch stellen.

Erste Etappe. – Nüchtern hinüber zur Kapelle. Das Klappen des Verandagatters hinter dem Aufbruch in den Arbeitstag ist über ein Vierteljahrhundert hinweg noch im ertaubenden Ohr. Der Rhythmus der Trommel hüpft nebenher, immer den gleichen Trampelpfad entlang, quer über den Rasen, am steinernen Brunnen vorbei durch den Agavenweg über die Dorfstraße. Da stand linker Hand der Tulpenbaum, der nicht mehr steht, und mit einer Wendung nach rechts waren die bröckeligen Steinstufen der Kapelle erreicht, die, als Kulturdenkmal nicht so leicht zu beseitigen, noch immer steht. Ein hübsches Fachwerkkirchlein aus ersten Missionszeiten, mit bunten Fenstern und offenem Gebälk. Hier erbrauste jeden Morgen Männergesang, und das konnte erhebend sein. Man sang, man sprach Gebete, man zitierte Liturgie, und einem Studenten oder Tutor standen zehn bis fünfzehn Minuten zur Verfügung, über einen Text zu meditieren und vor dem Frühstück einen Bissen geistlicher Nahrung zu reichen. Die Erwartung war alle Morgen neu. Die Enttäuschung hinsichtlich dessen, was da als ‚Wort Gottes‘ verkündet wurde, auch. Ein Kapitel für sich soll darüber berichten und nachdenken.

Zweite Etappe. – Nach der Morgenandacht strebten die Studenten im Gänsemarsch zum Lehrgebäude hinan, während das Kollegium vor der Kapelle einen kleinen Stehkonvent abhielt, um sich danach zu verteilen, die einem zurück ins Haus, die anderen zur ersten Unterrichtsstunde, nüchtern unter Sperrholz und Wellblech. Nach der ersten Stunde das Frühstück und vielleicht schon der erste ehelich-kollegiale Meinungsaustausch – ‚Der X. hat sich wieder einmal strohdumm angestellt.‘ ‚Der Y. ist doch ein gescheites Bürschchen.‘ Dann weiter in der Arena des Geistes, der weißen Kreide und der schwarzen Wandtafel, der Lehrgespräche und Lehrermonologe, zwei Stunden oder drei, auch vier, aber nie alle fünf am Vormittag. Dazwischen eine größere Pause, eine weitere Tasse Tee und, wenn nötig, Rührei von der Gasflamme, um einen knurrenden Magen zu besänftigen.

Dritte Etappe. – Zur Mittagszeit die redlich erredete, genußreiche Erschöpfung. Auf dem Tisch steht ein meist einfaches, bisweilen auch dreiteiliges Mittagessen vom Holzkohleherd samt Fruchtsalat zum Nachtisch. Es schmeckt, gesalzen und gepfeffert mit dem, was zwei einander zu erzählen haben von den Stunden, den eben gehaltenen Stunden in Klassen von je elf bis vierzehn Individuen als *raison d'être* zweier Europäer vier Grad über dem afrikanischen Äquator. Danach, zur heißesten Zeit des Tages, die wohlverdiente Mittagsruhe hinter zugezogenen Vorhängen und soweit sie denn ruhig und ungestört blieb.

Vierte Etappe. – Für die Studenten ging das Programm am Nachmittag weiter mit abwechselnd Sport, Garten- und Farmarbeit oder Umherschlendern. Die Tutoren taten, was ihnen beliebte. Lesen, gärteln, spazierengehen, Kaffee trinken, sich, wie der Kollege nebenan, der Familie widmen oder, wie in den eigenen vier Wänden, der Wissenschaft, dem Tagebuch oder der Vorbereitung von Unterrichtsstunden.

Fünfte Etappe. – Die Abendkühle der ersten drei Wochentage war für das Einzelstudium in Bücherei und Klassenzimmern vorgesehen, lange Jahre und, ehe die Elektrizität des Generators der Behelfsklinik auch beim Studieren aushalf, bei Buschlampenlicht. Manche schliefen darüber ein. Am Donnerstagabend versammelte man sich unregelmäßig zu einem Vortrag, gehalten von Tutoren, Studenten oder Gästen. Am Freitagabend fand in der Kapelle ein Familiengottesdienst statt.

Das war der Rahmen oder das Gerüst der Wochen und der drei Trimester eines jeden Studienjahres. An diesem Gerüst rankten mit allen Verzierungen und Verrenkungen die Tage auch des vorletzten Jahres im Campus von Nzab'ngen entlang. Fünf Tage *Didaskalia* als Sinn des Daseins im Regenwald Westafrikas. ,Sie sind doch Theologin?' ,N- nein. Lehrerin.'

Das Pentathlon des Schwellenjahres

Das Bemühen um Wissensvermittlung an überwiegend Lernwillige und Diskutierfreudige ließe sich in nachhinein mit einer Art *Pentathlon* des Geistes vergleichen, legt man zugrunde die fünf Unterrichtsfächer einer mit akademischem Schrumpellorbeer Zurückgekehrten. Den Lehrplan im einzelnen oder den Modus der Verteilung der rund zwanzig Lehrfächer auf die zur Verfügung stehenden vier Lehrkräfte zu erläuten besteht kein Anlaß. Es soll hier vielmehr der Mühe wert erachtet werden, episodisch zu rekonstruieren, welche Ansprüche der Sinn des Daseins im vorletzten Jahre stellte und wie das Bemühen, ihnen gerecht zu werden, sich anfühlte – nach Fünfkampf eben. Es waren zufällig fünf Fächer in zwei Klassen zu vertreten.

Warum so kämpferisch? Es ergibt sich im nachhinein, als handliche Metapher und vergleichsweise. Mary Kingsley berichtet von Reisen in Westafrika, wie sie in langen Röcken in verrostete Barkassen stieg und auf den Kamerunberg. Claude Njike-Bergeret schildert ihre ,passion africaine', wie sie einen Bamileke-Häuptling mit Harem heiratete, zwei Kinder von ihm aufzog und Hackbau betrieb am Flusse Noun. Eine *fraternal* ihrerseits erinnert sich an das abgehobene Abenteuer des Geistes bei der Weitergabe von abendländischer Tradition im faltenreichen, schon etwas mürbe gewordenen hellenistisch-christlichen Gewande.

Ein rückläufiger Überblick zeigt, daß in der Anfängerklasse Philosophie und, übernommen vom beurlaubten Kollegen Ehemann, Kirchengeschichte zu unterrichten waren. Dafür entfiel Englisch samt allen Versuchungen. Die fortgeschrittene Klasse III mußte weiter mit Griechisch geplagt werden. Es wurde auch wieder, wie schon alle Jahre zuvor, der Heiligen Schriften prophetisch-polemischer Teil abgehandelt. Besonders eingeprägt aber haben sich die Verrenkungen, mit welchen das Fach Dogmatik, aller

Geistesakrobatik Krone, die Arena jenes Jahres aufwühlte. Die Verschriftlichung und Verfeinerung dessen, was im Klassenzimmer zur Sprache kam, liegt vervielfältigt vor in *Foolscap*-Format. Das Vorhaben schlug zudem eine Brücke ins Grasland.

Am Leitfaden des Tagebuchs soll noch einmal im Drei-Trimester-Takt vorüberziehen, was bis auf weniges – eine Exkursion etwa in Kirchengeschichte – der Erinnerung entfallen war. Die ungewöhnlich hohe Anzahl von Notaten zum Unterricht erklärt sich ohne weiteres daraus, daß der Meinungsaustausch am Mittagstisch entfiel. Der Kollege Ehemann, beurlaubt zu Feldforschungszwecken, hatte so viel von seinen Forschungsabenteuern zu erzählen. Wohin mit den weniger aushäusigen Erfahrungen des eigenen tagtäglichen Daseins? Ins Tagebuch. Nun also die episodische Revue eines Fünfkampfes: akademischer Wettlauf, Weitsprung, Speerwerfen, Diskuswerfen und Ringkampf.

Der Neuanfang nach einem Jahr konzentrierter Wissenschaft und solitärer Lebensweise begann mit ungewohnten Symptomen. Drei Stunden Unterricht am Vormittag hatten eine Erschöpfung zur Folge, die oft schon vormittags aufs Bett und nicht selten in tiefen Schlaf warf. Nur langsam und merkwürdig lustlos fand Gewöhnung in alten Pflichten und in den richtigen Umgang mit den Studenten statt. Es mangelte bisweilen an ordentlicher Vorbereitung. In Fach Altes Testament wurde improvisiert. Das war neu und nicht ganz in Ordnung. Aber es blieb Ausnahme.

Kirchengeschichte als *Wettlauf*. Als neu zu erarbeitendes Fach wurde es ernstgenommen und ein Wettlauf mit der Zeit und den Studenten – wie bleibe ich ihnen von Stunde zu Stunde um eine Nasenlänge voraus? Zu erarbeiten war die in gröberen Zügen zwar bekannte, nun aber in feineren Linien nachzuziehende Missionsgeschichte des Landes. Das vorhandene Schrifttum erwies sich als fromm-solide im alten Sinne; im Sinne auch afrikanischer Christen, die sich weißen Missionaren zu Dank verbunden wußten, unbehaucht von einer Hermeneutik des Verdachts, die man damals noch westlicher Besserwisserei überlassen konnte.

Während der letzten drei Wochen des Trimesters wurde diese Missionsgeschichte eine Plage; sie erforderte nicht nur viel Vorbereitung; sie dunstete zudem, als reine Theorie behandelt, die Langeweile alles Fromm-Soliden aus. Und es war doch alles einmal gelebtes Leben gewesen, das Spuren hinterlassen hatte. In Nzab'ngen waren das nicht nur ein Missionshaus und eine Kapelle, sondern auch der Grabstein der Frau eines Missionars und eine dunkle Sage. Der Campus hatte zudem die Anbahnung und den gelebten Alltag der ersten schwarz-weißen Ehen dieser Jungen Kirche Afrikas – man darf wohl sagen: ermöglicht. Freilich erst in nachkolonialen Zeiten. War das nicht auch Missionsgeschichte? Es blieb im Zwielicht gewisser Zwiespälte. Es gehörte ganz sicher nicht ins Lehrprogramm.

Das zweite Trimester brachte gleich zu Beginn das denkwürdige Ereignis einer Exkursion. Möglich, daß der Kollege Ehemann auf allfällige Klagen über die Plage dieses Faches, das offenbar keinen besonderen geistessportlichen Ehrgeiz zu entfachen imstande war, einen kleinen Fingerzeig gegeben hatte: Wie wäre es, wenn du... Eine gute Idee. Zwei Fliegen auf einen Schlag. (Am Ende waren es gar vier.) Es war doch Missionsgeschichte eingebettet in Kolonialgeschichte. Monumente christlicher Mission gab es genug in Nzab'ngen; wo jedoch war ein Überrest deutscher Kolonialgeschichte? Runde sieben Kilometer weiter nördlich. Das war die eine Fliege – raus aus dem Campus, und zwar nicht etwa bequem mit dem Landrover, sondern stramm zu Fuß. Sportliche Betätigung. Die andere Fliege flog mit: Anschauungsunterricht statt langweiligen Dozierens. Die Klasse war mit Vergnügen bei der Sache. Früh am Morgen zog man los. Die Piste, von Kaffeefarmen und hohem Baumwuchs umrandet, buckelte sich ein wenig, legte einiges an Geröll und gewachsenem Fels in den Weg und führte durch zwei Dörfer, deren etliche Bewohner mit vereinzelten Ausrufen staunten. Wohin? Nach E's'ng. Nach knappen zwei Stunden war man da. Aus Gestrüpp und Elefantengras erhob sich, noch immer mit einer gewissen Trutzigkeit, die verfallene Pflanzerresidenz. Für die romantische Weiße ein verwunschener Palazzo mit Burgfried, graues Vulkangestein, wild umwuchert und schon zweimal einer Wanderung für wert befunden. Man hatte ein paar Buschmesser dabei, schlug sich durch zu der Freitreppe des viereckigen Wehrturmes und stieg vorsichtig über das morsche Gebälk kaum noch vorhandener Treppen und kubischer Räumlichkeiten bis hinaus auf das geteerte, fast flache Dach, in dessen Rissen und Rinnen Kraut und Strauch wuchsen. Ein Rundblick, verhangen durch den Dunst der Trockenzeit und daher begrenzt, zeigte, inmitten von flachen Hügeln, das Gelände der einstigen Pflanzung. Da ringsum also hatte ein deutscher Pflanzer einst Tee angebaut und es auch mit Chinarinde versucht. Er hatte Kinder aus dem nahen Dorf als billige Arbeitskräfte angestellt; da mochte für nachfolgende Generationen das koloniale Problem beginnen. Was ließ sich womit aufrechnen und was nicht? Es dachte offenbar niemand daran, die Tutorin aus Deutschland verantwortlich zu machen für den allzu geringen Lohn, den ein Deutscher einst den Kindern eines Dorfes nahe E's'ng gezahlt haben mochte. Es machte auch niemand mehr die Eingeborenen der Gegend dafür verantwortlich, daß ihre Vorfahren einst Sklaven aus dem Grasland gehalten und ihrer einen gelegentlich als Menschenopfer umgebracht hatten. Es mochte sich im Stillen jeder denken, was er wollte. – Man machte eine Bemerkung zum Ziegendreck im untersten Geschoß und ging zurück ins nahe Dorf. Dort bekam man bei der Schwester eines der Studenten etwas zu essen und zu trinken, und es fand sich auch ein alter Mann, der sich siebzig Jahre zurück erinnerte an ‚Edike', den deutschen Pflanzer, und wie er auf geheimnisvolle

Weise verschwand, als der Krieg ausbrach. ‚He went back home through the Manenguba Lakes', übersetzte ein Student, denn der alte Mann sprach seine Muttersprache. Sollte das heißen, daß er Selbstmord begangen hatte? Es war ein geplantes Interview, alle machten sich eifrig Notizen für die zu erwartende Hausaufgabe. Man bedankte sich, begab sich auf den Rückweg und war gegen zwei Uhr wieder im Campus. Es war der Sonnabend im Januar, an welchem in dem Haus, in dem die Weißen wohnten, kein Wasser mehr aus den Hähnen kam, weil eine Leitung im Dorf defekt war. Verstaubt und verschwitzt von der Wanderung, war eine Tutorin auf die Gefälligkeit eines Studenten angewiesen, der sich herbeiließ, einen Eimer Wasser zu bringen. – Eine Woche lang wurden Berichte geschrieben, aus welchen sich ein Artikel für die Seminar-Zeitung kompilieren ließ. Da in dieser Anfängerklasse auch das sonst nicht weiter erwähnenswerte Fach ‚Einführung in Altes Testament' zu unterrichten war, wurde noch eine dritte Fliege gefangen: anhand der einzelnen Berichte und des daraus zusammengestellten Artikels ließen sich Dublettenüberlieferung und Redaktionsverfahren veranschaulichen. Es wurde ein didaktischer Erfolg. Eine bislang eher mäßig engagierte Tutorin war stolz darauf. *Last not least,* die vierte Fliege, die sich in dieser Exkursion fing: der für die Seminar-Zeitung verantwortliche Student war dankbar für den Artikel der Tutorin.

Das dritte Trimester war kein Wettlaufen mehr, sondern eher ein Schweifen in viel zu weitem Bogen durch die Geschichte Schwarz-Afrikas vor der Christianisierung. Nicht Alexandrien und Clemens, nicht Karthago und Augustin: die mittelalterliche Islamisierung, Mali, Songhai, Karnem-Bornu, zog weite Kreise, bis endlich im ‚Negerkönigreich' Kongo eine schwarze römisch-katholische Majestät herrschte just zu der Zeit, als im nebligen Norden Europas ein Augustinermönch dem großen Schisma zusteuerte. Ein ungeheurer Wissensschutt, längst wieder verschüttet, ward angeeignet und ausgebreitet. Warum nur ging das Streben immer nach dem Ganzen und Umfassenden statt nach dem didaktisch einprägsamen Exemplarischen?! Solche Auswahl gelang nur selten und in diesem Fache ganz und gar nicht. Der Wettlauf endete mit Lähmungserscheinungen.

Philosophie als *Weitsprung*. Es war, während des ersten Trimesters, und in der gleichen Klasse I, eher eine Art Sackhüpfen. Jedenfalls waren zu früheren Zeiten schon weitere Sprünge gelungen. Wieder war nicht daran zu denken, auf die alten Griechen zu verzichten. Wem, wenn nicht ihnen, war schließlich, im Frühlicht des Geistes, der Sprung vom Mythos zum Logos gelungen?! Ein Abriß abendländischer Philosophie wurde denn auch wieder durchgezogen; aber das Hopp-Hopp von Heraklit bis Hegel, mit dem Dreigestirn Sokrates, Platon, Aristoteles in der Mitten, mutete merkwürdig lahm an. Es fehlte die Spann- und Sprungkraft des Geistes und der Mut, ein einziges Problem, die Frage etwa: Was ist Wahrheit? (oder Wirklichkeit. Oder das Gute) durchzuziehen. Es blieben Lehr-Monologe. Die Kehle wurde nicht geschont. Sie redete sich wund und heiser, bis hin zu Hustenanfällen. Aber wo war das Lehrziel? Ach, merkt euch doch wenigstens ein paar Namen, ihr hoffnungsvollen Söhne Afrikas und zukünftigen Eliten eurer Kirche, damit ihr eines Tages vielleicht mit eueren afrikanischen Philosophen und philosophisch angehauchten Staatsmännern, alle westlich gebildet und fast alle römisch-katholischer Konfession, etwas anfangen könnt.

Der Kollege Ehemann wagte es auch hier, einen Vorschlag zu machen. Wie wäre es, wenn... Hm. Bedeutet ebenfalls viel Arbeit. Wäre indes der Vertiefung eigener Allgemeinbildung, zumal hier in Afrika, vermutlich nicht unzuträglich. So erschloß sich im Laufe des zweiten Trimesters mit Senghor, Nkrumah, Nyerere und Marcel Towa bislang Ungelesenes. Der senegalesische Politiker-Poet und sein Kritiker, der kamerunische Ex-Katholik und Philosoph, nahmen dann fast das ganze Trimester in Anspruch. Es

86

kam zu lebhaften Auseinandersetzungen über *négritude* und *métissage*, männliche Rationalität und weibliche Emotionalität und ihre Verteilung auf zwei Rassen und Kulturen. Zur Debatte stand, ob Senghor Rationalität auch einer weißen Frau zugestehen würde; ob Rasse oder Geschlecht ausschlaggebend sei. Es konnte in dieser Anfängerklasse alles ungehemmt diskutiert werden. Alle machten mit. Fast alle. Denn die beiden Studentinnen, eine ältere Verheiratete und eine jüngere Ledige (zum ersten Male waren unter der Interims-Schulleiterschaft des Kollegen Ehemann im Jahr zuvor zwei Frauen zum Studium zugelassen worden) – diese beiden Damen stellten sich (der abgeschmackte Kalauer ist hier leider durchaus am Platz) – dämlich an.

Griechisch als *Speerwerfen* unter dem Wehen widriger Winde. Zwei Jahre zuvor waren in der damaligen Anfängerklasse gute Ergebnisse erzielt worden, wenigstens bei den drei Besten dieser Durchschnittlichen. Nun saßen sie da und mochten nicht mehr. Oder, im sportlichen Bilde: sie standen am Rande der Kampfbahn herum und, statt zu werfen, schüttelten sie die Speere wie man Köpfe schüttelt: Nein zu den *mi*-Verben! Angesichts der Zumutung, Heilige Schrift des Neuen Bundes im Urtext zu lesen, kam unisono ein Seufzen aus Seelen, die sich nicht nach einer Siegerbinde ums Haupt, sondern nach einem Klerikerkragen um den Hals sehnten. Von einem solchen Statussymbol hätte man doch wenigstens etwas, nämlich soziales Ansehen. Die widrigen Winde, das waren zum einen die anerkannt guten Übersetzungen der Schrift; zum anderen die Gemeindepraxis als Berufsziel. Die auf ein Diplom zu Strebenden wollten doch keine Gelehrten werden. Die Tutorin ging so weit, zuzugeben, daß sie zum Zwecke der Vorbereitung einer Predigt auch nur höchst selten den Urtext aufschlage. Aber! Und der zwiespältige Einfall kam zur rechten Zeit: christliche Theologen, die ihre Heilige Schrift nicht im Urtext lesen können, sind wie ein Geheimbund ohne Geheimnis. Zudem: ein gebildeter afrikanischer Imam kann seinen Koran auf

Arabisch lesen. Und ihr? Wer nach einem Diplom strebt, muß Mühen auf sich nehmen. Es geht um ökumenische Standards! Wollt ihr darunter hinwegtauchen? Die meisten packten es wieder; aber was da metaphorisch an Speeren geworfen wurde, taumelte doch recht flach und müde in den Sand.

Prophetenexegese als *Diskuswerfen*? Ein geworfener Diskus kann etwas Tückisches sein, je nach wehenden Winden. Vor allem aber, weil die Eigendrehung des Werfenden so genau vorherberechnet oder vorhererfühlt sein muß, damit der Wurf das Ziel nicht verfehlt und Schaden anrichtet da, wo er gegen die Absicht des Werfenden hintrifft. Man kam im Fach Altes Testament ohne Ursprache aus. (Auf freiwilliger Basis wurden das Alphabet und ein paar Grundbegriffe beigebracht – geleitet von der Einsicht, daß es notfalls ganz nützlich sein könnte, das Gekrakel eines Korans vom Gekrakel des dickeren Teils eines Ursprachenexemplars der christlichen Bibel unterscheiden zu können.) AT war ein eklektisches Fach. Es konnte immer nur um eine dem christlichen Glauben angemessene Interpretation ausgewählter Texte gehen. Jesaja 53 etwa. Es ergaben sich auch schöne Beispiele für dogmatische *Loci*. So weit, so gut. Mit dem Abschluß eigener Wissenschaft über Hosea den Propheten war indes eine gewisse Unsicherheit in die Drehbewegung vor dem Wurf gekommen. Es kündigte sich etwas an, das zwar noch sieben Jahre brauchen sollte, um an den Ufern des Kongo aus der Latenz zu treten. Im vorletzten Jahre in Nzab'ngen verriet es sich in kleinen Schlingerbewegungen. Da der theologische Entwicklungsroman (*From Sinai to Sumeria and back to Athens*) bereits erzählt und veröffentlicht ist, brauchen hier keine Einzelheiten wiederholt zu werden.

Schlingerbewegungen im Drehmoment. Es wurde improvisiert. Es kam zu Peinlichkeiten. Als in der ersten Unterrichtsstunde einige Studenten sich beklagten, die Bibeln seien so schlecht gebunden, daß sie schon aus dem Leime gingen, reagierte die Tutorin so gewollt locker, daß es nahezu zynisch klang: ‚Have you thrown them after the pigs?' Was half es, daß das Unangemessene der Bemerkung – das Heilige und die Schweine! – sogleich bewußt wurde. Das Wort war entwichen, der Diskus geworfen und nicht mehr zurückzuholen. Dieser *lapsus*, dieses Entgleiten und Entgleisen ereignete sich in Klasse III, die zwei Jahre lang die einzige Klasse im Campus gewesen war. Von ursprünglich elf waren übrig geblieben acht: vier Familienväter und vier Junggesellen, darunter zwei Mitte Dreißig und ein Jüngling. Der vierte, ein Dandy und nicht dumm, war dabei, sich zu verehelichen.

Lebhaft wurde es während des ersten Trimesters nur einmal, als zur Debatte stand, ob Amos, der Prophet sozialer Gerechtigkeit, arm oder reich gewesen sei. Von wem kann das Eintreten für die Armen am ehesten erwartet werden – von einem, der selber arm und daher ohne Einfluß ist, oder von einem, der reich und mächtig ist? Gab es Beispiele? Jesus war doch arm – trat er für die Armen ein? Bedrohte er die Reichen? Allenfalls mit Kamel und Nadelöhr. Solon, der Aristokrat, oder die Gracchen, fielen der Tutorin seltsamerweise nicht ein. Es plätscherte dahin, bis einer, der sich sonst eher zurückhielt, sich einmischte. Zielsicher gingen Rede und Gegenrede hin und her mit erstaunlicher Folgerichtigkeit. Es war kein Diskuswerfen, es war ein Pingpong-Spiel. Eine Stunde lang war *Didaskalia* wieder das, was es mit gut motivierten Studenten in vergangenen Jahren gewesen war: sportlicher Wettkampf der Meinungen. Da es um Ausbeutung ging und die Tutorin als Besitzerin eines Gartens laut vor sich hin überlegte, ob sie nicht etwa denjenigen ausbeute, der die schwere Grabarbeit zu bewältigen habe, kam heftige Verteidigung aus der betroffenen Ecke: Das sei keine Ausbeutung – ‚if there is good pay'. War damit der Gerechtigkeit Genüge getan? The better I pay *you*, the greater the injustice towards others without this job – es blieb ungesagt. Es hätte auf Seitenwege geführt, die auf ein undurchdringliches Elefantengrasdickicht zu liefen…

Der glückliche Wurf wiederholte sich nicht. Statt dessen kam es zu Abschweifungen. Die Tutorin begann mit einer Seitenbemerkung zu Daniel in der Löwengrube und in der Morgenandacht; die Studenten endeten bei *clerical collars* – jenem fingerbreiten Streifen Nylonweiß über dem schwarzem Hemd eines Geistlichen, von dem offenbar eine magische Wirkung ausging. Dieser Kragen sollten nach neuester Verordnung erst von der Ordination an getragen werden. Warum? Es war von Aspiranten zu viel Schande über das geistliche Amt gebracht worden. Man würde sie fortan nicht nur nicht ordinieren, man würde auch nicht dulden, daß das heilige Weiß des klerikalen Statussymbols entweiht würde. Das hatte mit Prophetenexegese offenkundig nichts zu tun. Der Prophet, der zu behandeln gewesen wäre, war freilich einer, dessen die Tutorin so überdrüssig war, daß jede Ablenkung – nun und zudem war es ein älterer Student; einer, dem bislang Sachlichkeit und Selbstbewußtsein zugebilligt werden mußten, der da so unerwartet einen kindlich-naiven Glauben an ein Stück Stoff bekundete, daß es ‚höchst merkwürdig' war und jedenfalls interessanter als das ausgedroschene Metaphernstroh von Abgötterei als ‚Hurerei', das auf allerlei Umwegen auch der christlichen Kirche zur Last zu legen gewesen wäre.

Nicht nur bei jenem Zeitgenossen Homers und Hesiods lavierte die Prophetenexegese bisweilen am Rande des Überdrusses entlang, auf merkwürdige Weise gereizt und zu Häresien neigend – die spät vollendete Wissenschaft hatte zu Einsichten geführt, die dem Lehrfach abträglich waren. Es mußte indes die selbe Drehung, der selbe Dreh wieder hingebracht und durchgezogen werden. Noch einmal also der Versuch, anknüpfend an Jesajas Berufungsvision, in Worte zu fassen, was sich einst an Schönem und Schrecklichem mit dem Begriff *Theophanie* verbunden hatte – der Saphirhimmel über dem Gottesberg; daselbst, nach Erdbeben und Donnergrollen, das seltsam dünne, das nahezu gespenstische Flüstern; oder die Stimme aus dem Wetter, die einem Hiob antwortet. Der Versuch, sachlich und geradlinig zu bleiben, mißlang. Der Faden ging verloren. Im Tasten und Suchen nach dem, was hier zu sagen gewesen wäre, taten sich Nebenwege ins Abseits auf und es endete damit, daß wider alle Absicht und ganz offenkundig auf Grund mangelhafter Unterrichtsvorbereitung eine Art Bekehrungsgeschichte erzählt wurde von einer Agnostikerin, wo nicht gar Atheistin, die einst Religionslehrer mit kritischen Fragen in Verlegenheit gebracht habe, und wie dann nach langen Jahren eines Tages durch die dicke Mauer intellektueller Zweifel das Licht der Gottesgewißheit aufgeleuchtet sei. Licht. Erleuchtung. Wie anders als in Bildern ließ es sich sagen? Es hätte eigentlich ungesagt bleiben sollen. Es ergab sich. ‚Very touching' vernahm das ertaubende Ohr. Oder ‚Very teaching'? Das letztere allenfalls wäre didaktisch zu rechtfertigen gewesen. – Als in der nächsten Stunde, noch beim gleichen Thema: der Prophet im Tempel inmitten routinemäßig amtierender Priester, die Sonntagsgottesdienste von Nzab'ngen von der Tutorin in einem Anfall von emotionaler Aufrichtigkeit mit dem Prädikat ‚poor', armselig, versehen wurden, erhob sich eine Welle des Protestes und spülte einiges an Erkenntnis hinsichtlich des Selbstverständnisses dieser zukünftigen Amtsbrüder in Richtung Wandtafel und Lehrautorität. Es wich vom eigenen Amtsverständnis erheblich, ja, man konnte sagen: *über*heblich, ab. Hier noch mehr an subjektiven Wahrheiten preiszugeben – etwa zu sagen: It is the sermon of the drum that talks to me most eloquently – hätte Diskus samt Diskurs noch weiter ins Abseits gedreht.

In diesem exegetischen Fach geschah es Ende Februar, daß laut gesagt wurde, was zu Ende des ersten Trimesters nur gedacht worden war. Zum ersten Male ließ eine Tutorin sich hinreißen, eine Klasse rundheraus für dumm zu erklärten. ‚I never met a class as *dull* as you.' Hier scheuerte offenkundig etwas durch. Im Nervengeflecht flirrte die Trockenzeit. Der Diskus flog in eine gefährlich falsche Richtung. Mit der Erläuterung, das Begriffsvermögen liege deutlich unter dem Durchschnitt früherer Klassen, war nicht viel zu retten. Noch weniger mit dem Androhen strenger Benotungen, falls zur Dummheit auch noch Faulheit sich gesellen sollte. Man war, was Wunder, beleidigt. Ja, doch, gewiß, versuchte die Tutorin einzulenken: in einem verantwortungsvollen Beruf sollten Charakter und Charisma ebenso zählen wie akademische Leistung. Es wurde zugestanden, und man beruhigte sich. Die beste Note in der Abschlußklausur mußte, nach unbestechlichem Punktezählen, ausgerechnet demjenigen zuerkannt werden, der weder ,theophany' noch ,ecstasy' zu definieren wußte und die Liebe Gottes beim Propheten Hosea so einseitig moralisch-wohlwollend verstand, wie sie im Unterricht nicht dargestellt worden war. ,Can love not punish?' Die Frage, in tutorialem Rot an den Rand notiert, sollte dem Betreffenden zu denken geben. Freilich – was nicht abgefragt und benotet wurde, war vermutlich auch nicht des Nachdenkens wert.

Es lief durch das zweite Trimester der Versuch weiter, auf freiwilliger Basis und einstündig ein wenig Hebräisch durchzuziehen, wenigstens das Alphabet und ein paar Grundbegriffe einzuprägen. Sie machten alle mit, malten brav Buchstaben von der Wandtafel ab, und die Tutorin ging umher, sah einem jeden über die Schulter und ins Heft, korrigierte hier und da, legte einen Finger auf die Stelle, wo He und Wau aneinanderklebten und sagte: ,They must not touch.' Redete leise und ohne Emphase und fühlte die Zeit vergehen...

Im dritten Trimester waren mit Jeremia und Ezechiel zwei wahrlich schwierige Gottesmänner abzuhandeln. Was war da für christlichen Glauben kulturenübergreifend Gültiges herauszuholen? Sehr jugendliche Kandidaten, die man eigentlich lieber nicht zum Studium hätte zulassen wollen, argumentierten bisweilen bibelfest mit der Jugendlichkeit des alten Propheten, ,Say not I am too young' – und wurden zugelassen. Der Jüngste der Klasse etwa, der Benjamin und einer der drei an der Leistungsspitze, war auf diese Weise hereingerutscht. Das Auslegen einzelner Kernsprüche wurde zu einem Experimentieren und Manövrieren, um dem ausgelaugten Stoff Geschmack abzugewinnen. Es ging bis zum Insinuieren von Privathäresien. Aufmunternd bis zu Herzklopfen wirkte eines Tages das Wagnis, das von keinem Kommentar befriedigend zu erklärende Wort in Jeremia 31,22b zu erwähnen, knapp zwei Hypothesen vorzutragen und trocken hinzuzufügen ‚I have my own hypothesis, which I will not tell you.' Die Klasse brauste auf; einer wurde besonders heftig, begab sich ins Wortgemenge mit der Tutorin zur Erheiterung der übrigen, und das Herzklopfen setzte ein, als ihm mit Augurenlächeln die Begründung präsentiert ward: ‚*You* refuse to tell me about the *jujus* of your village. *I* will not tell you about my hypothesis.' ‚Well, you can read them in books', murmelte der Betreffende einlenkend, während mit scharfem Übergang zu einem anderen Thema der davongaloppierenden *Didaskalia* Zügel angelegt wurden. Eine aus dem Gleichgewicht torkelnde Drehung fing sich eben noch ab, und der Wurf streifte nur eine Schläfe.

Mit Ezechiel ergab sich eine Abirrung anderer Art. Die kosmisch-grandiose Berufungsvision führte auf unvorhergesehenen Wegen zum ‚gekreuzigten Gott'. Es stand nicht im Vorbereitungsheft. Es ergab sich als Gedankenkette am Faden von ‚Offenbarung': wie so verschiedenartig im Laufe der Geschichte sie sich doch darstellte – thronende Herrlichkeit hier, ein schmachvoller Tod dort. Vom Kreuz als Offenbarung der leidenden Liebe Gottes wollte man in diesem frühen Stadium christlichen Glaubens jedoch noch nichts wissen. Man glaubte an Gott den Allmächtigen. Wenige machten mit; die aufmerksame Skepsis in den Mienen der übrigen sagte genug. Abhängigkeiten innerseelischer Art wirkten offenbar befremdlich; was zählte, waren materielle Vorteile und gute Beziehungen. – Der Prophet diente am Ende als Vorwand, den Typus des introvertierten Schizophrenen darzustellen. Wozu sollte das nun wieder gut sein? Es war doch hier nicht Psychologie zu unterrichten. Das Sprichwort von den sauren Trauben war bekannt; bis in welche Labyrinthe von Sippenhaft und Kollektivschuld sollte es verfolgt werden? – Die Hefte wurden eingesammelt zum Zwecke der Überprüfung der Mitschriften. Da blieb wie erwartet gar vieles zu wünschen übrig. Ein einziger war imstande, die in Frage stehende Wahrheit von der Meinung der Tutorin zu unterscheiden. ‚Mrs.' stand da geschrieben, durchgestrichen und ersetzt durch ‚Rev.' samt dem Doppelnamen, ohne den Titel, denn ein Vortrag im Oktober hatte unter anderem darüber belehrt, daß dieser erst nach Veröffentlichung der Dissertation geführt werden durfte. ‚Rev. X.-Y.' also ‚has a doubt on OT miracles', stand da. 'She says they are sagas and legends.' Notiert an dem Tag, da die Tutorin einen Studenten wegen Unbotmäßigkeit aus dem Klassenzimmer verwiesen und durch kühles Weiterdozieren den Anschein zu erwecken versuchte hatte, es handle sich um nichts Ungewöhnliches.

Es war indes ein pädagogisch kritischer Zwischenfall gewesen und der einzige dieser Art während all der Jahre. Der gehemmt wirkende ältliche Familienvater hatte seine Hausaufgabe so liederlich gemacht, daß er nur 20 Punkte erreichte. Er nahm es zur Kenntnis, verschränkte die Arme und schrieb nicht mehr mit. Als die Tutorin es monierte, wurde er bockig: ‚No, I will not, even if you beat me.' (Eine Redensart. Zu deutsch etwa: ‚selbst wenn Sie mir den Kopf abreißen'.) Wie hätte der Kollege Ehemann reagiert? Achselzuckend. *Laissez-faire.* Ein ungemütliches Gefühl nötigte dazu, als Frau Autorität durchzusetzen, streng zu werden und den Befehl zum Verlassen des Unterrichts zu erteilen. Es war offenkundig, daß die Klasse sich nach dem Vorfall nicht mehr konzentrieren konnte. Kein gutes Gefühl. Daher die künstliche Gedämpftheit des Tones und die große Geduld, mit welcher der Unterricht fortgesetzt wurde. Der Vorfall hatte weiter keine Folgen. Er wurde nicht im Kollegium verhandelt.

In eine nicht ganz so brisante Sackgasse manövrierte sich die Tutorin im Monat Mai. Ausgehend von der Frage ‚What manner of man was the prophet?' sollten Aufsätze geschrieben werden. Jeder sollte jemanden aus seiner Bekanntschaft beschreiben. Es gefiel einem der Älteren gar nicht. Es war als witterte er eine ungehörige Absicht. Gewiß, es war schwierig, jemanden so zu beschreiben, daß Aufrichtigkeit nicht zur Beleidigung wurde. Dem Rat, ‚Describe yourself' zu folgen, wäre wohl noch schwieriger gewesen. Ganz sicher ungeschickt war es, den Betreffenden im Arbeitskabinett im Beisein des Benjamin mit Definitionsfragen zu überfallen ‚What do you mean by insolent, ironical, rude?' Der Examinierte geriet ins Stocken und brachte nichts Brauchbares heraus. Ein aufmerksamer Blick hätte vielleicht zur Klärung der Situation beitragen können. Aber die Aufmerksamkeit war sachbezogen: auf die Definition von Adjektiven fixiert. Am nächsten Tage erst ergab sich eine Erklärung. ‚You see, I was angry yesterday evening.' Nanu. Warum? Weil er nach Definitionen abgefragt worden sei – fügte indes nicht hinzu: im Beisein eines Jüngeren. Die Tutorin tat, als begriffe sie, obgleich sie überhaupt nichts begriff. Wen er beschrieben habe, in seinem Essay. Er weigerte sich, es zu sagen. Eine pädagogische Pampe. Wie strampelt man sich heraus? Am besten wohl, ungeschicktes Vorgehen zugeben und sich entschuldigen. Eine Tutorin entschuldigte sich also bei einem Studenten. War es ein Zeichen von Schwäche, von Überlegenheit oder gar von christlicher Demut? Es war irgendwie schief. Auch die Verlegenheit, mit der die Entschuldigung entgegengenommen wurde, war peinlich. Es kam in diesen Gegenden vermutlich nicht vor, daß ein Vorgesetzter Fehler eingestand und sich entschuldigte. So reif und so mürbe war man hier noch nicht.

Das Verhältnis zu dieser Klasse war psychologisch verfilzt. Es war ein Hin- und Hergezerre, ein Auf und Ab durch sperrigen oder ausgelaugten Stoff, ein Geschaukel stimmungsbedingter Didaktik und nicht immer souveräner Pädagogik. Das Verhalten diesen öffentlich und pauschal für dumm erklärten Studenten gegenüber war bisweilen eindeutig emotional bestimmt. Was mühe ich mich noch ab. Die Kerle sind so selten doof, daß sich nichts mehr lohnt. Aber wiederum nicht alle. Es gab Ausnahmen, und je nachdem, welcher Maßstab gelten sollte, waren es drei oder zwei oder auch nur einer, um derent- oder um dessentwillen sich die Mühe letztlich lohnte. Da war zum einen der Benjamin der Klasse. Ein gescheites und überdies ein hübsches Bürschchen. Es war nicht abzusehen, wie seine verheißungsvollen Anlagen sich entwickeln würden. Aus seinem bedeutenden Graslandstamm waren schon mehrere über Nzab'ngen hinaus akademisch und hierarchisch aufgestiegen. Der andere, ein gewandter, auch intellektuell wendiger und sicherlich umschwärmter Typ Mitte Zwanzig, vielleicht etwas labil, aber doch vielversprechend, kam aus dem Waldland. Der dritte schließlich, aus einem unbedeutenden Graslandstamm, war ein älterer Mensch, noch unbeweibt, ruhig, solide, langsam und strebsam. Er war es gewesen, dem gegenüber eine Tutorin sich bemüßigt gefühlt hatte, Fehler einzugestehen und sich zu entschuldigen.

Diese acht Mann, sie waren aufs Ganze gesehen aber doch ein überwiegend träger Haufen. Eine dickflüssige Melasse, die nur mühsam und selten zu denkerischem Aufwallen zu bringen war. Es kam vor, daß einem, der zu den drei Klassenbesten gehörte, eine Note unter dem Strich gegeben werden mußte, weil er die Fragen einer Hausaufgabe so knapp und ungenügend beantwortet hatte, daß es nach Faulheit aussah. Er kam und beschwerte sich. Das viele Schreiben habe doch keinen Sinn, es komme doch auf die präzise Antwort an. (Der Betreffende war Primarlehrer gewesen, ehe er zum Theologiestudium kam. Daher vermutlich.) Er mußte sich eines anderen belehren lassen. ‚You have to be explicit, since I cannot guess what you mean. I cannot look into your mind.' Bei der nächsten Hausaufgabe erreichte er seine normal hohe Punktzahl, indem er im Rahmen des Fakultativen den schwierigen Fragen auswich. Wie enttäuschend. Gerade von diesem. Vertrugen sich Fleiß und Gewissenhaftigkeit nicht mit dem Wagnis eigenständigen Denkens? Die beiden Schlußlichter der Klasse hatten mehr Mut bewiesen und wurden mit überdurchschnittlich hohen Noten belohnt.

Dogmatik als *Ringkampf* – ? Stirn an Stirn mit einer Klasse wie dieser? Es war im Grunde ein Ringkampf der Tutorin mit dem Stoff und mit sich selber. Mit ‚Herangehensweisen', Zugriffen, Drehungen, Wendungen und dem Willen, sowohl über eine gewaltige Überlieferungsmasse als auch über die zähe Geistesmasse der Klasse zu obsiegen. Schon einmal, fünf Jahre zuvor, war das Fach (Christologie und Pneumatologie) unterrichtet worden in einem Jahrgang mit zur Hälfte überdurchschnittlich hellen Köpfen, die so mitreißend parallel, kreuz und quer zu denken und zu diskutieren wußten, daß zum ersten Male die Lust ankam, eine Nachschrift anzufertigen dessen, was gelehrt und diskutiert worden war. Die fünfundfünfzig Seiten hellgrünes *Foolscap*–Format waren gut genug, um als Hausarbeit zum Zweiten Dienstexamen vorgelegt zu werden. Daß gegen Ende des Schwellenjahres noch einmal *Dogmatic Notes* (nunmehr Prolegomena und Gotteslehre) in Angriff genommen wurden, hatte ganz andere Gründe. Nicht erlebte Lust der Lehre, sondern ein lapidar reimender Didaskalia-Frust war es, der zur Kompensation drängte und zudem einen Vorwand mehr lieferte für den Wegzug ins Grasland: daselbst mit Leichtigkeit zu schreiben, was mündlich nur mit Mühe über die Runden zu bringen war.

Dogmatik als Ringkampf also auch mit der Geistesträgheit überwiegend Minderinteressierter. Den Kollegen Ehemann hätte eine solche Situation in der Palästra des Geistes sicherlich herausgefordert zu besonderen didaktischen Tricks, sokratischer Induktion und weiser Bescheidung in den Ansprüchen. Die in Frage stehende, vor der Klasse und ihren Notizen sitzende Tutorin indes war weniger am Fassungsvermögen der zu Belehrenden, als am System an sich interessiert. So lief, während vor der Kapelle wieder der Tulpenbaum blühte, auf dem akademischen Hügel die Disziplin Dogmatik mühsam und zähflüssig an. Das Textbuch, Richardson, *A Dictionary of Christian Theology*, erwies sich für die meisten als zu schwierig. Es fraß während des ersten Trimesters viel Zeit. Weil es trotz stoffbezogenen Interesses nicht gut anging, mit zweien oder dreien voranzumachen und den Rest hinter jeglichem Verstehen zurückzulassen, mußte mit den Mitteln der Wiederholung und Variation gearbeitet werden. Weil auf diese Weise die zugemessenen Stunden nicht hinreichten, mußte der Unterricht in den Abendstunden fortgesetzt werden. Zu einer Zeit also, zu welcher die meisten sich kaum wachhalten konnten und der Lernerfolg nicht nur durch des Geistes, sondern auch durch des Leibes Unzulänglichkeit beeinträchtigt wurde.

Es gab also kein brauchbares Lehrbuch auf englisch. Auf deutsch aber gab es damals seit sieben Jahren schon etwas, das es in Neuauflagen noch immer gibt, weil es brauchbar ist und eine wahre Fundgrube, anregend in allerlei Richtungen zu eigenem Denkvergnügen: einen *Abriß der Dogmatik*, ein Kompendium nach der Loci-Methode. Es gab ‚den Pöhlmann'. Er diente als Leitseil, als Kompaß, als Vorratskammer und als Quelle des Staunens und der Verwunderung über die Vielfalt der Geistesverschnörkelungen, die sich aus dem Bemühen des griechisch-philosophischen Logos, mit dem Offenbarungsanspruch gewisser altorientalischer Mythen und nachweisbar historischer Ereignisse zurechtzukommen, durch zweitausend Jahre hindurch ergeben hatten. Die eigenen *Dogmatic Notes* folgten der Loci-Methode.

Die Mühsal begann mit den *Prolegomena*. Was alles vorweg geklärt werden muß, damit überhaupt etwas gesagt werden kann. Das Brillenputzen an den Begriffen. Es ging da eines Abends um das, was mit dem damals umhergeisternden ‚Wortgeschehen' (word event) gemeint war. Sagte die Tutorin, als Beispiel und dem Sinne nach: Die anklagenden Worte des Amos betreffen mich nicht; ich unterdrücke niemanden. Da wachte einer auf: Doch, als Mitglied des Kollegiums habe auch die Tutorin teil an der Unterdrückung der Studentenschaft. Das war erstaunlich neu. Es erinnerte an das Jahr 68 anderswo. Sollte hier das Problem Macht und Autorität diskutiert werden mit Aspiranten, von denen einer seinen Wunsch, Pfarrer zu werden, freimütig damit begründet hatte, daß er Macht ausüben wolle? ‚I want to rule.' Die Unterdrückungsthese blieb im Raume stehen. – Ein ganzes Faß voller Predigerresignation wurde über die Klasse ausgegossen, als es um das letzte praktische Ziel aller dogmatischen Bemühungen ging: Wie doch alles Moralpredigen Sonntag für Sonntag umsonst und sinnlos sei. Auch das blieb ohne Resonanz im Raume stehen. Es war Oktober. Der Tulpenbaum blühte.

Im November ging die Prolegomena-Mühsal weiter. Bei der Suche nach einem Text zur Erläuterung von *word event* fiel die Wahl nicht ganz von ungefähr auf den Kämmerer aus Mohrenland, den Eunuchen der Kandaze. Wer das lesen wolle. Mit undurchdringlichem Blick griff einer zu und las, laut und deutlich und ohne Stocken. Was darauf an Lehrvortrag folgte, verfing sich in weitschweifigen Analysen der ‚existential situation of those who leave no offspring' – Jesus, Paulus, der Kämmerer und wer sonst noch gemeint sein mochte. Es endete bei Damaskus und der Frage, ob ein Bekehrungserlebnis wichtig sei. Nein. Es genüge, den Glauben von den Vätern zu übernehmen. Nun gut und warum nicht. Auf diese Weise hatte schließlich das Christentum in Europa bislang überdauert. Merkwürdig war bei alledem ein Gefühl der Müdigkeit und Gleichgültigkeit. Es war neu. Eine Hausaufgabe ‚How a text became a word-event for me' sollte nachprüfen, was von dem ganzen Hermeneutik-Hickhack verstanden worden war. Da stand in einem Heft: ‚Whenever I say to a person, I ask myself whether it is genuine love or I am just flattering.' Eine

Frage der Aufrichtigkeit also, nicht des Verstehens. Ethik, nicht Hermeneutik. Vor allem aber eine Auslassung – ‚Say what?' setzte die Tutorin rot an den Rand. Das Wortgeschehen oder Sprachereignis oder was auch immer zum Kuckuck, es fand in einer Aposiopesis statt. Hermeneutik? Man findet, was man sucht. Falsche Hermeneutik aus falschen Motiven? Und wer oder was entschied über wahr und falsch? Ein Gefühl der Erschöpfung verhinderte das Nachgrübeln über Motive. Es desorientierte. Die Tutorin fing an, durch die Gegend zu schusseln, erschien zur falschen Zeit im falschen Klassenzimmer, riß sich freilich herum und zusammen und lachte jede Verlegenheit in den Wind. Aber irgend etwas lief anders als sonst. Es kam vor, daß der Faden verlorenging. Da sollte etwa der Unterschied zwischen ‚historical truth' und ‚eternal truth' erläutert werden: wo war (unvorbereitet!) ein Beispiel für ‚ewige Wahrheiten' zu finden? Es fiel ad hoc nur Mathematisches ein und Naturgesetze als versinnlichte Mathematik. Ist nicht schon die formale Logik mit dem Problem Sprache, Kultur und Zeit belastet? Ist nicht jede sonstige Wahrheit dieser Welt eine Funktion von Zeit, Ort und Subjektivität? Es wurde ein verworrenes Selbstgespräch, ein Reden drumherum und auf das nervös herbeigewünschte Ende der Stunde zu. Im Ringkampf mit diesen *Prolegomena* hatte eine Tutorin sich selbst auf Kreuz gelegt. Noch ein Grund, eine schriftliche Wiedergutmachung ins Auge zu fassen. Vor allem aber: ein untaugliches Textbuch abzusetzen.

Das neue Jahr und zweite Trimester brachte mit der Gotteslehre nicht nur thematisch, sondern auch didaktisch Neues nach eigenem Rezept. Einführend waren Platon und Hegel vorbereitet worden, um zu zeigen, wie Philosophen mit ‚Gott' als ewigem metaphysischen Vor-Wurf menschlichen Fassungsvermögens umgehen. In der Stunde, da dies abgehandelt wurde, hospitierten einige Herren Kirchentouristen. Es wurde keine Schau für sie abgezogen. Wer hätte es hier nötig haben sollen, sich nach außen hin zu profilieren? Platon also und die Trinität des Guten, Wahren und Schönen. Hegel und der dialektische Dreischritt zur Freiheit: bitte sehr – West-Philosophie. Erst als die Gäste nach der ersten Stunde das Klassenzimmer verlassen hatten, war die Luft sozusagen rein und geeignet, zum Eigentlichen zu kommen. Das Eigentliche war etwas Neues. Es hätte den Gästen im voraus erläutert werden müssen; dazu war weder Zeit noch Lust vorhanden gewesen. Es wurden kurze Sätze diktiert. Auf die Kürze kam es an. Die Kürze hatte es in sich. Aus der immer gleichen Frage, die jedem Satze folgte, war die Theologie zu entwickeln. Das war das didaktisch Neue. – Beim Tee mit den Gästen, wenig später, tischte die Tutorin unter Konversationszwang die Frage auf, wie weit es sinnvoll sei, Westliches weiterzugeben statt sich mit afrikanischen Kontextualisierungen zu befassen. Mußte man als Weißer nicht ein schlechtes Gewissen haben, wenn man so großen Wert auf abendländische Traditionen legte? Die gemischte Runde aus Afrikanern und Europäer erging sich in Beschwichtigungen. Sollten Europäer Afrikanern etwa auch noch beibringen, wie christliche Theologie auf afrikanisch zu denken sei?

Das Eigentliche und Neue im Ringkampf mit Dogmatik war eine Liste von dreiunddreißig Beispielen aus dem Bereich allgemein zugänglicher Erfahrung mit der Frage: ‚Do I experience God – or what?' Angesteuert war damit eine Attributenlehre, die dann auch wochenlang *discutando* durchgezogen wurde. Beim Diktieren von No 14: ‚I fall in love', wollte einer wissen: ‚Which type of love?' und bekam es erläutert *via negationis* – ‚Not: I have sex'. Stillschweigend gestrichen wurde ‚I dance' – warum? Stehen blieb ‚I am jealous' und ‚I am looking foreward to getting married'. Beispiele aus den Bereichen Schöpfung und Sündenfall, Erlösungsglauben und davon inspiriertem Tun und Lassen wurden aufgereiht, um, mit kanonischer Überlieferung im Hintergrunde, zu fragen, was ‚Gott' im Zusammenhange christlicher Daseinserfahrung bedeute.

Die heftigsten Debatten sollten an Beispielen entbrennen (‚I experience hatred, violence'), die den Zorn Gottes ins Verhältnis zum Satanisch-Bösen brachten. Der Versuch, den Studenten einen persönlichen Teufel auszureden, führte einen von ihnen zu dem Gegenschluß, daß dann Gott vielleicht auch nicht ‚Person' sei. Nein, gab die Tutorin zu, nicht durchaus und rundum. Nicht wie einen geschlossenen Kreis, sondern wie eine offene Parabel müsse man sich das Wesen Gottes vorstellen. Schnell und wie einer Eingebung folgend, war an die Tafel eine Kegelschnittkurve y = x² gemalt, um zu veranschaulichen, wo Gottes Sein sich für menschliches Begreifen im Unpersönlichen verliert, in einem *fascinans tremendum* des Heilig-Dämonischen: da, wo die Äste der Parabel sich ins Unendliche öffneten. Im Scheitelpunkt aber und dem Menschen zugewandt, sei die Inkarnation anzusetzen. Da sei Gott-für-uns. Gewiß könne der Zorn Gottes auch ethisch begründet werden als strafender Zorn seiner Gerechtigkeit. Aber darum ging es nicht, als es darum ging, den Teufel und damit einen ‚Gegenspieler' Gottes wegzudiskutieren. Und Satan, der wie ein Blitz vom Himmel fiel? Nun, ein anschauliches Bild dafür, daß Gott seinen Zorn von sich warf. Nur der Eine, der Eingeweihte, der ‚Sohn', sah es. Man diskutierte lebhaft. Träge Masse geriet vorübergehend geistbeschleunigt in Bewegung.

Auch über den Eifersuchtsaspekt der Liebe Gottes ereiferte man sich. Es mußte als erstes der Unterschied zwischen *jealousy* und *envy* geklärt werden. Als dabei einer vom harmlosen Beispiel der Kohlköpfe (im Garten der Tutorin gediehen sie bei weiten nicht so gut wie im Garten des Nachbarn: das könne *envious* machen) weg auf ein ganz anderes Gleis übersprang: ‚If I want to marry you –' und man zu lachen anfing (alle kannten die Schwierigkeiten des ältlich-schrulligen Junggesellen), da bereitete es keine Mühe, von diesem komischen Beispiel zurück zum angestrebten theologischen Ziel zu führen. Merkwürdig hätte allenfalls anmuten können, daß der andere der beiden Ältlich-Unbeweibten ob solch drolliger Unbekümmertheit verlegen geworden war. Es schien auf jeden Fall geraten, Aussagen über gewisse Grenzerfahrungen zurückzuhalten, nicht zuletzt auf Grund der Vermutung, daß etwas aus der Richtung Denis de Rougemont, *L'amour et l'occident* in diesen Breiten befremdlich anmuten könnte. Die grausame freilich und zerstörerische, die dämonische, von Eifersucht zerrissene Liebe ließ sich unterbringen im Gottesbild eines Propheten vom Typ Hosea. Darüber des längeren zu reden, war jedoch wenig Lust vorhanden. Es war erledigte Wissenschaft.

Zwischendurch, Mitte Februar, ließ der Eifer des Improvisierens an den Attributen entlang nach. Die Inspiration ging aus, und überhaupt – der große, sich monatelang durchhaltende Denk- und Diskutierrausch, der fünf Jahre zuvor die ersten *Dogmatic Notes* hervorgebracht hatte, er stellte sich zwar hin und wieder, aber aufs ganze gesehen doch recht selten ein. In Erinnerung blieben, wie üblich und menschlich, die Durststrecken, nicht die zwischendurch am Wegesrand sprudelnden Quellen.

Im dritten Trimester sah Dogmatik ein volles Programm Anthropologie vor, Schöpfungsglanz und Sündenelend. Es begann mit einer lebhaften Stunde Mitte April. Wieder waren hospitierende Gäste im Campus, die nach der ersten Stunde das Klassenzimmer verließen. Wieder war kein Grund vorhanden, eine Schau abzuziehen. Fast kommentarlos wurde die Wandtafel mit einem Überblick des zu behandelnden Stoffes bedeckt – bitte sehr: das sind unsere Themata. Dann, zu Beginn der zweiten Stunde, setzte wie mit einem Trommelwirbel die Auseinandersetzung ein. An jenem Montag im April war Dogmatik kein Ringen um Formulierungen, um Sinn und Systematik. Es war eines der seltenen Denk- und Diskutierfeste. Es war eine interne, nahezu intime Angelegenheit zwischen Tutorin und Studenten. Es war etwas, das Außenstehende wie die Kollegen von Bukuru nichts anging. Was stand zur Debatte? War Gott erfahrbar im rasanten Rasen der Taxifahrer auf den Geraden der Asphaltstraße Duala – Bamenda? Was ist ein Schutzengel? Gibt es überhaupt Engel? Ist es nicht einfacher für einfache Gemüter, sich einen Engel vorzustellen als abstrakt-theologisch von der ‚Gegenwart Gottes' in kritischer Situation zu reden? – I fall sick and suffer pains: Do I experience God – or what? Einer, der im Februar schwer krank gewesen war, bestritt, daß auch in der Tiefe des Leidens Gott sein könne. Gott sei nicht da, wenn er leide, murmelte es grimmig aus der linken hinteren Ecke. Ob der Mensch sich nicht gerade im Leiden als Geschöpf Gottes fühlen müsse – Gottes bedürftig? Ob es nicht eine durch Leiden prüfende Liebe Gottes gebe? Es erschien nicht gut, allzu bestimmt von gewissen qualvollen Erfahrungen der Nähe Gottes zu reden, *Nearer my God to thee, even though it be a cross that raises me* – man sollte darüber doch besser schweigen und beten, auch wenn das Beten nur den Grenzwert eines Seufzens der Kreatur erreichen mochte. Es wäre dann noch immer ein Hauch Heiligen Geistes, eine Abschattung der dritten Person des dreieinigen Gottes gegenwärtig: in diese Richtung etwa versuchte die Tutorin die Diskussion zu steuern.

Bei der langen Liste der Erfahrungsfragen ging es auch um Anthropologie; nicht um biblisch abgeleitete, sondern um gegenwärtig erfahrbare. Es ging darum, das Wesen Mensch in seinem Widerspruch, seiner Gottes- und Erlösungsbedürftigkeit zu erfassen. Wenigstens zu skizzieren, wie der Mensch als Geschöpf Gottes sein sollte, vielleicht auch sein möchte, aber in vieler Hinsicht nicht ist. Wie sehr dabei Sprache, Kultur- und Mentalitätsunterschiede mit ins Spiel kamen, zeigte sich immer wieder. Bei der Formulierung ‚I fall in love' mußten Unterschiede eingeschärft werden, die in den Wörterbüchern nicht zu finden waren, auf die eine Tutorin indes größten Wert legte. ‚Sexual' und ‚erotic' sei nicht dasselbe: darauf ward vor diesen Männern insistiert. Einer: ‚I am confused. My dictionary says – ' Die Tutorin, unbeirrt: ‚Your dictionary gives you the vulgar meaning. I take the term in

104

its Platonic sense, on a spiritual level, as a sublimation of the sex instinct.' Basta. Mochte man es kapieren oder nicht. Es wäre hier ein Kapitel abendländische Kultur- und Geistesgeschichte nachzuholen gewesen. Das war nicht möglich in jener Abendstunde im Mai. Vor der schwarzen Wandtafel und den Söhnen Afrikas saß aschlila eine Abschattung europäischer Romantik, leise angegraut, und meinte zu wissen, wovon sie redete. Eine Ignorantin? Ignorierend den Unterschied der Welten, der Mentalitäten und der Interessen? Eine Narzisse im Regenwald Afrikas? Vielleicht. Bisweilen. Eine Fremde, die sich den Luxus gönnte, eine Art Elite- und Geheimwissen zu kultivieren, um hier und da ein paar Körnlein davon auszustreuen. (In Philosophie war nicht die Rede der Diotima aus dem *Symposion* behandelt worden, sondern das Höhlengleichnis aus dem siebenten Buche der *Politeia*.) In jener Abendstunde machten alle eine ganze Weile gutwillig mit. Erst als gegen Ende einer den Kopf auf die Bank legte, war dies ein Zeichen, daß es Zeit war, abzubrechen. – Sie machten auch noch weiterhin und besonders munter mit, als es um ‚love and quarrel' ging. Die meisten wußten sehr genau, wie beides zusammengehörte. Es war einzuordnen in das verfilzte Geflecht theologischer Anthropologie. – Die Erfahrungsfragen waren indes nicht die einzige Neuerung. Der Dogmatikkurs des Schwellenjahres hatte Befremdlicheres aufzuweisen.

Was hat Antigone in christlicher Dogmatik zu suchen?

Herkömmlicherweise nichts. Es war die Eigenwilligkeit der Tutorin, Sophokles' *Antigone* und weitere Schuld- und Schicksalserfahrungen der griechischen Tragödie in christliche Gotteslehre hereinzuziehen. Wie der Mensch Gott als Schöpfer *erlebe*, war die Frage. Sie wurde in den Raum gestellt, um zunächst beantwortet zu werden in einen Hymnus auf die Schönheit der Natur, romantisch berauscht, preisend ‚the goodness and joy of life' – ohne böse Nachbarn, eigene Schuld, Krankheit und Tod. Naturerlebnis als Theophanie, mit griechischem Pantheismus durchflochten, denn ‚in Ihm leben und weben und sind wir'. Der Abendstern kam auch vor. Als Pflichtübung wurde nebenher kurz ‚Schöpfung und Evolution' abgehandelt, mit Urknall und Teilhard de Chardin. Dann kam, mit der guten Schöpfung zweitem Teil und dem Menschen, die Erfahrung des Leidens, des Bösen und der Theodizee. Es war wieder eine Abendstunde, die meisten guckten müde, nur einer schrieb fleißig mit. ‚The supreme answer to suffering is love' – es wurde behauptet ohne die Umkehrung, daß Liebe sich im Leiden vollende. Es mangelte vermutlich an mancherlei Voraussetzungen des Verstehens dessen, worum es ging. Es kam indes noch befremdlicher.

Es brandete, ehe Biblisches und das Übliche abgehandelt wurden, eine breite Welle tragischer Pessimismus auf. ‚We deceive each other. We deceive ourselves.' Nach dem philosophischen Menschenbild von Platon bis Sartre kam die dramatische Vision von Aischylos bis Shakespeare. Warum? Wozu? Um eine Ahnung davon zu vermitteln, daß das Menschenbild der Bibel nicht alles oder gar der Weisheit letzter Schluß sei. *Antigone* also. Nicht die namenlosen Babylonierinnen, die, nach Herodot, von ihren Verwandten umgebracht wurden, als die Stadt belagert und die Nahrung knapp wurde. Beispiele aus der Geschichte des zwanzigsten Jahrhunderts Europas, die Eigendynamik politischer Macht und wirtschaftlicher Mechanismen, vermischt mit Haß, Angst und einem Weltkrieg, herbeizuziehen, unterblieb. Vermutlich aus dem Gefühl oder der Einsicht heraus, daß es, mit geschichtlichem Teleskop und von Afrika aus betrachtet, bei aller Massenhaftigkeit der Leiden, unbeschadet gewisser ideologischer Vorbehalte, nichts Neues unter der Sonne gibt. Die jüngere Geschichte Europas war nicht nur ein zu weites Feld, sie war auch zu weit entfernt vom Äquator Afrikas. Warum aber wurde mit keinem Wort der transatlantische Sklavenhandel von einst als Beispiel für massenhaftes Leiden erwähnt? Vermutlich, weil es zu

106

nahe lag und ins Uferlose geführt hätte. Um Einzelne also ging es – Antigone, Medea, Elektra, Phädra; Orest, Ödipus, Hippolytos – um Individuen und ihren Umgang mit Schuld und Schicksal. Leiden und Leidenschaften konnten dargestellt werden an klassischen Beispielen. *Medea* etwa, die Barbarin, die barbarisch Rache nimmt, als der Liebesbund mit dem Hellenen scheitert. (Der ‚Scharlachrote Gesang' der Senegalesin Mariama Bâ war noch nicht erschienen.) Oder der Fall *Phädra*, how she fell in love with her step-son, some ten years younger than herself; how she detests herself for her illegitimate passion, feeling herself a victim of a revengeful goddess. Der Mensch als Opfer seiner Leidenschaften, erlösungsbedürftig. Es wurde ein Dauermonolog.

Was ging da vor? Es ging um die Weitergabe höchsteigener Bildungsgüter, ohne danach zu fragen, welchen Sinn das Wissen um solche Güter unter Sperrholz und Wellblech im Regenwald Westafrikas haben könnte. Es war eine Art Schwanengesang, gesungen vor Ohren, die, auf die Wellenlänge eines anderen Lebensgefühls gestimmt, nichts, oder wenn, vielleicht das Falsche verstanden. Wie abseitig, wie illegitim war es, das eigene Existenzdilemma als weiße Gastarbeiterin in Afrika über die Gefühlsebene hinaus in theologisch-systematische Zusammenhänge hinein zu durchdenken? Es erschien als sinnvoller Verbrauch von Energien, so lange die Muse sich entzog und es zu keiner literarischen Ausformung dessen, was da umtrieb, kam. Ob Augustins *cor inquietum* oder Shelleys ‚desire of the moth for the star', ob Schillers ‚Nänie' begriffen wurden oder Leibnizens fensterlose Monade (von welcher die Tutorin auch nur einen verschwommenen Begriff hatte) – das mußte sehr weit an den Rand und dahingestellt bleiben. Vielleicht kam es auch letztlich darauf nicht an. Es ging zu einem guten Teil um resignativ gestimmte Selbstverständigung. Wie schön freilich wäre es gewesen, hätte zum Abschied wenigstens *einer* etwas verstanden.

Man kam schließlich wieder in vertrautere Gefilde. Die Anthropologie von Genesis 2 und 3 wurde exegetisch dem vierten Studienjahr vorweggenommen. Das Ideal und die Wirklichkeit. Ein riskantes Vergnügen, als Frau Männer und Jünglinge mit selbstgedachten Gedanken über das Urverhältnis der Geschlechter zu belehren und bisweilen unterschwellig zu provozieren in meditativ fragendem Ton, so als sei das Vorgetragene noch auf der Suche nach seiner eigenen Wahrheit. Es war ein Insinuieren, das sich seines Ziels nicht ganz sicher schien. Manche stellten Fragen. Gelegentlich regte einer sich auf und widersprach. Das war immer gut und willkommen. Meistens jedoch schwiegen sie und schrieben mit. Was da im Schweigen an Gedanken hin und her ging, das wäre wohl von Interesse gewesen. Es fehlte an Mut und didaktischem Geschick, es hervorzufragen. Als aber *ex cathedra* dekretiert ward, daß in einer erotischen Beziehung die Verantwortung immer auf Seiten dessen liege, der die höhere soziale Position innehabe, auch wenn der Betreffende eine Frau sei, da meldete sich einer und wußte von Fällen zu erzählen, wo ‚students‘ (gemeint waren Sekundarschüler) ihre jungen Lehrerinnen verführten. Das war gewißlich peinlich und paßte gar nicht ins Konzept. Der Tutorin wurde bewußt, und sie sah sich dabei zu, wie sie vorsichtig darüber hinwegging, wie über einen Streifen Glatteis, der sich plötzlich quer über einen ansonsten gut gefegten und gestreuten Bürgersteig zieht. Ja, warum nur? Es gab hier doch gar kein Glatteis.

Shakespeares Tragödien fielen in den Mai. Es war ein Vortrag fällig und sehr willkommen. Was sonst Dogmatikstunden in Anspruch genommen hätte, konnte im Rahmen einer Abendveranstaltung für alle, Studenten und Kollegen, vorgetragen werden. Der ‚Julius Cäsar‘ war bereits bekannt. Es brauchte nur noch einmal daran erinnert zu werden, ‚that friendship is possible only among equals, and how the love of Brutus and Cassius made death meaningful and sweet for both.‘ Daß hier eine Frau über

Männerfreundschaft sprach, als kennte sie sich aus – es fällt erst ein Vierteljahrhundert später auf. ,Romeo und Julia' wurde nur kurz angedeutet, ,Macbeth' nur erwähnt wegen der Schicksalshexen; auch für ,Hamlet' blieb nicht viel Zeit, denn im Mittelpunkt standen ,Othello' und seine tödliche Eifersucht. ,Othello is a noble character, courageous, calm, sincere and self-assured' – so offenkundig wert der Liebe einer edlen Venezianerin. Ein heftiger Nachtregen unterbrach den Vortrag. Die Studenten wurden mit ausgeteilten Büchern beschäftigt, während der Regen zwanzig Minuten lang auf das Wellblech trommelte, ohne die innere Ruhe des Wartens stören zu können. Unter dem Rauschen der Wassermassen träumte es merkwürdig gelassen vor sich hin, während die Studenten angeregt und laut palaverten. Als der Regen nachgelassen hatte, wurde die Tragödie des edlen Mohren bis zum tragischen Ende kommentiert.

Nach dem Vortrag zeigte der seelsorgerlich begabte, umsichtig-sanfte Kollege Schulleiter sich geradezu begeistert – Shakespeare sei sein Lieblingsdichter; in der Schule habe er bei einer Romeo-und-Julia-Aufführung den Bruder Lorenz gespielt; dieser Abend sei ein großes Erlebnis für ihn gewesen. Er bedankte sich zu wiederholten Malen. Ja, immer wieder. Es tat gewiß gut; aber es war auch merkwürdig. Es war da zudem noch etwas anderes, das sich irgendwie störend in die Darstellungsfreude gemischt hatte: unter den Studenten saß einer der älteren und verständigeren sehr reserviert und nahezu teilnahmslos in seiner Ecke, ging nach dem Abendsegen unhöflich-düster an der Tutorin vorbei und verschwand in der Dunkelheit. Es war nicht derjenige, der am selben Tage des Klassenzimmers verwiesen worden war. Hatte solch ungewohnte Strenge der Tutorin diesem-da aufs Gemüt geschlagen? Die Sache war zweifellos bis zum Schulleiter vorgedrungen. Ob der vorgesetzte Kollege, begabt wie er war mit seelsorgerlichem Charisma, so sehr gelobt hatte, um diesen Mißton aus dem Campus zu entfernen? War das Lob ein Exorzismus?

Man war in Afrika. Man konnte nie wissen. Vor allem dann nicht, wenn es an Menschenkenntnis mangelte und Kulturkenntnisse auf Grund von Feldforschung so ausschließlich dem Kollegen Ehemann überlassen blieben.

Während des dritten Trimesters wurde die Attributenlehre durchformuliert, handschriftlich niedergeschrieben auf kariertes hellgrünes Papier und das Manuskript mit sanfter Gewalt einem Studenten aufgedrängt, der einigermaßen ordentlich mit einer Schreibmaschine umzugehen wußte. Die zwanzig Seiten mußten auf Matrize gesetzt, als erstes jedoch entziffert werden. Dem Zögern des Betreffenden machte das vielversprechende Sätzchen ‚It's paid work' ein Ende. Woher hätte die Annahme kommen sollen, es könnte sich jemand ehrenhalber solcher *Dogmatic Notes* oder der Person der Tutorin wegen die Mühe machen, eine Handschrift zu entziffern, die steil und streng und dichtgedrängt die Zeilen füllte und sich Verschleifungen gestattete, die zum Raten zwangen?! Es klagte denn auch wenig später der Betreffende: ‚Your handwriting is very difficult.' Gab sich indes redlich Mühe. So kam es, daß da am Ende einer war, der eine schwierige Handschrift lesen konnte.

Diese *Dogmatic Notes*, zwei Jahre später ins Umfängliche vervollständigt, aus Handschrift entziffert und in die Schreibmaschine geschrieben von einem, der nun nicht mehr Student, sondern Amtsbruder war, über Matrizen vervielfältigt und verteilt – sie sind die Hinterlassenschaft des vorletzten Jahres im Regenwald und des einen Jahres im Grasland. Wie viele Dutzend Exemplare der rund 175 Seiten wurden auf eigene Kosten hergestellt und verteilt? Wo mögen sie modern? Je ein Exemplar beider Teile, von 1975/76 und von 1981/83, ein Aktenordner von 230 Seiten, befindet (oder befand?) sich in den Bibliotheken der Pfarrseminare von nunmehr K'ba in Kamerun und Makumira in Tansania. Gedruckt würden beide Teile ein Buch zwischen 400 und 500

Seiten ergeben. Wird irgendwer die Ostereilein, die da versteckt wurden, dermaleinst finden, um sie polemisch in die Pfanne zu hauen oder als ornamentale Kunstwerke im Geäst eigener Gedankenbäumchen aufzuhängen? Dogmatik – ein Ringkampf in der Palästra des Geistes? Wieviel davon war purer Luxus?

Im Juni, als das Studienjahr zu Ende ging, wurden Themen für die Diplomarbeiten des vierten und letzten Jahres formuliert. Da der Kollege Ehemann nicht verfügbar war, ergab es sich fast von selbst, daß die drei Klassenbesten ihre Arbeit in den Fächern schreiben wollten, die das Jahr hindurch von der Reverend Missis unterrichtet worden waren. In Dogmatik bissen zwei an. Bei den Propheten einer. Es erweckte den Eindruck, als sei doch nicht alle *Didaskalia* im Winde verweht. Ein schwankender Grund für lauwarme Zufriedenheit? War vielleicht doch nicht alles ‚ein großer Monolog' gewesen? Es war immerhin der Fünf-Tage-Sinn des Daseins im Campus von Nzab'ngen gewesen.

Sonstiges und Studentensport

Was neben dem Unterrichten an Pflichten und Freizeitbeschäftigungen anfiel, wäre schnell erwähnt und beiseite geschoben. Die Arbeit mit den Studentenfrauen machte kein Vergnügen. Aber gegen den Aberglauben, daß eine Frau sich um Frauen am besten kümmern könne, war nichts zu machen. Daß die Oberaufsicht über die Junggesellenküche der einzigen Frau im Kollegium zugeschoben wurde, entsprang einem ähnlichen Reflex: Küche reimt mit Frau. Die Inspektion der Studentenunterkünfte ging turnusmäßig im Kollegium um. Zwei Jahre zuvor war Studienüberwachung eingeführt worden. Einmal im Trimester sollte ein jeder im Kollegium sich in Form eines formlosen Einzelgesprächs um eigens ihm zugewiesene Studenten kümmern. Eine zwiespältige Aufgabe. Wie weit sollte oder durfte ein Tutor, gar eine Tutorin, sich für die persönlichen Angelegenheiten eines Studenten interessieren, selbst wenn davon dessen akademische Leistungen abhingen? Man schob die beiden Studentinnen der Kollegin zu. Es konnte kein gutes Ende nehmen. Die beiden waren, trotz einer feministisch verbrämten Rede im Kollegium, nicht zu retten. Die Zeit war noch nicht reif. Der Kollege Ehemann hatte es gut gemeint, als er die beiden, das ledige Mädchen und die verheiratete Frau, zugelassen hatte. Es war um einige Jahre zu früh gewesen.

Was gab es an Abwechslung oder Erholung abseits des akademischen Penthalon? Es gab das freiwillige Dasitzen und Zuschauen beim Studentensport am Mittwochnachmittag. Eine Tradition aus britischer Mandatszeit, mal Fußball, mal Volleyball: ein geistloses Hin- und Hergerenne, Kreuz–und-quer-Gehechte? War es nicht vielmehr edel, schön und gut griechisch-gymnastisch? (Man spielte halbnackt in weißen Shorts, auch im perlig-schwarzen Glanze des Regens.) Für die meisten der Studenten, die jüngeren zumal, war die sportliche Betätigung offenbar eine willkommene Erholung von allen Denkanstrengungen – den Ball mit den Füßen über den Rasen zu treten oder mit der Handkante über das Netz zu befördern, Intelligenz in den Beinen zu beweisen und im Muskelspiel von den Hüften bis in die Fingerspitzen. Von den Älteren machten manche bisweilen und sichtlich nur aus Gemeinschaftsgefühl mit, ehe sie sich unter die Zuschauer zurückzogen. Es war denn auch eher eine ästhetische Pein, Fettwülste über den Gürtel quellen und einen vorgewölbten Magen über störrisch dürre Beine kippen zu sehen, und es war mühsam, nicht hinzusehen, wenn der Betreffende sich trotzdem als guter Fußballspieler erwies. Mit Wohlgefallen hingegen ruhte der sokratische Blick (einer Frau Mitte Vierzig!) auf makelloser Jünglingsblüte, auf dem Benjamin aus Klasse III etwa, oder auf dem ‚Schönen‘ aus der Anfängerklasse, Gewandtheit bewundernd und Eleganz in jeder Bewegung. Wann immer einer von diesen, rank und schlank und wohltrainiert, wie ein Tänzer auf Zehen- und mit

112

Fingerspitzen den Ball übers Netz hob, kam es einer vollendeten Arabeske klassischer Choreographie nahe, und der Blick wanderte sinnend hin und her zwischen dieser gymnastischen Nähe und der majestätischen Nähe des Berges – folgte den tänzerisch beherrschten Bewegungen des Benjamin beim Volleyball, schweifte hinüber zu der breit und geruhsam ansteigenden und abfallenden Höhenlinie des Ké, der mit blaugrüner Ewigkeitsaura den vordergründigen Reiz studentischer Sportlichkeit überhöhte.

Das Erlebnis hoher Himmel über den Baumwipfeln des Campus ergab sich vor allem in der Übergangszeit Mitte Mai – eine sinnbetörend theophane Beleuchtung mit weißen Wolkenfeerien vor dunkler Gewitterdrohung, belebt von tiefblauen Lagunen, und bisweilen ein zunehmender Mond, mit der Wölbung nach oben wie ein Zirruswölkchen hindurchschwimmend. Mitte Juni stand der Berg mit verhülltem Haupt unter Lichteinbrüchen, die aus dem Zenit wie Himmelsleitern in den Campus herabzustoßen schienen; Strahlenbahnen, auf welchen Engel oder andere selige Geister, Blick und Lächeln tauschend, auf und ab und an einander vorbei steigen mochten. Ein wundersames Wohlbefinden umhüllte solche Mittwochnachmittage. Wie die heitere Gelassenheit nördlicherer Spätsommertage, an deren Rändern schon die ersten Blätter gilben und fallen…

Bücher – *white man's farm*

Wäre das alles? Es wäre ein äußerster Rand und eine der seltenen und schönen Erlebnisse im Campus von Nzab'ngen während des Schwellenjahres. Es gab indes noch etwas, so allgegenwärtig und selbstverständlich, daß es wie die geatmete Luft und der tägliche Tee durch die Maschen des Bewußtseins und nachträglicher Erinnerung fällt: Bücher. Drüben in der Bücherei, zwischen den Klassenzimmern, und hüben, im Arbeitskabinett des Wohnhauses. Da war zum einen die Freiwilligkeit, mit der eine *fraternal*

113

sich der Seminarbücherei durch die Jahre hindurch annahm, zusammen mit dem Kollegen Ehemann während eines Heimaturlaubs nach Paris, London und Oxford reiste, um daselbst Bücher für die Bücherei zu kaufen (und auch für den eigenen Gebrauch, den Edelschmöker *History of Western Philosophy* eines Bertrand Russell etwa). Da war zum anderen neben dem Sichkümmern um Verwaltungskleinkram die Verpflichtung, erworbene Fähigkeiten weiterzugeben: geeignete Einzelne unter den Studenten einzuweihen in Ordnungstätigkeiten inmitten einer ansehnlichen Ansammlung von Geistesschätzen in der Form von Papier und Druckerschwärze (die Zeiten photomechanischer und digitaler Reproduktion waren erst im Kommen). Studenten an das Lesen von Büchern zu gewöhnen, war eine pädagogische Aufgabe für sich. Manch einer bekam davon Kopfschmerzen. In freier Rede waren alle gewandter als mancher *fraternal*. Bücher hingegen – das war eigentlich *white man's farm*. Ja, und white woman's auch.

Bücher als geistige Heimat. Ein Rundblick im Arbeitskabinett hätte deren Topographie mit einer Dreiviertelkopfbewegung zur Kenntnis nehmen können. Es waren bei weiten nicht so viele wie im Arbeitszimmer des Kollegen Ehemann. Nein, wahrhaftig und zum Glück nicht. Es war viel Zeit vergangen, seitdem eine Zwölfjährige in mehreren Tempeln und heiligen Hainen zugleich Götter und Helden unter Griechen, Germanen und Indianern entdeckt, sechzehnjährig an Shakespeares Hamlet gelitten und sich mit sechsundzwanzig zum Philosophikum Kierkegaard ausgesucht hatte. Die Existenzdialektik dieses Unglücklichen und zudem intellektuell Redlichen war schließlich (zusammen mit dem Ehemann) mit schuld daran geworden, daß eine Sechsunddreißigjährige nach einem Zweitstudium Theologie im Regenwald Westafrika verschwunden war und hier bis ins achte Jahr, erst lustvoll, dann zunehmend lustlos, an der eingebrockten spinatgrünen ,Suppe-ohne' löffelte.

Vieles von dem, was sich in den Regalen des Arbeitskabinetts ausbreitete, war Luxus an diesem Ort. Es hatte allenfalls Symbolwert. Es dokumentierte Lehr- und Wanderjahre durch die Institutionen westlich-bürgerlicher Bildung. Es waren mitgeschleppte Spuren einer langen Suche nach Wahrheit, Sinn und Wirklichkeit in den Labyrinthen und auf den Schlachtfeldern abendländischer Geistesgeschichte. Sie, die Spuren, die Bücher, nahmen sich wunderlich aus mit Urwald hinter dem Haus und Elefantengras rings um den Garten. Aber sie waren nun einmal, trotz Schimmelpilzen und Kakerlaken, vorhanden, Paraphernalien des Sozialprestiges. Bücher – Leben aus zweiter Hand, unpolitisch, evasiv, damals, 1980/81, wie vormals, 1968/69.

Vormals, zu der Zeit, als in den akademischen Kakaobunkern die fortgeschrittene Jugend Wilhelm Reich und Herbert Marcuse entdeckte, Marx und Freud sich erstaunt die Hände reichten zu gesellschafts- und triebbefreiendem Bunde, während hier und da schon eine Plastikbombe explodierte. Da saß eine bereits Überalterte in den verwinkelten Seminarbibliotheken von Gogingen, oft allein und bis spät in die Nacht, las und las und entdeckte Gestalten aus unvordenklicher Zeit. Die Große Mutter thronte, archaisch-dumpf, in Bärenhöhlen, und am Strande Syriens stand Astarte, nackt. Über die mesopotamische Ebene leuchteten die Mauern von Uruk; Gilgamesch klagte um Enkidu; Gudea, der gute Hirte, betete zu Gatumdug, seiner Mutter im Himmel, und auf Dumuzi, ihren sterblichen Geliebten, ließ Inanna die Dämonen der Unterwelt los... Während die Studenten revoltierten, saß eine graue Maus im Auditorium maximum, gerade einmal der selbsteigenen Existenzkrise entronnen, und der uralte Uhu, Subjekt hin, Objekt her, saß auf dem Kuckucksei des Prinzips Hoffnung und orakelte Mehrdeutiges in die gärende Veränderung der Dinge hinein, kämpferisch noch immer und jugendbewegt durchaus. Die graue Maus aber, die überalterte Studentin, sie gedachte vornehmerer Gesten des Zögern und der Skepsis und der Arabesken einer opalberingten Hand hinter dem Katheder zu Tiliapolis, einen Sommer und einen Winter lang. Da stand eine zerbrechliche Gestalt in grauem Haar, zu deren Füßen eine Kierkegaard-Adeptin saß, spätgriechischer Geschichtsphilosophie lauschend und dem Raunen reiferer Resignation, während vor den Fenstern die Linden blühten und kühles Schneelicht dämmerte. Es war auch, unerwartet, Begegnung geschehen; zwei Bände Hölderlin ergaben sich als Gegengabe für die Übersetzung eines Essays ins Englische. Es blieb entrückt und wie hinter sieben Schleiern. Es fiel wie welke Wintersonne auf braunes Mädchenhaar. Es war alles sehr lange her. Damals schon.

Der ganze Bildungsroman – war er nichts als ein Zeitzubringen gewesen in ungewisser Nachkriegszeit und weit darüber hinaus? Wozu hatte das langhingezogene Doppelstudium letztlich qualifiziert? Zu zielgerichteter Karriere sicher nicht. Zu beamteter Lebensbewältigung schon eher. Vermutlich wäre da wieder eine, begabte Schülerin und mittelmäßige Studentin, irgendwo in bürgerlich-gediegenen Verhältnissen, als Studienrätin oder Bibliothekarin, sittsam versauert. Dem und vermutlich nichts anderem war der weiland Klassenkamerad zuvorgekommen, indem er es nach sechs späten Ehejahren in einer süddeutschen Universitätsstadt für angebracht hielt, den langgehegten Lebensplan zu verwirklichen, nach Afrika ‚in die Mission' zu gehen und die Ehefrau zur Absolvierung einer *midlife crisis* über Timbuktu hinaus in den westafrikanischen Regenwald zu schleppen. Wenn das nichts Aparts für sich war. Ja, war es anfangs nicht eine glanzvolle Zeit gewesen, damals, in den siebziger Jahren, im Campus von Nzab'ngen? Idyll nicht nur, sondern geradezu Ideal mit großem Anfangsbuchstaben.

Der Hain des Heros Akademos…

116

Die großen Städte

und kleinere Abwesenheiten

Übersicht

Kulinarisches am Wuri
und ein Fledermausgewand
(Duala zu zweit im Dezember 1980)

Ein Ende von etwas
– *Hat seine Schuldigkeit getan, kann gehen?*
(Ordination in K'ba, Dezember 1980)

Vom Wartenkönnen
– Hesychia zwischen Konservendosen
(Einkaufsfahrt nach K'ba, März 1981)

Graslandvisionen.
Landschaften und Tagträume
(Synode in Bamenda, Ende März 1980)

Grenzerfahrung bergab
oder vom Rausch der Gefahr
(Eine Beerdigung im Nachbardorf, Anfang Mai 1981)

Auf der Tribüne
– von der Ehre, unter VIPs zu sitzen
(Nationalfeiertag 20. Mai, in T'bel)

Etwas wie ein Raubüberfall
und die Nachwirkungen
(Duala, allein Ende Mai 1981)

Eine Hauptstadt als Kulturkulisse.
Gelbe Anemonen, die Muse und ein Hôtel de ville
(Pfingstausflug nach Jaunde)

Berg und Bergbach.
Vom Tagträumen zu Fuß und allein
(Zwei kurze Abwesenheiten)

Der Campus von Nzab'ngen – eine Welt für sich, klein, beinahe klösterlich; eine lange Jahre als idyllisch empfundene Welt der Geistes, der im Sitzen sich am lebendigsten entfalten konnte – oder sollte. Fünf Wochentage saß man vormittags im Klassenzimmer und abends über Büchern und Hausaufgaben. Morgens und abends saß man in der Kapelle und am Sonntagvormittag in dem neuen Kirchengebäude. Man saß und saß. Gewiß, es gab den Mittwochsport. Es gab Farmarbeit und einen Gemeinschaftsgarten. Am Sonnabend durfte, wenn nicht regenzeitbedingt vormittags das schnell sprießende Gras geschlagen werden mußte, ein jeder tun, was er wollte. Zum Beispiel Wäsche waschen, wenn er unbeweibt war. Oder im Garten der *fraternals* arbeitend sein Taschengeld aufbessern. Es stand frei, sich während der Freizeit im Dorfe auf und ab zu bewegen. Nicht immer ging das gut und den strengen Regeln der geistlichen Bildungsanstalt gemäß. Es konnte zu Relegierungen kommen.

Aus Nzab'ngen hinaus kam ein Student nur selten. Am ehesten bei Predigtexkursionen. Ein Klassenausflug wie der zu dem alten Kolonialschloß E's'ng war eine Ausnahme. Von Zeit zu Zeit ergaben sich auswärtige Rallyes einer von Studenten geleiteten Jugendgruppe. Man fuhr auch einmal geschlossen in die größere Siedlung T'bel, um den Nationalfeiertag zu begehen. Oder man stieg in ein Nachbardorf hinab, um an der Beerdigung des Vaters eines Studenten teilzunehmen. Die Klasse III hatte ein traditionelles Anrecht auf einen mehrtägigen Ausflug. Kurz, es gab hin und wieder Gelegenheit, sich aus Nzab'ngen hinauszubewegen. Für die Studenten eine immer willkommene Abwechslung. Ja, man sehnte sich aus dem abgelegenen Dorf am Ké hinaus. ‚The sooner we move from here, the better' – der Sinn für die Vorteile ländlicher Abgeschiedenheit zum Zwecke akademischer Vorbereitung auf das geistliche Amt war unterentwickelt.

Der gleiche Drang hinaus aus den engen, unsichtbaren Mauern des Campus herrschte auch unter den afrikanischen Kollegen. Eine Kleinstadt wie K'ba bot mehr Möglichkeiten – ein rentables Häuschen zu bauen etwa oder Beziehungen zu knüpfen, die dem eigenen Weiterkommen förderlich sein konnten. Wenn hingegen ein Europäer sich entschlossen hatte, als *fraternal* in Nzab'ngen zu leben, dann tat er es eher unter dem Eindruck ‚Hier ist es schön, hier bleibe ich' – für ein paar Jahre. Um sich aus der Abgeschiedenheit hinauszubewegen, mußten andere Motive vorliegen als bei den autochthonen Kollegen. Ein Zahnschmerz etwa oder eine leere Vorratskammer, ein benötigtes Visum, eine Konferenz, eine Synode oder bisweilen auch das Bedürfnis, sich die landschaftlichen Sehenswürdigkeiten des Landes zu besehen, im Atlantik zu baden oder im Grasland zu wandern.

Eine Besonderheit betraf den Kollegen Ehemann. Beurlaubt zu Feldforschungszwecken, glänzte er im vorletzten Jahre durch häufige und tagelange Abwesenheiten. Er durchstreifte das Feld seiner Forschung in weitem Umkreis zu Fuß und zu Vehikel, bis er sich Ende April nach Europa entfernte, um in den Archiven der Basler Mission unterzutauchen. Hier soll die erinnernde Rede von Reisen, Orten und Erlebnissen sein, die Spuren in eigener Erinnerung und im Tagebuch hinterlassen haben. Episoden, Stimmungen, Landschaftsbilder sollen beschrieben werden. Ein Fotoapparat war fast nie zur Hand.

Es waren keine Touristen-Reisen. Der Sinn stand weder nach Kribi am Atlantik, wo Palmen und Hotels am Strande stehen wie überall sonst auch auf den Plakaten, noch nach dem langen Elefantenrücken des Kamerunberges oder den Attraktionen des Waza-Parks, hoch oben im Norden des Landes, wo es ähnliches zu sehen geben mochte wie in der Serengeti. Es hörte sich spannend an, wenn Bekannte davon erzählen – über die (einstige?) Anrüchigkeit Kribis etwa oder die dünne Luft nahe dem Gipfel des

Kamerunberges, dem Fako. Aber es lag fern. Näher lag, im Norden des Stammesgebiets, das der Feldforscher erforschte, ein übergrüntes Vulkanmassiv mit zwei geheimnisvollen Seen in der Caldera. Sie waren schon im zweiten Jahre eines Ausflugs und ausnahmsweise auch einiger Aufnahmen wert gewesen. Was die betrachtende Seele an sich und mitgenommen hatte, war eindrucksvoller. Es bewog noch zwanzig Jahre später bei einem Besuch in den alten Jagdgründen des Feldforschers zu einer mühsamen Tageswanderung an den Hängen des Massivs hinauf und hinab in das weitumwallte Kraterrund.

Im Grasland Westkameruns hatte es ein wenig Tourismus schon lange gegeben; vor allem in Bafut und Bali, wo es sehenswerte Häuplingsgehöfte mit Harem, holzgeschnitzten Ahnen und Maskentänzen gab und zum Teil noch immer gibt. Etwas weiter östlich konnte man die Kunsthandwerkstadt Fumban bewundern, wo ein islamischer Herrscher namens Nyoja einst ein Alphabet erfunden und eine Schweizer Missionarin schöne Porträts von schönen schwarzen Männern (ach, wie gerne würde ich von ‚Negerjünglingen' reden, wenn es die geheime Sprachpolizei nicht gäbe) auf Fotoplatten gebannt hatte. Bis nach Fumban war man, als Ehepaar mit der zu Besuch weilenden Mutter und Schwiegermutter, in der Tat gelangt, mit dem Sportflugzeug einer Missionsfluggesellschaft im Jahre 1977, nachdem man kurz zuvor mit der gleichen Cessna und dem gleichen Piloten zur Synode nach Bamenda geflogen war. Wenige Monate später stürzte diese Cessna am Kamerunberg ab. Sechs Tote, darunter ein ungebornes Kind. Das Unglück geschah während eines Heimaturlaubs, wenige Wochen nachdem man, wiederum als Ehepaar, im Rieselregen auf dem Atlantik der Küste entlanggetuckert war ums Kap Debundscha herum Richtung Nigeria, in einem offenen Langboot mit Außenbordmotor, beladen mit Bier, Cocoyams und Passagieren. Alptraumhaft. Es fehlte durchaus an Lust und Mut zu solchen Reiseabenteuern. Wenn sie zustande kamen, mußten ungewöhnliche Gründe vorliegen. Im Falle der Seereise im Julirieselregen war es darum gegangen, einen ehemaligen Studenten zu besuchen, der auf einer Halbinsel saß und in Briefen sein Los bejammerte. Es war die abenteuerlichste aller Reisen in Afrika.

Trotz aller Reiseunlust und Reiseängste war ein Jahr zuvor, mitten in der Regenzeit 1976, die erste Allein-Reise mit Überlandtaxis ins Grasland gewagt worden und warum? Um dem Davonfliegen des Ehemannes (zu einer Konferenz in Ibadan) eigene Initiative entgegenzusetzen. Über Bamenda hinaus durch die Sümpfe von Ndop hinauf nach Kumbo. Beim Wandern durch die grünen Hügel von Nsa-Nsa war zum ersten Male die Graslandmuse erschienen. Sie saß schaukelnd einem Eukalyptusbaum…

Die vier großen Reisen während des vorletzten Jahres in Nzab'ngen hatten private, offizielle und halb-offizielle Anlässe. Dabei bedeutete Reisen für Leute, die kein eigenes Fahrzeug und nicht einmal einen Führerschein besaßen (zu dieser raren Spezies unter den Weißen im Lande und überhaupt gehörte ‚man'), sich den Fahrkünsten anderer anzuvertrauen. Sich chauffieren zu lassen. Am häufigsten und sichersten war man unterwegs mit Peter-the-driver am Steuer des seminareigenen Landrovers.

Neun Abwesenheiten von Nzab'ngen im Schwellenjahr. Erinnerungssplitter sollen ihrem ursprünglichen Zusammenhang eingefügt werden – *Lyonnais*-Garnelen, ein Fledermausgewand, ein verlottertes *Bon Accueil*; ein Nicht-mehr-Jüngling bei einer Ordination; das friedliche Sitzen auf einer Holzkiste; die Grasmattenvision im bergabrollenden Landrover, die Einquartierung in einer Außenküche, das Morgenlicht über dem *Mendakwe Escarpment*; ein Beinahe-Kollaps bergab; Geistesabwesenheiten auf einer Tribüne; eine Art Raubüberfall; ein nächtlicher Barbesuch; Rosen und Oleander in einem Klostergarten; der Ké als Ende der Welt, die Nixen in den Sturzbächen und der Hasenbraten danach…

Kulinarisches am Wuri
und ein Fledermausgewand

(Duala zu zweit im Dezember 1980)

Die Hafen- und Flughafenstadt war, wenn man nicht sicher im Landrover, im *Bon Accueil* oder im *Foyer du Marin* saß, schon um 1980 herum schlimmer als dichter Dschungel. Sehenswertes gab es allenfalls vom Flugzeug aus, wenn es bei Tag zur Landung absank über der breiten, metallisch grauen Trichtermündung des Wuri in den Atlantik auf der einen Seite und den dunklen Verschlingungen von Wasser und Mangrovenwald auf der anderen und längs der ganzen Küste. Beim ersten Erkundungsbesuch im März 1972 hatte Madame R., damals die freundliche Herrin des Gästehauses *Bon Accueil*, den Neulingen das wenige, das man Gästen zeigen konnte, gezeigt: den großen Markt, das Stadion, eine Moschee und die Kathedrale von außen; im Akwa Palast, dem damals größten Hotel am Boulevard de la Liberté, kaufte man ein paar Briefmarken, und zu zweit allein hatte man sich an den menschenleeren, grauen Strand des Atlantik gewagt, in eine noch nicht zugebaute Gegend. Am meisten beeindruckte die Neulinge damals der mächtige *Temple du Centenaire* an Ort und Stelle, nämlich auf dem flachen Hügel von *Bon Accueil*. Mit steilem grünem Dach und Glockenturm hatte das evangelische Gotteshaus neben sich nur die Konkurrenz der katholischen Kathedrale. Es stand, wo einst die ersten Missionare ihre Hütte unter Palmen und spätere ein stattliches Wohnhaus im Kolonialstil gebaut hatten mit Blick über den Hafen, der nicht viel mehr war, damals, als ein Uferstück des breiten Kamerunflusses, des Wuri. Sonst – nein, sonst gab es nichts zu sehen. Aber etwas wie ein großer Atem wehte einem auf der kilometerlangen flachen Brükke entgegen, die in weitem, elegantem Schwunge die sich zum Meere hin weitende Flußmündung bezwang.

An einem Montag im Dezember, nach mehreren Stunden Unterricht und dem Mittagessen, fuhr man los, am Steuer des Landrovers Peter-the-driver. Von den beiden *fraternals* hatte der eine einen schmerzenden Zahn, die andere hatte einen Blick in die leere Vorratskammer geworfen. Hätte der Ehemann nach erledigtem Zahnarztbesuch nicht auch die Einkäufe erledigen können? Ach, es war darauf kein Verlaß. Es schien ratsam, es nicht darauf ankommen zu lassen, mit all dem voraussehbaren Ärger hinterher. Besser, die ermüdende Reise, die andere sich ersparten, indem sie sich mitbringen ließen, was sie brauchten. Es konnte zu Verstimmung führen.

Diese Einkauferei, wo ich mit wenigem zufrieden wäre. Eine Reise, die aus Träumen reißt, die sich geruhsamer hinter zugezogenen Vorhängen im Halbdämmer der Nachmittagsruhe träumen ließen.

Peter, rank und schlank und konzentriert am Steuer, fuhr indes wieder einmal ‚traumhaft', erst die Holperpiste nach T'bel hinunter, weiter über Geröll bis L'm und dann die risikoreiche, immer wieder von hohem Elefantengras gesäumte Asphaltstraße zur Küste hinunter. Das einförmige Dahinrollen durch die Plantagenebene bei vernünftiger Geschwindigkeit ermöglichte ein wenig Entspannung und Besinnung nach rückwärts. Da saß so nahe und so fern der Kollege Ehemann, schmal, blond und bärtig und ebenfalls verstimmt, weniger wohl wegen der Zahnschmerzen als auf Grund von Meinungsverschiedenheiten, die es am Abend zuvor wieder einmal gegeben hatte. Was fängt Mann an mit einem verstockten Weibe, das einer Einladung zum Kaffee bei den Nachbarn nicht nachkommen will? Geplagt von Schwester Leiblichkeit, wäre es viel sinnvoller gewesen, auf dem Bette zu liegen und den milden Enttäuschungen des voraufgegangenen Abends nachzuträumen, da eine Tutorin sich aus ihrem Leben und aus dem Jahr der Wissenschaft erzählen hörte. Vor Studenten. Vor einer ins Haus geladenen Klasse, die schon das dritte Jahr im

Campus war. Es war irgendwie merkwürdig gewesen. Es war, als wäre eine solche Veranstaltung eigentlich fehl am Platz. Vorgesetzte und Pädagogen im besonderen sollten sich gewissenhaft um die ihnen Anvertrauten kümmern; sie sollten indes nicht erwarten, daß diese sich für ein Wissenschaftsabenteuer oder gar für die *vita ante acta* ihrer Lehrer interessierten. Letzteres ergab sich, in entlarvender Absicht, allenfalls dann, wenn Spannungen und Animositäten aufkamen. Das war das eine: daß der Abend nicht so schön gewesen war wie erwartet. Das andere war, tags zuvor, eine sicherlich sträflich schlechte Laune gewesen.

Nein. Einfach keine Lust auf Sonntags-Kaffee-und-Kuchen. Noch weniger auf gutgemeinte Ratschläge zur Sanierung überspannter Nerven. Darauf kann ich wahrhaftig verzichten. Solche Pedanterie trägt eher zu weiterer Ruinierung zerfasernder innerer Befindlichkeiten bei. Psychotherapie! Scheint Mode zu sein, da hinten fern in der Heimat. Mir genügt Tagebuchtherapie. Mir genügt es, einen Tagtraum in kleine Streifen zu schneiden und über Seelenwunden zu kleben. Mit Isi ist darüber leider nicht zu reden.

Daher es nun, an diesem Montagnachmittag, kein Wunder war, daß des Gemahls schweigende Gegenwart abweisend auf dem Nebensitze saß, derweilen man durch die Langeweile der Landschaft – immer das gleiche Elefantengras am Straßenrand, immer die gleichen solitären Baumskelette in den Ananas- und Bananenplantagen, die gleichen grauen Holzverschläge und das Wellblech längs der Siedlungen – auf Duala zu rollte.

Eine abweisende Gegenwart. So anders als anderes. Immerhin: er war da und nicht irgendwo feldforschend im Ungewissen. War da und auch geplagt von Bruder Leib, wenngleich auf andere Weise, nämlich nicht nur von Zahnschmerzen, sondern auch von Rheuma, mitgebracht von Übernachtungen in den zugigen Bretterhütten entlegener Dörfer; vielleicht auch erworben in den naßkalten Regenzeiten dieser graugrünen Suppe Nzab'ngen. Es ziehe aus dem Arm in die Herzgegend – es war beunruhigend. Es fiel verstörend ein ins eigene Leiden. War nicht körperliches Leiden immer ernster zu nehmen als seelisches Siechtum? Rheuma und ein schmerzender Zahn – gewiß war es schlimmer als feldforschend bedingtes Unverständnis einer *Midlife-Malaise* gegenüber. Gegen Seelenwehwehchen – war es nicht angebracht, Psychisches zu minimieren gegenüber Somatischem? – halfen das Tagebuch, innere ironische Distanz und Ablenkungen, die sich aus Wenigem hervorspinnen ließen.

Dergleichen war auch diesmal vorhanden und half, die knapp drei Stunden zu füllen, die man schweigend neben einander saß. Es war da etwa ein Zettelchen zurückgelassen worden auf dem roten Bord vor dem Arbeitskabinett mit Anweisungen, abgeknickte Tomatenpflänzchen betreffend. Dieser neue Gärtner – mußte man sich nicht um alles selber kümmern? In menschenleerer Mittagsschwüle herbeigeschlendert kommen, um zu helfen, leere Taschen im Landrover zu verstauen, da unter dem Tulpenbaum, mochte immerhin ein Ausdruck von Hilfsbereitschaft sein. Aber die Tomaten und überhaupt, der ganze Garten – dieses Wenige, leicht Klebrige, ließ sich im Dahinrollen ausziehen zu einem langen, dünnen Faden, der fast bis Duala reichte.

Jetzt nur alles schnell erledigen. Die Unbehaglichkeit der großen Stadt, die Blech-, Beton- und Menschenwildnis; das Gebrodel und der Brodem; das ineinanderverkrallt ums Überleben Kämpfende – eine verknäulte Vielfalt ohne Reize. Überall lauerte latent Gefahr. Eine Insel der Sicherheit war wie immer das kirchliche Gästehaus *Bon Accueil*. Man konnte kurz aufatmen. Es war gegen 4 Uhr am Nachmittag. Während der Zahnschmerz sich umgehend per Taxi zum Zahnarzt begab, so daß der Landrover zur Verfügung stand, mußten Einkäufe für andere getätigt werden: Wolle für die Studentenfrauen und für die Nachbarn Gewürze für die

Weihnachtsbäckerei. Nebenher lief die unschlüssige Suche nach irgendeiner Kleinigkeit in doppelter Ausführung und für den Fall, daß es sich bei gründlicher Überlegung als schicklich erweisen sollte, für zwei Studenten, die absolut gleich behandelt werden mußten, eine Belohnung parat zu haben. Wie wär's mit Briefpapier, feines Bütten, weiß und rot und mit französischer Wappenzier? Warum – ? Nun, diese beiden hatten sich die höfliche Mühe gemacht, der fern und wissenschaftlich in München weilenden Tutorin ein Brieflein zu schreiben. – Mit beginnender Dämmerung war das erledigt, auch der Ehemann war zurück mit repariertem Zahn. Man saß da und hatte Hunger.

Im *Bon Accueil* gab es keine Mahlzeiten mehr für Gäste.

Eigentlich hätte man anderswo Unterkunft suchen sollen, in der *Procure Catholique* oder im *Foyer du Marin*. Aber der Feldforscher hatte auf *Bon Accueil* bestanden. Vermutlich wollte er den autochthonen *genius loci* erforschen. Der nämlich war während der voraufgegangenen Jahre zusehends zu sich selbst gekommen. Man bemerkte es allenthalben. Die alte, großzügig-luftig erbaute Tropenvilla unter Palmen, auf dem Hügel nahe am Hafen, zweistöckig, vielräumig, mit Veranden, Erkern und einer Freitreppe in den Garten hinab; dieses koloniale Erb- und Traditionsstück, um einiges älter als der riesige Jubiläumstempel gleich daneben – sie, die Villa, hatte die erste Ankunft auf diesem Kontinent empfangen mit gepflegter Gastlichkeit und guter Küche. Noch saß in den Winkeln der Erinnerung das Wohlgefühl der Geborgenheit in tiefen Sesseln und ließ sich verwöhnen. Von der großen Wasserfläche des Wuri her wehte eine warme Brise durch die Jalousien des Salons, in welchem nach Tisch eine grazile weißhaarige Dame zu Kaffee oder Tee einlud, alle die Neuankömmlinge und die Rückkehrer aus dem Heimaturlaub, die sich hier zum ersten Male trafen oder sich wieder begegneten, gesittet an dem langen, weiß gedeckten Tische saßen und sich die deliziösen Menüs, französische Küche garniert mit tropischen Früchten, servieren ließen von einheimischem Personal, das auch an den Kochtöpfen in der Küche stand und im Parterre am Waschzuber, nach Anweisung um das kulinarische und hygienische Wohl der Gäste bemüht, damals fast ausnahmslos Weiße.

Bon Accueil, dieses Erbstück aus kolonialen Tagen, sieben Jahre oder fünf zuvor noch den herkömmlichen Ansprüchen seiner Gäste gewidmet – es war inzwischen ein Musterbeispiel autochthoner Selbstfindung geworden. Das Management des Hauses war in einheimische Hände übergegangen, und nun war alles ganz einfach. Aller Ballast war abgeworfen worden; alles Überflüssige abgeschafft. Es gab weder Moskitonetze noch Handtücher mehr; das Bettzeug war möglicherweise nicht gewechselt worden und Risse ausbessern – wozu? Das schwache Licht einer Sparbirne genügte vollauf. Wer wird denn abends noch lesen oder schreiben wollen? Schalter lagen frei und Lampen baumelten aus den Fassungen; alles machte einen lockeren und legeren Eindruck. In der Toilette fehlte das Papier; die einst weißen, nun grauen Wände waren dekorativ verziert mit Fingerfarbe, abstrakt und khaki. Das war Geschmackssache. Aber auch die hauseigenen Menüs waren der Einfachheit halber abgeschafft worden; das betraf ein elementareres Bedürfnis. Zum Frühstück immerhin eine Minimalration an Weißbrot, Tee und Margarine. Was wollte man mehr? Man wollte mehr Geld, die Preise hatten sich verdoppelt, zumindest für weiße Gäste.

In *Bon Accueil* war der Putz einer fremden Zivilisation abgebröckelt; das ungeschminkt Ursprüngliche kam zum Vorschein, das Leben ging in unverfremdeter Einfachheit weiter. In dieser einheimischen Einfachheit – wer hätte von ‚Verlotterung‘ reden wollen?! – in diesem *Bon Accueil*, in das sich kaum noch ein Weißer verirrte, da fühlte der Feldforscher sich nun wohl. Er behauptete es jedenfalls. Er fand es ‚gemütlich‘, und seine Frau fand sich

130

wieder einmal ab. Es machte im Grunde und von den nächtlichen Moskitos abgesehen, auch nicht allzu viel aus. Kann nicht Verlottertheit ‚so was an sich' haben – eine Art diskreten Charme? Jedenfalls mal was anderes. Vielleicht sogar eine Art Einstimmung auf ein unbekanntes Dorf in fernen Bergen?

Aber nun – mit einem knurrenden Magen mochte auch ein Feldforscher sich nicht abfinden. Was war zu machen? Man konnte ausgehen. (Peter-the-driver hatte, wie gewohnt, ein Tagesgeld erhalten, um sich selber zu versorgen.) Ausgehen also. Wohin? Ein paar Straßenecken weiter ins *Lyonnais*. Ein bescheidener Luxus. Komm. Ich lade dich ein. Er sei da schon ein paarmal gewesen, zusammen mit seinen diversen Freundinnen. Ach ja, alle die braven Krankenschwestern. Na schön, warum nicht auch einmal mit der Ehefrau. So wurde das vergammelnde *Bon Accueil* der Anlaß zu einer Denkwürdigkeit. Anlaß zum einzigen gemeinsamen kulinarischen Erlebnis des Jahres. Seitdem stand und steht noch immer eine butter- und zitronentropfende, zartrosafarbene Fata Morgana über dem Wuri...

Das *Lyonnais* war ein kleines Restaurant der gehobenen Mittelklasse. Es war damals noch zu Fuß erreichbar. Hätte man als Weißer nicht eines nächtlichen Raubüberfalls gewärtig sein müssen? Vielleicht hatte man einfach Glück. Vielleicht lauerte man Weißen inzwischen eher in der Umgebung des *Foyer du Marin* auf, weil sich herumgesprochen hatte, daß im *Bon Accueil* keiner mehr abstieg. Das *Lyonnais* also war nur fünf Minuten um zwei Straßenecken entfernt. Man stolperte nicht geradewegs hinein; man bewegte sich an Kübeloleander vorbei durch doppelte Glastüren, in quasi-rituellem Übergang von der süßlich-scharf gewürzten, von gleißendem Neonlicht und pechschwarzen Hauseingangsschluchten zerschnittenen Schwüle der brodelnden Straße ins geruchsneutral Vollklimatisierte. Es legte sich zum Empfang als leises, durchaus angenehmes Frösteln um die Schultern.

Gedämpfte Beleuchtung, gedämpfte Musik, gedämpfte Unterhaltung an kleinen Tischen. Mit zögerndem Schritt auf rotem Linoleum, gemustert wie ein edler Teppich, suchte man sich ein Plätzchen. Hier benahm man sich: wohlerzogen wie einst im *Bon Accueil*. Europäisch steif und leise.

Die nicht zu große Räumlichkeit war noch kaum von Gästen besucht an diesem frühen Abend. Mit sehr weißem Damast gedeckt lockten die Tischchen wie kleine Inseln zwischen grünem Zierpflanzengeranke und dunkler Wandtäfelung ringsum. Man ersah sich eine Insel und ließ sich nieder. Das *Lyonnais* – selbst eine Insel im wogenden Menschenmeer der Stadt. Es gab deren eine gewisse Anzahl und auch weit exklusivere in Duala. Das wußte man vom Hörensagen. Es gab genügend Reiche und Superreiche, Weiße nicht nur, in dieser wie in jeder Stadt Afrikas. Es hätte Anlaß sein können, wieder einmal nachzudenken über Arm und Reich in diesem Lande. Wozu? Man saß irgendwo in der Mitte. Man saß im *Lyonnais*. Man saß auf einer Insel und, bei allem Verzicht, doch in der Welt der einen, der Bessersituierten. Draußen vor den Glastüren brodelte die unruhige Welt der anderen, laut und lästig, von Bettlern durchlungert, von jugendlichen Diebesbanden unsicher gemacht.

An diesem Abend im *Lyonnais* blieb das Malstromhafte der großen Stadt bis zur Unwirklichkeit verdünnt draußen und weit fort. Drinnen fand in ehelichem Einvernehmen und vorbereitet durch halbtägiges Fasten jenes kulinarische Erlebnis statt. *Jenes*. Etwas, das in nostalgischer Erinnerung blieb und warum? Weil nur die Hälfte oder noch weniger zuteil ward von etwas, dem die Qualität der Erstmaligkeit des Genusses zuerkannt werden mußte. Auf den Geschmack gebracht und – zu wenig davon bekommen. Es ließ sich nur unvollkommen umschreiben. Der Begriff des ‚Schlemmens' bot sich an – in doppelten Anführungszeichen. Der Begriff stand im Widerspruch zu dem Gefühl: es war bei weitem

132

nicht genug. Genug war es gerade als Anreiz, aber nicht als Sättigung. Was an diesem Abend auf dem Teller lag und mit so viel
beherrschter Andacht verzehrt wurde, es war weder fett noch
viel. Es war klein und knusprig und zierlich gekrümmt. Es war
feinste Feinschmeckerei. Subtiler Genuß mit Zungenspitzenge-
fühl. Es war so wenig, daß die Vorstellung des nicht gewährten,
aber möglichen Mehr – das Doppelte, das Dreifache erst hätte
sättigen können – in speicheltropfender, in rosiger Durchsichtig-
keit wie eine Fata Morgana über dem Wuri hängen blieb: der
Kollege Ehemann hatte *crevettes grillées* bestellt.

Da lagen sie wie zehn gekrümmte kleine Finger, geköpfte Delika-
tessen auf silberner Platte, duftend nach gebräunter Butter, umrahmt von Zitrone, Salz und Pfeffer. Daneben ein Körbchen mit
Baguette, eine Karaffe mit Rotwein und zwei riesige Damastser-
vietten. Ein leerer Magen saß davor, ein Heißhunger, dem selbst
die ordinärste Knackwurst in festlicher Verklärung erschienen
wäre. Es saß davor Bewußtsein, Sinneswahrnehmung kultivie-
rend, Nervenreizen widerstehend. Auf silberner Platte zehn Mi-
niaturportionen festen, zarten, rosa Garnelenfleisches – ein Geni-
tivus partitivus so überaus angebracht bei diesen Teilchen eines
unvorstellbaren Ganzen, das in allen Meeren schwamm und im
Wuri auch ein Stück weit. Dünn und zart verhüllt in glasigem
Rosé-Geschupp lag es da. Messer und Gabel lagen bereit. Der
Ehemann, bereits geübt im Entschälen der Miniaturen, kam zügig
voran. Was macht, wer zum ersten Male an solch einer delikat
gepanzerten Winzigkeit herumziseliert? Er übt sich in Geduld
und Speichelschlucken. Hantiert schweigend und beherrscht auf
den ersten Bissen zu. Zögert womöglich diesen ersten Bissen hinaus im klaren Vorherwissen, daß von den zehn Genüßlein keine
Sättigung zu erwarten ist. Aber von dem ersten Häppchen – und
den nächsten zwei oder drei – eine Erinnerungsspur sich dem
Gedächtnis einprägen würde, vergleichbar nur mit der Erinnerungsspur einer Scheibe Roggenbrot mit Quark darauf, die einst,

133

im Sommer 1945, eine bayerische Bäuerin dem barfuß neben dem Treck herlaufenden, mit Gefühlen der Peinlichkeit – betteln müssen! – und ungewohnten Hungers kämpfenden Flüchtlingskind in die Hand gedrückt hatte.

Alle zwanzig Garnelen waren auf ein und derselben Silberplatte serviert worden. Was macht, wer zusehen muß, daß die größten und schönsten – ? Er schweigt. Er kämpft mit den Prinzipien seiner Erziehung und macht sich so seine Gedanken. Vielleicht und vielmehr, wer weiß, wäre es Verklemmtheit, sich nicht in schöner Spontaneität das zu nehmen, was dem Bedürfnis am nächsten liegt? Ach, hätte ich doch darüber hinaus dreizehn statt nur zehn! Könnte er mir nicht drei – mir, die ich diesen Genuß zum ersten Male –? Freilich, es schmeckt ihm genau so gut. Schön, daß es ihm so gut schmeckt. Es gab ja noch Weißbrot und Wein. Schlich der Gedanke herbei, das gleiche noch einmal zu bestellen? Es war auch so schon teuer genug und der schiere Luxus. Für das Geld, das da ausgegeben wurde, hätte man für viele Wochen nahrhafte Cocoyams und Kochbananen kaufen können. Es war mehr als das monatliche Taschengeld eines Studenten.

Wäre es also sittlich nicht zu verantworten gewesen? Welcher Sinn hätte sonst im Verzicht liegen können? Vielleicht eine Ahnung davon, daß zehn weitere Garnelen bei weitem nicht so unvergeßlichen Genuß bereitet hätten wie diese ersten zehn oder auch nur drei? Das Dreifache hätte den Magen gefüllt; das Doppelte den Gaumen so weit zufrieden gestellt, daß er mit jeder weiteren Garnele gelangweilter reagiert hätte… Vielleicht war es also weise, und nur dem schiefen Anscheine nach so etwas wie eine Verzichtneurose, wenn es bei den zehn kleinsten der zwanzig Miniaturen auf silberner Servierplatte blieb. Wenn die zehn oder zwanzig, die noch zu haben gewesen wären – o, so lukullisch nach gebräunter Butter duftend, so kontrapunktisch säuerlich von Zitrone beträufelt und reizverstärkend weiß-schwarz mit

Salz und Pfeffer bestreut! – wenn sie auf himmlischem Grill aufbewahrt blieben, zubereitet von den Rosenfingern einer Fee Morgana, als Gleichnis für andere Arten und Weisen von Hunger,
reizvoll Wenigem und Verzicht auf mehr... Mit dem Abend im
Lyonnais endete des Tages Verstimmung. Man ging zurück ins
Bon Accueil und ließ sich die Nacht über von Moskitos plagen.

In grobem Gegensatz zu dem delikat Wenigen des Abends im
Lyonnais stand der Großeinkauf am folgenden Vormittag. Es
schleifte eine Weile nach, behaftet mit einem Gefühl beschädigter
Selbstachtung. Wo war das Mitleid geblieben, das, vermischt mit
leiser Verachtung, während der ersten Jahre im Lande die *fraternals* beobachtet hatte, wenn sie hemmungslos die Supermärkte
von Duala heimsuchten, um mehrere Monatsgehälter auf einmal
auszugeben für Dinge, die doch purer Luxus waren? Wie peinlich, sich bewußt zu werden, daß die fromme Genügsamkeit von
einst sich verflüchtigt hatte und die Einkauferei auf die gleiche
Konsumstufe herabgesunken war. Nicht nur der Ehemann mit
dem Taschenrechner, auch ein dumpf grummelndes Gewissen
war zur Seite bei einem gierig an den Regalen Entlangraffen, bis
zwei große Einkaufswagen gehäuft voll waren. Die irische Butter,
der dänische Käse, die Konfitüre aus England, die vielen Wurst-
konserven, zwei große Dosen Nescafé, mehrere Flaschen Mais-
und Sonnenblumenöl, dazu all die Gemüsekonserven, obwohl es
doch genügend Grünzeug in Nzab'ngen zu kaufen gab und
überdies ein Garten grünte – war das alles notwendig? Die Menge der Teigwaren, das Gebäck, der Puderzucker, vor allem aber
die Schnäpse und Liköre, um die Sonntagslangeweile hinunter-
zuspülen – war es am Ende ein Frustrationsphänomen? Diese irre
Einkauferei in dieser Stadt, in diesem *Monoprix* mit Regalen voller europäischem Import – es war irgend etwas faul daran. Zufrieden stimmten allein zehn Kilo Kartoffeln, erhandelt vor dem
Supermarkt am Straßenrand. Sie waren, verglichen mit Yams und
Cocoyams teuer, aber sie wurden im Lande angebaut und der

Erlös blieb vermutlich im Lande. Jetzt aber – alles erledigt? Können wir fahren? Das Menschengewimmel ringsum macht nervös. Als müßte man jeden Augenblick auf etwas gefaßt sein. Endlich sind die vielen vollgepackten Kartons, von Trinkgeldempfängern zum Landrover geschleppt, verstaut, die Tür zugeknallt und abgeschlossen. Einsteigen. Aufatmen. Schon hatte Peter-the-driver die Anweisung erhalten ‚We go' – nordwärts nämlich über den Wuri –, da fiel es wieder ein.

Es – drüben auf der anderen Straßenseite. Tags zuvor war es flüchtig gesichtet und wieder vergessen worden. Wie wär's? Warte. Einen Augenblick. Komm doch eben mal kurz mit. Da drüben, sieh es dir an. Es hing am Straßenrand bei einem Straßenhändler. Der Erstpreis: weniger als die Garnelen im *Lyonnais*. Wurde noch gefeilscht, wie es sich gehörte? Wie wär's als Weihnachtsgeschenk? Der Gemahl war umgehend bereit, bezahlte, ein Stück Zeitungspapier war zur Hand, und zusammengerollt war das Bündel so handlich, daß es mühelos in der Schultertasche unterzubringen war – kaum größer als ein par Wollsocken, hätte man solcher in den Tropen bedurft.

So kam das Fledermausgewand in das vorletzte Jahr. Das beste, das schönste, das vielseitigste Stück Stoff zukünftiger Abenteuerreisen unter dem Harmattan: Schlafsack, Morgenmantel, Talar und Abendkleid in einem. So viele Male schon beschrieben, daß sich keine neuen Worte finden lassen für die Komposition aus flüsternden Falten, Kakaopulver, Spinnwebsilber und damenhaftem Selbstgefühl, unversehens abtauchend in Narzißmus. Warum ‚Fledermaus'? Wegen der weiten Faltenbahnen, die anstelle von Ärmeln Arme bedeckten oder entblößten je nach Laune und Flügelschlag. Der Erwerb des dunkelbraunen Festgewandes an einem Straßenrande in Duala, schräg gegenüber dem Kaufhaus *Monoprix*, im Dezember 1980, nahm insgeheim das noch verborgene Jahr im Grasland vorweg.

Es war gegen Mittag, und es ging zurück über den eleganten Bogen der Wuribrücke, durch Bonaberi erst und dann an die hundert Kilometer nordwärts auf der Asphaltstraße, mit kurzem Aufenthalt unterwegs, um Pampelmusen zu kaufen und längerem Aufenthalt in dem Marktflecken L'm (belebte Kreuzung, Taxiplatz, Tankstelle), wo ein Faß Kerosin und zwei Flaschen Butangas aufzuladen waren: Flüssigkeiten, wichtiger als Liköre. Sicher verwahrt im Landrover sitzend ließ sich beliebig Zeit verbringen. Zehn Wochen zurück lag der letzte Aufenthalt an diesem Ort. Damals waren hier Bier und *Belle vie* kastenweise gekauft worden. In Duala hatte es nach dem dürftigen Frühstück im *Bon Accueil* kein Mittagessen gegeben, so daß der Hunger in die Zervelatwurst biß, die eine Schwiegermutter dem Schwiegersohne über die Sahara hinweg zugedacht hatte. Diesem war es beigefallen, als Wegzehrung ein paar gegrillte ,Pflaumen' zu kaufen, Früchte, die fast nur aus einem großen Stein bestanden. War nirgends das übliche Weißbrot zu sehen gewesen? Am späten Nachmittag wieder einmal wartend im Landrover zu sitzen, war etwas Geruhsames, ohne den mindesten Anflug von Ungeduld. Der Straßenstaub, das Gerümpel, die Leute, die nackten Füße der Kinder, die dürren Hunde, das Bunte und gemächlich Bewegte – wie werde ich dermaleinst daran zurückdenken?

Ein paar Kilometer weiter, in T'bel (auch Marktflecken, gelegen an einer Dorfstraße aus Steinen und Löchern, belebt von Schweinen und Ziegen) stieg der Feldforscher aus, um ,einen Floh zu fangen'. Es wurden im Vorüberschlendern ein paar Zwiebeln gekauft und ein Oberhemd, schilfgrün, ohne zu wissen, wer es tragen sollte. In einer Bar war ein kleines kühles Bier ohne Trinkglas zu haben. Danach, friedlich und harmlos angesäuselt, saß es sich wieder geruhsam im Landrover, und die Zeit verging. Wartend im Landrover zu sitzen war immer gut. Ein wohliges Gefühl der Sicherheit. Es ließ sich vorwärts und rückwärts träumen, zwischen Duala und Nzab'ngen und weiter hinauf ins Grasland. Der

Feldforscher war wieder in seinem Revier und hinter dem Rohstoff seiner Wissenschaft her. Was bleibt mir? Das Tagebuch. Es war mit in Duala gewesen. Es half, die Zeit des Wartens zuzubringen mit Gekritzel und Skizzen – aus dem harmlos bißchen Alkohol hauchte eine Roman-Episode. Wie eine auf exotische Abenteuer erpichte Touristin, Mittvierzigerin, im *Foyer du Marin* in blauer Tropennacht zu einem Tanzerlebnis vom Typ Noch-einmal-vorm-Vergängnis käme, und was eine romantische Nicht-Touristin derweilen in abgelegenen Bergen erleben würde. Das Grasland warf erste inspirative Schatten voraus.

Eine halbe Stunde vor Einbruch der Dunkelheit war man zurück im Campus, in der kleinen, übersichtlichen Welt mit allen Leiden und Freuden. Da war als erstes das kränkelnde Mädchen, *die arme Sue*, die soeben aus einem entfernten kirchlichen Krankenhaus zurückkam, so schwach, daß ein Student ihr die Reisetasche tragen mußte. Ihr Leiden machte Wohltätigkeit zu einem willkommenen Mittel, eignes Leiden damit ins Verhältnis zu setzen. Ein anderer Student half den Landrover ausladen und die Vorratskammer füllen. Die Tomatenstöcke sahen vernachlässigt aus. Die Notiz auf dem roten Bord war offenbar unbemerkt geblieben. Nun, dem mochte sein, wie es wollte. Die Türen zu und das neue Gewand entrollen – die Weite, das Leichte, das Wallen. Wem zu Gefallen? O, mir einzig, einsam und allein. Immerhin: es war, wie alle bisherigen Festgewänder, das Geschenk eines Ehemannes, der sich nicht träumen ließ, was für einen Stoff zu Träumen er da geschenkt hatte. Er war woanders, selbst wenn er da war. Aber nun war man doch zusammen im *Lyonnais* gewesen. Dem Sinn für das Überflüssige und für Verschwendung zur rechten Zeit war die Fata Morgana über dem Wuri zu verdanken. Zu verdanken war dieser Duala-Fahrt das Flattergewand für eine romantische Fledermaus. Die Reise hatte einen Sinn entfaltet jenseits von Zahnarzt und Supermarkt. Sie hatte dem Schatzhause der Erinnerung etwas Schönes hinzugetan.

Ein Ende von etwas
Hat seine Schuldigkeit getan, kann gehen?

(Ordination in K'ba, Dezember 1980)

Fahrten hinab in die größere Kleinstadt K'ba, 40 km südwestlich, zu offiziellen Anlässen oder um Vorräte einzukaufen, kamen häufiger vor. Während der Trockenzeit war es eine staubige, in der Regenzeit eine streckenweise schlammige Angelegenheit, aber im allgemeinen kein Problem. Die Straße war unasphaltiert, teils schwarzes Vulkangestein, teils roter Laterit; man mußte auf weite Strecken hin langsam fahren. Es verringerte das Risiko. In K'ba herrschte damals noch weithin Friedlichkeit. Es wurde auch geklaut, aber nicht so dreist auf offener Straße und am hellichten Tage wie in Duala. K'ba lag in feuchtschwüler Niederung; es störte das Wohlbefinden kaum. Mehr als allenfalls ein Tag war da unten nicht zuzubringen. Im vorletzten Jahr fuhr man mehrmals hinab. Erinnernswert sind nur die Dezember- und die Märzreise.

Die Dezemberreise, gleich am Tage nach der Rückkehr von der Dualafahrt mit *Lyonnais*-Garnelen und Fledermausgewand, war eine offizielle Notwendigkeit und Pflichtübung aus einer Schublade mit nur verschwommen lesbarem Etikett. Stand da ‚*Vice Principal*'? Wenn, dann wohl in Anführungszeichen. Die an Dienst- und Lebensjahren Älteste im Kollegium nahm die selten genug anfallenden Pflichten innerhalb der Anführungszeichen ernst. Wenn der Kollege Schulleiter auswärts war, was nicht allzu oft vorkam, waren anfallende Entscheidungen (etwa, ob der Seminar-Landrover samt Fahrer ausleihbar war oder jugendliche Rallyegäste im Campus untergebracht werden durften) von der Reverend Missis zu treffen. Am 10. Dezember 1980 war das Haupt der geistlichen Bildungsanstalt von Nzab'ngen bei einer Ordinationsfeierlichkeit in K'ba zu vertreten.

Ordiniert wurde eine Anzahl von älteren und jüngeren afrikanischen Amtsbrüdern, darunter einige, die vier Jahre zuvor noch Studenten in Nzab'ngen gewesen waren. Es ließ sich bei dieser Gelegenheit zweierlei gewissermaßen abhaken – zum einen das nicht neue Gefühl, als Amtsperson in feierlicher Zeremonie zu amten. Zum anderen hakte sich mit dem Segen der Reverend Missis sozusagen von selber ab einer der Ehemaligen, der als Student Denkanstöße für manch hoch inspirierte Dogmatikstunde gegeben hatte, so daß die ersten *Dogmatic Notes* gewissermaßen und *cum grano salis* ihm zu verdanken gewesen waren.

Die ganze damalige Klasse III durfte mitfahren, um sich das feierliche Spektakel anzuschauen. Denn zu sehen gab es sicherlich einiges und Eindrucksvolles. Zwei der Kollegen fuhren mit, nicht jedoch, aus welchen Gründen auch immer, der Kollege Schulleiter. Mithin war eine ‚Vice' diejenige, welche dies und das zu bestimmen hatte, unter anderem auch, wann und wo man sich zur Rückreise treffen sollte. Diese Bestimmung wurde gleich bei der Ankunft getroffen, und angekommen war man, mäßig eingestaubt, zur rechten Zeit im Laufe des Vormittags.

Das ansehnliche neuere Kirchengebäude der wohlhabenden Vorstadtgemeinde F'ng befindet sich (noch immer) dicht an der Durchgangsstraße, an der entlang sich Handels- und Wohnquartiere ziehen und eine Moschee anzeigt, daß der Islam auch hier im Süden (vor allem durch Händler vom Stamme der Haussa aus dem Norden) Fuß gefaßt hat. Man lebte friedlich neben einander. Eine Bar hundert Schritte schräg gegenüber dem christlichen Gotteshaus war ausersehen als Umkleideraum für die Geistlichkeit. Hier warf sich ein jeder die schwarze Amtstracht über und reihte sich ein in die Prozession der Würdenträger, die alsbald die staubige Straße entlang zum Kirchenareal hinüberwallte. Vielleicht sollte diese Prozession eine Art Demonstration sein – seht her, wir sind das christliche Afrika, das christliche Kamerun.

140

Es gab nur wenige weiße Flecken (von den Beffchen abgesehen) in der würdig dahinwallenden Schar. Einer der weißen Flecken, umrahmt von langem, locker aufgebundenem Haselnußhaar, fand sich alsbald in den ersten Reihen unter hohem Dachgebälke wieder, eine *fraternale* Schwester in der Schar der afrikanischen Brüder und inmitten zahlreich versammelter Gemeinde. Die Flut der Chöre hob an, stieg, schwoll, überschwemmte und wiegte die Menge der Gläubigen und der Neugierigen, der Reihe um Reihe festlich farbenfroh, in Brokat und Nylonspitze Gewandeten und der kleineren Zahl derer, deren Rang und Würde das halbtausendjährige Schwarz europäischer Gelehrtentalare zum Ausdruck brachte. Wie sollte gegen solche Flutungen und gegen das Schweifen der Augen und der Gedanken das zu Wörtern zerstückte Wort der Belehrung und Ermahnung ankommen?

Nach der Predigt (Wer hatte gepredigt? Der bescheiden ‚Moderator' genannte Bischof, der Hierarch aus dem Grasland, residierend in Buea, ein Weiser und Diplomat zugleich, klein und energisch, in höchsteigener Person?) – vollzog sich das feierliche Ritual, oben auf dem Podium. Es knieten in einer Reihe ein knappes Dutzend nunmehr in den amtsmäßig gleichen Rang zu erhebender Brüder im Herrn und in der Zunft. An den demütig Knienden entlang zog eine kleine Anzahl von auserwählten Ranghöheren, neigte sich hinab, legte beide Hände auf und murmelte einen Segensspruch; unter ihnen eine *fraternal*, die viele der zu Ordinierenden vier Jahre lang eingeweiht hatte in die Geheimnisse der für rechtgläubig zu erachtenden Lehre. In Vertretung also zelebrierte auch die Tutorin aus Nzab'ngen mit am altertümlichen Ritual des Handauflegens –

– wie zum Abschied und von weit her schwebten mehr als legten sich segnende Frauenhände kontrastreich auf ein krauses Haupt, berührten flach und flüchtig, wie eine leichte Schaumkrone über dunklen Fels hinspült, eine Gegenwart, die einst den altmodisch schönen Ausdruck ‚Jüngling' auf sich gezogen hatte. Eine gesenkte Stirn, wie aus sehr hartem Holz, aus Irokoholz, geschnitzt; gesenkte Lider, stark gewölbt – *almond-hills that close upon the glow of youthful dreams.* Schweiß stand in kleinen Perlen unter dem Haaransatz, kein Wunder in der feuchten Hitze und beschwert mit diesem schwarzen Talar. Ach. Wie lange war alles schon her – das Aufbrausen, ‚We don't want Shakespeare and such European stuff. We want African Writers!' Die Höhenflüge in abstrakte Konstruktionen von idealischen Wesenheiten! Das freimütige Anprangern von Heuchelei und Feigheit – ‚If tutors knew what students are talking behind their backs!' Einer, der sich um Kopf und Kragen zwar nicht, aber um Stipendium und Berufszukunft geredet hätte um der Wahrheit willen, die ihn erbaute und empörte, und nur verschont blieb, weil ein verständiger Schulleiter einen vor Wahrheiten flammenden Brief löschte, indem er ihn dem Schreiber zurückgab. Einer, der mit kantigem Verstand die Dogmatikstunden belebt und begeistert und am Ende eine gute Diplomarbeit geschrieben hatte, in freilich äußerlich so liederlicher Gestalt, daß die betreuende Tutorin sich schämte und nachzubessern versuchte. Eine seltene, eine spröde Intelligenz. Einer derer, die weiterstudieren und promovieren würden. Zugleich freilich ein schwieriger Charakter, rechthaberisch, kompromißlos. Bisweilen auch seltsam scheu, introvertiert und düster verträumt. Nicht nur Sokrates war unversehens um die Ecke gebogen und vorübergegangen mit Augurenlächeln; auch die Muse war zum ersten Male zögernd im Campus von Nzab'ngen erschienen. *Fortunatus*, Jünglingsspur im Sand der verrieselnden Zeit. Und nun? *Hat seine Schuldigkeit getan, kann gehen?*

Mehr als drei Jahre waren hingegangen seit der abenteuerlichen Reise längs der Atlantikküste. Warum hatte man *ihn*, den Begabten, den Vielversprechenden, in ein Kaff am Ende der Welt geschickt? Die Verlobte hatte ihn deswegen verlassen. Die Tutorin war sehr berührt gewesen von diesem Schicksal. Beinahe angetan

142

vom Leiden eines Aufrechten. Vorbei, überholt. Es war eines Tages nicht nur ein günstiges, aber vergebliches Gutachten zwecks Studiums in den USA geschrieben, sondern auch ein Brautpreis-Darlehen erbeten und gegeben worden. Zur Zeit der Ordination war der mehr oder weniger Glückliche seit einem Jahr verehelicht und in einer weniger abgelegenen Gemeinde tätig.

Nach dem Gottesdienst verteilte und versammelte man sich zu Feiern im Familien- und Freundeskreise, so weit Räumlichkeiten auf dem Kirchengelände zur Verfügung standen. Eingezwängt zwischen zwei schlagfertigen und karriereverdächtigen Ehemaligen saß die Tutorin unter den Feiernden und schäkerte mit beiden. Der zur Linken ein hübsches, ein charmantes Bürschchen, gescheit und witzig. Der zur Rechten ein Specksack, aber auch nicht ungeschickt zu einem geistvollen Ping-Pong-Flirt. Außerdem, und das erforderte höchste Aufmerksamkeit, wurden ein paar öffentliche Worte zu Ehren eines der eben Ordinierten erwartet. Die Reverend Missis, wiewohl in der Kunst der freien Rede außerhalb des Klassenzimmers ungeübt, wußte es, gab sich einen Ruck und es ging irgendwie. Kein Anlaß zu Selbstzufriedenheit. Sicher nicht. Aber es war notwendig zur Selbstvergewisserung. Nebenbei, am Rande des Bewußtseins bei so viel angespannter Geistesgegenwart, immer wieder ein Blick auf die Armbanduhr, um pünktlich zu sein. Auch der Gedanke an eine weiße Reisetasche und wie sicher sie wohl verwahrt sei in den Händen eines Studenten, drängelte bisweilen dazwischen. Was war noch alles zu bedenken und zu erledigen?

Wartete nicht ein Begünstigter auf Erlaß von Schulden, eines Darlehens zum Brautpreis? Aus dem großen Haufen der Feiernden in einem anderen Raum herausgeholt mit einer Kopfbewegung von der Tür her über eine beträchtliche Entfernung hinweg, kam er herbei. Der Einstige. Der Nicht-mehr-Jüngling. Im Begriffe, dick zu werden, seitdem er verehelicht war und zudem eine Su-

zuki besaß. Schade. Rein ästhetisch. (Wie zum Ausgleich der Anblick des Vater des Betreffenden: eine Erscheinung lang und hager, wie aus Ebenholz geschnitzt, mit den markanten Zügen eines
hochstirnigen Waldschratts, eines aristokratisch veredelter Fauns:
das Bild prägte sich ein und geriet ins Tagebuch.) Hier nun also
der Sohn. *Listen.* Erwartungsvolle Nähe unter freiem Himmel,
fast Stirn an Stirn. Die Frau, die angetraute, kam herzu. Er schickte sie weg. Reichte beide Hände her. *Thank you, Nyango.* Auch
erledigt. Nur noch Geld und Höflichkeiten. Ein bißchen – Verrat
auf beiden Seiten. Auf der einen: der spröde Stolz, die Eigenbrö-
telei – abgebröckelt. Angepaßt. Eine Rolle war zu Ende gespielt.
Auf der anderen Seite – hatte nicht eine Art Absegnung stattgefunden? Abfindung durch monetäre Großzügigkeit. Aus Gunst
und Gnaden gefallen – verstoßen? Wie schade. Schlimmer: wie
irgendwie schnöde. Dieses Ende von etwas.

Auf solche Weise, als Mittelpunkt dauernder Beobachtung und
Aufmerksamkeit, frei sich bewegend hin und her; frei, denn die
weiße Reisetasche war doch wohl in guter Verwahrung, vergingen die Stunden. Die Tasche ward pünktlich zurückgebracht und
eingehändigt. ‚Thank you. I thought it was safest in your keep-
ing.' Wert legend auf europäische Pünktlichkeit zur Rückreise,
sah diese ‚Vize' sich veranlaßt, einen Studenten, der auf sich warten ließ und gesucht werden mußte, zu maßregeln vor allen anderen. Kein Vergnügen. Eher peinlich, einem erwachsenen Mann
und Familienvater eine Rüge erteilen zu müssen. Warum? Dem
Prinzip zuliebe? Um Machtbefugnis unter Beweis zu stellen? Wer
wollte da Motive auseinanderfilzen? – Man fuhr zurück, es wurde dunkel. Es war Nacht, als man ankam. Im Arbeitskabinett
noch ein länglicher Bericht in das Tagebuch, denn: ‚Wenn ich es
nicht aufschreibe, ist es eines Tages weg und nicht mehr wahr.'
Was wäre verloren gewesen? Die Erinnerung an das Ende von
etwas, das einmal schön und inspirativ gewesen war.

Vom Wartenkönnen
Hesychia zwischen Konservendosen

(Einkaufsfahrt nach K'ba, März 1981)

Diese Fahrt hinab, am Tage vor Vierundvierzig, war keine Notwendigkeit. Reis, Bohnen und Palmöl für die Gemeinschaftsküche der Unverheirateten kaufte der Kollege ein; aber die eigenen Vorräte waren auch fast aufgebraucht; zudem gab es eine Mitfahrgelegenheit. Beides hätte nicht hingereicht zu dem Entschluß, einen Tag in K'ba zu vertun, zumal Peter-the-driver seit Januar in Untersuchungshaft saß (schuldlos, wie sich herausstellen sollte) und daher weniger Fahrsicherheit zu erwarten war. Aber nun – der Campus war leer. Die Osterferien waren ausgebrochen. Da war ein Tag in K'ba sinnvoller vertan als am Schreibtisch oder im Garten. Tagträume waren transportabel, und in einem Landrover auf schlechter Straße träumte es sich bisweilen gut.

Mit der Abfahrt war es wie üblich. Ausgemacht war eine halbe Stunde nach Tagesanbruch. Also auf und raus pünktlich um 6 Uhr früh. Und dann – ? *African time.* Mancher *fraternal* konnte sich nie daran gewöhnen. Der Mond war über den halben Himmel gewandert. Alles war still und friedlich und kühl. Das Warten träumte zurück und vorauf; im Inneren äußerer Ereignislosigkeit, und in einem Glaskrug blühte eine rote Amaryllis.

Schließlich saß der Kollege am Steuer und schaukelte die Fuhre mit der üblichen Zahl an Mitfahrern hinab nach T'bel und von da auf dem abgefahrenen Laterit weiter nach Westen und zwar mit 80 km/h, wo Peter vernünftigerweise höchstens 60 gefahren wäre, weil man mit 40 am sichersten vorankam. Nun, es war wieder einmal wie es war und wurde schweigend hingenommen. Es kam auch kein Gefühl der Verpflichtung, Konversation zu machen, auf. Es gab Gemütszustände, da eine solche Fahrt gelassen machte, Gefahr nur mit innerem Abstand wahrgenommen wurde: Tagtraumzustände, Entrückungen ähnlich – ins Grasland, in die Felder von Mbebete etwa, zu einem großen Stein, der philosophisch stimmte; in einen Regensturm, der warm durchweichte. Oder es mochte vorüberschwimmen die Erinnerung daran, wie es gewesen war, drei Tage zuvor, als eine Tutorin und Gastgeberin nicht wußte, was für ein Gesicht sie machen sollte, als von zwei Studenten, die Extra-Arbeit in der Bücherei geleistet hatten und abends zu Tische geladen waren, der eine in der Unterhaltung unverblümt feststellte: ‚You are a woman'. Unbefangen lachen? Mißbilligend die Stirn in Falten legen? Frauen durften in gewisse Männer-Angelegenheiten nicht eingeweiht werden. Sie durften nicht wissen, wie die Tanzmasken eines Geheimbundes aussehen. Wie gut, daß auch der Feldforscher und Herr des Hauses mit zu Tische saß. Weiterhin: Was für ein exquisiter Kontrast sich ergeben konnte zwischen dem Splittern von Hühnerknochen, wenn ein kräftiges Gebiß zubiß, und dem matten Blaßrosa einer Rose, dahinwelkend im gelben Licht der Aladinlampe. Oder der gewaltige Mondschein bei der Verabschiedung vor dem Hause, eine Flutung, die beinahe umwarf. Es könnte freilich auch das Bier gewesen sein, das plötzlich so umwerfende Wirkung gezeitigt hatte. Oder beides. Oder wer weiß, was...

Das Tagträumen war jäh zu Ende, als man in K'ba, aus welchem Grunde auch immer, als erstes ins Kirchenzentrum fuhr und es daselbst zu einer Begegnung kam, der die Tutorin aus Nzab'ngen gerne ausgewichen wäre. Ungute Erinnerungen wurden lebendig an etwas, dem, in begrenzter Menschenlandschaft, als mildestes Attribut ein ‚unangenehm' hätte zukommen müssen. Ein autochthoner Zeitgenosse, mit dem es eine *fraternal* zu heftigen Auseinandersetzungen gebracht hatte, *in times gone by*, aber leider unvergessen. Das tauchte da auf, ebenfalls frisch promoviert, eine rhetorische Begabung von geringem Inhalt, bisweilen trickreich

146

hinterhältig, vor allem aber auf naive Weise autoritär. Da standen zwei einander plötzlich gegenüber und übten sich in gedämpfter Höflichkeit, parlierend über des je-anderen akademische Anstrengungen und Erfolge. Man stand da in paradigmatischer Zusammenstellung von zwei weltweiten Benachteiligungen: von schwarzer Hautfarbe zu sein, wenngleich ein Mann, oder eine Frau zu sein, wie weiß auch immer, beide mit dem Bedürfnis, die je-eigene naturgegebene Schicksalsverfassung durch Sonderleistungen zu kompensieren.

(Die Zeiten, um dies hier einzufügen, standen auf der Kippe. Noch wenige Jahre hin, und Frauen, schwarze, je schwärzer um so interessanter, mit Brille und Doktorhut, würden politische Bücher schreiben und Lehrstühle okkupieren. Der weiße Mann würde dumm gucken, der schwarze bisweilen noch dümmer, eher er sich entschließen würde, in den sauren Apfel der neuen Eva zu beißen und sich mit dem Phänomen abzufinden.)

Damals in K'ba hätte man einander vermutlich und verbindlich lächelnd am liebsten den Dolch in den Rücken gestoßen. Bildlich natürlich, und in allerchristlichster Schwester-Brüderlichkeit. Anatomie, Epidermis, Kulturhintergrund: was gab wohl den Ausschlag? Vermutlich nichts von alledem, sondern Temperament und Charakter. Vor allem aber die Nase: man konnte einander nicht riechen. Daß solche Unverträglichkeit in weniger als Jahresfrist wieder im Campus von Nzab'ngen zu erwarten sein würde, war, neben Trillerpfeifen, streunenden Schweinen und dem zunehmenden Nichtrespektieren von Privatsphäre, ein Grund mehr, sich aus der grünen Suppe hinauszustrampeln. (Die gegenseitige Antipathie sollte sich, um dies hier ebenfalls einzufügen, über große zeitliche und räumliche Entfernungen hinweg schließlich zum Besseren verändern. Es dauerte immerhin ein Vierteljahrhundert, ehe man sich anläßlich eines Besuches im neuen Campus von K'ba arglos um den Hals fallen konnte.)

147

Es wurden sodann die notwendigen Einkäufe auf dem Markt getätigt. Ein teurer Docht für die Aladinlampe. Wolle für die Studentenfrauen. Vor allem aber Zwiebeln, viele Zwiebeln. So viele Zwiebeln wie möglich. Lilien waren doch Zwiebelgewächse? Und Narzissen auch. Der scharfe Reiz des Geistes und der Unschuld. Die vielen Schalen, das Innerste umhüllend, wo die Träume keimen, um sich langstielig zu einer Blüte zu entfalten, reinweiß mit schmalem Purpurrand. Die Muse von *Bethabara*, von abendländischen Überfeinerungen der Sitten und Gefühle angekränkelt, hypersensibel: was für eine autochthone Variante würde sich im Grasland aus dem entwickeln, was sich im Waldland nur in irritierlich ungenauen Konturen andeutete?

Schließlich ging pure Bequemlichkeit, das heißt, der Mangel an Lust, auf dem Markt herumzufeilschen nach Zucker, Haferflocken, Nescafé, Erdnußöl, Waschpulver und Campari, in einen der bescheidenen Supermärkte, wo alles zu festen Preisen und etwas teurer in den Regalen stand. Das ,Super' war kein Vergleich mit Duala, sondern mit den Kramlädchen in Nzab'ngen. An der breiten Haupt- und Staubstraße lag ein Warenlagerschuppen, in dem man gemächlich zusammensuchen konnte, was man brauchte. Außerdem war man da keine anonyme Fremde, sondern eine bekannte Kundin. Eine von den Weißen, die mit gewisser Regelmäßigkeit viel Geld in diesem besseren Laden des Herrn Ny-i ausgaben. Freundliche Begrüßung. Fast leer. Kein Wirrwarr der Geschäftigkeit, in dem man für alle Fälle gut daran getan hätte, Tasche und Geldbeutel im Blick zu behalten. Eine friedliche Höhle. Eine Höhle zum Träumen. Die bedächtig ausgewählten Waren wurden von einem Angestellten in einen großen Karton verstaut, bezahlt und beiseite gestellt. ,I am waiting for the landrover.' ,Please, feel at ease, Madam.' Eine leere Kiste als Sitzgelegenheit. Viel Zeit, in den Wartezustand zu versinken. Der Landrover würde irgendwann kommen, um ,einzusammeln'. In einer Stunde, in zwei. Es kam darauf nicht an.

Worauf kam es an? Am nächsten Tage mit leichtem Fuß die flache Schwelle zu einem neuen Lebensjahr zu überschreiten? Rückwärts zu blicken oder vorwärts oder beides? Drei Jahre zurück lagen der Karfreitagsgeburtstag und die bislang schlimmste Stolperschwelle einer späten Ehe. Ein Zeitlupensturz über zweieinhalb Jahre hin. Dann die Wissenschaft, um auch sie zu überwinden auf ein erstrebenswerteres Ziel zu: gelebtem Leben eine Bewußtseinsform zu geben durch Selbstbesinnung und literarische Durchdringung der Stoffmassen – Garten der Kindheit im Niederschlesischen; Flucht und Nachkriegszeit. Der Wunderwald des Wissens und der Bücher. Der Eheroman. *Bethabara* sodann und seitdem die schwelende Krise und das Bemühen, ‚mit Anstand über die Runden zu kommen' auf der Suche nach der Muse. In welch fragwürdiger Gestalt hatte sie sich bislang genähert und wieder entzogen...

Eine Muse, bekränzt mit dem Adjektiv *farouche*. Scheu und wild in einem, wie die Tochter eines Jägersmannes, die sich frühe schon zu einer Artemis stilisiert hatte. Reizt nicht Zurückscheuendes auch Scheu zur Verfolgung? Es verführt ins Dickicht der Träume, indem es sich entzieht. Das war eine alte Masche, nur drehte sich der Kreisel meist anders herum. Insichruhendes hatte etwas vom Geheimnis dunkler Wälder. Wenn es indes aus sich herausging und näher kam, ergrimmte die Jägerin und wich zurück. Scheute zurück vor der Möglichkeit, das Hirschlein, das aus dem Dickicht trat, bei den Hörnlein zu packen. Es war, als ob durch solchen Zugriff etwas zerstört worden wäre – die Unschuld oder der Selbstzweck des Schweifens und Verfolgens.

Worauf es ankam? Vielleicht auf gar nichts. Allenfalls auf ein paar Gedankensprünge her und hin. Wie merkwürdig, zum Beispiel, daß die beiden mit der Revision der Bücherei Beauftragten eines Morgens, als die Tutorin kam, beide blau waren – ganz ohne Alkohol. Der eine in himmelblauem, goldgesticktem Prinzenkittel; der andere in taubenblauem, bodenlangem Festgewand. Warum hat es so gestört? Warum drängte das Gefühl der Unangemessenheit sich so nahe herbei? What is the purpose of this festive appearance on a working day? Und warum erschienen solche Harmlosigkeiten so verdächtig? Am Abend dann, zu später Stunde, zwischen Vollmond und Gaslampenlicht, ein falsch registriertes Buch, dem dafür Verantwortlichen erläuternd hingehalten und bedächtig entgegengenommen. Gewiß wurde den Erläuterungen der Tutorin aufmerksam und ehrerbietig zugehört. Draußen aber, auf dem Rückweg durch den Campus zum Haus, glitt ein dunkles Wölkchen über den steigenden und erbleichenden Mond. Es war sechs Wochen her, daß der eine der beiden Morgenblauen schwer krank gewesen war. Das Wölkchen aber, es glitt so sanft und wie gedankenlos über das grimmige Mondgesicht, hoch da droben…

Rückwärts schauen oder vorwärts träumen? Worauf kam es an?

Weder auf rückwärts noch auf vorwärts. Es kam auf weiter gar nichts an als zu warten und die Gegenwart mit Dasein auszufüllen. Draußen war es heiß und staubig, drinnen schattig und kühl. Nichts und niemand störte. Auch die Tagträume verflüchtigten sich in einem Wartezustand ohne Müdigkeit, ohne Ungeduld. *Hesychia* – Seelenruhe wie eine weite Ebene. Ein Hinwegdämmern ins Zeitlose. Ja, das Zeitgefühl ging verloren. Ein Stück Leben verging schmerzlos, gleichmütig; aber nicht dumpf. Es standen wohl Träume in einiger Entfernung ringsum, aber es erging kein Anruf an sie. Die Kühltruhe war nahe. Dem Dasitzen nach außen hin und ohne großes Durstgefühl einen Sinn zu geben, eignete sich ein kleines Tonic. Erst als das eisgekühlte Mineralwasser an die Lippen kam, waren plötzlich auch Durst und eine heiße Kehle spürbar. Im nächsten Augenblick, als Kühles und Heißes inwendig mit einander in Berührung kamen und an einander vergingen in gegenseitigem Durchdringen und Aufsaugen,

150

da erst geschah es. Etwas Merkwürdiges. Etwas wie Offenbarung. Eine kleine Dosis nur, ein Teelöffel voll, vorbereitet vermutlich durch die Seelenruhe des Wartens zwischen den Konservendosen. Etwas sinnlich Empfundenes, kreatürliches Sein erfrischend und erfreuend; eine Gabe, eine Gottesgabe – wo war hier der Unterschied zwischen Geber und Gabe? Gott in der Kühle, die durch eine heiße Kehle rinnt; kein transzendenter Monolith, keine Buch-Persona. Ein sonderbarer Zustand des Sichwunderns dunstete aus dem Körpergefühl und verbreitete sich im Halbdunkel des Ladens – ob ES wohl noch in anderer Form zu suchen sei zwischen den Blechbüchsen, den Pappschachteln und Flaschen. Vielleicht im Alkohol? Im Cognac für die Sonntagvormittage nach dem Kirchgang, um all das Wortgeröll hinwegzuspülen, Unrast zu betäuben und Leere zu füllen mit einem Schluck Geist aus der Flasche, der so wohlig weinerlich machen konnte und die Gespräche, sofern sie stattfanden, mit einem haltlos verschwimmenden Gefühl der Vergeblichkeit aufweichten –?

Sitzend auf einer Holzkiste, wohl wissend um die verschiedenen Arten von Offenbarung, saß eine Dogmatikerin, den Hang der Häresie sanft hinabgleitend, verführt von einem Glücksgefühl in der Kehle, sinnierend darüber, ob es vielleicht ‚im Grunde‘ nur eine Gedankensache sei, zwischen Gott und der Gabe Gottes zu unterscheiden. Have I experienced God – or what? Wo war die Erfahrung religiös einzuordnen? Wäre das Erlebnis ‚mystisch‘ zu nennen gewesen? Es war nichts, das auf Worte, auf Mitteilung angewiesen gewesen wäre. Es befand sich am wohlsten verschlossen bei sich selbst und im Halbdunkel. Denn wäre es, bei vollem Tageslicht betrachtet, nicht banal erschienen? Ganz natürlich, ohne eine Spur von Offenbarung? Allenfalls eine winzige Fußnote in einem dicken Buch über *The variety of* –? Ein kleines Kuriosum ohne innere oder äußere Folgen. ‚Mystisch‘ in Anführungszeichen, aber immerhin in Erinnerung geblieben und im nachhinein doch auch in Worte und auf das Papier gelangt.

151

Als der Landrover kam und man zurückfuhr, hatte der Himmel sich bewölkt und es fiel ein wenig Regen auf das Geratter, auf die Säcke mit Reis und Bohnen auf dem Dach des voll- und hochgepackten Vehikels. In T'bel mußte ein Reifen gewechselt werden. Während man herumstand, kam auf einer Suzuki ein Gerücht vorbei, der eingelochte Fahrer Peter werde bald wieder frei sein – jemand hatte es vorweggeträumt. Es war zweifellos ein guter Traum. Mit Peter-the-driver wäre es nicht passiert, daß der Motor zu rauchen anfing, als man die ersten Hütten von Nzab'ngen erreicht und die letzte Steigung noch vor sich hatte. Man holte Wasser aus dem Haus, vor welchem ein großer Kanister Palmöl und ein riesiger Aluminiumkessel abgeladen wurden: der Kollege Chauffeur hatte außer für das Seminar auch für eine Stammesgenossin eingekauft. Nepotismus? Es war die autochthone Art von Sozialismus. Mit dem Kollegen war kaum ein Wort gewechselt worden. Worüber hätte man reden sollen? Er sollte sich aufs Fahren konzentrieren.

Die Genüsse der Rückkehr von einer Reise waren zuhanden: kaltes Wasser, Staub und Hitze abzuspülen. Kaltes Bier auf den nunmehr spürbar vorhandenen Durst – ohne ‚mystische' Anwandlungen. Wasser aufsetzen zum Haarewaschen. Ein langes, leichtes Gewand überwerfen; ein wenig nur essen und dann wieder des Lebens Hauptmahlzeit: Schlaf. Hinüberschlafen in ein neues Lebensjahr, dessen erstes Frühstück der Gemahl mit Bougainvillea und blauer *Morning Glory* verzierte, um sich sodann für den Rest des Tages aufzumachen ins Feld der Forschung und den Tag einer Dahintrödelnden zu überlassen, die sich nur zwischendurch kurz und heftig aufstören ließ, um von der Veranda hinabflatternd drei junge Männer anzufallen, die Guaven aus den Bäumen holten. Das neue Lebensjahr verhieß mehr an Störungen dieser Art. Die Hesychia des Wartens im Halbdunkel einer Warenscheuer war etwas Seltenes gewesen, eine Insel inneren Frieden, durchrieselt von einem Schluck – nun ‚Mystik' eben.

Graslandvisionen
Landschaften und Tagträume

(Synode in Bamenda, Ende März 1981)

Zwischen der gegrillten Fata Morgana über dem Wuri vom Dezember 1980 und einem Schockerlebnis Ende Mai 1981 in Duala
lag Ende März die Synode in Bamenda – die einzige Gelegenheit
während des vorletzten Jahres, aus dem Regenwald hinauszugelangen in die offenen Horizonte des Graslandes.

Bamenda! Immer eine Reise wert. Von der Felsenbrüstung im
Westen, dem *Mendakwe Escarpment*, wo noch eine solide alte Fe-
stung aus deutsch-kolonialen Zeiten steht, mußte im Laufe der
letzten Jahrzehnte unter weit gewölbtem Himmel eine mythische
Riesin statt Hirse zu worfeln einen kraterseegroßen Korb voll
rechteckig gestanztem Wellblechkonfetti von starken Winden in
den weiten, welligen Talkessel haben hinunterblasen lassen. Von
da oben erweckte die Stadt den Eindruck, als sei sie auf diese Art
entstanden, weitgestreut, damals noch locker hingesiedelt, mit
Eukalyptushügeln getüpfelt und erst nach und nach von immer
mehr grauen Betonklötzen verunziert. In Bamenda, anders als in
der Beklemmung Duala, ließ es sich damals noch frei atmen. Man
schweifte unbelästigt, unbeklaut durch die Straßen und den großen Zentralmarkt. Oder hätte eine Weiße da wieder einmal und
zu mehreren Malen nichts als Glück gehabt?

Auf dem Kirchenhügel, in parkähnlicher Umgebung ein wenig
am Rande, in großzügig hingespendeten Baulichkeiten, fand alle
ungeraden Jahre die Synode statt, und zwar um Ostern herum.
Im Jahre 1981 fiel sie in Osterferien ohne Ostern, denn der erste
Frühlingsvollmond vollendete sich erst Mitte April. Man fuhr
hinauf, ein Landrover voll. Man wollte, als *fraternal*, auch offiziell

153

ungeladen, mit dabei sein, Bekannte treffen, hören, was anderswo los war, und vor allem – raus aus dem Regenwald. Die persönlichen Beziehungen, die es zu pflegen gab, waren vermutlich weithin mehr Wunsch als Wirklichkeit. Gewiß, es kam zu herzlichen Begrüßungen zwischen Tutorin und Ehemaligen, nunmehr Brüdern in Amt und Würden. Aber darüber hinaus gab es eigentlich nicht viel an gemeinsamem Interesse. Die Tutorin, die aus dem Regenwald kam und darüber hinaus aus Europa, sie fragte viel. Sie erkundigte sich eingehend nach Arbeit und Familie. Darüber ließ sich reden. Bisweilen auch und besonders angelegentlich über Pläne zum Weiterstudium im Ausland. In diesem Falle bedurfte es eines Stipendiums, und da konnte das Interesse einer Weißen möglicherweise einer guten Beziehung gleichkommen. Für eine bisweilen Geistesabwesende, die soeben vierundvierzig geworden war und die Richtung ahnte, in die sie wollte, war eine Synode im Bamenda etwas bedeutungsvoll anderes als eine Synode in K'ba unten. Verschwommene Vorstellungen nahmen hier oben Konturen an – von Landschaften, die einem hügelrollenden, harmattandurchwehten, eukalyptussäuselnden Grasland zum Verwechseln ähnlich sahen. Es konnte sich mitunter verdichten bis ins Halluzinatorische…

Wie war es denn zwei Jahre zuvor gewesen?

Man hatte die *fraternal* aus Nzab'ngen zusammen mit einem einheimischen Amtsbruder als Kaplane amten lassen – jeden Morgen und Abend eine Meditation zum Thema ‚Erweckung‘, während die Erweckten und Wiedergetauften von der Amtskirche unter Kirchenzucht getan wurden. Auf der Hinfahrt war der Landrover überladen gewesen mit Studenten, die auch Synodenluft schnuppern wollten. Bei einem Zwischenaufenthalt mit festgesetzter Zeit zur Weiterfahrt war einer der Studenten wegen Zuspätkommens angefaucht worden. Das europäische Zeitgefühl. Abends im Gästezimmer der deutschen Kollegin hatte sich

154

die Dämmerung mit Traumgespinsten gefüllt, ‚wundersames Seelengeranke', während der Kollege Ehemann gegangen war, ein Bier zu trinken. Am nächsten Morgen im Foyer die neugierige Frage ‚Who is that gentleman?' einer *fraternal,* die auf einen der Studenten aufmerksam geworden war. Ja, merkwürdig. Dann die Plage mit der Vorbereitung der Meditationen und das unerquickliche Palaver der Synodalen. Von dem Ausflug ins nahe Acha-Tugi, ein Patenkind zu besuchen, hatte der Ehemann ein paar Fotos gemacht: schön gewölbte Berge. Ansonsten? Dasitzen in den Sitzungen, zwei Tage lang, durchflochten von Graslandträumen. Dann war man zurück ins Tiefland gerollt mit defekten Bremsen. Der zu erwartende *break-down* hatte denn auch stattgefunden, und eine Übernachtung am Straßenrande wäre durchaus willkommen gewesen. Es war alles so wohlig warm und *sunder warumbe,* leicht und wie schwebend. Dann war da die rostige Rampe einer Reparaturwerkstatt gewesen, auf der es sich mit baumelnden Beinen so seelenfriedlich saß. Einer der Studenten, der auch da saß, sagte: ‚Je ne comprends pas' und zeigte ein neugekauftes Französischbuch. Und am späten Abend in Nzab'ngen – es war auf einmal alles wieder da und so nahe, als sei es tags zuvor gewesen – nach dem Haarewaschen, einen weißen Handtuchturban auf dem Haupte und angetan mit einem langen, maronenbraunen Mondblumenkleid, da hatte die Reverend Missis im blakenden Licht einer Buschlampe sich in ihrem Arbeitskabinett plötzlich zwei krummen schwarzen Räucherfischlein gegenüber gesehen, gebettet auf weißen Reis mit Schüssel drum herum im dunklen Rahmen vorsichtig darbringender Hände: ‚This is what I have from my village.' Wie war das zu verstehen? Die krummen Fischlein waren so stumm. Es war doch nicht etwa gedacht als Gegengesang zu dem tutorialen Gefauche auf der Hinfahrt? Diese schwarzen Schrumpelfischlein aus einem Dorf in fernen Bergen, sie hatten irgendwie angemutet. Erinnert hatten sie an ein buntes Bildchen auf Glanzpapier – lehmgelbe Würfelhütten, singender Sand, träumende schwarze Felsen…

So war das gewesen und zwei Jahre her. Da sich seitdem – von der einjährigen Ortsveränderung zu Wissenschaftszwecken abgesehen – nichts vom Fleck bewegte (denn wohin hätte es sich bewegen sollen?), kam eine Synode in Bamenda gerade richtig, sich wieder einmal aus dem Regenwald hinaus und ins Grasland zu bewegen. Eine offizielle Einladung lag nicht vor. Es war daher höchst ungewiß, wo eine Unterkunft zu finden sein würde. Es gab kein Anrecht auf Kost und Logis, sofern man nicht zu den Synodalen gehörte. In deren Zahl gab es nur noch zwei oder drei Weiße in leitenden Positionen: einen für die obersten Finanzen, einen für die kirchlichen Krankenhäuser, und zwischendurch noch einen, der im Schatten eines Schattenämtchens verdienstvolle liturgische Feinarbeit leistete. Der Feldforscher fuhr mit, weil es bei den römischen Brüdern in Bambui etwas zu recherchieren gab. So war ein jeder auf eigene Weise motiviert.

Man fuhr also los. Peter-the-driver saß noch immer in Untersuchungshaft; die Fuhre war wieder den fragwürdigen Fahrkünsten eines Kollegen anheimgegeben. Er fuhr, nachdem der 20km/h-Sachzwang einer felsigen Piste bergab und hinüber nach L'm unter dem Vierradantrieb hinweggerattert war, auf der nach Norden führenden und bisweilen schnurgeraden Asphaltstraße 80 Stundenkilometer; ja, bisweilen zitterte die Tachonadel auf 100 zu. Peter pflegte sich an vernünftige 60 km/h zu halten. Mehr konnte gefährlich werden für solch eine Fuhre auf solcher Straße. Wer würde es wagen, zum Langsamerfahren zu mahnen? War die Angst wieder einmal unvernünftig? Der Ehemann nahm es stoisch hin. Also schwieg es auch neben ihm stille. Was da hätte umkippen oder kollidieren können, enthielt außer den beiden *fraternals* dem Gedächtnis Entfallenes. Der Kollege Schulleiter war schon einige Tage früher hochgefahren; desgleichen die Studenten, die ihre Ferien zu Hause im Grasland verbringen wollten. Den einen oder anderen würde man bei der Synode antreffen. So rollte man dahin.

Und die Landschaft – wo blieb die Landschaft?

Sie blieb bei solcher Geschwindigkeit buchstäblich auf der Strekke. Es konnten auch keine Tagträume aufkommen. Was da längs des Asphalts vorüberrollte, war freilich längst nicht mehr neu. Man fuhr zwar allenfalls einmal im Jahr ‚hinauf'; aber das halbe Dutzend war bereits voll. Abenteuerlich riskant war das erste Mal gewesen, als die Straße noch im Bau und man jenseits von Santa auf grasigen Feldwegen über die Höhen gezockelt war und auf dem Rückweg im Regen an den Baustellen über den nassen Laterit rutschte wie über Glatteis. Es muß also während der Regenzeit gewesen sein, und man war, noch nicht lange im Lande, zu einem Treffen der *fraternals* gefahren. Außer dem glitschigen Laterit und den grasigen Höhenwegen war von Landschaft damals nichts ins Bewußtsein gedrungen vor lauter Angst und krampfhaftem Sichfesthalten. Später lösten sich solche Spannungen und Ängste, und wenn Peter am Steuer saß und zügig, aber höchstens 60 km/h fuhr, wie es einem vollgeladenen Landrover angemessen war, dann war es schön. Dann war Landschaft zu beiden Seiten, Sehenswertes und bisweilen Atemberaubendes, wenn man erst einmal aus dem Waldland hinaus war und die Horizonte des Graslandes die erwartungsvolle Seele umarmten.

Im Waldland war es langweilig. Die grauen Bretterhütten der Straßendörfer boten keinen erfreulichen Anblick. Es sah heruntergekommen aus und war doch Folge eines langsamen Aufschwungs. Wozu war die Straße da? Glücklicherweise nicht zum Marschieren in diesem Lande; allenfalls für Polizeipatrouillen. Die Straße förderte Handel und Wandel im Lande, und an den Straßenrändern entstanden mit logistischer Notwendigkeit diese Bretterverschlag-Siedlungen. Vor dem grauverstaubten oder grünverregneten Hintergrunde der Pflanzungen, überragt von den letzten Bumabäumen, die das Roden und der Holzexport übriggelassen hatten, drängelte sich alles an den Straßenrand, wo die Lastwagen auf- und abladen konnten – Säcke mit Kaffee und Kakao, Bananenbündel, Cocoyamknollen rauf, runter Bier und Coca-Cola, Kerosin und Pulvermilch; Zigaretten, Seife, Klopapier und Billigkleidung. Eine triste Bretter- und Wellblechanhäufung, abwechselnd staub- und regengrau. Wenn so ein quergeschuppter Holzverschlag mit Wellblechdach weißlich, hellblau oder pink überpinselt war, handelte es sich meistens um Bar oder Kramladen. Vermutlich hatten die Wohlhabenden, die es in dieser Gegend doch auch geben mußte, ihre gemauerten Häuser weiter ab von Lärm und Gestank der großen Durchgangsstraße, auf der Hühner, Katzen, Hunde überfahren wurden und die Kadaver liegenblieben. Es lag in diesen Straßenrandortschaften noch manches und vieles andere herum. Exkremente und Abfall aller Art, abgenagte Maiskolben, leergesaugte Orangen, Zerknautschtes, Zusammengeknülltes, lecke Blechkanister; leere Dosen, ausgetretene Sandalen, Plastiküberreste in allen Formen und Farben. Kadaver, Unrat, Kaputtes und Verbrauchtes – Müll ohne Abfuhr. Ein Beweis, daß es sich leben ließ auch ohne mitteleuropäische Vorstellungen von Ordnung und Sauberkeit. Slums waren es jedenfalls nicht, was sich da am Rande des Asphalts entlangzog. Slums blieben auch hierzulande der Großstadt vorbehalten. Die Straßenrandsiedlungen des Waldlandes machten einen tristen, bisweilen einen verwahrlosten Eindruck. Vielleicht lag es an der Improvisation der Alltäglichkeit des Lebens oder am zu schnellen Vorüberfahren.

Die Überlandtaxis rasten, die Langholz- und Bierlaster, die Kerosin- und Benzincontainer kannten kein Tempolimit. Es mußte gar so vieles hin- und herbefördert werden zwischen der Hafenstadt im Süden und der Nordwestprovinz mit dem aufstrebenden Mittelpunkt Bamenda. Vor allem Menschen mußten befördert werden. Sie saßen festgekeilt in den alten Peugeots, damals, oder in neueren Toyota-Minibussen; es ging hinauf und hinunter, Tag und Nacht und pausenlos. Am Straßenrande lagen die Überreste der Unfälle, die verrosteten Gerippe der Autowracks, die man einfach liegenließ. Sinnvolle, aber offenbar zwecklose Mementos. Wer fühlte sich von ihnen zum Langsamerfahren bewogen? Der Kollege nicht. Er und alle anderen genossen es offenbar, Herr am Steuer zu sein. Und so rollte man riskant dahin.

Im Grasland war alles schöner und übersichtlicher. Wenn die gelobte Landschaft und eine gewisse Höhe über dem Meeresspiegel erreicht waren, dann wurde das Dasein leicht und fühlte sich erhoben. Das Auge schweifte, die Seele schmiegte sich wellenförmig dem wogenden Hügelland an, sie kletterte an nahen Steilhängen hinab und an fernen Flanken wieder hinauf. Sie schwang sich hinauf zu den Kuppen der Berge, um von dorten im Gleitflug die Täler zu ergründen. Wenn es regnete, war unterhalb des Col de Batié außer Nebel und schemenhaften Umrissen im feuchten Grau kaum etwas zu sehen. Kurz vor dem Durchstich des Passes aber konnte sich in einer Kurve wie von einem Balkon herab das Schauspiel brodelnder Wolkenmassen in den tief und breit abfallenden Tälern darbieten – ein Gemenge mythischer Gestalten, Kentauren und Tritonen, runde Buckel wölbend, die Nüstern blähend, mit langen grauen Flanellzungen an den Hügelrücken hinleckend. Wenn im Südwesten die Sonne durchbrach, war die Ebene weit hinten und drunten bis an den Horizont erfüllt von Glanz und Dunst, gold und silbergrau; es hing da wie ein Vorhang aus Brokat und Glacé – schräggestreifte Licht- und Wasserbahnen zwischen Himmel und Erde. Während der Trockenzeit war die Sicht nie so weit und fern, weil der Harmattan die Horizonte mit rötlichem Staub verhängte. Dann drängte sich von rechts und links herbei, was am kurvenreichen Wege lag: Häuser und Häuschen aus roten und gelben Lehmziegeln, viele noch mit quadratischem Grundriß und hohem Pyramidendach, fast alle schon mit Wellblech, nicht mehr mit braunem Gras gedeckt. Immer häufiger auch moderne Gebäude, beinahe schon Villen, etwas abgerückt vom Straßenrand auf einer Anhöhe, umgeben von Taxus und Eukalyptus. Sie waren weiß getüncht, hellblau oder pastellrosa. Maurisch durchbrochene Mäuerchen umgaben diese Anwesen, als architektonischer Einfluß vom islamischen Norden nach Süden gesickert. Solche Häuser und Gehöfte, die in einem gewissen Abstand von einander, aber doch in ununterbrochener Folge vorüberzogen, machten einen freundlichen Eindruck. Hier hätte man verweilen wollen. Das konnte nicht nur die wohlwollende Selbsttäuschung einer Vorliebe sein. Denn die größeren Ortschaften in diesem dichtbesiedelten Gebiet, rapide expandierende einstige Marktflecken, nun schon Städte wie Bafang, Bafussam, Mbuda mit ihren Geschäftsstraßen und mehrstöckigen Verwaltungsgebäuden, ihren Kauf- und Krankenhäusern, Fabriken, Lagerhallen, Garagen und bisweilen sogar Hotels, als sollte der Tourismus da Fuß fassen – sie hatten an der Vorliebe für das Grasland nicht teil. Wenn in diesen Städten ein Zwischenaufenthalt gemacht wurde und die anderen sich in die Bars, die Kaufhäuser oder auf den Markt begaben, dann blieb eine Bedürfnislose im Landrover sitzen, ließ sich einfrieren inmitten der Hitze und starrte paralysiert auf das geschäftige Treiben jenseits der geschlossenen Fensterscheiben. Sie waren geschäftstüchtig über die Maßen, die Bamileke, und ein volkreiches Volk, das sich ausbreitete wie die Heuschrecken und in den Städten agglomerierte wie Bienenschwärme. Nein. Die Städte nicht. Sie wirkten abstoßend, geradezu häßlich. Die Tagträume flügelten in eine ländliche Savannenlandschaft mit Ausblick über Täler weit und Höhen und Eukalyptusinseln im weiten Grasmeer…

Am farbintensivsten war die Landschaft zwischen Bafang und Bamenda in der Übergangszeit zwischen Trocken- und Regenzeit. Das war um die Zeit, wenn man zu einer Synode fuhr. Da war die Luft kühl und frisch und die Sicht klar bis zu den fernsten Höhenzügen. Über das verstaubte Ockergelb des dürren Grases hinaus sproßte es dann über Berg und Tal hell- und dunkelgrün: das junge Gras, der junge Mais abgesetzt vom Olivgrün

160

der Eukalyptuswäldchen und dem blauen Schattengrün der Talgründe, wo an den Wasserläufen sich die Raffiapalmen drängten. Darüber ein Himmel wolkenweiß und azurblau und die fernen Gebirgszüge angeheitert von einem Hauch Veilchengeist. Von den Paßhöhen herab lockten Gleitflüge über das Wellblechgeblinkel und Gesprenkel in allen Mulden, Senken und Falten, an allen Flanken, auf allen gelben und grünen Wellen und Wogen – alles überkrabbelt von Vermehrungsfreude und Streusiedelei. Als die Dächer noch mit Stroh gedeckt waren, mochte es angemutet haben, als sei ein Riesenscheffel gelbbrauner Farnsporen von einem großen Wind über die Gegend geweht worden, um sich zu verwurzeln in der dünnen Grasnarbe. In diesen fortgeschrittenen Zeiten blinkte und glitzerte es in der Sonne und in weiter Runde so aufreizend, daß ein böser Blick eine böse Zunge leicht zu der Bemerkung hätte verleiten können, diese Landschaft sei von einer pandemischen Blechkrätze befallen. Sicherlich wäre es spätromantische Sehnsucht nach Ursprünglichem gewesen, die den Blick so böse hätte trüben können. Dennoch war das viele Blech irgendwie unheimlich. Es bezeugte eine zunehmende Dichte der Besiedlung, die sich nicht auf das Anwachsen der Städte beschränkte. Es bezeugte den Triumph westlicher Hebammenkunst und Medizin. Es bezeugte die Fruchtbarkeit des Landes, auch des beackerten Bodens. Es hungerte niemand.

Es gab noch mancherlei Sehenswertes in dieser Gegend. Geologische Gemäldeausstellungen etwa; modernste Moderne, nahe an expressionistischem Farbenrausch. An den Bergdurchstichen, da, wo die Straße, statt einen weiten Bogen um eine Kuppe zu machen, geradeaus hindurchstieß, damals, als diese Durchstiche noch nicht von Gras und Gebüsch überwuchert waren, da offenbarten die Berge ihre buntgeschichtete Innenansicht, ihr spektakuläres Gesteinsgeheimnis. Ein Geologe hätte Mineralien, Erden und Chemie erkannt und beim Namen genannt. Eine Sonntagsmalerin sah Farben. Goldrostrot wie Tizian und Alpenglühen;

Messing- und Ockergelb wie Braque'sche Stilleben mit Bratschen und Büchern; pastellenes Staubbraun neben satt glänzendem Braunviolett, Gauguins Strand von Tahiti; dazwischen kalkiges Weißgrau in dünnen Schichten. Das Gelbrot von biederem Ziegelstein und anspruchsvollen Terrakotten in stufigem Übergang zu zartem Porzellanrosé – es stand zu beiden Seiten der Straße haushoch und wie ein versteinerter Sonnenuntergang. Es fehlten nur die Türkistöne. Nie war da angehalten und ein Fotoapparat hervorgezogen worden. Weder das buntgebänderte Bergesinnere noch die weitentfaltete Täler-weit-und-Höhen-Landschaft war je abgelichtet worden. Es blieb der sehenden Seele vorbehalten, es zu fassen und festzuhalten. Sie es und es sie. Und im nachhinein allenfalls noch das impressionistisch um-, über- und nachschreibende Getüpfel der Wörter und der Syntax einer gebildeten Sprache. Hatte das chemisch präparierte Papier eine Seele? Sollte die Linse der Kamera wegschnappen, wonach lebendige Sinnesempfindung lechzte? Landschaft wie diese war damals ausgebreitet für darüber hin schweifenden Wimpernschlag und nachklingenden Augenblicksgenuß.

Die Vision von Santa.

Auf der spätmärzlichen Fahrt nach Bamenda im Jahre 1981 geschah dann etwas Merkwürdiges. Es war als würden für einen Augenblick Seelenschichten freigelegt, ähnlich wie einst am Col de Batié Erdschichten freigelegt worden waren. Was sich da ereignete, war freilich nicht von der Art, das es ein gemäldegaleriehaftes Betrachten erlaubt hätte. Es war wie ein Aufblitzen; Sache eines Augenblicks, eines Zufalls. Eine Plötzlichkeit. Es wäre von fern einer Vision vergleichbar gewesen.

Der Landrover rollte die Paßhöhe von Santa hinab in einer breiten, weitgeschweiften Kurve und mit beträchtlicher Geschwindigkeit. Wieder zitterte die Tachonadel auf hundert zu. Wieder

162

spannte sich, am Rande akuter Angst, der Bogen der Besorgnis, ob das gutgehen könne. Da streifte der Blick im Vorüberrollen eine große handgeflochtene Matte. Sie stand aufrecht am Straßenrand zur Linken, etwas unterhalb der Böschung. Vielleicht bildete sie die Seitenwand eines Obststandes; vielleicht lehnte sie am Gemäuer eines Häuschens. Ein gelbbraunes Geflecht aus steifen Raffiarippen. Etwas Bekanntes. Im Grasland wurde dergleichen von Männern hergestellt. Man erwarb es, um etwa den Fußboden eines Arbeitskabinetts damit zu belegen. Bei diesem knappen Anblick eines Stückes Handarbeit aus Männerhänden blätterten sich unversehens Seelenschichten auf.

Es fuhr wie ein Windstoß in einen glimmenden Aschenhaufen, es flammte auf: ein Bündel schon lange, aber nahezu unbewußt schwelender Wunschvorstellungen fing Feuer – *Let me live in a hut of mats! In Mbe. Far from the madding crowd's ignoble strife.* Ein Traum von seligem Verschollensein füllte plötzlich alle Horizonte. In einer Hütte aus Bastmatten über nacktem Lehmboden leben ein Jahr lang, und wenn es sein muß, den Reis auf drei Steinen kochen! Es müßte einer dazu verpflichtet werden, die Matten zu flechten. Halluzinatorisch, wie eine Vision, stand die Hütte aus Bastmatten am nahen Horizont, linker Hand, im Nordwesten. Von dort, im nächsten Augenblick, ebenso unerwartet, kam nahe und verdichtete sich das latente und bislang wirkungslose Wissen, daß dieses riskante Dahinrollen ein Entgegenfahren war. Die Gewißheit, daß in der gleichen Richtung wie Bamenda das Geheimnis Mbe lag und daß es zu einer Begegnung kommen würde, näherte sich wie eine hohe Flutwelle am flachen Strand eines warmen Meeres. Es begann, in Strömen zu kreisen in Gegenden, in die Vorstellbares nicht eindeutig hinreichte. Es war, als würden Gehirnströme, erdwärts abgeleitet, sich in Nervengeflechten verirren, Spannung sich umpolen in flirrendem Wechsel zwischen warm und kühl, zwiespältig wechselwirkend wie ein tropischer Regenschauer auf bloßer Haut – die Bastmatte, hervorrufend die Vorstellung ‚Mbe' und das Bildchen, das bunte, von zwei Jahren zuvor, hatten vermutlich den Solarplexus affiziert. Die ängstlich besorgte Spannung ob der riskanten Geschwindigkeit löste sich. Im Dahinrollen kam ein Gefühl auf, das die Gefahr überflügelte und hinter sich ließ. Das rapide Bergabrollen auf die weitere Umgebung von Bamenda zu erzeugte kein inneres Dagenhalten mehr. Es ließ sich selbst los, überließ sich und hielt nur den Augenblick des Erblickens der Bastmatte fest und die Vision, die daraus aufgeflammt war – ein kurzes, besitzergreifendes Glücksgefühl angesichts einer realen Möglichkeit.

Bamenda 81: Außenküche, Notverpflegung, Neuigkeiten.

Auf die Vision von Santa folgte, als eine Art Antiklimax, das uneindeutige Vorhandensein in Bamenda als nicht-geladene Gäste der Synode. Man fand zwar eine Notunterkunft in der Außenküche der deutschen Kollegin, bei der man zwei Jahre zuvor die Annehmlichkeiten eines Gästezimmers genossen hatte. Das leerstehende Häuschen bereitete keine Enttäuschung. Im Gegenteil, es kam einer Hütte aus Bastmatten sogar ein wenig nahe: ein kleiner kahler Raum mit unverglaster Fensterhöhle, die sich durch einen Holzladen schließen ließ. Zwei Feldbetten wurden aufgestellt, und es schlief sich warm und gut. Es gab eine Außentoilette und einen Wasserhahn. Prekärer war es mit den Mahlzeiten. Von der Tischgemeinschaft der Synodalen ausgeschlossen, bekam man zwar gelegentlich bei der Kollegin etwas zu essen; im übrigen mußte man Weißbrot, Erdnüsse, Bierdosen und Bananen aus dem nächsten Kramladen holen. Bei einer Büchse Sardinen genügten ein Taschenmesser und zwei Finger, um den knurrenden Magen vorübergehend zu besänftigen. Nichts aber konnte die gewohnte Tasse Tole-Tee am Morgen ersetzen. Da saß man wie gestrandet am Straßenrande. Es kümmerte sich niemand. Notunterkunft, Notverpflegung, und dazu hin das altbekannte Synodenpalaver. War man deswegen gekommen?

164

Oder wegen dem großen Eröffnungsgottesdienst, der doch zwei Jahre zuvor nahezu Ergriffenheit bewirkt hatte beim volltönenden Einzug der Chöre in die große Hallenkirche auf dem Hügel von Ntamulung? Es ergab sich diesmal, trotz der tausend Menschen, die da sonntäglich versammelt waren, kein erinnernswertes Gefühl der Erhebung oder der Erbauung. Gewiß hatte vorher und nachher wieder viel Händeschütteln stattgefunden zwischen dem Tutorenehepaar und Ehemaligen oder sonstigen Bekannten. Aber dann – das prägte sich peinsam ein, dann stand man zu zweit allein herum, und ein Mittagessen stand nirgends in Aussicht. Man schlenderte ziellos und hungrig durch die ländliche Gegend oberhalb des kirchlichen Tagungszentrums.

Da geschah es, daß von einem Häuschen in der Nähe ein Willkommensgruß geflogen kam. Unter dem gastlichen Blechdach der Verwandtschaft eines Ehemaligen, der da auch saß, gingen die Gespräche alsbald munter hin und her. Muntere Reden auch über traurige Neuigkeiten. Zwischendurch ein kurzer, heftiger Regenguß. Unter tropischem Blechgetrommel wurde ein gutes Mittagessen vorgesetzt, das Magen und Seele erfreute. Das muntere Kerlchen Gastgeber erzählte derweilen unermüdlich weiter. Da war zwischenhinein wohl auch eine Frage angebracht. Nämlich, wann er, seit langem verlobt, zu heiraten gedenke. Seine Verlobte besuchte die Sekundarschule in Nzab'ngen. Und zwar unter großen Schwierigkeiten. Und zwar – das war, wo kein ganzer Roman, so doch ein Kapitel für sich. *Die arme Sue. Man muß ihr helfen.* – Über traurige Neuigkeiten nachzudenken war später noch Zeit. Es war einem Ehemaligen die Ordination verweigert worden ‚because of women'. Eine Ehe war dabei, in die Brüche zu gehen. Es konnte nachdenklich stimmen. Und irgendwie dankbar auch. Dafür, daß die eigene Krise sich aus anderen Elementen (oder waren es nur Isotope?) zusammensetzte. Ein buntes Bildchen genügte, um eine *midlife crisis* mit Tagträumen zu erfüllen und in die Schwebe zu bringen. Seid nüchtern und wachsam.

165

Am späteren Abend zog es den Feldforscher in die große Empfangshalle, wo ein Teil der Synodalen gesellig beisammen saß. Der Gemahl suchte sich zielsicher die Leute aus, von welchen er erfahren konnte, was er wissen wollte. Er wußte immer, was er wollte. Was war zu wollen, wenn niemand vorhanden war, der – doch, zum Glück war da einer. Ein Ehemaliger, der die verworrene Geschichte seiner Schwierigkeiten mit dem Vorgesetzten erzählte. Ein Häuptlingssohn und knorriger Charakter; säbelbeinig, ungemein dickschädelig und von intermittierender Intelligenz. Verheiratet, zwei Kinder. Zwei Jahre zuvor war die Tutorin mit diesem Original in die Stadt gegangen, um Bücher zu kaufen und ihm einige davon zu schenken. Jeder konnte sehen, wie angelegentlich Tutorin und Ehemaliger sich unterhielten. So war der Abend verbracht, und in dem feudalen Boudoir mit zwei Feldbetten ergab sich eheliches Schmollen wegen gegensätzlicher Wünsche hinsichtlich des Schließens oder Öffnens der Holzläden.

Tagebuch und ein Hauch von Muse

Es vergingen zwei Tage mit so gut wie nichts. Ein Gruß am Abend, ein Gruß am Morgen, ein tagebuchkritzelndes Dasitzen im offiziellen Palaver, aber nichts, das vergehender Zeit einen Sinn gegeben hätte. Vor den hohen Glaswänden des Plenarsaales stand dekorativ das grazile Linienspiel der Eukalyptusbäume – ein Ausflugsziel für schweifende Gedanken. Ein leichtes Wippen auf und ab. Die laue Luft des Graslandes hauchte ungenaue Erwartung, die in kleinen Wellen kam und ging. Ach wie so innerlich sind späte Tro-oi-me… Vor allem, wenn sie schon angegraut sind. Mit einer gewissen Seifenblasenleichtigkeit und mehrdeutigem Schillern steigen sie auf, schweben eine kurze Weile auf günstigen Luftströmungen, sinken herab und zerspringen lautlos. Die Schwerkraft der Devise: Mit Anstand über die Runden kommen, zieht alles leicht Abgehobene wieder in den Staub. Da hockt sie. Die gesunde und vernünftige Devise des Kollegen und

Ehemannes, der die Tage und Stunden rundum als Feldforscher nutzte. Am Montagvormittag, nach kurzer Präsenz im Plenum, hatte er sich per Taxi auf den Weg nach Bambui gemacht. War er schon weg, als man zu den beiden frisch gebackenen schwarzen *Doctores* auch noch die *fraternal* aus Nzab'ngen hinzuerwähnte und höflichem Beifall preisgab? Ein lauwarmes Schaumbad.

Wem ließ sich das sagen? Dem Tagebuch. Der Platz im Plenarsaal war ungünstig. Begehrenswert war ein bestimmter Platz ganz hinten, mit der Holztäfelung der Wand als Rückendeckung. An diesem Montagmorgen war er nicht zu haben. So saß die Gemahlin eben, wo sie hingehörte, neben dem Gemahl weiter vorne. Als dieser sich während einer Pause aufmachte, der Dame Wissenschaft nachzulaufen, ward ein weiterer Versuch, nach rückwärts auszuweichen, gemacht, der ebenfalls glücklos blieb. Wurde das Manöver durchschaut? Durchschaut, wie begehrt ein bestimmter *back-bencher*-Platz war? Lässig, wie durch Zufall, sollte er in Anspruch genommen werden. Vergebens. Als der Versuch am Nachmittag zum dritten Male scheiterte, schien es, als blitzte in der Nähe etwas auf aus dunklem Mitwisserblick. Nun, dann eben nicht. Außer Hörweite, zum Glück, begann ein enttäuschter Magen zu grollen. Peinlich gurgelnde Töne. Ein ordentliches Mittagessen nämlich war auch nicht zu haben gewesen. Ach, warum erschien zu Trost und Ablenkung nicht wenigstens die Muse, um zwei Teelöffel Poesie einzuflößen? Die Graslandmuse, das Eukalyptushaar durchweht vom Harmattan, mit dem dunkel verhangenen Unschuldsblick des Tagtraums Mbe! Nur zwei Teelöffel Lyrik! *Let me fall into your eyes and rest. Wrap me up in the darkness of fond dreams. Keep me warm...* Die Zeit mußte mit poetischem Gebrösel und knurrendem Magen zugebracht werden.

Am Abend war der Feldforscher zurück, und man saß wieder in der Empfangshalle, der Gemahl damit beschäftigt, den anwesenden Vertretern des Stammes, dessen Erforschung ihm am Herzen lag, die Geheimnisse ihrer Geheimgesellschaften zu entlocken; die Gemahlin, im Sessel daneben, bemüht, Enttäuschung zu verbergen. Wieder dieses Warten ins Unbestimmte. Mit wem ließ sich was reden? Wo war der säbelbeinige Ntu? Wo das muntere Kerlchen M'y vom Sonntag? Raus aus dem Sessel und entschlossen irgendwo mit einer Frage zupacken? Es war schon spät. Dennoch: durfte der Tag so vergehen? Wie wär's mit dem dort an der Theke ohne Getränke. Steht da in einem hellgestreiften Hemd, blättert in Zeitschriften und weiß offenbar auch nichts mit sich anzufangen. Der Gemahl war dabei, sein Glas auszutrinken und die Interviews abzuschließen. Auf und heraus aus der Lethargie! Ein Gesprächsthema? Ein Bücherkauf in der Stadt wäre zu besprechen. Bücher für die Bücherei. Der Angesprochene, mit verschränkten Armen an der Theke lehnend, an der es nichts zu trinken gab, antwortete höflich, aber knapp, und das Gespräch lief weiter auf der Frage- und Antwort-Schiene, fast wie bisweilen im Klassenzimmer. Als eine Schweigepause entstand, war es Zeit, abzubrechen. ‚Okay, till to-morrow.' Der Willensentschluß, der aus dem Sessel gerissen hatte – war auch okay.

Zufrieden und friedlich – wenigstens *ein* Ruck heraus aus verträumter Bequemlichkeit – , Seite an Seite mit einem ebenfalls zufriedenen Feldforscher tappte es durchs schlecht erleuchtete Parkdunkel zum Küchenhäuschen, kroch zwischen die Tücher und Decken und nahm ohne Ärger und Protest hin, daß die bereits geschlossenen Läden der Fensterhöhle wieder geöffnet wurden. War nicht im Grunde alles ganz einfach? *Let me fall… Wrap me up… Keep me warm.*

Der folgende Tag war der letzte im März, glänzend und glitzernd wie *Aprille with hise shoures soote.* Die einzige Zeile im Tagebuch, in später Nacht beim Gekringel der Taschenlampe, bestand nur aus Stichworten: Bücher gekauft im Ebibi Bookshop. Auf dem Markt mit Isi Stoff für ein Kleid. Abends in der Bar.

Morgenglanz, Muse, Markt und Bar.

Der letzte Tag im März: Stimmungsbilder, verflochten mit Episodischem. Der späte Nachgesang soll Erinnertem, im Tagebuch nur in Stichworten Angedeutetem, den einstigen Erlebnisglanz, das Geheimnisvolle und Tagtraumhafte inmitten der nüchternen Konturen unbedeutender Ereignisse wiederverleihen.

Ein Stimmungsbild von hochfrequenter Strahlkraft unter freiem Himmel schenkte der Vormittag, gefolgt von einer merkwürdig gefühlsambivalenten Episode im Halbdunkel eines Buchladens, von nachträglicher Reflexion wie von spinnwebdünnen Leuchtspuren nur notdürftig erhellbar.

Morgenglanz. – Es war Vormittag. Während der ersten Sitzungspause, als draußen vor der Halle und auf den Treppen alles in Grüppchen herumstand, der Feldforscher vermutlich und wie üblich tief in ein Interview versunken, da war die Tutorin aus Nzab'ngen *en plein soleil* auf und davon gegangen, hinab in die Stadt, mit einer großen Tasche und einem Studenten in offizieller Funktion, der sie trug. Es waren wieder einmal Bücher zu kaufen für die Seminar-Bücherei. Endlich eine sinnvolle Beschäftigung.

Ein morgendlich helles Licht hob den Himmel wie in tiefem Atemzuge leicht und hoch empor. Es war als hätte ein nächtlicher Regen ihn rein gewaschen; aber Wege und Rasen lagen trocken und staubig wie am Abend zuvor. Es war indes seltsam kühl und hell. – Mit ein wenig Konversation, die zu kaufenden Bücher betreffend, erreichte man die erste der Seitenstraßen. Hier begann das Erlebnis Bamenda, in vieler Hinsicht anders als Duala. Man brauchte im Gedränge auf seine Taschen noch nicht so scharf aufzupassen. Es gab noch keinen chaotischen Fahrzeugverkehr. Die weitgestreute Stadt machte bisweilen noch einen ländlichen Eindruck. Die unasphaltierte Nebenstraße, die vom Tagungszentrum zur Hauptgeschäftsstraße führte, war höckerig und staubig; der Anblick zu beiden Seiten schmuddelig. Der gewohnte Zivilisationsabfall aus Blech und Plastik sammelte sich linker Hand unterhalb der Straßenböschung und rechter Hand oberhalb vor den einfachen Behausungen aus nachlässig verputzten Lehmblöcken oder bunt angestrichenen Brettern, aus rostigem und neuem Wellblech – das konnte alles mögliche sein, Wohnhaus oder Werkstatt, Garküche, Bar oder Kramladen, Frisör-‚Salon' oder Foto-‚Atelier'. Da ging es entlang, ausweichend, wo es auszuweichen galt – würdigen Matronen mit Kopf- und Busenlasten; schlacksigen Bürschchen auf eiernden Fahrrädern; blasiert blickenden jungen Herren mit Brille und Aktentasche; hier und da einem vorsichtig manövrierenden Personenwagen; alten Männern und jungen Knaben mit Schubkarren; Grüppchen von Grazien mit Antennen-, Knötchen und Krönchenfrisur; vielen bunten Stoffen, Baumwolle nicht nur, auch Nylonspitze und Brokatähnliches, das da getragen wurde auf dem Weg zum Markt, zur Arbeit, zu einem Besuch oder zu bloßem Müßiggang. Wenn man ausging, zog man etwas Schönes an.

Nicht so die einsame Weiße zu Fuß. (Ein Landrover mit einer Weißen am Steuer tastete sich vorbei. Es gab genügend Europäer und Amerikaner in Bamenda, aber nur selten zu Fuß.) Zu Fuß also und mit Baumwollhütchen lief eine einzelne Weiße da entlang in unscheinbarem Aufzug – lange staubbraune Schlotterhosen, ein abgetragenes Polohemdchen, graublau mit weißen Nadelstreifen. Einsam, freilich. Denn die Begleitung war Teil der Umgebung. Und doch nicht ganz. Im Hin und Her des Ausweichens war ein Nebeneinander nur selten möglich. Wenn aber doch und die Konversation sich fortsetzte, dann – nun, einer allein wäre nicht aufgefallen; eine allein vielleicht schon eher. Aber so in der Menge der Einheimischen, *walking side by side*, das mochte gelegentlich noch irritieren. Es mochte sich ein Gefühl der Besonderung und der Uneigentlichkeit daraus hervorkräuseln.

Eigentlich war das nichts für den Alltag und die Straße. Es gehörte auf eine höhere ideologische Ebene, in die Erklärung der Menschenrechte oder in einen Roman. Ja, am ehesten in einen Roman. Hier freilich, an diesem Morgen, war dergleichen nur der Schatten eines Nebengedankens. Es begegnete anderes und hob über die Köpfe der Leute und den eigenen Schatten hinweg.

Empor und hinweg über Straße und Stadt nämlich flog der Blick hinüber zum *Mendakwe Escarpment,* dem Steilabfall einer Felsenbrüstung im Südosten, ins Halbrund ausschweifend über dem weiten Talkessel, ein hoher Horizont aus feuchtblauem Glanz, ein Diadem aus dem Kristall durchsonnter Morgenkühle; eine steinerne Brandung, in langwelligem Rhythmus aufrauschend, in einer Kippschwingung den Atem anhaltend. Das Auge blieb daran hängen; der Anblick verwandelte sich in eine Brise Glück mit taubenblauen Flügeln, klammerte sich fest mit zartbekrallten Schwalbenfüßen; flatterte, ließ los und schwebte im Gleitflug herüber über die Stadt – in durchsichtig glänzender Quellwasserkühle. Ein unnahbares Blau. Kühler und glänzender als das Blau eines kurzärmeligen Hemdes etwa in vergleichsweise näherer Nähe, seitwärts samt einer großen schwarzen Tasche, Bücher zu fassen und zu tragen. Das *Mendakwe Escarpment* im Morgenlicht – es kam einem Anhauch der ersehnten Muse gleich. Ein Gedicht freilich schenkte sich nicht hinzu.

Der Buchladen war gut ausgestattet. *Ebibi Bookshop.* Der Besitzer sollte dermaleinst noch politische Karriere machen. Das war Zukunftskulisse. Die Kulisse der Gegenwart bestand aus Regalen, vollgeklemmt mit Büchern. Auch auf dem Fußboden, auf Tischen und unter den Tischen lag alles voll. Die Regale reichten bis zur Decke hinauf und standen eng beieinander. Es blieb wenig Raum dazwischen. Man kam knapp an einander vorbei. Es machte den Laden auch halbdunkel. Es war bisweilen schwierig, Titel zu entziffern. Die Auswahl, schöne Literatur, Sach- und Lehrbücher,

171

war beträchtlich. Man durchforschte getrennt die verschiedenen Sektionen. Erwerbenswertes fand sich in der Abteilung ‚Fiction'. Man zeigte einander dies und jenes und beriet; studentische Mitsprache war wichtig und erwünscht. Zu entscheiden hatte die Tutorin. *African Writers* – immer gut. Es war da unter anderem ein Bändchen Gedichtähnliches mit bekanntem Titel aus der verdienstvollen Heinemann-Reihe. Interessant; aber es konnte ignoriert werden. Stand es im übrigen nicht schon im Literaturregal der Seminar-Bücherei? Oder noch? Oder auf der Liste der entwendeten Bücher? War es literarisch wichtig und wertvoll? War es exotischer Kitsch? Das Bild auf dem Einband – zu aufdringlich. Eine melancholische Ebenholzmaske, eine Hand wie aus Porzellan, liebkosend. Süßlich. Sentimental. Preisgebend, was als Geheimnis angemessener aufbewahrt wäre. Und der Titel – ein semantischer Holzschnitt. Schwarz-weiß. Unbestimmt peinlich.

Der innere Monolog endete mit einer rhetorischen Wendung ins knisternd Ungewisse: Du aber, meine ungenau ersehnte Muse, was meinst *du* dazu? Zu dieser schön geschnitzten Maske samt Porzellanhand und zu solch einem Holzschnitt-Titel? Würde dir so etwas unterlaufen? War es als Anrufung gemeint gewesen oder verstanden worden? Denn gleich darauf erschien *sie*. Oder *es*. Oder was auch immer. – Im nachhinein mehr imaginiert als erinnert: eine merkwürdige Empfindung und die skurrile Erscheinung der Muse als – Spinne. Im Diminutiv. Im Halbdunkel zwischen den Regalen. Zwischen dem Tageslicht von Tür und Straße her und dem Dunkel aus dem Hintergrunde fühlte es sich an, als ließe sich etwas herbei oder herab, an dünnem Faden von der Sperrholzdecke trudelnd, um achtfüßig über den bloßen Arm hinzulaufen, den linken oder den rechten; etwas wie ein winziges graugrünes Spinnlein, während des Blätterns in einem Buche, begleitet von belehrenden Bemerkungen. So winzig, so graugrün, so harmlos und trotzdem – wie Spinnen sich anzufühlen pflegen. Die Muse oder ihre achtbeinige Metamorphose oder was auch immer – es krabbelte, seltsam anzufühlen, nahezu unwirklich, über die bloße Haut hin, ein Gespinst zwiespältiger Empfindungen. Die härchenfeinen Enden des Nervengeflechts leiteten die Berührung zum Gehirn als Schauder und Anhauch, ohne freilich auf der Meta-Ebene der Sprache alsbald ein Gedicht zu inspirieren. Die Muse als Spinne, das Netzgewebe eines Textes spinnend? Warum nicht. Die Vernunft indes ließ sich vernehmen: wie harmlos oder wie zufällig das Gekrabbel eines solchen Spinnleins sei. Wie leicht wegzupusten. Vielleicht auch reine Einbildung. Die Muse als Spinnerin eines literarischen Textes würde sich ausdauernder bemühen müssen im Hin- und Herziehen von Empfindungsfäden zu einem schönen, vielsagenden oder geheimnisvoll anmutenden Muster. Vielleicht würde sie es eines Tages versuchen – sich selbst darzustellen und ihren zwielichtig versponnenen Besuch in Gestalt eines graugrünen Spinnleins im *Ebibi*-Buchladen von Bamenda…

An diesem Vormittag wurde von dem zur Verfügung stehenden Betrag aus dem Seminar-Budget nach reiflichem Erwägen eine Anzahl von Büchern gekauft und in der Tasche verstaut, die der begleitende, für die Bücherei mitverantwortliche Student zurück zum Tagungszentrum trug.

Der Markt und eine Bar. – Der nachmittägliche Besuch des Marktes und einer Bar am Abend war Anlaß, Langvertrautem, seiner Lebensnotwendigkeit und seinen Vergeblichkeiten nachzusinnen. Stoff für ein neues Kleid und ein Bier – es ging nicht ums Bier und nicht um ein Kleid; es ging um die Lebbarkeit des Lebens zu zweit mit zunehmend divergierenden Daseinsinteressen in diesem Lande. Der Kollege Ehemann, ein Waldlandmensch, hellwach und mit seriösem Forschungsprojekt; ihm zur Seite eine Tagtraumfrau, auf der Suche nach der Graslandmuse (nach Möglichkeit nicht als achtfüßiges Gekrabbel), sie verbrachten ein Stündlein oder zwei zu zweit allein.

Zu zweit allein zunächst in dem großen Zentralmarkt, auf der Suche nach einem Stoff für ein neues Bamenda-Kleid als nachträgliches Geburtstagsgeschenk. Man schob sich sacht durch die Menschenmenge im Labyrinth der engen Gäßchen zwischen den Buden, im Warendickicht aus Blech und Plastik, Gummi, Leder, Bast und Glas; man verweilte unter Stoffen und Tüchern, hängend in Drapierungen, liegend und stehend in Ballen und Packen aller Wirk-, Web- und Faserarten, Muster, Farben und Nicht-Farben. Man suchte, fragte, befühlte und fand manches Annähernde, aber nicht genau das, was vorschwebte – ein matt glänzendes, schwer fallendes, satinartiges Dunkelbraun, edelbitter. Es sollte wieder ein Prinzeßkleid werden wie das erste, petrolblaue, das anfing, unansehnlich zu werden; die Silberstickerei der Bordüren begann auszufransen. Nun gut, ein neues. Aber der Stoff war nicht zu finden, und der Feldforscher, hier in der Rolle des Ehemannes, pflegte zu dergleichen Einkäufen zwar guten Willen, aber wenig Geduld mitzubringen. Schließlich ist Stoff zu einem Prinzeßkleid keine Geheimbundmaske aus Stroh und Sacktuch. Der Wunsch nach einem neuen Festgewand war auch keineswegs dringlich. Wozu ein neues, wenn in dem alten sich nur zu zwei Malen in sieben Jahren eine Gelegenheit zu tanzen ergeben hatte? Ein neues Festkleid als Symbol all der Versagungen all der Jahre, der vergangenen wie der zukünftigen?

Es war da schließlich etwas Ungefähres, und ein kurzer Entschluß griff zu. Dem Gewebe nach ein Paradox: es hätte ein Herrenanzug daraus werden müssen. Es mochte dann eben Sinnbild für eine androgyne Existenz sein, Weibgefühle unter männlichen Strukturen verbergend, um jene im Schutze dieser kultivieren zu können. Der Stoff ward erhandelt und zusammen mit dem mitgebrachten alten Kleid als Muster für Zuschnitt und Verzierung zu einem Schneider und Bordürensticker gebracht. Es sollte am übernächsten Tage fertig sein und war es auch – recht vornehm nahm es sich aus, wie es da in der Schneiderbude hing, ordent-

174

lich zugeschnitten, genäht und mit sorgfältig gekurbelter Silber-wellenbordüre. Noch etwas, das als Geschenk aller Ehren wert war, aber im So-Dahängen und Nichts-als-schön-sein an gewisse Leerstellen des siebenjährigen Daseins im Regenwald erinnerte. Erinnernd vor allem an ungetanzten Tänze. Der Feldforscher – ein solider, gescheiter, treuer, frommer und vernünftiger Mann und Ehemann; aber kein Tänzer. Nein. Wozu auch. Es gab Sinn-volleres im gemeinsamen Leben.

Nachts in der Bar – ein Doppelpsychogramm. Da es in Bamenda nichts mehr zu erforschen gab, machte der Gemahl am Abend den Vorschlag, in die nächstgelegene Bar zu gehen und ein zwei-sames Bier zu trinken. Er wollte am nächsten Morgen allein und *public transport* ins Waldland zurückfahren mit Zwischenstatio-nen an Orten, wo es Leute gab, deren Wissen, geheim oder nicht, Stammestraditionen betreffend, abfragbar sein mochte. – Die Bar war eine Bretterbude gleich unten an der Straße, durch welche der Vormittag, umspült von kühlblauen Lichtwellen, auf das unerreichbare *Mendakwe Escarpment* zugegangen war. Jetzt war es seit zwei Stunden schon dunkel. Das Kabüffchen, von violettem Neonlicht erhellt, fast leer, mit einem Burschen Barkeeper, der hinter dem Brett lümmelte, das als Theke diente, war ein trostlos primitiver Ort, wie geschaffen für Innerlichkeit, die sich ihre ei-genen Szenarien erschafft. Man saß auf schmaler Bretterbank, trank sein *Goldharp* aus der Flasche, und – ?

Man wird sich über irgend etwas unterhalten haben. Es kam zwi-schendurch ein Lachen auf, ohne Heiterkeit, ohne Verstimmung, trocken vertraut. Eine seltsam fremd gewordene Vertrautheit, aus Neigung und Nähe unmerklich sich hinauswindend gegen den Uhrzeigersinn des Wunsches und des guten Willens. Ein *Nec te-cum nec sine te*, ohne lyrische Delirien. Im Grunde trivial. Aller-wegen und an allen Wegkreuzungen ging es so oder ähnlich. Kein Grund zum Greinen oder zu Vorwürfen an sich selbst oder an den anderen. Es mußte durchgestanden werden im Einverständnis mit der Devise vom Anstand. Über die Runden kommen. Gut. Wo aber nimmt Gutwilligkeit Kraft und Schwung dafür her? Alte Stammestraditionen mögen den einen anregen und umtreiben. Was macht die andere derweilen? Was verhindert, daß das Leben, äußerlich so wohlgerüstet mit Berufspflichten, nach innen hin auf trübsinnig anständige Weise verrinnt? Nun, es gibt Tagträume. Es gibt die Suche nach der Muse. Nach der aus dem Grasland, mit dem Harmattan im wehenden Eukalyptushaar und Augen voll dunklem Glanz aus fernen Bergen. Es gibt Visionen wie die von Santa. Mit dem Ehemann war darüber nicht zu reden. Oder kaum. Es war kein Verständnis dafür vorrätig. Also blieb nur das Tagebuch.

In die Grasland-Tagträume mischte sich der Traum vom Tanzen, und die elende Bretterbude von Bar lockte ihn an diesem Abend von neuem hervor. Es mußte in dieser Stadt doch gastliche Lokalitäten soliderer Ausstattung geben, mit Oleander, Lampions und so, wo es trotz Alkohol honorig zuging und Leute von Stand mit Anstand sich einfinden konnten. Eine ehrenwerte Bar für ehrenwerte Leute und mit einer Tanzfläche für ehrenwerte Tänze verdrängte die schäbige Bretterbude, aber ein ehrenwerter Ehemann war noch da. Zu ihm gesellten sich ehrenwerte Kollegen oder ähnliches, darunter irgendein honorables Mannsbild, mit dem sich statt mit einem Besenstiel oder einsam alleine tanzen ließe um des Tanzens willen. Was mit dem Ehemann nicht möglich war, weil Tanzen seinem Wesen fremd und man überdies verheiratet war – in der grünen Suppe Nzab'ngen war es zweimal in sieben Jahren vorgekommen, daß die honorable Missis in honorablem Rahmen ‚getanzt' hatte, das heißt, wie alle übrigen auf dem rissigen Betonboden des Refektoriums herumgehoppelt war, nachdem ein Honorabler unter den Studenten, *aetate provectus*, freundlich unbefangen die Tutorin um die Ehre gebeten hatte. Ein zwiespältiges, ein nahezu peinliches – ach, gar kein Vergnügen war es gewesen. Aber es hatte einen Wunsch geweckt. Den Tagtraum von Schönerem, unbeschwert Kunstvollerem. Vom Schweben und Gleiten über Höhen und schmale Grate. Die Muse, wofern sie sich einfangen ließ, würde als erstes dazu verpflichtet werden, den Tanztraum literarisch zu vollenden.

*

Während der letzten beiden Tage der Synode gab es nur noch Sitzungen abzusitzen, Tagebuch kritzelnd neben dem Kollegen Chauffeur, oder die Gedanken in die Eukalyptusbäume vor der Glasfassade schweifen zu lassen. Was gab es da wohl so eifrig zu notieren? Nun, sicherlich doch Notizen zu den Debatten über Finanz-, Schul- und Führungsprobleme. Dieselben gaben in den Pausen Gesprächsstoff ab. Eine Tutorin aus Nzab'ngen mußte eine Meinung haben und hatte sie auch. Aber die Wirklichkeit verdoppelte sich in ein Außen und ein Innen, und das Innen nahm mehr Aufmerksamkeit und Graphit in Anspruch.

Das Morgenlicht über dem *Mendakwe Escarpment* festzuhalten war literarisch verlockend. Ein Steilhang, im Viertelbogen wie der aufgewölbte Rand einer Muschelschale die Stadt umfassend mit glänzenden Grüntönen zwischen dem Rotbraun und Ockergelb der Felsen – es ließ sich ohne weiteres in Worte fassen samt dem wasserklaren Licht, das den weitgewölbten Himmel füllte. – Weit schwieriger, letztlich unmöglich war es, die Verfassung von Innerlichkeit, das Glasperlenspiel der Tagträume aufzuzeichnen, deren Wesen als reiner Imagination des Nicht-Seienden so beschaffen war, daß sie zu Staub zerfielen, wenn sie mit Worten angefaßt wurden. Das innere Erlebnis mochte sich aufschaukeln bis ins Halluzinatorische; es mochte das Gefühl affizieren bis ins Somatische – sobald es aus dem Meeresleuchten der Träume an den Strand der Sprache gezogen wurde, fiel es in sich zusammen wie eine gestrandete Schleierqualle, eine schöne Meeresmeduse.

177

Erbärmlich hilflos lag es da, glitschig, kitschig, verschrumpelnd. Im Tagebuch entstand eine Skizze des Tanztraums aus der Bretterbudenbar. Sie taugte nicht viel. Auch die Vision von Santa war, eine Handvoll Wortgeröll, ins Tagebuch gelangt. Da lag es, jahre-, jahrzehntelang, wartend – worauf? Auf die Abgeklärtheit eines Altersstils?

*

Abschied von Bamenda, graslandverträumt. Am Morgen der Rückreise gab es einen längeren Aufenthalt bei einer Tankstelle. Alle stiegen aus, sei es, um nicht herumzusitzen, sei es, um noch kleinere Einkäufe zu machen. Es war schon heiß und schwül, ganz anders als zwei Tage zuvor. Im Landrover war man im Schatten; aber schließlich – wäre es nicht angebracht, einen gestickten Kittel für den Gemahl zu erhandeln, als Gegengabe für das neue Kleid? Auch ein edelbitteres Braun, aber goldgestickt. Es hing am Straßenrand, ward erstanden und bedachtsam eingewickelt. In das selbstversunkene Gewickel, am Rande der belebten Hauptgeschäftsstraße, tappte einer der Studenten. War auf einmal da und nahe und wurde beinahe nicht erkannt. Das Erschrecken über solche Geistesabwesenheit löste sich in einem Lachen. Der Landrover war noch fast leer. Ein Blick in den Rückspiegel wollte noch einmal die Straße entlanglaufen, die auf das nunmehr verstellte *Mendakwe Escarpment* zulief. Er stieß auf ein Nachflackern des Lachens, in das hinein Überraschung sich aufgelöst hatte. Befremdlich daran schien nur eine Winzigkeit am Rande gebührender Ehrerbietung. Der rückwärtsschweifende Blick zog eine Augenbraue hoch. Die anderen kamen; ein Ehepaar, das Mitfahrgelegenheit wahrnahm, stieg zu, die hinteren Sitzplätze wurden umverteilt. – Es fuhr also eine Anzahl Studenten mit zurück. Sie saßen eng zusammengepfercht und palaverten. Von Landschaft war wiederum nicht viel zu sehen. Zum einen war sie fast zugedunstet; zum anderen störten die lebhafte Unterhaltung und ein mitunter angestrengt trockenes Lachen,

178

abgehackt, fast wie ein Husten. Was gab es da hinten? Man vertrieb sich die Langeweile mit unbedarften Scherzen. Man rollte hinab und zurück und dem dritten Trimester entgegen.

In T'bel geriet man in einen Regensturm, der die Piste nach Nzab'ngen hinauf aufweichte. Man mußte mehrmals aussteigen und zu Fuß gehen. Es wurde dunkel. Im Hause wartete der Feldforscher, wohlbehalten zurückgelangt von allen Abzweigungen in dieses und jenes Feld. Die Dankbarkeit für solches Wohlbehaltensein kämpfte mit der Verstimmung darüber, daß es dem Ehemann nicht einfiel, für eine von der Reise Erschöpfte Duschwasser heiß zu machen. Aus welchen Gründen war ein solcher Dienst der Ehefrau vorbehalten, wenn der Mann –? Es war, wie es war. – Schlafen. Nichts als schlafen. Keine krummen Schrumpelfischlein auf weißen Reis gebettet und im nachhinein… Dafür die Vision von Santa. Das Morgenlicht über dem *Mendakwe Escarpment*. Die Muse als graugrünes Spinnlein im Ebibi Buchladen. Tanzträume in einer Bretterbuden-Bierbar. Vor allem aber: wieder einmal heil zurückgekehrt.

Am folgenden Tag bewegte sich etwas vom Fleck und auf die seit zwei Jahren am Horizont flackernde Vision Mbe zu. Der Student aus jenem Dorf ward zu Tische geladen, das Interesse an einem Besuch vorgetragen und zur Kenntnis genommen. An beiden Seiten der Angel hing ein Fischlein, ein geangeltes und ein angelndes. Wem welche Rolle dabei zukam – es wäre schwer zu sagen gewesen. Es hatte sich ergeben. Irgendwie.

Auf die Bamenda-Reise folgte ein Malariaanfall. Dann war Karfreitag, der Feldforscher wieder unterwegs, und auf der vorderen Veranda leuchtete das Rot einer Handvoll Pitangakirschen. Ein Hilfsprojekt für die kränkelnde, die *arme Sue* ward in die Wege geleitet, und tags darauf entstand ein Bild, ein Gemälde, Öl auf Pappe. Das Pitangakirschenbild.

Die Abwesenheiten des Feldforschers

Es mußten nicht immer große Reisen in große Städte sein, um aus Nzab'ngen hinauszugelangen. Für den Ehemann und Feldforscher waren Dörfer der engeren Umgebung, oft in Fußmärschen erreichbar, das Ziel häufiger Abwesenheiten, auch über Tage und Nächte hinweg. Er wanderte, fuhr und reiste im Dienste der Wissenschaft und einer ethnologischen Neugier, die auf Umwegen ins Missionstheologische münden sollte. Die ‚Reislein' fanden in unregelmäßigen Intervallen statt; sie dauerten wenige Tage, selten eine ganze Woche, und die Rückkünfte waren bisweilen überraschend – durch Nacht und Schlamm von T'bel herauf zu Fuß etwa, erschöpft und verschwitzt, und wenige Meter vor dem Parkeingang noch eine große Pfütze vom nachmittäglichen Gewitterregen, die den Heimkehrenden an sich zog. Die besorgte und dankbare *Weibe* (‚Wo hast du deine Weibe?' habe der holländische Pater von M'tta in entgegenkommendem Deutsch gefragt, erzählte der Heimkehrer einmal frohgemut) ging in die Küche und setzte Wasser auf. Hinzu kamen viele Pirschgänge ins Ober- wie ins Unterdorf von Nzab'ngen zum Zwecke des ‚Flöhefangens': gewisse Leute aufzuspüren, die sich dem Eifer des Forschers offenbar sprunghaft entzogen.

Gemeinsame Reisen gab es im vorletzten Jahre nur zwei, die Garnelenreise nach Duala und die Synodenreise nach Bamenda. Ende April packte der Feldforscher seine sieben Sachen, um Anfang Mai nach Europa zu fliegen. In den verbleibenden zwei Monaten, ehe die andere Hälfte nachfolgte, ergaben sich noch zwei des Erinnerns werte kleinere Abwesenheiten: im Mai eine riskante Fußwanderung in ein Nachbardorf und das nachdenkliche Sitzen auf einer Tribüne in T'bel), sowie zwei große Reisen: noch einmal Duala und im Juni, zu Pfingsten, ein denkwürdiger Klassenausflug in die Landeshauptstadt Jaunde.

Grenzerfahrung bergab
oder vom Rausch der Gefahr

(Eine Beerdigung im Nachbardorf, Anfang Mai 1981)

Der Mai des vorletzten Jahres im Regenwald brachte ungewöhnliche Erfahrungen, davon zwei sich überaus kontrastreich auf das Selbstgefühl auswirkten und zu länglichem Nachdenken anleiteten. Erfahrungen fernab von Garnelen- oder Landschaftsgenuß, von Tagträumen und der Suche nach der Graslandmuse. Der riskante Abstieg von Nzab'ngen in ein Nachbardorf nahm vorweg, was sieben Monate später, anläßlich der ersten Reise nach Mbe, vor dem Aufstieg in das Traumdorf sich an Abstiegsmühsal und Absturzgefahr vor die Füßen legen sollte.

Es war einem Studenten der Vater gestorben. Da das Begräbnis in der Nähe stattfinden sollte, gehörte es sich, daß man Teilnahme bekundete, indem man anwesend teilnahm. Die Studentenschaft bekam unterrichtsfrei. Für die Tutoren bestand keine Verpflichtung, mitzugehen. Ihrer zwei indes machten sich ebenfalls auf den beschwerlichen Weg, der eine vielleicht aus kulturellem Interesse, die andere, indem sie sich einredete, sie müsse sich ‚physical exercise' angedeihen lassen. Stockte nicht vom vielen Sitzen am Schreibtisch der Blutkreislauf? Erlahmten nicht die Beine? Die Vielfalt der Motive interessierte niemanden. Ob ein unterrichtsfreier Tag, eine Flasche Bier, ein gutes Essen, ein kultureller Beitrag für den nächsten Rundbrief oder eine Gelegenheit für sportliche Betätigung – man ging halt mit.

Am späten Vormittag machte man sich auf den Weg. Er führte hinab in ein tiefer gelegenes Tal, nicht die Holperpiste entlang, sondern seitwärts den Steilhang hinab auf schmalem, vielfach gewundenem Pfad zwischen Kaffee- und Kakaopflanzungen.

181

Man stieg gewissermaßen von den Knien des Ké hinab zu seinen Füßen. Man stieg ab im Gänsemarsch, einer hinter dem anderen. Auf diese Weise wand sich eine lockere Kette, oder, wenn die Phantasie hinreichte, eine zerstückelte und dennoch mitunter munter schnatternde Schlange den Berg hinab. Auf noch nie zuvor betretenem Pfade reihte Unentschlossenheit sich schließlich in die erste Gruppe ein und stieg ab zwischen zweien, die notfalls ein Stolpern hätten auffangen können. Vor dem tastenden Tritt der Tutorin setzte sichere Schritte hinab der athletisch Schöne aus Klasse I, dem sonst die Miss, die ledige Klassenkameradin, nachstieg. Oberhalb und im Rücken tänzelte der Smarte mit Fensterglasbrille aus Klasse III. Die beiden Studentinnen befanden sich, wie ein Blick über die Schulter ersah, in der zweiten Gruppe. In diesem Hintertreffen und bei den Damen befand sich auch die Ermöglichung der Reise nach Mbe. Das war gut. Daß sie sich so weit hinten befand. Nähere Nähe hätte die Gedanken möglicherweise zu sehr abgelenkt ins Grasland. Es wäre dem Konzentrationsvermögen nicht zuträglich gewesen, und jener Ermöglichung der langersehnten Reise wäre die Suche nach der Graslandmuse nur ungern vor die Füße gestolpert oder in den Rücken gefallen. Zweck und Mittel sollten säuberlich getrennt bleiben. So wie es war, war es – gut. Der abschüssige Fußweg konnte alle Aufmerksamkeit in Anspruch nehmen. Es ging darum, die Gedanken auf das Management der Beine zu konzentrieren.

Der Konzentration sehr dienlich war ein großer bunter Regenschirm, der, zusammengefaltet, als Stab und Stütze diente. ‚Für meine alten Knochen. Ich will doch sehen, was man sich mit Vierundvierzig noch zutrauen kann.' Worauf es hier ankam – als Bitte kam es täglich in der Morgenliturgie vor. Es vermittelte wenig Sinn, wenn man in der Kapelle saß oder im Campus hin und her ging. Aber hier! *Let our feet make safe steps.* Die Bitte war bei jedem Schritt überaus angebracht. Es ging immer tiefer hinab und es wurde immer schwieriger. Als es ganz steil und zudem naß und rutschig wurde, war es an der Zeit, einen der Studenten zu bitten, die Schultertasche zu tragen, ‚so that I can support myself in case I fall.' Die beiden wechselten bei der Gelegenheit die Reihenfolge. Federnd leicht und elegant hüpfte nun der Smarte aus Klasse III voraus, während der Schöne aus Klasse I auf markigen Knochen nachfolgte, mit markiger Stimme markige Bemerkungen zum unzumutbaren Zustand dieses Buschpfades verlautbarend. Ausgleiten oder stolpern, das war hier die Frage, deren Unentschiedenheit jeden Schritt begleitete. Entschiedenheit konnte nur der Wille in Anspruch nehmen, weder zurückzubleiben noch Rücksichten zu fordern. Im Zustande der Vereinzelung wäre der Modus des Vorankommens ein Rückwärtskriechen gewesen, Schritt für Schritt den feuchten Boden auf seine Trittfestigkeit hin abtastend. Wie lächerlich, sich das vorzustellen, hier unter den Studenten! Die Tutorin als altes Krauchweiblein – wie peinlich! Auf kürzere Strecken wagte es ein Versuch, ebenfalls zu hüpfen und zu federn, und die Kniegelenke nahmen es nicht übel. Wie immerhin beruhigend. Es geht noch. Weniger gut ging es mit dem Rest der Leiblichkeit, ihrer Belastbarkeit und Beherrschbarkeit. Dieser Weibleib, dieser Körperrest, der sich auf zwei vom Großhirn und von einem vermutlich daselbst lokalisierbaren Willen gesteuerte Beine verlassen mußte. Auf nichts als den Willen und sicheren Tritt kam es an.

Je tiefer das Tal abfiel, um so dumpfer und wärmer wurde es. Eine Luftfeuchtigkeit von hohen, die Lunge bedrängenden Graden. Wie lange kann das gut gehen – wo ist die Grenze zwischen dem Willen, der bestimmen will, und einem Kreislauf, der Gesetzen der physiologischen Chemie gehorcht – die Grenze wo, wenn der Puls aus dem Takt gerät und das Gehirn zu sieden beginnt, hier zwischen Kaffee und Kakao und einem Mosaik von kleinen, kupfergrün glänzenden Blättchen… Es kam tatsächlich der insgeheim und mit ungläubiger Spannung erwartete Augenblick, da der Blutkreislauf zu kriseln begann. Eine Hitzewelle stieg und überschwemmte; die Hände zuerst, dann die Haut am ganzen Körper; es begann zu prickeln, als schäumte heißer Sekt durch die Adern. Es fehlte nur noch Walzerstimmung. Es kroch am Halse hoch, seitlich. Es erreichte die Stirn. Der Kopf begann sich aufzublähen, zu summen und zu schwimmen. Trieb das auf einen sogenannten Kollaps zu? Im Grunde kein unangenehmes Gefühl. Alkoholisch. Rauschähnlich. Nahezu euphorisch. Es fehlten nur noch Visionen. Die freilich und abgesehen von der seltsam unwirklich dazwischenflackernden Vorstellung des Strauchelns, Umkippens und in die Kaffeesträucher Stürzens – blieben aus. Was war das? Etwas, das vielleicht heimlich herbeigewünscht worden war: eine Grenzerfahrung. Sehen, bis wohin – und was dann… Es vergingen einige Minuten in höchster Willensanspannung Schritt um Schritt am Rande eines Schwindelanfalles entlang – am Rande des Rausches physischer Erschöpfung.

Nichts Umwerfendes geschah. Es war alsbald ein Zwischenaufenthalt erreicht; der Weg wurde eben. Alles normalisierte sich; nur die Beine staksten noch eine Weile, und der graue Baumwollkittel, eine feuchtwarme zweite Haut, klebte. Man stand und wartete auf die andere Gruppe. Einige aus der ersten Gruppe, die sich als lockere Schlangenlinie den Berg hinabgewunden hatte, äußerten Erstaunen, daß *Nyango* (mit diesem Titel, ‚ehrwürdige Mutter' etwa, pflegte man die Tutorin anzureden) – daß sie ‚in front' sei und nicht ‚behind'. ‚So you have taken over from *Sango'* (Ehrentitel des Ehemannes), bemerkte einer. Im Blick aufs Bergsteigen fiel ein Vergleich mit dem wanderstrammen Feldforscher also günstig aus. – Man stand herum und wartete. Als die letzten angetrottet kamen, löste sich ein Stück sprachfähiges Bewußtsein von der Steifheit der Beine und der Klebrigkeit am ganzen Körper und es kam ein kurzer Satz zustande. ‚So you were behind?' Ein Vorwurf an einen Beliebigen? Es war *small talk*. Es war eine Geistesanstrengung zur Vergewisserung des eigenen Noch-Vorhandenseins.

184

Geschlossen zog man zum Trauerhaus, wo sich bereits die übliche Menschenmenge versammelt hatte. Man gesellte sich formlos hinzu. Keine in sich und in stumme Ergriffenheit versunkene Trauergemeinde war da versammelt. Es herrschte die lockere Bewegtheit solcher Zusammenkünfte – ein sachtes Geschiebe hin und her, Unterhaltung und Gesänge; auch eine Ansprache kam vor. Der Verstorbene lag aufgebahrt vor dem Haus, unter einem Schattendach von Palmblättern, das auch den Gästen Schutz bot vor der Sonne. Die Leiche, schon aufgedunsen, lag auf dem breiten Ehebett. Das Gerücht wollte von langsamer Vergiftung durch persönliche Feinde wissen. Eine von den Beinen aufwärts kriechende Lähmung habe ihn lange leiden lassen und seine Frau habe ihn treu versorgt. Die Geschichte war bekannt. Der Feldforscher hatte den Kranken einmal interviewt. Fremdes Leiden, das ferne lag. Und der schwierige Abstieg, wozu? Um dazustehen und dem formlosen Geschehen geistesabwesend zuzusehen?

Es geschah dann freilich etwas, das berührte und ins Grübeln brachte. Die Witwe nämlich, klein, hager und noch gar nicht so alt, vielleicht Mitte Fünfzig, mit glattrasiertem Kopf, wie es den Trauerbräuchen entsprach, angetan mit einem weißen, faltenreichen Kleid, eine Basttasche über der linken Schulter, in der Rechten ein Büschel grüner Zweige, sie stand zwischen Haus und Bett-Bahre und fing an, mit kleinen, tänzelnden Bewegungen hin- und herzugehen, auf den Toten zu und wieder zurück, hin und zurück. Sie lächelte und wedelte das Grünzeug dem Verstorbenen zu. Sie machte einen beherrschten und heiteren Eindruck, und das ging so eine Weile. Was bedeutete es? War es ein altes, vorgeschriebenes Ritual? Wenn ja, dann sah es so aus, als spielte die Witwe hier die Jungvermählte und Jungverliebte. Sie überspielte den Tod durch die Wiederholung der ersten Liebe. Vielleicht sogar überwand sie ihn dadurch? Im Lächeln der Hin- und Herbewegten mischten sich eine gelöste Zärtlichkeit und das Wissen um Endgültigkeit. Das Wissen weiß: es ist vorbei. Aber

185

auch: ich habe alles gehabt, was zu haben war. Und alles getan, was Liebe und Pflicht verlangten. Das Lächeln sagte: ich kann loslassen, was mir genommen wird. Denn das, was war, hat teil an der Wahrheit des Seins. An der Unverborgenheit menschlichen Daseins. Das war nun freilich die Philosophie einer *fraternal*, einer Abendländerin. Es kam und es ging, ein Gefühl mehr als ein Gefüge klarer Gedanken, während des Abschiedstanzes.

Im übrigen machte alles den gleichen formlos-unfeierlichen Eindruck wie überall sonst auch – es sah nach Improvisation aus. Die Leute, die aus dem Dorf und die von auswärts, kommen nach und nach herbei. In der Küche hinter dem Haus wird gekocht, und die Kinder werden nach Bier geschickt. Derweil schaufeln junge Burschen das Grab in der Kaffee- oder Bananenfarm nahe beim Haus, und der Schreiner nagelt den Sarg zusammen. Man sitzt und steht herum, bewegt sich hierhin und dorthin und unterhält sich. Rings um den Toten geht das Leben ungestört weiter. Das Federvieh scharrt in den Abfällen; der Hahn tritt die Henne; die Hunde beschnüffeln einander; die kleinen Kinder laufen nackt herum mit dicken Bäuchen, großen Augen und angetrocknetem Rotz im Gesicht. Die größeren Knaben feilschen um leere Blechbüchsen oder kicken leere Kokosnußschalen durch die Gegend; die größeren Mädchen müssen Wasser holen und in der Küche mithelfen. Und die Erwachsenen? In den ersten Jahren im Lande war es höchst befremdlich zu sehen, wie jüngere Frauen und Männer, bisweilen aber auch ältere, am offenen Grabe und während die Chöre endlos sangen, ungeniert flirteten. Man schäkerte und lachte, als wäre man auf dem Markt. Ja, man fühlte sich offenbar recht wohl am offenen Grab. Es war höchst befremdlich. Das Verstehen näherte sich nur langsam, bis es eines Tages klar und deutlich dastand und verstand. Das für Landesfremde Befremdliche war naiver Ausdruck des Gefühls und der Tatsächlichkeit: wir sind ja schließlich noch am Leben. Nur der Tote war tot, und das ging affektiv allenfalls die etwas an, welchen damit eine lebenswichtige Beziehung genommen war. Nur die Alten standen zumeist schweigsam herum und machten nachdenkliche Gesichter.

So war das nun auch hier und diesmal. Die Motive, an einer Beerdigung teilzunehmen, mochten vielfältig sein. Mußte nicht in diesem Kulturkreis immer einer sterben, damit andere auf ihre Kosten kommen konnten, und sei's nur eine Flasche Bier gratis? Es hatte Anpassung stattgefunden. Eine *fraternal* konnte sich ohne weiteres eingestehen, daß sie nicht innerer Teilnahme wegen da war. Das Motiv, das sie herbeibewegt hatte, war die Möglichkeit einer sportlichen Übung im Hinblick auf das Grasland. Der Kollege Nachbar bot Anlaß, ein paar Eindrücke auf deutsch auszutauschen. Die Muse – wenn da etwas war, dann hielt es sich beharrlich abseits, wenngleich es auch immer wieder in der Nähe war, in der Diagonalen, eine Parallele links außen, eine ungenaue Gegenwart – sie war hier nicht zu erwarten. Was hätte sie bei einer Beerdigung zu suchen gehabt? Es war dies kein Ort, das Dasein zu verdoppeln und tagzuträumen. Vereinzelung also und eine Gelegenheit, alle Gelegenheiten aufs gleichgültigste zu vermeiden. Es genügte, den Abstieg bewältigt zu haben, ohne von ihm überwältigt worden zu sein. Es genügte die Grenzerfahrung, an einem Rande entlangbalanciert und nicht abgestürzt zu sein.

Als der Landrover kam, um Alte und Schwache zurückzufahren, lag es nahe, sich diesem Häuflein hinzuzuzählen, während alle anderen den Berg wieder hinaufklettern mußten. Hätte der sportliche Ehrgeiz nicht von neuem entfacht werden können? Vielleicht. Wahrscheinlich sogar – wäre es ein Berg im Grasland gewesen und hätte die Muse gezogen und geschoben. Da dies nicht der Fall war… Und was für eine Woche lag seit Anfang Mai zurück, während die Fuhre die Piste hinaufrumpelte und der Feldforscher europa-an- und afrika-abwesend war! Am Montag war wieder Dogmatik eigener Machart durchexerziert worden: ‚Do I

187

experience God in love and quarrel'? Am Dienstag ein Dekret: ‚Friendship is possible only among equals'. Und worin besteht Gleichheit? Mark Aurel hätte dem Sklaven Epiktet die Hand gereicht. Am Mittwoch ein Zuschauernachmittag beim Volleyballspiel und ein Frösteln am Abend; wieder einmal war das *green-eyed monster* durchs Gras geschlängelt. Am Donnerstag eine gewisse Müdigkeit. Am Freitag Rieselregen und die Einsicht, daß die Sprache Flauberts samt *éducation sentimentale* in dieser Gegend noch lange fremd bleiben würden. Am Sonntag ein großer Regensturm. Am Montag Nachdenken über Rollenvertauschung: viel Tagebuch. Kleinigkeiten, Vergebliches, Unzusammenhängendes und Willkürliches. Keine große Linie, kein Ziel, nichts – außer dem näher rückenden Horizont des Graslandes und der endlich eingefädelten Reise nach Mbe. Eine Woche mit merkwürdigen Schüttelfrösten innerlicher Art. Und was das Tagebuch Tag für Tag festhielt – es holperte wie das Geholper des Landrovers die Piste nach Nzab'ngen hinauf.

Zurück im Haus warf der Spiegel im Arbeitskabinett einen Anblick und Augenblick der Bestürzung zurück. So eisgrau war das Haar, daß es zum Erschrecken war. Die körperliche Anstrengung hatte offenbar alle Kraft, auch die Farbkraft des Haares, aufgesaugt und verbraucht. Nicht endgültig. Sicherlich nicht. Aber es war eine Vorschau von großer Eindrücklichkeit. Am Abend fand noch eine Sitzung statt, die Anwesenheit erforderte. Um das Palaver zu überstehen, war ein schmales Bändchen Hofmannsthal gut; etwas wie ein Talisman, eine Vergewisserung höherer Geistesebenen. Es ergab sich in der Tat genügend Langeweile, um hineinzusehen. *Terzinen über Vergänglichkeit*. ‚Wie kann das sein, daß diese nahen Tage...' Es reimte sich noch immer auf *Bethabara*. So verging auch dieser Tag. Am nächsten Morgen ein formidabler Muskelkater. Damit saß es sich am Nachmittag erholsam beim Volleyballspiel, und der Mond schwamm durch die blauen Lagunen eines überzeitlich hohen Maihimmels...

Auf der Tribüne
Von der Ehre, unter V.I.P.s zu sitzen

(Nationalfeiertag 20. Mai in T'bel)

Gibt es nicht Erfahrungen, deren Proportionen sich erst im Rückblick zurechtrücken? Man muß sie sich nur einprägsam verbildlichen. Auf diese Weise ergibt sich für das letzte Drittel des Monats Mai 1981 das Bild vom Rad der Fortuna. Ein an sich unbedeutendes Ereignis erhob das Selbstgefühl (trügerisch und tückisch sozusagen) zu dem Hochgefühl der Vorstellung, etwas darzustellen. Zehn Tage später sauste es (Rad samt Selbstgefühl) abwärts zu einem bislang nie erreichten Tiefpunkt. Wollte man nach inneren (das Innere ist immer das Stimmungsbedingte, oder, psychomythologisch gesprochen, die Seele) Ursachen suchen, so könnte ein ausgefallener Vergleich einfallen. T'bel war zwar kein namenloses Alpendorf und Duala nicht das große republikanische Rom; aber von ferne gewissen cäsaroiden Verhältnisbestimmungen und Präferenzen nahe kam doch, wenn es naiv und ehrlich war, das Selbstgefühl, das sich da einmalig auf einer Tribüne, wo nicht als Erste, so doch unter Ersten sitzen sah.

Zwecks volkreicher Begehung des nationalen Feiertages wurde im vorletzten Jahre die gesamte Campus-Belegschaft, *staff and students*, früh morgens in den Landrover gepackt und in zwei Fuhren zehn Kilometer talabwärts verfrachtet, wo es Garnison, Polizei und Parteibüro gab, jene staatserhaltenden Mächte, von welchen in Nzab'ngen, zur Genugtuung der einen, zum Ärger der anderen, so gut wie nichts vorhanden war. In dem großen Marktflecken gab es ein großes Sportfeld mit überdachter Tribüne; eine Örtlichkeit also wie geschaffen für Feierlichkeiten mit Volksaufmärschen größeren Stils. Bislang hatte das in kleinerem Maßstab in Nzab'ngen stattgefunden, wo es ebenfalls einen

189

Sportplatz gab und genügend Schulkinder zum Marschieren. Aber nun machten sich offenbar auch in diesem Punkte zentralistische Tendenzen bemerkbar, und man mußte mitmachen. ‚Man' – das waren nicht die europäischen Gastarbeiter mit ihren diversen Privilegien. Sie waren nicht verpflichtet, mitzufeiern. Es war ihnen vielmehr, wofern sie es wünschten, gestattet, teilzunehmen. Der Kollege Nachbar etwa wünschte es nicht; er zog es vor, den freien Tag mitten in der Woche der Familie zu widmen. Der Kollege Ehemann hatte mit schöner Regelmäßigkeit durch die Jahre hindurch wenig Lust gezeigt, sich bei diesem Anlaß sehen zu lassen. Nun war er sowieso in Europa.

Was aber die Reverend Missis anging, so hatte selbige seit einem bestimmten Zeitpunkt, und der lag zwei Jahre zurück, ein fragwürdiges Interesse an diesem Tage nationaler Selbstdarstellung entwickelt. War es eine Gelegenheit, auch sich selbst darzustellen? Oder würde etwa, wo nicht die Muse, so wenigstens ihr Schatten, um den Weg sein? Stand der Sinn nach der großen Menge und danach, gesehen zu werden; als Busch-Spektabilität unter anderen und ähnlichen Spektabilitäten auf der Tribüne zu sitzen und dem Spektakel zuzuschauen? Die Motive waren wieder einmal nicht eindeutig. Vielleicht und recht bedacht und vor sich selbst offen eingestanden, stand der Sinn vor allem danach, auf die tagtäglich gewohnte Menschenlandschaft, auf die einzige *raison d'être* des Daseins in Nzab'ngen nicht verzichten zu müssen. Statt einen langen Tag sich selbst überlassen zu bleiben, war es besser, da zu sein, wo die Studenten waren.

Gegen 9 a. m. rumpelte eine zweite Fuhre mit restlichen Studenten und drei Tutoren den Berg hinab. Wer etwas auf sich hält, kommt so spät wie möglich. Vor dem Sportplatz in T'bel ausgeladen, gingen ‚Principal and Vice' gemessenen Schrittes auf die Tribüne zu, die Weiße von einem weißen Baumwollhütchen behütet und umschlottert von langen, dunkelbraunen Beinkleidern.

190

Nackte Waden zu zeigen widersprach einem stark ausgeprägten Animus. Möglichst flächendeckende Verhüllungen weißer Haut empfahlen sich zudem gegen Staub und Hitze und vor allem gegen Moskitos. Schweißausbrüche und klebende Baumwollgewebe waren zu ertragen. In solch strengem Aufzuge also und neben dem Kollegen Schulleiter führte ein längerer Laufsteg aus kurzem gelben Rasen und ausgereiftem Selbstgefühl auf die fast voll besetzte Tribüne zu unter den Augen aller, die sich, wie üblich, den Neu- und Letztankömmlingen zuwandten. Man kommt zu spät – man ist wer. Der Zeremonienmeister am Mikrofon – bis T'bel reichten die Segnungen der Zivilisation: Elektrizität als Licht und Lautverstärker – gab die Ankunft bekannt (es mußte wer dem Mann eine Liste mit Namen und Titel in die Hand gedrückt haben), und es tönte in die Runde. Ein voller Doppelname wurde präzise artikuliert. Schließlich begann ein paar Kilometer weiter östlich der frankophone Teil des Landes.

Es tönte also durch das Mikrofon und in die Runde: *Reverend Doctor and Missis* - und ein buntes Hündlein sprang und wedelte um die solchermaßen aller Welt Vorgestellte. Es war niedlich. Es war zum Grinsen hübsch und gar nicht so daneben, mit einer Kopula zu verbinden und zugleich zu trennen. Der Mann am Mikrofon mußte ein Hellseher sein, der Duplizität durchschaute. Was hatte die *Reverend Doctor* mit der *Missis* zu tun? Oder diese mit jener? Wäre ein Mann als ‚Reverend Doctor and Mister X' vorgestellt worden? Das war's. Nicht mehr zum Grinsen hübsch, sondern schnöde. Eine Frau wird dem Ehemanne hinzugefügt, nicht aber ein Mann der Ehefrau. Nun gut. Oder auch nicht gut. Die Sache mit der Duplizität war etwas anderes und mochte auf sich beruhen bleiben. – Während der Kollege Schulleiter von der Seite wich, weil offenbar noch Organisatorisches unter den Studenten zu erledigen war, erreichte die auf sich beruhende Duplizität die Tribüne und stieg durch die Reihen der V.I.P.s hindurch und hinauf, ohne zu grüßen. Wen denn? Es waren bei einem kur-

191

zen und irgendwie doch gehemmten Umherblicken keine bekannten Gesichter zu entdecken. Ein freier Platz entdeckte sich
ganz oben und war noch zu haben. Eine fast freie Bank zum Sich-
setzen und Festsitzen in *splendid isolation*. Man nahm keine Notiz
mehr von der *Reverend Doctor and Missis*.

Nun also. Wo waren die Studenten, derenthalben –? Es war von
ihnen weit und breit nichts zu sehen. Sie hatten sich offenbar gut
verkrümelt im Volksgewimmel da unten. Hier oben aber saß die
anhängliche Tutorin, so abhängig, so umsorgungssüchtig, so abgehoben und so hintergründig. Aus solcher Hintergründigkeit
kam es nach und nach angekrochen – ein feuchtwarmes Gefühl
der Unwirklichkeit; des Eigentlich-gar-nicht-Vorhandenseins. Es
waberte heran, umwickelte und erstickte beinahe das Bewußtsein
von Ort, Zeit und Ich. Vielleicht war es die Schwüle. Die Luft am
Fuße des Ké war schwerer und schwüler als oben in Nzab'ngen.
Oder lag es an einem zunehmenden Bewußtsein der Isolation in
der Menge, ja auch und vor allem in der überschaubaren Schar
der V.I.P.s? Es kam und umgab schließlich von allen Seiten – ein
Gefühl mehr als das Bewußtsein, Exemplar einer aussterbenden
Spezies zu sein. Eine flüchtige Musterung der Menge konnte es
bestätigen: außer dem katholischen Pater von T'bel, persönlich
nicht bekannt, war die Tutorin aus Nzab'ngen der einzige weiße
Fleck. Zwei Exoten. Restexemplare. Auf der Tribüne der V.I.P.s
saß etwas, das schon beinahe nicht mehr existierte: Rahmen und
Anlaß zu einem *monologue intérieur*, während auf dem weiten
Sportplatz die Schülerscharen sich formierten und die Lautspre-
cher ringsum Täterämusik husteten und krächzten.

Entlanghangelnd an allgemeinem Geschichtswissen verdichtete
sich aus dem Gefühl das Bewußtsein, daß ringsum eine überwäl-
tigend andere Wirklichkeit als die eigene Raum beanspruchte
und Zeit ausfüllte. Ein ursprünglicheres, ein naiveres Lebensge-
fühl, an dem Anteil zu nehmen nicht möglich war. Wie war das

gekommen? Die Europäer waren gekommen und hatten koloni-
siert, wie schon die alten Griechen einst rings um das Mittelmeer.
Der weiße Mann hatte in Besitz genommen, ausgebeutet, Neues
eingeführt und Altes zum Einsturz gebracht. Eine fremde Kultur
war teils übergestülpt, teils untergeschoben worden, und viele
der Kolonisierten hatten gar nicht so viel dagegen gehabt. Hatten
sich angepaßt und angeeignet, äußerlich und bisweilen etwas
daneben. Das ist das Wesen von *traditio*. Es hatte in dieser Gegend einen Anfang gehabt vor noch nicht hundert Jahren; der
politische Teil davon war seit einem Vierteljahrhundert schon
Vergangenheit, ein Intermezzo der Fremdherrschaft aus Übersee
statt aus der Nähe des Nachbarstammes. (Die Stammesfehden,
die kultureigene Sklaverei nach dem Prinzip *homo homini lupus*,
wie überall und seit jeher, da der Mensch nun einmal dem Menschen unhold ist.) Was hieß da ‚fremd'? Eine andere Hautfarbe,
abweichende Grammatik und die Idiosynkrasie, das Wasser ab-
zukochen und an Bakterien zu glauben. Dann freilich die Flinten
und die Fahrräder; später die Automobile, durch deren Entfernungen fressende Vermittlung Stammesgesellschaften sich leichter auflösen und mit einander vermischen. Die Antibiotika, die
Streichhölzer und die Generatoren, *white man's magic*. Vor allem
aber die Schulbildung, vom kleinen Einmaleins bis zu Shakespeares Tragödien am nächsten Abend in der Donnerstagvorle-
sung. Die Tutorin aus Europa würde ein weiteres Stück Europa
importieren. Aber was hieße da ‚importieren'. Allenfalls die literarische Form. Denn Shakespeare dem Inhalte nach gab es
schließlich seit Urzeiten überall auf der Welt – politische Macht-
kämpfe, Verrat, Familienintrigen, Liebesleid und Eifersucht, *the
law's delay, the insolence of office, and the spurns that patient merit of
the unworthy takes*. Worin also bestand, angesichts solch übergrei-
fender Gemeinsamkeiten, das Anderssein der Wirklichkeit ringsum? In den Daseinsinteressen. Die Wirklichkeit ringsum war von
keinem ‚missionarischen Prinzip' bewegt; von keiner ‚höheren'
oder krauseren Idee zu etwas anderem motiviert als dazu, sich

193

im Rahmen der eigenen Familie und Sippschaft aufs vorteilhafteste durchs Leben zu bringen. War da ein Unterschied zwischen westlichem und afrikanischem Materialismus und Egoismus? Vielleicht war dem westlichen nur hier und da der Firnis eines christlichen oder humanistischen Idealismus übergepinselt. Denn es gab, im schwarz-weiß-gefleckten Zusammenhange von Kolonialismus, Baumwolle (oder Kautschuk) und Kultur doch noch die ambivalente Sage von der Last des weißen Mannes und was seiner am Ende wartet: *the blame of those ye better, the hate of those ye guard.* Hörte sich das nicht verdächtig nach Idealismus an? War alles nur Maske und Masche?

Auf der Tribüne saß die Weiße aus Nzab'ngen und sinnierte vor sich hin, eingehüllt in das Gefühl, gar nicht vorhanden zu sein. Wie aufgeschluckt – wovon? Von der eigenen Innerlichkeit? Ein Feldforscher hätte sich umgetan, Bekannte begrüßt, um sie auszufragen im Dienste der Wissenschaft. Die einsame Weiße aber, sie hatte nur sich selber, ihre Stimmungen und Reflexionen. Eine nicht akklimatisierte *fraternal* im Regenwald, mit einem schrumpfenden Vorrat an Idealismus, saß da und dachte nach.

Derweilen zog auf dem Sportfeld die Zukunft vorüber; endlose Schülerscharen in blauen Uniformen, die Kleinsten vorweg: der immer höher und breiter anschwellende Bandwurm der Jahrgänge, Knaben und Mädchen, Mädchen und Knaben. Es quoll vorüber, eine wachsende Nation, ein Vermehrungspotential mit unübersehbaren politischen und wirtschaftlichen Folgen. Das alles wollte lernen, später möglichst einen *white collar job,* viel Geld verdienen und eines Tages auf einer Tribüne unter V.I.P.s sitzen. Der *pursuit of happiness,* von Eudämonie weit abgebogen: eine Jagd nach Geld und Macht, beides fast identisch. Wer es nicht schafft, dem bleibt als Trost, was die Reichen in Luxusausführung konsumieren: Sex und Alkohol. Das schmeckte oben wie unten gleich gut. (Daß arbeitslose, die Arbeit in den Farmen und

194

Plantagen scheuende Sekundarschulabgänger Geld für ein Flug-
ticket nach Europa zusammensparen oder ergaunern würden,
um Asyl zu beantragen oder unterzutauchen, lag in nicht allzu
weiter Ferne.) – Sex und Alkohol also. Sie konnten selbst den
Studenten einer geistlichen und zu moralischer Vorbildlichkeit
verpflichtenden Institution zur Versuchung werden. – Und so
zog das vorüber, äußerlich in guter Ordnung, beobachtet und
bedacht auf bedenklich abgehobenen, theoretischen Krücken.

Schließlich und endlich und zum krönenden Schluß rückte es in
schwarzen Anzügen heran: das Häuflein klein der Theologiestu-
denten, ausersehen, dermaleinst eine bescheidene Bildungselite
auf mittlerer Ebene zu bilden. Auf der letzten Bank der Tribüne
ganz oben straffte es sich, reckte den Hals und schob die herabge-
rutschte Brille hoch. Es kam anmarschiert in paramilitärischer
Haltung, den rechten Arm mit flacher Hand vor der Brust angewinkelt, Kopf und Blick respektvoll zur Fahne vor der Tribüne
gerichtet. Voran die beiden Damen. Studentinnen im Kostüm.
Die ältere, verheiratet und tags zuvor noch krank, hatte darauf
bestanden, mit dabei zu sein. Sie wollte auch gesehen werden.
Was wäre gewesen, wenn sie ihr Kind nicht schon ein paar Wochen zuvor bekommen hätte? Wäre sie hochschwanger und in
kein Kostüm passend mitmarschiert? Was für eine Portion Le-
bensmut und Eigensinn waren nötig, um Kopf und Bauch, Buch
und Baby, wie katachretisch auch immer, unter einen Hut zu
bringen. Keinem Mann konnte jemals eine solche Zumutung zuteil werden. Anatomie als Schicksal. (Der anderen, jüngeren, le-
digen stand das Schicksal noch bevor: weil sie ein Kind ver-
schwiegen hatte. Vergeblich wird die Tutorin dem Kollegium
gewisse Vorhaltungen machen.) Dieses Häuflein also marschierte
vorüber und verursachte Recken des Halses auf der letzten, obersten Bank der Tribüne. Auch hier *ascending order* – als letzte die
beiden Ersten, die Leistungsspitze der Klasse, die sich seit drei
Jahren höherer Ausbildung widmete.

Da gab es nun in der Tat etwas zu sehen, und vor allem zu vergleichen. Diese beiden da unten. Ein wohlgefälliger Anblick der eine: groß und schlank und sehr elegant sitzt ihm der schwarze Anzug. Ein schmalgeschnittener Kopf, ein gepflegter Kinnbart und eine Brille mit betonter Umrandung. Fensterglas vermutlich; aber sie steht ihm gut. Verleiht ein Flair von Intellektualität. Ein unbestreitbar ansehnlicher junger Mann, gewandt und von schneller Auffassungsgabe. Noch unbeweibt, aber vermutlich nur wegen der Qual der Wahl. Ein zweifellos Umschwärmter. Wohingegen der andere – oh und ach, welch unglücklicher Anblick! Kleiner nicht, aber bedeutend breiter und versackend in einem schlecht sitzenden Jackett. Ein kleiner runder Schädel. Ein glattes, energisches Kinn; eine ruhige Würde, gewiß; der Gesamteindruck indes – nicht zu retten. Besser nicht hinsehen. Nur an die guten Leistungen denken. Wenigstens sieben Jahre älter als sein Nebenmann und trotzdem noch imstande, mit Erfolg Griechisch zu lernen. Es zog vorbei. Es kam noch schlimmer. In seiner Eigenschaft als Jugendleiter defilierte der Betreffende noch einmal mit einer Gruppe Halbwüchsiger, eine himmelblaue, knapp sitzende Ganovenkappe auf dem Kopf und ein knallrotes Tüchlein um den nicht vorhandenen Hals geknotet. Ein verbotener Anblick. So grotesk, so lächerlich, daß eine Tutorin, jederzeit von Geist, Charakter und Leistung beeindruckbar, mit einem Gefühl der Demütigung den sokratischen Blick abwandte. Es zogen noch andere Gruppen vorüber, Frauen und Vereine. Auf der letzten Bank der Tribüne, ganz oben, suchte eine Anblickgeschädigte das ganze Sportfeld und die sich auflockernden Gruppen ab, als müsse eine Täuschung widerfahren sein und Vorteilhafteres sich sehen lassen, ohne Idiotenkappe und ins Sackartige verschobene Proportionen. Die zugefügte ästhetische Beleidigung erlangte eine gewisse Satisfaktion. Der Benjamin trieb sich da herum, das zierlich schlanke Bürschchen, der Ephebe, der Volleyballtänzer und Dritte in der Rangfolge der Leistungen. Wie schön, Geist und Gestalt griechisch-ideal vereint zu sehen.

Man saß schließlich wieder im Landrover, bereit zur Rückfahrt, und wartete auf einen, der noch fehlte. Der Kollege Schulleiter übte sich in der Tugend der Geduld. Hier brauchte indes nur ein einziges Wort gesagt zu werden. Von der Gruppe derer, die sich die zweite Fuhre erlost hatten, standen zwei herum und sahen aus, als warteten sie darauf. ‚All right', hörte plötzlich die Vize sich sagen, let someone else take the remaining place.' Sofort verabschiedete sich einer der beiden von dem anderen, stieg zu und die Fuhre fuhr los. Das Fahrzeug schwankte wie Stimmungen schwanken auf holprigem Lebensweg oder auf den Planken vager Vermutungen. Ein halbes Ohr für die Unterhaltung im Hintergrunde fing Besorgnis über den Grenzkonflikt im Südwesten auf. Ein Krieg mit dem Nachbarstaat? Nicht vorstellbar. Ein Unwirklichkeitsgefühl unter anderen. Unwirklich wie der Berg, an dessen Flanke der Landrover, auf allen Vieren angetrieben, empor kroch. – Am gleichen Tage gegen Abend war unter großem Jubel Peter-the–driver wieder im Campus, aus Untersuchungshaft entlassen gegen Kaution, bereitgestellt von den *fraternals*.

Am nächsten Morgen war der Vortrag über Shakespeare zu schreiben. Er schrieb sich fast von selbst und in einem Zuge herunter. Shakespeare, der Menschenkenner. Der Philosoph des Schicksals und der Geschichte. Was über *Othello* zu sagen war, rollte sich am leichtesten von der Spitze des Kugelschreibers. Mühelose Einfühlung, Rasse und Geschlecht wechselnd, als seien es Akzidentien. Als sei die Substanz des Leidens und der Leidenschaften zeitlos und kulturübergreifend. *Unter*-greifend. Imstande, die Existenz des Einzelnen zu *unter*-minieren bis ins Abgründige. Ja, war Kultur nicht ein Mäntelchen? Nicht geradezu nur Feigenblatt, oft eher faltenreiche Staatsrobe. Aber doch eine Verhüllung von Instinkten, Trieben und Affekten. Ein Feldforscher war dem auf der Spur. Am Morgen des T'bel-Tages, wartend auf die Tutorenfuhre, hatte das Alleinsein am Frühstückstisch sich in eine Beschreibung von Geheimbünden vertieft. Merkwürdig. Da

197

beschrieb einer die *Secret societies* seines Dorfes, obwohl solches Beschreiben doch gegen Begriff und Wesen dieser Männerbünde war. Und vor allem Frauen davon nichts wissen durften. Aber zum einen war die Macht dieser alten Bünde überformt von einem modernen Staat; zum anderen wurde vermutlich nur die halbe Wahrheit mitgeteilt. Wer konnte das nachprüfen? Eine matrilineare Gesellschaft, beherrscht von Männerbünden. Der Kollege Ehemann hatte Interesse bekundet. Vermutlich in erster Linie einer nörgelnden Ehefrau zuliebe, die sich an einem Bildchen versehen hatte und seitdem romantische Vorstellungen von einem Dorf in fernen Bergen nährte. Seit drei Jahren schon. Das zufällige Missionsblättchen mit dem bunten Foto auf Glanzpapier. Der falbe Sand. Der Hohlweg, steil abfallend, gesäumt von dunklen Felsen. Die Pyramidendächer, gedeckt mit braunem Stroh, über fensterlosen Würfelhäusern aus Backstein, lehmgelb. Der blaugrüne, hochwogende Horizont. Das Lächeln der Graslandmuse, ihr dunkler Unschuldsblick… Und der Zufall, der einen ‚Sohn‘ des Dorfes nach Nzab'ngen verschlagen hatte. Es fügte sich jedenfalls gut. Es war nur Geduld vonnöten. Die Graslandmuse war langsam, sozusagen schleppfüßig.

An dem T'bel-Morgen hatte auch ein Ordner mit studentischen Lebensläufen auf dem Frühstückstisch gelegen. Was hatte der ‚Sohn des Dorfes‘ über die eigene Vita zu berichten? Trauriges. Ärmliches. Schulisches. ‚My father was a hunter. He was the first Christian in my village. He died when I was ten. So I could not go to secondary school. I carried water for Haussa women to earn a little money for my food and exercise-books. After primary school I was a mat-weaver for some time. I studied for myself for higher levels.‘ Strebsam. Und nicht abgeneigt, die weißen Tutoren in sein Dorf einzuladen. Es waren, vor Jahren, schon einmal Weiße eingeladen worden. Ein ganzer Posaunenchor. Dabei war das orplidische Bildchen entstanden. Nun, man würde sehen. Im tropischen Dezember. In sieben Monaten…

Etwas wie ein Raubüberfall
und die Nachwirkungen

(Duala, allein Ende Mai 1981)

Eine ungute Erfahrung fürwahr. Ein mühsames Bemühen, darüber hinwegzukommen. Duala – warum und wozu? Ein Reisepaß war zu erneuern, sonst nichts. Hätte nicht der Supermarkt
am Wege gestanden, wäre das Trachten nicht nach Kartoffeln am
Straßenrande gegangen, es hätte sich genügend kleinkrämeri-
scher Ärger im Tagebuch angesammelt; erspart geblieben wäre
indes die peinlich-groteske Szene, auf offener Straße, am hellichten Tage als Weiße Straßendieben nachzurennen. Wie lächerlich.
Es geschah zum ersten Male in all den Jahren in Afrika. Es geschah im Dschungel Duala. Eine perfekte Kontrasterfahrung zu
dem Tribünen-Hoch- und freilich auch Fremd-Gefühl von T'bel,
zehn Tage zuvor.

Die Fahrt nach Duala hatte ein Vorspiel gehabt. Eine Vorver-
stimmung. Denn von ‚Ärger' zu reden, wäre wohl übertrieben.
Die Verstimmung war aus nicht ganz heiterem Himmel gekommen. Über dem Gästezimmer des Seminars war der Himmel
schon immer bewölkt gewesen. Die Nachbarn aber, nette Leute,
mit welchen man sich ganz gut vertrug, erwarteten Ende Mai
wieder einmal Gäste aus der Heimat. Sie sollten am Flughafen
abgeholt werden mit dem Landrover und auf Privatkosten. Das
ergab nach afrikanischen Vorstellungen eine kostenlose Mitfahrgelegenheit. Nach europäischen nicht, und ein merkwürdiges
Kreiselspiel der Überlegungen begann. Wie oft, räsonierte es,
habe ich den Landrover gemietet und eine ganze Ladung selbst-
geladener Mitfahrer kostenlos befördert. Einheimische, die natürlich immer arm sind. Wie wäre es, wenn ich als Weiße auch ein-

199

mal so etwas in Anspruch nehmen würde und zwar meinen eigenen Landsleuten gegenüber? Habe ich nicht einmal auf Wunsch Gewürze mitgebracht und den Begünstigten dadurch eine anstrengende Reise erspart? Psychologischer Scharfblick hätte vermutlich erkannt, daß hier nicht Gewürze im Spiele waren, sondern Verstimmung über die zu erwartende Belegung des Gästezimmers sich einen Ausweg suchte. Gutbürgerlicher Anspruch auf Privatsphäre wird mit afrikanischer Unbekümmertheit verletzt. Also werde ich im Gegenzuge – so etwa.

Der Kollege Nachbar also kam herüber und fragte an wegen Kostenbeteiligung. Nun – eine Mitfahrgelegenheit wollte gratis wahrgenommen werden. Der Kollege nahm es hin und ging. Mußte man sich zu solchem Mut nicht gratulieren und herzhaft in einen Zwiebel-Käse-Toast beißen? Schon war die Frau Nachbarin da: gar nicht einverstanden. Eine peinliche Situation und kein Ehemann vorhanden, um zu vermitteln. Die sonst immer freundliche Nachbarin begann, die Stimme zu erheben – so gehe das nicht, etcetera. Ganz ungewöhnlich kühl hörte sich die Gegenüberlegung an, es gäbe ja auch noch *public transport* – ein Risiko, das in all den Jahren nur ein einziges Mal in ungewöhnlicher Situation eingegangen worden war. Über den Campus ertönte das Ende der großen Pause. Bücher unter dem Arm, rauschte es an der Nachbarin vorbei und davon zur nächsten Unterrichtsstunde. – In der kleinen Pause wartete der Kollege in der Bücherei. Ein kameradschaftlicher und sensibler Mensch, der sich bisweilen über die gleichen Dinge im Campus ärgerte, wenn der Kollege Ehemann achselzuckend darüber hinging. ‚Let us create no problems…‘ umschaltend, auf deutsch weiter: ich will es mir noch einmal überlegen. Als am Nachmittag die Nachbarin kam, zu sagen, man sei bereit zu kostenloser Mitnahme, ward die Gegenbereitschaft kundgetan, sich an den Kosten zu beteiligen. Guter Wille auf beiden Seiten, bemüht um christliche Eintracht. Man ging auf eine solche Reise nicht im Unfrieden.

200

Donnerstagmorgen fuhr man los. Die Nachtruhe war gestört gewesen durch das Kratzen und Nagen einer Ratte. Beim Aufblenden der Taschenlampe, beim Klopfen an das Bettgestell war es stille. Dann ging es weiter und so die Nacht hindurch. Zerlöcherter Schlaf. Eine Notiz darüber ins Tagebuch, das diesmal zurückblieb, und dann saß man wieder im Landrover und es ging an der waldigen Flanke des Berges hinab in die Küstenebene.

Von dieser Fahrt hinab und wieder hinauf; von dem einen Nachmittag und dem nächsten Vormittag in Duala blieb nichts im Gedächtnis. Es wurde auch nachträglich im Tagebuch nichts davon festgehalten – das eine hatte alles andere ausgelöscht. Wo hatte man übernachtet? Sicherlich nicht im *Bon Accueil*. Vermutlich in der *Procure Catholique*. Undeutliche Erinnerung an die deutsche Botschaft, wo der Reisepaß problemlos mit neuem Paßbild erneuert wurde. Er konnte am nächsten Vormittag schon abgeholt werden. Das war danach. Die Erwähnung, wie nebenbei, des Vorfalls veranlaßte den Landsmann Botschafter zu der Bemerkung, daß dergleichen an der Tagesordnung sei in dieser Stadt. Dies und noch viel Schlimmeres und machen lasse sich dagegen nichts, so lange die Polizei bestechlich sei und mit den wohlorganisierten Diebesbanden kollaboriere. Das war auch unter den *fraternals* bekannt und nichts Neues. Nur – eben. Daß so etwas im vorletzten Jahr einer bislang Unbehelligten widerfahren mußte – es erschütterte ein ohnehin prekäres Existenzgefühl beträchtlich. Immerhin: es war nicht die Schultertasche mit wichtigen Papieren gewesen, noch gar das unersetzliche und vorsichtshalber zurückgelassene Tagebuch. Es war nur ein alter, abgenutzter Geldbeutel, schwarz und flach, mit kaum mehr als dem Zwölftel eines Monatsgehalts. Es waren freilich auch zwei Fotografien in einem Seitenfach verwahrt gewesen und dazwischen eine Briefmarke mit helvetischen Rosen *Pro iuventute*, eine lockere Erinnerung an *Bethabara*. Die waren unersetzbar. Die beiden Fotografien eines Ehepaars. Nicht die Rosen dazwischen.

Wie war das passiert?

Man machte am Freitagvormittag noch Einkäufe, die Nachbarn große für ihren Besuch, kleinere die, welche nur wegen einem Reisepaß mitgefahren war. Man kaufte ein in dem Supermarkt an dem großen, brodelnden Boulevard, wo Mensch und Fahrzeug, Füße und Räder, Blech und Baumwolle durcheinander gewoben und geschoben, lockerer verknotet oder dichter verklumpt mit dem Herstellen des üblichen Großstadtgewölles beschäftigt waren. Im *Monoprix* war wegen der Regale und der wenigen Käufer alles übersichtlicher, angenehm klimatisiert und gemütlich zum Umherschlendern. Hier eine Dose Kaffee, dort ein Likörchen und alles übrige nur zum Daranvorbeigehen und Angucken. Dabei geriet in der Textilabteilung etwas in den Blick, das näherer Inaugenscheinnahme wert schien. Etwas sportlich Schickes und Schönes, solide gearbeitet und etikettengeziert mit dem berühmten Namen eines Pariser Modeschöpfers, ansonsten ‚Made in Italy': ein langärmeliges Polohemd von raffiniert schlichter Eleganz der Farbzusammenstellung und des Kragenschnittes. Ein maronenbraunes, mattseidenglänzendes reines Baumwollgewebe mit blütenweißem Hemdkragen und schmaler, über der Brust lamellenartig sich auffaltender verdeckter Knopfleiste. Die lässige Eleganz dieser Halsumrahmung – es war der Stil, der genügsamem Selbstbewußtsein angemessenen Ausdruck gab. Im Klassenzimmer ließ sich so etwas problemlos tragen. Ja, schicklicher als das blau-graue Nadelstreifen-Polohemdchen, das unscheinbare, lieb und teuer seit drei, vier Jahren, aber doch eher für Reisen geeignet. Das Maronenbraune würde lockerer sitzen. Es kostete gerade so viel wie das Fledermausgewand vom Dezember. Diese Fünftausend waren also weg. Die wenigen Einkäufe wurden im Landrover verstaut, der, bewacht von Peter-the-driver, im Hinterhof des Kaufhauses stand. Die anderen waren noch nicht da. Sitzen und Warten? Es gab am Straßenrand noch etwas, das im Garten von Nzab'ngen nicht gedieh: Kartoffeln.

Vor dem Supermarkt, am Rande der belebten Geschäftsstraße, auf dem breiten Gehweg, wo die Leute hautnah an einander vorbeidrängelten oder herumstanden – Straßenverkäufer, junge Kerle, die billige Armbanduhren, Talmischmuck, Fensterglasbrillen und dergleichen feilboten; bettelnde Alte und Kinder; aufgeputzte prallbusige junge Frauen, deren Status und Gewerbe schwer zu bestimmen waren, ein undurchsichtiges Gewimmel, das Beklemmungen verursachen konnte – auf diesem breiten und belebten Gehweg also hatten Obst- und Gemüsehändler ihre Stände aufgeschlagen. Da mitten hinein mußte sich wagen, wer Kartoffeln erwerben wollte. Nach kurzem Feilschen waren ein paar Kilo wohlfeil erworben. Ein Knabe trug sie zum Landrover. Damit hätte die liebe Seele sich zufrieden geben können. Alles übrige an Obst und Gemüse konnte wie üblich unterwegs gekauft werden. Aber der Knabe erzählte von ‚very nice tomatoes', die er anzubieten habe. Die Weiße ließ sich überreden, ging noch einmal zu den Händlern, und da geschah es. Vor den Tomatenpyramiden stehend, versunken in das leuchtende Rot, war da plötzlich ein Ruck am linken, locker herabhängenden Arm und an der lose geschlossenen Hand – und das Pottmanneh war weg.

Wohin? Es rannte da einer. Was hätte ein Ehemann und Feldforscher getan? Er hätte die Aussichtslosigkeit der Situation vermutlich sofort erkannt. Er hätte sich nicht lächerlich gemacht durch empörtes Hinterherrennen. Es dachte selbstverständlich niemand daran, einen Dieb zu halten. Schon gar nicht, wenn ein Weißer beklaut wurde. Das zu durchschauen und zu begreifen, bedurfte es langwierigen Sinnierens im nachhinein. Im Dunkel des Nichtdurchschauens der Situation rannte ein Weiße durch die sich irgendwie lockernde Menge dem Davonrennenden nach. Es rannten aber ihrer mehrere davon. Verfolger oder Ablenker? Auch diese Frage entstammt dem Nachhinein. Sie rannten um die nächste Ecke. Im Abstande von einigen zehn oder zwanzig Schritten setzte helle Empörung ihnen nach, schimpfend – in welcher Sprache? Verstummen erst und Innehalten, als die Verfolgung, in eine enge Seitengasse hineingeraten, sich der Aussichtslosigkeit bewußt wurde. Die rennenden Kerle, ihrer drei oder vier, verschwanden uneinholbar um die nächste Ecke.

Stehenbleiben. Atem schöpfen. Zur Besinnung kommen, an die kahle Außenmauer des Kaufhauses gelehnt. Die Gasse war fast menschenleer. Aber in der Tür eines Lagerhauses gegenüber standen ein paar junge Leute, die so etwas wie Mitgefühl zu bekunden schienen. Auch ein Trick? Empörung und Ratlosigkeit ließen sich darauf ein, mit ihnen zu reden, und sogar eine Adresse anzugeben für die allfällige Rückgabe von ‚documents‘ – gemeint waren die Fotografien. Dann also zurück, langsam, mit steinerner Miene, mitten durch die Gaffer, die da herumstanden. Was wäre da anderes zu erwarten gewesen als schlecht verhohlene Schadenfreude. Allenfalls Gleichgültigkeit. Was ist schon dabei, wenn wieder einmal ein Weißer um Geld erleichtert worden ist. Eine Lappalie. Für ein Selbstgefühl, dem etwas dergleichen noch nie widerfahren war, kam es einer mittelschweren Katastrophe gleich.

Das Widerfahrnis hatte als erstes eine Art Verschüttungsgefühl zur Folge. Was da schließlich wieder im Landrover saß, um im Vorbeifahren bei der deutschen Botschaft den erneuerten Reisepaß abzuholen und nebenbei eine knappe Bemerkung über den Vorfall zu machen, es waren verklumpte Emotionsmassen; etwas, das wie eingeklemmt unter einem zusammengestürzten Gewölbe reglos verharrte. Eine unheimliche innere und äußere Ruhigstellung. Ein Gipspanzer bis zum Kinn. Ein Verstummen. Von der Bemerkung in der Botschaft abgesehen, kein Wort zu irgend jemandem. Gleichzeitig der Verlust der Fähigkeit, Außenwelt wahrzunehmen. Während der ganzen Fahrt zurück drang kein einziges Wort von dem Dauergeplauder der beiden Besucherdamen ins Bewußtsein. *Mere noise, signifying nothing.*

Auch die Landschaft war nicht mehr vorhanden. Sehende Augen sahen nichts. War man über K'ba abgebogen? War man geradeaus gefahren? Das Bewußtsein brach aus dem Gips und in Worte aus erst vor dem Tagebuch, in Nzab'ngen.

Da war als erstes ein genügend Maß an frommem Realismus vorhanden, dankbar zu notieren, daß die Reise hinsichtlich aller Knochen heil überstanden und der Paß erneuert sei. Etwas Gutes. Als nächstes das neue Polohemd. Etwas Schönes. Aber nur ein kleiner Trost. Breit und brennend ergoß sich sodann der Lavastrom der Klage über den Verlust der beiden Fotografien. Der Versuch, sie mit Worten wiederherzustellen, verzehrte immerhin Energien, die sich sonst in sinnlosem Gram vergeudet hätten. Die Fotos waren längst verjährte Porträts vorehelichen Gegenübers. Der Unwiederbringlichkeit des längst Verjährten weinten die Worte nach, im Beschreiben sich klammernd an die alte ideenrealistische Vorstellung, etwas in Worte Gefaßtes sei mehr und wahrer als ein Bild oder die vergängliche Wirklichkeit. Damit ging Zeit hin. Wäre nicht auch ein Brief an den im fernen Basel Weilenden denkbar gewesen?

Es ergab sich anderes an diesem Abend. Etwas, das wie tropfender Balsam das Brennen der Seelenwunde wenigstens vorübergehend zu lindern vermochte. Durch die Dunkelheit kam es bedachtsam die Veranda entlang, klopfte an und trat ein ins Licht der Aladinlampe, die weiß zerstäubtes Kerosinlicht über die einsame Abendmahlzeit breitete. Es ging um eine Kleinigkeit, Anfrage und Bescheid, die sich im Handumdrehen hätte erledigen lassen. Nun aber saß da eine unbestimmte Trostbedürftigkeit, die zu einer lebendigen Seele reden wollte. Sie nötigte zum Sitzen und begann zu erzählen von ‚very bad experiences', zerredete wenigstens eine der vielen Schichten des Schocks und fand einen geduldigen Zuhörer. Brav wie ein Kind saß der abendliche Besuch da, dunkle Augen blickten ruhig und freundlich, vielleicht sogar einfühlsam bekümmert ob des Mißgeschicks, das da widerfahren war. Und Trostbedürftigkeit nahm sich den Trost, dessen sie bedürftig war, so daß sich erzählend etwas vom inneren Gleichgewicht wiederfand. Der da saß und zuhörte, der älteren Studenten einer, verläßlich, ‚eine ausgewogene Persönlichkeit', wie der Kollege Nachbar gelegentlich bemerkte, war wohlerzogen genug, sich die Geschichte anzuhören. Fast eine halbe Stunde lang hörte Höflichkeit zu, ohne viel zu sagen. Dann regnete es plötzlich so stark, daß es angebracht erschien, dem sich Verabschiedenden einen Regenschirm auszuleihen.

War da nun gesunder Schlaf zu erwarten?

Mitnichten. Keine Ratte, Schlimmeres brach durch, nagte und kratzte. Noch waren keine zwölf Stunden vergangen. Noch lag alles dicht unter einer dünnen Decke. Nun, da alle äußeren Dinge erledigt warten – Auspacken, Einräumen, Waschen, Essen – nun erst zeigte sich die Wirkung von Tagebuchschreiben und Erzählen: eine vorübergehende leichte Betäubung. Nun, da traumloser Tiefschlaf vonnöten gewesen wäre, war er trotz großer Erschöpfung nicht zu finden. Nun erst begann der Schock virulent zu werden, mit spitzer Eindringlichkeit hervorzubrechen aus den Schichten, in die er abgedrängt worden war. Da kam nach geraumer Weile des Ausgeliefertseins an diffuse Martern Mythisch-Mysterienspielhaftes zu Hilfe. Das Seelenleiden wurde Drama und anschaubar als Kampf der Engel des Lichts gegen Engel der Finsternis. Der letzteren einer hielt hohngrinsend einen Spiegel vor, in welchem die grotesk komische Figur einer Weißen zu erkennen war, die schimpfend den Straßenräubern nachrannte. Person nicht, reiner Reflex. Etwas, das, bar jeglicher Überlegenheit und Würde, drauflosschimpfte. Wie peinlich. Wie töricht. Wie lächerlich. Etwas Aufgeregtes, dazu noch von der Sorte der rundum überlegenen Weißen mit ihren Landrovern und ihren Privilegien, inmitten einer gänzlich indifferenten, vielleicht sogar schadenfrohen Menschenmenge – ein vernichtendes Gefühl. Andere der bösen Engel trugen jede Einzelheit des Vorfalls eifrig herbei, Marterinstrumente von ausgesuchter Raffinesse, mit welchen sie an einem wunden Selbstgefühl herumhackten, herumzerrten, –kniffen und –kratzten. Es kam dem, was ein Unbehelligter sich unter Folterqualen vorstellen mochte, nahe.

Da eilten von der anderen Seite die lichten Engel herbei, vertrieben die Finsterlinge und besänftigten den Juckreiz und die Wunden im Gemüt, indem sie das freundlich-stille Dasitzen dessen vor die Seele rückten, der gekommen war und geduldig zugehört hatte. Ja, es war tröstlich schön, und das häßliche Bild rückte abseits und verblaßte. Schon will Dankbarkeit aufquellen und etwas wie das Glück der Tränen, da dringen die Engel der Finsternis wieder vor und wuchten das Bild der Hilflosigkeit – so einsamblöd als Opfer anonymer Diebe dazustehen und niemand regt einen Finger, krümmt einen kleinen Zeh, hat ein Wort des Bedauerns bereit – als massiven Betonklotz rücken sie die Szene wieder vor ein sich windendes Selbstgefühl, und das Bild verharrt da so großklotzig, daß es sich durch keine Anstrengung des Gedankens wegschieben ließ. Es rückte erdrückend nahe. Es zerquetschte Ichgefühl ins Breiig-Formlose. Wo waren die lichten Engel? Waren sie letztlich machtlos? Nicht einmal anrufbar als Boten oder Attribute? Wo war der Freund und Angetraute? Weit fort. Und hätte er, wie alle die Jahre, nahe gelegen, was wäre zu erwarten gewesen? Eine trockene Ermahnung. ‚Sei halt das nächste Mal vorsichtiger.' Wie gehabt. Wie aus Anlaß des Steins, der geflogen war in finsterer Nacht, im Februar.

Und Gott? War seit einiger Zeit noch weiter fort. Je mehr dogmatisch über ihn zu sagen war, je mehr von Erfahrung die Rede war, in desto größere Ferne löste seine lebendige Gegenwart sich auf. Einzig Dank erreichte das Ziel vielleicht noch. Ihr guten Engel, ihr *lichten, leichten, goldgestreiften*, wo läge etwas nahe, keine hundert Schritt entfernt, davon Heil und Hilfe zu erwarten wäre; Verständnis und Freundlichkeit, ein Engel, der wacht und anrufbar wäre? Möglich, daß Ruf und Beschwörung, wie im Delirium, flehend um Trost und Schlaf, sich ergaben. Der Albdruck jedenfalls lastete; der Kampf wogte lange durch die Nacht, bis der Schlaf endlich doch kam für ein paar Stunden.

Zu früh war das Erwachen, und die Unruhe packte aufs neue. Trieb in den Garten, in die Küche, zum Tagebuch, hierhin, dorthin, überwach und wie aus dem Gleichgewicht torkelnd. Lange Monologe, Apostrophen auf englisch im Tagebuch, sich klammernd an etwas, das neben Beruf und Ehe, ja darüber hinaus, Sinn zu verheißen schien – die Graslandmuse. Der Schock mit Langzeitwirkung zog sich hin und ließ erst nach, als wieder Besorgnis wegen eines möglichen Ölkrieges mit Nigerien aufkam. Da erst pendelte sich ein labiles Gleichgewicht so weit ein, daß es möglich wurde, Werte abzuschätzen und sich abzufinden.

Es war von außen und mit Abstand betrachtet alles ganz einfach. Von Eigentumsdelikten bislang verschont – wie harmlos war das klauende Paulchen, der Hausangestellte der ersten Jahre, gewesen, oder jetzt die Guavendiebe oder ein fehlender Kohlkopf, wie harmlos! – war dies der erste Großstadtdiebstahl gewesen. Es war fahrlässig gewesen, einen Geldbeutel so sichtbar und so ungesichert in der Hand zu halten. Die Lektion war gelernt. Eine weitere Lektion war der Verlust der Fotografien: nie mehr Wertvolles zusammen mit Geld herumzutragen. Die Hauptlektion freilich lehrte, wie es sich anfühlt, ein Niemand, anonymes Teilchen in einer gleichgültigen Masse zu sein. Das war die Moral von der Geschicht' und eine praktische Lektion in Soziologie: ‚Person' und ‚Persönlichkeit' als Funktion sehr veränderlicher Verhältnisse und Beziehungen. Hier ein Tribünen-V.I.P., dort ein anonymes Opfer, eine Lächerlichkeit, ein Nichts. – Das war Duala im Mai 1981. Der Reisepaß erinnerte zehn Jahre lang daran.

Eine Hauptstadt als Kulturkulisse
Gelbe Anemonen, die Muse und ein *Hôtel de ville*

(Pfingstausflug nach Jaunde)

Sieben Tage nach dem Schock von Duala fand der Klassenausflug statt. Verantwortlich für alles war der Kollege Schulleiter, der in der Hauptstadt studiert hatte und sich daselbst auskannte. Vom Kollegium durfte mit wer wollte. Der Nachbar hatte stationäre Gründe in der Gestalt von Familie. In der Haushälfte daneben war nur die eine Hälfte eines Ehepaars vorhanden, seitdem die andere fünf Wochen zuvor den Campus in Richtung Europa und Basler Missionsarchiv verlassen hatte. Wer wollte unter solchen Umständen ein geistloses Pfingsten in Nzab'ngen verbringen?

Es gab gute Gründe, mitzufahren. Zum einen: die Hauptstadt sehen. Das wollten alle. Zum anderen: es fuhren alle diejenigen mit, die an Kindes und des abwesenden Gatten Statt das Dasein in Beschlag nahmen. Hätten ihrer einige oder auch nur einer gefehlt, wären möglicherweise Lust und Mut vergangen; denn Reisen an sich war kein Vergnügen. Es war immer mit latentem Risiko verbunden. Aber auch mit latenten Hoffnungen. Ein Kulissenwechsel vom alltäglichen Klassenzimmer mit seinen strengen Denkanforderungen in eine unvertraute Stadt mit Sehens- und Erlebnismöglichkeiten würde die Flachatmung von Nzab'ngen vermutlich um ein paar tiefere Atemzüge beleben. Zudem war Jaunde nicht Duala, und in einer Gruppe war Sicherheit. Niemand konnte da etwas entreißen. Vor allem aber: das gemeinsame Unternehmen Jaunde würde ein heilsames Gegengewicht bilden zu dem Vereinzelungstrauma Duala. Der Schock, der banale Großstadtdiebstahl, war wie ein Erdrutsch gewesen. Wie weggesackter Boden unter den Füßen. Vielleicht würde Jaunde lädiertes Selbstgefühl wiederherstellen.

Seit die Regenzeit eingesetzt hatte, war es im Campus trotz streunender Schweine und ungebetener Gäste friedlicher als während der Trockenzeit. Die äußere Friedlichkeit gereichte freilich nicht zum inneren Frieden. Die Tage zwischen Duala und Jaunde flackerten graugrün und giftgelb durcheinander. Sein und Zeit zerfielen in lauter Zusammenhanglosigkeiten. Der Dogmatikunterricht war garniert mit gezielt schiefem Zweckpessimismus ‚De homine'. Die selektive Prophetenexegese bog sich gewaltsam in eine Richtung, die dem Sinnbedürfnis einer Tutorin entsprach, die das gleiche schon zu oft und immer nach vorgegebenen Mustern gelehrt hatte. Das Tagebuch wurde zur Müllkippe – ein Zusammenscharren von jedwedem Krimskrams, beliebig und belanglos. Die gelungene Entzifferung einer Handschrift, ein Moment der Verstörung, ein grüner Kittel auf der Wäscheleine, leer und schlaff und ohne Bauch; Mais und Erdnüsse neben acht Fehlern in Griechisch samt Ausrufungszeichen an der Tafel, und ein knitzer Blick aus der betroffenen Ecke. Ein Zettel ‚I need a passage to India' vom indischen Kollegen aus der Sekundarschule und Pflaumen mit fast nichts als Stein und dick umzuckert. Ein Schwein, geschlachtet zum Tauffest nebenan, und ein feister Haremswächter mit kahlgeschorenem Schädel in der Schar der Gäste. Ein giftgelber Eifersuchtsanfall, Stichflamme aus irrationalem Urgrund, im Vorübergehen; ein Volleyball-Nachmittag, eine Bibelstunde als leere Löcher. Immer noch Avocados, treulich aufgeklaubt vom Koch. 7'000 Tipplohn statt 3'000. ‚You must be very tired.' ‚Yes.' Es drehte sich im Kreise am Rande von etwas wie zyklothymem Irresein…

Donnerstag früh, 4. Juni 1981. Der Kollege Schulleiter, wohl wissend, welch langer Tag bevorstand, übte sich im Klimmzügen der Pünktlichkeit. Währenddessen ward am Schreibtisch vor den Quadratscheiben das Prinzip der Nüchternheit (nur eine Tasse Schwarztee) vor einer Reise kultiviert, Überlebensinstinkte notiert und die Unfähigkeit, sich vorzustellen, daß ein Tagebuch

210

von solch autotherapeutischer Art, sollte die Schreiberin nicht heil und lebendig von dem Ausflug zurückkehren, konfus und unerklärt in den Besitz des Ehegatten übergehen würde. Es drängelte noch einmal dazwischen die selbsterforschende Frage: warum fahre ich mit? Da kam auch schon der Studenten einer, als wäre er ein *house-boy*, und es war doch erfreuliche Wohlerzogenheit, und holte das Gepäck der Tutorin ab.

Die Fuhre fuhr los, am Steuer Peter-the-driver, seit dem 20. Mai gegen Kaution aus längerer Untersuchungshaft entlassen, in der er vier Monate lang schuldlos festgehalten worden war. Seine Fahrkunst minderte das Risiko. Die Tutorin saß, wie gewöhnlich, neben ihm, und zu dritt mit dem Kollegen Schulleiter war die erste Reihe bequem und locker gefüllt. Auf den übrigen zehn Plätzen, durchs Los verteilt, hatten es auch acht Studenten nicht enge. Es hätte Landschaft wahrgenommen werden können; aber der Blick ließ leicht wieder los, was stundenlang über dreihundert Kilometer vorüberzog.

Bis Duala war es die altbekannte langweilige Waldlandstrecke. Um die Mittagszeit war man in der Dschungelstadt; es gab Reis und Fisch für alle in einem Seitenstraßenrestaurant. An einem Tischchen, in beliebiger Gesellschaft, mochte, wem es nicht zusagte, achselzuckend daran nippen. Anschließend noch schnell zum Flughafen, denn die meisten der Studenten hatten noch nie ein Flugzeug landen oder aufsteigen gesehen. Man stand eine Weile auf der windigen Empore, an die Brüstung gelehnt und wartete vergeblich. Gelegenheit zu *small talk*. Wie es ist, wenn das Flugzeug plötzlich in ein Luftloch absackt. ‚Indeed, I was thinking that this was the end.' Der Betreffende war also schon geflogen. Nach Europa. Nach Deutschland. Als Abgeordneter einer Jugendgruppe. Schon eine Weile her. ‚Were you afraid? I hope you were – ' eigener Flugängste eingedenk und als ob daraus ein *point of contact* konstruierbar wäre.

Dann nach Südosten die endlose Lateritstraße Richtung Jaunde, vorbei an Edea und über den breiten Sanaga, dessen Staudamm die Elektrizität nicht nur für des Landes größte Fabrikanlage lieferte. Aluminium. Wellblechdächer bis in das entlegenste Dorf. Weiter unter dunstigem Nachmittagshimmel, in dösender Geduld durch ein pausenloses Hügelland, auf und ab, eine weitschweifige Wellenbewegung in die kurze Dämmerung und eine lange Dunkelheit hinein, die das ermüdend eintönige Gestrüpp am Straßenrand verschluckte und den Landrover mit opakem Schweigen füllte. In Peter-the-drivers Laienhirn und Fahrerhänden lag wieder einmal eine ganze Fuhre amtierender und aspirierender Geistlichkeit; alle elf Lebensfäden und aller heile Knochen hingen von Erfahrung und Geistesgegenwart dieses jungen Burschen ab. Aus dumpfem Schweigen kroch der Wunsch, anzukommen und ein Bett zu finden hinter einer Tür mit vorschiebbarem Riegel. Die Augen suchten den Horizont ab. Auf der Höhe eines jeden Wellenberges glaubte der Wunsch Lichter zu entdekken. Die große Stadt indes hüllte sich in Ferne und Dunkelheit. So ging es zwei Stunden lang oder länger durch die Nacht. Schliefen da manche schon? Dösten sie nur? Neben dem Fahrer blieb es hellwach.

Ein kurzwellig vibrierendes, warmes Dunkel. Noch bis in späte Erinnerung tönt das hochfrequente Geratter über eine Waschbrettpiste – ausgewaschener Laterit mit Querrillen, nerven- und skelettzerrüttend. Schließlich hatte das auch ein Ende, wie alles ein Ende hat. Man war am Ziel, irgendwo am Rande der Stadt, wo es Unterkünfte gab. Mit deren Verteilung dauerte es eine Weile. Unter freiem Himmel, steif vom langen Sitzen trotz der Dauervibration, umgeben von der hell-dunklen Wärme der Tropennacht und der vertrauten Eindringlichkeit des Grillengefiedels, steht die Tutorin mit zwei Studenten in einem Dreiergrüppchen und sagt etwas. Der eine reagiert mit höflich meckernder Lache; der andere schweigt. Viel Sternenhimmel ist zu sehen,

212

wenn man den Kopf in den Nacken legt und sich ins Schweigen zurückzieht. Vier Sterne, groß und feucht wie Frühlingsanemonen, scheinen eine Konstellation zu bilden, fast im Zenit. Sind wir zu viert? Hat die Muse sich dem Dreiergrüppchen zugesellt, sie und ihr undurchsichtiges Schweigen unter den Sternen? – Es gab noch ein Stück Weißbrot und Tee und dann *life's substantial meal*, gut, fest und traumlos, in einem Einzelzimmer im gleichen Trakt wie Schulleiter und Studenten, am äußersten Ende.

An den folgenden beiden Tagen wurde das Besichtigungsprogramm durchgezogen, hin und her und quer durch das, was an Hauptstadt zur Besichtigung herumstand, weitflächig und locker über die grünen Ewondo-Hügel hin verstreut. Wenig davon fand nachträglich den Weg ins zurückgelassene Tagebuch. Eine Erklärung läßt sich leicht beibringen. Sogleich nach der Rückkehr nämlich entstand ein Essay für die Seminar-Zeitung, beginnend mit der Verwirrfrage: *Have you ever fallen in love –?* Etwas unvermutet Schönes war begegnet. Es hatte alles andere verdrängt. Es war begegnet, ohne sich von der Stelle zu bewegen. Es stand, *a thing of beauty*, ein Juwel der Architektur. Seine Beschreibung sollte alle Zeit und Kraft in Anspruch nehmen.

Zwei Tage lang fuhr man von einer Sehenswürdigkeit zur anderen, stieg aus, stand davor, ging drum herum oder hindurch, stieg ein, fuhr weiter und so fort, vormittags und nachmittags. Der Katalog war umfangreich; der Schulleiter blätterte ihn durch. Er hatte zudem etwas dabei, an das die Kollegin nicht gedacht hatte: einen Fotoapparat. Anhand der vielen Aufnahmen, die da gemacht wurden – immer *en groupe* und mit einer *fraternal*, langbehost, unbehütet, als exotischem Accessoire in afrikanischer Männergesellschaft –, ließ sich im nachhinein alles säuberlich aufreihen. Es waren dreizehn Sehenswürdigkeiten, die alle weit weniger Eindruck machten als die eine. Und doch wäre dies oder jenes einer ausführlichen Würdigung wert gewesen.

Das war als erstes die *Faculté de Théologie Protestante*, äußerlich unansehnlich, ärmlich, aber wichtig um der Zunft willen. Hier hatte der Reverend Schulleiter studiert. Da ging man hinein, sah sich um in dem bescheidenen Bücherladen und kaufte Kleinigkeiten, ein Büchlein oder Lesezeichen mit gelben Anemonen. Dann saß man zu zweit, zu dritt, im Landrover unter den Schattenbäumen und wartete auf die anderen, um weiterzufahren.

Der Campus der Universität, in einer anderen Gegend, großzügig über einen Hügel verteilt, war sicherlich sehenswerter. Aber das lange Warten unter den Schattenbäumen zuvor und was sich da an Tagtraumhaftem in die gelben Anemonen versponnen hatte, verstellte den Blick, behinderte Aufmerksamkeit. – Die Rundfunkanstalt öffnete streng geschlossene Pforten, weil einer der Studenten da einen Bekannten oder Verwandten hatte. Ein politisch und strategisch wichtiges Areal, von dem aus ein ganzes Volk beim Ohr zu haben war über Transistorgeräte. – Ein vereinigtes Kirchenstudio und eine Evangelisationsstation, vermutlich auch von überseeischen Geldern unterhalten, muteten recht dürftig an. Aber beide ernährten ein paar Angestellte. – Das Sportstadion hätte Eindruck machen müssen. Eine pompöse Kultstätte für den nationalen Fußball, der schon einmal ins Internationale vorgestoßen war. Man stand auf den steinernen Sitzreihen des riesigen Ovals herum, kletterte rauf und runter, und es wurde wieder eine Gruppenaufnahme gemacht. – Ein Rehabilitationszentrum für behinderte Kinder, generöse humanitäre Entwicklungshilfe aus der reicheren Hemisphäre, weckte bei den Studenten offenbar zwiespältige Gefühle. Sie standen betreten herum, während die weiße Chefin der Anstalt redete. In einem armen Lande mußte es wohl Kopfschütteln hervorrufen, zu sehen, welche Anstrengungen für die kostspielige Betreuung von Krüppeln gemacht wurden, während die gesunde Jugend arbeitslos herumlungerte, nicht selten schon, in den größeren Städten, abgleitend in Delinquenz. – Das Präsidentenpalais im Vorüberfahren: ein weißer Quader, von Pilastern gegliedert; ein mesopotamischer Tempel auf erhöhtem Gelände, weitläufig ummauert und streng bewacht. Der Preis für Ruhe und Ordnung: Einparteiendiktatur. Der Rasen war sehr gepflegt, und die Fahnen wehten. – Das Wiedervereinigungsmonument in der Dämmerung: spiralig zum Drumherumlaufen und Hinaufsteigen bis fast zur Spitze. Davor eine Allegorie des Landes: ein pyknischer Mannskoloß, Arme und Beine von Kindern bekrabbelt. Ein Kunstwerk?

Am Abend des ersten Besichtigungstages lud die Tutorin alle Acht und Peter-the-driver zu einem Bier in eine Bar ein. Der Kollege Schulleiter hatte anderes vor.

Am folgenden Morgen fuhr man in das Verwaltungsviertel – eine gigantische Kunstausstellung unter freiem Himmel. Einzelobjekte mit weiten, freien Flächen dazwischen, Rasen abwechselnd mit Betonplattenebenen für Massenversammlungen: menschenleer. Die architekturverständige Welt kennt Brasilia – die himmelanstrebenden Doppelstelen, die Riesenschüsseln und Strahlenkronen, das Para- und Hyperbolische. Was man in der Hauptstadt Kameruns hingestellt hatte, ähnelte dem in disparaten Einzelteilen, nicht im Gesamtkonzept. Hier waren wie aufs Geratewohl ein paar Ideen vom Himmel gefallen, hatten sich zu räumlicher Geometrie materialisiert und standen beziehungslos herum – ein weißgerahmtes Rechteck schmal und hochkant ragend; vor plumpem Kastenbau ein weißer Wulst aus Stein über ein niederes Flachdach quellend; ein schwarzer Pyramidenstumpf mit orangefarbenen Hyperbelflanken; ein riesiges X im Quadrat aus Beton und Pilastern; Dreigezacktes als Fassadenornament eines Achtecks. Es mutete an wie eine Ausstellung von Architekten-Essayistik, zusammengewürfelt und nicht ganz durchdacht. Es verursachte eher Kopfschütteln als Bewunderung. – Dann aber und irgendwo dazwischen stand plötzlich vor blau-und-weißem Himmel das Außerordentliche, das Kronjuwel und Kunstwerk von seltener Eleganz und verhaltener Exotik: das *Hôtel de Ville*. Es war der Anblick und Augenblick, da ein seriöser Musenruf erging und das Dasein aus vager Ichverlorenheit heraufholte ins Objektive einer vollendeten Form der Außenwelt. Ein Kristallisationskern für den Versuch, das architektonische Kunstwerk in Sprache abzubilden und einem Stimmungsbild zu korrelieren, dessen zerfließende Konturen sich den Worten entzogen.

Als nächstes war der Zentralmarkt zu besichtigen. Ein Kolosseum, dick und rund und mehrere Stockwerke aufragend aus dem Gewimmel kleiner Buden und offener Stände der Viktualienhändlerinnen. Die Ladenstraße wand sich als Rampe außen herum spiralig aufwärts; aus den höhlenähnlichen Läden quollen die Waren wie Eingeweide. Mit der Tutorin zu viert in einer Gruppe ward das besichtigt. Hinter dieser monströsen Krämerhochburg fand sich eine schattige Bierlaube. Ein fast idyllisches Plätzchen. Hier saß man eine Weile... – Die Großbrauerei hielt ihre Tore geschlossen. Alles Verhandeln und Warten half nichts. Man stattete statt dem Bier schließlich einem Linguistikinstitut Besuch ab und ließ sich mit höflich verhaltenem Gähnen einen Computer erklären, der Wörter zählte.

Schließlich ging es hinaus aus der offenen Stadt hinüber zum Mont Fébé und dem Hotel, das den höheren Hügel krönt. Die grüne Umgebung, belegt mit englischem Rasen, aufgelockert von einem barock geschweiften Schwimmbecken mit breitem Marmorrand: ein Mehr-Sterne-Ambiente, daraus in vielen Stockwerken und phantasieanregend eine noble Architektur aufstieg. Hier war eine Luxusbühne aufgebaut für Repräsentation, für Polit- und Erotikintrigen der oberen Drei- bis Vierhundert, kaum mehr, einheimischer und ausländischer *happy few*, die hier ihr *high-life* durchpeitschen mochten. Romanreif, bis hinein in die Formulierung. Der Blick schweifte an leicht konvexer Fassade empor, schwang sich an unzähligen Balkonen entlang, hervorgewölbt

216

wie Opernlogen oder Schwalbennester, dicht an dicht, dreizehn seitenschmale Stockwerke hoch, sank wieder herab und setzte sich im unteren Drittel auf eine Vorwölbung in ganzer Fassadenbreite, im Profil halb Cockpit, halb Entenschnabel. Drinnen ein spiegelglänzendes Foyer und ein paar zaghafte Schritte auf Teppichornamenten. Ein ganzer Roman. Ja, mehrere Romane. Vielleicht, in späteren Jahren einmal. Im Damals des Pfingstausflugs suchten die Tagträume nach der Graslandmuse und dem Glück einer Hütte aus handgeflochtenen Matten. Das Sehnen galt seligem Verschollensein im Abseits der Berge von Mbe. Der Romangedanke ‚Febe' flog auf und wieder davon. – Ganz in der Nähe des luxuriösen Etablissements befand sich kontrastreicherweise ein Ordenskloster. Es gestattete am späten Sonnabend einen Blick in den Museumsseitenflügel: Trommeln, Masken, Ebenholzschemel, schön geschnitzte Archaika. Der Blick schweifte darüber hin und in den Garten: da blühten Rosen und Oleander.

Ein Luxushotel und ein Klostermuseum als sinnreicher Abschluß des Besichtigungsprogramms. Lebensgenuß auf höchster Ebene, gekleidet in Leinensakko und Brokatrobe; die Macht des Geldes, der Bildung, der Beziehungen verflochten mit der Macht erotischer Ausstrahlung, Parfüm und Plüschblick: *vita activa*, Diesseits und Zukunft. *Vita contemplativa* dicht daneben. Tradition und Transzendenz. Was da war und was da sein könnte, dem Dasein einen Sinn zu geben. Mönchisches, dem Geiste verhaftet, dem Leben halb schon abgewandt. Irgendwo dazwischen, eher näher bei den Masken der Vergangenheit und der Mystik einer Rose in einem Klostergarten, flackerte des eigenen Daseins Spur auf der Suche nach Ungenauem im weiteren Umkreis vorhandener, auch durch Entfremdung nicht auflösbarer Sinnmitte. – Am Abend, allein in der Schlafzelle, war Zeit und Gelegenheit, nachzugrübeln über das, was während der beiden Tage wie lauwarmer Dunst das Bewußtsein umflort und vieles von dem, was zu besichtigen gewesen war, an den Rand geschoben hatte.

Da war zum einen die Ausnahmesituation eines Klassenausflugs. Das Rollenspiel war anders als im Unterricht oder selbst auf dem Sportplatz, wo jeder seinen Platz kannte und wußte, wie er sich zu verhalten hatte. Im Freigehege der Besichtigungen entwickelte sich Unsicherheit; eine ungewohnte Art von Befangenheit. Wohin gehöre ich? Wem soll ich mich anschließen, wenn ich dem Kollegen Schulleiter nicht wie eine Klette zur Seite sein will? Im Hin und Her, im lockeren Umherschlendern, in enggedrängtem Hindurchschlängeln; inmitten der amöbenhaften Verschiebungen und Verformungen der Gruppe war der nächstbeste Ort neben Peter-the-driver, groß und schlank die gesamte Gruppe um Haupteslänge überragend. Oder es fand sich ein Aufenthalt neben dem Benjamin. Vielleicht auch neben dem Klassensprecher oder dem Unbedarftesten der Klasse. Abwechselnd neben diesem oder jenem, durchaus nicht neben jedem, und nie zu lange, um keine Verlegenheiten aufkommen zu lassen. Ein Gefühl als wäre man ein Kieselsteinchen im Schuh, ein Sandkörnchen im Auge, das hin und her geschoben wird und mit dem man sich abfinden muß – eine Frau, eine Weiße, wenngleich dazugehörig, so doch ein Fremdkörper in der Gruppe. Nicht Vorgesetzte im alltäglichen und gewohnten Sinne; Mitläuferin ohne besondere Verantwortung: in der Eigenschaft als Touristin wußte eine Tutorin mit ‚ihren‘ Studenten wenig zu reden. Hier und da eine beiläufige Bemerkung. Niemand kam zuvor. Lag es am Hierarchiegefühl, daß so allgemein Abstand gehalten wurde? Ein vages Unbehagen. Konnte es sein, daß man das Dabeisein einer weiteren Lehrkraft so selbstverständlich hinnahm, daß kein Gedanke daran verschwendet wurde?

Weil es eine unbeantwortete Frage war und etwas nicht Feststellbares, war es im Verlaufe der beiden Tage zu einem großen erst und dann zu einem kleineren Ausbruch aus umdunstetem Traumwandeln und ungewissen Erwartungen gekommen. Ein Ruck, ein He! Ihr zukünftigen Zunftgenossen, ich bin auch noch da, erhebe ein gewisses Maß an Führungsanspruch und ergreife hiermit eine Initiative! Damit ihr nicht meint, es herrschten hier Hemmungen, mit Männern ein Bier trinken zu gehen, sei es bei Tage oder bei Nacht.

Das erste Mal war's bei Nacht. Kumpelhaft nahm es die Tutorin auf mit allen, samt Peter, ohne den Schulleiter, und lud die ganze Klasse am Freitagabend in die nächstbeste Bar zu einem Bier ein. Man konnte es wohl höflicherweise nicht ausschlagen; vermutlich aber stand einigen durchaus der Sinn danach – nach Bier. Man zog los mit Taschenlampen in der Dunkelheit; es leuchtete weder Mond noch Stern; die Beleuchtung reichte nicht bis an den Rand der Stadt. Wo sie hinreichte, fand sich eine der üblichen Bretterbuden mit Neonlicht und dröhnenden Tönen – ,Musik'. Man saß auf Brettern und Kisten, jeder bekam ,*his church*', und auch die Tutorin handhabe eine Flasche Bier. Eingerahmt zwischen Klassensprecher und Benjamin saß es sich einigermaßen neutral; jeder Versuch indes, etwas zu sagen, gegen den Lautsprecher anzureden, war eine Plage. Schließlich saß man nur noch da, erschlagen von primitiver Tanzmusik, trank vor sich hin und sah einem jüngeren Mann und einer älteren Frau zu, die auf engstem Raum, umgeben von sämtlichen Gästen, die Musik in Bewegungen umsetzten, die immer eindeutiger wurden. Ein Lachen der Verlegenheit kam auf. Die beiden waren offensichtlich betrunken. O edle Einfalt der Vorstellung von einem Symposion mit gepflegter Unterhaltung in leisen Zwischentönen und, vielleicht, ein wenig Bewegung zu dezenten Rhythmen, *sweet and lonely*, wie Abendwind im Eukalyptuslaub. Du naive, dem Eingeborenen, seinem Kolorit und dem Anschein seiner Unschuld holde Muse, die Argloses einflüstert auf idealischer Hochebene, uneingedenk dessen, daß dicht darunter die Niederungen liegen und die Peinlichkeiten. – Auf dem Weg zurück, inmitten der Gruppe, der Versuch, eine pädagogisch-theologische Lektion aus der Bierbar mitzunehmen. ,Don't you think that this is the true

religion of the people: enjoying beer, music, and dancing in bars?'
‚No. It ends in immorality.' Ach, wie wahr. Die Tutorin war an
einen Moralisten geraten. Oder an einen Realisten? Der Besuch in
der Bar wirkte ernüchternd.

Das Gefühl, Initiative ergreifen zu müssen, ließ sich indes nicht
einschüchtern. Am nächsten Tage um die Mittagszeit erging eine
weitere Einladung zu einem Bier an die drei Studenten, die den
kolossalen Krämerturm mit besichtigt hatten. Man hatte sich in
Kleingruppen aufgelöst; der Benjamin, der Unbedarfte und ein
Dritter schlossen sich der Tutorin an. Mit nur zwei Studenten
wäre es ein peinlich kleines Grüppchen gewesen. Vielleicht kam
der Dritte mit, weil es so hätte empfunden werden können. Höflichkeit. Ein Gespür dafür, was sich gehört. Schon waren die
Rosenränder eines bescheidenen Glücks gestreift – man kam von
der Besichtigung der Kunstausstellung unter freiem Himmel; vor
dem *Hôtel de ville* war eine Gruppenaufnahme gemacht worden.
Nun hatte man sich um das stadionähnliche Oval des Zentralmarktes gewunden, durch die drangvolle Menge der Käufer und
der Warenmassen, und die Gelegenheit ergab sich. *Well, why not.*
Man suchte und fand hinter dem Markt einen stillen Winkel, ein
Minirestaurant, eine Laube mit Tischchen und Stühlen, grün um-
rankt, geradezu idyllisch. Da saß man, trank gesittet aus Gläsern,
und die Tutorin war um *small talk* bemüht. Zwei machten mit.
Der Dritte hielt sich, wie üblich, zurück. Es ließ sich bedenken
mit flüchtigem Blick (langärmeliges weißes Hemd, schwarze Nadelstreifen; der Benjamin buntgescheckt, der Unbedarfte uni; als
viertes eine weiße Hemdbluse: die Gruppenfotos haben es festgehalten). Coca-Cola. Das süße, schwarzbraune Gesöff: weniger
riskant als ein Bier in der Mittagshitze, lauwarm und klebrig in
der feuchten Wärme. Süße prickelt nur in gut gekühltem Zustande. Man saß und trank, und das grüne Geranke spielte lieblich
mit Licht und Schatten. Füllte Raum aus, ließ ruhig atmen. Eine
erholsame Viertelstunde. Jaunde? Denk ich an Bamenda…

Am Abend, bei Tisch, wurde statt Zurückhaltung studentische Unbefangenheit demonstriert. In Zufallsnähe sitzend, schwitzend, versunken den Magen sich füllend, knöpfte ungeniert ein Nadelstreifenhemd sich auf bis zum Gürtel. *Well, why not.* Man befand sich schließlich nicht im Klassenzimmer. Merkwürdig, wie das Gefühl für Schicklichkeit abwechseln konnte mit einem nackten Bauch. – Als es schon dunkel war, fuhr man noch zum Flughafen, um ein Flugzeug landen zu sehen. Es kam nicht. Aber der Abend war hingebracht, ohne Bier, ohne eindeutig zweideutige Tanzvorführungen, nachts in der Bar. Man hatte ja schließlich den Tag über genug gesehen.

Am nächsten Morgen war Sonntag und Pfingsten.

Jedermann war damit beschäftigt, sich fein zu machen für den Gottesdienst. Die Morgentoilette fand auf der Veranda vor den Schlafräumen statt: Rasieren, Kämmen, Bügeln, Schuhe putzen – vermutlich ganz so, wie man es im Freien vor den Schlafbaracken und Familienhäuschen im Campus von Nzab'ngen gewohnt war: in halb-bekleidetem Zustande. Der Tutorin Schlafkammer befand sich an der äußersten Ecke. Wer wird sich hier einsperren lassen wie in eine Kemenate? Noch eine Statusprobe, bei welcher lange Hosen wenig nützten. Es führte der Weg der Länge lang vorbei an halbnackten Studenten. Hätte schweigendes Vorbeigehen nicht als Verlegenheit gedeutet werden können? Es mußte etwas gesagt werden. ‚Good morning' wäre spürbar zu wenig gewesen bei solch einem Defilé. Um ein Gefühl der Unschicklichkeit zu überspielen, müßte mehr gesagt werden. Aber was? Der Benjamin zog sich zurück, als er die Tutorin kommen sah. Andere verflüchtigten sich ebenfalls. Der Klassensprecher warf sich ein Hemd über. Nur einer blieb stehen, wo und wie er stand, *decamisado,* und putzte seelenruhig seine Schuhe. Da auch vorbei und vor allem etwas sagen. Etwas Beiläufiges. ‚The plane came when we were just in our beds' – eine Anknüpfung an den Abend zuvor. ‚Well, that is passed.' Und es putzte gleichmütig weiter, indes die Tutorin vorüberging. Trocken und kurz angebunden. Breit und ohne die geringste Regung von Verlegenheit. Kein Gedanke daran, sich wie ein schüchterner Jüngling zurückzuziehen. Wo war das einzuordnen in der beschränkten Anzahl verfügbarer Schubladen? Was liegt an einem Flugzeug, ob man es landen sieht oder nicht? Zumal, wenn man schon in einem gesessen hat und weiß, wie es sich anfühlt – ‚Indeed, I was thinking…' Vielleicht auch war es wieder eine Moralpredigt in suggestiver Kürze: Es nützt nichts, an ein Gestern zu denken, das enttäuschte. Was nicht zu haben ist, das muß man loslassen…

Der festliche Pfingstgottesdienst fand in einer großen Kirche und Gemeinde statt, in welcher der Kollege Schulleiter die Ehre hatte zu predigen. Man fuhr hin, stand noch eine Weile draußen herum, und es wollte sich keine Erwartung an Pfingstliches einstellen. So vieles war zu sehen gewesen, manches hatte Eindrücke hinterlassen – Klein-Brasilia etwa oder das Luxushotel auf dem Mont Fébé samt dem Kloster in der Nähe. Wo aber blieb die Inspiration, der Anfang von einem Gedicht? Wo war die Muse? Die gelben Anemonen vom Freitag in der Früh, das *Hôtel de ville*: Kristallisationsteilchen, zurückgelegt für spätere Versuche, ‚etwas daraus zu machen'. Ansonsten jedoch? Eine poetische Vision? Der lebendige Anhauch einer Verheißung? Die Muse war eine Widerspenstige. Eine Ausweichende und Abweisende. Sie verweigerte sich. Es war das Übliche. Als man sich schließlich *en groupe* hineinbegab und eine der ersten Bankreihen angewiesen bekam, waren Vernunft und Resignation zur Seite mit dem guten Rat, sich zu bescheiden und nichts zu erwarten. Was half's? Es regten sich doch wieder Unvernunft und Hoffnung, um aufzurühren und einzutrüben, was schon so schön abgeklärt schien. Vielleicht und *after all* – was da losdröhnte, war eine Orgel. Eine reiche Großstadtgemeinde saß versammelt, um Pfingsten zu feiern. Wie ist es möglich, sich zu sammeln, wenn innerlich alles wieder einmal und dazu hin orgelbrausend davonschwimmt. Freilich nicht allzu weit. Es stieß an Fels, der inmitten des Verschwimmens festsaß. Um diese Unbeweglichkeit herum kräuselte es sich in silbrig-kühlem Stimmungsgekräusel, in glitzerndem Reflexionsspiel, bildete kleine Strudel der Empfindsamkeit, der Überraschung, der Genugtuung. Wie war das gekommen? Es. Sie. Die Muse. In äußerlicher Gelassenheit wollte, was da wieder in Trübsinn zu versinken drohte, sich in die angewiesene Bankreihe einordnen, als inmitten des sanften Geschiebes von irgendwoher sich herbeischob, was bislang so beharrlich ausgewichen war, und es schien, als ob andere bereitwillig Platz machten, als wüßte sie um Anspruch und Erwartung. Undurchsichtige Gruppendynamik der Seelenelemente. Es schob sich heran, reihte sich ein und ließ sich wie selbstverständlich nieder, mitten im Verschwimmen der äußeren Wirklichkeit. Was ging in derselben gerade vor? O, man las die erste Lektion. Einer, der eine Bibel dabei hatte, aber kein Gesangbuch, saß zur Rechten oder zur Linken. Man hielt sich gegenseitig das eine oder das andere hin. So weit die äußere Wirklichkeit. Die innere – war *das* Pfingsten? Etwas wie ein Wiederaufleuchten der Vision von Santa, überblendet mit dem Bildchen von Mbe. Ein schwarzer Fels im Hohlweg, träumend, wovon? Handkante an Handkante mit einem Glücksgefühl, Schulter an Schulter mit der Gewißheit zu sitzen: ich werde sein, wo es mich hinzieht – das war Pfingsten.

Der Kollege Schulleiter war dabei, die Gäste vorzustellen. Als erstes die Kollegin mit allen Titeln und Würden. Seltsam, so von einer Wirklichkeit in die andere geschwemmt zu werden. Ein Jemand zu sein im Bewußtsein der großen Versammlung, die zur Kenntnis nahm, daß man am Seminar von Nzab'ngen, dahinten irgendwo im Busch, etwas hatte, was an der Großstadtfakultät nicht verfügbar war. Das lädierte Selbstgefühl, eine Woche zuvor aus Duala zurückgebracht, es ward repariert im Pfingstgottesdienst zu Jaunde. Theologisch war das kaum einzuordnen. Der heilende Geist der Gemeinschaft wirkte nicht durch Predigt, Singen oder Beten; er wirkte, geistlich nicht ganz einwandfrei, durch gesellschaftliches Ansehen. Und, vielleicht an der Grenze des Bedenklichen, durch die Nähe der Muse aus dem Grasland. Nähe, zuteil geworden nach all den Leerläufen, all dem Hinhalten und Zurückweichen. Es fühlte sich an wie absichtsvoll hinausgezögert und aufgespart für einen bedeutsamen Augenblick. Ein feierliches Nebeneinander von öffentlicher Persona und inspirierter Innerlichkeit. Eine Pfingst-Inspiration. Ein Kairos, souverän herbeigeführt. Wie eine Wolke, die lange schwillt, ehe sie die Fluten losläßt und dem Staube gönnt. Eine Inspirierte bestimmte die Art und Abart des Glücks, das unverhofft zuteil geworden war. Ein Glück von der still irritierten, der spröden und flüchtigen Art. Wie eine Distel am Wegrand, die lila blüht. Wie ein Wollgrasflöckchen, das zerzaust über Heide und Moor hinweht…

Beim Empfang im Pfarrhaus, wo es reichlich und gut zu essen gab und ein großes Gedränge entstand um die dampfenden Schüsseln, genügten ein paar Löffel Reis mit Gemüsesoße. Die Muse hatte sich wieder zurückgezogen. Vielleicht saß sie in einer anderen Ecke, denn es war da etwas wie eine Wäscheleine, diagonal gespannt; an der entlang glitzerte es.

Die Rückfahrt geriet bald in die Nacht. Bei Edea war es schon dunkel. Dort stieg man in der Nähe einer Bierbude zu kurzer Imbißrast aus. Unter freiem Himmel suchte man sich eine Sitzgelegenheit zwischen Wellblechschrott und leeren Kisten. Es gab ein Stück Weißbrot und Sardinen aus der Büchse. Das Licht einer Glühbirne drang abgehackt und vermischt mit dicken Schattenfladen durch das Hin und Her des Brotverteilens und Büchsenöffnens. Die Tutorin lieh ihr rotes Taschenmesser aus; jemand brachte ihr eine Flasche Limonade. Man saß auf wackeligen Brettern. Die schwankten, wenn einer sich schwerfällig nebenan niederließ, um sich nach einer Weile wieder hinwegzuheben. Der

Benjamin, leichtgewichtig, setzte sich und blieb schweigend sitzen. Dann fuhr man weiter durch die lange Nacht, Peter-the-driver's wachem Hirn vertrauend, in unformulierter Einfalt des Glaubens, daß man Nzab'ngen wohlbehalten erreichen werde; zu müde, um, den Blick auf das voraustastende Licht der Scheinwerfer gerichtet, zu sortieren, was da gewesen und nicht gewesen war. Kurz nach Mitternacht kam man an.

*

Am nächsten Tag – das Geheimnis der gelben Anemonen und das *Hôtel de ville* als Inspiration für einen Essay.

Als erstes jedoch die gewohnten Ringe. Ehering und Wappenring waren zurückgelassen worden. (Warum? Die Gefahr, in der Hauptstadt des Goldes am Finger beraubt zu werden, war äußerst gering.) Sie waren ersetzt worden durch Spottbilliges, das in Duala kurz vor dem Diebstahl am Straßenrand erstanden worden war. Es sei Elfenbein, hatte der Händler behauptet; vermutlich war es Kamelbein; die Erinnerung an Duala, locker am Finger sitzend, unscheinbar und leicht zu verlieren, schien für den Ausflug ins Unbekannte das Richtige. Als erstes also wurden die Identitätssymbole wieder angelegt. Dann – nicht Tagebuch, sondern ein Essay wurde geschrieben. Einen ganzen Tag lang bis zum Abend. Die Inspiration warf sich aufs Papier, nicht in geheimen Kritzeleien, sondern öffentlich und für den Druck vorgesehen: ein Beitrag zur Seminar-Zeitung. Die Pfingstmuse kam wieder und blieb einen ganzen Tag lang treu.

Vielleicht hatte sie einen ersten Annäherungsversuch gemacht am Freitag in der Früh, unter den Schattenbäumen der *Faculté de théologie*. Es sah im nachhinein fast so aus, als am Abend, zitternd – vor Kälte? Ach, die gelben Anemonen! Gelb wie Eifersucht? Nein. Eher safranfarben wie Verzicht und mönchische Askese –

225

zitternd also das Tagebuch hervorgezogen wurde, um zwei dünne Blätter dicht bekritzeltes Durchschlagpapier einzukleben. Auf diese Weise nahm das vollgeschriebene schwarze Heft seit längerem schon an Umfang zu. Am Freitagmorgen, wartend im Landrover, zunächst allein, hatte das Schreiben begonnen, so winzig und so unleserlich, daß es aus der Erinnerung ins Leserliche abgeschrieben werden mußte. Die Muse hatte sich genaht, aber so uneindeutig, in solch fragwürdiger Gestalt…

Schlendernd durch den dürftig ausgestatteten Buchladen der frommen Fakultät hatte sie, unerkannt zur Seite, die gelben Anemonen ausgesucht, die auf einem Lesezeichen blühten über einem Sprüchlein aus dem Hohenlied, *Les fleurs apparaissent sur la terre, le temps des chansons est venu.* Es tönen die Lieder, der Frühling kehrt wieder… Das klang recht musisch. Musischer als ein Traktat über ‚Evolution and Creation'. Einer der Studenten wollte denselben erwerben und erbat die Meinung der Dogmatik-Tutorin. Diese hatte sich soeben für die gelben Anemonen entschieden, riet zu, zahlte, entfernte sich. Im Landrover sodann, wartend auf die anderen, begann das Gekritzel. *Nähe, langsame, leise / Zögernd im Ungewissen…* Vermischt mit dem Bitterduft von Rosmarin im aufgebundenen Haar, das locker und leicht in den Nacken fiel. Kam eine Gegenwart hinzu, Fremdwahrnehmung? Man saß und wartete schließlich zu dritt auf die anderen. Ringsum war Laubschatten, durchbrochen von Sonnenlicht. Ein flirrendes Clair-obscur. Dahinein ereignete es sich und machte das Gekritzel unleserlich. Es kam unerwartet, aber nicht aus dem Nichts. Eine flüchtige Wendung über die Schulter, ein plötzlich zur Seite gezogener Vorhang. Etwas wie die Vision von Santa; aber mit entgegengesetztem Spin; gegenläufig in der Eigendrehung – statt erwartungsvoll nach vorn und oben, nach unten gezogen vom Geist der Schwermut und des Vergeblichkeit wie in einen schwarzen Trichter. Statt einer Matte aus Raffiabast gelbe Anemonen, weit erblüht, aber unten abgeschnitten, ohne Wurzelgrund dem Welken entgegenblühend: Symbol der Trauer um etwas, das nicht möglich ist. Ihr Blumenblick glich einem Blick, der nichts wahrnimmt, sich weitet und verdunkelt ins Pupillenlose, abwesend in eine Ferne, die sich in der Unendlichkeit der Innerlichkeit verliert wie der Blick eines Träumenden, der sich ganz einem Traum und kreatürlicher Trauer hingibt, reglos, seiner selbst unbewußt und so, daß, wer es sähe mit plötzlichem, uneingeweihtem Blick, einer tiefen Verwirrung anheimfallen müßte. Es war rationaler Analyse nicht zugänglich. Es hatte nach Worten greifen lassen wie nach Strohhalmen, um mit Bleistiftgekritzel an ein rettendes Ufer zu gelangen.

Da hinein kam jene ältere Dame geschlendert, die allerlei erzählte, auf deutsch. Siebenundzwanzig Jahre sei sie schon im Lande, als Religionslehrerin, und fühle sich hier zu Hause. So konnte es offenbar gehen, wenn man allein und frei war. Das selige Verschollensein in den Bergen von Mbe war nur für ein Jahr gedacht. Es würde sich zurücklehnen, lässig und als säße es völlig allein, wie in einem Zustande der Entrückung, gänzlich hinweggesunken und als wäre sonst nichts vorhanden auf der weiten Welt. Aber hier – ein Blumenblick, der nichts wahrnahm, dessen Wesen unerwartet offenbar und an sich gerissen worden war mit stockendem Herzschlag: es war etwas abgründig anderes. Die Muse war – *zum Untergange in einem andern bestimmt.*

Sie kam in ihr Eigen bei dem Versuch, das Erlebnis eines architektonischen Kunstwerks in Prosa umzusetzen. Ein lyrisch-philosophischer Essay. Ein Versuch, mit einer Komposition zu kompensieren, was zwei Tage lang und ehe die Pfingstinspiration sich herbeigeschoben hatte, nicht zu haben gewesen war. Hier war es: *A thing of beauty is a joy for ever.* Jenseits von Gut und Böse, von Vernunft und Moral. ‚It is like the moment of falling in love – in love with a town-hall.‘ Der ratsherrliche Märchenpalast, die steinerne Blume von Jaunde, das Kronjuwel. Es glänzte auf: ein

Hauptgebäude, die langgezogene Vorderfront gegliedert durch eine Reihe schmalkantig vorspringender Pfeiler, die, auf breitem Fuße abgestützt und nach oben sich verjüngend, in leicht konkavem Schwunge aufwärtsstrebend mit den flachdachüberragenden Spitzen Zinnen bildeten. Das eigentlich Hinreißende aber war ein seitlicher Rundbau, der dem Ganzen wundersame Leichtigkeit und Beschwingtheit verlieh. Eine Tholos, die sich wie schwebend erhob, leicht und locker und dennoch symmetrisch streng aus zehn oder zwölf Lamellenpfeilern gefügt, die, vom Boden her vorspringend und Balkone bildend im unteren Drittel, von diesen zurückschwingend emporstrebten und wiederum hohe Zinnen bildeten – eine Akelei aus Stahl und Beton, zusätzlich gegliedert durch hohe und schmale Fensterfronten mit maurisch durchbrochenem Gitterwerk. Die Farben, ein Sandgoldrosé, Elfenbeinweiß, ein wenig Silber und Dunkelbraun, stimmten ein in die Melodie und den Rhythmus aus Stein…

Das Schreiben, mühelos, von souverän beherrschtem englischem Sprachvermögen beschwingt, zog sich durch den ganzen Pfingstmontag. Es mochte am Ende manches unverständlich bleiben. Wer kannte schon Keats oder *Endymion*? Geheimwissen. Es mußte im Verborgenen bleiben, was der Essay im Grunde beschrieb: nicht ein Gebäude, sondern ein Daseinsgefühl. *A joy for ever?* How long will the moment last? *As times goes by…*

Das Schreiben, die Nähe der Muse, überwand am Abend, bei einem Gang hinüber in die Bücherei, ein Zittern im Rieselregen, ein plötzliches Flirren im Nervensystem. Es beruhigte sich beim Lesen des Geschriebenen im Lichte der Erkenntnis: es war eine latente Bedürftigkeit und das Ungenügen an allem übrigen, das ein *thing of beauty* der Architektur so glückhaft entgegengenommen und die Muse herbeigerufen hatte. – Der für die Seminar-Zeitung verantwortliche Student zeigte sich dankbar, ging mit dem Essay davon und begann zu lesen: ‚Have you ever – ?'

Berg und Bergbach
Vom Tagträumen zu Fuß und allein

(Zwei kurze Abwesenheiten)

Es soll hier und gewissermaßen als Fußnote zweier Wanderungen gedacht werden, die zu zweit aus Nzab'ngen hinaus und allein zurück führten. Das vorletzte Jahr im Regenwald war in Streifchen geteilt durch die Abwesenheiten des Kollegen Ehemann in seiner Eigenschaft als Feldforscher. Solche Abwesenheiten wurden im Tagebuch notiert und bedacht; mitgeteilte Forschungsergebnisse nur selten. (Im April 1981 etwa war bei Frühlingsvollmond das Brüllen der Geheimbundmaske *Mwankum* bis ins Tagebuch hinein zu hören.) Notiert und bedacht wurde auch die Ehefrau als zweimalige Begleiterscheinung auf dem Wege hinab ins nächste Dorf. Auf dem Rückweg, in der Einsamkeit des So-vor-sich-hin-Wanderns, kam es zu Begegnungen, die des Erinnerns, Nachdenkens und Festschreibens wert erscheinen. Von der Exkursion nach E's'ng und von gelegentlichen Wanderungen zu zweit unterschieden sich die beiden Rückwege hinauf nach Nzab'ngen durch das Alleinsein mit Natur pur – numinos anmutenden Begegnungen mit Berg und Bergbach.

Auf die Bergwand zu

Schon bald nach der Rückkehr der Kollegin Ehefrau von Europa machte sich der Feldforscher Anfang Oktober 1980 auf die erste Reise, zu Fuß hinab nach T'bel, um von dort mit *public transport* gen Norden zu fahren. Um dem mit einem Wirbelsäulenschaden behafteten Davonwandernden die schwere Tasche wenigstens ein Stück weit zu tragen, machte unterschwellige Sorge sich mit auf den Weg, eine Stunde weit über das nächste Dorf hinaus und hinab. Im Rahmen des Möglichen ward Hilfsbereitschaft bekundet. Man tappte schweigend neben einander her; der höckerige Weg zwischen den Elefantengraswänden war aufgeweicht von heftigen Regenfällen und garniert mit Wasserlachen, ausgefahrenen Rinnen und Schlammlöchern. An einer Wegbiegung, bei einer der dreizehn Bohlenbrücken, verabschiedete man sich von einander. ,Walka fine.'

Der Weg wandte sich zurück. Die Gedanken mochten noch eine Weile dem Davonwandernden nachgehen – wie irgendwie seltsam, daß so kurz nach einjähriger Trennung der eine wieder eigene Wege ging. Ließ sich daraus nicht ein Recht ableiten, ebenfalls auf und davon zu gehen, nicht dem Drängen der Wissenschaft gehorchend, sondern dem eigenen Trieb hinauf ins Grasland? Es müßte sich freilich auf schickliche, auf allgemein einsichtige Weise ergeben. Ein Ziel, aufs innigste zu wünschen: eigene Jagd- und Wandergründe in der Umgebung von Bamenda, mit weiten Horizonten statt mit Regenwald ringsum. Als erstes müßte eingefädelt werden eine Reise in die Berge von Mbe...

Anfangs zügig, dann verhaltener, dann immer langsamer und immer mühsamer setzte sich ein Fuß vor den anderen. Die feuchte Luft, eine lauwarme Sauna, trieb alsbald den Schweiß hervor; der graue Baumwollkittel saugte sich voll. Wohlig umhüllte die wassergesättigte Atmosphäre; erst nach und nach wurde das Atmen beschwerlich. Es ging aber doch. Es mußte gehen. Es ging bergan. Die Kaffeefarmen, auf weite Strecken unsichtbar hinter dem Dreimetergras; der gelichtete Wald, den größten Teil des farblosen Himmels verdeckend; der schmale Korridor dazwischen, für einen Landrover eben breit genug: es führte alles auf den Berg zu. Eine weitere Wegbiegung enthüllte seine überwältigende Nähe: ein fast zenithoher Wall, die Welt mit einem waagerechten Strich abriegelnd. Das war neu. Diese Breitseite, die Wand, die Mauer, das Endgültige. Der Ké, vom Campus aus betrachtet dem Auge eine schön rhythmisierte Himmelslinie in maßvoller Höhe und Entfernung darbietend, war nun, nach dieser Biegung des Weges, eine bedrohliche Demonstration von ungegliederter Macht. Geballte Übermacht. Erhabenheit, nicht erhebend, eher bedrückend, unterjochend und dennoch magnetisch – die Anziehungskraft dessen, was sich rein genießendem Wohlgefallen entzieht. Das zurückstoßend Anziehende. Das geheimnisvoll Unheimliche. Das Ehrfurcht Einflößende. Das *Numinose*.

Es wohnten da oben, in 2400 Metern Höhe, zwar keine Götter. Allenfalls Geister, bei denen man sich ein Glücks- oder ein Unglücks-‚Päckchen‘ holen konnte. In den Urwäldern des Ké gebe es ‚Gorillas‘, hatte sieben Jahre zuvor ein Gerücht, das im Dorfe umging, behauptet. Gemeint waren ‚Guerillas‘ aus der letzten Stammesfehde. Es gab vermutlich kleinere Affenarten da oben. Es gab Jäger, Fallensteller, die Pfade bis zum Kratergipfel kannten. Einer der *fraternals* aus dem Campus von Nzab'ngen hatte es fertiggebracht, einen solchen zu bereden, ihn da hinauf zu führen, zusammen mit zwei Studenten, die das Bergsteigen aus ihrer Heimat gewohnt waren. Auch der aus den Bergen von Mbe war mit da oben gewesen. Und von dem breiten Elefantenrücken des Ké den Blick abwendend, wanderten die Gedanken nordwärts. Die Berge von Mbe, die grünvioletten! Sie standen am Horizont als Verheißung und Herausforderung; sie verdrängten die bedrängende Nähe des Ké. Sie setzten der waagerechten Wand aus Urwald die offenen Horizonte des Graslandes entgegen.

Dergleichen Betrachtungen und Empfindungen sind nachempfunden, sie stehen nicht im Tagebuch. Sie lassen sich im nachhinein weiterspinnen durch die Jahre, die damals noch verhüllte Zukunft waren. Die Wand des Ké – eine damals darauf zu Wandernde hätte es sich nicht träumen lassen, daß sie dermaleinst, vierzehn Jahre später, als schon Ergraute einem Mißverständnis nachsteigend bis 300 Meter unter den Gipfel gelangen würde. Näher lag, daß nur zweieinhalb Jahre hin der höchste Berg im

Umkreis von Mbe bezwungen sein würde. Kündigten die Euphorien der überschrittenen Lebensmitte sich an? Kamerunberg und Kilimandscharo und auch der Kratergipfel des Ké mochten unerreichbar bleiben. Das obere Engadin, der Bergsee unter dem Piz Lunghin, die Berninagipfel von der Fuorcla Surlej aus, auf halber Corvatsch-Höhe über Sils Maria, Mitte der fünfziger Jahre – lagen weit zurück. Die Berge von Mbe im Grasland von Bamenda waren ausersehen als Parnaß der Graslandmuse.

Damals, im Oktober 1980, ging es immer mühsamer voran und zurück nach Nzab'ngen. Das locker aufgereihte Unterdorf zog sich hin. Die Leute standen und guckten. Niemand grüßte. Es ward ihnen auch kein Gruß zuteil. Das Gefühl, eine Fremde zu sein und zu bleiben, senkte sich intensiv, aber ohne Bedauern herab. Im langsamen Ansteigen über die steinig zerklüftete Straße riegelte eine Fremde sich ab. Der Berg war näher als die Leute. Er bot wieder die vertraut harmonische Schwingung seiner Höhenlinie in maßvoller Nähe dar.

Theopneustie unter den Brücken

Am zweiten Sonnabend im Januar 1981 machte der Feldforscher sich auf zu einer Tagestour nach T'bel. Wieder fand fürsorgliche Begleitung statt bis zum ersten Dorf, eine Stunde hinab, zwei Stunden zurück. Der Weg zurück, das Stehenbleiben an den Brücken und die Erschöpfung danach wurden zum Widerfahrnis, dem Tagebuch mitgeteilt in locker hingeworfenen Brocken, der Erinnerung eingeprägt mit naturmythischen Vorstellungen.

Man wanderte wieder zügig los, der Feldforscher ohne Gepäck (und auch ohne eine gewisse Schildmütze, die bei anderer Abreisegelegenheit merkwürdige Zerstreutheiten bewirkt hatte). Man war einander wohlgesonnen; es gab gerade keine Verstimmungen im ehelichen Bereich. Als Zeichen gegenseitigen Wohlwollens blühte im Knopfloch eines schwarzen Herrenhemdes, das ausnehmend gut zu taubenblauen Damenhosen paßte, ein gelbes, am Wegrand gepflücktes Isi-Blümchen. Im Ausschnitt glänzte ein wenig Ashantigold, ein früheres Geschenk. An einer Wegbiegung verabschiedete man sich. ‚Bis heut abend.'

Auf dem Rückweg tastete der Blick diesmal nicht am Riegel des Berges entlang. Zum einen war da mehr Dunst als Berg. Zum anderen drückte die Januarhitze das Dasein zu Boden. Der Blick stocherte im Staub der Stolperstraße entlang. Er streifte rechts und links ergrauendes Gestrüpp, hakte sich in Erschlaffendes – Huflattich? – und irrte immer wieder ab ins Dickicht des Elefantengrases, als ließe sich an diesem Relikt aus Dinosaurierzeiten die Zahl der mühsam zurückgelegten Schritte ablesen. Wenn aber die Bächlein kamen, und es kamen deren mehrere, vom Berg herabstürzend unter den geländerlosen Brücken hindurch, rieselnd und rauschend – dann. Dann blieb die Zeit stehen. Der Augenblick verweilte sich zu Viertelstündlein, stand reglos auf morschen Bohlen, die Hitze drückte auf Mittag zu, und der Blick senkte sich sehnsüchtig hinab. Da war es, als streckten von unten kühle Arme sich aus, um hinabzuziehen aus Staub und Hitze in eine leibliche Erfrischung verheißende Wasserwelt. Von Durst durchglüht, der Nähe solch beseelender Kühle preisgegeben – wie hätte sich nicht ergeben sollen, was sich ergab? Eine Abart von archaischer Theopneustie. Göttlicher Anhauch, bedrohend nicht wie die numinose Majestät eines allzu nahen Berges, verführerisch vielmehr, Nixen und Nymphen erschaffend aus weißem Schaumgekräusel zwischen schwarzglänzendem Vulkangestein. Aus Gemurmel in dünnen Rinnsalen, aus dem Luftblasenglucksen der Wirbel und Trichter, aus dem stillen Lächeln flacher Lachen über falbem Sand hauchte es empor und verwandelte sich in Wellen mystisch frommer Schauer – ein Gotteshauch aus kühlem Gebirgswasser, vermischt mit Seelenäther.

Zurück im Haus, verschwitzt und erschöpft, ein Brennen in den Füßen, Schmerzen in den Beinen; allein mit einem klebrigen Durst, stürzte eine derart Angehauchte ein kaltes Bier durch die heiße Kehle in den leeren Magen. Es bewirkte unbekannte Wunder. Das Ichgefühl wuchs über sich hinaus. Es blähte sich auf wie ein Luftballon, voller Heiterkeit statt Helium. Es kribbelte im Hirn nahezu inspirationsverdächtig. Am gedeckten Tisch, das Tagebuch in Reichweite, schien gegenüber die Muse sich niederzulassen. Dazwischen duftete ein Hasenbraten. Mit der Linken nach einem knusprigen Keulchen greifend, ermuntert von einem huldvollen Nicken gegenüber, gab eine Angeheiterte ihren Gemütszustand zu Protokoll: *Mir ist ganz anima-ma-halisch wohl, und gleich werde ich schlafen. So müßte man sich dermaleinst nach dem Tode sehnen. So müde von einer schweren und süßen Müdigkeit, umnebelt von diffuser Euphorie. Dieses bißchen Bier nicht nur. Es kam schon drunten bei den Brücken über mich. Es hat mich angehaucht. Einen kurzen, ewigen Augenblick lang…*

*

Der Ké und die Bächlein vom Berge herab: sie waren die einzigen Erlebnisse von Landschaft im Regenwald, damals. Das Grasland verhieß rundum mehr. Jede Fahrt über den Col de Batié, jeder Blick hinab über Bamenda nicht nur, auch die Reise allein über den Sabgapaß, durch die Ebene von Ndop und hinauf nach Nso während der Regenzeit 1976 waren Verlockung und Ermutigung zugleich und ganz abgesehen von einem gewissen bunten Bildchen auf Glanzpapier. Die großen Städte weckten Zwiespälte; die kleineren Abwesenheiten waren, bis auf eine Ausnahme am Rande, umgeben von zu vielen Leuten. Das Grasland verhieß neben gewissen unumgänglichen gesellschaftliche Pflichten Reisen und Wanderungen allein mit der Landschaft auf der Suche nach der Muse – mit wehendem Eukalyptushaar und Sternfunkeln im dunklen Unschuldsblick.

Die Langeweile der Sonntage

und wie sie zu ertragen war

Zu welchem Behufe waren einst die weißen Missionare mit Bibel, Flinte, Weib und Kind ins Land gekommen? Wozu hatten sie ein Fachwerkhaus auf Steinpfeilern, eine Schule mit Hilfslehrer, eine Entbindungsstation mit Hebamme und schließlich diese höhere Bildungsanstalt – wozu hatten sie vor allem und als erstes das Kirchlein, die Kapelle mit den bunten Fenstern neben dem Tulpenbaum gebaut? Letztlich und an erster Stelle doch des Sonntags wegen. Um ihn zu heiligen. Die neue Religion sollte im Alltag vor- und nachgelebt werden. Das war allezeit und überall schwierig genug. Am Sonntag aber mußte sie gefeiert, besungen und bedacht werden als etwas, das den Leuten als Menschen einleuchten und Mut machen sollte, weiterzumachen und sich Mühe zu geben, es möglichst richtig zu machen im Vertrauen darauf, daß das Leben letztlich einen Sinn haben könnte über Cocoyams, Kinder, Karriere und auch über den Tod hinaus.

So mochte es sich eine der Weißen im Campus von Nzab'ngen zurechtlegen; schließlich war die *fraternal* von Berufs wegen gehalten, jede Woche fünf Tage lang die geistlichen Reichtümer der christlichen Religion an die zukünftigen Aufseher und Wortführer der Sonntagsfeierlichkeiten weiterzugeben. Daß evangelischer Gottesdienst südlich der Alpen und der Sahara nicht, wie es eigener Herkunft entsprach, in erster Linie etwas für besinnliche Innerlichkeit war, sondern vor allem ein gesellschaftliches Ereignis darstellte, das nicht erfüllen konnte, was es zu versprechen schien, mag zu den Schwierigkeiten beigetragen haben, die sich nach und nach einstellten und im vorletzten Jahr einen kritischen Höhepunkt erreichten. Die allsonntäglich und besonders im Gottesdienst empfundene Langeweile fraß wie eine graue Raupe am Kohlkopf irreal überspannter Erwartungen, verpuppte sich bisweilen, und aus der Chrysalis flatterte der bunte Schmetterling der Tagträume.

237

Von den Verstimmungen

Das sonntägliche Ungenügen sammelte sich an wie auf edlem
Gemöbel eine Staubschicht sich sammelt, die nach und nach ver-
klebt und verkrustet. Es war nicht schön. Es störte, und die
Schuld daran lag wie ein räudiges Hundchen vor der eigenen
Tür. Es waren Stimmungen, höchsteigene, die nicht stimmten.
Nicht übereinstimmten mit dem, was man im Dorf oder im Campus von einem Sonntag erwarten mochte und vom sonntäglichen
Gottesdienst zumal. Erwartungen wurden enttäuscht, weil sie auf
naive Weise anspruchsvoll, mit dem Makel der Ichbezogenheit
und höherer Ideale behaftet waren. Ist der Sonntag nicht, wenn
schon kein Fest-, so doch ein Feiertag? Darf der sonntäglich gestimmte Mensch und Christ nicht etwas Besonderes erwarten?
(Weder Sonntagsbraten, noch Sonntagstorte; der Koch hatte
sonntags frei; statt dessen dann doch wenigstens:) Erbauung,
Erhebung, eine höhere Gestimmtheit! Die Erwartung streckt sich
aus nach etwas, dessen Unerreichbarkeit im Schwellenjahre
1980/81 erstmals mit enttäuschend deutlichen Konturen ins Bewußtsein trat. Es war nicht zu haben. Weder von der Kanzel herab, noch im Singen und Beten und allem übrigen liturgischen
Beiwerk. Bisweilen mochte ein Nachgespräch mit dem Kollegen
und Ehemann je nachdem kathartisch oder verstockend wirken;
selten auch einmal besänftigen und friedlich stimmen. Wichtig
für den Alltag war der Sonntagsgottesdienst jedenfalls nicht. Die
hohe Lehrmeinung von einer besonderen, einer heiligen, einer
gemeinschaftlich Gott und der Seele gewidmeter Zeit wich einer
Dauerverstimmung.

Auch der Rest des Ruhetages zerrann gewöhnlich im Ziellosen;
schwappte dahin in einer Überlagerung aus ruhelosem und ge-
langweiltem Warten auf Unbestimmtes, das im Bereiche des
Möglichen zu liegen schien. Es stimmte im Großen und Ganzen
etwas nicht, und die Stimmung war danach.

238

Hätte eine derart Verstimmte sich nicht im stillen Kämmerlein eines Besseren und Erbaulicheren besinnen können? Das wäre die Frage noch heute, da in heimatlichen Ruhestandsgefilden der Sonntagsgottesdienst auch nur selten Erwartungen zu erfüllen vermag. Gewiß sind in diesen abendländischen Spätzeiten im friedlichen Niedergang einer Weltreligion Toleranz und Dialog zeitgemäßer als einstiger Glaubens- und Missionseifer, die eine sechs Jahrhunderte jüngere Religion sich anmaßen mag. Aber. Nun und um es kurz zu machen: Wichtig für den Alltag ist auch heut der Sonntagsgottesdienst nicht. Nicht mehr.

Von den Pflichten

Was freilich hieß *damals* ‚wichtig'? Für die Tutoren eines Pfarrseminars war es schlichte Pflicht und gänzlich unumgänglich, sonntags im Gottesdienst zu erscheinen. Die Gründe dafür standen so dicht gedrängt wie Elefantengras und einige davon so durchsichtig wie ein Lattenzaun um jeden einzelnen herum. (Undurchsichtige Gründe mochte es ebenfalls geben. Am ehesten im Umkreis der Person – *persona* – einer *fraternal*, die sich redlich Mühe gab, nach außen hin standesgemäßen Erwartungen gerecht zu werden, ohne sich die Struktur der Innerlichkeit vorschreiben zu lassen.) Der durchsichtigen Gründe aufdringlichster war in der Tat die Standesgemäßheit, welche erforderte, daß jemand, der fünf Tage in der Woche zukünftige Standesgenossen über den tieferen Sinn und die höhere Notwendigkeit des Glaubens und wie er sich im täglichen Leben zu bewähren habe, belehrte, am Sonntagmorgen in der versammelten Gemeinde erschien. Er mochte am Sonnabend treiben, was er wollte, allerlei privaten Interessen nachgehen – Unkraut jäten, eine Pizza backen, Briefe schreiben, ein Bild in Öl auf Pappe malen, Brahms oder Bach hören, Jean Paul lesen, spazierengehen, Schmetterlinge fangen oder Grillen – am Sonntagvormittag war er so fest verplant wie in eine Unterrichtsstunde oder eine Dienstbesprechung.

Der sonntägliche Kirchgang gehörte zum gesellschaftlichen Lebensrhythmus im Dorf und im Campus. Es gab kein Entrinnen. Wo hätte man hingehen sollen, ohne aus dem Rahmen zu fallen und ein schlechtes Beispiel zu geben? Ziellos durch die Farmen und den gerodeten Urwald streunen, das taten sonntags wahrhaftig nur die Ziegen. Zu Hause bleiben und Tee trinken? Es hätte umgehend höflich-besorgten Krankenbesuch vor die Tür gebracht. Und am Montagmorgen verwunderte bis unbequeme Fragen ins Klassenzimmer. Es gehörte sich eben, daß man sonntags zur Kirche ging. Es gehörte sich vor allem für die Tutoren. Mußten sie nicht von Berufs wegen ein Interesse daran haben, daß der Laden lief und die Routine nicht ins Stocken geriet? Es gehörte zum Lehrauftrag, den sonntäglichen Gottesdienst als Mitte des Gemeindelebens darzustellen. Es gehörte zur Glaubwürdigkeit der Lehre, daß die Lehrenden vorlebten, was sie lehrten. Wie anders? Konnte nicht das Vorgelebte, wenn es darin bestand, sonntags zur Kirche zu gehen, hohle Form ohne innere Notwendigkeit sein?

Vom gesellschaftlichen Ereignis

Wie mochte es mit den übrigen Gläubigen stehen? Vermutlich trieb die meisten das einfache Bedürfnis, an einem gesellschaftlichen Ereignis teilzunehmen, in die große, neue Kirche. Wie anders hätten die Bewohner von Nzab'ngen den Tag hinbringen sollen? Es gab noch kein Fernsehen, kein Kino im Dorf; die Leute hatten kein Auto, um die Zeit totzufahren. Es gab nur die Bars und zeitweilig den Markt. Aber erst mußte man im Gottesdienst gewesen sein. In dessen Rahmen gab es immerhin das von Nahem Sehen der Modenschau, die von fast allen Frauen und bisweilen auch von Männern veranstaltet wurde. War es verwunderlich, daß eine frustrierte *fraternal* eines Tages mitmachte – mit der Modenschau?! Welche sonnabendlichen Präliminarien hierzu notwendig waren, soll später ausführlich erinnert werden.

Hier darf zunächst angenommen werden, daß die Sonntagsgottesdienste für andere, und vermutlich für die meisten der anderen, Erwartungen erfüllten, die ihren Lebensumständen entspra-
chen. Vor allem, soweit es die Frauen betraf. Wer die Woche über
mit krummem Rücken und einer schweren Hacke in der Farm
arbeitete, Feuerholz und Cocoyams nach Hause schleppte, sich
um Kinder, Vieh und Kochtopf kümmern mußte, der war sicherlich dankbar, wenn er sonntags in einem schönen und reinen
Kleid geruhsam in einer Bank sitzen und singen durfte. Eine Erholung. Ein Labsal. Erwartung, die sich erfüllte. Wer als Student
die Woche über sich Theorie aneignen mußte, verfolgte am Sonntag mit besonderer Aufmerksamkeit alle Einzelheiten der Praxis,
die seiner wartete. Wie aber, wenn da eine Anspruchsvolle saß,
die ihre eigenen Vorstellungen von Gottesdienst hatte?

Es mochte für andere noch dies und das an Erwartungen und
Erfüllungen geben – Chorgesang, Mitsingen, Mitklatschen, Mit-
tanzen durch die Reihen, wenn es am Ende darum ging, ein
Scherflein zu opfern. Vielleicht gab es bei manchen auch Erwartungen an Gebet und Predigt; sicher an das Abendmahl, so lange
es selten genug stattfand. Es mochte für die Mehrheit oder für
alle alles zusammen sein. In einem bedauerlichen Ausnahmefall
waren die Sonntagsgottesdienste ein Dreischritt von Erwartung,
Enttäuschung und Langeweile. Es war, als sollte ein Kamel
durchs Nadelöhr – eine hochhöckerige Theologie durch die enge
Pforte der bescheidenen geistlichen Ansprüche einer ländlichen
Gemeinde im Regenwald Westafrikas sich zwängen. Für eine
Brüderliche unter weißen und schwarzen Brüdern; für die, um
deren Stimmungen und Reflexionen es im Rückblick geht, verlief
ein Sonntagsgottesdienst nur dann ohne Langeweile, wenn der
Predigtplan der Reverend Missis den Talar überwarf: nun mach
mal vor, wie es sein sollte. Für wen? Für die Gläubigen von
Nzab'ngen? Alles ernsthafte Bemühen wurde überholt von der
Einsicht, daß die Welten zu verschieden waren.

Von der Innenwelt

Die eine der beiden Welten blieb fremd in nächster Nähe: das
Dorf, die Gemeinde, die Leute allgemein und schlechthin. Die
andere Welt, die eigene, war in sich gespalten in Außenwelt und
Innenwelt. Unter der Woche blieben Stimmungen jeglicher Art
weithin den Pflichten, sie blieben der *Didaskalia* und einem möglichst angemessenen Umgang mit Studenten und Kollegen unter-
tan. An den Sonntagen aber stiegen sie an die Oberfläche, die
einen wie Kellergespenster mit trübem Blick, die anderen wie
Nixen aus Mondscheinteichen, Wesen mit erwartungsvollen Tief-
seeaugen, deren Blick sich alsbald verstimmt nach innen wandte,
um tagträumend die lange Weile des Vormittags hinzubringen
und am Nachmittag in den Morast der Rat- und Rastlosigkeit zu
sinken. Sonntag um Sonntag.

Der Morastgründe einige sind im Kapitel ‚Idyll und Verfall' an-
gegraben worden. Das Tagebuch bezeugt, daß die Rückkehr nach
Nzab'ngen in Trübsinn versumpfte. *Alles steht wieder wo es stand.*
Aber ich - wo bin ich. Noch nicht angekommen. Hier nicht, im Campus,
und bei mir selber auch nicht. War es das Übliche: zu schneller Kon-
tinentwechsel? Das Unding Seele verhielt sich als träge Masse
und schleifte nach, länger als sonst. Dem Kollegen Ehemann
konnte es kaum noch gesagt werden. Die Wissenschaft hatte ihn
umgarnt und fest am Wickel. Des Sonntags ergaben sich zwar
gelegentlich noch Nachgespräche bei Kaffee oder Campari oder
beim Mittagessen. Dann ließ der Mittagsschlaf Zeit vergehen;
aber es blieben immer noch drei, vier Stunden bis zur Dunkelheit
und weitere vier, bis die Elektrizität abgeschaltet wurde und es
sich empfahl, schlafen zu gehen. Jeden Sonntag war das alte Missionshaus sieben bis acht Stunden lang ein Gefängnis. Es verbar-
rikadierte einen je und dann aufflackernden Rest Lebenslust hinter Vorväter-Fachwerk und Ratlosigkeit – was mach ich? Wie
bring ich die Zeit hin? Was ist bloß los mit mir?!

Was so rat- und rastlos machte innerhalb der düsteren Räume, am Sonntagnachmittag und vor allem ab dem Monat Mai, als niemand mehr da war, um zu einem Spaziergang oder zu einem Gespräch zu animieren – es ist bereits, wie ein stechendes Insekt in ein Schraubglas, in einen Begriff eingesperrt: *midlife crisis*. Die Wissenschaft war erledigt. Wäre es jetzt nicht an der Zeit gewesen, die lyrischen Gesänge *Bethabara* zu vollenden? Oder gewisse anderweitige Gedichtlein zu überarbeiten? Die dafür zuständige Muse war abhold. Hielt sich fern. Sie hätte einer langen Anlauf- und Aufwärmzeit bedurft. Dafür waren die Sonntagnachmittage zu kurz. Näher lag es, ihrer Zwillingsschwester, der Graslandmuse, nachzulaufen. Das antik gefiederte Gedankending flatterte bisweilen herbei, um ein poetisch angeknacktes Eilein ins Tagebuch zu legen. Aber auch sie war scheu, ließ sich nicht fangen und nicht verpflichten. Dann lies doch ein Buch! Hör doch Musik vom Plattenspieler! Schreibe doch Briefe! Briefe – an wen, außer pflicht- und regelmäßig an die sich sorgende Mutter? Wen interessiert denn, wie ich hier meine Jahre verbringe? Die einen sind mit Kindern beschäftigt, die anderen mit Karriere. Musik? Die großen Erlebnisse sind verjährt und lassen sich kaum noch verjüngen. Ein Buch? Wäre zu schreiben. Eines zu lesen würde zu sehr ablenken von eigenen Gedanken. Daher: Tagebuchschreiben als vorläufige Zuflucht. Als Rettung vor dem inneren Zerfall.

Im Verlaufe der Zeit, als vom Nachschleifen des Undings Seele auf Grund zu raschen Kontinentwechsels keine Rede mehr sein konnte, trat es klarer ins Bewußtsein: die Sonntage in Nzab'ngen bekamen, zumal im vorletzten Jahre, ihre zerfaserten Gefühlsumrisse von der scharf gezackten Geisteskurve einer jeden Woche. Der fünftägige Fünfkampf der *Didaskalia* kurbelte Energien an, die sonntags ins Leere liefen. Die Vormittagsstunden breiteten sich aus wie flache Pfützen, darin wie lahme Enten die kultischen Stunden herumwatschelten. Die Nachmittage hingen wie Wolken an einem Trockenzeithimmel, der nicht regnen wollte.

Von der Langeweile der Gottesdienste

Die Sonntage in Nzab'ngen – sofern sie nicht ins Rastlose ausrasteten, sperrten sie das Maul auf und gähnten. Gähnend leere Zeit mußte vergehen, ehe eine ruhelos Anspruchsvolle am Montagmorgen wieder dem alltäglichen Daseins-Sinn nachlaufen durfte. Dem Gähnen der Zeit zu entgehen, blieben nur zwei schmale Pfade ins Abseits. Der eine führte in den Impressionismus: ins Sammeln kleiner und kleinster Kleinigkeiten, die bisweilen anschließend im Tagebuch abgelegt wurden. Der andere, auf weite Strecken parallel laufende, führte tagträumend hinauf ins Grasland. Beides ist belegbar aus dem Tagebuch.

Die Langeweile der Sonntage teilte sich also in eine öffentlich-kultisch bedingte am Vormittag und eine rein innerliche am Nachmittag. Die vormittägliche, die Langweile der Gottesdienste von Nzab'ngen – sie war unbeschreiblich. Und soll nun doch beschrieben werden: Stimmungen von damals, aufbereitet durch Nachdenklichkeiten im nachhinein.

Einstimmung: Schwarz-Weiß-Malerei

Weil es unter anderem auch um das Wesen von Gottesdienst geht, sei hier vorweg einer öffentlichen Rede gedacht, die frustriert und feige zugleich das Gegenteil von dem behauptete, was Sonntag für Sonntag für Langweile sorgte.

Es war im November 1980, als man den Tag der nominellen Unabhängigkeit dieser Jungen Kirche feierte. Da erbat sich der amtierende afrikanische Kollege einen kleinen Vortrag zum Thema ‚Mission und Partnerkirchen'. Es wurde eine Rede mit viel zu lauter, viel zu energischer Stimme. Es wurde, ganz gegen die Gewohnheit, ein gestikulierender Kampf mit dem Pidgin-Englisch und mit der Zeit. Die *fraternal*, in rot-schwarzem Kasack über dunklen Schlotterhosen, stand auf dem Podium und strampelte sich los von ihrer Rede. Der Kollege Ehemann war nicht anwesend, um danach der Performanz eine Note zu erteilen. Es war der Kollege von nebenan, ein aufrechter Schwabe, der beim Nachmittagskaffee Kritisches anzumerken hatte. Er monierte die Schwarz-Weiß-Malerei der Darstellung. Er monierte zu Recht. Die Rede hatte bedenkenlos ein Klischee reproduziert: wie so überaus *lebendig* ein Gottesdienst hierzulande sei. Die Chöre, das Trommeln, das Händeklatschen; die fröhlich-ungezwungene Geselligkeit von Jung und Alt; sogar das Lallen und Quengeln von Säuglingen werde geduldet, kurz: das Sonntagvormittagsereignis der vollen Kirche und der lebendigen Gemeinde in dicken Farben aufgetragen. In Deutschland hingegen: die leeren Bänke, ein paar alte Weiblein und ihre brüchigen Stimmen, übertönt von der Orgel; das Steife, Förmliche, das zum Aussterben Verurteilte und so weiter – kurz: ein grober Holzschnitt. Der Kollege hatte nicht unrecht mit seiner Kritik. Ganz im Gegenteil.

Freilich und hinwiederum – mußte nicht zu bedenken gegeben werden, daß in der Kürze von fünfzehn Minuten vor einem solchen Publikum und bei der Art des gegebenen Anlasses es schwierig gewesen wäre, die Wahrheit differenziert und dialektisch darzustellen? Wer wüßte nicht, daß ‚Lebendigkeit' einer Kirche vieles und verschiedenes bedeuten kann, äußere Betriebsamkeit sowohl als innere Wachheit des Gewissens. Fröhlichen Lärm mochte man ‚lebendig' nennen; nicht minder aber die stille Konzentration des Geistes auf das Eine, das not tut. Ob die große Zahl der Gottesdienstbesucher als Zeichen von ‚Lebendigkeit' zu deuten sei, konnte fraglich sein; vielleicht war es nur Ausdruck einer bestimmten sozio-ökonomischen Situation. Was hätten die Leute am Sonntagvormittag machen sollen ohne Auto und ohne Ausschlafbedürfnis nach einer Nacht vor dem Fernseher? Bewährung des Glaubens im Alltag, Diakonie, das prophetische Risiko einer Quer-zum-Trend-Meinung konnten weit eher Zeichen von der Kraft des Geistes und der Lebendigkeit einer Glaubensgemeinschaft sein. Mit dem Lehrfach Dogmatik beauftragt, fühlte eine Kritisierte sich doch einigermaßen vertraut mit den Problemen der Ekklesiologie – warum dann diese schiefe Darstellung? Nur wegen der Kürze von fünfzehn Minuten? Ach, das Bekenntnis ist bereits vorausgeschickt und zur Verfügung. Resignation nicht nur, auch Lustlosigkeit hatten zu dieser Art von *terrible simplification* verführt. Schlimmer noch: Feigheit, vermischt mit Zynismus. Von einer *rite* Berufenen war nicht nur das schmeichelhafte, einem exotischen Stereotyp entsprechende Gegenteil von dem gesagt worden, was die darbende Seele Sonntag für Sonntag empfand; es war darüber hinaus der heimatlich-landeskirchliche Gottesdienst der alten Weiblein mit den brüchigen Stimmen als etwas Ärmliches und Bedauernswertes, ja nahezu Verächtliches dargestellt worden. Es war weder fein noch einfühlsam gewesen. Es entstand freilich am Rande der Eindruck, als wären die eigenen Erwartungen und Enttäuschung nicht gänzlich absonderlich. Vielleicht hätte man sich über das ‚Wesen' von kultischen Begehungen verständigen müssen.

Befangenheit in Kulturbuntheit

Zwischen dem stillem Kämmerlein und einer großer Wallfahrt mit Kirmes breitet sich doch ein recht weites Feld. Allzu lange Beschäftigung mit altorientalischen Götterfesten als staatserhaltenen Massenbegehungen; mit ländlichen Höhenkulten und Mysterienweihen hatte Spuren hinterlassen. Über den Gegenstand war dissertiert worden, das orgiastische Bauernkulte feiernde ‚unwissende' Volk von dessen lebensnahem Selbstverständnis her verteidigend gegen einen moralpredigenden Propheten. War da wohl eine gewisse, wenn vielleicht auch unbewußte, Befangenheit in den Netzen der Kulturbuntheit des Phänomens ‚Kult' zurückgeblieben? Die Sache mit den Gelagen und Tanzekstasen, mit Festpromiskuität als Opfer und Orgie, als Gottesdienst also, das Dionysische, dem nicht nur kanonische Propheten, sondern auch ein euripideischer König Pentheus vergeblich hatte Einhalt gebieten wollen – diese im Extremfalle und im gröblichsten Sinne Freß-, Sauf- und Sexfeste, wie mancher Missionar sie einst afrikanischen ‚Fruchtbarkeitskulten' zugeschrieben hatte, sie geisterten doch wohl nicht im Hintergrunde dessen, was die Reverend Missis sich unter einem Gottesdienst vorstellte, der ihren Erwartungen entgegengekommen wäre? Vermutlich nicht. Wenngleich das archaische (oder neuzeitlich-oktoberfestliche) Phänomen samt dem gesitteten Schauder davor ein interessanter Gegenstand für wissenschaftliche Analyse sowohl als auch für den Vergleich mit dem, was sich als protestantischer Gottesdienst etabliert hat, sein mochte. Hatte das christliche Mittelalter nicht religiös inspirierte Tänze bis vor den Altar gekannt? Als das Tanzen gänzlich säkular wurde, hüpfte es auf die Bühne als Ballett, schleifte über das Parkett als Gesellschaftstanz, wurde Kunst- und Körperereignis. Und der Gesang? Gregorianik und Oratorien. Chöre und Arien gab es einst am Fuße der Akropolis, geboren aus dem Kult eines apollinisch gebändigten Dionysos. Die attische Tragödie, die einer Kultgemeinde zusingt, wie es um die *conditio humana* steht und deren Dialoge zeigen, wieviel am Worte hängt, wie es Geschicke bestimmen kann. Wenn etwas dergleichen, und sei es in monologischer Rede (auch Hamlet hat etwas zu sagen, wenn er mit sich selbst redet) von der Kanzel gekommen wäre, erwägend, wie im Schicksal eines Einzelnen der Daseinssinn menschlichen Lebens beschlossen sein kann, dann wäre es des Hinhörens wert gewesen, damals im Sonntagsgottesdienst von Nzab'ngen, in einer *Suppe-ohne*: auch ohne geistlichen Nährwert.

So etwa hätte es damals vor sich hinräsonieren können, in sich kreisend, immer wieder und von neuem lauernd darauf, daß von den Erwartungen, die sich aus einer Ahnung davon, wie es hätte sein sollen, wenigstens ein Quentchen oder die Andeutung eines Schattens sich verwirklichen würde.

Wo aber blieb das Wort, das Existenz erhellen, Frömmigkeit näh-
ren und Gottesnähe hätte gewähren können? So, wie die Dinge in
Nzab'ngen lagen und standen, hatte das Wort am Sonntag am
wenigsten zu sagen. Und was das stille Kämmerlein anging, das
keiner Gemeinde und keines Sonntags bedurfte, so war der
Rückzug in dasselbe zwar jederzeit möglich und fand auch statt,
freilich nicht ins Bibel- oder Gesangbuchlesen, sondern ins Tagebuchschreiben. Das Bedenken des eigenen Lebens zwängte sich
durch vielverzweigte Gedankengänge, es rann durch filigrane
Empfindungwindungen, sich entfernend von Liturgie, Kerygma
und Dogma: eine verdächtige, zu Häresien neigende Einsamkeit.
Es war auch nicht das Wahre und Erwünschte.

Das Wahre und Erwünschte wäre etwas gewesen, dessen Umris-
se sich bisweilen andeuteten als Möglichkeit. Es welkte indes oft
schon in ersten Andeutungen dahin. Es entfaltete sich nicht ins
Erhebende und Schöne. Es erstickte in Unzulänglichkeiten.

Wortgestolper und Moralsoße

Da war zum einen die geistlos heruntergeleierte oder stockend
verballhornte *Liturgie*. Was sollten diese importierten, hochkirch-
lich-pompösen Formelgirlanden, über die Ungeübte stolpern
mußten; durch die selbst Geübtere sich nur mühsam hindurch-
würgten?! Molekularketten, Aminosäuren, schwimmend durch
die Geistlosigkeit einer Ursuppe – solches und noch Abseitigeres
stellte sich ein auf dem Fluchtweg der Assoziationen. Eine endlos
verschlungene Kette aus kostbaren Perlen, armen Leithammeln
um den Hals und an den Pflock synodaler Vorschriften gebunden, im Staube schleifend, in den Schlamm getreten, bisweilen
vielleicht aus reiner Bequemlichkeit; im allgemeinen aber doch,
weil es eine Zumutung war, für den Liturgen nicht weniger als
für eine Gemeinde, deren Mehrheit kein Hochenglisch verstand.
Man mußte das Wortgestolper über sich ergehen lassen.

Dann war da das leergedroschene Stroh der Moralpredigten. Alle die Spreu, die von der Kanzel herabgepustet wurde und so selten ein Körnlein enthielt, das etwas zu kauen gegeben hätte. Selbst die Gemeinde konnte offenbar nur dann vom Dösen abgehalten werden, wenn der Prediger zum Kolporteur wurde und die Geschichten und Gerüchte pikant genug waren, um bei aller darüber gekleckerten Moralsoße ihren Eigengeschmack zu behalten. Moral, gewiß. Jede Religion muß auch Moral predigen. Auch das Evangelium stellt Ansprüche, stoische, kynische, kategorische. Aber es sollte doch das Besondere der Motivation kenntlich werden. Evangelium als Angebot? Moderner Marktjargon. Einladung? Höflich ablehnbar. Das Wahre wäre gewesen: aus Dankbarkeit freiwillig. Ein inneres Hingezogensein, das mehr und immer mehr begreifen möchte vom Geheimnis dessen, was ergreift oder einmal ergriffen hat und immer wieder an die Grenzen der Gleichgültigkeit oder des Zweifels geraten kann. Da begannen dann innerseelische Subtilitäten, für die eine junge Christenheit noch nicht alt und mürbe genug war.

Schließlich die ausführlichen Ermahnungen der Ältesten, die sich gerne reden hörten, und wo im voraus klar war, daß da nichts zu machen war, wenn es um streunende Schweine oder ausstehende Kirchensteuer ging. Hätte man sich nicht, die Zeit absitzend auf den harten Bänken, ein Buch mitnehmen können, darinnen zu lesen? Die Bibel etwa. Ach nein, nicht auch noch am Sonntag. Lieber flügeln die Gedanken durch die Lamellen der Fenster hinüber in den nächsten Eukalyptusbaum und ins Grasland…

Was den Sinn der Gottesdienste hätte ausmachen können: die Erwartung nahm es vorweg, aber es war nie zu haben. Es näherte sich nur als Ahnung. Die Hoffnung aber hielt sich durch mit der Lebenskraft einer Blume, die in einem Glas Wasser dem sicheren Welken entgegenblüht. Was da nie geschah, kreiste elliptisch um zwei Brennpunkte.

Chorgesang und Trommelrhythmen

Der eine Brennpunkt der Erwartung war: die innere Erhebung, wenn schon nicht pfingstliche Ekstase, durch Chorgesang. Eine Introvertierte, vom Intellekt Gehemmte stellte sich vor, wie schön es wäre, aus sich heraustreten, um Gott da zu begegnen, wo protestantische Wortgläubigkeit ihn zu suchen für unangemessen hielt. Unter den Honoratioren, neben dem Kollegen Ehemann, sofern er nicht feldforschend unterwegs war, oder neben einem beliebigen anderen, saß eine Erwartungsvolle. Saß oder stand und wankte bisweilen, aber kaum sichtbar. Der Seele Bewegungen waren nach außen beherrschbar.

Die Gemeinde erhob sich zum Eingangslied. Sie sang vielstimmig, vollvokalisch, ohne von einer Orgel übertönt zu werden. Man sang eine Hymne aus dem zweisprachigen Gesangbuch, Duala-Englisch, meist Duala, *Son, ya na Jesu, o s'indea!* Es wechselten autochthone Weisen mit solchen aus dem *Church Hymnary* ab. Man sang laut und langsam. Die inbrünstigen Zeitlupendehnungen, weit davon entfernt, wie unerträglich träge Masse zu wirken, machten den Eindruck unaufhaltsamen Vorrückens einer Phalanx oder den des Steigens einer Meeresflut. Wenn die Gläubigen vollzählig versammelt waren, dann tönte der Gesang in der Tat ,wie die Stimme großer Wasser', barock oratorienhaft. Er näherte sich dem Throne Gottes auf schwermütig dunklen Schwingen, *Napo bebe na wa, a Loba lam!* klang eingeboren überzeugender als auf Englisch (*Nearer, my God, to thee...*). Es war möglich und ein Wohlgefühl, stehend und voll mit einzustimmen, eine Altstimme bis an die Schmerzgrenze anzuspannen; die Seele ins Gewoge zu werfen und, so es denn erschwinglich war, die ersten Sprossen der Himmelsleiter zu erschwingen. Von dorten zog die nachfolgende Liturgie mit Polypententakeln eine Erhebungsbedürftige wieder herab auf die harte Kirchenbank. Da saßen Geduld und Ergebenheit, wartend auf den Frauenchor.

Der Frauenchor war während der ersten Jahre auf dem Niveau einer europäischen Konzertsaal-Matinée gewesen. Mit mehrstimmigen, von wenigen Männerbässen grundierten Sätzen hatte er bis zu einer Viertelstunde lang und länger Erhebung verheißen und fast immer erfüllt. Erhebung von der nahezu mystischen Modalität einer Verflechtung von Hingabe und Ergebung. Die Frauen sangen, was ein alter Chormeister, ein frommer, vom Schicksal geschlagener Mann, komponiert und eingeübt hatte – Melodien und Rhythmen von eigenartig erhebender Traurigkeit. Es waren im Grunde nicht Melodien: Melancholien waren es, dahinwallend wie Pilgerscharen zu einem fernen Ziel. Immer wieder hielt der Rhythmus dieses Wallen auf, zögerte und strauchelte in Synkopen, um sodann leidenschaftlicher weiterzuwallen. Es war ein fugenähnliches, ein phasenverschobenes Wellengewoge, auf welchem die Seele schaukelte wie ein Kahn ohne Ruder, ein Boot ohne Segel, bereit, sich vollzusaugen, um unterzugehen auf den Grund einer unergründlichen Trauer. In späteren Jahren griffen allmählich Phantasie- und Disziplinlosigkeit um sich; der Chor verlotterte. Dennoch hoffte eine Erwartungsvolle noch lange und bis ins Schwellenjahr hinein immer wieder auf dieses bißchen *redeeming grace* der Sonntagsgottesdienste: mit dem Frauenchor einzutauchen in das Geheimnis einer Trauer, die, wo nicht Erlösung, so doch schmerzlose Auflösung zu verheißen schien in einer Art Gegenbewegung zur Himmelsleiter des Gemeindegesangs. Es war nicht mehr zu haben.

Programmgemäß vom Stapel ging vielmehr das übliche Kanzelgeschwafel, auf das eine Enttäuschte zunehmend gereizter reagierte. Selten einmal, etwa wenn einer der Kollegen predigte, lohnte das Hinhören. Sonst mußten Tagträume über die Verstimmung hinwegheben – weghören und an etwas Schönes denken; zum Fenster hinaus in die Eukalyptusbäume träumen. Wovon? Von allerlei poetischen Allotria. Oder auch von den zu erwartenden Liedlein und Trommelrhythmen der Jugendgruppe, die vielleicht dieses Mal doch noch zwei bis drei Tropfen einer von Langeweile erlösender Gottesdienstgnade zu spenden imstande sein mochten. Man mußte sich gedulden – geduldig die Zeit absitzen und träumen.

Im anderen Brennpunkt also: die Lieder der Jugendgruppe, überwiegend Studenten. Sie waren nach der Predigt an der Reihe, bisweilen auch während der Kollektenprozession. Sie sangen jene kleinen, epigrammatischen Liedlein frommen Inhalts, bei welchen es weniger auf die Worte, als auf ein paar unermüdlich wiederholte Tonfolgen ankam. Vor allem aber kam es auf den Rhythmus an, der diese Wiederholungen skandierte, spannte und staute und auf diese Weise eine raffiniert einfache Eskalation bewirkte, von fern vergleichbar mit Ravels *Bolero*. Nicht indes durch Steigerung der Lautstärke und Vermehrung der Instrumente wurden diese Liedlein zum Narkotikum – sie wurden es, verstärkt von der Trommel, durch ihren eigenen Rhythmus.

So mochte es sich zurechtlegen, wer von Musiktheorie nichts verstand und sich dilettantisch ein Vokabular zusammensuchte, wenn im Tagebuch zum Ausdruck gebracht werden sollte, was der Sprache letztlich unerreichbar bleiben mußte – um so unerreichbarer, je unwiderstehlicher es unter die Haut ging und die Enden der Nerven zusammenzwirbelte. Empfindet nicht viel, wer wenig versteht? Und was bleibt von der Fülle der Empfindungen und in welcher Gestalt vermag Sprache es zu bewahren?

Die Tanztrommel war es, die den Zauber verstärkte. Oder richtiger: der, welcher vor ihr saß, sie unter seinen Händen hatte und spielend beherrschte, weil er ihr Geheimnis kannte. *Happy day! Happy da-y!* sang die Jugend; eines jener kurzen Exklamationsliedlein, Preisungen, die sich an einem einzigen Begriff festklammerten und sich in der Wiederholung desselben aufschaukelten bis ins tiefe Blau der Besinnungslosigkeit hinein. *Happy day! Happy da-y!* Und unter den Händen des Trommlers hüpfte das Herz der Trommel einer Ekstase entgegen. Auf den Trommler kam es letztlich an. Er war es, der den Rhythmus erschuf in sprödem Glanz und streng gezügelter Leichtigkeit. Er zersprengte die Zeit mit federnden Fingern und warf die Splitter glitzernd empor. Er zerschlug die Zeit in tönende Kristalle, die sich im Aufsprühen reihenweise scharfkantig aneinanderfügten, sich verhakten, an einander abglitten und sich von neuem verbanden zu etwas unwiderstehlich Mitreißendem, zu einem Rhythmus, der über Gehör und Gehirn den ganzen Körper ergriff – Schultern und Arme zuerst, dann die Hüften und alles übrige. Bewußtsein aufgesaugt von einem Körpergefühl, das nichts anderes mehr wollen kann als tanzen.

Es erfaßte die, welche saßen und sangen. Es erfaßte vor allem den Trommler selbst. Er ruckte auf und ab, hin und her in kleinen, gedämpften, wie mühsam beherrschten Zuckungen. Es erfaßte auch einzelne der Gemeinde, vor allem Frauen. Sie suchten den obsessiven Rhythmus abzufangen und zu zähmen durch Händeklatschen. Sie saßen da wie in selbstverhängtem Sicherheitsgewahrsam. Was wäre geschehen, wenn sie sich erhoben hätten? Der Boden unter ihren Füßen wäre vermutlich in Bewegung geraten; niemand hätte für einen ordentlichen Abschluß des Gottesdienstes garantieren können. Alles wäre pfingstlich außer sich geraten. War das der Grund, warum diese tanz- und ekstaseverdächtigen Liedlein nie während der Kollektenprozession gesungen wurden? Man sang da Zahmeres.

Gesungen und getrommelt wurde auch Bekanntes und weit Verbreitetes – *Go, tell it on the mountains* zu jeder Jahreszeit oder *Down by the river-side,* nur einem einzigen Vers, der eine ‚load‘, aber kein ‚sword and shield‘ niederlegte. Vor allem aber wurde immer wieder knapp und kommentarlos der ‚glückselige Tag‘ gepriesen, der einer Erwartungsvollen wiederum nur Halb-und-

Halbes und kein volles Genüge brachte. *Happy day! Happy da-y!* Noch ein Vierteljahrhundert danach vor dem Bildschirm, darauf Buchstaben sich zu Wörtern, Wörter sich zu Sätzen verketten, vermag die vor sich hin gesungene Melodie dieses Primitiv-Liedleins die Stimmung von damals aufzuerwecken.

Die Kollektenprozession gegen Ende des Gottesdienstes war vor allem Gelegenheit zu großer Modenschau. Man erhob sich bank-reihenweise, von hinten beginnend, und zog auf möglichst gro-ßen Umwegen Richtung Altar, um daselbst sein Scherflein einzu-legen oder auch nur den frommen Schein eines Opfers zu wah-ren, indem man die devot zusammengelegten leeren Hände dar-über hielt, oft ohne sich auch nur die Mühe zu geben, die Leere der Hände zu verbergen. Diese Prozession, im Tanzschritt und händeklatschend so lange wie möglich ausgedehnt, diente ein-deutig und in erster Linie der Vorführung des Sonntagsstaates.

Fast alle Frauen wiegten sich im Tanzschritt zum Rhythmus der jeweils gesungenen und von der Trommel begleiteten Lieder. Ja, fast alle. Die alten dürren, krummen Weiblein ebenso wie die saftstrotzenden, aus den Nähten enger Kleidchen platzenden größeren Schulmädchen; würdige Matronen mit wogendem Walkürenbusen ebenso wie stillende Mütter mit dem Baby auf dem Rücken, das bei dem Geschaukel entweder schlief oder mit großen Augen seitwärts in die Gegend guckte und mit dem Ge-ruckel offenbar zufrieden war. Sie tanzten, die Frauen, mit jenen kleinen, schleifenden Schritten, leicht ausschwingenden Armen und Hüften, in die Hände klatschend und mitsingend; gelöst und voll beteiligt am Gottesdienst mit ‚Herzen, Mund und Händen', mit Busen, Bauch und Beinen. Die Frauen. So mit hineinziehen ließen sich allenfalls noch die Studenten; sehr viel seltener die Männer aus dem Dorf; fast nie einer der älteren und alten. Es fiel auf. Es mochten vergangene Missionszeiten nachwirken, da Trommeln und Tanzen im Gottesdienst verboten gewesen waren.

Hemmungen

Die Reverend Missis durfte nicht sitzen bleiben. Sie mußte auch ihr Scherflein opfern. Sie hatte außerdem und ebenfalls ein Sonntagsgewand vorzuführen. Selbstverständlich schritt sie ernst und bedächtig wie alle die alten Mannen einher. Ach, warum durfte es nicht sein? Warum war es verpönt worden, dieses Teil- und Anteilgeheimnis leibhaft-lebendiger Frömmigkeit? Vermutlich, weil es die Einzelseele zu sehr dem Machtanspruch des ,Wortes' und damit der verkündigenden Amtsgewalt entzogen hätte. Warum aber wiederum und grundsätzlich sollte Gott nicht im Tanz begegnen dürfen? Wem? Einer Europäerin mit theologischem Lehrauftrag an einem Pfarrseminar im Regenwald Westafrikas? Das war es wohl. Ein unwohles Gefühl der Unangemessenheit. Steif, ein Bündel Hemmungen und bisweilen geradezu mürrisch, reihte die große Erwartung, längst aufgelöst in Enttäuschung, sich ein. Da nicht *alles* zu haben war, ward auch das Wenige, das möglich gewesen wäre, verschmäht als etwas Lächerliches. Etwas, das unter der Würde gewesen wäre.

Das innere Hangeln nach etwas, das einer Art Ekstase nahegekommen wäre; das Lauern am Rande des Absprungs, festgebunden am Mast der Wohlanständigkeit, es wagte nicht, oder es war nicht imstande, dem Rhythmus auch nur einen Fingerbreit nachzugeben. Es schritt würdevoll einher und überließ, was nicht, aus welchen Gründen auch immer, zu haben war, der Vorstellung und dem Tagebuch. In der Vorstellung überstieg eine Tanzekstase einen Alkoholrausch um etliche Grade der Sublimation. Alkoholrausch, in seltenen Andeutungen erlebt als ordinären Bier- oder Rotwein-Rausch mit Namen *Belle vie*, stand zum Vergleich bereit. Waren Tonharmonien und Rhythmen nicht geistigere Wesenheiten als Äthanol? Daß im Himmel Musik gemacht wurde, ,mit Harfen und mit Zimbeln schön', war allgemein bekannt; daß dort auch getanzt wurde, ermangelte leider der Überlieferung. Ja, vermutlich lag es an der Überlieferung. So etwas wie tanzende Derwische gab es im Umkreis der christlichen Kirche nicht. Ausbrüche epidemischer Tanzwut im europäischen Spätmittelalter waren etwas anderes. Daß eines nicht fernen Tages westliche feministische Theologie auf den Gedanken ‚Gott zu tanzen' verfallen würde, wäre einer Dogmatiklehrerin im Campus von Nzab'ngen damals noch reichlich abseitig vorgekommen.

Woher also kam die Vorstellung, es müßte schön und erhebend sein, in einem Sonntagsgottesdienst nach Trommelrhythmen zu tanzen? Sie kam sicher nicht aus dem ‚Verweischarakter auf ein Unverfügbares'. Den hatten auch die Freß- und Sexfeste der alten Höhenkulte gehabt. Den konnte auch ein Alkoholrausch haben. Wie hieß doch der heilige Rauschtrank, den einst die alten Inder oder Iraner zu sich nahmen und sogar vergöttlichten? Su- So-, Ha- Ho- Haoma? Soma? Mit dem Tanzen hingegen war es so, daß nach der Tanzstunde im Gefolge einer langen Sinn- und Daseinskrise das Tanzverlangen so erfolgreich unterdrückt worden war, daß es jetzt im Regenwald nur noch leise im Tief-Inneren wimmerte, ohne jegliche Kraft, heraufzusteigen und sich zu äußern. Ergo: ein Ego als wandelnde Gehemmtheit in wallendem Gewand. Eine Inhibierte, eine Gefangene der Innerlichkeit, Wunschvorstellungen überkompensierend ins Unmögliche. Der Gottesdienst ging zu Ende mit kultischer Frustration statt kultischer Euphorie. Und ins Tagebuch seufzte es: ‚Wieder nichts'.

Danach in der Seekistenecke

Nach dem Gottesdienst begab man sich üblicherweise zunächst in das Arbeitszimmer des Ehemannes. Da standen außer Schreibtisch, Schrank und überfüllten Bücherregalen ein bequemes Lotterbett in der einen Ecke und in der anderen, am Fenster mit Gardine nach vorn hinaus, ein Holzsessel und ein geschnitzter Schemel nebst einer Überseekiste, letztere bedeckt mit einem

256

dunkelblauen, gelbgestreiften Tuch, das im Laufe der Jahre die Libationen von Campari und Sherry, Kaffee, Tee, Bier und herbem *Belle vie* in sich gesogen und das Geklecker zu einem bizarren Muster komponiert hatte. Man saß da zu zweit, redete dieses und jenes oder saß bisweilen auch sprachlos verstimmt. In früheren Jahren waren in dieser Seekistenecke bisweilen auch Tränen geflossen ob der Unmöglichkeit, die eigene *Midlife*-Misere einem viellesenden und schließlich eifrig feldforschenden Ehemann verständlich zu machen. Es half nicht viel. Es vergrößerte eher das Elend. Daher in dieser Ecke eines Tages der Entschluß gefaßt worden war: Schluß damit! Schluß mit dem still und ratlos Vor-sich-hin-Greinen! Ab heute nur noch ins Tagebuch!

Von solchen An- und Zwischenfällen seelischer Übelkeit abgesehen war es gut, daß man sich nach den kultischen Enttäuschungen zu zweit über dieses und jenes verständigen konnte. Die Gemeinschaft der Heiligen war in einem Gottesdienst nicht weniger als im Alltag nach Ansehen der Person und gesellschaftlicher Stellung geschichtet. Wie hätte es anders sein sollen? Die Vorstellung, es könnte sich, wenn schon weder Gott noch seinem Wort zu begegnen war, wenigstens ein Gefühl von wohlwollender Gemeinsamkeit ergeben, war sicherlich naiv. Am ehesten kam solches Wohlwollen im Nachgespräch mit dem Kollegen Ehemann zum Ausdruck. Er war bereit, gar manches an seiner Person abreagieren zu lassen, um es in ein besseres Licht zu rükken. (,Mit dem Reverend E. und seinem Liturgie-Gehaspel muß man Nachsicht haben. Der Mann ist alt und krank.' ,Von dem Kw. hätte ich auch eine bessere Predigt erwartet. Er hatte wohl keine Zeit, sich ordentlich vorzubereiten.' ,Ja, früher hat der Frauenchor besser gesungen.' ,Hm. Mit dem Getrommel ist das so was.' ,Was denn?' ,Willst du etwa tanzen?' ,Aber der Trommler hat doch gut getrommelt, nicht wahr?' ,Davon versteh ich nichts.' Schade.) Ja, schade um vieles, das schön gewesen wäre und nicht möglich war. Schade um die Zeit.

Von der Suche nach Allotria

Da Eigentliches nicht zu haben war – Liturgie als formal ausge-
feiltes Rahmenwerk, Gesang in seelenerhebender Form und vor
allen das Wort Gottes in ansprechender Gestalt – blieb nichts anderes übrig, als nach Allotria Ausschau zu halten. Sich an der
Modenschau zu beteiligen, Kleinigkeiten mit Bedeutsamkeit auf-
zuputzen, und vor allem zu den Lamellenfenstern hinaus in die
Eukalyptusbäume und ins Grasland träumend nach der Muse zu
suchen. Sich wenigstens das Vorbeihuschen ihres Schattens, das
Vorüberwehen ihres Lächelns einzubilden.

War man sonst nicht ganz allein? Die Sonntagsgottesdienste
wurden während des Schwellenjahres, da der Kollege Ehemann
des öfteren auch sonntags feldforschend unterwegs und ab Mai
gar nicht mehr da war, zunehmend einzelgängerisch bis in völli-
ge Isolation hinein. Mit wem soll ich denn reden? Man begrüßte
einander, wenn es sich ergab, auf der Treppe vor dem Eingang.
Man tauschte mit diesem oder jenem ein paar Höflichkeiten, vielleicht sogar Freundlichkeiten aus. Gewiß. Aber die Leute – die
Leute – welche Leute denn? Die beiden Häuptlinge? Die Lehrer
der Primar-, bisweilen auch der Sekundarschule samt deren werten Gattinnen? Die Gemeindeältesten und wer sonst noch zur
Kenntnis genommen zu werden ein Anrecht hatte? Man begrüßte
und ließ sich begrüßen. War der Gemahl zur Seite, so war er es,
der den Umgang mit den Honoratioren pflog, und zwar mit
Witz, Charme und Leutseligkeit, während die Gemahlin, um ein
höfliches Lächeln bemüht, eher hölzern und wie nicht ganz vorhanden daneben stand. Vielleicht schweifte die erwartungsvoll
darbende Sonntagsseele bereits mit Schwalbenflügeln über den
Campus, um ein Mücklein Allotria zu erhaschen – einen Zipfel
vom Gewand der Graslandmuse etwa. War es nicht zu haben,
was dann? Dann blieben zunächst nur die Modenschau und die
allfälligen Einfälle, die sich daran knüpfen mochten.

Da saß eine Sonntägliche dann unter den Männern, neben dem Ehemann, einem anderen Kollegen oder sonstigen *big man* von auserlesener Gleichgültigkeit; vielleicht auch allein in der Bankreihe; denn die Männerseite war, von der Phalanx der Studenten abgesehen, nie so gut besetzt wie die andere Seite. Saß und die Blicke schweiften hinüber, wo die ,richtigen' Frauen saßen, dicht an dicht, mit ihren Babies und in ihrem Sonntagsstaat, von einer Farbenfreude, die auf weißer Haut in vulgären Tönen gekreischt hätte, auf schwarzer hingegen lebhaft vibrierte: Gras-, Gift- und Smaragdgrün; Chromorange, Himmel- und Türkisblau; bisweilen auch ein übersüßes Bonbonrosa. Festliche Spitzengewebe überglitzert von Gold- und Silberlamé. Tabu waren nur Dunkelrot und Gelb: das Gelb verdorrter Vegetation, das Rot vergossenen Blutes. Diese richtigen Frauen trugen ihre phantastisch drapierten *headgears* mit dem Selbstbewußtsein gekrönter Häupter. Die alte Begründung ,von wegen der heiligen Engel' wurde an diesen Kopfbedeckungen zuschanden. Aus der Not des Tugendgebots machte gewitzte weibliche Eitelkeit ein textiles Schaugepränge, an dem die heiligen Engel sich wahrhaftig hätten versehen können. Mit diesen richtigen Frauen, mit diesem lebenstüchtigen – wie? Doch nicht ,Weiberhaufen'? Bewahre! Mit diesem Zweidrittelübergewicht der Kirche hatte die neuzeitlich fremländische Reverend Missis und nicht ganz richtige Frau aus dem alten Missionshaus herzlich wenig zu tun. Hier war, vom Almosengeben in Einzelfällen in der Form von Schul- oder Krankengeld oder auch einfach so, auf ein wenig Gejammer hin, keine Gemeinschaft der Heiligen als Möglichkeit vorgegeben.

Eine Frau saß auf der Männerseite, barhäuptig. An der spätsommerlichen Melange frisch gelockten Sonntagshaars hätte sich nur ein sehr einfältiger – vielleicht auch ein raffiniert einfältiger – Engel versehen können. Es verirrte sich vermutlich nie einer in die Nähe. Das fahle Weiß der Haut hüllte sich am wohligsten in die Kontrastfarbe Dunkelbraun, bisweilen unterlegt durch kühles

Narzissenweiß. Das Selbst umgab sich mit der aschlila Resignation eines Fremdkörpergefühls ‚unter diesen Leuten und Umständen'. Die eingeborene Gemeinde war wie ein feuchter Lehmklumpen, an dem das Vorhandensein einer Fremden wie dünnes Getröpfel abperlte. Würde je ein Stück Seele zurückbleiben an diesem Ort, dann einzig entlang der Kraterkonturen des Ké, in hohen Oktoberhimmeln und im dämmernden Eukalyptuslaub zusammen mit dem Abendstern. Vielleicht auch in der Erinnerung an Chorgesang und unvollendete Trommelekstasen.

Eine Abgekapselte saß und konzentrierte sich auf Allotria. Auf ein Sammeln von Mosaiksteinchen, die freilich nie hinreichten, um ein sinnvolles Bild zu ergeben. Es half gegen die Langeweile ein Spiel mit Augenblicken, Zufällen, Einfällen, hin und her irrlichterierenden Empfindungen und Vorstellungen. Ein Zeitvertreib. Wer etwa kam zu welcher Tür herein? Wer saß wo, zwischen wem und wem? Saß der richtige Trommler an der großen Trommel? Hatte er sich wieder gedrückt und das Instrument dem Nachbarn zugeschoben? Wer war zum Liturgen bestimmt anstelle des alten und kranken Gemeindepfarrers? Es bestand nämlich die Hoffnung, daß bei aller Hohlheit der frommen Worthülsen eine disziplinierte Stimme in ruhigem Wohllaut, in tadelloser Aussprache und Intonation des schwierigen Hochenglisch im Raume schweben würde wie jene Taube über den Wassern, so daß etwas Annehmbares gegenwärtig wäre im ansonsten Wüst-und-Leeren. Es käme dann nicht darauf an, wie sich alles übrige hinter dem Altartisch ausnähme. Ob da würdige Gefaßtheit stünde, ob Zeichen von Nervosität sich ausbreiten würden in Wellenringen bis herüber zu einer Tutorin, die das gegebenenfalls zu begutachten haben würde. Das Tragen eines Talars war vor der Ordination nicht gestattet. Also schwarzer Anzug, weißes Hemd und vielleicht ein neuer Schlips. Wenn Abendmahl gefeiert wurde, war auch ein weißer Anzug möglich mit Silberknöpfen auf Brust und Bauch. Ein bodenlanges sanftblaues Mallams-

260

gewand (ein *Mallam* ist ein Gelehrter, besonders ein Korankundiger) mit Silberborte, wie es zu akademischen Feierlichkeiten im Refektorium drüben getragen werden mochte, wäre, wenngleich es der Figur gut getan hätte, im christlich-kultischen Rahmen unangebracht gewesen.

Und was spielte sich auf der Kanzel ab, wenn der Studenten einer zu predigen hatte? Bedächtige Rhetorik und sparsame Gesten. Schön. Und dennoch diese sankrosankte Langweiligkeit, starre Korrektheit und eine blecherne Moral. Wenn das auf den Zementfußboden gefallen wäre, es hätte geschreppert wie ein Karton voll leerer Dosen *Peak Milk*. Es eierte alles so vor sich hin, und doch hätte kein Zweifel am heiligen Ernst des Predigers aufkommen können, wenn es denn ein bestimmter gewesen wäre. Es gab die Mehrzahl derer unter den Studierenden, die bei Probepredigten trotz homiletischer Unterweisung besinnungslos daraufloslaberten, durch Salbung ersetzend, was an Geist abging. Bei einigen wenigen war dies nicht der Fall. Und dennoch. Die so nahe am Abgrund eines fatalistischen Schicksalsglaubens entlang lavierende Botschaft von einer in der *Gottesgnad alleine* gründenden und feststehenden Rechtfertigung im Glauben an den Sinn des Kreuzes war südlich der Sahara offenbar noch nicht angekommen. Hatte sie nicht fünfzehn Jahrhunderte gebraucht, um nördlich der Alpen in Wittenberg anzukommen?

Die Suche nach Allotria mochte sich schließlich selbst mit den Türhütern beschäftigen. Es gab so etwas erst seit kurzem, seit nämlich beschlossen worden war, die Gemeinde zur Pünktlichkeit zu erziehen und der Beliebigkeit von *African time* einen Riegel vorzuschieben. Der Türhüter, meist ein Student, stand an der Tür, die er hüten sollte, und es konnte geschehen – geschah aber im vorletzten Jahre nur ein einziges Mal – daß die Tutorin nach ihrer Armbanduhr ganze fünf Minuten zu früh, nach der Kirchenglocke jedoch fünf Minuten zu spät kam. In ihren Festgewändern kam sie angerauscht, und der Türhüter öffnete die bereits geschlossene Tür. Das hätte der artigste und anmutigste Augenblick der ganzen Veranstaltung sein können – ein freundliches Lächeln und eine hauchdünne Andeutung von – nun, von etwas, das eben noch möglich und schön gewesen wäre: ‚Am I late?' Aus unergründlichen Gründen vergab sich die Gelegenheit. ‚It's five to nine!' fauchte die Tutorin. Ja, es war ein Fauchen. Ein Fauchen wie zwei Jahre zuvor, als auf der Reise ins Grasland das Zuspätkommen einiger Studenten die Weiterfahrt verzögert hatte. Ein Fauchen vielleicht aus vorweggenommener Frustration, unbeherrscht in ruhige Beherrschtheit und höfliche Distanz hinein. Ein schmalgeschweifter Blick, kühl und korrekt, brachte zur Besinnung. Was war das gewesen? Etwas wie eine moralische Niederlage einer Vorgesetzen einem Türhüter gegenüber. Und wer oder was war schuld daran?

Die Suche nach Allotria hatte bisweilen Literarisches im Blick: Was werde ich nachher in mein Tagebuch schreiben? Es darf doch kostbare Lebenszeit nicht so sang- und klanglos und *sine linea* vergehen! Mit langsam ertaubendem Ohr Gehörtes, mit bebrilltem Augen Erblicktes und Betrachtetes, mochte es noch so nebensächlich sein, war leichter zu beschreiben als die Sirenengesänge und verwehenden Schlieren der Tagträume, die in die Eukalyptusbäume schweiften und hinauf ins Grasland.

Da standen etwa, in nachträglicher Verbildlichung und Stilisierung wie Säulen, eine ionische und eine verkorkst dorische, am Beginn und gegen Ende des akademischen Jahres je eine Begebenheit. Die Ansätze zur Beschreibung der Episoden im Tagebuch, wenige Stichworte, holen Augenblick und Anblick über ein Vierteljahrhundert wieder herbei – ‚als sei es gestern gewesen'. – Edel stand die erste der beiden Säulen in der Gegend, schlank und ionisch von der Basis bis zum Kapitell. Sie stand da im November, als die Reverend Missis das erste Mal wieder zu amten hatte. Es war soeben in feierlicher Prozession der Chor eingezogen; der stehenden Gemeinde gegenüber stand die Amtierende hinter dem Altartisch und schlug das dicke Liturgiebuch auf. Die hochkirchlichen Formelketten würden keinerlei Schwierigkeiten, sie würden schieren Genuß bereiten. Das Haupt erhob sich zum Eingangsgruß. Der Blick flog wie auf Anruf über die Köpfe der Menge hinweg durch die große Halle bis zum Hauptportal. Das war soeben geschlossen worden. Der Türhüter stand aufrecht und reglos davor und richtete das Angesicht zum Altar. Wo sonst hätte er es hinwenden sollen. Er stand allein und isoliert, die Feierlichkeit des Augenblicks erlaubte es nicht, nach einem Platz zu suchen, ehe das erste Gemeindelied angestimmt war. Da ergab sich flüchtig und schön ein Anblick von seltener und seltsamer Kontrastharmonie zwischen düster-ernster Amtstracht und einem heiter-hellen Festtagskittel. Dem klerikalen Tiefschwarz, das Amt und Würden aufs Podest stellten, stand in aparter Klarheit gegenüber das Frühlingsgrün des goldgestickten Kittels, den an diesem Morgen der Türhüter trug. Glanz und Düsternis riefen einander zu wie eine Tiefe der anderen, schwarze Erde goldgrünem Baumgewipfel. Über der bunten Wirrnis der versammelten Gemeinde begegneten und umarmten sich in flachem Bogen über alle Köpfe hinweg Farbe und Nichtfarbe – ein ästhetisches Ereignis von erlesener Seltenheit und großem Reiz. Eine perfekte Illusion von Gemeinsamkeit im Kontrast. Ein Augenblick, eine Empfindung schön wie eine ionische Säule.

Eine dorische Säule wäre auch als Torso noch erhaben. Was hieße da also ‚verkorkst‘? Es hieße falsch zusammengesetzt und dadurch verschandelt. Unten dorisch und Marmor, oben ein Klumpen Lehm oder ein Brocken schwarzer Lava. Es ergab sich gegen Ende des akademischen Jahres. Schuld daran war vermutlich die Froschperspektive nach Ablenkung suchender Langeweile. Hinter dem Altartisch stand einer der Studenten als Liturg, machte seine Sache recht und schlicht und saß dann während der Predigt auf der Bank der Ältesten, oben auf dem Podium und allzu sichtbar für einen Blick, der immer wieder irritiert nach vorn wanderte, denn seitwärts, jenseits der Lamellenfenster, stand dicke Regenzeit als graue Mauer. Drinnen und droben also saß etwas in schlecht sitzendem schwarzem Anzug, in sich versackend, nahezu verkrüppelt, und am Schlips prangte eine lächerliche Blechplakette. Ein Auge, das nach Schönem suchte, wandte sich beleidigt ab. Von der Kanzel fiel die Botschaft in steinigen Brocken auf den grauen Betonboden. So nichtssagend muß die Predigt eines Beliebigen gewesen sein, daß der hybride Anblick auf der Bank der Ältesten – von den Hüften abwärts geometrisch wie eine Pharaonenstatue, Arme und Beine parallel und neunzig Grad angewinkelt, oben aufgepfropft ein Strohsack, ein Bajazzo – unwillkommene Ablenkung bot. Eine hungrige Seele irrte umher, knurrte vor sich hin, ließ den Blick immer wieder streunen und sich verscheuchen von einem unschönen Anblick und einer lächerlichen Blechplakette. Was konnte der Betreffende dafür? Nichts. Gar nichts. Es war die Langweile und die ästhetische Empfindsamkeit einer Weißen, einer Frau, einer *fraternal,* die sich an einem völlig Schuldlosen verging.

Gemeinschaft der Heiligen? Ein ‚alt runzlig Weib' fürwahr. Das einzig Schöne war am Ende doch die Modenschau der Weiblein jung und alt, einschließlich einer mittelalterlichen Missis, die der unsichtbaren schönen Seele nach außen hin Sonntagsgewänder überwarf, aber im innersten Grunde nicht recht wußte warum und wozu… Für wen die Modenschau? Wer bewunderte das Rosmarinhaar? Wo war ein angemessenes Teil am Sein durch Wahrgenommenwerden? Eine Bühne war aufgebaut mit exotischen Kulissen, umrahmt von Trommelrhythmen – wo aber war das Schauspiel, das Fest, die Begegnung mit etwas, das den Alltag überstiegen hätte Richtung inneres Erlebnis? Wozu die immer neue Einstimmung auf Sonntäglichkeit? Wozu alle die Vorbereitungen am Morgen und am Abend zuvor?

Von den Präliminarien

Wozu? Ein Achselzucken. *Faute de mieux.* Angesichts von Enttäuschungen und Langeweile bildeten sich im Laufe der Jahre vorbereitende Rituale heraus, die weniges, das schön und sinnvoll erschien, *vor* die Schwelle des Kirchgangs verlegten. Sie gaben dem Zeitabsitzen ein brüchiges Sinngerüst am Rande pragmatischer Häresie: der Einzelne nimmt sich heraus, er bastelt sich zurecht, wessen die sonntäglich gestimmte Seele bedürftig ist.

Die *Hairesis* war durchweg ästhetischer Art. Es ging zum einen um die *Esthetes* der sonntäglichen Modenschau, zum anderen um das sonnabendliche Ritual des Waschens von langem Haar. Eine Abweichung von der frommen Überzeugung, daß Gott das Herz ansieht und nicht die äußere Aufmachung, setzte sich durch. Es war letztlich ein Absinken unter das Niveau bisheriger Selbsteinschätzung und geistbetonten Selbstbewußtseins. Es endete in genußvoller Selbstbespiegelung – in unverstelltem Narzißmus. Diese Erkenntnis hinkt nicht etwa ein Vierteljahrhundert nach. Sie kam und war da im gleichen Augenblick wie der erste, nicht mehr datierbare Blick in den Spiegel, der einer veränderten Selbstwahrnehmung begegnete.

Die bis dahin geltende war eine puritanisch selbstverleugnende und zugleich hochgemut selbstbewußte gewesen – eine brigittahaft Anspruchsvolle schnitt dem Spiegelbild Grimassen: was schiert mich Vierkant *en face* und ein verkniffenes Minimum an Mund; was Stiefelnase im Profil samt abgeplattetem Hinterkopf! Mit der Plage chronischer Akne vulgaris war, dank Waschgel, Heilsalbe und ein wenig Puder, irgendwie zurechtzukommen. Des Vaters Gene hatten nicht nur zu viel Androgen, sie hatten auch schönes, kräftiges Dunkelhaar vererbt. Der einst in schweren Zöpfen, später in lässigem Gelock in den Nacken fallenden, inzwischen sich lichtenden Pracht galt regelmäßige Pflege.

Das sonnabendliche Waschen des Haupthaares mochte noch wichtiger erscheinen als das sonntagmorgendliche Ankleideritual. Die frisch gewaschene und aufgebundene Zier eines ‚Pferdeschwanzes' hatte schließlich die ganze Woche über Teil an der *persona* einer Tutorin. Außerdem und überdies – war es nicht einst, zur Zeit der Zöpfe und vorausschauender Erwägungen, daß es für ein Mädchen doch wohl besser sei, einen Beruf zu erlernen, der Mutter brillante Idee gewesen, das Töchterchen könnte dermaleinst Friseuse werden?

Die Waschprozedur war kompliziert und ritualisiert bis zur Vollendung. Es soll ihrer gedacht werden in diesen bequemen Zeiten gedankenlosen Kalt-und-Warmwasserhahn-Aufdrehens über einem perlgrauen Waschbecken in einem lilienweiß gekachelten Bad mit erdbeerroter Häkelgarnitur. Das Bad im Anbau des alten Missionshauses war ein verschimmeltes Gelaß mit rissigem Betonboden und einem durchlöcherten Blecheimer als Dusche. Das Waschbecken unter dem Wasserhahn hielt kein Wasser; defekt vorgefunden, blieb es defekt zehn Jahre lang. Es mußte da also als erstes in dunkler Küche ein großer Aluminiumkessel vom gußeisernen Herd zum Gaskocher hinüber gehoben und das vom Mittagsholzfeuer noch lauwarme Wasser wieder erhitzt werden. Das heiße Wasser mußte sodann ins Bad getragen werden, zwanzig vorsichtig kleine Schritte die Anbauveranda entlang – Ach, blinkt nicht im letzten Abendlicht, dort drüben im Eukalyptuslaub – *‚Abendstern, sei mir gegrüßt, du Lieber…'* – , um in dem dunklen Gelaß auf einer wackeligen Bank abgestellt zu werden. Auf der gleichen Bank mußten eine schummrige Buschlaterne oder, heller, aber auch riskanter, eine Aladinlampe mit hohem Glaszylinder *und* eine weiße Emailleschüssel Platz finden. Darunter ein Eimer mit kaltem Wasser. In die Schüssel wurden heißes Wasser und kaltes geschöpft für eine Vorwäsche, weggeschüttet ins Abflußloch der Duschecke, wieder gefüllt, Hauptwäsche, weggeschüttet. Daraufhin mußte das abkühlende heiße Wasser noch für zweimaliges Spülen reichen. Alles mußte bedachtsam geschehen, um nichts – ,...*goldnes Licht der holden Aphrodite* ...' – ins Wackeln und zum Umkippen zu bringen. Das heiße Wasser mußte genau eingeteilt werden. Es war weiches Wasser vom Berg herab, unverkalkt und ungechlort; rein, wenngleich unabgekocht zum Trinken nicht geeignet. Das nasse Haar – ,...*heil'ger Schmuck der dunkelblauen Nacht*' – wurde mit zwei weißen Handtüchern aus altem Familienleinen vorgetrocknet, die feuchte Haut mit Rosmarinwasser behandelt, das Haar sodann in zwei Strähnen geteilt, deren jede erst um den Zeigefinger gewickelt und sodann mit ein paar Haarklemmen im Nacken befestigt wurde. Dann bedeckte ein weiteres weißes Handtuch Haupt und Haar. Mit diesem Turban gekrönt und angetan mit einem langen nougat-braunen Mondblumenkleid war es möglich – ,...*darum spende* du *mir Licht; denn*...' – am späten Abend noch in der Seekistenecke zu sitzen oder schwarze Schrumpelfischlein, auf weißen Reis gebettet, an der Tür des Kabinetts entgegenzunehmen.

Mit dem abendlichen Ritual ergab sich von immer neuem Einstimmung auf Unbestimmtes – vielleicht würde es sich doch einmal ereignen. Am Sonntagmorgen, wenn die Klemmen entfernt, die aufgerollten Strähnen entrollt und durchgekämmt waren, ergab sich zunächst Anlaß, resigniert die reiche Ernte zu betrachten, die zwischen den Zähnen des Kammes hängen geblieben oder auf die Bastmatte gesunken war. Auch das gehörte dazu: das Gewißwerden von allmählichem Verfall. Was zwei Hände fassen konnten, ließ sich locker aufbinden mit grauem Samtbande, und neuerwachter Selbstgenuß freute sich der Vortäuschung einer Fülle, die unaufhaltsam dahinschwand.

Der ästhetische Selbstgenuß begann hinter geschlossenen Türen und mit der Erkenntnis, daß puritanische Ideale, daß stoisch-kynische Verachtung weltlicher Eitelkeit im Hinblick auf das äußere Erscheinungsbild; daß die angestrebte Autarkie Grenzen hatte, die nach und nach aufgeweicht und im vorletzten Jahre verdampft waren. Zur Kirche hinüber flatterte im Fledermausgewand, rauschte in stahlblauer Prinzeßrobe, schritt feierlich im Aztekenetui eine von immer neuem Erwartungsvolle hinein in öffentliches Wahrgenommenwerden, ohne zu bedenken, daß selbiges durch die allgemeine Modenschau in engen Grenzen bleiben mußte. Höchstvermutlich fand niemand die Reverend Missis so interessant wie diese sich selbst.

Der Modenschau im Sonntagsgottesdienst wurde bereits Erwähnung getan. Afrika ist bunt und wiederholt sich. Wie überall im Lande war auch in Nzab'ngen jeder Gottesdienst eine festlich-farbenfrohe Angelegenheit, bunt wie eine Hochzeit, ein Schulfest, ein Wochenmarkt. Unter den Männern gab es immer einige wenige, welche in unauffällig westlichem Anzug erschienen. Die übrigen prangten im knallbuntesten Oberhemd oder präsentierten sich in Brokat- und Seidenkitteln mit herrlichen Ornamentstickereien. Selbst ein V.I.P., vor allem wenn er aus dem Grasland stammte, mochte gelegentlich im kunstvollen Faltenwurf einer wallenden Agbada, weiß, gold oder blau, bedeckt mit profuser Stickerei, auftreten. Wenn gelegentlich ein Greis, um dessen Kleidung sich offenbar niemand kümmerte, in einem zerschlissenen Hemd über schmutzigem Wickeltuch erschien, so nahm niemand Anstoß. – Unter Frauen begegnete Uniformierheit (auch in Weiß oder Schwarz) nur, wenn es sich um einen Chor oder ein Clanfest handelte. Ansonsten wickelte sich sonntags eine jede in ihr schönstes, bestes und teuerstes Wickeltuch, Polyester, Seide, Brokat, oder warf sich ein entsprechendes voluminöses Gewand über und türmte auf das hoch erhobene Haupt einen Sonntagskopfbund in phantasiereicher Drapierung.

Das war alles ganz hübsch anzusehen, zeugte von einer naiven Unbekümmertheit und Freude am festlich Bunten. Wer, unter den Weißen, protestantisch-puritanischen Prinzipen treu, eine ganze Weile Widerstand geleistet hatte, war die Reverend Missis. Sie war des Sonntags in der Kirche nicht anders erschienen als unter der Woche im Unterricht: in colanußbraunem oder nacht-blauem Hosenanzug, in selbstbewußter Strenge demonstrierend, daß sie kein putzsüchtiges Weib, sondern eine ernstzunehmende Lehrkraft sei, die Anspruch auf einen Platz auf der Männerseite erhob und nicht daran dachte, sich auf der Frauenseite einzuord-nen. Selbstbewußtsein vielleicht mehr noch als asketische Verach-tung weltlicher Eitelkeiten bewogen dazu, sich so männlich-schlicht wie möglich zu kleiden. Keine Frau sonst im Campus trug Hosen (der Tutorin Vorbild wurde erst nach und nach von Studentenfrauen nachgeahmt) und benahm sich, mit Männern das bescheidene Maß an Macht und Herrschaft teilend, das zur Verfügung stand, in der Öffentlichkeit so kühl und stirnrunzelnd wie ein Mann, der Verantwortung trägt und etwas zu sagen hat.

Festgewänder ohne Feste

Dann aber, eines ungenauen Tages (es mochte zu Beginn des Schwellenjahres vielleicht zwei Jahre her sein), hatten die naive Lust der Augen und ein gelockertes Bedürfnis nach Selbstdarstel-lung männische Schlichtheit und Strenge eingeholt und überrun-det. Freilich nur an den Sonntagen und im Gottesdienst. Es hatte der Ehemann schon in den ersten Jahren zwei oder drei exotisch-schöne Gewänder aus der Stadt am Südatlantik und aus dem Grasland mitgebracht. Das allererste war noch ganz unafrika-nisch ein schmales schwarzes, taillenloses und gerade fallendes Etui gewesen, vom Schlüsselbein bis zu den Knöcheln, mit Trompetenärmeln und mattgoldener Borte ringsum, in breiten Streifen von oben bis unten in porösem Goldbeige bedruckt mit Aztekenmasken. Was die in Afrika zu suchen hatten, blieb rätsel-haft; aber das Kleid war apart. Ganz unafrikanisch. Wie mochte der Kollege Ehemann, der gewöhnlich auf Äußeres keinen Wert legte, auf die textile Ungewöhnlichkeit verfallen sein?

Das nächste Geschenk war ein petrolblaues Prinzeßkleid aus Bamenda, also tailliert und mit schräg nach unten faltenlos und rundum standfest sich weitendem Rock bis zum Boden. An allen Säumen entlang bis zum flachen Halsausschnitt zog sich eine Borte silberner Mäander, sich ein- und wieder aufrollend, ein klassisch schlichtes Wellenspiel. Auch diese festliche Eleganz war der Einfall eines Ehemannes gewesen, und im vorletzten Jahre gesellte sich während der Märztage im Grasland ein weiteres von gleicher Machart, ein dunkelbraunes ‚Bamendakleid' hinzu.

Das erste echt afrikanische der Festgewänder war das vom Dezember 1980 aus Duala gewesen; auch Geschenk, aber auf eigenhändigen Fingerzeig und Anspruch hin: Das da gefällt mir! Faltenreich, seidenleicht; vielbeschrieben, nahezu hymnisch besungen: dunkel wie Bohnenkaffee pur, ein quadratisches Stück Stoff, in der Mitte eine V-Öffnung für den Hals, seitlich je eine Naht locker am Körper entlang, die fließende Weite der Ärmel abteilend wie bei einer *Agbada*, einem Männergewand; an den Säumen schmale Silbermäander, über der Brust eine Orgie ornamental schlangenhafter Verkurbelungen, eine wahre Ägis: das vielgeliebte ‚Fledermausgewand' der Graslandabenteuer.

Während der ersten Jahre wurden diese Gewänder dem Geber der Gaben zuliebe bei gewissen privaten Gelegenheiten getragen, im Hause beim Tee, beim abendlichen Bier, allenfalls beim Lustwandeln auf der Veranda. Dann wagte sich, an Silvester etwa, die ungewohnte Aufmachung unter die weißen Nachbarinnen, deren einige ähnliche Gewänder trugen, und schließlich auch vor die Augen der Gemeinde im Sonntagsgottesdienst. Das war nun zwar kein Fest; da indes die Frauen festlich gewandet erschienen, mußte es doch wohl auch einer Reverend Missis gestattet sein. Ein kurzes Zögern verursachte beim ersten derartigen Auftritt die Frage: auf welche Seite gehöre ich nun? Beansprucht wurde weiterhin die Männerseite.

270

Im vorletzten Jahre gelangte ins Bewußtsein, was seit zwei Jahren schon unterwegs gewesen sein mochte: die sonntägliche Frisier- und Ankleidezeremonie im Arbeitskabinett mußte als eine Art Kompensation für kultische Frustrationen betrachtet werden. Eine mechanisch abgeleierte oder holter-die-polter durchstolperte Liturgie; das unbedarfte Geschwafel oder mit Vorschlaghammern dreinhämmernde Moralpredigen von der Kanzel herab und was danach vom Lesepult her noch hinterdrein kam – um dergleichen durchzusitzen bedurfte es einer Vorbereitung, in deren Verlauf der Sinn des Sonntags sich in selbstbezogener Sinnenhaftigkeit wiederfand: darin, sich schön zu machen und schön zu finden, allein vor einem zerbrochenen und geklebten Spieglein an der Wand. Allein und in allererster Linie narzißtisch für sich selbst. Denn für wen sonst? Der Kollege Ehemann schenkte zwar gern Schönes, Blumen, Schmuck, und sogar Kleider, pflegte indes alles nur in allem zu nehmen und auf Äußerlichkeiten im allgemeinen noch weniger Wert zu legen als die Kollegin Ehefrau. Für die Leute also? Vielleicht. Ein wenig Wahrgenommenwerden, nicht als Amtsperson, sondern als schöngewandete Erscheinung: es war harmlos und konnte dem Selbstbewußtsein nicht schaden. Und im Hinblick auf die Studenten? Die – ? Oh! Natürlich. Die waren sonntags auch da.

Der Kirchgang also wurde zum Anlaß, alle die schönen Kleider anzulegen und auszuführen, die sich im Laufe der Jahre ange-sammelt hatten. Außer den aparten Geschenken des Ehemannes gab es nur weniges – ein langes, maronenbraunes Mondblumen-kleid, einen geraden cognacbraunen Satinrock, selbstgenäht, und ein weich wie ein griechischer Chiton fließendes warmes Schoko-ladenbraun mit schmalem Goldgeschlängel an den Säumen und Kurbelornamenten über die Brust hin. Der festlichen Blusen gab es einige mehr, lilienweiß mit Volants, champagnerfarben mit großer Schalschleife vorn, wo sonst nicht viel vorhanden war. Brombeer, Aschlila und Altrosé kamen, kombiniert mit hellen

271

oder dunklen Beinkleidern, gelegentlich auch im Unterricht vor, wo im übrigen das Weiß und Dunkelbraun strenger Oberhemden vorherrschte. Manche Kleidungsstücke hatten sich bereits vollgesogen mit Erlebnisfarbstoff – ‚Das hab ich getragen, als bei einem Schuljahreseröffnungsfest jener erste sonderbare und sogenannte Tanz…' – es handelte sich um das Petrolblaue. Zum Aztekengewand gehörte die Erinnerung an die erste öffentliche Stegreifrede, gleich im ersten Jahr. Das Fledermausgewand erhielt seine Weihe während des Schwellenjahres, an dem Abend im April 1981, auf der vorderen Veranda, als der erste Frühlingsvollmond sich rundete und im oberen B'ssi der Mwankum brüllte. So näherten sich diese *Esthetes* der Seinsweise von Reliquien: ‚Das ist übriggeblieben von dem, was einst war.' Und was war's? Ein Vorführen von Festgewändern ohne Feste.

Es konnte vorkommen, daß das Ankleideritual am Sonntagmorgen in Selbstbetrachtungen versank, in eine Suche nach dem Selbst: wer war ich einst? Was bin ich jetzt, außer Rollenspiel? Machen Kleider Leute? Eine Militäruniform, eine Richterrobe, ein Ärztekittel, ein Waidmannsrock, ein Gelehrten-, ein Pfarrtalar, ein Brautkleid, ein Empire-Nachthemd, Knickerbocker – was noch? Ein Frack? Eine *Agbada*? Was macht dieses festliche Gewand aus mir? Warum hab ich mich früher nie um Schönsein und schöne Kleider bemüht? Keinen Gefallen gefunden an gefälligem Aussehen? Meine schöne Seele wollte ich geschätzt wissen und die Schätze meines Geistes. Warum fängt das Klamottentheater, dieser eitle Firlefanz, jetzt auf einmal an? Ich habe doch früher nie – wirklich nie?

Und es konnte geschehen, daß vor dem Spiegel eine Falltreppe sich öffnete. Die Stufen der Jahre hinabsteigend fand die Selbstbetrachtung sich wieder vor dem großen Schrankspiegel einer Studentenbude. Erinnere dich. Sieh doch, wie eine Unscheinbare, eine Studentin der Philosophischen Fakultät, sich dreht und wendet, eingezwängt in eine Schlangenhaut aus falschem Brokat, champagnerfarben mit dünnem Goldlamé; wie sie versonnen ein ebenso enganliegendes dunkelrotes Samtimitat streichelt und die weiße Spitze um den viereckigen Halsausschnitt apart findet! Eine weiße Häkelstola bedeckt die Blöße der Arme. Erinnere dich wenigstens dieser beiden Kleidchen, selbstgenäht für genußvolles Dasitzen-Dürfen auf dem Olymp von Tiliapolis. Drunten auf der Bühne warf Don Giovanni hochauffahrend das Sektglas über die Schulter; erkletterte die Königin der Nacht die schwindelnden Höhen ihrer Koloraturen; saß Gretchen sinnend am Spinnrad, kraulte Titania den Esel Zettel zwischen den Ohren.

Von wegen ,Ich habe doch früher nie...'! Es ist wahr. Es ist auch wahr, daß während jener vergangenen Jahre Cocktailkleidchen aus dem Versandhaus bestellt wurden, ebenfalls wenigstens zwei, und das eine von so vornehmer Schlichtheit – auf schwarzem Grund ein dichtes braungoldenes Rankenwerk von stilisierten Rosen: ein Fotoporträt läßt das Muster noch schön erkennen. Der Halsausschnitt ist oval und hinten tiefer als vorn; die Ärmel waren dreiviertellang, der Rock in der Taille angeschnitten und von maßvoller Weite bis eine Handbreit unter das Knie. Es ist das Foto, das der Klassenkamerad per Brief bekam, als er um eins bat und sein eigenes schickte, nach zwei Jahren des Schweigens.

Es ließe sich fast nicht sagen, was schöner war: das Cocktailkleidchen aus dem Versandhaus oder das kräftige, volle Haar von damals, das dunkelbraune, das keines Friseurs bedurfte, nachdem die einmal törichterweise abgeschnittene Pracht nachgewachsen war und, zu dichtem Gelock gewickelt und hoch am Hinterkopfe aufgebunden, als fülliger ,Pferdeschwanz' schwer in den Nacken herabhing. Schön war beides, aber schöner das Haar. – Davon war in diesen vorgerückten und stillestehenden Jahren noch Maßvolles vorhanden und spielte mit, bald erste Geige, bald Cello. Denn nun, da im vorletzten Jahr das Sonntagstalent zur

grande dame sich einem Höhepunkt zu entwickelte – das Wohlgefallen daran, zu sehen, wie beschwingend ein Fledermausgewand
wallte, wie majestätisch bis zu den Fußspitzen hinab ein Prinzeßkleid um das Selbstgefühl herumstand, wie nahezu priesterlich
streng und düster das Aztekengewand sich ausnahm; kurz, wie
fremdartig fraulich, wie nahezu faszinos das Spiegelbild gegenü-
berstand in seidendunklem Faltenwurf, im Gekräusel der Gold-
und Silberborten von den Säumen bis hinauf ins aufgebundene
Rosmarinhaar, frisch gewaschen und mit Silbereffekten spielend
– da ward etwas wie ein Flüstern vernehmbar. Ein Flüstern so
diskret wie unüberhörbar: ,*You are a woman.*'

Vom Amtsethos

Die späte Entdeckung eines Selbst, da sich auf bislang unentdeck-
te Weise zu sich selbst verhielt, verdankte sich, um alle Ecken
herum und recht betrachtet, der unbeschreiblichen Langeweile
der Gottesdienste von Nzab'ngen. Enttäuschte Erwartung wich
aus in Allotria, ins Ästhetische und vor den Spiegel. Der Anspruch auf Erbauung ward zurückgeworfen und erbaute sich
schließlich an sich selbst.

Diese Entdeckung änderte nichts am überkommenen Rollenspiel
und seinem Ethos. Das Rollenspiel sah vor, daß von Zeit zu Zeit
die Pflicht zu amten auch die Reverend Missis betraf. Es schien so
einfach und war so schwierig. Es sei hier ebenfalls erinnert.

So einfach schien es. Die Tutoren des Pfarrseminars mußten doch
wohl als *rite* Berufene und hierarchisch Übergeordnete öffentliche
Proben dessen, was sie im Klassenzimmer lehrten, geben. Es wäre also einer kultisch Gelangweilten Aufgabe gewesen, vorzuma-
chen, wie man's macht, um kultische Langeweile zu vermeiden.
Dem Kollegen Schulleiter, welcher Homiletik lehrte, gelang es

274

bisweilen. Nicht nur die Gemeinde hörte sichtlich zu, auch für die anspruchsvolle *fraternal* fielen ein paar Körnlein Nachdenkenswertes ab. Wenn der Kollege Ehemann auf der Kanzel stand, wußte er Geschichtchen zu erzählen, die den Leuten ein Schmunzeln entlockten. Der Landsmann von nebenan wagte bisweilen Provokationen; das war auch nicht schlecht. Wo indes blieb das Tiefschürfende, Gott und den dunklen Labyrinthen der Seele Nachdenkende inmitten von unmöglichen Aufschwüngen im naiven Spiel textiler Ästhetik und gelegentlichen, das Dösen verhindernden unterhaltsamen Episoden fürs Volk?

‚Fürs Volk' – das war's. Es war die Unvereinbarkeit zweier Welten, die alles so mühsam machte. Eine Lehrerin wußte zu lehren, aber nicht zu predigen und vor allem nicht ‚fürs Volk'. Die Kluft war zu weit; Vorstellung und Einfühlung reichten nicht hin, sie zu überbrücken. Die Predigten waren, wie alles an sonstiger öffentlicher Verlautbarung, auf der Ebene von Kollegen und Studenten angesiedelt, und bisweilen sogar darüber, oder richtiger: daneben, nämlich derjenigen Wahrheit entsprechend, von welcher eine Einzelne sich erbaut fühlte.

An Zeit und Mühe der Vorbereitung wurde nicht gespart. Das Schreiben einer Predigt konnte sich eine bis mehrere Wochen hinziehen. Immer sollte es das vollendete Kunstwerk werden. Was dabei herauskam, ging über die Köpfe der Mehrheit, wo nicht der Gesamtheit der Gemeinde, hinweg. Es wurde vielleicht von zwei, drei Auserwählten verstanden. Es ließ die Herzen der vielen – leer. So jedenfalls hatte es knappe zwei Jahre zuvor unverblümt ein Gemeindeältester ausgedrückt: *‚People went home empty.'* Es war nichts anderes zu erwarten gewesen. Die Predigt hatte nur die Predigerin erbaut. Was auch hätten Shakespeare, Cassius und Brutus und was die Versöhnung aus *einem* Kelch der Freundschaft vor dem nahen Tode für die Eingeborenen von Nzab'ngen bedeuten sollen?

Die Mühsal, eine Predigt zu verfassen, stand im vorletzten Jahre nur zweimal an, freilich an zwei hohen Feiertagen. Das Erntedankfest war und ist für eine Junge Kirche Afrikas bedeutungsvoller als Weihnachten, Ostern und Pfingsten zusammen. Für eine deutsche evangelische Theologin indes war der wichtigste Feier- und Trauertag Karfreitag. Beide Feiertage schleiften im Schwellenjahre 1980/81 eine lange Schleppe von Nachdenklichkeiten hinter sich her.

Erntedank der Frauen

Am Sonntag des kirchlichen Erntedankfestes, im November, wurde die Predigerin vorweg an die Wand gepredigt von dem alten Gemeindepfarrer, der als Liturg fungierte und während der Ankündigungen den anwesenden Frauen eine ausführliche Rüge dafür erteilte, daß sie die voraufgegangene Nacht durchtanzt hatten und nur in spärlichen Resten zum Gottesdienst erschienen waren. Er hielt seine Strafpredigt also an die wenigen Treuen und Pflichtbewußten hin. Die geduldige *fraternal* glaubte etwas zu begreifen. Sie sah zu den Frauen hinüber und hätte ihnen am liebsten Zustimmung bekundet – aber wie? Sie zog die Brauen hoch in Richtung des moralpredigenden Kollegen. Es hätte etwas gesagt werden müssen, aber was und wie, ohne mit dem Pigdin-Englisch ins Stolpern zu kommen und Verwirrung zu stiften? Es wären wohl auch so schnell die theologischen Argumente nicht zuhanden gewesen, und ohne häretische Beimischungen schon gar nicht. Von der Kanzel herab heuchelte orthodoxe, schriftlich fixierte Ehrbarkeit. Die Predigt war von einem Studenten schriftlich in Pidgin übertragen worden. Das ward abgelesen. ‚Make I soso try for talk-say for market.‘ Schlechtes Englisch, das im Klassenzimmer den Studenten abgewöhnt werden mußte: Man belobte eine Predigerin, die in erster und letzter Linie Tutorin war, dafür. Die, in des Kollegen Ehemannes freundlich-ironischer Diktion, ‚Pfäffin‘ aber machte sich eine lange Reihe von Gedanken.

Was sich im Dorf ereignet hatte *vor* dem kirchlichen Erntedank, war dazu angetan, einen schmalen Steg zu bauen über die Kluft zwischen der Wahrheit, die eine Theologin erbaute, und dem, was eine Gemeinde im afrikanischen Busch durchschnittlich bewegte. Die Mehrheit der Gemeinde, die Frauen nämlich, hatten vor Freude über eine offenbar gute Ernte eine Nacht oder mehrere Nächte hindurch *getanzt* und darüber ihre Pflichten als Mütter und Ehefrauen vernachlässigt. Sie hatten Palmwein getrunken und kein Essen gekocht. Wer weiß, was sonst noch im Abseits geschehen war. Sie waren dem Gottesdienst ferngeblieben, weil sie sich offenbar an etwas Schönerem und für ihr Gefühl Sinnvollerem erfreut und ermüdet hatten. Waren die leeren Bänke und die Moralpredigt des Gemeindpfarrers nicht der lebendige Beweis für etwas, das in einer umfangreichen Dissertation jahrelang in umständlicher Mühsal als Konflikt zwischen zwei Religions-, zwei Frömmigkeitstypen, zwischen Volk und Prophet, analysiert worden war? Bittesehr, meine Herren Professoren! So etwas gibt es, auch noch heute. Freilich ein Stück weit von Berlin und München entfernt.

Der kirchliche Erntegottesdienst hatte sich auf andere Weise akkulturiert. Die herbeigebrachten Opfergaben, vom einem einzelnen Eilein bis hin zu großen Bündeln Kochbananen und Körben mit Cocoyams, wurden versteigert. Das Gotteshaus wurde zum Bazar. Die Predigerin wurde gebeten, nach Ablegung der Amtstracht die kassierten Geldbeträge zu notieren. Sie saß mit zwei Gemeindeältesten an einem Tisch neben dem Altar und wehrte sich züchtiglich gegen die Rhythmen der Tanztrommel und der Liedlein, die aus der Jugendgruppe emporschwappten. Es schaukelte verdächtig in Richtung Tanzekstase. Warum tanzte niemand? Warum knickte alles so erbärmlich nach innen ab? Warum durfte es nun einmal und leider nicht sein? Wozu war noch so viel Lebendigkeit vorhanden? Die Antwort wußte vielleicht nur der Abendstern im Eukalyptuslaub.

Karfreitag – ohne Abgründigkeit

Die Predigt mußte kurz sein. Der Kollege Gemeindepfarrer (ein neuer; der alte, kranke Reverend Ew. war inzwischen gestorben) hatte diesen Tag dazu ausersehen, eine Konfirmation von zwei Dutzend jungen Leuten zu erledigen. Karfreitag? Nichts für Afrika. Noch nichts für eine junge Christenheit. Also: Irgend etwas Unverbindliches; nur nichts andeuten von der Abgründigkeit des Gedankens, daß am Kreuze auch Gott starb. Die Frauen sangen ein traurig-schleppend-schönes Lied aus dem *Church Hymnary*, mit einer Melodie, in welche hinein die Seele sich hätte auflösen mögen, um drei Tage lang nicht mehr zu sein. Das war dem Ernst der Sache vielleicht auch nicht ganz angemessen; zu languid, zu präraffaelitisch, zu sehr in wonnig-süßem Weh schwimmend. Aber der Text, aus dem 19. Jahrhundert und dem Umkreis eines John Henry Newman, *O come and mourn with me a while,* brachte von weit her zum Ausdruck, worum es im Grunde ging. *A broken heart love's cradle is…*

Die Predigt wurde als Pflichtübung absolviert, nicht ohne ein leise betretenes Gewissen. Etwa harmlos Richtiges ward, wiederum in Pidgin-Englisch, gesagt und wieder vergessen. ‚Zerbrechlich', bemerkte der Kollege Ehemann anschließend, habe die Predigerin auf der Kanzel gewirkt, und zu leise gesprochen habe sie auch. Wo hätte eine selbstbewußt kräftige Stimme herkommen sollen in solch zwiespältiger Situation? Den Studenten wäre wohl etwas vom tiefsten, ohne Furcht und Zittern nicht sagbaren Geheimnis christlich-lutherischen Glaubens zuzumuten gewesen. Nicht aber einer dörflich unbedarften Gemeinde. Daher etwas Harmloses mit leiser Stimme und auf Pidgin. Denn normalerweise stand auf der Kanzel eine Oberlehrerin mit eindringlichem Tonfall, scharfer Stimme und pädagogischer Gestik, fühlte sich gut versteckt in der schweren, schwarzen Amtstracht und sagte, was angemessen schien, in ihrem besten Englisch.

An diesem Karfreitag im April 1981, der für die Einheimischen nichts als eine Art Vorbereitung auf Ostern war, für die innerlich unschlüssige Fremde indes ein Ausnahmetag, der aus jeglichem Rahmen fiel, ein Tag und Anlaß des Bedenkens prekärer, jederzeit widerrufbarer Existenz – an diesem hohen Kreuzestag geschah Erinnernswertes nicht im Gottesdienst, sondern gegen Abend auf der vorderen Veranda des Missionshauses. Der Feldforscher hatte sich am Nachmittag wieder auf den Weg ins Feld der Forschung gemachte (sogar er, der Fromm-Besonnene, dachte hierzulande nicht daran, den zwiespältigen Feiertag zu heiligen durch andachtsvolles Stillesitzen). Stille saß auf der Veranda die Predigerin vom Vormittag und ließ sich durch das Erscheinen und die Vermittlung eines Studenten dazu bewegen, ein großzügiges Werk der Mildtätigkeit zu tun für die in mehrfacher Hinsicht bedauernswerte Tochter des Nachtwächters, *die arme Sue*. Eine ansehnliche Summe wurde zur Verfügung gestellt. Das war das eine. Ein Werk des Gesetzes sozusagen. Das andere war die Inspiration zu einem Gemälde, Öl auf Pappe. Rote Pitanga-Kirschen, eine weiße Sternenblume und ein symbolisches Doppelornament in Dunkelbraun und Hellbeige.

Abendmahlsfrömmigkeit

Das Amtsethos war und blieb intakt. Nie wurde das Schreiben einer Predigt leicht genommen; nie gelang das vollkommene homiletische Kunstwerk; selten machte das Predigen Freude. Es war immer eine Mühsal ohne fromme Gefühle. Eine Pflichtübung, der Erschöpfung folgte. Mit der Feier des Abendmahls war es anders. Besser. Schöner. Frömmer.

Zu den Pflichten der Ordinierten gehörte es, dem jeweils amtierenden Kollegen zu assistieren, wenn Abendmahl gefeiert wurde. Das geschah alle vier Wochen. Es war die Gelegenheit, bei welcher eine durch Wissenschaft und Lehre bedingte Verkopfung von Glaube und Existenz sich in Frage gestellt sah, so daß vorübergehend Rückkehr in den Rahmen einer Glaubensverfassung stattfand, die sich auf merkwürdige Weise vom heiligen Ernst und von der Würde des Amtes gestützt fühlte. Keine Rolle spielte dabei die Amtstracht, denn sie war nicht notwendig. Zur Geltung kamen vielmehr alle die schönen Festgewänder. Nicht als Ausdruck weltlicher Eitelkeit, nein. Warum amtete die Priesterschaft der römisch-katholischen und der griechisch-orthodoxen Kirche in Goldbrokat, Seide und Purpur? Es mußte doch wohl einen altehrwürdigen Sinn haben. Prachtentfaltung zur Ehre Gottes. Was da mit Patene oder Kelch in Händen vor der Gemeinde stand, mochte es nach außen hin auch einem rundum standfesten Erzengel in Stahlblau gleichen, mochte es anmuten wie eine lorbeerbraun umwallte Pythia oder etwas nicht näher Definierbares in schwarzgoldenem Aztekengewand darstellen: was sich dahinter verbarg richtete die Aufmerksamkeit darauf, alles richtig zu machen und bei der Sache zu sein mit dem Ernst der Demut. Es stand da in sich gesammelt das Gefühl ‚Lord, I am not worthy, but…' Hielt sich aufrecht in dem Bewußtsein, Dasein in aller Kontingenz göttlicher Gnade zu verdanken. Demut und Dank bezogen sich nicht auf ein Sündenbewußtsein. Es war das Vergebliche des Guten, die Vergänglichkeit des Schönen und das Sinnlose im Dschungel der Geschichte, das von Gott als Lebensermöglichung und vollem Genüge trennte. Moralische Verfehlungen waren vor dem eigenen Gewissen besser aufgehoben. Sie trennten nicht eigentlich von Gott als letzter Barriere vor dem Schwarzen Loch der Sinnlosigkeit alles menschlichen Daseins. Trennung vom Sein als Bleibendem; von Sinnhaftigkeit und vom Absoluten: das konnte Anhauch von Verzweiflung sein.

Straff von Amt und Würden umwickelt stand eine solchermaßen annähernd beschreibbare innere Verfassung da; die Prozession der Abendmahlsberechtigten nahte, langsam und im Rhythmus schleppender Gesänge, und das Ich entselbstete sich. Das Gewand wurde zu etwas wie der *persona* eines antiken Schauspielers; zu einer Maske einheimischer Geheimbünde. Nicht das Ich sprach Worte und teilte Brot oder Wein aus, sondern *Es* – das, worum es ging. *Ich* – es war nur Mittel zum Zweck.

Es geschah indes auch etwas in und mit dem Medium. Die ,fromme Gemütsverfassung' wäre nur schwer zu beschreiben gewesen. Es überlagerte sich darin das Irrationale früherer Erfahrungen von Gottesnähe und widerfahrener Gnade mit einem ichstarken religiösen Individualismus skeptischer und häretischer Färbung. Es ergab sich daraus ein verschwommenes, bisweilen sogar in Tränen verschwimmendes Kreaturgefühl – Kindlichkeit, Ernst und Einfalt. *,Herr ich bin nicht würdig…* In diesem Zustande war es gleichwohl möglich, sich als Priesterin zu fühlen, die bedachtsam Oblaten in das helle Innere hingehaltener Hände legte: *Take, eat…* Oder in angespanntem Ernst den Kelch darbot: *Take, drink…*, mit größter Aufmerksamkeit darauf achtend, daß er aus gichtig zitternden Händen ohne Verschütten zurückgelangte in die eigenen sicheren Hände. Woher kam die Furcht, etwas zu verschütten? Es war doch schließlich nur kalter schwarzer Tee oder Filterwasser mit Zuckercouleur. Wenn da ein Rest Aberglaube im Spiel war, dann sicherlich nicht auf Seiten der amtierenden *fraternal*. Es ging um Rücksicht auf die Gefühle und Vorstellungen der einfachen Leute unter den Gläubigen.

Während der ersten Jahre in Nzab'ngen war ein Gerücht umgegangen, wie sehr die Frauen es schätzten, von einer Frau das Abendmahl zu empfangen. Vermutlich eine freundliche Schmeichelei. Oder vielleicht doch eine Erinnerung daran, daß bei den alten Ahnenfesten Frauen kultisch mehr Rechte besaßen? Es gab zu der Zeit in dieser Kirche noch keine ordinierten Afrikanerinnen. Wie viel mehr Demut war vonnöten, wenn eine Frau nicht Frauen, sondern Männern die Sakramente spendete. Ein Gefühl priesterlicher Machtbefugnis, ganz unprotestantisch, mochte hier durchaus das Haupt erheben. Spannungsreicher und tiefsinniger erschien es, als Frau Männern Brot und Wein, ja lieber noch Wein als Brot, zu spenden. Der Mann als passiv Empfangender. Hätte sich in solche Umkehrung nicht eine religiöse Gegen-Vollendung des Naturprinzips hineingeheimnissen lassen? Eine Zähmung und Überhöhung – nein, keine Verhöhnung – des Naturprinzips. Naturreligionen gehen *mit* der Natur. Erlösungsreligionen streben im Namen des Geistes eher dagegen. Daher das Neue des Alten bedarf – gegen die Furie des Verschwindens.

Zum Empfang des Abendmahls trugen die Frauen Weiß. Im vorletzten Jahre geschah es, daß auch einmal ein Mann ganz in Weiß erschien. Er kam, nahm und trank. Sollte das blendende Weiß Darstellung eines reinen Gewissens sein? Naiver Ausdruck der Unbescholtenheit? Extravaganz? Ein Vorwurf gegen die mattgoldenen Aztekenmasken auf dem pechschwarzen Kleid der Reverend Missis konnte es doch wohl nicht sein…

So viel zu den Sonntagsgottesdiensten des vorletzten Jahres in Nzab'ngen und einer Auswahl der damit verbundenen Umstände, Stimmungen und Reflexionen. Es könnte damit sein Bewenden haben, wenn die Sonntage nicht auch noch jeweils einen Nachmittag und einen Abend gehabt hätten. Wie schön – acht bis zehn Stunden freie Zeit! Jean Paul lesen oder *Die Fröhliche Wissenschaft*! Musik hören – nur keine Tanzmusik, und vor allem keine Tangos! Schreiben – Briefe, Rundbriefe, Lyrik, Essays, Literatur! Gespräche führen – mit dem Ehemann?

Nichts von alledem. Was solch schöne und sinnvolle Beschäftigungen vereitelte, ist bereits beim Namen genannt. Das Insekt im Schraubglas. Die Rast- und Lustlosigkeit der *midlife crisis*. Die Welt am Sonntag war innerlich aus den Fugen. Das Tagebuch kann es bezeugen. Das Tagebuch soll auszugsweise Zeuge sein durch das ganze Schwellenjahr hindurch.

282

Vom Rest: Unrast und Tagebuch

Warum schwoll im Schwellenjahr 1980/81 das Tagebuch an den Sonntagen besonders ungehemmt an? Es ereignete sich doch nichts. Eben. Es waren Versagungen, ins Sagbare übertragen, um sie ins Erträgliche zu mildern. An den Vormittagen die Langeweile der Gottesdienste, aufgeputzt mit Allotria und Festgewändern. Der Rest der Sonntage Leere, Unrast, ein Nichts oder so wenig, daß es nach mehr begehrte. Das häufige, ab Mai das wochenlange Alleinsein mit einer banalen *midlife crisis* generierte eine Art Seelenmigräne. Wo war ein Aspirin?

Während der ersten Jahre in Nzab'ngen war der Sonntag auch Markttag und Anlaß gewesen, nach dem Gottesdienst zu zweit durch das Oberdorf zu schlendern, um zwischen den windschiefen Obst- und Kräuterhexenhütten (niedere Holzgerüste, mit Palmzweigen oder Elefantengras gedeckt, ein notdürftiger Schutz gegen Sonne und Regen) Zeit zu verbringen beim Feilschen um Erdnüsse, Avocados oder Ananas. Zurück im Haus begab man sich in die Küche, um auf dem Gasherd etwas Vorgekochtes aus dem Kühlschrank aufzuwärmen. Nach dem Mittagessen pflegte man gewöhnlich ein Stündlein oder zwei der Ruhe, trank dann einen Kaffee, und wenn das Wetter schön war, sorgte der Gemahl dafür, daß man ein Stück ,in die Landschaft' ging, hinten herum durch die Kaffeefarmen. Im Dezember und Januar blühten die Kaffeesträucher, es duftete weiß und nach Vanille; die Kaffeebeeren wurden grün, rot und braun; das Gras längs der Pfade verwuchs sich zu Gestrüpp, dürres Laub raschelte auf oder klebte an den Sohlen; die großen Bäume ragten urweltlich und immergrün, die Luft war leicht und nicht zu warm oder dick und stickig, der Himmel blau oder grau, tief oder flach, wolkig, dunstig oder nicht vorhanden. Er stand hoch oder er hing tief oder er schwebte irgendwo meteorologisch dazwischen. Man ging, um zu gehen,

283

man lief, um zu laufen, meist wortlos hinter einander her auf schmalen Pfaden. Danach hatte man sich ins je-eigene Arbeitskabinett zurückgezogen; der eine las ein Buch und hörte nebenbei Musik vom Plattenspieler; die andere saß seufzend vor unvollendeter Wissenschaft als Vorwurf und Verhinderung von Langeweile. Nun lag da nur noch das Tagebuch.

So lange in einem der Zimmer oder auf der Veranda etwas Lebendiges und notfalls auch Ansprechbares vorhanden war, ließ sich die Ereignislosigkeit der Sonntagsreste irgendwie ertragen. Langeweile und Rastlosigkeit nahmen erst überhand, als im vorletzten Jahr der Kollege Ehemann sich mehr und mehr der anspruchsvollen Dame Wissenschaft widmete, während das ehelich Weib mit dieser Dame so gut wie abgerechnet hatte und die ‚Andere', die Muse, sich nicht oder nur flüchtig sehen ließ.

Hätte man des Lebens beste Jahre nicht im Regenwald Westafrikas zugebracht; wäre man im Rebenland Westdeutschlands geblieben, was wäre im Verlaufe der Sonntagsreste nicht alles möglich gewesen?! Das Genießen eines Wohngefühls in schöner Hanglage mit Kamin, Terrasse, Steingarten, Seerosenteich mit Goldfischen und glasierten Nixen. Ausflüge ins Kulturleben und in die Schönheiten der Landschaft zusammen mit Halbwüchsigen aufs Abitur zu, mit Erinnerungen an Differenzialgleichungen, Makromoleküle, Meiose und Liviuslektüre. Oder das Fördern der eigenen akademischen Karriere nach dem Prinzip *publish or perish,* gute Beziehungen pflegend im Hinblick auf Habilitation und eine Professur, vielleicht gar bei den Feministinnen reussierend? Und notfalls eine Psychotherapie? Wie wäre es der Ehe ergangen an den Sonntagnachmittagen und überhaupt? Wo wäre die Muse geblieben? Vielleicht hätte die Dame Wissenschaft sie in einen Kartoffelsack gesteckt und im Keller abgestellt.

Vielleicht war es am Ende doch gut, so wie es war?

Ein Lattenzaun

Aufgereiht am dünnen Faden der Erinnerung, vertikal verstärkt durch Tagebuchauszüge und nachgetragene Kommentare, ergeben die Sonntage, zwölf plus dreizehn plus dreizehn je Trimester, ein grobes Raster der Stimmungen und Nicht-Ereignisse des Schwellenjahres. Bei dieser Art, einen Text zu bauen, entsteht ein Muster, in welchem die Zwischenräume zu je sechs Wochentagen größer, wenn auch nicht zahlreicher sind, als die Pfosten oder Pfähle der festgeschriebenen Sonntage. Ein luftiges Gitterwerk kommt auf diese Weise zustande – *ein Lattenzaun mit Zwischenraum hindurchzuschaun* auf allerlei, das in den übrigen Kapiteln aus dem Schwellenjahr des Überlieferns für wert erachtet wird.

Des Überlieferns wert gewesen wäre auch die Fülle der meteorologischen Tagebucheinträge – malerische Schilderungen, lyrisch berauschte Sequenzen, hilflose Beschimpfungen, besonders des Vollmondes – als Widerspiegelung der Stimmungsschwankungen. Weil sich dadurch indes zu viele Seiten über vierhundert hinaus ergeben würden, muß es, bis auf eine Erinnerung daran, wie das Schwellenjahr begann, ausgespart bleiben.

Es begann mit Regen. Nach der abenteuerlichen Ankunft in Duala an einem Freitag gegen Mitternacht, Ende September, rollte tags darauf der Landrover aus der Tiefebene hinauf ins Gebirgige, überwand die Schlammlöcher der Piste nach Nzab'ngen, kam an, und es regnete… Dann zogen die Monde vorüber… Regen rauschte, Wind und Wetter fuhren einher, und die Wolken wanderten am Ké entlang in breiten Schwaden, farb- und konturenlos wie die vielen Tage des Jahres, die ereignislos vorüberwandelten. Sommer blühte ums Haus, es ward Trockenzeit und wieder Regenzeit: das siebente Jahr in Nzab'ngen.

Der Lattenzaun der Sonntagsreste sei nach Trimestern eingeteilt.

285

Tanzwut und Lachkrampf
Erstes Trimester Oktober – Dezember 1980

Die Sonntagsröcke und das Blindekuhspiel mit einem Schnipsel Schicksal. – Nörgelei. – Geisttötende Langeweile. - Schmale Pforte zum Paradies, laß mich ein. – Wandelnde Elegie und Tanzwut. – Das Leben läuft davon. – Der Kadaver einer Maus. – Ein Almosen, zugeschoben. - Ein Lachkrampf. – Das Verandaschloß der Weihnachtseinsamkeit. Die Trillerpfeife. – Das solipsistische Subjekt.

Der Sonntag nach der Ankunft war der Sonntag Null, ohne Tagebuchnotiz und offenbar in einem Zustand der Bewußtlosigkeit verbracht. War man zur Kirche gegangen? Der Tag stand nicht im Tagebuch; also hatte er nicht stattgefunden.

Am ersten bewußt erlebten Sonntag war der Kollege Ehemann feldforschend unterwegs. *Ich versuche, wieder in die Sonntagsröcke zu steigen, erst einmal vorsichtig in Aschgrau und Altrosa, ohne mir das hauchdünne Rosa einer Rose anzueignen, die in der dunkellila Vierkantvase vor sich hinstirbt. Ach, ganz und gar glücklos. Ratlos. Die richtigen Gefühle nicht parat gehabt. Dieses Blindekuhspiel mit einem Schnipsel Schicksal...* Am späteren Abend bei völliger Dunkelheit kam der Feldforscher, empfangen von einem ungläubigen Lachen, zu Fuß zurück, unerwartet und nicht bei bester Laune.

Am zweiten Sonntag saß man nachmittags mit den Nachbarn beisammen und nahm gesittet Anteil an etwas, daran man selber nach reiflichem Erwägen vorübergegangen war. Alles andere spielte auf einer anderen Ebene. Ein imaginärer Dialog etwa: *‚I liked the sermon of the drum.' – ‚What did it say?' – ‚That religion is more than words, words, words.* Der Abend wurde unerquicklich. *So kribbelig bin ich, daß ich Isi annörgelte, ich verstünde nicht, warum auch er ein* sabbatical year *in Anspruch nehme. Wozu denn noch eine*

Habilschrift?! Bin ich eifersüchtig auf seine Feldforschung? Vermutlich. Weil mir nichts Besseres einfällt und zuteil wird. Weil das eine Jahr Wissenschaft mich erschöpft hat und das Wenige und Mögliche, das hier zu haben wäre, ausweicht und sich nicht ergeben will.

Am dritten Sonntag wurde festgeschrieben die Klage über die *geisttötende Langeweile* des Gottesdienstes. Der Nachmittag versuchte sich mühsam und vergeblich an einem Rundbrief über das Wissenschaftsjahr und wich aus in den Tagtraum von einem Trommelfest der Frauen und davon, *zufällig unters Weibervolk gemischt, mitzutanzen. Das erträumte Glück wäre nichts als eine maßvolle Ekstase* – ein hölzernes Eisen also. Wieder zog der Nachmittag sich hin und flüchtete ins Tagebuch: *Müde bin ich und enttäuscht. Das Tomatenfrühbeet auf der hinteren Veranda ist auch lieblos und liederlich angelegt worden, und die Sandfliegen stechen.*

Der vierte Sonntag, ein Abendmahlssonntag, sperrte den Nachmittag im Hause ein und zog die lange Schleppe der Vergeblichkeit durchs Tagebuch. *Was hab ich davon gehabt? Große Robe – der Cognac-Satinrock, die weiße Volantbluse* – *mit dem kleinen Kitscheffekt einer rotlila Seidenglanzstola aus billigstem Synthetik. Die Ebenholzreifen klapperten, alle beide. In diesem Aufzuge drei Stunden wahrnehmbar unter Leuten, wahrnehmend Unschönes, fett und phlegmatisch und ganz ohne Anmut.* Danach waren zehn Stunden zu verbringen, verbannt in Unsichtbarkeit, dem Tagebuch erzählend, was an *Illusion, Spiel und Kurzweil* die vergehenden Stunden beschäftigte. *Take, drink. This is neither blood nor wine. It is cold tea. As cold as my freezer soul, as bitter as my Campari heart.* – Spät nachts, verkrochen im Hibiskuswinkel neben der Veranda, der Betrachtung des Mondes hingegeben, verträumte es sich zu poetischen Möglichkeiten. *Schmale Pforte zum Paradies – laß mich ein.*

Am fünften Sonntag ergab sich, nach der üblichen Unerquicklichkeit am Vormittag, nachmittags Kaffee bei den Nachbarn und gegen Abend ein Ehegespräch. Kein Genörgel, keine schlechte Laune – ein nüchternes Gespräch über Ressentiments im Blick auf die Karriere des Ehemannes und das gemeinsame Unglück.

Der sechste Sonntag, ein neunter November, war ereignisreich, so äußerlich wie innerlich und in jeglicher Hinsicht eine Ausnahme. (Tags zuvor war der Kollege Ehemann wieder in das Feld seiner Forschung abgewandert.) Vormittags war in kultischem Rahmen ein Vorträglein zu halten. Die Predigt des Kollegen Schulleiter über Gottes Geist schwebend über dem Chaos menschlicher Konfusion war nicht schlecht. Im ‚Refektorium' gab es ein gutes Gemeinschaftsmahl zur Feier des Tages. *Ganz wunderbare Yams. So kann man sich auch trösten. Aber es hält nicht lange an.* Am frühen Nachmittag Volleyball bis der Ball kaputtgespielt war. Zwei Tutoren standen da und sahen zu. Danach ein Pfarrkaffee mit der berechtigten Kritik des Kollegen Nachbar. Gleichwohl – *ach, ihr lieben Leute. Es gibt ganz andere Schwarz-Weiß-Probleme allenthalben und auch in diesem Campus. Was fang ich an mit dem Rest des Tages in einem leeren Hause mit Veranda drum herum?!* Das Tagebuch als letzte Zuflucht. *Abends. Unsichtbar bin und bleibe ich. Unsichtbar bleibt der düstere Glanz meiner Seele. Niemand sieht, wie in diesen modrigen Räumen ein Gespenst in maronenbraunem Mondblumenkleid seinen armen, einsamen Narzißmus spazierenführt - eine wandelnde Elegie, eine unbekannte Molltonart. -* Im Westen, hinter dunklen Wolkenstreifen, war einen Augenblick lang eine junge, eine erbärmlich magere Mondsichel sichtbar gewesen, knochendürr wie eine abgenagte Kaninchenrippe. Im Tagebuch wurde daraus eine *Traumbarke der geächteten Göttin, so fern, so fragil. Alles unmögliche Glück umklammernd mit spitzem Gehörn…*

Mit dem Tagebuch als Therapeutikum war es indes diesmal nicht getan. Zu später Stunde wurde nach einem Anfall von Tanzwut zu Protokoll gegeben ein *Schrumpfglück. Wieder diese Vulgärplatte und es ist zum Heulen. Diese primitiven Surrogate. Sie wirken mit der*

Kraft aller Versagungen, seitdem einmal Tanzstunde war und danach nichts mehr. Unverbrauchtes fließt über in Musik, das Schöne und das Unmögliche umarmen einander, es hangelt sich hinauf ins Mondsüchtige und will nicht mehr zurück, lunatic, lover and poet... Wie ein Jahr und ein halbes zuvor tanzte es sich zwischen den Bücherregalen des abwesenden Gemahls auch diesmal matt und naß, freilich nicht bis zur völligen Erschöpfung. Es erreichte nicht das zwiespältige Außer-sich-sein einer vergangenen Maiennacht, die noch in einem Winkel der Erinnerung kauerte mit heißen Händen und geistesabwesendem Blick. *Immerhin. Besser als gar nichts. Jetzt noch Stichworte für Dogmatik morgen, um den Sonntagirrsinnsanfall in den Bereich einer vorübergehenden Bewußtseinstrübung zu verweisen. Wieder zu Verstand kommen kann auch schön sein...*

Der siebente Sonntag ist im Tagebuch knapp als *langweilig und friedlich* verzeichnet. Der Gottesdienst hatte in der Aula der Sekundarschule stattgefunden; man spazierte hin und zurück durch einen Pfad zwischen Elefantengras. Irgendein Traumfragment erschien zum ersten Male ‚ganz in Weiß'. Alles was zu haben war, hatte sich gewährt am Abend zuvor als musischer Anhauch in blau aufgehellter Dämmerung auf der hinteren Veranda, bei den Tomatenpflänzchen, dem dunkelnden Ké gegenüber. Es reichte hin, den Tag zu verträumen in ehelicher Verträglichkeit bei ausgedehntem gemeinsamen Spaziergang am Nachmittag den geröllig breiten Fahrweg nach Ngu' hinunter und zurück durch die enge und steile Schlucht, in der bei mühsamem Steigen regelmäßig der Schweiß ausbrach. Die körperliche Strapaze verhinderte, wenn nicht Langeweile, so doch Unrast.

Der achte Sonntag war jener im November, der vormittags zum Amten (mit anschließendem Vorsitz beim Erntedankbazar) verpflichtete, zu Mittag Schnitzel und Rotwein im Schwesternbungalow zu bewältigen hatte und nach dem Mittagsschlaf im Campus umherstreunte, um, zwei Rotznasen von Studentenkindern am

Rockzipfel, in Erfahrung zu bringen, *was die Kerle am Sonntag-nachmittag treiben.* Sie saßen und lasen, sie spielten Pingpong vor den Schlafbaracken. Einer machte Sonntagsschule. Sehr schön. Lobenswert. Am Abend kam der Ehemann von einer längeren Reise zurück, legte ein wenig verdorrtes Gemüse auf den Tisch und erzählte von seinen Forschungsergebnissen, ohne zu merken, daß dicht neben ihm etwas am Verdorren war und jeden Kondenstropfen an den Wänden des gläsernen Käfigs eines gesitteten Daseins ableckte. *Es war so viel los heute und doch ist da nichts. Die Tage und Wochen rinnen dahin, das Leben läuft davon und ich stehe da, verdammt dazu, mit Anstand über die Runden zu kommen.*

Der neunte Sonntag, Ende November, glich der Berg-und-Tal-bahn eines Jahrmarkts. Die Gereiztheit der Trockenzeit machte sich bemerkbar. Am Abend fand der längst fällige Empfang für eine neue Klasse und die aus dem Wissenschaftsfreijahr zurück-gekehrte Tutorin statt. Das Tagebuch schwoll sprunghaft an – *Gestern nachmittag das eheliche Theater mit dem Bücherregal. Es war schlimm. Abends der Kadaver einer Maus unter meinem Schreibtisch – zugrunde gegangen voran? Nicht an innerlichen Kümmernissen. Und zu denken, daß einmal nichts übrig bleiben wird als so ein Häuflein Dreck – von aller Lust und allem Leid, von Herz und Hand und Hirn. Das Programm für heut abend sieht auch Tanz vor. Ich erwarte fast nichts mehr. An dem ‚fast' aber hängen die Träume mit offenen Augen, und man weiß nicht: sind sie schon tot oder leben sie noch? Am lebendigsten ist der Tagtraum, der ins Grasland führt. Dort zu wandern, begleitet von der Dynamis der Möglichkeiten, bis an Grenzen und Abgründe, an welchen der Herzschlag stockt und spürbar wird, wie lebendig das Leben noch ist.* – Nach den Unerquicklichkeiten des Gottesdienstes: *Isi ist mürrisch und redet nicht. Ich bin entschlossen, nur noch im Tagebuch zu jammern. Womit bring ich diesen Tag hin bis es Abend wird?* – Am Nachmittag ergab sich eine Gelegenheit, die Vorbereitungen zum Festmahl zu inspizieren und nebenbei einen Blick in eine der Schlafbaracken zu werfen. *Stand in der offenen*

Tür und Wundersames wehte mir entgegen. Wie Segel blähten sich die weißen Voilevorhänge in dem Luftzug, der von den Fensterhöhlen zur offenen Tür her drängte. Es gab der armseligen Behausung etwas Feenhaftes. Durch die düstere Schlafhöhle zog zephirhaft ein weißer Traum, verziert mit blaßrosa Rösleinranken: ein Tropfen Erlebnis von etwas Schönem am großen leeren Blecheimer der Zeit und dieses Tages, der noch nicht zu Ende ist.

Der Empfangsabend ging über die Bühne und erreichte einen Höhepunkt in der Ansprache eines Studenten, der souverän auf eine Dreifachtitulatur verzichtete und nur die unter Studenten übliche vertraulich-ehrerbietige Anrede in der Stammessprache quer durch die Festhalle über die Köpfe der Versammlung hinauf aufs Podium warf. Rhetorisch nicht schlecht. Reden halten konnten sie, besser als Klausuren schreiben. – Als man zu tanzen begann, zeigte der Kollege Ehemann sich konziliant und tanzte eine ganze Weile mit der Kollegin Ehefrau. Was man da so tanzen nannte: ein mehr oder weniger oder gar nicht rhythmisiertes Auf-der-Stelle-Treten; ein Scharren mit vier Füßen; ein wenig Gehoppel. Eine Prinzessin in stahlblauer Robe erhoffte sich mehr als einem gutwilligen Gemahl zuzumuten war. Hatte nicht irgendwann vor Jahren einmal ein Student, neu und unvertraut mit den Gepflogenheiten des Campus, die Tutorin bei ähnlicher Gelegenheit zum Tanzen aufgefordert? Ja, es war einmal vorgekommen. Ein einziges Mal. Könnte es nicht ein zweites Mal vorkommen? Die Großmut des Gemahls vermittelte an diesem Abend einen zweiten Tanz. *Schwarzer Tango* auf der dreizehnten Etage des Mont Fébé Hotels war es nicht. Aber schon das bißchen an unbeholfenem Gehoppel über den Betonboden hin, mit den hängenden Armen unendlicher Geduld, war etwas und nicht nichts. *Ich bin so arm, so bedürftig, daß dieses Almosen, von Isi zugeschoben, mir schon irgendwie zum Überleben verhilft. Ein höflicher Mensch, dieser undionysische Denis. Ihm und Isi habe ich diese Karikatur von ‚Tanz‘ an diesem Sonntag zu verdanken.*

Am zehnten Sonntag war Anlaß, nachzudenken über den Abend zuvor, an dem die Klasse III eingeladen worden war zu Bier und Ziegenfleisch, um sich von der Tutorin über das Wissenschaftsjahr erzählen zu lassen. Wer würde am nächsten Morgen das Geschirr abwaschen? Ein Student kam und erledigte die Arbeit. Der Tag verging mit dem Festhalten des Festes, das keines gewesen war. *Weniger reden wäre besser gewesen. Sie hörten nur aus Höflichkeit zu. Ich bin erschöpft, enttäuscht, lustlos. Morgen nach Duala.*

Der elfte Sonntag nach dem Gottesdienst (etwas wie ein Putschgeneral mit glatt rasiertem Schädel und silbernen Knöpfen auf Brust und Bauch saß auf der Bank der Ältesten und sorgte für Allotria; beim Mitausteilen des Abendmahls ging die Seele leer aus) – hinterließ als Spur im Tagebuch nur eine groteske Abendschau. Die Jugendgruppe führte Gesangliches auf. Das mochte, langweilig genug, hingehen. Als aber ein Student Solo im Falsett zu singen anfing, kippte die Stimmung. *Aus der Langeweile brach es ohne Übergang in einen Lachkrampf, der sich nur mühsam beherrschen ließ. Ich wunderte mich. Ein Anfall von Hysterie?*

Der zwölfte Sonntag (drei Tage vor Weihnachten; der Feldforscher auf der Jagd nach aussterbenden Stammestraditionen) war markiert durch eingebildete Kopfschmerzen hinter verschlossenen Türen. Tags zuvor hatte das provozierende Trillerpfeifen eines Halbwüchsigen angefangen. Das Gerangel zwischen Schwarz und Weiß um Machtsphäre im Campus begann. Am Sonntagvormittag entstand anstelle kultischer Langeweile ein ‚Schloß'. Auf der hinteren Veranda, im Schatten der Zwillingspalme, im Schutze des blechverkleideten Geländers wurden Bastmatten, bunte Tücher und Teppiche ausgelegt und aufgehängt, geschnitzte Hocker als Tischchen, Sessel und Kissen hindrapiert, und der Ké, umrahmt von Hibiskus, bot sich als grandiose Aussicht an. Als Lektüre Jean Paul; vor allem aber Selbstbespiegelung im Tagebuch – *Ich bin eine Königin in meinem Schloß,*

tief im Walde verwunschener Wünsche. Ich mache mir meine Einsam-
keit schön. Ich schlage sie mir aus mit bunten Teppichen und schirme
mich vor dem Draußen mit Rosen ab. In der Kirche drüben singen und
beten sie. Ich huldige meinem Geheimnis. Auf der Leine vor mir hängen
Festgewänder, abgetragene Träume. Der Drachenbaum blüht mit roten
Rispen. Es ist stille bis auf ein paar zirpende Vogelstimmen, und die
Rosen verblühen. – Kurz vor elf. Das Trillern geht weiter. Mit dem
Verbot habe ich das Gegenteil erreicht. Ich stopfe mir Watte in die Oh-
ren. Wir haben uns hier so häuslich eingerichtet mit unseren europä-
ischen Paraphernalien, Petersilie in den Blumenkästen und Rosen vor
der Veranda. Ich kümmere mich nicht um die Gäste, die wieder auf un-
seren premises *einquartiert wurden. Ich verteidige mein Recht auf*
privacy. *Ich weiß, wie unzurechnungsfähig ich bin hinter meinen zu-*
gezogenen Vorhängen. Ich habe Kopfschmerzen, versteht ihr – ich will
in Ruhe gelassen werden. – Wenn ich nicht schreibe, grenze ich ans
Nichts. Ich müßte noch einmal ,Die Betrogene' lesen. Später werde ich
mir ein Mohrrübensüppchen kochen und Bohnenkoki aufwärmen. Spä-
ter werde ich das hier lesen, und schon jetzt bin ich über mich hinaus.
Das war es wohl, was mich bei der Wuz-Erzählung so mitnahm: das
Bewußtsein des vergehenden Lebens. Wo ist Gott in alledem? Und den-
ke zurück an die irre Arbeit 78 und 79/80 – alles überholt. Alles nur
noch wie eine riesige Schutthalde, unter der das grüne Gras des unge-
lebten Lebens grau und gelb vermodert. Das Getriller geht weiter.

In diesem Schloß entstand die Skizze eines Tagtraums, *Die Felder*
von Mbebete (eine Paraphrase der Einsicht: kurz wäre die Freude,
ewig der Schmerz), der als Text eines späten Tages das Licht einer Veröffentlichung erblicken sollte. – Gegen Mittag des folgenden Tages kam der Feldforscher zurück und räumte als erstes
wortlos das ,Schloß' weg. Es waren *seine* Bastmatten. Es war *sein*
blauer Acrylteppich. Es blieb wortlos unverwunden. *Da liegen sie*
wieder, die kahlen, kaputten, die schmutzigen Planken der Wirklichkeit,
und das große Schweigen zu zweit breitet sich aus. Der Fruchtsalat – ist
auch weg. Sacro egoismo. *O du fröhliche, o du seliche…*

Der zwölfte Sonntag bot, da Ferien waren, ebenfalls Gelegenheit, dem Gottesdienst fern zu bleiben und statt dessen Briefe zu schreiben, auch an fünf Professoren, *um mein akademisches Profil abzurunden. Außerdem bespiegele ich mich in meiner neuen Dualarobe, die dem reichen Faltenwurf einer Agbada nahekommt mit auf- und zurückwerfbaren Schleppärmeln – das Einfachste und Raffinierteste, das mir je von den Schultern bis zu den Knöcheln fiel. Ein kakaobestäubtes Dunkelbraun mit Silbergeschnörkel. Die ganze Herrlichkeit geht freilich an der Wirklichkeit des Seins durch* percipi *vorbei. Denn welchen Teil hat das solipsistische Subjekt an der Wirklichkeit?*

Bibelstunden und Jujubäumchen
Zweites Trimester Januar – März 1981

Prekär-privilegierte Daseinsweise. – Abendbibelstunde. – Lilienmond und Ratte. – Sonntag ohne Wasser. Die arme Sue. – Ein Campus voller Probleme. – Sorge um einen Kranken. Ein Jujubäumchen. – Ganze vier Zeilen. – Und der Stein flog. – Geistliches Kokain. – Es bläst das Jujubäumchen um. – Waldschratthaftes. – Tagtraum Großes Tropengewitter. – Graslandharmattan.

Die Rastlosigkeit der Sonntage nahm zu während der Trockenzeit, die Jahr für Jahr an den Nerven zerrte. Der Drang zu Betätigung und zum Wahrgenommenwerden stieß im Januar und Februar an diesem zu heiligenden Tage überall ins Leere. Wohin mit den aufgestauten Energien, dem frisch gewaschenen Rosmarinhaar und den langen Röcken? Im Arbeitskabinett ein Gefühl wie gefangen; wie ein irregeflogener Schmetterling, der sich mit dem Paradox der Fensterscheibe nicht abfinden kann. Nun aber gab es seit neuesten abends noch einen Weg ins Freie und eine Möglichkeit winziger Beobachtungen, Empfindungen, Gedankenanstöße durch die eine oder andere Gegenwart. Es gab einen abendlichen Gebets- und Bibelkreis. Wenigstens *etwas*.

Es schien, als habe der Kollege Schulleiter Kunde davon erhalten, daß auch andere im Campus mit den Sonntagsresten nichts Sinnvolles anzufangen wußten. Er sorgte dafür, daß, wer wollte, am Abend noch in den Genuß frommer Geselligkeit kommen konnte. Er leitete sie seelsorgerlich in eigener Person. Zu Beginn des zweiten Trimesters fiel der Entschluß, teilzunehmen, reif vom Baume der Erwägungen. Es konnte keine Rede von einem frommen Bedürfnis sein; auch höfliches Interesse war nicht im Spiel. Es ging einzig und allein darum, einem gähnend leeren Sonntagabend nicht in den Rachen zu fallen; der Irritation eines Gefühls der Nichtigkeit nicht zu erliegen. Die Sonntagsreste liefen fortan auf den Abend zu. Der Bibelkreis füllte den leeren Sack Sonntag mit einer Handvoll Sinn und band ihn freundlich zu.

Am ersten Sonntag im neuen Jahr ist kein Gottesdienst notiert, nur Ärger mit lärmenden Kindern in den Beerenbüschen hinter dem Haus, vernestelt mit ungenauen Erwartungen an die Rückkehr der Studenten, *undankbaren Objekten meiner Bemühungen,* aus den Weihnachtsferien. *Wo ist eine Theologie dazu? Wie ist Gott so schmachvoll gescheitert am Menschen. Wie hat er sich erniedrigt und beleidigen lassen. Das hat eine Parallele nur im Muttermordmythus. Orest/Apoll und der Geist des Patriarchats.* Um die Mittagszeit eine eheliche Explosion vor dem Kerosin-Kühlschrank in der Küche. *Isi fuhr mich an, ich schalt zurück. Beim Tee begegnete man einander mit höflicher Zurückhaltung.* Gegen Abend Ärger mit den Halbwüchsigen in den Guavenbäumen. Das war so neu wie die Trillerpfeife. Was sollte es für einen Sinn haben, Jagd auf sie zu machen mit gezückter Kamera? Es war offenbar etwas im Wandel begriffen. *Es zerfasert mich. Es ist uns bisher wohl zu gut gegangen in diesem Campus, in dieser prekär-privilegierten Daseinsweise von Weißen in einem nachkolonialen Lande. Ich hätte gern ein Häuschen im Abseits mit einer dichten Hecke drum herum. Mit Lattenzaun und Gatter. Oder eine Hütte in den Bergen von Mbe, in dem Dorf, das die Tagträume illuminiert, seit ich das Bildchen sah...*

Am zweiten Sonntag wurde im Gottesdienst, und vor allem während der Kollekten-Schau, das neue Fledermausgewand vorgeführt. *Ich fühle mich wohl darin im Einherschreiten, und wenn der Wind sich in den Falten verfängt, stelle ich mir Begegnungen vor, glückhafte.* Nachmittags war zusammen mit dem Ehemann ein Höflichkeitsbesuch bei einem der Häuptlinge abzustatten. Man saß im Erdgeschoß eines düsteren Steinpalastes, dessen luftiges Obergeschoß mehr aus Aberglauben, wie man sagte, als aus Geldmangel unvollendet geblieben war.

Abends die erste Bibelstunde. – Es nahmen teil nicht nur Studenten, sondern bisweilen auch Studentenfrauen, sowie Frauen und Mädchen aus der Nachbarschaft. Man saß im Gemeinschaftsraum auf Bänken an den Wänden entlang, so daß man einander zu drei Vierteln im Blickfeld hatte. Man sang, man brachte Gebetsanliegen vor, man sprach über allerlei aus dem Umkreis ‚Glaube und Leben', und das ging so eine Stunde lang. Still und bescheiden saß die Reverend Missis; man mochte annehmen, sie wolle hören, was ernsthafte Christen am Sonntagabend bewegt. Ersichtlich war, wer da war und wer nicht. Die Soror Unna aus dem Bungalow nebenan war auch da. Eine resolute und eigensinnige Person gleichen Alters, mit der seit *Bethabara* gewisse, poetisch unvollendete, Erinnerungen im Dreieck verknüpft waren. Welches Thema an diesem Abend behandelt wurde, hielt das Tagebuch nicht fest. Erwähnenswert war lediglich – *die gute Unna, auf dem Heimweg durch die Dunkelheit unterhielt sie sich ein Stück weit mit einem Studenten über junge Hunde. Sie ist ja eine große Tierfreundin. Eine Freundin stummer Nähe ging wortlos nebenher und es genügte. Wie bloßes Dasein, reine Nähe genügen kann – es ist aus den Tagen von Bethabara und seelenvollen Schweigens noch gegenwärtig.*

Am dritten Sonntag bot der Gottesdienst die Seltenheit einer makellos von einem Studenten gelesenen Liturgie, so rein und weiß wie ein Gewand der Unschuld oder wie das Weiß der Regenwaldlilie vom Tag zuvor, die von der Hibiskushecke drüben, wo sie blühte, auf Bitten hin gepflückt und herbeigebracht worden war. Der Kollege Ehemann war wieder feldforschend unterwegs. Was gab es an Allotria? *Es bahnten sich Blickkorridore in den Raum, erlaubte und verbotene. Dann standen die Amtsinhaber wieder in Reih und Glied, um Brot und Wein, der keiner war, auszuteilen.* Der Rest des Tages verging mit Teetrinken und Tagebuchschreiben.

Und der zweiten Bibelstunde. – Der Mond war wieder da und schien so hell, daß es keiner Taschenlampe bedurfte. *Der Mond, die weiße Lilie, warf meinen dahineilenden Schatten violett auf das grau-gilbende Gras. Das Dasitzen im Viereck der übrigen Frommen – wie friedlich. Es genügte, daß einer der Studenten, ganz in der Nähe, zum Schluß für zwei Frauen betete.* Die eine war krank; die andere, eine früh Verwitwete, wurde in ihrem Häuschen von Schlangen heimgesucht. *,Good night.' Draußen vor der Tür. Wäre die Frage, wer die eine der Schlangen erschlagen habe, nicht angebracht gewesen? Kann man sich davor fürchten, freundlich zu sein? Durch das Mondlicht, durcheinanderblühend mit Regenwaldlilien, träumte es sich friedlich zurück zum Haus. Diese* Bible Study *gibt doch ein Wenigstens an Sinn den Sonntagen, die so nutzlos dahingehen. Noch einen Schluck kalten Tee. Die Lilie. Das Mondlicht. Und als ich die Tür zum Arbeitskabinett öffnete, wäre mir beinahe eine Ratte auf den Kopf gefallen...*

Am vierten Sonntag gab es seit zwei Tagen kein Wasser im Haus. Es mußte von den Studentenquartieren in Eimern herbeigetragen werden. Das sonnabendliche Ritual des Haarewaschens hatte stattfinden können, weil einer der Studenten sich bereit gefunden hatte, einen Eimer Wasser vor die Küchentür zu stellen. Es wurde im Tagebuch bedacht. Im Gottesdienst amteten Studenten, einer mit der Liturgie, der andere mit der Predigt betraut, *beide in so tiefem Schwarz versinkend, daß man fast nichts von ihnen sah. Das herbeigeschleppte Wasser ist sehr viel mehr wert als das wäßrige Rinnsal der Wortverkündigung, das da von der Kanzel tropfte. Ach, Hilfsbe-*

reitschaft und Freundlichkeit sind auch käuflich. In welche Anthologie gehört das Verslein: ‚Cared for her garden, carried for her / Water to wash her long white woman's hair' – ?

Nach der Bibelstunde gab es Neuigkeiten zu erfahren, die der ganze Campus längst wußte, nur die in ihr Tagebuch vermauerte *fraternal* nicht. Stockdunkel war die Neumondnacht. Wieder wurde gebetet. Man betete für ein Mädchen, das schon lange kränkelte – so schwach sei sie von einer Reise zurückgekommen, daß sie gestürzt und hingefallen war. Dann: ‚Lord, let each of us know exactly why we come to this Bible study.' Nanu? Wer sollte hier betroffen in sich gehen und sich durchschaut fühlen? *Ich fing mich wieder. Um Unbefangenheit zu zeigen, sprach ich danach den Studenten an, der so* heartsearchingly *gebetet hatte: es schien, als habe er darauf gewartet. In dunkler Nacht, bei abgeblendeten Taschenlampen, standen wir im Haupteingang, verwickelt in ein Gespräch, während die anderen nach Hause gingen. Er redete bedächtig, mit gedämpfter Stimme und so viel, wie ich einen Schweigsamen noch nie habe reden hören. Es ging um das kränkelnde Mädchen. Vier Wochen und drei Tage nach dem Satz ‚She has a fiancé' war der Name des Verlobten zu erfahren. Ein Ehemaliger. Ein ehrenwerter Mensch. Das Mädchen aber – was ist davon zu halten? Hilfe ist vonnöten. Geld. Dieser ebenfalls Ehrenwerte, der da eine halbe Stunde lang in finstrer Nacht mit mir palaverte, mag es überbringen. ‚Good night.' Eine plötzliche Windstille. Verwunderung. Die arme Sue. Man muß ihr helfen. Die Arme – ach wir Armen. Dankbar für ein Krümelchen vom reichen Tisch der Möglichkeiten…*

Am fünften Sonntag war der 1. Februar. Der Feldforscher war wieder unterwegs. Der Gottesdienst: nicht einmal mehr einen Tagebucheintrag wert. Gegen Mittag tauchte unerwartet der Ehemaligen einer auf, fett geworden wie so mancher andere, der einst ein Jüngling und schlank gewesen war. Die Tutorin lud ihn zum Mittagessen ein. Studenten waren immer willkommen. Gab es eine andere *raison d'être* an diesem Ort? Wenn sie krank waren, gehörte es sich sogar, sie zu besuchen. – Der Nachmittag schlitterte in ungewohnte Hektik. Das Tagebuch nahm es am späten Abend zur Kenntnis. *Ein Campus voller Probleme. Vor allem Peter* (der verläßliche Fahrer des Landrovers) *und wie man ihn wieder aus dem Kittchen kriegt. Eingelocht wegen irgendeiner ungeklärten Unfallsache. Außerdem Unna und Am' – zwei Holzböcke und Querköppe, die einander angiften. Da hab ich mir ein schönes Süppchen eingebrockt, ohne Isis Menschenkenntnis, naiv und übereifrig.*

Bibelstunde? – Das zweite Trimester, so voller Ärger, Krankheit, Beziehungsprobleme in jeglicher Hinsicht, ließ ein paar Sonntagabende ohne Sinn und Bibelstunde verkommen. Bald fehlte die Lust, bald fehlte die Laune; nicht immer goß sich Wein in den Becher der Erwartung. Am ersten Februarsonntag saß eine Ahnungslose eine Stunde ohne Geist und Gegenwart ab und flunderte danach verwundert durch ein Süppchen, das Übereifrigkeit angerührt hatte. Sr. Unna hatte sich über einen der Studenten beschwert. *Es ist ein scharf mit weißem und schwarzem Pfeffer gewürztes Süppchen, in dem ich verwundert herumrühre.* Die nächste Bibelstunde war von der ungeklärt schweren Krankheit und Campus-Abwesenheit eines Studenten überschattet; zur übernächsten schleppte sich Lustlosigkeit. Auf dem Weg zur nächsten flog der Stein durch die Dunkelheit.

Am sechsten Sonntag war, während ein Mammutgottesdienst abrollte, der in *einem* Aufwasch wieder einmal alles erledigte, was im Laufe des Jahres anfallen konnte und pfarrherrlicher Handauflegung bedurfte – eine ereignisreiche und strapaziöse Woche war überstanden und regte zum Nachdenken an. Da war zunächst und harmlos – *Ach, ich romantische Symbol-Eule mit meinen weißen Watte-Papier-und-Silberfolien-Blüten für den dürren Ast, der da als Tomatenstütze unter dem Fenster des Arbeitskabinetts steht –* ein Juju-Bäumchen gebastelt worden. Dann aber hatte der Ehemann, kaum zurück vom Feld der Forschung, sich per *public transport* auf den langen und nicht risikofreien Weg nach Duala gemacht. *Es ist mir alles egal. Er soll nur unbeschädigt wiederkommen.* Es war nicht alles egal. Es war da außerdem noch der längere Zeit hindurch kränkelnde Student, dessen Zustand immer bedenklicher geworden war, bis man ihn, nach einem Krankenbesuch und da man ihm in der Behelfsklinik nicht helfen konnte, eigenem Entschlusse folgend zu einem Heiler an der Küste fahren ließ. Am späten Abend zuvor war er gekommen, um Geld zu bitten, und zwar in einem Zustande und Aufzuge – *Wie kann man bloß. Bei finsterer Nacht im Schlafanzug über den Campus laufen. Geld, natürlich. ,It may not be enough.' Ich gab das Doppelte. Muß ich nicht? Ein Notfall. Möge auch er heil wiederkommen.* Schließlich hatten sich Hustenanfälle eingestellt, quälend bei Tag und Nacht und unvorhersehbar. Dennoch: *Was ist mein Husten gegen ein Fieber, das durch schlaflose Nächte hindurch erschöpft. Wer pfuscht hier mehr: der* white man *mit seinen Antibiotika oder der* native healer *mit seinen Kräutern?* – Der Sonntag, so weit er noch Kinderfest war, verging hinter geschlossenen Vorhängen. *Tue nichts. Schlafe zwischendurch. Bin traurig. Es fällt mir gar nicht schwer, den Tag mit Nichtstun zu verbringen und mit ein bißchen Gekritzel ins Tagebuch.*

Am siebenten Sonntag fanden ganze vier Zeilen den Weg ins Tagebuch. *Ich gehe wieder in die Kirche und weiß nicht, warum. Zur Bibelstunde schleppe ich mich auch nur lustlos und weiß, warum. Ich weiß nicht, was los ist. Schlimmer: ich weiß es zu gut.* – Der Feldforscher war am Montagnachmittag heil von Duala zurückgekommen, am Donnerstag wieder auf Reisen gegangen und am Sonnabend zurück.

Am achten Sonntag waren es ein paar Zeilen mehr im Tagebuch, und warum? Der Gottesdienstbesuch war keines Wortes wert. Der übrige Tag verging auch irgendwie. Dann aber, am Abend, nach der Bibelstunde: *Wie gut, einem vernünftigen Ehemann das Bekenntnis einer Unvorsichtigkeit ablegen zu können. Dieser Reflex,*

300

auf eine Gefahr zuzugehen statt ihr auszuweichen – woher? Der Stein,
der da flog, in der Dunkelheit, an meinem Kopf vorbei, weil ich aus eini-
ger Entfernung meine Taschenlampe die Dorfstraße entlang auf grölen-
de Sekundarschüler richtete. ‚It's one of the whites!' Und der Stein flog.
Sich vorzustellen, was da hätte passieren können. Isi scheint es nicht
weiter aufzuregen. Es ist ja schließlich nichts passiert. Mich aber hat es
eine Weile – geistesabwesend gemacht. Paralysiert. Ein blödes Gefühl.
Dicht am Kopf vorbei, und ich ging bedeppert weiter; saß eine Stunde
lang wie nicht vorhanden in der Bible study, *in grauem Rock und*
aschlila Bluse, auf diese beiden Farbtöne fixiert, und merkte kaum, daß
ein lange Abwesender wieder da war.

Am neunten Sonntag war der 1. März. Nach dem Gottesdienst
war Zeit, im Tagebuch über Enttäuschungen und Ärgerlichkeiten
zu meditieren – über ein mißglücktes ‚Weiberfest' am Sonnabend
und über flanierenden Sekundarschüler. *Vielleicht steuere ich auf*
eine kleine Katastrophe zu. Das Schild am Eingang von wegen No
trespassing *ist weg. Abgerissen? Isi läßt mich im Stich; der Garten ist*
seit drei Tagen nicht gegossen worden; der Gärtner läßt sich nirgends
blicken. Es ist alles unerquicklich. – Der Kollege Ehemann zog eine
Widerstrebende im Blümchenrock die holprige Dorfstraße hinunter zu einem Bazar der Katholiken. *Das Erlebnis des Tages bestand*
darin, bei dieser Tropenschwüle mit zwei Glas Rotwein im Hirn stand-
fest zu bleiben und geradeaus zu gehen. Die Zickzackintentionen der
Beine wahrzunehmen und dennoch nicht zu stolpern und umzukippen.
Wein macht weinerlich. Er fordert die Stärke des Willens heraus.

Erst die Bibelstunde konnte morose Gefühle sänftigen. – *Was*
war's? Auf den dicht besetzten Bänken war in der Nähe ein Platz frei
für Unbefangenheit als geradzahliges Produkt aus frommer Unschuld
multipliziert mit einer Unbekannten x. Da gab es Vernünftiges zu sa-
gen mit ruhiger Stimme. Selig sind die Friedenstifter. Der Kollege
Schulleiter hatte einen Streit auf Dekanatsebene geschlichtet und
ein Memorandum darüber verfaßt. Es war gut, es sich anzuhö-

ren. *Ja, selig auch, die reinen Herzens sind. Es destilliert sich daraus ein bißchen geistliches Kokain, eine abendlich-poetische Tagtraumdosis. Ich bin wieder ein bißchen zufrieden. Denn auch Isi ist lieb und freundlich.*

Am zehnten Sonntag wurden sieben Kindlein getauft. *Was geht's mich an. Für wen bin ich denn hier durch Wahrgenommenwerden? Ich funktioniere. Mein Sein interessiert kein – allenfalls gelegentlich mal Isi. Freilich auch nur partiell.* – Es fand ein Bücherbasar in der Kirche statt. Die Regenzeit schickte eine Windsbraut als Vorbotin. Sie blies das Juju-Bäumchen um. Regen kam hinterher und drang durch handwerklich neu geschaffene Ritzen (der Baupfusch aus dem Jahr der Abwesenheit) ins Arbeitskabinett. – Bibelstunde? Sechs Sonntagabende lang nichts. Entweder keine Tagebuchnotiz oder Ferien oder Synode oder Malaria.

Am elften Sonntag wurde, so langweilig und nichtssagend muß es wieder gewesen sein, kein Gottesdienst notiert. Der Ehemann machte sich auf zu einem langen Spaziergang ins Nachbardorf. *‚Kommst du mit?' ‚Nein, ich muß Dogmatik vorbereiten.'* Wirklich? Gegen Abend kam der christliche Jugendverein, darunter viele Studenten, von einer Rallye zurück. Sie tanzten zur Trommel der Tutorin vor die Veranda. Die kam und sah sich das an. Manche der Älteren, disproportioniert und verschwitzt, ergingen sich in grotesken Verrenkungen. *Ein unerfreulicher Anblick. Häßlich. Lächerlich. Waldschratthaft. Ich hätte mir Erfreulicheres gewünscht.*

Am zwölften Sonntag des zweiten Trimesters war der Campus fast leer (nur die Studentenfamilien blieben während der Ferien zurück). *Wenn ich es mir leisten könnte, würde ich im Hause bleiben; aber wahrscheinlich muß ich wieder mit Abendmahl austeilen.* Für Allotria sorgte ein poetischer Anhauch. Er durchwob das grobe graue Tuch der kultischen Langeweile mit den Glitzerfäden eines Tagtraum-Abenteuers: Ein *großes Tropengewitter*, das sich zwanzig Jahre später in ein Stück Literatur mit orgelrauschender *Kunst der Fuge* und gotischer Verstrebungsstatik verwandelte. *Auf dem Bord vor der Tür zum Arbeitskabinett blühen in einem Glaskrug weiße Regenwaldlilien, rote Amaryllis und gelbe ,Tulpen'. Sie blühen da wie abwesend, zwei Tage vor Vierundvierzig.*

Der dreizehnte Sonntag, Ende März, zugleich der erste Sonntag im neuen Lebensjahr, war umweht von Graslandharmattan. Tags zuvor war man zur Synode nach Bamenda hinaufgefahren. Als man den Paß hinter Santa hinabrollte, hatte sich beim Anblick einer Bastmatte etwas ereignet – eine Art Zukunftshalluzination. Es war die Synode mit dem Morgenglanz über dem *Mendakwe Escarpment,* dem Besuch der Muse im Buchladen und dem Tagtraum vom Tanzen beim abendlichen Bier in einer Bretterbudenbar, der zwanzig Jahre später in dem Kapitel ,Nachts in der Bar' eines Kurzromans Gestalt annehmen sollte.

Mbe in Sicht. Ein Paßbild.
Drittes Trimester April – Juni 1981

Besuch in Mbe in Sicht! – Geburt und Tod. – Versöhnt mit sich selbst. – Das Netz unter Hochseilausflügen. – Erfolgserlebnis Bibelstunde. – Verzichtneurose. – Sparflamme. – Paßbild als Selbstbild. – Familienfest nebenan. – Pfingstsonntag mit Muse. – Das Thema temptation. *– Eine romantische Monade. – Ein verschenkter Pullover. - Ausklang.*

Der erste Sonntag im dritten Trimester war ein fast leeres Blatt im Tagebuch. Er war dem wortlosen Wiederkäuen des Sonnabends hingegeben. Da nämlich hatte der Feldforscher es fertiggebracht, einem zu Tisch geladenen Studenten gegenüber Interesse an den Traditionen seiner matrilinearen Stammesgesellschaft zu bekunden und einen Besuch zu erwägen. Der Student nahm's gelassen zur Kenntnis, kam am Sonntag nach dem Gottesdienst, um Geschirr zu spülen, während die Tutorin, nach einem Elf-Uhr-

Kaffee mit dem Ehemann, als Ehefrau in die Küche ging, um Reis zu kochen. Der Traum vom seligen Verschollensein irgendwo in einem abgelegenen Bergdorf schien sich verwirklichen zu wollen. *Ein Besuch in Mbe ist in Sicht! So steigt und sinkt die Flut.*

Der zweite Sonntag erholte sich von einer Malaria, nahm eine glückliche Geburt in der Nachbarschaft und einen Tod im Kindbett weiter entfernt zur Kenntnis. Eine Tochter des Primarlehrers, *Mami-wata, die meergrün gewandet getanzt hatte nachts in der Bar am ersten Silvester im Lande: verblutet am dritten Kind nach zwei Fehlgeburten.* – Kollegen aus Nigerien kamen an; tags drauf waren Kirchentouristen zu erwarten. Am Abend *kam ein dunkelbrauner, goldgefleckter Schmetterling ins Arbeitskabinett geschwebt. Er schwebte wie die Stimme des Liturgen über der Gemeinde geschwebt hatte, leicht dahingleitend,* während ein anderer Student seinen Sermon mit schriller Stimme von der Kanzel gepeitscht hatte – *zum Davonlaufen. Eine Predigt für Karfreitag steht an. Im Ernstfall verstummt man.*

Der dritte Sonntag war Ostersonntag. Ein friedlicher Tag, der das neue dunkelbraune Bamenda-Kleid zur Modenschau in die Kirche führte. Den beehrten an diesem Tag arrivierte Söhne und Töchter des Dorfes, die gewisse Elemente der alten Tradition, welchen der Feldforscher nachjagte, pflegen wollten, ohne dabei aus dem Rahmen christlicher Kirchlichkeit zu fallen. Beim Austeilen des Abendmahls war da auch wieder eine schneeweiße Uniform mit Silberknöpfen. Der Spiegel im Arbeitskabinett präsentierte ein zufriedenes Bild. *Ich erfreue mich verblühender herber Anmut. Charis ist das, was erfreut. Selten habe ich mich anziehend gefunden; nicht geradezu häßlich, aber mehrere Armeslängen entfernt von 'schön'. Jetzt, zwischen Vierzig und Fünfzig, bin ich in dieser Hinsicht versöhnt mit mir.* – Mittagsschlaf, Kaffee, den Nachbarskindern Märchen vorlesen, während der Amtsbruder Ehemann an einer Predigt für den Ostermontag saß. Der Freitagabend war noch nahe, das Ölgemälde mit den *Pitanga*-Kirschen kaum ge-

304

trocknet. *Wer will hier wem ein Schauspiel bieten? Was grinsest du so schief, o Mann im Mond? Wie spielst du so lieblich kleines Fingerklavier, hell und dunkel gestreift durch die Wedel der Zwillingspalme, Schulter an Schulter mit einem Vorberg des Ké –? Noch einmal zur Library rauschen, nur um ein colabraunes Flattergewand spazieren zu führen?* Es war ein Ostersonntag mit vielen Tagebuch-Ostereilein, ins raschelnde Seidenpapier der Wörter gewickelt und versteckt.

Bibelstunde? War nicht vonnöten an diesem Tag.

Der vierte Sonntag war ein Abschiedstag. Der Kollege Ehemann fuhr davon, um nach ein paar Tagen in Buea am 1. Mai nach Basel zu fliegen und dort in den Archiven zu forschen. *Ich muß irgend etwas Gutes essen, um mich zu trösten. Gestern abend kam es schließlich doch noch zu Aussprache und Versöhnung. Wenn ich ihn nur irgendwo in Sicherheit weiß, dann kann ich ganz gut alleine leben. Nicht die Ehe: er ist das Netz unter meinen Hochseilausflügen und einsamen Ausbruchversuchen.*

Die Bibelstunde? Eine gewisse Leere. Von den Studenten kamen zwei zu spät. Die blendende Helle einer Aladinlampe störte. Wie traulich war doch das drahtvergitterte Dämmerlicht der Buschlampen gewesen. Es hatte den Gedanken mehr Spielraum gelassen. Auf dem Heimweg mit der Sr. Unna, im Halbdunkel der Nacht, gesellte sich ein Dritter den beiden weißen Frauen hinzu; Hände gaben sich hin und her zur Begrüßung und ein Gespräch kam zustande, diesmal nicht über Hunde. Über Gleichgültiges. Es ging nur darum, zu reden bis zur Abzweigung zu den Schlafbaracken. Es ging darum, ‚Good night' zu sagen. Es genügte.

Der fünfte Sonntag nahm die *Sonette an Orpheus* mit in den Gottesdienst, um die kultische Langeweile zu überstehen. Danach: eine Lauchsuppe. Danach Tagebuch: *Wozu frischgewaschenes Haar? Wozu eine dunkelbraune Agbada? Das Leben verblüht vor sich hin in narzißtischer Melancholie. Wird die Person, das Selbst, das Ich bestimmt durch Relation? Wird ein anderer, wer sich, statt einem A, einem, und sei es rein innerlich, B zuwendet?*

Die Bibelstunde brachte ein Erfolgserlebnis. Es ging um ,Frauen in der Bibel', und Zeichentalent steuerte ein Scherflein bei. An der Wandtafel waren sie zu sehen: die Königin von Saba auf König Salomon zurauschend; die Frau am Brunnen, den Wasserkrug auf der linken Schulter, den Blick gesenkt, das lange Haar fällt ins Gesicht, und ein Parabelbogen verbindet das Gewand der Frau mit dem Gewand des Mannes, der mit offenen Händen bittend dasteht: Gib mir zu trinken. Ein Baum überschattet beide, und der Brunnen ist zwischen ihnen. Die große Trommel stand zwischen zwei Tischen; der Trommler kam und setzte sich neben die Zeichnerin. Als es um Fürbitteanliegen ging, sagte mit leiser Stimme der Benjamin, es möge jemand für kinderlose Ehepaare beten. Der Trommler war dazu bereit. Und fügte hinzu, dem Sinne nach: und wenn es nicht sein kann, so mögen sie ihre anderweitigen Gaben entdecken und nutzen. Diese Weib- und Kinderlosen, der Benjamin ebenso wie der Fürbittende: wer betete hier für wen? Was hatte hier einen Anstoß gegeben? Die Einsamkeit und Bedürftigkeit des Mannes am Brunnen, da an der Tafel?

Die Erbauungsstunde war zu Ende; eine rasche Wendung, nach Schirm und Mantel greifend, begegnete einem zuvorkommenden Lächeln und einem Aufblitzen im Blick, das auf Anrede hin sofort erlosch. Höflichkeit trat zurück, ließ den Vortritt; Höflichkeit machte ein wenig Konversation. Wo blieben der Schulleiter und die anderen –? ,Oh, they are looking at your drawings.' *Ein Erfolgserlebnis. Ich habe bekommen, was ich wollte, ein wenig Geselligkeit und Aufmerksamkeit für meine Bildchen an der Tafel. Und danach einwenig Gespräch. Von solchen Krümeln ernährt sich meine darbende Seele. – Und Isi? Möge er gut angekommen sein und sich im Basler Missionshaus wohlfühlen unter seinen braven Freundinnen allen.*

Der sechste Sonntag rührte im Tagebuch an ein Tabu. Es waren am Vortage mit der Post verschimmelte Marzipankartoffeln angekommen. *Der Anblick rührte mich fast zu Tränen. Ein Tabu, selbst fürs Tagebuch – meine Mutter und die Art, wie sie sich an mich klammert. Eine völlig andere Dimension meines Daseins; eine, die der Verdrängung unterliegt.* – Im Gottesdienst agierte die Jugendgruppe; ein älteres Mädchen las die Liturgie; der auch nicht mehr junge ‚Leader', *verunziert durch eine himmelblaue Idiotenkappe, tänzelte, das Gesäß nach hinten geschoben wie ein Pavian, nach vorn. Ich hatte meine Begriffsstutzigkeit in stahlblauer Prinzeßrobe hinübergeführt und saß dann, zur Vizevorsitzenden ernannt, mehr sauer als süß, auf dem Podium, um mit einer improvisierten Schlußrede die Performanz zu belobigen.* Ehe ein großer Regensturm losbrach, wurde ein Student ins Haus hinübergeschickt, um im Arbeitskabinett den Schreibtisch vom undichten Fenster wegzurücken. Am Nachmittag auf der vorderen Veranda – *ich sitze und spiele widerstrebend ‚Große Mutter', indem ich fünf Rotznasen – von selber herbeigeschlichen? Von irgendwem geschickt? – mit Pitangakirschen und Würfelzucker füttere. Keine Lust, mich dem Weibertreffen drüben zuzugesellen. Lieber eine Lauchsuppe. Wenn schon ästhetischer Genuß versagt bleibt (diese blaue Narrenkappe; diese obszönen Verrenkungen unterhalb der Hüfte zum Rhythmus einer Trommel), dann wenigstens ein kulinarischer nach eigenem Rezept. Ich erfreue mich an dem gelungenen Ölgemälde. Am Farbklang von Maronen, Pfirsich, Pitanga-Kirschen auf Ebenholz und einer idealisch weißen Sternenblume, die auch eine Dichternarzisse sein könnte. Freßgelüste überkommen mich: nach Entenbraten, Blaukraut, Quark, Erdbeeren und Schlagsahne – alles, was es hier nicht gibt. Derweilen mich die Sandfliegen fressen…* Der sechste Sonntag war ein typischer Tagebuchtag. Es meditierte durcheinander über Tragik, Religion, Eifersucht, Moral, Ekstase und die Hormonzuschüsse der beginnenden Übergangsjahre.

Die Bibelstunde lief ins Leere. Ein Student leitete die Fürbittenrunde. Ein anderer kam zu spät, ging nach einer Weile wieder, kam nach längerer Zeit zurück. Es störte. Es *verstörte* danach das eigene, merkwürdige Verhalten. Ins Tagebuch notiert: *Danach, die Sue, als ich sie ansprach, fing sie an zu husten. Man stand noch in Grüppchen herum im Gefunzel der Buschlampen. Seltsam, wie Verzicht zur Zwangshandlung werden kann. Ich ging auf ein Ziel zu und konnte plötzlich nicht mehr wie ich wollte. Zwei Schritte vor dem Ziel bog es mich ab und ich ging wie schlafwandelnd ins Haus. Saß eine Weile wie betäubt und versuchte zu begreifen. Gibt es Verzichtneurosen? Dann ging ich noch einmal durch die Mondsichelnacht, redete mit Beliebigen in der Bücherei, fand die Spur nicht mehr, hatte keinen Vorwand parat... Zurück also ins Haus, langsam, wie verloren. Ein paar Sterne blinkten groß und feucht wie ungeweinte Tränen der Enttäuschung...*

Am siebenten Sonntag: *herrliches Manengubawetter.* Irgendwelche Leute machten einen Ausflug da hinauf und hinab in den Krater. Im Tagebuch finden sich Meditationen über den *Luxus des ausgehenden 20. Jahrhunderts in diesem alten Missionshaus. Luxus auf kleinster, bernsteinfarbener Sparflamme. Bürgerlich-gediegen wie Biedermeier, Bescheidung und Anstand versetzt mit ein wenig Sehnsucht nach dem Absoluten. Eine wochentags männlich-streng Habillierte macht sich sonntäglich schön – für wen oder wofür? Arrangiert Haar und Gefühl; wählt mit Bedacht und subtil monologisierend das Gewand; zieht an und wieder aus und ein anderes an; betrachtet wie eine gewisse Opern-Marschallin das ergraunde Haar und die Falten im Spieglein-Spieglein-an-der-Wand und frühstückt zwischendurch Leberwurst mit Zwiebeln. Was ist hier anders als vor hundert oder vor achtzig Jahren?* Nach kurzer Anwesenheit bei einer ‚Weiberfête': *Keine Gelegenheit für eine Tanzekstase. In unseren klassischen Tänzen, Walzer, Tango, Foxtrott ist mehr Seele und Temperament als in diesem monotonen Getrippel. Das war nicht ich, die da mitklatschte und mittrippelte.*

Bibelstunde: *Temptation.* Ein lebensnahes Thema hatte sich der Kollege Seelenhirte ausgedacht, vier Wochen nach dem Karfreitag, der keiner gewesen war. Ein jeder, der den Mut dazu aufbrachte, sollte von ‚Versuchungen' erzählen. Man bekannte sich zu Harmlosigkeiten. Zu der Versuchung etwa, Haschisch zu rauchen. Oder von einem kleinen Diebstahl, einem unterlassenen Bestechungsversuch. Vom Stehlen von ‚chop'. Oder ‚chalk'? Das Gehör mochte sich verhört haben. Es kam darauf nicht an. Es kam auf das Selbstgespräch im Tagebuch an. *Was hätte ich erzählen können, kramend in meinen kleinen Geheimnissen? Ich saß da und stellte alle meine Versuchungen rings um mich auf und siehe: die sentimentalen, die Kleinigkeiten, die süß berauschend auf dem Blute schaukeln wie ein Päonienblütenblatt, sie und die von einer altruistischen Moral als egoistisch-narzißtisch eingestuften sind die lebenskräftigsten. Niemand nannte ein Du als Versuchung. Weit weg, im anderen Eck, saß der Mann, welcher der Versuchung, einem anderen die ihm selbst zugeneigte Verlobte wegzunehmen, leidensvoll und tugendhaft widerstanden hatte. Ja, Selig der Mann... Kann leidende Tugend zur Versuchung werden?*

Der achte Sonntag vernahm das Fauchen an der Kirchentür, das dem Türhüter galt. Ruhelos irrlichterte der Tag zwischen Tagebuch und Campus hin und her. Im Gottesdienst immerhin die Konzentration erfordernde Aufgabe, beim Abendmahl zu assistieren. Der angefauchte Türhüter war als Erster genaht, ganz in Weiß, eine knapp sitzende Uniform, eine unglücklich disproportionierte Erscheinung. In Weiß war auch ein anderer Student erschienen, höchst elegant, *togatus* in faltenreicher Agbada, ein edler Anblick. *Wenigstens etwas. The little is tantalizingly little. Und im übrigen? Alle Beziehungen in dieser Weltgegend drehen sich nur um Profitliches, um Geld, Empfehlungen und golden opportunities... Da taucht die Nixe einen Augenblick empor, um schnell und kurz realistischen Überblick zu gewinnen und ist im nächsten Augenblick wieder abgetaucht in ihr Quallen- und Korallenreich und atmet nur noch durch Kiemen...* Das Tagebuch wird kritisch-analytisch. *Ich bin seelisch müde. Dieses unfruchtbare Herumhängen und Trübsalblasen bei so viel unerledigter Arbeit. Religion der Innerlichkeit ist: etwas, das ganz ausfüllt, so daß alles andere nebensächlich wird. Sei es Glück oder Leid oder beides, blau-gold oder schwarz-weiß gestreift. Aus einem Nagel, der eine Hand durchbohrt, blüht eine mystische Rose. Ich brauche etwas, um zu leiden; aber es soll ein Leiden sein, das nicht zerstört, sondern schöpferisch macht. Und sei es auch eng und beschränkt. Und sei es narzißtisch. Vielleicht kann auch Narzißmus zu Selbsterkenntnis führen. Ich liebe Narzissen. Reinweiße Dichternarzissen mit schmalem Purpurrand um den stummen Blumenmund...* Am Nachmittag noch so 'ne langweilige Weiberfête, die ich wenigstens vorübergehend mit meiner Gegenwart beehren muß. Dann Rückzug ins Haus, um hinter verschlossenen Türen das Foto für den neuen Reisepaß zu kontemplieren. *Dieses verräterische Briefmarkenformat und wodurch es von innen her gesprengt wird: durch das erhobene Haupt und einen streng überlegenen Brillenblick, souverän über alle Köpfe hinweg; viel zu schmale Lippen und ein Mund, der zu schweigen weiß. Dieser – wer oder was auch immer, Missis, Tutorin, Ehefrau, Reverend, Hobby-Gärtnerin, promovierten Theologin und Regenwaldnarzisse – sieht man nicht an, was mit ihr los ist. Die kann sich ganz schön kaschieren. Dieses Paßbild verhilft zur Selbsterkenntnis.* Gegen Abend wieder ein ruheloses Auf und Ab im Campus und erneut die Flucht ins Tagebuch. *Ich würde mir die Sonntagnachmittage anders vorstellen: Mit Tee und Erdnüsslein auf der vorderen Veranda; wer will, mag kommen, trinken, knabbern, plaudern und wieder gehen, wann es ihm beliebt. Es ist, als wollte ich die Studenten auch noch am Sonntag monopolisieren. Isi würde das sofort durchschauen. Der Unterricht die Woche über ist offenbar zu wenig. Ich kritzle Tagebücher voll und wünsche Dinge, die, wenn sie in Erfüllung gingen, nicht mehr das wären, was sie im Horizont der Erwartung, im Modus der bloßen Vorstellung sind.*

Und die Bibelstunde? An der Wandtafel war, stehengeblieben von der ‚Weiberfête‘, die am Nachmittag stattgefunden hatte, etwas geometrisch Abstraktes zu sehen, kombiniert mit einem Ornament, das einer dürren Gurkenranke ähnlich sah. Zwei, drei unfruchtbare Blüten mochte erkennen, wer wollte. Es ereignete sich nicht viel. Ein wenig Getrommel, ein wenig Meditation; vor allen aber Gebete, ein einziges Mal mit politischem Anliegen, einen Grenzzwischenfall an der nigerianischen Küste betreffend, wo Öl gefördert wurde. Den Schlußsegen zu sprechen wurde die schweigsame Reverend Missis aufgefordert. Danach zu einem Studenten: ‚Do you think the situation is serious?' ‚It is serious.' Ein 'Good night' tönte um die Ecke herum nach. *Wieder ein Wochenende sinnlos hingebracht. Man müßte der Sache müde werden unter diesen Sternen. Loslassen, was sich entzieht. Wozu das Gekritzel? Was bleibt von meinen Leben ohne die Tagebücher?*

Der neunte Sonntag kam nach dem Donnerstag mit dem Raubüberfall *en miniature* in Duala. Die Nachbarn feierten Tauffest mit Gästen aus der Heimat; Kollegen und Studenten waren auch geladen, und so war da Gelegenheit, das Fledermausgewand auszuführen. Die Studenten freilich waren gerade von einer Rallye zurückgekommen, saßen müde herum und mochten nicht tanzen. *Es war auch besser so. Es wäre nicht schön gewesen, einen feisten Haremswächter mit kahlgeschorenem Schädel tanzen zu sehen. Und was heißt hier ‚tanzen'? Dieses geistlose Gehoppel…*

Was blieb von der Bibelstunde? Ein bedrückendes Gefühl. Der Grenzzwischenfall hatte politische Drohungen zur Folge gehabt. Wie? Krieg in Afrika wie im Iran, wegen Öl, das in die falsche Richtung fließt? Die Sr. Unna war sehr besogt. Der Schulleiter auch. Das Nachwirken des Duala-Schocks wollte indes Furcht vor einem Krieg, so nahe vor der Haustür, nicht recht aufkommen. Es war ein ermüdender Tag gewesen, auch für die meisten Studenten. Es wirkte sich auf die Bibelstunde aus. Manche kamen einfach nicht. Ein anderer ging mitten in der Stunde hinweg und kam nicht wieder. Der Frust begann auch hier um sich zu fauchen und drohte das winzige blaßblaue Flämmchen Erwartung auszupusten. Zeit absitzen. Dem Prinzip zuliebe. Danach, auf der Suche nach irgend etwas, auf dem Weg zurück, vor der Abzweigung, im ungewissen Licht der Taschenlampen, etwas Langsames, kompakt, opak und mit hängenden Armen. Überhole. Und sag etwas. Du mußt etwas sagen. ,You must be very tired.' – ,Yes.' – ,Good night.'

Der zehnte Sonntag, Pfingsten, war der zeitliche Rahmen um den Klassenausflug. Man befand sich seit Donnerstagabend in der Hauptstadt. Ein Gottesdienst in großer Gemeinde begrüßte die Gäste aus der Provinz, während ganz nahe die Muse sich manifestierte. Dann die lange Rückfahrt bis in die tiefe Nacht hinein, Peter-the-drivers wachem Hirn vertrauend und der unformulierbarem Einfalt des Glaubens. Man erreichte Nzab'ngen wohlbehalten kurz vor Mitternacht. Ein erinnerungswürdiger Sonntag.

Der elfte Sonntag fiel ins Kalte, Feuchte, Neblige. Der seelsorgerliche Hirte aus dem Grasland predigte penetrant gegen Gedankensünden. Es waren für ihn offenbar Individuen denkbar, die – zumindest in Gedanken und in diesem Nebel – völlig im Abseits ihrer offiziellen Rolle lebten. Wenn aber, wem fügten Gedankensünden irgendeinen Schaden zu? Im übrigen tanzten wieder geübte Hände auf der großen Trommel. Es war schön. *Und dabei verblühe ich so vor mich hin, und ins grau-duftige Haar sinkt feucht der Nebel. Sie vertreiben sich wieder die Zeit mit frommen Liedlein, und ich bin ausgeschlossen. O diese Sonntage, diese Einsamkeit in Moll! Es sickert so dahin, das bißchen Leben, und niemand fängt es auf, in Silberbecher, Blechnapf oder bloßer Hand. Es verrinnt wie im Sand vor einer unübertretbaren Schwelle. Wenn es sich doch ins Poetische aufheben und zu etwas Bleibendem stilisieren ließe…*

Die vorletzte Bibelstunde war unerbaulich. Auf dem Hinweg bog aus der Abzweigung von den Schlafbaracken her in sich verdichtender Dunkelheit und aus einiger Entfernung ein kompakter Schatten in den Hauptweg ein und bewegte sich so langsam vorwärts, als wollte er eingeholt werden. Das war bei gewohnt schneller Gangart ohnehin nicht zu vermeiden. Schleppenden Schrittes, mit steifen Hüften und hängenden Armen, aufrecht gleichwohl und gelassen, erklomm ein zu höflicher Anrede Verpflichtender die leichte Anhöhe. Was läge nahe? Ein frommes Büchlein, ausgeliehen samt einem Lesezeichen mit gelben Anemonen just auf der Seite, wo ein Gedicht von George Herbert – ,…bade me welcome; yet my soul drew back' – zitiert wurde? Ach nein, lieber die letzten Rettiche im Garten. Vorrätig war aber auch die Sache mit dem Mädchen Sue; ein Vorrat, aus dem schon reichlich Gesprächsstoff geschöpft worden war seit jener Nacht im Januar, hier, in diesem Haupteingang. Sie war wieder krank und wollte ins Krankenhaus. ,Has she told you?' fragte die Almosengeberin, als wäre jener verantwortlich für das Mädchen. ,No.' So knapp und abrupt, daß die Bereitschaft zu weiteren Wohltaten zurückwich. – Man setzte sich diagonal, der eine unter die Frauen, die andere unter die Männer, und der gute Kollege Seelenhirte harfte wieder so sanft-penetrant über das Thema ,temptation' und Potiphars Weib, daß es beinahe unangenehm wurde. Es war indes dem werten Amtsbruder nicht übelzunehmen; sicher kannte er seine Schäfchen, die schwarzen, recht gut; es hatte immerhin schon Sexualdelikte im Campus gegeben. Aber wo in aller Welt kam Potiphars Weib her, das einem braven Studenten nachgestellt hätte? Wohnte sie im Dorf? Geisterte sie durch den Campus? Die blaugrauäugige Reverend Missis aus Europa, eher zu Gutgläubigkeit neigend und eigene idealisch-romantische Maßstäbe anlegend, saß und dachte angelegentlich nach, innerlich frei und doch nicht ganz im reinen mit sich selbst. – *Schade, wenn Frömmigkeit sich in Moral erschöpft und kein Gespür für Nuancen hat. Und für Tragik auch nicht. Phädra. Isolde. Was hilft das Predigen gegen Gedankensünden? Zum einen unterliegen sie weithin nicht dem Willen; zum anderen gibt es doch genügend Möglichkeiten der Sublimierung. Aphrodite steht mit beiden Beinen auf pandemotischem Boden, mit einem Fuß vielleicht sogar im Morast; aber ihr Haupt ragt empor ins Uranische, bekränzt mit Sternen. Es ist nicht gut, das innere Reich der Freiheit mit dem Stacheldraht eines ethischen Rigorismus zu durchziehen und mit einem schlechten Gewissen zu verminen. Mich kann es nicht treffen, selbst wenn es da etwas zu betreffen gäbe. Aber einer, der bereits Tugend und Charakter bewiesen hat durch Verzicht, der könnte es sich zu Herzen nehmen. Und die arme Sue – es gilt doch nicht etwa ihr?! Sie ist krank, und es ist kein Wunder. Ich bin auch krank, aber anders, und es ist im Grunde auch kein Wunder. Dieser Bibelabend hat mich nicht erbaut.*

Der zwölfte Sonntag versorgte sich vor dem Gottesdienst mit dem Anblick von Morgensonne und mit Worten, den Anblick festzuhalten: *Das Morgenlicht, das da leuchtet, wirft den Schatten der Hibiskusbüsche auf die trüben Scheiben der Verandaschutzwand. Der graue Bretterboden überzieht sich mit einem Hauch Blattgold. Vogelstimmen, Hähnekrähen. Ich sitze beim Frühstück, die Tür zur Veranda weit offen.* Anderes schweifte in andere Richtung. *Die weißen Regenwaldlilien von drüben, an der Hecke zur Dorfstraße, hätte ich gern unter meinem Fenster. Eine Hütte in Mbe hätte ich auch gern. Was könnte Geld ermöglichen, was kaputtmachen? Ich wurstle mich als romantische Monade durch dieses Stück Afrika und komme doch meinen Pflichten höchst gewissenhaft und immer noch mit überwiegend Vergnügen nach.* – Der Gottesdienst entließ in unwirscher Stimmung, obgleich der Kollege Schulleiter sanft und sinnvoll und des Hinhörens wert gepredigt hatte und abends nach der Bibelstunde dafür bedankt wurde. Aber an der Trommel hatte der Falsche gesessen. *Nichts von der Leichtigkeit, mit der ein anderer die Rhythmen präzis und elegant wie Fontänen in die Luft geworfen hätte. O tanzen! In sich versackend saß einer auf der Bank der Ältesten, eine Beleidigung für den schweifenden Blick. So fällt mir der Gottesdienst aus dem äußeren kultischen Rahmen in eine ästhetisch-häretische Innerlichkeit.* Um dem Tag einen Sinn zu geben, fing die Tutorin um die Mittagszeit an, Kleidungsstücke zu verschenken an Studentenfrauen und Studenten. Die bonbonrosa Hosen, oben eng, unten weit, bekam der Benjamin, der gertenschlanke Knabe. Einen nougatbraunen Plüschpullover bekam ein anderer, bei dem das Textil Ungestalt kaschieren mochte. Einen himbeerlila Schlips und ein beiges Oxfordhemd konnte der Betreffende ebenfalls gebrauchen. *In einer halben Stunde war der Spuk vorbei und ich alles los, was ich los sein wollte. Losgerissen hat die liebe Seele sich einzig von dem Plüschpullover.* Der Schlips – dem Beschenkten war eine Erklärung mitgegeben worden: ,*I wore it when I still wanted to be a man.'* Es schien ihn zu amüsieren.

Der letzte Bibelabend. – Er plätscherte dahin und ließ Zeit zur Besinnung. Zweierlei war zu bewältigen, eine ästhetische Verstörung und eine tutoriale Fahrlässigkeit. An beiden war die Besinnungslosigkeit des Verschenkens schuld. Das mit den flamingorosa Hosen für den Benjamin war in Ordnung. Sie paßten ihm wie angegossen, und im Hintergrund blieb eine schmale Spur Verwunderung, daß eine Mittvierzigerin sich so etwas aus München mitgebracht und auch ein oder zweimal getragen hatte zu schwarzem Oberhemd und ergrauendem Haar, schmalhüftig wie ein Knabe und dennoch: eine Geschmacksverirrung. Als verwirrender erwies sich das Himbeerlila in Gestalt einer Krawatte, das auf apfelgrüner Brust prangte, umrahmt vom Grauviolett eines Jacketts zum Schwarz knapp sitzender Beinkleider. Das saß an diesem Abend der zurückhaltenden Eleganz eines geradfallenden Rockes aus Satinglanz und Cognac gegenüber. *Der Anblick benahm mir vorübergehend den Atem. Ich mußte die Augen schließen und beschloß, ein Geschmacksurteil zu suspendieren. Ich befinde mich in Afrika, und ich bin schuld daran – an diesem fauven Farbklang.* Nach der Stunde mußte ein Lehrerinnengewissen dem Himbeerlila eine peinliche Frage stellen. Es war Kleidung im Arbeitskabinett anprobiert worden. ,*The questions for the dogmatic test were on my desk. Did you see them?'* Ein Aufatmen und ein unbefangenes Nein klangen glaubhaft samt der Erklärung: ,*I was busy changig things.'* Aufatmen auch auf Seiten der Tutorin. *Und vor lauter Aufatmen habe ich mir eine schier unverzeihliche Höflichkeitslüge zu-*

schulden kommen lassen: ‚*The necktie fits you well.*' – Nach dieser letzten Bibelstunde stieg der Sonntag aus dem Satinrock mit einem zufriedenen Tagebuchseufzer: *I will sleep well tonight.*

Der dreizehnte Sonntag meditierte zickzack zurück zum Abend zuvor. Abschlußfeier war über die Bühne gegangen. *Draußen Nebelgeniesel; drinnen, durch irrationalen Nachholbedarf bedingt, die unvernünftige Erwartung eines Tanzes. Es reichte nur zu einem kleinen Alkoholrausch.* Die ganze Vergeblichkeit der Erwartungen ward am Sonntagmorgen ins Tagebuch notiert und zwanzig Jahre später einer literarisch erfundenen, malariafiebernden Kusine erzählt. – An diesem Sonntag predigte einer der Studenten. *So korrekt und so langweilig. An ein apfelgrünes Hemd klammerte sich ein himbeerlila Schlips.* Der ‚Durchgang' der Studenten fand am Sonntagnachmittag statt. Einer der Relegierten machte großes Theater mit Weinkrampf. Es bewirkte, daß die Reverend Missis streng und herrisch wurde. *Es war nicht gut und auch nicht schön. Es war unerquicklich. Kommandieren können nicht nur Männer. Macht korrumpiert auch Frauen.* Am Abend bis spät in die Nacht eine Vorbesprechung der Diplomarbeit mit dem Benjamin und daher wenig Zeit fürs Tagebuch.

Das waren die achtunddreißig Sonntage des Schwellenjahres im Regenwald. – Der nächste Sonntag, ein 5. Juli, verkam bereits in mitteleuropäischer Urlaubslethargie und in dem Versuch, sich daraus in Tagträume und ins Grasland zu retten: *Laß mich wohnen in einer Hütte in Mbe. Laß mich schlafen auf handgeflochtener Matte über nacktem Lehmboden. Meine Mutter stickt das alte, 1945 auf die Flucht mitgenommene grün-beige Kelimkissen ab. Es soll als Gastgeschenk mit nach Mbe. Möglichst bald ab nach München.* (Um achthundert Seiten Wissenschaft auf publizierbare zweihundert zu kürzen.) *Ich wünschte, es wäre Nacht und ich !andete wieder in Duala, in der feuchten Wärme Afrikas...*

Warten
auf einen weißen Elefanten

morgens und abends in der Kapelle

Eines vogelzwitschernden Januarmorgens stand etwas Ungewöhnliches im Raum, umgeben von den weißgekalkten Wänden der Kapelle. Etwas, um dessen Erscheinen dann und wann und in leibhaftiger Elefantengestalt zu bitten in letzter Sekunde der Mut verlassen hatte. Während der Wortlaut ins Unanschauliche auswich, füllte die Leerformel – *a glimpse of something beyond our daily realities* – sich mit Sinn und nahm Gestalt an.

Ein weißer Elefant. Was hatte er in einer Kapelle und Morgenandacht zu suchen?! In das alte Fachwerkkirchlein neben dem Tulpenbaum im Campus von Nzab'ngen hätte der größte seiner Art durchaus Platz gehabt; die Pforte freilich wäre zu eng gewesen für einen solchen Koloß. Zudem war dieser naturgeschützte Überrest aus fernen Erdzeitaltern in der Gegend nur noch als grauhäutig verkrustete Sage in Umlauf. Was also sollte etwas seinesgleichen und dazu hin in einer Kapelle?

Nun, er war eben da. Er war da, wenngleich nur ein Gedankending aus der Lyrikanthologie einer *fraternal*, die von akademischen Morgenandachten erwartete, was die Sonntagsgottesdienste nicht zu erfüllen vermochten. Der weiße Elefant stand an jenem Morgen im Januar in der Kapelle, sichtbar zwar nur für den von innen erhellten Blick einer mit nicht ganz sicherer Stimme hinter dem Pult über ein grünes Tuch hinweg vor sich hin meditierenden Tutorin – aber er war da. Eine Seltenheit. Ein Dann und Wann. Ein Symbol für verschlüsseltes Sagen ungewöhnlicher Einsichten zum einen. Zum anderen ein weißer Schatten, eine gläserne Anmutung, ein religiös-poetischer Anhauch von Nähe. Etwas von fern der scheuen, der spröden, der lahmenden Graslandmuse Ähnliches. Ein wortloses Wohlbefinden. Ein Klingen innerer Saiteninstrumente. Eine angeregte Stimmung, deren Dann und Wann sich zu einem weißen Elefanten verdichtete.

319

Die tägliche *Didaskalia* war überwiegend rational-diskursive, nur hin und wieder emotional aufschäumende Geistesbeschäftigung. Vor dieser Tagtäglichkeit des Klassenzimmers lag die offene Klammer der Morgenandachten. Gesang, Gebet, Besinnung. Zu Beginn des Jahres 1981 wurde die Klammer geschlossen: der Tag endete mit einer Abendandacht. Den Tutoren stand es frei, in dunkler Nacht oder bei Mondenschein gegen zehn Uhr noch einmal aus dem Haus und hinüber in die Kapelle zu gehen. Die meisten blieben fern. Nur eine Ruhelose erschien regelmäßig.

Den Andachten in der Kapelle soll ein eigenes Kapitel gewidmet sein. Das Tagebuch hat mancherlei notiert, das in diesen späten Jahren, da der heimische Sonntagsgottesdienst auch nur selten hohe Erwartungen zu erfüllen vermag, des Nachdenkens wert erscheint. Erinnerungen an kultisch induziertes ‚Frommsein' im Bewußtsein vergehenden Lebens verbinden sich mit keinem anderen sakralen Ort so lebhaft wie mit der Kapelle von Nzab'ngen. Freilich nur im Modus eines Dann und Wann.

*

Die Kapelle stand nicht droben; sie stand drüben. Sie stand jenseits der Bougainvillea und längsseits der Dorfstraße. In der Nähe ragte ein Tulpenbaum, der im Oktober einen purpurroten Blütenteppich bis zu den bröckeligen Stufen legte. Es war ein Fachwerkkirchlein, erbaut gegen Ende des voraufgegangenen Jahrhunderts, ein in Würden verwitterndes Symbol frisch eingewurzelter Christenheit. Es war ein Kulturdenkmal. Innen war es ausgestattet mit einfachen wackeligen Bänken, auf welchen man enge beisammen saß, und mit einem Stehpult auf leicht erhöhtem Podium. Von dort wurden die Liturgie verlesen – *The night has gone, the day has come, let us keep awake and be sober* – und Meditationen vorgetragen. Des Morgens schien die Sonne, sofern sie durch Wolken oder Nebel drang, schräg von rechts durch die roten und blauen Fensterscheiben des Ostchores. Durch die schmalen Spitzbogenfenster zur Linken konnte sie nicht scheinen, weil dort Norden war und zudem alles Fensterglas zertrümmert von Fußballvolltreffern. Bei seltenen Gelegenheiten wob sie ein weißes Parament an die getünchte kahle Wand zu Häupten des Liturgen und legte einen laubschattendurchwirkten messinggelben Läufer auf den grauen Zementboden. Des Abends in der Dunkelheit pflegten Buschlaternen ein trüb-trauliches Dämmerlicht zu verbreiten – bis zu dem Tage, da die Elektrifizierung im Campus so weit um sich gegriffen hatte, daß auch die Kapelle nicht verschont blieb. Zum Glück streikte der Generator von Zeit zu Zeit, und das mystische Halbdunkel kam leise zurück… Wenn es regnete, mußte der Liturg über eine kräftige Stimme verfügen. Die braunen Blechziegel auf dem Dach waren überaus resonanzfreudig; eine Zwischendecke gab es nicht. Man saß unter offenem Gebälk, durch das morgens bisweilen ein verirrter Falter flatterte und abends eine Fledermaus…

Die Morgenandachten legten sich wie ein schmaler Teppich aus Tulpenbaumblüten jeweils eine gute Viertelstunde lang vor den Unterrichtsbeginn, einladend, aufmunternd, auch zu kritischen Anmerkungen. Die Abendandachten wirkten als Schlaftrunk. Das Ritual spulte sich ab; nicht schlechter, aber nur selten besser als sonntags in der großen Kirche. Was die einzelnen Studenten vortrugen, war für die Ansprüche einer Dogmatik-Tutorin überwiegend unbedarft. Das Reden dauerte indes, statt einer halben Stunde und länger, nur zehn Minuten, und es war möglich, dem betreffenden Studenten anschließend im Klassenzimmer zu sagen: So geht das nicht. Das ist schief und daneben. Oder selten auch einmal: Das ist in Ordnung. Das war gut.

Langweiliger und geistloser als zwei Jahre zuvor verliefen die Familiengottesdienste am Freitagabend. Plattheiten, Abgeschriebenes und Nachgeplappertes – fast alles, was da aus Gedankenarmut oder Bequemlichkeit von den meisten Studenten geboten wurde, war kein Werk der Barmherzigkeit am Volk der kleinen Rotznasen, das jedesmal erwartungsvoll zusammenströmte, um dann einzuschlafen. Für die Tutoren war es eine Zumutung; aber wer nicht zuständig war für das Fach Homiletik, mußte sich hier wohl zurückhalten mit Kritik und Besserwissen. Die Klage erging auf deutsch in die Ohren des Kollegen Ehemann. Sie erging auf englisch ins Tagebuch: *This family worship is a permanent frustration.* Drama-Vorführungen, genossen einst von groß und klein, gab es nicht mehr. Vermutlich aus Bequemlichkeit. Warum ging man hin? Warum blieb man sitzen, um sich bis ans Ende zu langweilen? Vermutlich aus Bequemlichkeit. Man saß halt, weil man saß und saß die lange Weile ab.

Es gab keine Stammplätze. Man setzte sich wie man kam und wo man gerade Platz fand. Manche Tutoren bevorzugten die vorderen Plätze, andere mischten sich unter die Studenten. Sechs Jahre lang hatte ein Kollegenehepaar Seite an Seite gesessen; wo der eine sich hinsetzte, da saß auch die andere. Es war so gedankenlos selbstverständlich gewesen. Nun war, im Schwellenjahr 80/81, der Kollege Ehemann zwar da, jedoch beurlaubt und also gewissermaßen Gast. Da geschah es am ersten Montagmorgen des ersten Trimesters, daß beim gemeinsamen Gang zur Kapelle eine halb unbewußte Bewegung sich losmachte, allein und voran die Stufen emporstieg, eintrat und vorn in der zweiten Bank rechter Hand, nahe der Wand, zum Stillstand kam und sich setzte. Erfühlte der Kollege Ehemann den Sinn der Absonderung? Er suchte sich einen anderen Platz in der Nähe, weiter hinten und auch später nie in der ersten Bank. Der Platz auf der ersten Bank blieb frei. Zum einen war es eine Ablage für Bücher und Hefte. Zum anderen wäre es zweifellos als Ungehörigkeit empfunden worden, wenn ein Student sich der Tutorin vor die Nase gesetzt hätte, um ihr den Rücken zuzuwenden. Seit dem Montagmorgen im Oktober 1980 gab es einen Stammplatz.

322

Erhebendes und Eigensinn

An jenem Montagmorgen, nach der Rückkehr aus Europa, zu Beginn des neuen Schuljahres, näherten sich der Kapelle Erwartungen, genährt von Erinnerungen an frühere Jahre: an Atmosphärisches, Hymnisch-Erhebendes, Leidlos-Gelassenes, getaucht in ein mildes Licht, das sich je und dann verdichten konnte, um als Flamme aufzuglänzen, opaleszierend bis hin zu einem reinen Weiß, etwas Seltenes, wie ein unerwartet eingelöstes Versprechen – etwas wie der weiße Elefant des zweiten Trimesters.

An diesem Morgen im Oktober erhob man sich und sang aus dem *Church Hymnary* (dem Gesangbuch aller reformierten Kirchen des britischen Commonwealth) die Hymne Nummer Eins: *Holy, holy, holy, Lord God Almighty / Early in the morning our song shall rise to thee* – ein Lieblingslied, gesungen von zwanzig Männerstimmen ohne das Dröhnen einer Orgel.

War die Erinnerung an alles mit diesem Hymnus je Empfundene gegenwärtig? Daran, wie Text und Melodie sich verbinden zu höherer Theologie; begreifender Geist und ergriffene Seele sich ineinanderschlingen wie Liebende und ein Sinngerüst sich aufbaut aus der Häufung von Titeln und Attributen als angemessener Form der Annäherung an die Gottheit, die da thront über menschlich verworrenen Niederungen; das Heilige im Strahlenkranz der Hypostasen, verehrungsvolle Scheu einflößend? Nicht Sklavenfurcht noch Höflings-Schmeichelei; aber auch keine kindliche Einfalt und naive Vertrauensseligkeit einem ‚lieben Gott‘ gegenüber. Die Worte und Wendungen der Anbetung wissen von Ursprünglicherem: von der schaudernden Wollust des Wurms nicht geradezu, aber doch der vergänglichen Kreatur, die sich aufrichtet aus dem Staube, hingerissen zurückschreckend vor einem *numen praesens* im Modus personhafter Erhabenheit. Es mochte solche Erfahrung von Erhebung von ferne der sich selbst verzehrenden Anbetung der Seraphen gleichkommen, dem ob des Eingeweihtseins ins Geheimnis göttlicher Vollkommenheit verhüllten Blick der Cheruben: *perfect in power, in love and purity.* Ein Hymnus, mit dem Seele sich hingeben konnte aus Dankbarkeit freiwillig. Nichtigkeitsgefühl und Anbetungsbedürfnis der Kreatur fanden sich wieder in einer Tonfolge, die in majestätisch getragenem Zeitmaß aus dem Staub aufsteigt, um in immer neuen Anläufen wie eine Brandung mit weißen Schaumkronen emporzulecken in höhere Sphären bis an die untersten Stufen eines Thrones, um wenigstens den Saum des Gewandes oder was immer als äußerster Rand der Gottheit vorstellbar wäre, zu netzen und wieder zurückzusinken… Die Spannweite einer Stimme reichte kaum hin, um von der Tiefe in die Höhe zu klimmen. Wiederum war es eigentlich kein Klimmen, sondern ein Emporgezogenwerden gegen die Schwerkraft und den Sog der Tiefe hin zu etwas, dem Ewigkeit eignete: *which wert and art and evermore shalt be.* Eine Hymne als Ermöglichung geistlicher Ekstasis. Religion als Frömmigkeit. Frömmigkeit als Gefühl. Gefühl als Übergang von Selbstfindung zu Selbstentäußerung. Nur wer sich ganz besitzt, kann sich ganz hingeben.

Etwas solcher Art war in Erinnerung. An diesem Morgen zogen Melodie und zwanzig Männerstimmen nur mäßig empor aus einer gewissen Enttäuschung des Neuanfangs nach einem Jahr der Abwesenheit. Es fühlte sich alles irgendwie abgenützt an und als könne es keine Wiederholung geben. Die Verheißung, die mit diesem Hymnus verbunden war, erfüllte sich nicht. Halbherzigkeit und der Geist der Schwere drückten aufs Gemüt und hielten jede Möglichkeit der Erhebung danieder. Beim Verlassen der Kapelle ergaben sich Verlegenheiten. Ein aus den Ferien zurückgekehrter Student entdeckte den Bart, den sich der nunmehr für ein Jahr beurlaubte Tutor während der Regenzeit hatte wachsen lassen. Seiner verwunderten Bemerkung wurde von einem Kollegen lachend die Verdächtigung zuteil: ‚Are you jealous?' Der naiv Verwunderte war, wie fast alle Studenten, bartlos. Warum sollte er neidisch, gar eifersüchtig sein? (Zwischen ‚jealous' und ‚envious' wurde kein Unterschied gemacht.) Es wirkte indes wie ein Stichwort. Über das Wesen der Eifersucht, über das Zernichtungspotential dieses Affekts im Verbund mit Besitzansprüchen war eine ganze theologische Dissertation lang unter anderem *auch* nachgedacht worden. Das vorletzte Jahr in Nzab'ngen sollte nicht nur im Fach Dogmatik immer wieder Anlaß geben, weiter darüber nachzugrübeln.

Hymnische Erhebung von einst war das eine. Das andere war ein neuerlicher hermeneutischer Eigensinn dem Wort Gottes gegenüber. Die Morgenandachten des vorletzten Jahres fingen alsbald an, sich zu einem merkwürdigen Stimmungsteig aus zähem Zeitabsitzen mit einzelnen Rosinen eigener Art zu verstrudeln. Von den Meditationen der Studenten war nichts oder wenig zu erwarten; die Kollegen hatten bisweilen eher etwas zu sagen. Das Eigentliche mußte eigener Erfindung anheimgegeben werden. Der ‚weiße Elefant' oder wenigstens sein Schatten gehörten zu den neu erfundenen Symbolen als Antwort auf die Frage: Wie sag ich's wenigstens mir selber? So, daß Sätze zu hören sind, welchen Sinn anhaftet, aber Sinn mit doppeltem Boden. Wie mach ich es, daß dann und wann etwas *für mich* aufleuchtet? In Laufe des Jahres ergab sich ein Dann und Wann aus vorsichtigen Verschlüsselungen von Einsichten und Sehnsüchten, die es gestatteten, laut zu sagen, was ein Text an Erbaulichem, aber nicht allgemein Zugänglichem hergab. Häufiger freilich waren es nicht die zufällig zufallenden Texte Heiliger Schrift, die unmittelbar ansprachen; es waren die Lieder, die man sang. Sie hatten mehr zu sagen als das kanonische Wort Gottes. Was fromme Seelen einst gedichtet hatten, stimmte oft seltsam mit Eigenem überein. Es sagte Dinge, die sich nicht von selbst zu klaren Gedanken auskristallisierten. Sagte der Text nicht zu, so hoben oftmals Melodie und Rhythmus darüber hinweg und in höhere Gefilde der Wahrnehmung.

Lieblingslieder

Die je nachdem dreizehn bis dreißig Männerstimmen in der Enge der Kapelle ergaben ein dichtes, ein wohltönendes Klanggebilde; etwas, das eine Weile nachklingen konnte, so daß sich statt Ärger oder Enttäuschung über die Unbedarftheit dessen, was einzelne Studenten vortrugen, milde Resignation einstellen mochte. Es reichte hin, sich einzuhüllen in ein Lieblingslied. Deren gab es nicht wenige, und sie wurden nicht selten auch gesungen. Wenn schon die Worte, die gemacht wurden, Schall und Rauch waren, so war doch ein Weniges an Trost und Erbauung im Singen und Mitbedenken religiöser Lyrik zu finden.

Sie mögen hier erinnert werden, die Lieder, die Gesänge, die Hymnen, die im Verlaufe der Jahre vertrauter wurden als die Lieder des Gesangbuches der eigenen Kirche in deutschen Landen, unter welchen sich kaum ein Lieblingslied findet. Im *Church Hymnary* aber fanden sich deren nach und nach erstaunlich viele. Noch dreißig Jahre später singt es einsam, einstimmig und inbrünstig den Bildschirm an.

Immortal, invisible, God only wise... Gotteslob darbringend in höherem Chor und majestätisch dahinwallendem Schleppschritt: gesungene Attributenlehre. *Rejoice the Lord is King...* von Wesley höchstselbst und mit solch unwiderstehlich anschwellendem Triumph in Melos und Rhythmus, daß gegen Ende des Aufrufes *Lift up your hearts. Rejoice!* die Ekstatik der Tonschritte von ganz unten nach ganz oben nicht zu überbieten ist. Wer diese Höhen stimmlich und seelisch zu erschwingen vermochte, hätte danach erschöpft und beglückt abstürzen können ins Bewußtlose eines glückseligen Nirwanas. Triumphal, wenn auch nicht ekstatisch, sondern eher militärisch skandiert, der Aufruf: *Look, ye saints! the sight is glorious* – die Phalanx der Heiligen huldigt dem Schmerzensmann als Auferstandenen, ihn krönend mit Preisungen.

Recht gut geeignet als Morgenhymne war auch der kraftvoll vorwärts stapfende, zu tätigem Dasein aufrüttelnde Ruf: *Work, for the night is coming!* Die Nacht des Nichtmehrseins deutete sich an im Verebben der letzten fünf Töne. Inmitten überquellenden Lebensdranges des Endes gedenken – es konnte bisweilen einen Hauch inbrünstiger Trauer verbreiten.

Nicht gering war die Anzahl schwermütig getragener und andachtsvoll gedämpften Lieder, die sich der Seele nicht selten viel inniger verbanden. Rhythmisch recht munter zwar klang die Glaubenshymne *My faith looks up to thee...* Die Worte mochten nicht durchweg den Denkspuren eigener Theologie nachgehen; die letzte Strophe indes durchwehte wie eine Gegenströmung ein Hauch stoisch verhaltener Trauer: *When ends life's transient dream, when death's cold sullen stream shall o'er me roll...* Etwas langsamer bewegte sich, um einige Grad wärmer klang das zu Rast und Seelenruhe einladende Lied *I heard the voice of Jesus say, Come unto me and rest...* Das Eingeständnis, sich *Weary and worn and sad* zu fühlen, konnte wohltun, es berührte die Stirn wie eine heilende Hand. – An der Grenze zu ausufernder Gefühlsseligkeit bewegte sich die überschwengliche Wellen- und Wogenmelodie eines zunächst hölzern und trocken, wie das Aufsagen des kleinen Einmaleins anhebenden Liedes: *Sinners Jesus will receive...* Nach der jeweils vierten Zeile eine Pause. Punkt. Dann ein Atemholen für das großbogige, zum Schunkeln einladende, seelenvoll langsame Auf- und Abschwingen der Melodie in echohaften Wiederholungen, durchaus im Einklang mit dem Wortlaut: *Seeking them o'er the moore and fen // Speak that word of love again // Death has no more sting nor pain...* Geradezu nüchtern klang dagegen das melodisch ebenfalls tief bewegende *Nearer my God to thee...*

Schließlich waren da noch die seltener gesungenen Abendmahlslieder. *I hear thy welcome voice...* Mochte das *precious blood* auch allzu blutmystisch anmuten und nicht nach dem eigenen theologischen Geschmack sein, die Melodie nahm ein durch sehnsuchtsvolle Trauer, ein dunkelblaues Schleppgewand, in das sich die Seele dahinwallend hüllte. Zartere Linien der Schwermut zog mit sanfterer Seelensüße ins Melodische *According to thy gracious word...* Der Ton war einfacher, die Trauer stiller. – Das weitbekannte Abend- und Sterbenslied *Abide with me* erfüllte, seit es Abendandachten gab, des öfteren die Kapelle. Gesungen von jugendlich Aufstrebenden mochte es sich merkwürdig anhören; wer auf des Lebens Hochplateau wandelte, ließ sich vielleicht schon eher daran erinnern, daß es in absehbarer Zeit bergab gehen würde. Merkwürdig blieb dann nur noch, wie wohlig die Betrachtung von *change and decay* zu stimmen vermochte. – Als Lieblingslied hatte sich im Laufe der Jahre eine ausgewogene Komposition von annehmbarem Text und mäßig rhythmisierter, ausdrucksvoller Melodik in den Vordergrund der Erwartung geschoben. *Father again* versammelte mit Dank für Bewahrung und der Bitte um weiteres Gewähren göttlicher Gnade die kleine Gemeinde. *Again to thee our feeble voices raise* – nur an einer einzigen Stelle versteigt sich die Melodie ins Flehentlich der oberen Regionen. Der Reiz dieses Wenigen war größer als die durchgehaltene Erregung und Hingabe manch anderer Hymne. Eine kräftige Altstimme konnte wetteifern mit sämtlichen Männerstimmen. *Ut unum sint* - ergab es sich nicht im Singen der Lieder?

Das Singen in der Kapelle war eine Mitte zwischen einsamem Alkoholrausch, andeutungsweise vertraut, und bisweilen vorgestellter, wenn auch nicht unbedingt herbeigewünschter Massentanzekstase. Es gab dem Beisammensein auf kleinstem Raum neben der vertikalen Richtung ein Gefühl von Nächstennähe aus Zufall, Absicht oder Gewähren. Das Gemeinschaftsgefühl war innen hohl; wer wollte, konnte hineinkriechen und sich einspinnen in eine kolossale Einbildung mit Silberrändern von Möglichkeit. Die Morgenandachten waren Hingabe an solche Möglichkeit im Bewußtsein der Vergänglichkeit dieser Viertelstunden.

Sitzbeziehungen, Biedersinn mit Schlips, *alienation*
(Das erste Trimester)

Das Singen war eines und oft das Beste und Schönste der täglichen Andachten. Im übrigen kam es dahin, daß theologisch Bedenkenswertes nur noch aus dem eigenen Munde zu kommen schien. Das mag im nachhinein anmaßend genug klingen; schließlich gab es der Kollegen drei, die auch etwas zu sagen hatte. Es mag indes begreiflich werden bei Berücksichtigung des Umstandes, daß das weit ausschwingende Denkkarussell einer frisch promovierten Tutorin bei aller Erschöpfung noch nicht zum Stillstand gekommen war. Wohin mit allem, was da herumflog? Der Kollege Ehemann hatte einen Wall von Feldforschungsergebnissen um sich herum aufgehäuft. Er war kaum ansprechbar. Der Unterricht bot nicht genügend Stunden, um das Maß an Außerlehrplanmäßigem, das noch rumorte, an den Mann zu bringen. Es boten nur die Morgenandachten Gelegenheit, so vorsichtig und verschlüsselt wie möglich in Worte zu bringen, was in den Gehirnwindungen, in den Herzkammern und vielleicht auch im Zwerchfell herumspukte.

Schon im Laufe der ersten Woche wäre Gelegenheit gewesen, den Studenten theologisch Substantielles vorzumeditieren. Der Text des Tages enthielt Entäußerungsmystik: wie das Armwerden des Einen die vielen reich mache. In der grünen Suppe Nzab'ngen wäre das der reine Kaviar gewesen. Es konnte nur dogmatisch Richtiges gesagt werden: daß Nächstenliebe nach dem Vorbilde Jesu alle Probleme des Miteinander lösen könnte. Damit war wieder einmal die Wirkungslosigkeit des Richtigen bewiesen. Denn offen bleiben mußte die Frage: warum ist Nächstenliebe so schwer? Warum ist sie gerade dann, wenn sie gelingt, oft nur etwas Ausbeutbares, ohne Gegenliebe? Ungesagt mußte bleiben, was aus eigener Erfahrung langsam aufdämmerte: daß *charity*, daß *Agape*, die Gute, um sich ethisch unverkrampft auszuwirken, die Frucht einer Blüte sein mußte, die auf sehr langem Stiel aus dem dunklem Wurzelgrunde trieb, der dem Geist gern und manichäisch als Gegenteil zugeordnet wurde. Vielleicht auch konnte diese Blüte nur vom Geiste des Verzichts bestäubt Frucht tragen? Wie weit trug die Metaphorik? Vielleicht war in Wirklichkeit auch alles viel einfacher und banaler. Dann mangelte es offenbar an der Fähigkeit, das Einfache als das Banale zu erkennen.

Noch im Oktober fiel ein Hosea-Text zu. Was gab es da, das sich nicht unter den hermeneutischen Hauptnenner ‚Eifersucht' hätte subsumieren lassen? Mußte es deshalb in so monomaner Weise in gedrängten zehn Minuten herausgearbeitet werden? Das Bild einer Gottheit, die zerstört, weil ihre Liebe es nicht erträgt, daß Geliebtes auch noch anderes liebt? Wie überaus menschlich, diese göttliche Eifersucht. Gar nichts von der impassiblen Erhabenheit eines Thronens über Cheruben und Galaxien. Isis, die Liebende, weinte. Das gehörte nicht in eine christliche Morgenandacht. Hier war das Vexierbild von der Kirche als Braut und, wo nicht als Hure, dann als ‚alt runzlig Weib' am Platze. Etwas Banales.

Zwei Tage später war im abendlichen Familiengottesdienst wieder ein Hosea-Text vorgesehen und zwar der gleiche, über den bereits am Morgen anderweitig meditiert worden war. Lauter nüchtern-richtige Dinge waren da vorgetragen worden, deprimierend langweilig und am Text vorbei. Es war ein Heilsorakel, poetisch schön und kühn. Damit konnte der Student, ein braver Mensch, offenbar nichts anfangen. Er hatte es vorgezogen, allerlei über die Sünden des Volkes zu erzählen, über ‚indiscriminate sex', und es war damit über den alten Höhenkult hinaus gegenwärtige Promiskuität gemeint gewesen, vor allem an den Sekundarschulen, aber, wie sich unter der Hand verstehen ließ, gelegentlich und sogar auch unter den zukünftigen Amtsbrüdern. Enttäuschend vor Biederkeit und Bravheit war die Ansprache gewesen. Dem mußte am Abend etwas entgegengesetzt werden.

Ein Wagnis. ‚Tonight, let us meditate on a daydream.' Es folgte eine poetisch ausgemalte Paraphrase des naturhaft Schönen, das der Text darbot: eschatologische Lilien, Morgentau und Zypressen, garniert mit einem Milton-Zitat aus *Paradise regained*. Am Horizont leuchtete eine ferne Insel, betreten von noch keines Menschen Fuß. Prophetische Verheißungen, das Wort Gottes, wagte die Meditation als ‚day-dreaming poetry' zu bezeichnen – für wen? Für halb schon vor sich hin Dösende. Der beurlaubte Kollege Ehemann saß nachdenklich, neben ihm der Moralist vom Morgen. Letzterer ergriff beim freien Gebet sofort das Wort, bittend um Kraft auf dem Weg zum Ziel. Wenn es eine Anknüpfung an die ‚ferne Insel' gewesen sein sollte, dann war wohl wenigstens der Beter nicht unter den Dösenden gewesen.

Gleichwohl gewährten an diesem Abend auch zwei Lieblingslieder keinen Trost. *Father, again in Jesus name we meet,* zuversichtlich und vertrauensvoll um Nähe werbend, Nähe preisend in getragenem Rhythmus und von gedämpft sehnsüchtigen Aufschwüngen unterbrochenem Melos – *Blessed mercy's gate* öffnete sich an diesem Abend nur einen Spalt weit. Zu schmal, um hindurchzuschlüpfen. Auch das Lied zum Abschluß wollte nicht nahe kommen und berühren. *Abide with me, fast falls the eventide* – es gewährte kein Gefühl der Geborgenheit im Dunkel der Welt; trotz der eindringlichen Bitten um Dasein und Bleiben verbreitete sich nur Trauer um Vergänglichkeit; die Melodie wallte wie ein schwerer Tränenschleier, weiße Nebel über dunklen Wassern... Wäre Nähe gewährt worden an diesem Abend, das Bewußtsein, wie armselig alles war, hätte nicht so elendiglich überhandnehmen können. Die Beschwörung war nicht gelungen. Es blieb alles dem Alltagsstaube und der Vergänglichkeit anheimgegeben.

In der letzten Oktoberwoche war der Kollege Nachbar an der Reihe und ließ in der Stille jeden für sich meditieren über Wünsche und Ängste. Das war neu, Import aus Europa. Wenn es eine

Psycho-Masche war, so doch keine unrechte. Bei solchem Für-sich-Meditieren ließ sich feststellen, daß Gott-innen ein anderes Gesicht zuwandte als Gott-außen. Es zeigte sich ein Gott, vor dem alles, was das Tagebuch wußte, bestehen konnte. Mit haarfeinen Unterscheidungen zwischen Gott und dem Gewissen.

Im ersten Trimester war die Kapelle, wenn schon sonst nur selten Ergreifendes oder Bedenkenswertes geschah, ein paar Wochen hindurch Ort für Übertragungen eigener und allgemeiner Art. Dem flüchtigen Blick fiel manches auf, was leicht wieder hätte entgleiten können, wäre es nicht ein Anlaß geworden zu Grübeleien über das Wesen von Nähe und Nahesein in gewissen Bereichen, wo das Wort nicht hinreichte. Es ging um das undurchsichtige Spiel der Sitzbeziehungen. Es waren im Jahr zuvor zum ersten Male Studentinnen aufgenommen worden, eine Ehefrau mit zwei Kindern und eine Ledige, eine Miß. Beide mußten sich irgendwie zurechtfinden. Die Miß hatte sich in der Kapelle einen festen Platz erwählt und saß fast spiegelbildlich auf der anderen Seite. Der Klassensprecher, ein Schöner, Athletischer, ebenfalls Lediger, schien nicht recht zu wissen, wie weit es seine Aufgabe war, sich um die Klassenkameradin zu kümmern. Es mochte natürlich auch Natürlicheres im Spiele sein. Es ergab während der Oktoberwochen und ehe das Beobachtungsinteresse erlahmte, eine tägliche Reihung von Ortsadverbien – ,hinter ihr', ,wieder hinter ihr', ,vor ihr', schließlich ,neben ihr' und so fort. Es erinnerte an weit Zurückliegendes. Sprachloses. Damals hatte man sich solcher gruppendynamischer Annäherungen mit kulturpolitischen Diskussionen erwehrt. Was mochte andächtige Nähe in den morgendlichen Viertelstunden so vieldeutig machen? Es konnte sich um Beliebigkeit und Zufälligkeit handeln. Zufällig kam die Miß immer so früh und fast gleichzeitig mit der Tutorin, daß sie ihren Platz frei fand. Weniger zufällig, vielleicht motiviert von Pflichtgefühl, setzte der Klassensprecher sich, *ex officio* gewissermaßen, in ihre Nähe, damit die Klassenkameradin nicht so isoliert sitze. Es war solche Nähe dann nichts weiter als ein Indiz, vielleicht auch eine Demonstration, ruhigen Selbstbewußtseins und eines sozusagen guten Gewissens. Andere mochten es anders empfinden. Konnten sich im gemeinsamen Singen so dicht nebeneinander nicht Seelenpartikel austauschen? Vielleicht auch nur einseitig Anmutungen entstehen und vergehen? Es mochte ein komplexes Gewebe sich bilden aus Genugtuung, Unruhe, Zweifeln, Erwartungen und Widerständen, ja Mißvergnügen, eine innere Haltlosigkeit bis zu Eintrübungen des Wirklichkeitsbewußtseins; bis zu einer Art Schizothymie als Einbruchsmöglichkeit und Freiraum für Gefühlsphantasien – *Bethabara*. Schon eine Weile her. Die Erinnerung daran wurde wieder lebendig.

Was in eigener Nähe sich niederließ, war meist vernebelt, kaum wahrnehmbar. Bald war es der Kollege Ehemann, bald der Kollege Nachbar, immer auf gewissem Abstand, bald der Studenten einer. Es blieb meist viel freier Raum ringsherum. Bisweilen war eine Stimme erkennbar im gemeinsamen Gesang. Wenn sie zu nahe war, konnte es unangenehm werden. Es irritierte selbst dann, wenn es eine Stimme von dunklem Wohllaut war – es war zu nahe. Eines Morgens saß schräg linker Hand auf der ersten Bank etwas verkrüppelt Anmutendes, in sich Versackendes. War es ein Student? War es eine Art Halluzination?

Wenige Tage später saß es wieder in der Nähe, zur Linken in der gleichen Bank und rückte auf, als der Kollege Nachbar kam und sich ohne Gesangbuch dazusetzte. Er bekam eins von rechts gereicht; ein Ruck nach links ergab Gesang zu zweit aus dem Gesangbuch der Tutorin. Das konnte vorkommen. In diesem Falle aber geschah etwas nicht Alltägliches. Als nämlich mit kräftigem Alt die Tutorin in den Hymnus einstimmte, erhob sich zur Linken eine selten gesungene Gegenstimme und hielt sich unbeirrt und allein durch gegen alle übrigen ersten Stimmen. Es klang wie eine Herausforderung. Die nahe Altstimme nahm sie an und warf sich dagegen. Gegen die unerschütterliche einzige Gegenstimme sang mit plötzlich aufflammender Inbrunst die herkömmliche Grundstimme inmitten aller übrigen Stimmen. Eine unerwartete, eine willkommene physische Verausgabung und danach fast so etwas wie Erschöpfung. Als man sich setzte, saß da wieder Zusammengesacktes. Als sei ein Rückgrat aus den Fugen – wenn es denn keine Halluzination war.

Der November ging dahin; dürftige Wochen, während welcher die Morgenandachten Erwartungen unerfüllt ließen. Keine erhebenden Melodien; keine erbaulichen Betrachtungen. Jeden Morgen eine Art Depression, eine Flaute des Geistes und des Gefühls, zu leben und vorhanden zu sein. Nur zweimal war da etwas, das den Trott ins Stolpern brachte. Schlimm und merkwürdig war es am Montagmorgen der ersten Novemberwoche. Zerschlagen von nächtlichen Vernichtungsträumen (Fluchtängste, Pestvisionen, faulendes Fleisch – wo kam das her?) begann der Tag und drohte beim Betreten der Kapelle umzukippen. Eine Art Schwächeanfall wie bei großem Blutverlust. Benommenheit, als würde ein Letztes an Lebensmöglichkeit entzogen. Wie und womit hing es zusammen? Ringsum war alles wie immer. Nichts Auffälliges. Allenfalls das Vorhandensein der Studentinnen war noch ungewohnt. Die verheiratete saß schwerleibig auf ihrem Platz, im sechsten Monat schwanger. Die andere hatte zur Abwechslung einen anderen Nebensitzer, drängelte sich beim Hinausgehen eng an ihm vorbei und erzwang sich ein Lächeln. Woher kam das Gefühl des Verfalls, ,old and worried' und als würde ein Stück Sterben vorweggenommen? Das Tagebuch wußte auch keine Erklärung.

Mitte des Monats, an einem Freitagabend, der übliche Familiengottesdienst zum Wochenabschluß. Kein Muß für die Tutoren. Wer nichts Besseres vorhatte, mochte gehen, auch verspätet. Ein heftiger Zwischenregen trommelte aufs Blechdach der Kapelle, die des Regens wegen halb leer war. Wer zu spät kam, wie in diesem Falle die Tutorin, brachte sich gewöhnlich im Hintergrunde unter. Da waren nun so viele leere Bänke und vorne nur eine besetzt mit zwei Kollegen. Es kam, noch verspäteter, ein Student, ging gegen eingespielte Regeln nach vorn, setzte sich in die leere Bank hinter die Tutoren und saß da allein. Man sang. Man betete. Der Regen trommelte. Wie unsinnig, im Hintergrunde allein zu sitzen. Es wurde kein bewußter Entschluß gefaßt. Es war, als greife eine Initiative von vorn nach hinten. Über die leeren Bänke hinweg hob der halb träumende Wunsch, nahe zu sitzen, näher – doch wohl, um zu verstehen, was da geredet wurde gegen den Regen. Was denn? Es begann, wie Konfettirieseln, ein Gedankenspiel über *Concetti* aus der Hyperbolik einer Stimmung – über ‚die Initiative der Magnetnadel'. Jede Silbe der Meditation war, dank Nähe und kräftiger Stimme, vernehmbar. Der Sinn indes ging unter in einem Seitwärtsdenken über Feldlinien und Wechselwirkungen. Das war's, und mehr war nicht notwendig, um dem Abend einen Sinn zu geben. Zurück im Haus, kam der Ehemann mit einem Glas *Belle vie* entgegen. Auch schön. Danke. Er legte sich wieder auf das Lotterbett zu seinen Büchern, während im Arbeitskabinett das Tagebuch ein Kritzeln und Sinnieren über ‚die Initiative der Magnetnadel' entgegennahm.

Die übrigen Familiengottesdienste am Freitagabend fanden in bewährter Langeweile statt. Langweilig selbst dann, wenn einer bedachtsam und in großem Ernst gegen das Lügen und den Zorn redete und für Versöhnungsbereitschaft plädierte. Das mochte schön und gut sein; von Interesse war dabei jedoch allenfalls, daß eine unübliche Aladinlampe die Züge des Moralanwaltes deformierte. Das niedere Gewölbe einer Stirn wölbte sich noch runder; das Weiß des Geheges der Zähne, dem die Worte bedachtsam entflohen, geriet in grinsenden Kontrast; einen bei Dämmerlicht schmalen Blick mit winzigen Glanzeffekten verdrehte das aggressive Licht zu grotesk rollenden Kugelaugen. Der milde Schein einer Buschlampe hätte dieses Gesicht und alle übrigen sanfter behandelt, Reflexe und Schatten unter den Jochbögen, über den Brauen, auf einer unebenen Stirn richtiger verteilt, kurz: physiognomische Eigenarten unverzerrt wiedergegeben. Das falsche Licht verdarb alles. In solchen Betrachtungen erging sich mangels einer andächtigen Seele das Auge einer Sonntagsmalerin. Nur ein einziger Satz ließ an diesem Abend kurz aufmerken: ‚I like the way tutors can apologize when they have been angry.' Soso oder nanu? Bisweilen konnte derjenige, welcher für die Familienandacht verantwortlich war, danach mit einer Bemerkung rechnen, einer anerkennenden oder kritischen. An diesem Abend versumpfte wieder einmal alles in Apathie.

Gelegentlich ließ sich die Schuld an dem freitagabendlichen Mißvergnügen dem Kollegen Ehemann zuschieben. Wenn schon diese Dauererwartung mit anschließender Enttäuschung sein mußte; wenn schon umsonst ein dunkelbrauner, goldgestickter Kittel in die Kapelle hinübergetragen wurde; umsonst darauf gewartet wurde, daß der richtige Trommler trommle; wenn schon die frommen Sprüche über Daniel in der Löwengrube so zahm und zahnlos dahersabberten, daß vor allem die Kinder, die verschlafenen Rotznasen, vollends einschliefen angesichts eines Löwen, der statt mit Zähnefletschen und fürchterlichem Gebrüll mit der somnolenten Dynamik eines lahmen Hasen, eines moralisch bedepperten Schafs aufwartete; wenn schon all das, warum mußte dann zu guter Letzt auch noch der Ehemann schnurstracks ins Haus zurückstiefeln, statt sich wie andere ein Weilchen im Gekringel der Taschenlampen, im Halblicht der Buschlaternen vor der Kapelle zu unterhalten?! Man hätte einander noch ein paar freundliche Dinge sagen können. Es wäre die Möglichkeit vorhanden gewesen, dem Abend noch ein paar Augenblicke sinnvollen Seins-in-Beziehung abzugewinnen, einander ‚Gute Nacht' zu wünschen, so daß man dann auch gut geschlafen hätte – nichts und nein. Es mußte einer im Eilschritt zurück zu seinen Büchern laufen, und eine rein äußerliche Gewohnheit, der schon längst die

innere Überzeugung fehlte, lief mit. Wagte nicht, allein zurückzubleiben. Ging anstandshalber mit zurück ins Haus und warf
sich aufs Tagebuch, Gewohnheit und Anstand verfluchend, leise
und feige, zwischen den Zähnen und Zeilen. Es war etwas unterwegs, solche rein äußerlichen Abhängigkeiten in Frage zu stellen und zu lösen. Konnte das Sinngefüge innerer Abhängigkeiten
nicht in sich selbst Bestand haben?

Am Morgen gaben bisweilen und am ehesten Anlaß zum Mit-
und Nachdenken die bedachtsam vorgetragenen Meditationen
eines der älteren Studenten. ‚Eine in sich gefestigte Persönlichkeit', wenn man dem Kollegen Nachbarn glauben wollte. Einer,
der, nach allem, was bekannt war, lebte, was er predigte. Das
kam eher selten vor. Es war dennoch nicht einfach, den bieder-
ernsten Moralpredigten des Betreffenden ohne intellektuelle
Überheblichkeit zu folgen. Es wurde etwa meditiert über ‚drink-
ing and drunkeness' (ein paar Wochen hin, und das Kollegium
würde zu befinden haben über die Silvestertrunkenheit eines
Studenten aus Klasse I). Weiter, über ‚wine and women' – das
reimte sich sogar. Es hatte unter den Studenten auch schon Fälle
mit ‚women' ohne ‚wine' gegeben. Einfach so, im Dorf, in den
Farmen. Es war gewiß nicht einfach für die unverheirateten jungen Männer. In den Sekundarschulen war Promiskuität an der
Tagesordnung. Auch das Lehrpersonal war bisweilen involviert.
Und nicht etwa nur das Übliche, Lehrer und Schülerinnen. Man
hätte keine blutjungen Lehrerinnen an solchen Schulen einsetzen
dürfen. An einem theologischen Seminar gab es strenge Bedingungen, Vorschriften und Gesetze. Und dennoch Lücken im
Zaun. Da wußte einer offenbar, wovon er redete. Und stand da –
so korrekt, so kühl, so moralisch und mit einer neuen Krawatte,
rot und blau kariert. Man sang *Yield not to temptation*, eine langsame Schunkelmelodie, fast ein Bänkelsang, dazu angetan, den
Sinn der Worte fortzuschwemmen. Eine Melodie in groteskem
Widerspruch zum Text. *Fight manfully onward, dark passions sub-*

due – mit Entschlossenheit geradeaus? Läßt sich das Spiel der Annäherungen und des Zurückweichens nicht auch in perfekter Selbstbeherrschung spielen, mit der tänzerischen Sicherheit eines Schlafwandlers im Mondenschein? Mit dem intellektuellen Flair von *Bethabara*? In dieser ‚Suppe ohne' sicherlich nicht.

Zwei Wochen später stand ebenderselbe wieder da, brav, bieder, mit Schlips, und meditierte über den Tugendhelden Daniel, diesmal ohne Löwen, dafür streng diätetisch, an sich und an alle die Frage richtend: ‚Do we live an earnest life?' Was sollte das bedeuten? War es ein Köder, in Spiralen weiterzudenken, dialektische Purzelbäume zu schlagen – O ihr Heiligen, ihr Tugendhelden! Könnt ihr nicht die größte Versuchung sein? ‚Schon naht Isabella im Nonnengewand…' und Lord Angelo ist hin. Wieder einmal hat Shakespeare des Herzens Krümmen durchschaut. Nun, es war nicht die übliche, die gedankenlos heruntergespulte Moralpredigt. Es konnte danach wohl etwas Anerkennendes gesagt werden. Etwa: ‚It is not difficult to accept it from you.' Damit mochte es ernst gemeint sein. Offen mußte freilich bleiben, worin im Einzelfalle ein ‚ernsthaftes' Leben bestand.

Der Dezember brachte noch zwei Wochen Unterricht, eine Woche Examina und den Trimesterabschlußgottesdienst. In der Kapelle ereignete sich nichts Erhebliches, gedanklich und dem allgemeinen Befinden nach. Das Grundmuster des Beanspruchens, Wechselns oder Tauschens eines Platzes hatte sich eingespielt. Zwischendurch ergab sich das Experiment absichtlichen Zuspätkommens: der beanspruchte Platz war frei. Davor aber, wo höflicherweise sonst ein Platz freigelassen wurde zum Ablegen von Büchern und Heften, spannte sich ein weißes Hemd über einen breiten Rücken. Es hätte Beschränkung von Freiraum bedeutet, sich da niederzulassen; daher ein Platz im Hintergrunde und in der vertrauten Nähe des Kollegen Ehemann vorzuziehen war. – Während dieser Wochen suchten zwei mit einander zerstrittene

Studenten, um deren Versöhnung die Tutorin sich bemühte, ihre Andachtsplätze in der Nähe des Stammplatzes der mit solch mühsamer Aufgabe Betrauten, als könnte bloße Nähe Versöhnung bewirken oder festigen. Die Magie räumlicher Nähe...

Noch einmal ergab sich Gelegenheit, über Lieder nachzudenken. *Holy Spirit, hear us* sang man, und: *Make us more like Jesus, gentle, pure, and kind.* Die Melodie war einfach, fast einfältig kindlich. Der Text pries *a lowly mind;* meditiert wurde über Demut, recht holprig und von einem, der allgemein durch holpriges Benehmen auffiel. Er predigte wohl sich selber an – brav sein. *And our playful pastimes / Let no folly spoil* – ,Möge keine Torheit unser spielerisches Zeitzubringen verderben' – unser Spiel mit der Zeit – unseren Zeitvertreib. Ist verspielte Zeit verlorene Zeit? Von welcher Torheit war die Rede? Der kühle, poetische Anhauch kam aus dem Urtext mit dem Lächeln einer Traurigkeit, die auf Torheit verzichtet, um höherer Weihen teilhaftig zu werden. Das war natürlich nicht gemeint. Als bedürfte das Gemeinte auf jeden Fall der Verdeutlichung und des Nachdrucks, mußte zum Schluß wieder gesungen werden *Yield not to temptation.* Wieder die Schunkelmelodie. Nicht der Text, Melodie und Rhythmus waren ärgerlich an diesem frommen Liede. Gänzlich unangemessen, ein penetrantes Schwanken zwischen feucht-fröhlich und tranigsentimental. So platt, so vulgär, während der Gedankengang aufgipfelte in sieghaftem Verzicht, in weltüberwindender Nachfolge. *To him who overcometh, God giveth a crown* – die markige Fassung dieser Moral war interessant als helle Folie für virtuelle Schattenspiele der Seele. Wie, wenn da wirklich eine ,dunkle Passion' im Raume stünde, zwischen den weißgekalkten Wänden der Kapelle und ihren bunten Glasfenstern? Einsam und aufrecht, innerlich zum Widerstand bereit, äußerlich zu unverbindlichem Spiel? Die Gedanken sind frei. In Gedanken ließ sich gar manches durchspielen. Einem unter den Kandidaten fürs geistliche Amt mußte die Krone, ohne Spiel, ohne Spott, schon so gut wie sicher sein.

Der ganze Campus schien es zu wissen; nur die Tutorin – nun, sie war ein ganzes Jahr lang nicht da gewesen, und es ging sie im Grunde auch nichts an. Aber Anfang Dezember war eine bis dahin Ahnungslose seit zwei Wochen in Kenntnis gesetzt und mochte, so sie wollte, sich ein Bild davon machen, was hinter den bedachtsamen Moralpredigten und dem schwerfälligen Ernst an Kampf und Verzicht stand.

Eine Woche später wurde noch einmal über ‚humility‘ meditiert. Zurück blieb der Eindruck, daß die Stimme, die da langsam und besonnen sprach, und das, was gesagt wurde, mit einander im Einklang waren. Aber wie, in welcher Grundtonart? In ethisch hartem Dur, in resignierendem Moll? Einfarbig oder dialektische Karos bildend wie das Krawattenmuster? Wer meditierte, band sich eine Krawatte um. Bei den meisten half es nichts.

Die letzte Veranstaltung des ersten Trimesters, die Lehrer und Studenten kurz vor Weihnachten bei schönstem Hochsommerwetter (die Bougainvillea blühte verschwenderisch) noch einmal in der Kapelle zusammenbrachte, nahm das überwiegende Mißvergnügen mit den studentischen Andachten zum Anlaß, zu sagen, was bislang nicht zu hören gewesen war.

Dieser Abschlußgottesdienst begann mit einer vollen Stunde Verspätung, weil die Studenten am Vortage mit dem Grasschlagen nicht fertig geworden waren und daher am Morgen die Arbeit zu Ende bringen mußten. Es saß sich geruhsam am Fenster des Arbeitskabinetts, schon im Talar, zuschauend, wartend auf das Trommeln als Zeitzeichen. Die Predigt überdenkend. Eine Predigt über einen Text, der hymnisch Entäußerung pries. *Kenosis*. Entäußerung? ‚Emptied himself‘? *Alienation* war das richtige Wort. Was da zu sagen war, durfte doch wohl anders gesagt werden als im Klassenzimmer. Abgesichert durch Feierlichkeit, schwebend im nicht eben Leichtverständlichen. Weihnachten als

340

Selbstentfremdung des Schöpfers. Selbstentäußerung in die Hände des Geschöpfes hinein. Inkarnation – ‚God appearing like a stranger in an alien land; an itinerant preacher, a single man at that, gentle, pure and kind.' Gott, der sich selbst als Geschenk darbringt, sein Geschöpf durch Liebe zu erlösen, hoffend auf Gegenliebe. Was geschieht? ‚Humility and familiarity breed contempt. How can a senior humble himself before a junior? A pastor before his parishioners, a tutor before students? It would create embarrassment, to say the least. It will create confusion; annihilation by ridicule and comtempt.' Die soziale Wirklichkeit, das Rollenspiel ist stärker. ‚We remain strangers to each other. We cannot know one another's motivations. Gifts are calculated as bribes, or offered under social obligation. The master-slave relationship is the only unambiguous one.' Und das Ideal? ‚The true value of a gift is in the relationship between the giver and the receiver. God's self-giving is a sign of love. Love wants to share. Even an innermost secret. God wants to share with us' – und man würde wieder das Abendmahl feiern.

Es war viel zu viel an Gedankenlast für zwanzig Minuten. Und das meiste sowieso zu hoch für den Durchschnitt. Aber vielleicht würden wenigstens zwei oder drei etwas begreifen. Der Kollege Ehemann war wieder feldforschend auswärts. Er wenigstens hätte ein Echo zurückgeworfen. ‚Wieder einmal über sämtliche Köpfe hinweg, Lieschen. Du weißt eben nicht, was in denen drinsteckt. Nicht dein mystischer Pessimismus. Nicht deine Geheimnis- und Entäußerungskrämerei.' Etwas dergleichen. Vermutlich.

Endlich saß man versammelt; aber nicht alle. Daher wurde lange gesungen. Zwei der gedanklich Begabteren aus der Dogmatik-Klasse waren da; aber der dritte fehlte noch, um der Predigt einen Sinn zu geben. Endlich kam er an, als Letzter und festlich in einem taubenblauen bodenlangen Gewand. Nun denn. Eine strenge Stimme trug vor, was sich tiefem Nachdenken ergeben hatte. Ernsthaft und unbewegt sah es zum Pult herauf. Noch da, aber vielleicht im Geiste schon aus dem Campus hinaus, hinweg aus schwierigen Beziehungen in einfachere Verhältnisse. Brot und Wein wurden ausgeteilt, reihum den dicht an dicht im Kreise und am Mittelgang entlang Stehenden. An der einen Stufe, vom Podium hinab, ergab sich beinahe ein Stolpern über den Talar; eine Bewegung, als wollte man zu Hilfe kommen, erstarb. Es fing sich von alleine wieder und fuhr fort, den Kelch in beiden Händen, gefaßt und entsagend.

Danach: erschöpft und wie betäubt vor dem Tagebuch. Wozu die Mühe. Die Anstrengung des Gedankens. Das Bedürfnis, Einsichten mitzuteilen. Um am Ende in ein Beinahe zu stolpern am Saum eines Festgewandes? Und diese ganze Entäußerungstheologie? Wie daneben. Wie absurd. Wie umsonst. Wie irgendwie nicht ganz bei Trost und Einsicht...

Ein weißer Elefant, ein Stegreifspiel, *dark passions*
(Das zweite Trimester)

Die Weihnachtspause, umgeben von hohem Sommer und dunkellila Bougainvilleenmelancholie, war durchflackert von wechselnden Stimmungen und allerlei Unannehmlichkeiten. Das Blütenrot der Hibiskushecken prahlte wie Südseereklame; das Gras war noch grün und noch nicht einmal verstaubt. Das einzige Grau, das über den Campus kroch, war der graue Dunst der Langeweile, immer wieder unterbrochen von knisternder Unrast und Verstimmungen, ungeladenen Gästen, Trillerpfeifenlärm und ähnlichen Ärgerlichkeiten. Es gab nichts, kein Schloß im Mond und keine Hütte in fernen Bergen, sich zurückzuziehen und tagzuträumen. Es gab nur vorübergehend ein Teppichschloß auf der hinteren Veranda, das von einem zurückkehrenden Feldforscher alsbald wortlos wieder abgerissen wurde.

342

Dann waren auf einmal alle, die den Sinn des Daseins ausmachten, wieder da; es ward Abend und es ward Morgen und man ging wieder in die Kapelle. Fortan auch abends. So hatte es der seelsorgerliche Schulleiter beschlossen, und es war ein weiser Beschluß. Denn seltsamerweise konnte das Immergleiche der Andachten in der Kapelle, beschränkt auf wenige Variationsmöglichkeiten – es konnten diese rituellen Wiederholungen trotz der Unbedarftheit dessen, was da in der Mehrzahl der Fälle vormeditiert wurde, nie so langweilig werden wie die Sonntagsgottesdienste. Es dauerte zum einen eben nur eine gute Viertelstunde. Zum anderen hatten Lieder aus dem *Church Hymnary* ihrem Wortlaut nach fast immer etwas zu sagen, und Männergesang war, wie hier wiederholt werden darf, etwas seelenwärmend Angenehmes. Schließlich ergaben sich häufig Gelegenheiten, am Pult zu stehen und nicht nur etwas zu sagen, sondern das zu Sagende so zu sagen, daß es wenigstens derjenigen, die da zehn Minuten lang das Sagen hatte, etwas sagte. So wurden Morgen- und Abendandachten zu Pfeilern, ohne die das Gewölbe der Wochen und Monate eingestürzt wäre. Sie waren wie ein Karussell, das in die Nähe brachte und vorüberführte, was es an Seltenem gab: das Dann und Wann von etwas Substantiellem oder wenigstens eines Schattens davon. Ab Januar 1981 standen die Andachten im Zeichen der Erwartung eines weißen Elefanten.

Am Abend vor dem Eröffnungsgottesdienst schickte der Schulleiter einen der Zurückgekehrten, die Abendmahlsgeräte samt einer Flasche herbsauren *Belle vie* zu holen. Im Küchendunkel des Missionshauses, von der Veranda her vom trüben Schein einer Buschlaterne kaum, drinnen vom Lichtgekringel einer Taschenlampe nur tastend erhellt, hantierte der Herbeigeschickte eine Weile ungeschickt und ratlos. Weinflasche, Tücher, Gerätekasten und Taschenlampe – es war zu viel für zwei Hände und Arme. Der Arme. Mußte hier helfend eingegriffen werden? Es rührte sich kein Finger. Es kam zu keinem Handgemenge. Das Problem löste sich, indem ein mit zwei Händen Alleingelassener die Taschenlampe in den Mund nahm. Es fügte dem malerischen Reiz der Szene ein Element des Grotesken hinzu. Auf dem Gesicht grenzten Licht und Schatten sich ab wie auf Gemälden von de La Tour. Wieder nahm eine Sonntagsmalerin ästhetische Nuancen wahr, ohne an Näherliegendes zu denken und zu handeln.

Am nächsten Morgen Kühle und Vogelzwitschern auf dem Weg zur Kapelle: ein Tautropfen Glücksgefühl. Vor der Kapelle Begrüßungen. Drinnen linker Hand die beiden Damen nebeneinander, in der Nähe des Benjamin; auf der Bank hinter dem Stammplatz der Tutorin ein Blüten-, Schnee- und Schwanenweiß, etwas zu viel Raum verdrängend. Daher ausnahmsweise in die erste Bank. Der Schulleiter weihte ein neues Tuch als Zierde für das Lesepult, ein Grün zwischen Tannenbaum und Bananenstaude. Befremdlich, solche Weihung, für protestantisch-puritanisches Empfinden. Aber warum nicht? Warum nicht auch Kerzen und Blumen? Wäre dazu hin noch der Seele besinnlicher Duft und gedankenvoller Schimmer zu erhaschen und zu schnuppern gewesen, es hätte bescheiden schön sein können in diesen vier Kapellenwänden. Klang es nicht wie eine Verheißung, daß fortan Tagesabschlußandachten stattfinden sollten? Liturgie, Gesang, Gebet, eine Schriftlesung und nur fünf Minuten eigene Gedanken vortragen: darin sollten die zukünftigen Amtsbrüder sich nun auch abends vor dem Schlafengehen üben.

Die erste Abendandacht hielt, da noch kein Student auf solche Neuerung vorbereitet war, der Kollege Nachbar mit einer Sonnenblume aus seinem Garten als Symbol für irgend etwas, dessen Sinn entging. Etwas war falsch verteilt. Die Sitzordnung stimmte nicht. Es störte die Aufmerksamkeit. Mehr noch störte der Gedanke an den Text für die nächste Morgenandacht. Er gehörte zu den ärgerlichen, geradezu anstößigen, und so entging der Sonnenblumentiefsinn der ersten Abendandacht.

Auch der nächste, ein Mittwochmorgen, war voller Vogelzwitschern. Es zwitscherte überdies in dem Käfig der Gedanken, den die mit der Andacht betraute Tutorin zur Kapelle trug und hinter dem grünen Tuch abstellte: Heute werde ich euch ein Stück Wahrheit zwitschern, die nicht im Lehrplan vorgesehen ist. Ich werde euch sagen, was ich von dem heutigen Text halt: Nichts.

Der Mut, zu sagen, wie der zugeteilte Text anmutete, kam nicht aus unbewölktem Gedankenhimmel. Es flackerte schon lange am Horizont des einstudierten Glaubens. Ein häretisches Wetterleuchten. Das theologische Theater, das der Text um die ‚Zulassung' der Heiden zum Heil machte – es war ärgerlich, zeugte von zu viel Ideologie und zu wenig religionsgeschichtlicher Kenntnis. (Es hatte sich seit dem Tod des Tiberius etwas herumgesprochen im logistisch fortgeschrittenen Römischen Reich; etwas, das unter hellenisierten Völkern auf besseres Verständnis traf als bei denen, für welche die Botschaft von einem Gottessohn und Erlöser ursprünglich gedacht war. Was hieß da ‚Zulassung'? Der Zug war längst unterwegs. Was mußte da noch ein viereckiges Tuch mit allerlei unreinem Getier vom Himmel herabkommen, um dem guten Judenchristen Petrus den Gedanken einzugeben, daß auch der nicht dem auserwählten Volke angehörige Hauptmann Cornelius des Heils teilhaftig werden dürfe?) Kurz: es war mit diesem Text nichts anzufangen, und es stellte sich tatsächlich der Mut ein, solches auch laut zu sagen. ‚Two thousand years have passed and are gone. I will tell you the truth: I don't know how to relate this text to our present situation.' Statt dessen irgend etwas über ‚prayer and preaching', weil es alliterierte. Dann aber, beim Schlußgebet, wich der Mut. Im Manuskript stand: ‚And from time to time *a white elephant*'. In letzter Sekunde trat die Einsicht zur Seite, daß die Bitte um eine solch kolossale Kuriosität die Dimensionen nicht sowohl der kleinen Kapelle, als vielmehr des Begriffsvermögens sämtlicher Insassen gesprengt und die Tutorin ungewöhnlichen Verdächten ausgesetzt hätte. Wozu also. Ein mäßigeres Risiko würde auch genügen. Und so kam die zwar komplizierte, aber doch nicht völlig abseitige Formel zustande: ,*for a glimpse of something transcendent, a symbol of something beyond our daily realities'*. Das war nun freilich ernst gemeint. Um so ernster als vermutlich niemand recht wußte, was damit gemeint sein könnte. Das Gedankending aber stand an diesem Morgen in der Kapelle und füllte sie aus. Etwas Ungewöhnliches. Der Mut zu sagen: Der Text hat mir nichts mehr zu sagen. Daß er mit dem, was er *damals* sagen wollte, aus kanonischer Sicht und für einen bestimmten Strang der Tradition Recht haben mochte, religionsgeschichtlich betrachtet die Dinge jedoch anders lagen – das mußte wohl eigenem Geheimwissen vorbehalten bleiben.

Das Erscheinen des weißen Elefanten, das Nichtalltägliche, bedurfte zum einen des Mutes, Dinge zu sagen, die aus dem orthodoxen Rahmen fielen. Zum anderen bedurfte es der Erwartung. Die Abendandachten spannten den Bogen der Erwartung über den Tag hin. Jeden Abend nach 10 Uhr eine Viertelstunde in der Kapelle unter somnolenten Studenten zu sitzen, tat gut, besser als ein Bier oder ein Glas herbsaurer Importwein. Es tat gut vor allem dann, wenn der Tag Unsicherheit im Umgang mit diesem oder jenem, wenn er Verstimmung oder gar Ärger gebracht hatte. Es tat gut, sich am Abend noch einmal der *raison d'être* im Campus von Nzab'ngen zu vergewissern. Vielleicht zeigte sich, wo nicht der weiße Elefant, dann wenigstens sein Schatten. Wenn aber nicht, dann war immerhin zu sehen, wer da war und wer es vorzog, ohne Abendsegen schlafen zu gehen. Vielleicht wurde die regelmäßige Anwesenheit der Tutorin als Überwachung mißdeutet. Ein Mißverständnis? Was lag daran…

Der erste Familiengottesdienst des neuen Jahres fand statt; der gewöhnlich in Anspruch genommene Platz war besetzt. Ein grüner Kittel. Als der Kollege Nachbar sich mit Weib und Kind gleich danebeninstallierte, hinderte nichts daran, über die Bänke

346

zu steigen und sich hinter das Grün zu setzen. Der Kollege Ehemann stieg nach, und so saß man etwas beengt. Hinter dem Pult wurde über die Liebe meditiert – das übliche, leergedroschene Stroh. Über dem Pult hing das neugeweihte Grün. Über Grün müßte man meditieren. Wie Gott die Welt weithin so grün bepflanzt hat. Wie man das siebente Jahr schon in der grünen Suppe Nzab'ngen saß. Es gab so viele verschiedene Grün. Ein sanft verträumtes, das je nach Beleuchtung nach Blau hinüberdämmerte oder mit einem Goldton gesäumt glückhaft aufstrahlte. Grün als Medium von Theophanien, neben einem Allerwelts-, Gras- und Cocoyamblättergrün, dessen Wellenlänge keinerlei transzendente Reize von der Netzhaut zu den Nervenbahnen übertrug. Derweilen schliefen die Kinder ein, die Frauen dösten, ein paar Studenten taten als hörten sie zu. Der Neben- und Ehemann stützte den Kopf in die Hand und schloß die Augen. Ein Seitenblick sah es. Ein anderer Seitenblick sah ein langsam atmendes Auf und Ab, so nahe, so fern, als stiege und senkte sich der Meeresspiegel um eine Insel der Hesperiden. Ein weißes Taschentuch wurde aus dem Kittel gezogen, eine Stirn abgewischt. Fieber? Die Trockenzeit begann, die Malaria würde wieder umgehen, auch unter den Studenten. Beim Aufstehen und Hinausgehen sah es in der Tat wie Fieber aus; es hätte sich gehört zu fragen: ,Are you not well?' Es blieb indes, im Dunkeln draußen und während der Kollege Ehemann ins Haus zurückging, bei der Erläuterung bestimmter Aufgaben, die am nächsten Vormittag zu erledigen waren. Es war dunkel. Schwarzsamtene Nacht. Im Westen, über den Wipfeln der Eukalyptusbäume, hing eine schmale Mondsichel. Fingernagelschmal. *A glimpse of something transcendent.* So viel Raum umklammernd in der leeren Rundung. Mehr bedurfte es nicht, um gut zu schlafen. – Eine dürftige Zeit. Um so kostbarer die wenigen Tropfen, die da fielen wie auf dürres Land. Augenblicke, Viertelstunden; Zeitwaben, die sich füllten mit ein wenig Honigsüße und Zitronensäure, unregelmäßig. Nur die Erwartung war alle Morgen neu und alle Abend auch.

Yield not to temptation sang man eines Morgens wieder. Es wurde zum meistgesungenen Lied des Jahres. Es gab daneben noch ein anderes Lied, das um Beistand in der Versuchung flehte: *I need thee ev'ry hour, most gracious Lord.* Die Melodie war angenehm ausgewogen, fromm-besonnen und zugleich eindringlich beschwörend, mit verhaltener Leidenschaft: *Stay thou near by / Temptations lose their power / When thou art nigh'*– eine Frau hatte das gedichtet. Ein Lied zum seitwärts daran entlang Meditieren. Anlehnungs- und hingabebedürftig? Davon konnte keine Rede sein. Es ging um ein Aufrechtstehen, das sich mit Nähe begnügte. Mit einer besonderen Nähe freilich, auf subtil-paradoxer Grenzlinie, entlang welcher das Suchen nach Transzendenzvergewisserung und Irdisches, Versuchung oder nicht, ineinanderflossen und sich dem begrifflichen *distinguo* entzogen. Paradox mutete an, daß, mit den Gedanken des Liedes gesagt, Versuchung und Beistand so nahe beieinanderstehen konnten. Bisweilen mit gar nichts dazwischen. Bisweilen bis zur *coincidentia oppositorum*. Der logische Widerspruch drohte in formal-ästhetischer Spielerei zu enden. Aber es war ein schönes, ein tiefsinniges Lied, das Annie Sherwood Hawkins gedichtet hatte.

Zwischendurch wurden die Andachten am Abend wichtiger als die am Morgen. So wichtig, daß eines Abends Mitte Januar der erlauchte Besucherkreis höchster kirchlicher Würdenträger aus Basel und Buea davon betroffen wurde. Vom Davonlaufen. In der Kapelle war ein Etwas zu haben, das gelassen machte. Es wirkte wie eine sanfte Droge. Es bewirkte ein Schweben über den Dingen. Es machte, daß es der zurückkehrenden *fraternal* beikam, mit einer leicht hingeworfenen Frage, nach der man dankbar griff, eine peinliche Schweige- und Verlegenheitspause zu überbrücken. So war Raum zum Weiterträumen geschaffen, zurück ins Halblicht der Kapelle, in die Nähe von Etwas, das sich bald verdichtete, bald zerfloß; bald wie mit dünnen Mädchenfingern, verziert mit ovalen Nagelkuppen, um sich zu greifen, bald wie mit breitem Männerrücken Aussicht zu versperren schien. Durch den geringen Spielraum floß der Schatten des weißen Elefanten. Der Student am Pult hätte danach eine freundliche Bemerkung verdient gehabt, wären andere nicht dazwischengekommen. Das Wenige aber, das zu haben gewesen war, es genügte. Ein wenig Traum in abendlichen Augen, daran sich weiterträumen ließ.

Die zweite Januarhälfte: Ortsbestimmungen. Wer wo. Die erste Februarhälfte: Wüste. Zweimal Reden ins Leere. Monologe in eine Abwesenheit hinein, das eine Mal über Noahs Regenbogen als Symbol, einem Ehering vergleichbar – ‚a symbol of conjugal love, an appeal to faithfulness. So that, when the first love has grown old, when it has degenerated into daily boredom or vexation, it should remind the two of their earlier promises to each other.' Das Ideal ward hochgewölbt über dem trüben Flachland irdischer Erfahrung an den Himmel gemalt. Wen erbaute das schon? Den eigenen Ehemann vielleicht? Er hörte zwar und immerhin zu, hatte indes nichts anzumerken.

An dem Freitagabend, dem 13. Februar, als der Versuch unternommen wurde, im Familiengottesdienst die alten Stegreifspiele von einst wiederzubeleben, war der Kollege Ehemann feldforschend unterwegs. Einer der älteren Studenten war schwer erkrankt und irgendwo auswärts auf der Suche nach Heilung. Eine Situation, dazu angetan, am liebsten ‚alles hinzuschmeißen' und, wie so oft, sich statt dessen zusammenzureißen und den Vergeblichkeiten die Stirn zu bieten. An jenem Freitag waren nur Kinder, Frauen und ein paar Studenten zu unterhalten. Schulleiter und übrige Kollegen waren ebenfalls abwesend. Die Schau wurde abgezogen in Abwesenheit sämtlicher Individuen, deren Anwesenheit der Aufführung einen Resonanzboden hätte geben können. Das Thema war Liebe und Treue und das Angewiesensein beider auf einander. Zwei Studenten der Klasse I sollten die blinde Liebe und die lahme Treue darstellen. Beide taten es aus

dem Stegreif so drastisch-glänzend und zum jubelnden Entzük-
ken der Kinder, daß ein trauerfröstelndes Herz ein wenig er-
wärmte. Statt einer Predigt hatte es nur eine kurze einführende
Erläuterung gegeben. Als die Aufregung und das Lachen der
Kinder sich beruhigt hatten und freie Fürbittgebete an der Reihe
waren, betete man angelegentlich für den abwesenden Kranken
und schmerzlich Vermißten: ‚Lord, bring him back to us, because
of our love.‘ Der Abend war ein voller Erfolg. Enttäuschung in
den Erfolg tropfte die Abwesenheit derer, von welchen eine Erfolgreiche gern wahrgenommen worden wäre.

Am Montag darauf kam der, um dessen Rückkehr gebetet worden war, zurück, noch schwach und nach Heilkräutern suchend,
aber sonst offenbar genesen. In der Kapelle ereignete sich bis in
den frühen März hinein nichts mehr – keine Gedanken zu Liedern, keine Meditation eigener Herstellung; nicht einmal Ortsbestimmungen gab es zu notieren. Weder vernichtend große Eifersucht auf theologischer Ebene, noch kleine mausgraue Eifersüch-
teleien zwischenhinein; weder ferne Inseln noch vernebelte Nähe.
Kein Lächeln im Mondlicht, auch nicht der Schimmer eines weißen Elefanten. Alles wie blind und taub. Grund genug, mürrisch
zu werden, sich in Ärgerlichkeiten zu verbeißen – in die drei Tage etwa, die im Garten nicht gegossen worden war, mitten in der
Trockenzeit. Die Tagträume glichen den zerknitterten Rosen aus
Papier und Silberfolie am Juju-Baum vor dem Fenster des Arbeitskabinetts. Der ‚Baum‘ war ein dürrer Stecken, eine Tomatenstütze, die bei Wind und Regen, noch im November, an die
Scheiben geschlagen hatte. Inzwischen herrschte himmelblaue
Windstille. Und ein moroses Daseinsgefühl außerhalb der Unterrichtsstunden. Abends Alkohol *faute de mieux*. Einer der beiden
Armreifen aus Ebenholz zerbrach. Ein, zwei, drei Wochen lang
kroch alles auf dem Bauch im Staube dahin. Weder der Garten
noch die Kapelle trugen nach der täglichen Anstrengung in der
Arena des Geistes etwas zum Sinn des Daseins bei.

350

Dann kam Anfang März wie ein Aufatmen der erste große Regen. Und obwohl allerlei Ärgerlichkeiten nicht aufhörten, war in der Kapelle während der letzten Wochen des Trimesters doch wieder so etwas wie Sinn zu finden. Vor allem dann, wenn der Stammplatz besetzt war und in der Bank dahinter die Perspektive zum Pult und auf das grüne Tuch den Nacken ein wenig lockerte. Das Wenige genügte, aschlila wie das lasche Gewebe einer langärmeligen Bluse in der Morgen- oder Nachtkühle, das nackte Haut nur leicht, wie eine flüchtige Schmeichelei, berührte. Da begab sich eines Abends, in aufgedröselter Stimmung, erschöpft von Reibereien und Ressentiments des Tages, zudem halbherzig ergrimmt ob der fortwährenden Vernachlässigung des Gartens und gefaßt auf die übliche Familiengottesdienstmisere – ungewisse Erwartung begab sich in die Kapelle. Hier, wenn irgendwo, mußte doch Besinnung zu finden sein.

Enttäuschung blieb zunächst nicht aus. Der hinter dem Pult zum Meditieren aufgestellte Student verzapfte das übliche Dünnbier über die Liebe. In der ersten Bank saß neben dem hageren Kollegen Nachbarn die mollige Dame der Frauenarbeit von auswärts, die, ohne Vorwarnung im Gästezimmer einquartiert, aufgezwungene Gastfreundlichkeit auf eine harte Probe stelle. Sie saß auf der übernächsten Bank, erklecklich raumverdrängend, wogte auf und ab und klatschte eifrig mit bei diversen Kinderliedlein. Der Stammplatz war anderweitig okkupiert. Zwei Bänke zurückversetzt, dem Klatschen abhold, saß wie eingefroren das Ungewisse der Erwartung, und die weißgekalkte Wand der Kapelle bot sich dem Anlehnungsbedürfnis einer Schulter dar. Und so, im bloßen Dasitzen, verrauchte langsam der Grimm. Er verrauchte in das Meditieren der Sitzordnung hinein. Hinter der anlehnungsbedürftigen Schulter saß der Kollege Ehemann. Ein gutes Gefühl, Vertrautes und Verläßliches im Rücken zu haben, selbst mit einer dünnen Isolierschicht der Entfremdung dazwischen. Wo er saß, saß öffentlich und allgemein anerkannte Wissenschaft, vor ihm hingegen ein unbestimmtes Suchen nach ‚something beyond', irgendwo am Horizont, in fernen Bergen und mystischer Innerlichkeit, beliebige Äußerlichkeiten als Angelhaken benutzend. Das ranke Bübchen Benjamin saß nahe, in der Bank davor, und verdeckte nicht viel von der massig anmutenden Besatzung des Stammplatzes. Auch da lud die nahe Wand zu Lässigkeit und zum Anlehnen ein. Was mochte sich nicht alles an Gedankenschleifen und Gefühlsknoten ergeben aus der Ordnung, in der man absichtlich oder zufällig saß? In der Wochenabschlußstunde etwa, wo man sich versammelte, um zu allgemeinbildenden Zwecken Abschnitte aus Zeitungen und Zeitschriften vorzulesen, hatte man äußerst enge beisammen gesessen, Arm an Arm, Haut an Haut, und die eine der Studentinnen, nicht die werdende Mutter, hatte sich dazwischengequetscht und neben einem aus Klasse III gesessen, als suchte sie Schutz vor Versuchungen bei diesem älteren, soliden und allgemein gut beleumdeten Menschen. Die Tutorin an der Wand gegenüber, erhobenen Hauptes, reglos in sich vermauert – wie schwach und krank machte all der Ärger ringsum – sie hatte sich zusammenreißen müssen, um das Gesicht zu wahren und keine Stirn zu runzeln. Wie willkommen wäre ein dunkler Blick der Besänftigung von irgendwoher gewesen…

Nun, am Abend in der Kapelle, schweiften die Gedanken und rankten entlang an Geometrie. Parallel an der Wand lehnten hintereinander drei (auch der Benjamin lehnte) und ergaben innerhalb der Raumkoordinaten der Kapelle drei schräge Parallelen. Parallelen berühren einander nicht – außer man krümmt eine Ebene. Wodurch ließ eine Ebene sich krümmen? Was lag am Berühren? Nichts. Alles lag an der Parallelität als *Imitatio*. Empfindung und Sinn mußten von innen hinzukommen. Dann wurde Parallelität zum Ausdruck einer Angleichung. Von Stimmungen? Von Empfindungen – welchen? Liebe? Sicherlich nicht die, über welche am Pult vorne Dünnbier ausgeteilt wurde. Eher eine von der Art, die den Logos Fleisch werden ließ und das Göttliche bewog, sich dem Menschlichen anzugleichen. Anzuschrägen. Oder eine von der Art, die in umgekehrter Richtung nach *theopoiesis* strebte. Dazwischen, in der Mitten, die bescheidene Bitte: *Make us more like Jesus, gentle, pure and kind.* – Das waren Wohltat und Melancholie spekulativer Gedankenschleifen an diesem Abend in der Kapelle. Sie hoben hinweg über des Tages Ärger in die Sphären höherer Einbildung und mystischer Geometrie. Der Schatten des weißen Elefanten war vorübergeglitten wie im sanften Schwung eines Kinderkarussells.

Ein Wochenende ging vorüber mit Haarewaschen, Kuchenbacken und sonntagmorgendlicher Meditation über Biedermeierin im Urwald. Die Kapelle blieb weiterhin ein Ort, das Spiel reiner Innerlichkeit zu spielen ohne dabei durchschaut zu werden. Äußerlichkeiten zum Anlaß zu nehmen, ins Spekulative abzudriften. Wenn der Kollege Ehemann sich nicht im Felde der Forschung befand und ehe er Anfang Mai den Campus Richtung Europa verließ, saß er jeweils irgendwo in der Nähe, ohne zu stören. Meist im Rücken – als Rückversicherung. Auf diese Weise ergaben sich Stimmungsbilder, anknüpfend an Äußerlichkeiten, besonders ungezwungen. Etwa, wenn sich jemand in die Nähe setzte und eine aschlila Polyesterbluse mit einem Male muffig roch inmitten von Molekularbewegungen, die von parfümierter Seife oder Rasierwasser herrühren mochten. Nach hinten hing dünn und struppig ein Pferdeschwanz; nach vorn versuchte es sich zu konzentrieren auf das grüne Tuch und den Liturgen. Halb versteckt hinter einem Bougainvilleazweig (auch Blumen durften nun die Kapelle zieren) sprach der Knabe Benjamin leise und eindringlich – worüber? Über ‚temptation'. Schon wieder. Und natürlich sang man *Yield not... dark passions subdue.* Es schien umzugehen im Campus. Welche Empfindungen und Erfindungen waren vonnöten, um sich der Penetranz des Themas und der Peinlichkeit des Schunkelrhythmus zu entziehen? Am ehesten ein

Stimmungsbild. Vielleicht ein Lenaugedicht. Ein Wald- und Wiesenweiher, schilfumkränzt, Seerosen auf kleinen Wellen schaukelnd. Hinter schwarzen Kopfweiden steigt ein Mond, langsam, unaufhaltsam. Was gibt es da zu unterdrücken? *My dark passion* – sanft und warm wie das Atmen einer Sommernacht, dichterisch durchduftet von Geißblatt und wohligem Weltschmerz – wie leicht und leise und mit einem Anflug von Selbstironie ließ sich wegschieben, was nahe gerückt sein mochte. Der prachtvolle Bariton aus Klasse I brachte die Kapelle schier zum Bersten. So opernhaft sonor, so kraftstrotzend und –protzend klang es dicht hinter Aschviolett und ausgedünnter Pferdeschwanzfrisur nicht. Es klang maßvoller. Ein dunkles, wohlgerundetes Mittelmaß an Klang und Volumen. Etwas Angenehmes. Etwas zum sich Einhüllen und Wohlfühlen. Aus dergleichen Duft-, Klang- und Lyrikimpressionen ergab sich eine Stimmung; aus der Stimmung verdichtete sich der Schatten des weißen Elefanten, durch die Kapelle ziehend wie Mondschein am hellichten Morgen.

Am nächsten Abend kamen über das grünverhangene Pult lauter richtige Dinge. Sie kamen ruhig und besonnen. Ähnlich und so selten wie die leise Eindringlichkeit des Benjamin am Abend zuvor, ohne Salbung. Ein jeder der kurzen Sätze war wohlüberlegt und die Stimme angenehm temperiert. Selbst losgelöst von den Worten hätten die Fluktuationen und Wellenlängen auf ästhetischer Ebene etwas wie ,Sinn an sich' ergeben. Nun aber transportierten sie zudem Vernünftig-Frommes und daher leider auch Langweiliges. Fast in der Tonart des Kollegen Ehemann. Über solch fromme Vernunft hinweg gerieten die Gedanken ins Schweifen, suchend nach dem Schatten des weißen Elefanten und wurden an diesem Abend unversehens aufgehalten von der Einsicht in Verbindliches, Rechenschaftswürdiges vor einer Ewigkeitsinstanz; vor einer Art Thron oder Richterstuhl. Auf welches Wenige an erinnerungswürdigen Begegnungen werde ich verweisen? Wozu mich bekennen? Auch zu solch glanzloser Tugend.

Am nächsten Abend – wer beobachten wollte, setzte sich am besten möglichst weit nach hinten – war der Stammplatz vorn wieder besetzt, und ein Kollege saß auf Beobachterposten. Das Unauffälligste war mithin ein Platz in der Mitte, vier Bänke Abstand. Plötzlich entstand, noch vor Beginn der Andacht, eine Bewegung: alle drehten sich um. Einer der Studenten war dabei, einen kapitalen Tausendfüßler aus der Kapelle hinauszubefördern, und man begleitete den Transport mit gebührender Aufmerksamkeit. Die zurückebbende Bewegung schwemmte das abendliche Quantum an Erwartung leibhaftig über zwei Bänke nach vorn. Von dort war Nahes näher, der Liturg zwar schräg, aber gut im Blick, und der Kollege ebenso schräg im Rücken. Ach, wie verteufelt einfach war alles. Es bedurfte keiner besonderen Hellsicht, sich selber zu durchschauen. Das bescheidene Quantum an Erwartung. Der Schatten eines weißen Elefanten. Befangenheit – wo? Warum? Eher Trotz. Vielleicht ein Tropfen Trost. Und wenn schon kein weißer Elefant, dann wenigstens eine flache Welle, die kräuselnd einen sanft geneigten Strand hinaufläuft und im Zurückweichen eine leichte, leere Muschelschale mit sich zieht. Es durfte sich schließlich jeder hinsetzen, wo es ihm beliebte, mit oder ohne Tausendfüßler als Motivationshilfe.

Lauwarm resignativ ging das Trimester zu Ende. Da fragte der Kollege Nachbar, dessen Sonnenblumengleichnis zu Trimesterbeginn für eine anderweitig Involvierte des Sinnes verlustig gegangen war, er fragte nun im Abschlußgottesdienst: ‚Wo stehen wir auf unserem Lebenswege?' Der Text des Tages sah Sinai-Theophanie vor. Solch kultischer Theaterdonner sagte wohl nicht zu, daher die eilige Übertragung ins hic et nunc und ins Private. Die Frage war höchst bedenkenswert. Aber hier und jetzt? War viel interessanter ein exakter Tausch, im Hinblick auf den Abend zuvor, der möglichen Orte im Koordinatenkreuz der Kapelle. Was für ein Zufall. Welch ein Spektrum an Interpretationsmöglichkeiten. Mythische Theophanie? Theophan mochte auch Alltäglicheres bisweilen erscheinen. Die Farbe Grün etwa. An diesem Morgen vertreten nicht durch einen Kittel, sondern durch ein Oberhemd. Ein frisches Frühlingsblättergrün, wie es in diesen Breiten kaum vorkam; allenfalls junge, eben entrollte Bananenblätter, von Sonnenlicht durchglänzt, mochten diese Wellenlänge einem empfindsamen Seelenblick zuspielen. Die Antwort auf die höchst pertinente Frage des Kollegen ergab sich während des Abendmahls. Da standen einander mehr oder weniger zufällig gegenüber dieses Frühlingsgrün und ein herbstlich-trübes Aschlila, mit einem Teelöffel Himbeersirup vermischt ins Rötliche schielend. Es ergab sich die Antwort: der Lebensweg verläuft zwar noch hocheben, aber er führt abwärts. Sachte, aber dennoch. Ein Lied zur Leier zu singen. Alt werden und mit Anstand über die Runden kommen. Mit dem Anstand ließ sich über gewisse Bedenken hinweg in ein annehmbares Verhältnis setzen das Flakkern der Tagträume und der Erwartung. Die schleppfüßige Graslandmuse. Vor dem letzten, ob nah, ob fern, auf jeden Fall noch unsichtbaren Horizonte stand sichtbar und in romantischem Glanze die Reise nach Mbe. Alle Tagträume richteten den verklärten Blick ins Grasland. Alle Erwartungsenergie strahlte auf ein Dorf in fernen Bergen ab und spiegelte von dort zurück in vielfarbigen Stimmungsbildern. Aus den Stimmungen ergab sich das Haschen nach und Verweilen bei Episodischem und das Spekulative in Erwartung des weißen Elefanten oder seines Schattens. Bald hier, bald da, bald nirgends, selten einmal nahe. Ein Hin-und-Her, dessen innere Gesetze verborgen blieben, allenfalls der Einbildung und dem Wunschdenken sich entdeckten. Ein Fall von Bedeutungssucht, eine Art Hermeneia-Manie: etwas zu suchen da, wo vielleicht nichts war oder allenfalls der reine, bewußtlose Zufall. Irrationale Verbohrtheit, einem sich Entziehenden, einem Vielleicht auf die Spur zu kommen. Es ergab sich daraus immerhin ein sinnerfülltes Viertelstündchen, brütend im Halbhellen, Wortlosen. Es war Freitag, der dreizehnte, wie vier Wochen zuvor, und nicht mehr weit bis Vierundvierzig.

Die vorgezogenen Osterferien waren in jeder Hinsicht das erfreuliche Gegenteil der mißgestimmten und von allerlei Unerwünschtem gestörten Weihnachtsferien. Statt xenophober Klausur auf der hinteren Veranda ergab sich eine Reise ins Grasland und ins Synodengewimmel vom Bamenda. Statt aufgenötigter Gäste kam nach der Rückkehr von dorten mit des Kollegen Ehemann Zustimmung als willkommener Gast ein Student zu Tisch, und es entstand eine beinahe familiäre Atmosphäre. Die Reise nach Mbe wurde geplant: noch vor Weihnachten sollte sie stattfinden; es war Anfang April. Am Abend des letzten Ferientages Höflichkeiten im Austausch zweier weißer Rettiche aus dem Garten gegen *Pitanga*-Kirschen, so rot wie wenige Wochen später auf dem Ölgemälde. Drei Tage voller Ungewöhnlichkeiten im Umgang zwischen dem Tutorenehepaar und einem Studenten.

Priestertum, Neonlicht, *sacred secret*
(Drittes Trimester)

Die erste Morgenandacht des dritten Trimesters erforderte alle Kraft und Aufmerksamkeit, um hinter dem grünen Tuch Amtspflichten korrekt zu erfüllen in Abwesenheit aller Kollegen bis auf den beurlaubten. Neben letzterem saß der studentische Tischgast des voraufgegangenen Wochenendes und guckte verdruckst in die Gegend. Zu Beginn ein Lieblingslied, *Father, again in Jesus' name we meet*; ein Lied voller Vertrauensaussagen, *Is not our life with hourly mercies crowned? / Does not your arm encircle us around?* Rhetorische Fragen intoniert ohne Sentimentalität, melodisch anspruchslos und dennoch voller Hingabe und in einem Rhythmus, der zwischen zuversichtlich beschwingten Schritten immer wieder ehrfurchtsvoll innehaltend sich preisend verneigt vor dem Gott, der seinen Arm so anschaulich beschützend dem Menschenkind um die Schultern legt. Ein schönes Lied und gänzlich unverfänglich. In Verlegenheit indessen hatte der Text gebracht. Nicht, weil er zuviel, sondern weil er gar nichts sagte, womit derzeit etwas anzufangen gewesen wäre. Der Lobpreis auf das ‚vollkommene Opfer für unsere Heiligung' war eine wieder zugeschlagene Tempeltür. Es blieb bei Allgemeinheiten zum Thema Heiligung; es lief wieder einmal darauf hinaus, ein anständiger Mensch zu sein, Almosen zu geben und keinen Anlaß zu Gerede. Es ward brav und lustlos paraphrasiert, nicht besser als vom besten Moralprediger unter den Studenten. Zum Schluß erging die Aufforderung zu stillem Gebet im Hinblick auf je eigene Hoffnungen, Befürchtungen und Versuchungen.

Für den Eröffnungsgottesdienst am Abend war über einen Text aus dem gleichen Hebräerbrief eine viel zu lange Predigt produziert worden; richtiger wohl: eine kleine Vorlesung, ein Paragraph Dogmatik – nein, ihrer drei. Wie kam das? Es war der Absicht anzulasten, Ordnung zu bringen in gedankliche Konzepte. Es sollte alles auf einmal gesagt werden, und zwar möglichst *ad hominem, ad unum solum et singularem.* Statt des dargebrachten Opfers nun der Hohepriester in seiner Vollkommenheit: Anlaß, über Ideal und Wirklichkeit von ‚priest versus pastor' zu dozieren, wobei sich kaum verhehlen ließ, daß Sympathien zu ‚sacerdotal celibacy' (christlich-katholischer Provenienz) hinneigten, deren ‚tremendous power' Gegenstand der Beschreibung war. Es ging dabei wie zu Beginn des zweiten Trimesters mit dem weißen Elefanten: ein Zurückscheuen in letzter Sekunde vor Formulierungen, an welchen hingebungsvoll gefeilt und poliert worden war. Eine theologische Wahrheit, die eigenem Empfinden entsprang, auszusprechen – wäre es nicht eine Art Verrat am Geheimnis der eigenen Innerlichkeit gewesen? Profanierung durch Bekenntnis. Der Abschnitt ‚He, the true priest, is not *dead*. He is not a eunuch. He is one able to concentrate and direct his vital energies into a specific direction; to sublimate, to transform them. He is burning on the side of the angels, in pure spiritual love for God and mankind. His asceticism, his virginity, his sacrifice of

358

vital desires endows him with a special attraction and power, especially towards women. They feel that they may approach such a man without running any risk, and will therefore love him with motherly and sisterly feelings, or with untempting and untempted erotic affection, that remains, happily-unhappily, on the level of longing without fulfilment, and consequently, without disappointment' –

– dieser Abschnitt wurde in letzter Sekunde, nach kurzem Straucheln sozusagen, übersprungen. Denn was da über ‚untempted and untempting' behauptet wurde, stimmte im Widerfahrnis der Wirklichkeit nicht ganz. Hier hatte Zensur stattgefunden – oder ein gewaltiger Gedankensprung: das Negativpräfix nahm den erfolgreichen Widerstand vorweg und implizierte damit auch schon ein Seelendrama. ‚There are temptations that end in tribulation not because he who is tempted yields, but because he does *not* yield.' Dieser Satz wurde gesagt. Er leitete den zweiten Teil mit den Versuchungen Jesu ein. Vielleicht hatte es noch andere gegeben als die überlieferten drei in der Wüste. ‚Maybe he was tempted, at some time, to marry and live a quiet life, somewhere in a remote corner of Galilee, far from the madding crowd...' ‚Maybe he was tempted, at some other time, to have intimate relationship with one of the women who followed him with so much admiration and devotion.' Das Drama der Vollkommenheit durch Verzicht und Leiden um der Liebe und des Ideals willen – wer hätte imstande sein sollen, Höhe und Tiefe nicht nur, sondern auch nur annäherungsweise etwas davon zu verstehen? Nur jemand mit dem gleichen zweieinhalbtausendjährigen Kulturhintergrund? Der Kollege Ehemann gewiß; aber nicht hier und jetzt, wo der magische Realismus der Ahnenfeste mit der autochthonen Sorge um Cocoyams, Kinder und Karriere ihn weit mehr beschäftigte als eine Ahnung von dem, was dicht neben ihm an Stimmungen und Reflexionen sich im Kreise drehte. Also niemand sonst? Oder doch einer? *Tant pis*? *Tant mieux*?

Sodann das Theophaniehafte der Erscheinung des Hohepriesters, der gelitten hatte, und seine Verherrlichung – es verharrte im Status einer religiös-ästhetischen Impression. ,Beauty', schwärmte es hinter und über dem grünen Tuch, ,like music, and wine, and love, possesses its own transcendent glory. We also worship with our eyes.' Es wurde freilich nicht gesagt, wo und bei welcher Gelegenheit in der Wort-Wüste des westlichen Protestantismus (in welcher es immerhin Musikoasen gab). Statt dessen eine Passage aus dem Buche Sirach: ,How glorious he was / as he came out of the inner sanctuary! Like the morning star...' War es nicht zu sehen in des Geistes Aug'? Die Rede war von ,poetic ecstasy' und darum bemüht, moralische und ästhetische Vollkommenheit in eins zu setzen und auf den Hohepriester Christus zu konzentrieren. Aber diese ,vision glorious, that which moves the heart of man, longing for perfection and satisfaction of all desires' – diese Vision, wer hätte es sich nicht denken können, war nur dem inneren Auge zugänglich.

Man saß und ließ es über sich ergehen bis zur endlichen Conclusio. ,We cannot escape temptation. We cannot escape suffering. All glory is inward' – mit Hinweis auf das Abendmahl als Erinnerungsmahl ,remembering the suffering and death of him who chose to be different.'

Nach diesem theologischen Monolog, der doch wenigstens *einen* Adressaten hätte haben sollen, kam die Erschöpfung. Es unterliefen liturgische Versehen – Angabe falscher Liednummern und Fehlgriffe. Wein wurde aufs Brot verschüttet. Es kam zu Ungeschicklichkeiten beim Hinreichen und Zurücknehmen des Kelches. Die Hände zitterten zwischendurch – warum? Es war da immerhin einer, dem es gelang, mit souveräner Ruhe und Gelassenheit nur das Gefäß zu berühren. – Zurück im Haus hatte der Kollege Ehemann einen knappen Kommentar bereit und die trockene Bemerkung: ,Er grinste, als du ihm eins ausgewischt hast.' Es bezog sich darauf, daß eine Anspielung verstanden worden war. Die Tutorin nämlich hatte nicht nur geschwärmt von priesterlicher Askese und Glorie; sie hatte es sich auch gestattet, über das grüne Tuch hinweg und in Parenthese, sozusagen eisgekühlt, zu servieren, was ihr unterschwellig im Selbstbewußtsein schwelte. Es war nur ein *aside* gewesen, ganz unpathetisch. Es ging um einen Aspekt des Priestertums, den patriarchalen. Da – ach ja, beinahe hätte ich's vergessen: ‚Since I was told, not long ago, that I was not only a tutor and a pastor, but a woman as well, and consequently unqualified to know certain secrets about secret societies, I have again become aware of what I had almost managed to forget.' In den Ohren derer, die welche hatten, um zu hören, mochte es den Unterton piquiert-ironischer Koketterie haben. Das ‚Grinsen' blieb diesseits des grünen Tuches unbemerkt; die Aufmerksamkeit war auf das Ablesen des sorgfältig formulierten Satzes fixiert. Niemand außer dem Kollegen Ehemann und dem Studenten, welcher neben ihm saß und den es anging, hatte den Satz verstehen können.

Dieser Satz und das Wagnis, ihn zu sagen, hatten offenbar vorletzte Kraft verbraucht. Denn schon die Reise ins Grasland und die darauf folgenden drei Tage hatten Energien verzehrt. Es hatte eben noch hingereicht, zwei Vormittage Unterricht durchzuziehen, mühsam und mit letzten Reserven. Dann war der Schüttelfrost da und warf für drei Tage aufs Bett. Das übliche Malariafieber. Und eine gewisse innere Bereitschaft, krank zu werden. – Nach dem Familiengottesdienst am Freitag erzählte der Kollege Ehemann, daß man auch für die kranke Tutorin gebetet habe. Und worüber war meditiert worden? Über ‚What we fear' habe der, welcher drei Tage zuvor ‚gegrinst' hatte, sich Gedanken gemacht. Es konnte auch noch eine der bedachten Ursachen der Furcht mitgeteilt werden: ‚People in authority fear public opinion.' Das war wohl wahr. Und dazwischen spukten noch immer weiße Rettiche und rote *Pitanga*-Kirschen.

Die drei Aprilwochen des dritten Trimesters waren so voller Feiertage, Kirchentourismus, Krankheit, Inspiration und willkommener Vorwände, daß die Morgen- und Abendandachten sich vorübergehend ohne Erwartungen absitzen ließen. Der weiße Elefant lief sozusagen in freier Wildbahn in den Weg. Es mußte nach ihm nicht im liturgischen Gehege der Kapelle gesucht werden. War nicht jede Art und Abart von Religion, von innerer Bindung, ein Symptom von Bedürftigkeit? Die Numina vorübergehender Glückszuteilung, die Augenblicksgötter diesseits bloßer Einbildung, ließen ihre Gegenwart hier und da unter freiem Himmel vorüberflackern. – Nebenbei mochten offen bleiben die Fragen, ob Studenten sich der Abendandacht entziehen durften, und ob die Tutorin etwa als Aufpasserin so regelmäßig erschien.

Der Mai begann mit einem Familiengottesdienst; Vorbereitungen für Kirchengeschichte wurden unterbrochen, der Stammplatz war anderweitig besetzt. Es blieb nur wieder die übernächste Möglichkeit an der Wand weiter hinten zum Anlehnen und Nachdenken. Das ‚Licht der Welt‘, homiletisch zu einfach ruhigem Leuchten einer Kerzeflamme gebracht, verbreitete sich mehr innerlich im heimeligen Halbdunkel der Buschlampen. Es brachte auch den Kollegen Ehemann in Erinnerung, der an diesem Tage planmäßig in Basel hätte gelandet sein sollen, während im Campus von Nzab'ngen alles seine gewohnten Wege ging. Niemand schien ihn zu vermissen. Wie leicht und schnell der Einzelne doch aus der Gemeinschaft fallen konnte… Die Meditation des Kollegen Schulleiter war so geradlinig richtig, daß die Gedanken sich ungestört hierhin und dahin auf eigene, vielleicht krummere Wege machten. Erst das freie Gebet ließ aufmerken. Aus der zweiten Bank vorne, vom besetzten Stammplatz her kam die zögernde Gebetsfrage: ‚Am I a shadow for others, so that they cannot see the light?‘ Als könnte einem nüchtern-frommen Gemüt der Gedanke beikommen, Schatten einer Ablenkung, gar einer Versuchung zu sein…

Es folgte eine Woche innerer Desorientierung und wechselnder Stimmungen. In der Kapelle meditierte einer über das verlorene Schaf, brav, mit Schlips und wie üblich. Wer oder was ist schuld, wenn ein Schaf irre wird und in den Busch rennt statt in den Stall zurückzukehren? Ja, wer oder was, mein Gutester. Vielleicht die Langeweile oder ein Zufall, oder das grünere Gras, oben am Hügelrand im Abendlicht, wo gleich dahinter die Wüste, oder, in dieser Gegend hier, der Busch, der Urwald, beginnt? Es blieb unbestimmt, wie der Blick, der an dem grünen Tuch vorbeisah. Eine impassible Stimme spann ein leichtes, großmaschiges Netz aus Wort- und Sinngefaser – nein, nicht Gefasel – durch den Raum. Es wollte nicht recht verfangen. Wie soll christliche Nächstenliebe umgehen mit dem verirrten Bruder, der verirrten Schwester? ‚He invited trouble. Let the fool suffer‘ –? Nein, nicht diese schadenfrohe Gerechtigkeit, sondern eine bessere. Liebevoll solle man ihm nachgehen, dem Schaf, dem einen, dem verirrten. Vielleicht war es unterwegs schon angefallen worden, von den Wolfszähnen der Reue, des Heimwehs oder von wer weiß was für zermürbenden, vernichtenden Stimmungen. Vielleicht auch nur von den stumpferen Hyänenfängen der Müdigkeit und der Enttäuschung. Armes Schaf. Schlaf ist das Beste.

Am nächsten Abend, nach einer Extra-Stunde Dogmatik, in welcher Müdigkeit signalisiert wurde, setzte man sich ganz hinten in die letzte Bank und saß da nicht allein. Es stimmte bählämmchenfriedlich. Und das Spiel ließ sich wiederholen. Während der abendlichen Studierstunden mochte man tröstliche Nähe einem schwachen und kranken Schäfchen gönnen und anschließend in der Andacht andächtig neben der edlen Gönnerin sitzen, die sich ebenfalls um den Fall kümmerte (‚Die arme Sue. Man muß ihr helfen.‘) Fürwahr. Man konnte sich des Wohlwollens noch zusätzlich vergewissern, indem man beim Hinausgehen eine gute Nacht wünschte und sich im Gegenzuge mit ironisch besorgtem Untertone sagen ließ: ‚You must be very tired‘. Ein kurzes Lachen

– peinlich. Es störte die heilige Stille nach dem Abendsegen, auf welche der Kollege Schulleiter als Seelenhirt Wert legte. Als sich das Spiel am nächsten Abend wiederholte, schlug die Stimmung um ins Unwirsche. Gewisse irrationale Affekte zwar klangen ab; der gesunde Verstand indes, der eine halbe Stunde zuvor noch an steiler Klippe und in der Gefahr hing, seiner selbst verlustig zu gehen, er zog sich wieder empor aufs Hochplateau und stellte lediglich den linken Fuß auf den nicht ganz sicheren Boden des Argwohns: ob nicht etwa ein kleiner Finger Hilfsbereitschaft unrealistische Erwartungen zu zeitigen im Begriffe war.

So schaukelte es hin und her. Stimmungsschwankungen mit und ohne Reflexionen. Über das grüne Tuch hinweg tröpfelten Meditationen ohne Denkanstöße. Ein Donnerstagabend-Vortrag war zum Einschlafen langweilig; aber es gehörte sich nicht, solches offen zu zeigen und die Aufmerksamkeit den Gesichtern ringsum zuzuwenden. Es war nicht einmal möglich, das somnolente Gegenüber physiognomisch zu studieren. Diese Somnolenz war anschließend mit der Andacht dran und erwies sich als geistig recht wach, wenn auch resignativ gestimmt. Meditiert wurde über Ergebung in den Willen Gottes, über Gebete, die unerhört blieben, und es kam zu dem Schluß: ‚every disappointment is a blessing'. Das mochte nachdenkenswert sein, zugleich aber ein Anlaß, ‚to grow a bit weary'. Die Stimmung glich sich dem Aschviolett einer losen Polyesterbluse an. Während mehr als einer Woche fand sich im Tagebuch kein Wort des Bedauerns darüber, daß die Morgen- und Abendandachten ohne Bedeutung, ohne auch nur die Erwartung eines weißen Elefanten blieben. Dessen Spur war wiederum außerhalb der Kapelle zu finden.

Dann kam der Mitt-Mai-Montagabend-Schock: die Kapelle war elektrifiziert! Das weiße, kalte Neonröhrenlicht des Fortschritts verwandelte den Raum der Andacht in einen Widerspruch zu jeglichem Bedürfnis nach Versenkung in Stimmungen und Ge-

364

dankenlyrik. Es ließ jede Kleinigkeit überdeutlich erkennen, das Muster etwa eines staubbraunen Hemdes: was im Buschlampenlicht gänzlich unauffällig geblieben, allenfalls gepunktet erschienen war, ließ plötzlich ein Gewimmel aus Blättchen, Blümchen, Vögelchen erkennen, dicht an dicht gedrängt in zwei oder drei mittleren Brauntönen, muskat und haselnuß. War es verwunderlich, wenn angesichts neonlichtüberschwemmter Nähe solcher Vögelchen, Blümchen und Blättchen Bibeltext und Meditation völlig zum Verschwinden kamen?

Und der Monat Mai zog sich hin, die Wochen ohne den Kollegen Ehemann, noch sechs, noch vier. Und es kam und ging wie ein Wechselfieber, Einbildungen gegen alle Vernunft, Müdigkeit, Mitleiden, Dankbarkeit für Vertrauen, unerwartete Strenge, Seelenruhe und Rastlosigkeit. Unerwartetes Mitleid etwa an dem Abend nach dem Nationalfeiertag. Mitleid, wo eben noch ein ganz anderer Affekt, giftgrün, genagt und gezerrt hatte. Mitleid, eigene Müdigkeit verdrängend mit einer offensichtlich noch größeren Müdigkeit, die da an der Wand saß und lehnte, den rechten Arm über die Knie gelegt, schlaff und wie hilflos in die leere Luft hängen lassend eine Hand, die beim allgemeinen Grasschlagen im Campus kraftvoll das Buschmesser zu führen wußte und beim Schreiben von Hausarbeiten und Klausuren durchdachte Gedanken in eine beherrschte Schrift zu übertragen imstande war. Die Hand hing da wie pars pro toto innerer Zerschlagenheit und legte sich zwischendurch auf Stirn und Augen. Es fiel auf. Es irritierte. Es war eine Geste aus vertrauter Nähe. Was war es hier? Ausdruck ermüdeten Grübelns über eine Enttäuschung, von deren höherem Segen noch nichts zu spüren war? Es konnte nachdenklich stimmen. Wer war hier zuständig? Die Studenten waren je einem der Tutoren zur ‚Supervision' zugeteilt, die auch Seelsorgerliches einbegriff. Dieser Fall ging den Kollegen Nachbarn an. Zum Glück. Es war nicht jeder zum Seelsorger geschaffen, und zur Seelsorgerin noch weniger. Als am anderen Morgen die

Resignation vom Abend linker Hand nahe saß und wieder eine Bibel zum Mitlesen des Tagestextes hinhielt, war es fast wie Vertrauen, das sich schenkte, kühl und ohne Zwiespältigkeit. Alles fühlte sich ruhig und friedlich an. Um so merkwürdiger, daß aus solcher Friedlichkeit die Strenge aufbrechen konnte, die kurz darauf im Unterricht einem unbotmäßigen Studenten widerfahren sollte. Am Abend stand der Shakespeare-Vortrag auf dem Programm. Die Begegnung danach war ungewohnt: Kurz angebunden und düster.

Im abendlichen Familiengottesdienst tags darauf war von dem, worum es ging, wenig zu spüren: Leben und Auferstehung. Der Benjamin las fromme Exzerpte aus einem Lexikon-Artikel vor. Mit halbem Ohr zuhörend meditierte es dagegen an und darüber hinweg. Wenn *das bißchen Glück*, das zum Leben notwendig erscheint, erträumbar ist, warum soll es da auch noch in leibhaftiger Wirklichkeit erwartet werden? Es kam freilich auf Definitionen und vor allem auf eine *differentia specifica* an. Denn ‚Glück‘ – was war das? Kein theologischer Begriff. Eher etwas Minderwertiges, Plebejisches, an ‚erbärmliches Behagen‘ grenzend. War nicht *pursuit of happiness* etwas anderes als das alte, edle Streben nach *eudaimonia*, die über allen Grundbedürfnissen schwebte? An diesem Abend verwirklichte sich ‚das bißchen‘ in leichten Begleitrhythmen zu kurzen Liedlein, hervorgelockt von Händen, die seit langer Zeit wieder einmal die Trommel berührten. Es rann schmerzlos dahin, ein bescheidenes Rinnsal. Und ‚Auferstehung‘, was bedeutete das in gehabter Erfahrung? Vor vielen Jahren einmal war es wie ein klarer Morgenhimmel, wie ein Büschel Anemonen gewesen, ein Lächeln, das sich vertrauensvoll schenkte, Zuwendung, Neigung trotz zugefügtem Leiden. ‚Auferstehung‘ war Erlösung aus dem engen Sarg der Daseinsangst gewesen und ‚Leben‘ sinnerfülltes Dasein als Fortdauer dessen, was als Auferstehung begonnen hatte. Ein schwieriges Unterfangen, fast eine Dauerkrise. Ein Dennoch. Gottesgabe, tägliches Brot,

Dankbarkeit. Kein überbordender Becher. Nichts Außerordentliches. Keine Euphorie. Keine Inspiration, die Höheres als Wissenschaft zustandebringen könnte. Kein Himmel, der voller Geigen oder Trommeln hing. Kein Tanzerlebnis, das Alkohol und sonstige künstliche Glücksdrogen ersetzt hätte. Kein leichtes Spiel ohne Ernst und Verpflichtungen. Keine Komödie der Seelen im Wissen um Grenzen und Unmöglichkeiten. Das alles nicht. Ein solches Darüberhinaus war nicht zu erschwingen. Nur zu erträumen. Das Bübchen Benjamin las seine Exzerpte vor und der Trommler berührte sacht die Trommel. Als beide anschließend im Arbeitskabinett erschienen, um ihre benoteten Hausaufgaben abzuholen, wurde der Ältere in Gegenwart des Jüngern mit kritischen Fragen überfallen – ein pädagogischer Mißgriff, dem am nächsten Tage eine förmliche Entschuldigung folgte.

Die letzte Maiwoche voll innerer Unrast brachte erneut zu Bewußtsein, wie wenig im Grunde notwendig war. Das Wenige hätte in den Morgen- und Abendandachten zu finden sein müssen. Es war um die Zeit, da die Attributenlehre bereits auf dem Wege war, über Schreibmaschine auf Matrizen umgesetzt zu werden, eine zu entlohnende Aufgabe für jemanden, der imstande war, die nicht sehr leserliche Handschrift der Tutorin zu entziffern. Vermutlich war das etwas zum Seufzen. Es war eines Morgens von schräg hinten zu vernehmen, jedoch kein Anlaß zu Mitleid. Ohne Fleiß kein Preis. *Ho mä dareis anthroopos ou paideuetai.* Anderes, einem Seufzer ähnliches, sank an diesem Morgen in den Seelenteich, beklemmend kühl und lyrisch; es hätte ein Gedicht daraus aufsteigen müssen. Es dämmerte eine Ahnung von Religion als Gefühl und Vorstellung. Als innerer Schrein im äußeren sozialen Tempelgefüge. Die Worte dafür ergaben sich nicht in der Muttersprache, sie fügten sich der anglophonen Umgebung ein und holten sich bei Shelley, was eigenem Ausdrucksvermögen nicht zur Verfügung stand: ‚Holy abode. Let me enter. Let me abide.' *And wilt thou accept not / The worship, the heart lifts*

above/ And the Heavens reject not: / The desire of the moth for the star...
Einlaß heischend, dicht neben einer großen Einsamkeit, in ein
Beten ohne Worte und jenseits einer Gottesvorstellung, die in
Büchern überliefert, in Vorlesungen doziert und liturgisch zele-
briert wurde. Religion als Gefühl: als analoges Gespür von Gegenwart und Nähe; etwas, dem die Seele sich zuneigt wie von
einem sanften Sog erfaßt. Etwas durchaus Schleierhaftes, wie die
grünen Schlieren von Wasseralgen, wie Nixenhaar in einem langsam fließenden, flachen Bach zwischen Endmoränen...

Es ereignete sich kurz darauf der Duala-Schock, aufgefangen, bei
der Rückkehr, von unvermutetem Herzukommen und Dasein,
seelsorgerlich, still besonnen und bereit zuzuhören. Es umfriede-
te und besänftigte. So hätte Religion wirken müssen. So anders
als ein langweiliger Familiengottesdienst, der nichts von dem
Schock zu lösen imstande war. Ein Dasitzen, eine Schulter Müdigkeit an die Wand gelehnt und im Inneren ein gebändigtes
Rauschen, wie draußen der Regen. Trostvolle Gegenwart mochte
sich in eine hinterste Ecke verkrochen haben. Sie war vorhanden.
Diesmal nicht als weißer Elefant; eher als eine Anmutung von
Engel, ein außerordentlicher, seiner selbst unbewußter. Eine Gegenwart, die den inneren Aufruhr wenigstens vorübergehend zu
bändigen vermochte. Es fühlte sich an, als hielte ein sanfter, aber
entschlossener Arm eine Irre davon ab, sich in Gefühlen der
Nichtigkeit wie im Staube zu wälzen. Wo Einbildung hilfreich
war und Balsam in eine brennende Wunde goß, da war sie wohl
auch gerechtfertigt. Auch Opiumverächtern gegenüber.

Es folgte die erste Juniwoche mit dem Ausflug nach Jaunde. In
einer der Abendandachten danach predigte einer gegen die Geheimnisse, die ein jeder hat. ‚God judges the secrets of man‘
schärfte der vorgeschriebene Text ein. Das Herz und das Gewissen kamen vor, aber zuständig offenbar nur für die im Verborgenen getätigte Tat. Da wäre ein Blick in den Urtext gut gewesen.

Wozu lernt man Griechisch? *Ta krypta* sind keine *mysteria*. In einem Bajazzo-Kittel, schwarz-weiß gestreift wie ein Zebra, breitschultrig und mit rundem Kopf, meditierte es hinter dem grünem Tuch im grellen Licht der Neon-Kapelle mit leiser, besonnener Stimme am Vulgärverständnis von ‚secret' entlang, ohne Bezug auf ‚secret societies'. Auch die pessimistischen Aphorismen zur Anthropologie aus dem Dogmatikunterricht (‚We deceive each other and ourselves.' ‚We remain a mystery to each other') lagen auf einer anderen Linie. Desgleichen das Geheimnis eines architektonischen ‚thing of beauty', das der bereits ausgehändigte Essay pries. Es gehörte einer höheren Ebene an. Worum es jenseits des grünen Tuches ging, kam gewöhnlich sonntags in dem primitiven Sing-Sang der Frauen zum Ausdruck, monoton und mit erhobenem Zeigefinger: *Make you no make koni-koni-oh / God i deh see you!* Das Wichtigste war doch immer, sich nicht erwischen zu lassen beim Stehlen, Ehebrechen und sonstigem ‚indiscriminate sex' – etwas anderes kam praktisch nicht in Frage. Es war also damit nichts anzufangen. Es ging nicht um des Herzens Geheimnisse, die keiner gröblichen Umsetzung in die schnöde Tat bedurften. Wenngleich es nicht undenkbar war, daß in den Augen eines Tugendwächters, wofern er ein Rigorist wäre, auch die träumende Unschuld einer Gedankensünde unter das richtende Verdikt fallen mochte. In der letzten Bank schräg hinten war die Perspektive etwas günstiger. Ein Viertelprofil wirkte weniger kleinkindlich; schmale und scharfe Züge traten hervor und verschwanden wieder. Der da so aufrichtig und moralisch hinter dem Pult stand, war am nächsten Abend und am Tage darauf wieder krank. Der Benjamin war an der Reihe. Was für ein hübsches Bürschchen. Wie ephebenhaft, und zudem der Klassendrittbeste. Eine Augen- und Tutorenweide.

Der Familiengottesdienst gab wieder einmal Gelegenheit, im Geiste abzuwesen. Nicht einmal eine Gegenmeditation wollte sich ergeben. Statt dessen physiognomische Studien hier und da, um

369

sich am Ende vorzustellen, wohin sich wohl die Grazilität des Benjamin im Verlaufe von zehn oder zwanzig Jahren entwickeln könnte. Würde er dann dasitzen breit und massig und mit kleinem Schädel, winzigen Ohren, spärlichem Haar? In der Langeweile des Dasitzens nahm Müdigkeit überhand, vermischt mit unbestimmter Zufriedenheit. Ein leicht eingetrübtes Bewußtsein nahm seltsam langsame Bewegungen wahr; ein Nacken zog sich zwischen den Schultern hoch, eine Hand legte sich um den Hals, so daß Finger sich halbrund nach hinten bogen. Das waren Knöchelchen, zerbrechlich wie die eines Kindes, mit Nägeln schmal und rötlich schimmernd, leicht gewölbt wie Fischschuppen oder Pfirsichblütenblätter – eine Prise Poesie im unaufhaltsam vergehenden Leben. Es glitt dahin ins Unbestimmte einer wohligen *Tristesse*. Es bildeten sich Kopfschmerzen ein. Hin- und hergeschaukelt von Trübsinn und Müdigkeit, ging eine Weile hin, ehe ins Bewußtsein drang, wie leer der Abend war, wie unabgerundet der Tag. Würde es sich in der Bücherei finden, ,das bißchen Kokain'; der harmlose Schlaftrunk; das Wenige, das genügte, um den Tag mit einen Hauch Sinn zu versilbern?

Während der ganzen folgenden Woche setzte sich die Mangelerscheinung fort. Die Kapelle war kahl und kalt. Bar jeglicher Andeutung von weißem Elefanten oder seinem Schatten. Dieses Phantom eines Sinnsymbols hielt sich abseits, sei es aus Zufall oder aus Absicht. Es wollte sich nicht ergeben, weder aus den vorgeschriebenen Texten noch aus den gesungenen Liedern. Am Stehpult meditierte unter anderen Unbedarften eines Tages einer, der von Ziegen, Kraut und Rüben unbestreitbar mehr verstand als vom Kolosserbrief, der ihm da zugemutet wurde. Das, um was es ging, lag ganz offenkundig jenseits seines landwirtschaftlich begrenzten Horizontes. Es stolperte so vor sich hin. ,He just went behind and disappeared' – das war Himmelfahrt. Und dann waren auf einmal die Irrlehrer da. Was den zur Andacht Verurteilten an diesem Morgen zugemutet wurde, war so hanebüchen,

daß eine exegetisch-dogmatische Rage hochkochte und überge-
laufen wäre, hätten p-t-k-Laute beim Singen ganz in der Nähe
nicht so angelegentlich beschäftigt, daß genügend Ablenkung
gegeben war. Ein exzellentes Englisch kam da zur Aussprache,
ohne dreizehn Jahre Fremdsprachenunterricht, sieben Jahre An-
glistik und Auslandsstudium. Vielleicht gab es diese Plosivlaute
in der Muttersprache des Betreffenden.

Dann kam der Junimorgen, da der vorgeschriebene Text dazu
verführte, knapp und entschlossen zuzuschlagen: ‚Things fall
apart. The only centre that can hold is God – the sacred secret of
our personal experience.' Anknüpfend an die Meditation über
‚God judges the secrets of man' verwahrte die tutoriale Ansprache sich gegen das Vulgärverständnis von ‚secret' als böser, zu
verheimlichender Tat und pries das Herzensgeheimnis religiöser
Erfahrung, die heilige Flamme, an welcher des Lebens Sinn sich
entzündet. Das Absolute; das in gewissem Sinne immer Unmögliche und Vergebliche; das Gnadenhafte. (Das Geheimnis, das
keiner Sprache teilhaftig werden kann oder darf, weil es sonst
verwechselbar und mißverständlich werden könnte: von dieser
komplizierten Weisheit verlautete nichts.) Nur das eine, dogmen-
feindlich und antiklerikal, gelangte über das grüne Tuch hinweg:
‚This type of secret is a matter between myself and God.' Eine
Tutorin, die Dogmatik lehrte, eine kirchliche Amtsträgerin sagte
das. Der Kollege Ehemann war nicht da, um diesen Widerspruch
aufzuspießen in milder Ironie. Allen anderen und vermutlich
auch den Kollegen ging es eben wieder einmal über die Köpfe
hinweg. Die wenigen Blicke, die über das grüne Tuch herauf
kreuzten, sahen nicht nach Begreifen aus. Nun gut. Sogar besser,
als wenn Schiefes verstanden worden wäre. Es war da ab-so-lut
nichts, wodurch die religiöse Erfahrung in ein menschlich Bedingtes hätte aufgelöst werden können. In welchem Verhältnis
Natur, so weit sie menschlich war, ohne *ethische* Vermittlung zum
Heiligen Geist stand, mochte dahingestellt bleiben.

Die letzte Woche des Schuljahres, nach einem turbulenten Wochenende mit Kleiderbasar, ergab, außer einem gewissen Bedauern, daß der Mut ausging und Möglichkeiten vergeben wurden, nichts Besonderes hinsichtlich der Andachten. Zum Ersatz dafür und sozusagen, wurde ein *Curriculum vitae* Wort für Wort abgeschrieben. – An dem Morgen, als wie zum Ausdruck der Trauer über alle bevorstehenden Abschiede ein schwarzes Hemd in der letzten Bank saß, meditierte der Kollege Nachbar nachkriegsdeutsch über das Hingeworfen-und-aufgerichtet-werden angesichts nationaler Kollektivschuld. Umhüllt vom Schwarz des Hemdes regten sich Erstaunen und Widerspruch. Was hatte das Phantom deutscher Kollektivschuld *hier*, in der grünen Suppe Nzab'ngen, zu suchen?! Ein solcher Schuldkomplex mußte (trotz dem nahen Biafra) gänzlich fern und völlig exotisch anmuten. Hier gab es nur die Allerwelts-Dreiheit *money-mimbo-women*, die niederwerfen und in einem bestimmten, drogenhaften Sinne auch ‚aufrichten‘, nämlich euphorisch stimmen konnte. Die Abschiedsstimmung im schwarzem Hemd saß und suchte Ablenkung hier und da. Wieder spielte der Blick mit langsamen Bewegungen einer linken Hand und ihrem Gefinger. Am Abend war es ein hellblauer Pullover, an dessen zu kurzen Ärmeln die Gedanken weiterstrickten. Am nächsten Morgen wurden Plätze exakt ausgetauscht, und vor die Nase der Tutorin setzte sich zum ersten Male ein Student – der ältliche Ungehobelte, über dessen Benehmen sich bereits die Krankenschwester beklagt hatte. Es ließ sich darüber und über eine nichtssagende Meditation hinwegträumen. Müßten zu einem schwarzen Hemd, aus des Kollegen Ehemann Garderobe entliehen, weiße Hosen, in Umkehrung zur Schuluniform, nicht recht gut passen?

Am Freitagmorgen vor dem abendlichen Abschlußgottesdienst fuhr das gesamte Kollegium in offizieller Mission hinab nach K'ba und kam gegen Abend zurück. Kopfschmerzen, heiße Dusche, heißer Tee. Dann noch einmal Aschlila, und die Kapelle

372

wurde zum Abschied Schauplatz von Farbspielen, die bereits am Sonntag zuvor ästhetische Kopfschmerzen verursacht hatten. Der Benjamin in bonbonrosa Hosen – das mochte hingehen. Aber Himbeerlila auf Apfelgrün – das war, wo nicht ein ästhetisches Vergehen, so doch eine Mißachtung feiner Nuancen und subtiler Übergänge im Bereich cognac-tabak-antilopenbraun, crème-de-la-crème und elfenbeinbeige, durchhaucht von einem Goldton Parfümreklame auf Glanzpapier in den Edelmagazinen der westlichen Luxuswelt, pastellen wie Renoirimitationen, ein Schimmern und Verschwimmen Ton-inTon – statt dessen: ein poppiges Himbeerlila auf prahlendem Apfelgrün. Damit war die Kapelle während der letzten Andacht ausgefüllt. Kein Schimmer oder Schatten eines weißen Elefanten zum Abschied. So wenig wie während der voraufgegangenen Wochen ließ sich das Symbol sinnerfüllter Innerlichkeit im abendlichen Abschlußgottesdienst des vorletzten Jahres sehen. Das ehrwürdige Kirchlein war angefüllt mit Irritationen des Farbempfindens, mit einem Bedürfnis nach pastellenen Tönen – mitten im Regenwald Afrikas. Mitten in der grünen Suppe Nzab'ngen.

Damit nicht genug der ästhetischen Mißempfindungen. Beim Hinausgehen traf ein kurzer Blick zurück auf nicht ganz Eindeutiges. Auf etwas wie einen aussterbenden Europäismus – vielleicht eine Art Verbeugung. Vielleicht auch eine Sinnestäuschung. Hätte sich etwas dergleichen nicht recht artig ausnehmen können? Indes und ach – es verklumpte und versackte in sich selbst. Es konnte wohl nicht sein. Die Kapelle war das Jahr hindurch ein Ort der Innerlichkeit gewesen; ein Freiraum zum Sinnieren, Beobachten, Tagträumen, und bisweilen auch zum Aussprechen orakelhaft versponnener Wahrheiten. Ein Ort für Stimmungen, wartend auf einen weißen Elefanten. Sie war kein Ort für Begegnung mit altmodischen Salonhöflichkeiten Europas. Was immer es gewesen sein mochte – der letzte Abend in der Kapelle im Schwellenjahr 1980/81 lief schief ins Mißglückte.

Es mochte nachdenklich machen. Vielleicht war gar manches von dem, was an abendländischen Bildungsgütern übermittelt worden war, derart ins Schiefe und Mißglückte gelaufen...

Die letzten Tage des vorletzten Jahres lahmten zu Ende. Auf das schiefe Vorkommnis in der Kapelle folgte beim Jahresabschlußfest am nächsten Abend der eher mehr als weniger durch die Abwesenheit eines Ehemannes verursachte Verzicht darauf, zum dritten Male mit vier Füßen auf rissigem Zementboden herumzuscharren. Vernunft und Unvernunft hakten einander unter und wimmerten ein wenig vor sich hin. Alkohol gärte im Blut, die Juninacht war nebelfeucht. Am nächsten Vormittag folgte auf eine langweilig-korrekte Sonntagspredigt beim ,Durchgang' die gleiche korrekte Langweiligkeit. Was den Tutoren gegenübersaß, versackte glanzlos und hölzern in einem schwarzen Anzug, peinlich auffällig umhalst von einem himbeerlila Schlips. Am nächsten Tage menschenfreundliche Abfütterung mehrerer Studenten und ein langer Abend im Kabinett, Vorbesprechungen zu einer Diplomarbeit, sanft gehemmt durch Befangenheit. Ein Darlehen kam ebenfalls zur Sprache. Wo etwas zu haben ist, soll man nehmen. Dann ein doppelter Abschied; dann Packen, den Koffer nicht nur, sondern auch ein winziges Päckchens, ein Nadelkissen gelb und blau ,for Suzanna', begleitet von einem Brieflein, handschriftlich, mit Glückwünschen und Erklärungen, und als Postskript eine Bitte, eine Erinnerung: eine geflochtene Matte.

Damit war das Jahr von allem losgeschrieben und Energien frei für noch einmal München und eine Kurzfassung der langen Wissenschaft. Am nächsten Tag nach Duala, am übernächsten nach Europa. Kein Blick zurück. War nicht alles aufbewahrt im Tagebuch? Der Blick richtete sich über drei Monate hinweg auf ein fernes Leuchten, das wie Morgenglanz über den Bergen von Mbe stand. Die Schwelle war erreicht. Sie brauchte nur noch überschritten zu werden.

Das ferne Leuchten
Rückblick, Überblick, Ausblick

Ein Blick zurück auf das vorletzte Jahr im Regenwald legt sich nahe erst auf der Anhöhe eines Nachhinein, von welcher aus über das Nebelmeer der Stimmungen hinweg klarer zu erkennen ist, aus welchen Stolper- und Stufensteinen die biographische Schwelle von damals aufgebaut war. Über den Verfall des Campus-Idylls und die Langeweile der Sonntage hinaus waren es im wesentlichen zwei: der *Stolperstein* eines ins sozusagen Anstößige verhärteten Schlagschattens zum einen, und zum anderen ein romantisch ins Rosenrote leuchtender *Stufenstein*, auf welchem verheißungsvoll die Graslandmuse stand und ins Grasland hinauf winkte. Beide Schwellensteine fügten sich, im nachhinein betrachtet, fugenlos an einander.

Der Stolperstein bedarf eines Rückblicks auf gesellschaftliche Veränderungen der westlich-bürgerlichen Kultur und auf Entfaltungsmöglichkeiten, die Afrika seit kolonialen Tagen bis heute weißen Frauen im besonderen zu bieten scheint. Zum anderen bedarf es eines Seitenblicks auf die eigene *vita ante acta*, um zu verstehen, was eine Ehefrau daran hinderte, dem Zeitgeist aufzusitzen und mit verhängtem Zügel galoppierend durchzugehen. Der Stufenstein daneben fügte sich fast wie ein Zufall hinzu. Das ihn umgebende Leuchten streckte Strahlenarme aus einem Dorf in abgelegenen Graslandbergen hinab in den Regenwald.

Einem Überblick über das letzte Jahr im Regenwald mit dem ersten Besuch in Mbe und dem Festmachen schwimmender Inseln der Erinnerung am Anker des Tagebuchs folgt ein Ausblick auf das Jahr im Grasland mit den Reisen unter dem Harmattan, dem zweiten Besuch in Mbe und einer Andeutung, wie die Gunst der Graslandmuse durch Bestechung zu gewinnen war.

Der nahe Schlagschatten

Das westlich-bürgerliche Kulturerbe, davon ein Ableger im Regenwald Westafrikas christliche Theologie protestantischer Schattierung lehrte, lief in den siebziger Jahren und nach transatlantischem Vorbild zu einer neuen emanzipatorischen Wellenbewegung auf. Diesmal waren es die Frauen (überwiegend vom Typus des akademisch gebildeten *middle class midlife crisis wife*), Kritik übend am Patriarchat, ausstehende Rechte einfordernd und sich zu ‚Selbstverwirklichung' aufschwingend. Daß es seit kolonialen Tagen Beispiele von Selbstverwirklichung weißer Frauen besonders in Afrika gegeben hatte, schien damals, im Gegensatz zur gegenwärtigen Weiße-Frau-in-Afrika-Medien-Welle, noch kaum im öffentlichen Blick zu sein. Wer hatte je etwas von der Forschungsreisenden Mary Kingsley gehört oder gelesen? Man kannte allenfalls Tanja Blixen und ihre Kaffeefarm in Kenia. Vermutlich auch den Hepburn-Bogart-Film *The African Queen* von 1951. Daß unter vielen anderen Beispielen ähnlich exotischer Art eine diplomierte Französin im Bamilekeland von Kamerun 1978 einen Häuptling mit Harem heiratete, Kinder bekam und seitdem ihre *passion africaine* als Bäuerin und *reine blanche* auslebt, wurde erst knappe zwanzig Jahre später in Europa bekannt.

Irgendwo am harmlos flachen Rande solch hochwogender und öffentlich aufschäumender Afrika-Abenteuer mag auch das Bedürfnis nach wissenschaftsjenseitiger ‚Selbstverwirklichung' der Tutorin am Pfarrseminar von Nzab'ngen angesiedelt gewesen sein. Bin ich nun mal in Afrika, dann will ich auch endlich etwas auf eigene Faust unternehmen, abseits von ehelichen Verpflichtungen tun und lassen, wonach *mir* der Sinn steht. Und zwar nicht ins Blaue hinein, sondern in *die* Richtung, aus der seit geraumer Zeit schon ein fernes Leuchten aus dem Grasland herunten ins Waldland dringt. Emanzipation hin oder her – was einem Feldforscher recht ist, kann seiner Frau billig sein.

376

Der Stolperstein des Schwellenjahres entstand in und aus dem Schlagschatten einer späten Ehe, der auf das eigene Ich als öffentliche Person fiel. Der Schatten war von Anbeginn durchsiebt gewesen von Versuchen, sich gegen ihn zu behaupten, vor allem in einem schier aussichtslosen Kampf um den eigenen, den Geburtsnamen, als Ausdruck ungebrochener Identität. Das Spannungs- und Konfliktpotential hielt sich in den Grenzen frommer Vernunft – vor allem des Ehemannes. Es reichte weder hin zur Auflösung der Ehe, noch zu ordinären Zwischenlösungen, noch auch als Thema zu einem Roman. Es wäre allenfalls ein Novellenmotiv gewesen. Das Ehegehäuse stand auf schmerzhaft langsam gewachsenen soliden Grundmauern. Die Anläufe, sich aus dem Schlagschatten hinauszustrampeln, um im eigenen Licht voranzukommen, waren von religiösen Gewissenseinwürfen durchsetzt und von dem Gefühl, daß ein sinnvolles Leben ohne innere Bindung an den Angetrauten nicht gelingen könnte.

Im Schwellenjahr 1980/81 verdichtete sich der Schlagschatten zum Stolperstein. Es war das Forschungsfreijahr des Kollegen und Ehemannes. Das Tagebuch notierte die Abwesenheiten des Feldforschers und stieß dabei auf verhärtetes Seelengewölle. Das Unbehagen, das in der grünen Suppe Nzab'ngen herumpaddelte, hatte – hier öffnet sich eine Klammer – eine seiner Wurzeln in vorehelichen Zeiten. Eine weiland Klassenkameradin wollte sich nicht damit abfinden, daß sie, im Wettlauf mit dem nunmehrigen Ehemann, seit zwanzig Jahren hinter einem wissenschaftlich Erfolgreicheren zurückblieb und von der Umwelt in erster Linie, wo nicht ausschließlich, als Anhängsel wahrgenommen wurde. Die Feldforschung gehörte zur Außenseite der Ehe und betraf zugleich deren innere Bindungen. Der Gedanke an die Risiken der Reisen relativierte alles Übrige und Eigene, ohne das Übrige und Eigene aufzuheben. Das Übrige aber bestand darin, daß der Vorsprung des Ehemannes, kaum hatte die eigene Wissenschaft ein paar dürftige Lorbeeren gezeitigt, uneinholbar wurde.

Unter solchen (und anderen) Vorzeichen war das Zusammenleben unter einem Dach bisweilen – nicht gut. Nicht durchweg einfach. Hier lag ein Problem. Hier lag einiges an Scherben auf dem ungescheuerten Bretterboden des Ehealltags. Es war mühsam, das zusammen- und auseinanderzuklauben. Man versuchte es immer wieder, gesprächsweise; aber man zog und zerrte in verschiedene Richtungen. Man redete vermutlich sehr oft an einander vorbei. Gewohnheiten waren eingerastet; Empfindlichkeiten wurden hochgespielt, Erwartungen enttäuscht. Mißverständnisse zogen sich hin, sei es aus Trotz, sei es aus Zerstreutheit – es verfilzte sich zu einem Knäuel, das nicht mehr zu entwirren war. Böser Wille war selten, wahrscheinlich nie im Spiel. Man kam einander immer wieder entgegen, und zumeist war es der Jüngere und Klügere, der den ersten Schritt tat. Man benahm sich gesittet. Allenfalls die Ältere konnte gelegentlich die Nerven verlieren und verbal ausfällig werden. Dann behalf sich der andere mit Schweigen. Betete wohl auch, und vermutlich war es dieses Beten, das beide umschloß und vor dem Bösen bewahrte. Es machte, daß eine Verbiesterte sich immer wieder hineinziehen ließ in entgegenkommende Versöhnungsbereitschaft. War solches nicht möglich und blieb der Einzelne eine Zeitlang zurückgeworfen auf sich selbst, dann war das Tagebuch eine Zuflucht und nahm entgegen, was sich an Klage und Anklage ergab.

Die Sache mit dem Schlagschatten, den der eine warf und damit nahe neben sich Selbstgefühl störte, bezog sich also auf Beruf und Sozialprestige. Dahinter stand die lange Geschichte gemeinsamer Schuljahre bis zum Abitur. Seitdem der eine dann zum ersten Male promovierte, während die andere die Brötchen verdiente, war der Vorsprung kaum noch aufzuholen. Die Frau, die hier mit dem Ehemann am gleichen Strange der Wissenschaft zog, mußte auf längere Sicht den kürzeren ziehen. Auch hinsichtlich der Lehrtätigkeit saß einer, der sokratisch die induktive Methode vorzog, gegenüber der Kollegin Ehefrau, die der Deduktion zu-

378

neigte, didaktisch vermutlich am längeren Hebel. Der Umgang eines Mannes mit Studenten mochte zudem weniger von Spannungen und Irritationen belastet sein als der einer Frau. Von ihr als Ehefrau wurde zudem erwartet, daß sie sich im häuslichen Bereich um allerlei Kleinkram kümmerte. Und nicht nur das. Es war in gar mancherlei Hinsicht gar nicht gut, eine Frau zu sein. Aber Feminismus als Ideologie lag abseits.

An jenem Sonntagabend im Oktober 1980, zwei Wochen nach der Rückkehr aus dem eigenen Wissenschaftsurlaub, als man zu zweit in der verkleckerten Seekistenecke des Arbeitszimmers mit Blick zum Ké saß, da hatten nicht nur die Kerzen und Schatten geflackert. Die Stimmung einer frisch promovierten Ehefrau flakkerte auch – düster irritiert. Mißvergnügen ob des Forschungsfreijahres nörgelte den Ehemann und Kollegen an: was denn der Sinn des Weiterjagens auf der wissenschaftlichen Laufbahn sein solle. Mußte es nicht mit vorausberechenbarer Unvermeidlichkeit in einer Habilitation und am Ende womöglich gar in einer Professur enden? Schon jetzt war der Vorsprung uneinholbar. Akademische Eifersucht? Konkurrenzneid? Die einst Erfolgreiche, an der Spitze bis zum Abitur, während des Studiums ins Mittelfeld Abgerutschte verargte dem Ehemann das Erfolgsstreben. Der Mann, der da einer Ehefrau um mehrere Nasenlängen nicht nur, sondern auch um etliche Gehirnwindungen voraus war, was mußte er immer weiter rennen ins Uneinholbare? Sozialprestige akkumulieren, indem er wie ein Wilder unter Halbzivilisierten völkerkundliche Neugier befriedigte? Der kontaktfreudige *fraternal*, dessen Neugier man schmeichelhaft fand und ernst nahm, er stand mit beiden Beinen auf dem festen Boden des Objektiven, während das typisch Weibliche, zum Subjektiven, zu Introversion und Stimmungen Neigende, ihm solches neidete – von Zeit zu Zeit und mit dem Flackern einer Unentschiedenheit des Gewissens. Die Dame Wissenschaft als Kebsweib – hätte sie nicht eher ein Grund zur Dankbarkeit sein sollen?

Es lag also klar am Tage, daß der Feldforscher in weitem Umkreis konkurrenzlos war. Nicht nur die Kollegin Ehefrau (die sowieso nicht), sondern auch andere *fraternals* hatten seit Jahrzehnten keine Feldforschung mehr getrieben. Es lag also nicht am Weibsein als Schicksal. War die Ethnologie nicht sogar weithin Sache von Frauen, die archaischen Stammesgesellschaften in die Kochtöpfe und in die Menstruationshütten guckten? Nun gut. Da braucht man mich nicht mehr. Aber es gab noch anderweitige Gravamina im kollegialen Spannungsfeld. Der Gemahl nämlich brachte offen zum Ausdruck, daß er von der Wissenschaft der Gemahlin nicht viel hielt. Mühsam, in mehreren Anläufen und sozusagen nur anstandshalber, las er das voluminöse Opus der Dissertation, um sich während der Weihnachtsferien endgültig von dessen ‚Unlesbarkeit‘ zu überzeugen. Als er sich sodann zum Zwecke einer Rezension für die Seminar-Zeitung auf deutsch Notizen machte über die ‚Geschwätzigkeit‘ einer mühsam über die Runden gebrachten Arbeit, da empörte solche Abfälligkeit kurz, spitz und scharf. Ein Urteil von beleidigender Arroganz über Dinge, davon genauere Kenntnis abging, und über eine Art der Darstellung, die nun eben nicht zusagte. Einen Augenblick lag die Versuchung nahe, zurückzuschlagen. Sich zu mokieren über den Meinungsmüll, das Altmännergeschwätz, das da aus den hintersten Winkeln hervorgekehrt wurde, um an andere Blödmänner, vor allem in Europa, als Wissenschaft verkauft zu werden. Solche Ausfälligkeit verebbte im Laufe des Schwellenjahres. Wer sagte denn, daß Konkurrenz mit dem Ehemann unumgänglich war?

Zum einen. Als Kollegin und Tutorin konnte eine nunmehr mit zusätzlichem Titel Versehene sich im Campus von Nzab'ngen doch wohl ernstgenommen vorkommen. Gewiß. Aber nur zehn Schritte weiter, in der großen Kirche und auf der Kanzel, überwog das Gefühl der Überflüssigkeit. In der Gemeinde und vollends im Dorf blieb eine Fremde eine Fremde. Im Dorf war die Weiße eine kinderlose Ehefrau und sonst nichts. *Na empty one*. Na und? Kam es auf ein Dorf an, auf die grüne Suppe ohne? Eigentlich nicht. Aber es wäre doch schön und wünschenswert gewesen, eine öffentliche Rolle unbeeinträchtigt vom Schlagschatten eines Ehemannes und Feldforschers zu spielen.

Das Schreiben von Rundbriefen war bereits Jahre zuvor aufgegeben worden, als der Kollege Ehemann Lob und Anerkennung für die seinen einzuheimsen begann. Der erste und bislang einzige eigene paßte nicht ins belobte Schema halb theologischer Reflexionen, halb erzählender Sachberichte. Im eigenen Rundbrief war von den porzellanrosa Rosen die Rede gewesen, die vor der Veranda blühten, und von der Suche nach Sinn. Wem hätte das etwas sagen sollen? Allenfalls Einem; aber nicht dem Ehemann. Seitdem nichts mehr dergleichen.

Das ferne Leuchten

Mit dem Stolperstein des ehelichen Schlagschattens war der Stufenstein, auf dem es staubrosenrot schimmerte und winkte, aufs engste verfugt. Der Absprung von der Rennebahn ehelicher Konkurrenz, die innere Wende hatte stattgefunden: am 19. Juli 1980 im flirrenden Robinienschatten der Arcisstraße in München. Mit einem Gefühl großer Erschöpfung und innerer Freiheit, nach dem Rigorosum, ward die Wissenschaft wo nicht als Allotria, so doch als Uneigentliches erkannt. Was an Nörgelei danach in der Seekistenecke noch stattfand, war Rückzugsgefecht.

Die nötige wissenschaftliche Nacharbeit war gewiß zu leisten, ein schmales Bändchen, in welchem das Diskutable an Hypothesen öffentlich zugänglich zu machen war. Es glühte zwar ein kleines Eisen in einem anderen Feuerchen – jene ‚feministische Interpretation‘, an der ein Theologinnenkonvent Interesse bekundet hatte; ein Essay, mit welchem bereits ein Sprung in die Gefilde dichterischer Freiheit gewagt worden war – ‚…die Macht der Astarte‘: er stand zur Veröffentlichung an in einer renommierten Zeitschrift. Ein rosa Bonbon. Aber. Feminismus als Wissenschaft? Zu sehr Mode; zu viel Ideologie. Die Krise wäre damit nicht zu beheben gewesen. Das, was seit zwei Jahren und jenem bunten Bildchen gärte, sollte sich zu schöner Literatur abklären. Wo aber war die nötige Muße zu finden? Und wo die Muse?

Die Richtung war bekannt; aber die Muse, wenngleich bisweilen winkend und wedelnd mit besagtem bunten Bildchen, entzog sich in einen warmen graurosa Dunst. Das Herumstochern darin erfüllte das Schwellenjahr mit Unsicherheit und Gereiztheit bis zu dem Tage, da Anfang April nach der Rückkehr von der Synode ein Besuch in Mbe eingefädelt und abgesprochen wurde. Der Dunst über dem Weg hinaus aus dem Schlagschatten, den Ehe und Ehemann warfen, lichtete sich. Das Ziel, zu dem hin es – was oder wer? – auf staubrosenrotem Stufenstein winkte, lag zwar verwirrend ungenau auf der Grenze zwischen privatester Innerlichkeit und einer nahezu utopisch anmutenden entlegenen Gegend. Aber es war vorhanden und es war erreichbar, sei es per Landrover, sei es zu Fuß, und das vorletzte Jahr tappte in Richtung Grasland unsicher und zickzack bis zu jenem Abend im April. Von da an driftete es tagträumend einem fernen Leuchten und der Verheißung literarischer Inspiration entgegen.

Schön. Gut. Endlich. Aber. Würden, sollten, durften im Hinblick auf das ferne Leuchten die Rolle und das ‚Imitsch' einer ernstzunehmenden Tutorin im Harmatten verwehen? Keinesfalls. Der Kollege Ehemann hatte *Ethic Notes* für die Studenten geschrieben. Was dem von der Kollegin Ehefrau bislang an die Seite gestellt werden konnte, war für eine Klasse geschrieben worden, die 1976 den Campus verlassen hatte: jene *Dogmatic Notes*, gut genug, um in heimatlichen Landen als Hausarbeit für eine Zweite Dienstprüfung anerkannt und hochbenotet zu werden. Ein vergangener Denk- und Formulierungsrausch, inspiriert von der spröden und abstrakten Intelligenz eines besonders Begabten unter zehn anderen. Ein Abschiedsgeschenk. Der Jüngling lächelte und entwich, ahnungslos. Hatte sich in jenen Jahren dem sokratischen Selbstbild nicht sogar die Muse genähert? Der Kollege Ehemann hatte ebenfalls gelächelt, nachsichtig. Eine Wiederholung war im Schwellenjahre nicht in Sicht angesichts des Intelligenzquotienten der Dogmatik-Klasse. Es hätte sich gelohnt für allenfalls zwei oder drei, deren Denkfähigkeit und Arbeitswille sich aus der allgemeinen Begriffsstutzigkeit um einige Zentimeter heraushoben. Es kam denn auch jene Attributenlehre zustande, eher freilich als Kompensation denn als Ergebnis intellektueller Inspiration.

Diese Attributenlehre, zwanzig Seiten, war willkommener Vorwand, ein Gesicht zu wahren, das bisweilen fast schon Maske war. In dem offiziellen Gesuch um Versetzung ins Grasland würde nachgesucht werden nicht nur um Erholung, sondern auch um Zeit und Ruhe für das Schreiben von *Dogmatic Notes*. Es wäre zwar nur die halbe Wahrheit, aber sie würde durchaus genügen. (Und die *Notes* sollten zustandekommen, ein umfangreiches Bündel durchdachter Glaubensgedanken; ein Unternehmen, durchgezogen mit eisernem Willen nicht nur, sondern auch mit Hilfe eines Magneten, den die Graslandmuse wunderbarerweise zwischen Daumen und Ringfinger hielt, um eine Reise- und Wanderfreudige immer wieder zum Bitu-Berg zu ziehen, wo der ehemaligen Studenten einer als nunmehr Amtsbruder amtete, bereit, für nicht geringe Entlohnung Handschrift zu entziffern und in ein Typoskript auf Matrizen umzusetzen, was ein Gast aus Mbebete von Zeit zu Zeit anbrachte und vorlegte.)

Das ferne Leuchten, es war etwas zutiefst und höchst Willkommenes, sich wie durch die Magie eines Magneten hinausziehen zu lassen aus dem Schlagschatten des Kollegen Ehemann. Es lockte bisweilen darüber hinaus mit einer Verheißung seligen Verschollenseins; darauf indes mußte verzichtet werden, so lange in Deutschland eine stets besorgte Mutter lebte und ein Ehemann nicht gänzlich in Feldforschung und Wissenschaft aufzugehen Miene machte. Zudem: war nicht noch gänzlich ungewiß, was hinter dem Nordlichtvorhang des fernen Leuchtens an eingeborener Wirklichkeit wartete? Seit der ersten Reise nach Mbe lag es zu Tage – durch eine romantische Brille so rosenrot wahrgenommen, daß ein Entwicklungsprojekt und die zweite Reise nicht lange auf sich warten lassen sollten.

Was hingegen den Thesaurus betraf, aus welchem einst Literatur werden sollte, so sammelte sich derselbe weiterhin im Tagebuch an. Die Vision von Santa, eine Hütte aus handgeflochtenen Matten oder aus luftgetrocknetem Backstein – ein erster Fingerzeig der Muse. Und wie weiter? Mußte nicht noch einiges an Leben gelebt und erlebt werden, ehe nach Sinn und Form und den richtigen Worten gesucht werden konnte? Eine Frau zwischen Vierzig und Fünfzig, noch nicht alt und nicht mehr jung, und ein letztes Abenteuer – so inspirativ und so ehrbar wie möglich, mit nur *einer* Bedingung: es mußte aus dem Schlagschatten des Kollegen Ehemann hinausführen, ohne in den Schatten eines naheliegenden Verdachtes zu geraten. Für den Fall, daß sich letzteres nicht vermeiden lassen sollte – nun, würde es genügen, wenn ein Einziger sein Vertrauen nicht entzog.

So bereitete sich der Umzug aus Schlagschatten und Regenwald in die offenen Horizonte des Graslandes vor. Ein in Gefühlen des Ungenügens zerfaserndes Dasein suchte ein dezentes Abenteuer zu letztlich literarischen Zwecken. Auf dem staubrosenroten Stufenstein stand die Muse und winkte. Mochte gar manches in Enttäuschung enden – die Muse sollte letztlich nicht enttäuschen. Aus dem fernen Leuchten kam sie nahe und ist nach einem Vierteljahrhundert und längst erloschenem Leuchten noch immer um den Lebensweg, flüstert und berührt mit leichtem Finger die Tasten eines digitalen Schreibmaschinchens…

Überblick I
Das letzte Jahr bis zur Reise nach Mbe

Das Schwellenjahr 1980/81 hatte zu Bewußtsein gebracht: es kann so nicht weitergehen bis zum absehbaren Ende. Es durfte indes zu keinem abrupten Entschluß und Absprung kommen. Das Prinzip ‚Mit Anstand über die Runden' verlangte sorgfältige Vorbereitung und öffentlich einsehbare Gründe. Es konnte eine vertragsmäßig gebundene Tutorin und *fraternal* sich nicht einfach auf und davon machen. Die einsichtig zu machenden Gründe erforderten eine Anstandsrunde in Form einer Spirale, eine Art Schraubbewegung hinaus aus Nzab'ngen. Sie erforderten ein weiteres Jahr im Regenwald.

Einsichtige Gründe waren zuhanden: Erholungsbedürftigkeit und ein Schreibvorhaben (*Dogmatic Notes*). Die Tutorin war zudem abkömmlich, denn in das Kollegium war ein vormaliger Kollege zurückgekehrt. Man war einer oder eine zu viel. Und der Kollege Ehemann – ? Er sah, so weit es ihm gelang, von der eigenen Feldforschung abzusehen, vermutlich ein, daß in dem Stimmungsgemenge, welches seit Oktober 1980 vorherrschte, ein durch äußerliche Rücksichten erzwungenes Zusammenleben für beide Seiten unerquicklich, wo nicht äußerst kritisch werden mußte. Er fand sich ab mit dem Gedanken an ein weiteres Jahr Eheferien vor der endgültigen gemeinsamen Rückkehr nach Europa. Er besaß den Mut und die Weisheit, sich um Gerüchte nicht zu kümmern. Er konnte darauf bauen, daß die Gemeinsamkeiten auf altmodische Weise solide waren, bestimmt durch Vernunft und Frömmigkeit. Das eine, das inspirative Jahr im Grasland, so viele gute Gründe und Zufälle auch zusammengespielt haben mochten, um es zu ermöglichen und mit dem Glanz des Wunderbaren unter dem Dunst des Harmattan zu umgeben, es hatte sich erstens und letztens nachwachsender Einsicht und zuvorkommendem Gottvertrauen des Ehemannes zu verdanken.

Beim Überfliegen des letzten Jahres im Regenwald zeigt sich eine dicht geschlossene Nebellandschaft des Vergessens, aus welcher hoch und geheimnisvoll einzig die erste Reise nach Mbe ragt – ein Zauberberg, ein Montsalvatsch, ein Vulkankegel poetischer Inspiration mit weit durch die Jahre glühenden Lavaströmen dahinschmelzender Seelensubstanz. Die Erinnerung gibt außer diesem herausragenden Ereignis von Ende Dezember 1981 und seiner unmittelbaren Folge: den ersten zwanzig Seiten eines in monumentalen Ausmaßen geplanten autobiographischen Romans so gut wie nichts mehr her. Es ist alles wie ausgelöscht. Dennoch quillt das Tagebuch über; aber nicht von äußeren Ereignissen, sondern von inneren Monologen.

Die Nebeldecke, die so undurchdringlich naßgrau über dem letzten Jahr im Regenwald lagert, sie verhüllt, wie wenige Stichprobenblicke in das Tagebuch zeigen, die trüben Niederungen des letzten Jahres in der grünen ‚Suppe ohne', in Nzab'ngen – die Distelfelder weiterwuchernder Ärgerlichkeiten im Umkreis der Privatsphäre, Geröllhänge des Grolls, Tränensümpfe des Selbstmitleids, Sturzbäche der Unbeherrschtheit, Seufzerbrücken der Enttäuschung über versiegenden Rinnsalen tagtäglicher Daseinsgnade und schmalgeschlängelte Pfade entlang der Abgründe, an welchen bisweilen das eheliche Einvernehmen balancierte. Mit psychoanalytischem Scharfblick und moralisch erhobenem Finger betrachtet, wäre diese Nebeldecke ein Verdrängungsphänomen. Mit Nachsicht bedacht läßt sie sich deuten als barmherziger Schleier des Vergessens, gewoben aus den Euphorien des nachfolgenden Jahres im Grasland.

Außer dem Nebel über den Niederungen des letzten Jahres im Regenwald zeigen sich in einem nicht genau abgrenzbaren zeitlichen Bereich Schatten abgesunkener Erinnerungen wie geisterhaft schwimmende Inseln – Episoden, Szenen, Bilder, eine Melodie und Stimmungen, die ohne das Tagebuch nicht mehr einzuordnen wären. Es liegt nicht allzu viel an diesen *îles flottantes*. Dennoch legt es sich nahe, die eine oder andere dieser Inseln, so weit sie sich dem letzten Jahre zuordnen lassen, festzumachen. Es zeigt sich dabei unter anderem, daß der Ausblick auf das ferne Leuchten während des Heimaturlaubs zeitweilig verstellt war, beinahe zum minderwertigen Ersatz herabsank angesichts des Wiederauftauchens von etwas, das tiefgründiger schien, weil es höheren Ansprüchen näher stand.

Es war bislang eine der schwimmenden Inseln gewesen: die unerwartete Begegnung in einer Morgenandacht; das Sitzen zu dritt, zu zweit an einem Tisch und alles Reden darum herum. Alles war so vernünftig und so fromm; man fuhr mit einer Bootsfähre über den Rhein, spazierte am Ufer entlang zu dritt, und einer, der außen ging, glitt aus, rutschte die Böschung hinab und wurde von den beiden anderen wieder heraufzogen. Die Szene war in *Bethabara*, Ende *September 1981*. Eine Begegnung, die noch einmal den Wunsch wachrief, einen Rundbrief zu schreiben – für die etwaigen Wenigen; für den Anderen, den Mitspieler der ‚Komödie unsrer Seele' nach Hofmannsthal, sieben Jahre zuvor; und für den Einen, den Unaufgebbaren. Er kam nicht zustande.

Zustande kam, nicht eigentlich ein Ereignis, aber doch etwas mit weitreichenden Folgen, noch im August in München und gewissermaßen mit der linken Hand, die Endfassung eines von feministischer Hermeneutik angehauchten *Essays*, der in einer bekannten theologischen Zeitschrift erscheinen und einige Jahre später den Anstoß geben sollte zum ersten und einzigen Buch, das im Auftrag eines Verlags und pseudonym erschien. Es betraf das ‚Imitsch' und die Rückkehr nach Europa. – Zustande kam auch, wie geplant, eine Kurzfassung der umfangreichen Dissertation, die eine langwierige Veröffentlichungskorrespondenz von Kontinent zu Kontinent nach sich zog, bis im März 1982 das druckfertige Manuskript nach Europa flog.

Das letzte Jahr im Regenwald begann – nach getrenntem Flug bis Brüssel und gemeinsamem Nachtflug nach Duala, die DC ein fliegendes Kino, Ankunft in strömendem Morgenregen, am Flughafen der Kollege Nachbar und Sr. Unna; Peter den Landrover durch den verknäulten Großstadtverkehr zur *Procure Catholique* kutschierend; ein Nachmittag unter Palmen in Liegestühlen am Schwimmbecken neben betenden Kunsthändler-Muslimen im *Foyer du Marin*, die Nacht mit Sr. Unna in einem Zimmer, der Ehemann mit Peter untergebracht; am nächsten Vormittag auf dem Flughafen um die Herausgabe des Gepäcks bemüht; Einkäufe im Supermarkt und auf der Wuribrücke der seltene Anblick eines von Wolken unverhüllten Kamerunberges – es begann am Freitag, dem 2. Oktober, mit einer verheißungsvollen Ouvertüre die, dem Tagebuch nachgeschrieben, also erklang:

Der schöne Augenblick soll nicht vergehen, ohne eine Spur auf dem Papier zu hinterlassen. Wie alles zusammenspielte – ein Himmel strahlend klar, ohne Glutwellen; blühende Tulpenbäume am Wege; der Campus aufgeräumt und glänzend wie frisch gewaschen; das gold-grüne Oktoberlicht des späten Nachmittags und ein Gefühl des Nachhausekommens; vielleicht auch das halbe, kühle Bier auf leeren Magen, das Verspannungen löste und alles ringsum leicht machte – da, als man dabei war, den Landrover auszuladen, kam es wie eine Vision langsam den Agavenweg entlang und von der Veranda herab glitt es ihm entgegen – dem Gedanken, der Gewißheit: nur noch elf Wochen bis Mbe! Nie war Oktoberlicht glückdurchfluteter, ein Campus grünvergoldeter und das Rot der Tulpenbäume röter. Die helvetischen Rosen längs der Küchenveranda kamen dagegen nicht an. Was da gewesen war, genau eine Woche zuvor, es war auf einmal wie auf einem anderen Stern…

Daß dieser Anfang täuschte; daß alsbald alles wieder einrastete in die alten rostigen Geleise – die Sonntagsmisere, die Störung der Privatsphäre, das Knirschen der häuslichen Maschinerie – es hob den schönen Augenblick nicht auf. Es machte ihn kostbar.

Im Nebelmeer der ersten drei Monate, vor der ersten Reise nach Mbe, lassen sich drei von vielen *îles flottantes* festmachen: eine Predigtexkursion, ein Stolperunfall des Ehemannes, und das dritte Gemälde eines Triptychons.

Es gibt zwei Schwarz-Weiß-Fotos in der noch kaum geordneten Menge von Aufnahmen aus den Afrikajahren: eine Weiße in hellen Hosen und einem erinnerlich schwarz-weiß geblumten Kasack aufgereiht zwischen Afrikanern, die würdige Gesichter für ein Gruppenbild machen. Ein Talar und drei Kopfbünde: Gemeindepfarrer und Älteste. Die übrigen vier sind Studenten. Alle blicken in die Kamera, nur die Tutorin blickt mit gesenkter Stirn und verkniffenem Lächeln schräg daneben und zu Boden – wo und wann war denn das? Es war Mitte November 1981, am *Presbyterian Church Day*, da eine Predigtbeauftragte mit Studenten zu Fuß in eines der umliegenden Dörfer geschickt worden war. Ein Akt gewissenhafter Pflichterfüllung. Das andere Foto zeigt die Tutorin solo mit langen Schritten und wiederum gesenkten Hauptes vor sich hin marschierend. Das unverkniffene Lächeln könnte bedeuten: Ich weiß etwas, was ihr nicht wißt. In einem Jahr um diese Zeit werde ich im Grasland sein.

Einmal in all den Jahren kam es, wie so oft befürchtet, zu einem Unfall, nicht unterwegs mit einem Taxi, sondern im Campus. Eine Platzwunde am Mund, blaue Flecken an der Stirn, Schwellungen, Desinfektionstinkturen, Tetanusimpfung? Glück im Unglück: die Brille nicht zersprungen, kein Glassplitter ins Auge gedrungen, kein Handgelenk oder sonst etwas gebrochen. Was war passiert und wann? Passiert war es im Dezember 81, als ein Gast (ein deutscher Graslandforscher, der einen Waldlandforscher besuchte) in einem der Räume des Zwei-Stockwerke-Hauses untergebracht werden mußte, weil das Gästezimmer längs der eigenen Veranda wieder einmal von anderweitigen Gästen belegt war. Da stolperte der Gastgeber im Halbdunkel

389

über das Gerümpel, das da im Vorraum herumlag, fiel hin und kam mit obgenannten Blessuren und dem Schrecken einer ungeladenen Gästen generell abholden Ehefrau davon.

,*Astarte ou le goût de l'absolu*' – das dritte Bild eines Triptychons entstand im Dezember 81, *vor* der ersten Reise nach Mbe. Aus dem Tagebuch ergibt sich, daß es sich nicht, wie die beiden voraufgegangenen, malerischer Eingebung verdankte, sondern fortdauernder Frustration. Es entstand während eines Stimmungstiefs. Malen mit Ölfarben auf geweißter Pappe war ein seltenes Therapeutikum neben dem täglichen Tagebuchschreiben. Es gab der schmalen Hochformate bereits zwei – eine grüne Zwillingsknospe aus Smaragd und Baumwolle; glühend rote Beeren (oder Tomaten?) auf schwarzem Schemel, überblüht von reinweißer Sternblume im Wasserglas vor einem Hintergrund aus Dunkelbraun, Rosébeige und Türkis. Nun breitete sich über weiße Pappe türkisblaue Nacht, davor zwei dunkle Bäume, ein Thuja und ein Eukalyptus; darüber ein achtstrahliger Stern; darunter, im unteren Drittel, zwei Fensterhöhlen, eine dunkel, eine erhellt, und Stufen, zu einer Veranda emporführend, auf der ein dickes Büschel weißer Sternblumen blüht. (Ein letztes, bis heute unvollendetes Ölgemälde entstand im März 1982, am Tage nach dem 45. Geburtstag: Regenwaldlilien in einem Glaskrug vor ,Rosenholz'-Hintergrund mit hellen parabelförmigen Blenden als Abstraktum eines verschenkten Plüschpullovers. Von den drei spitzgezipfelten weißen Blüten hängt eine schlaff verfaulend über den Krugrand – wie ein resigniertes Pinselauswischen.)

Das erste Trimester 81/82 mit zwei Studentenhochzeiten und dem lauten, ordinären Lachen des altbekannten neuen Kollegen im Campus; mit dem Sturz eines Kindes von der Küchentreppe, behütet von einen Schutzengel wie der Sturz über das Gerümpel; einem malariadelirierenden Koch und dem ersten Epilepsieanfall des Benjamin mitten im Unterricht; mit desultorischem Schreiben an einem Rundbrief und mit einem Garten, der nicht gedeihen wollte; mit defektem Hörgerät, Verfolgungsträumen und dem Abreißen des Notverbandes von einer kaum verheilten Wunde – es lief den Agavenweg entlang auf das ferne Leuchten zu.

Auf die erste Reise nach Mbe.

Am Freitag, dem 18. 12. 1981, in grauvioletter Morgenfrühe, machte man sich auf, rollte den Berg hinab und dann hinauf ins Grasland. Mit der spätnachmittäglichen Landroverfahrt durch das Tal von Um und dem abendlich-nächtlichen Aufstieg nach Mbe begann das Graslandabenteuer. Die ersten drei Tage eines demnächst dreißigjährigen Romans. Ein nahezu irreal anmutender, überaus mühsamer Aufstieg in die Nacht hinein. Dann: ,You enter my house' – beim Blinken des Abendsterns. Eine Schlafhöhle mit Doppelbett. Am nächsten Tag Besichtigung des Dorfes und Empfang im Häuptlingsgehöft. Tänze, Reden, Geschenke. Ein Straßenprojekt wird erwähnt, eine Sonntagspredigt gehalten, eine Braut vorgestellt. Am Sonntagnachmittag der Abstieg, ein Rückweg in tränenglitzernder Trance. Übernachtung auf einer alten Missionsstation in der Nähe. Am Montag, dem 21. 12., war eine Überwältigte zurück in Nzab'ngen. Allein. Der Feldforscher war unterwegs ausgestiegen, um feldzuforschen; der aus Mbe gebürtige Student war am Montag in der Früh in sein Dorf zurückgewandert. Die Erschöpfung und was sonst noch schwelte, schwärte oder schwärmte, warf statt aufs Bett neben den Hochzeitsteppich auf dem Bretterboden und in unruhigen Schlaf. – Vom 22. bis 25. 12. wurden die spärlichen Notizen zur Reise handschriftlich aus dem Tagebuch abgeschrieben auf blaue Bögen A4 und weitläufig ergänzt. Heiligabend war man zu zweit mit Kerzen, Liedern und selbstgemalten Bildchen für einander. Am 25. 12. endlich war die Muse da und das Schreiben begann, handschriftlich: *Es war schon spät am Nachmittag…*

Überblick II
Der Rest des letzten Jahres in Nzab'ngen

Die Reise nach Mbe, die erste, hatte also stattgefunden; die Graslandmuse war erschienen, einen Kranz von purpurlila Malven im
staubgrauen Elefantengrashaar, ein glitzernd Tränenschleierlein
vor dem Abschiedsblick und im ruhelosen Herzen die Hoffnung
befestigend, daß ein Jahr im Grasland die Inspiration vollenden
und dem Rest des Lebens etwas zuspielen werde, das sich lehr-
stuhlverdächtiger Feldforschung wenigstens subjektiv gleichge-
wichtig zur Seite stellen und ehelicher Gemeinschaft den ersten,
ursprünglichen Sinn wiedergeben würde.

Die Muse mit dem dunklen Graslandblick. Wenigstens während
der restlichen Weihnachtsferien war sie in der Nähe und sah über
die Schulter hinweg dem Schreiben, Ausstreichen und Neu-
schreiben der ersten Sätze und Seiten der *Reise nach Mbe* zu. Dann
mußten sechs Monate und eine Woche vergehen, ehe am 8. Juli
wieder ein Flugzeug bei Nacht Richtung Europa aufstieg. Weitere
drei Monate sollten mit Zahnarztbesuchen, Tagträumen zwischen
Endmoränen, Vorträgen zum Zwecke des Spendensammelns für
eine Straße vergehen, bis Ende September ein Flugzeug nach einem Nachtflug wieder in Duala landen und am 10. 10. 82 der
Landrover aus dem Waldland ins Grasland hinaufrollen konnte.

Was kann sich nach einem Ereignis mit solcher Aura, wie sie, das
ferne Leuchten in sich saugend, nach dem ersten Besuch um ein
Dorf in abgelegenen Graslandbergen flammte, noch ereignen, das
des Nachschreibens wert wäre? Ach, der Restmüll in den Niederungen des Alltags. Der Rest des letzten Jahres in Nzab'ngen war
so grau und vernebelt wie die ersten drei Monate vor der Reise.
Von den ,schwimmenden Inseln' mögen immerhin noch einige
wenige festgemacht werden, um das letzte Jahr unterscheidbar
zu machen von vorletzten.

Es waren zum einen wieder einmal ‚viele Leute' auf einem Haufen, vermutlich in einem Sitzungssaal, eine große Versammlung und alles Männer, alles schwarze Brüder im Herrn, darunter viele Ehemalige. Es war da viel Reden, auch Singen, und eine öffentliche Rolle, die sich wie von selbst spielte und mit ungewohnter Leichtigkeit. Wo und wann war das? Es war bei einer Pfarrerskonferenz in K'ba in der letzten Januarwoche 1982. Das Tagebuch weiß noch eine Menge mehr. Es weiß, daß der, dessen jünglingshafte Sprödigkeit und abstrakte Intelligenz den Anstoß zu den ersten *Dogmatic Notes* von 1976 gegeben hatte, sich einen Dauerplatz neben der Tutorin reservierte, vermutlich um dankbare Anhänglichkeit zu bezeugen, denn es waren ihm neben einem abenteuerlichen Besuch am Ende der Welt fünf Jahre zuvor auch allerlei Wohltaten monetärer Art zuteil geworden. Leider war er nicht mehr der asketisch-schlanke Unglückliche von einst, sondern ein verfettender Ehemann.

Erinnerlich ist eine Melodie und ihr Ambiente: eine breite Straße, staubig, rosagrau; Hitze, hohe Luftfeuchtigkeit und zu beiden Seiten Buden, Bretter, Blech und Lärm: eindeutig K'ba in der Nähe des Ladens Ny'i. Da entlang geht der Weg in einem Zustand der Entrückung, ohne Boden unter den Füßen, verfolgt, aufgesogen von einem Trivialsong aus einem der Lautsprecher, die durch die Gegend tönen. Eine melancholische Männerstimme überschwemmt die Straße mit sehnsüchtigen Wünschen zu einer schnulzig einfältigen Melodie mit klebrigem Rhythmus und kehligem Schluckauf. Es singt, es insinuiert: *We should be to-ge-he-ther, we should be walking side by side* – es wiederholt sich pausenlos wie in einem Anfall von zyklothymem Irresein. Die Stimmung, das Versinken in einer Stimme, vorbei an allem, was bei normalem Bewußtsein noch diskutabel gewesen wäre, ist in Erinnerung geblieben. Das Tagebuch verankert die Episode in der gleichen Woche Ende Januar 82 beim Verlassen des Ladens, in welchem im März 81 die ‚Mystik des Wartens' stattgefunden hatte.

Sodann die Episode unter der Zwillingspalme. – Es sägt und sägt mit der erlahmenden Kraft zweier Arme, die abwechselnd eine Handsäge handhaben und kniehoch über dem Boden durch den bereits armstarken Stamm eines Bäumchens jene tief ins eigene Gemüt schneidende Trennlinie ziehen, die verhindern soll, daß die Nachmittagsruhe hinter dem Haus durch das Abreißen von halbreifen Guaven gestört wird. Das Bäumchen war am Fuße der Zwillingspalme gewachsen, es trug Früchte und lockte die frechen Früchtchen aus Richtung Behelfsklinik herbei. Der Kollege Nachbar hatte sich solchen Ärgers durch Absägens eines ähnlichen Bäumchens vor seiner Veranda längst entledigt. Das eigene Sägen war fast unter die Bewußtseinsschwelle gesunken. Das Tagebuch verzeichnet es am 31. März 1982.

Die Episode ist ein Hinweis darauf, daß die im vorletzten Jahr verstärkt aufgetretenen Störungen der Privatsphäre im letzten Jahr nicht nachließen. Im Gegenteil. Ein Drudenfuß verbreitete seine Spuren rund ums Haus aufs nachdrücklichste. Ziegen und Schafe weideten einzeln und herdenweise am Haus entlang und fraßen die Tomatenstauden ab; Kinderlärm störte den Mittagsschlaf; das Defilieren durch die ‚private passage', nicht nur von Sekundarschülern, als Reaktion auf ein offiziell erneuertes und alsbald wieder entferntes Verbotsschild, wurde zur Provokation; die Einquartierungen im Gästezimmer nahmen in irritierlicher Weise zu. *Last, not least*, die schwelende und immer häufiger einem Grenzgefühl sich nähernde häusliche Krise – wie war der fünffache Albdruck auszuhalten ohne durchzudrehen? Im Februar war, nach Rücksprache mit dem verständnisvollen Kollegen Schulleiter, der Antrag auf Versetzung gestellt worden; während der Synode in K'ba, Ende März, wurde die Versetzung nach Mbebete öffentlich bekanntgegeben. Daraus erwuchs die Kraft des Durchhaltens. Es kam daraus vermutlich auch der Mut, das Guavenbäumchen umzusägen. Der Drudenfuß war damit nicht beseitigt; indes, es war ein Ende abzusehen.

Während des zweiten Trimesters eskalierte der Schaf-Tomaten-Krieg, aus dem Garten wurden Kohlköpfe gestohlen, im Bad riß, nachdem eine einquartierte *fraternal* es benutzt hatte, der volle Duscheimer aus der Deckenverankerung und zerschmetterte den Lattenrost zu Füßen, hart vorbei an einem Unglück. Der nur verdutzte Ehemann hatte von einer Zahnarztfahrt nach Duala ein dunkelbraun-goldgesticktes Festgewand mitgebracht. Es fehlte nicht an versöhnlichen Gesten inmitten zermürbender Vorwürfe und Unverträglichkeiten. Es kamen auch Leute aus Deutschland, um einen Fernsehstreifen über das Seminar zu drehen. Der Kollege Nachbar stand mit einer improvisierten Griechischstunde vor beiden Klassen. Im Februar predigte ein Erweckungsprediger in der Sekundarschule und ein Bienenschwarm stach eine junge Frau tot. Es kam die Nachricht vom Typhus-Tod eines Ehemaligen aus der begabten Klasse von 1976. In den Ferien, Anfang April, fand noch einmal eine längere Forschungsreise des Kollegen und Ehemannes statt, während, einem Brief aus München zufolge, im theologischen Heimatteich der *Astarte*-Aufsatz ‚hohe Wellen' schlug. Ein fernes Plätschern…

Vorüber schwimmt eine Insel mit giftig anmutenden flüssigen Farben in großen Plastikeimern – Chrom-Orange, Kupfervitriol-Grün, ätzendes Zitronengelb, gärendes Himbeerrosa und ein ins Metallische mutierendes Tomatenrot. Die Eimer stehen in einer großen Halle, es laufen lange Tische mit Stoffen und bunten Mustern unter den Augen vorüber. Es kann nur Duala gewesen sein, aber wann und aus welchem Anlaß? Das Tagebuch notiert am 11. Mai 1982 einen Ausflug der Studentenfrauen in Begleitung einer *fraternal*, die für alles verantwortlich war. Eine Pflichtübung ward durchgezogen. Notiert sind stichwortartig Besuche des Hafens und des Flughafens, des Zentralmarktes und eines Supermarktes, einer Schuh- und einer Tuchfabrik. ‚Das ist alles nicht wert, aufgeschrieben zu werden.' Aber die Farbeimer der CICAM, Cotonnière industrielle du Cameroun, sind in Erinnerung geblieben.

Als vorletzte der schwimmenden Inseln eine Episode und Stimmung, in welcher die Atmosphäre des letzten Jahres symbolisch und typisch zusammengefaßt erscheint. Erinnerlich ist ein Gefühl inneren Erlöschens, hingeworfen auf eine Bastmatte vor dem erloschenen Kaminfeuer im unwohnlichen Wohnzimmer des düsteren Hauses. Dunkel erinnerlich ist die dumpfe Geduld, mit der in einem schlecht ziehenden Kamin ein einziges Mal ein Feuer zustande gekommen war. Es muß wohl Regenzeit gewesen sein und der Campus voll nasser Kälte. Wann war das und in welchem Zusammenhang? Es war Anfang Juni 1982.

Es sollten, wie das Tagebuch vermerkt, wieder einmal Studenten eingeladen werden. Der letzte der Hähne, die als Geschenk von der ersten Reise nach Mbe mitgebracht worden waren, sollte gebraten und in kleinste Symbolstücke zerteilt verzehrt werden von der Klasse, die mit der Tutorin zusammen den Campus zu verlassen im Begriffe war. Die Stimmung war gereizt (mühsame, bisweilen ins Peinliche driftende Exegese des Sündenfallmythos; ein unfreundlicher Ton der Nachbarin gegenüber, die wieder einmal eine Psychotherapie empfahl; dazu hin der übliche Ärger rings ums Haus). Auf eine Explosion zu steuerte es auch innerhalb der ehelichen Wände, deren der Feldforscher für seine Bücher und Papiere statt der herkömmlichen vier bereits acht beanspruchte. Die Halden auf dem Fußboden breiteten sich auch im Wohn- und Eßzimmer immer weiter aus – bis vor den Kamin. Da hinein also erging die abendliche Einladung. Vor dem von aller Bücherlava befreiten Kamin hockte die Geduld der Erwartung eines von festlicher Stimmung erhellten Abends und bemühte sich um das Entzünden eines gebändigten Feuers. Der Ehemann, vertieft in die Ergebnisse seiner Feldforschung, erschien dann zwar als Mitgastgeber, gab jedoch seinem Desinteresse Ausdruck durch Schweigen. Auf einer Bastmatte halbseitlich vor dem Kaminfeuer, in schicklicher Entfernung allen ringsum zu Füßen, saß eine Chimaira aus Tutorin, Ehefrau und Regenwaldnarzisse, auf

396

der Flucht nach vorn die Unterhaltung an sich reißend, zum Monolog gezwungen durch das ungewohnte Schweigen des Hausherrn und die dadurch veranlaßte Verlegenheit der Geladenen, die an ihren Hühnerknochen nagten, Bier und herbsauren Wein tranken und nach zwei Stunden genug hatten. Sie gingen, und das Kaminfeuer erlosch.

Der Abend war damit nicht abgetan. Das Tagebuch klagt am nächsten Morgen den Ehemann an ('Isi hat mir den Abend kaputtgemacht'); es beklagt mit abgewandtem inneren Auge die ästhetische Kränkung angesichts eines Mißverhältnisses von 'königlicher Gewandung' und in sich versackendem Dasitzen 'wie ein Ölgötze, rund und fett'. Es notiert einen Mondscheinspaziergang, 'beziehungslos einer hinter dem anderen hertappend', ehe Enttäuschung kehrt machte, sich auf die Matte vor dem erloschenen Kaminfeuer warf und da liegen blieb, bis der, welcher an diesem Abend Spielverderber gewesen war, kam und aufstörte.

Als letzte der Erinnerungsinseln schwimmt vorüber ein geistesabwesendes Umhergehen unter Leuten, wieder Männern, einem Dutzend etwa, die getrennt an Tischen sitzen und schreiben. Der Raum ist groß, vor den Fenstern rauscht Regen. Das Tagebuch macht das Wenige an verbliebener Impression Anfang Juli 82 in Bamenda fest und weitet das Blickfeld: eine Reise aus dem Waldland ins Grasland mit dem Ehemann und dem Risiko der rasenden Überlandtaxis (der Landrover wurde von dem Kollegen Nachbarn und seiner Familie beansprucht, um Duala auf dem Weg in den Heimaturlaub zu erreichen). Tags drauf reiste ein Feldforscher, eingeladen von einem Studenten der soeben verabschiedeten Klasse, ein Stück weiter nach Norden, während eine Ehefrau sich ins nahe Mbebete begab, um sich nach einer Unterkunft für das Graslandjahr umzusehen. Es fanden sich jene zwei Stübchen, umsäuselt von Stille und Eukalyptus, die fortan den Tagträumen einen festen Rahmen gaben. Am dritten Tag, einem

Sonnabend, fand die Aufnahmeprüfung für eine neue Klasse statt. Am Sonntagnachmittag, als in dem Hause, in dem man Unterkunft gefunden hatte, viele Leute versammelt waren, um Anteilnahme zu bekunden an einem Unglück, das zwar nicht im Ende eines Lebens bestand, aber doch das Ende eines Lebens*traumes* bedeutete, kam der Feldforscher, reichlich enttäuscht, aber ansonsten wohlbehalten, zurück, so daß man am Montag zurückfahren konnte, wieder mit Überlandtaxis. Die Raserei auf der letzten, geraden und regennassen Asphaltstrecke vor der Abzweigung nach T'bel rief stumm verkrampfte Ängste wach.

Das dritte Trimester hatte Anfang April, noch vor Ostern, begonnen mit der Bekanntgabe der Pfarrstellen derer, die, mit Diplomen versehen, in Kürze als Amtsbrüder amten sollten. Es traf sich gut, daß derjenige, welcher sich für das Schreiben von *Dogmatic Notes* auf Matrizen bereits als geeignet erwiesen hatte, in die Nähe von Mbebete postiert worden war. Das Betreuen der drei Diplomarbeiten war mühevoll gewesen. Im Mai wurde eine Pfingstpredigt auf Pidgin beifällig aufgenommen, im Juni gegen jede Hoffnung im verwildernden Garten ein Bäumchen gepflanzt. Zum ersten Male kam der Gedanke an testamentarische Verfügungen betreffs der Tagebücher im Blick auf das Reisen mit öffentlichen Verkehrsmitteln. Erinnernswert wäre noch viererlei: die Nachricht von einer wegen ,Fehltritts' sich lösenden Verlobung; das *Memoir* der armen Sue, in welchem tugendmutiger Verzicht sich schriftlich bekundete; eine enttäuschend mittelmäßige Diplomarbeit – alles den gleichen Studenten betreffend. Das vierte war ein abgebrochener oberer Eckzahn, links – die rechtschaffene Tutorin und die Möglichkeit, ein Lächeln zu wagen, betreffend. Gegen Ende ergab sich Geplänkel zu dritt in der Seekistenecke. Das Straßenprojekt wurde noch einmal erörtert; ein rotes Taschenmesser mit einem Silberkettlein daran ward unter sechs Augen überreicht und ein grüner Kittel als Gegengabe erbeten – für später. Nach Erledigung aller akademischen Pflichtübungen gab es wieder ein Jahresabschlußfest mit Reden und Dekorationen. Auch der Kollege Ehemann hielt eine Rede und hängte der vorzeitig Davonziehenden eine lange Kette aus winzigen weißen Flußmuschelschalen um den Hals: daran werde sie angebunden bleiben. Wie hübsch, wie tiefsinnig. Wie allseitig applaudiert. Ansonsten... Es hoppelte so dahin ohn' allen Glanz, wie üblich mit ein bißchen sogenanntem Tanz, und der Gemahl ließ sich herbei, mitzuhoppeln. Als sich der Anschein näherte, als sollte es zum dritten Male zu einem bißchen ‚Gescharre mit vier Füßen' kommen, sagte eine, die schon darüber hinweg war, zu einen gutwilligen Ehemann ‚Komm' – und ging.

Ausblick

Die beiden letzten Jahre im Regenwald, im Campus von *Nzab'ngen*, sanken tief in die grüne ‚Suppe ohne' – ohne allen einstigen Reiz an helvetischen Rosen, gepflegter Privatsphäre und wohlverdienter Mittagsruhe nach vormittäglichem Fünfkampf des Geistes. Die ‚besonderen Gewürze' verdampften. Übrig blieb eine Suppe, die nur noch nach Ziegen, Schafen und Schweinen roch, von Schulkinderlärm um die Mittagszeit brodelte und die aufdringliche Nähe durchziehender Sekundarschüler und unwillkommener Gäste ausdünstete. Eine Suppe, die dem überreizten Magen des Gemüts einer *fraternal* Mitte Vierzig, einer *midlife-crisis*-infizierten Seelenschleimhaut mit, *last not least*, auch ehelich bedingten Geschwüren, nicht mehr zuträglich war. So rundet sich das Stimmungsbild. (Und so kann eine Metapher ausarten, wenn man nicht vorsichtig mit zwei spitzen Fingern, sondern dreist und plump mit ganzer Hand nach ihr greift.)

Das Schwellenjahr im Regenwald mit allem ‚ohne' hatte gemacht, daß eine Tutorin und Ehefrau nicht bis zum Ende auszuharren gewillt war, sondern ein Jahr vor der endgültigen Rückkehr nach

Europa einem fernen Leuchten folgend ins Grasland zog. Was einer Erwartungsvollen daselbst harrte, mag ein kurzer Ausblick überfliegen – das Jahr in Mbebete, das staubrosenrote, das wunderbare unter dem Harmattan.

Es begann mit Verstimmung. Ein Ehemann, der sich zwar einsichtig zeigte, dem Sieben-Sachen-Packen und mit dem Landrover Davonrollen nichts in den Weg legte, gab dennoch durch moroses Schweigen zu verstehen, daß diese Lösung der Probleme ihn nicht heiter stimmte. Auf ausdrückliches Ersuchen bereit, die Ehefrau zu begleiten, verweigerte er sich gleichwohl dem ersten Besuch am Bitu-Berg. (Es waren handgeschriebene *Dogmatic Notes* zu übergeben.) Diese nach eigenem Rezept angerührte Graslandsuppe sollte vom ersten bis zum letzten Löffel auslöffeln, wer sie sich eingebrockt hatte. So begann das Abenteuer gewissermaßen ohne ausdrücklichen ehelichen Segen.

Die beiden Stübchen in Mbebete, von einer freundlichen Schweizer *fraternal* zur Verfügung gestellt, wurden wohnlich eingerichtet mit Büchern, Bildern, Festgewändern und Musik aus einem neuen kleinen Kassettenrekorder. Erste Wanderungen erkundeten die Umgebung; auch die Menschenlandschaft mußte zur Kenntnis genommen und das Wohlgefühl inmitten der Idyllik eines hauswirtschaftlichen Campus unter säuselnden Eukalyptusbäumen, mit Blumenrabatten und Rosen vor den Fenstergittern – weißen Mbebete-Rosen – genossen werden. Die Muse ließ sich vorerst nur selten sehen.

In dieses Idyll schlug im November wie ein Blitz die briefliche Nachricht, daß die Mutter, keine drei Monate nach dem gemeinsamen Kuraufenthalt im Oberbayrischen, sich einer Operation unterziehen mußte. Sie war im Krankenhaus. Und die Tochter war in Afrika. In Bamenda gab es damals noch keine öffentliche Möglichkeit, nach Übersee zu telefonieren. Man mußte bis in das

400

80 km entfernte Bafussam fahren, um dort in einem bestimmten Hotel ein Telefongespräch nach Europa führen zu können. Das waren die ersten staubumwölkten Überlandreisen mit Taxis, angstvoll verkrampft, in dumpfer Ratlosigkeit, daraus langsam ins Bewußtsein stieg, daß das Unerwartete einer Mahnung gleichkam, den aufkeimenden Wunsch, länger als ein Jahr im Grasland zu bleiben, zu unterdrücken. Die Mutter erholte sich; sie wartete auf die Rückkehr der Tochter. Von Sorgen fürs erste frei, konnte ein rundes Jahr zwar nicht, aber wenigstens sieben Monate lang, von Dezember 1982 bis Juni 1983, das selbstgestrickte Graslandglück stattfinden.

Da waren zum einen die wohlbedachten sieben Besuche am Bitu-Berg, zu Fuß zwanzig Kilometer quer durch die Felder nur einmal, die anderen Male auf dem Umweg über Bamenda mit Taxi. Die *Dogmatic Notes* ergaben einen lockeren Vorwand; eine Gastpredigerin war willkommen, und wo der Berg in eine wellige Hochfläche überging, gab es einen Kratersee, der eines Wanderausflugs im April wert erschien. Es gab ein gewisses Maß an Gastlichkeit mit Übernachtungsmöglichkeit in dem bescheidenen Pfarrhaus am Bitu-Berg, und es gab Pläne…

Zum anderen wurden im Januar 1983 mit Überlandtaxis zwei große, mehrtägige Rund- und Besuchsreisen unternommen, um ehemalige Studenten in ihren Gemeinden zu besuchen. Es führte weit herum; es geriet in Grenzgegenden und kalte Nächte unter offenem Gebälk. Ein bescheidenes Abenteuer war um den Weg; es holperte auf dem Rücksitz eines Motorrads durch die Elefantenberge im Nordwesten und fühlte sich seltsamlich erhoben.

Zum dritten ergab sich im Februar die zweite Reise nach Mbe. Das rotgelb gewundene Band einer Straßentrasse, in kürzester Zeit und wie durch ein Wunder aus Spendengeldern entstanden, war zu bestaunen; ein Berg zu besteigen, Reis zu worfeln in den

Feldern am Fluß und zu träumen allein in einem Häuschen mit grünen Läden vor den Fensterhöhlen. Beim Abschied waren viele Geschenke entgegenzunehmen – gewiß nicht umsonst.

Aus alledem ergab sich wie von selbst der Besuch der Muse. Sie schrieb zwar zunächst nur Konzept ins Tagebuch, euphorisch und entsprechend verworren. (Mußten nicht zudem die *Dogmatic Notes* zu Ende geschrieben werden, um dem Dasein ein Minimum an Rechtfertigung zu verschaffen?!) Die Graslandmuse aber, von Tagebuch und schöner Seele gleichermaßen Besitz ergreifend, sie kam immer wieder, freilich auch nicht umsonst. Sie mußte gewissermaßen bestochen werden mit dem Plan, ein großes Haus zu bauen in dem kleinen Dorf und dafür eine Menge an Mitteln bereitzustellen. Es mußte weitergesponnen und geknüpft werden an dem Faden, dem Band, dem Seil, das so magisch nach Mbe zog; ein dritter Besuch in naher Zukunft, nach ein, zwei Jahren in fremdgewordener Heimat, drängte sich herbei.

Die Muse, bescheiden im Hintergrunde zunächst, sodann auf lange Jahre hin immer wieder abgelenkt durch Allotria, sie kam und blieb. Sie blieb treu auf ihre Weise, bald düster verschüchtert und ihrer selbst nicht ganz sicher, bald anmaßend selbstbewußt nach Art romantischer, also verkannter Genies. Inzwischen, eingependelt in einer graugoldenen Mitte, spinnt sie Seite um Seite über den Bildschirm, imstande, eigenen Maßstäben und Ansprüchen annähernd gerecht zu werden.

Das Jahr im Grasland, der Sog des fernen Leuchtens, der hinauf zog in die Berge von Mbe, er löste und erlöste die Muse gewissermaßen aus dem schwarzen, dem introvertiert anmutenden Felsen in einem Hohlweg, der Jahre zuvor, mitten im Regenwald, auf einem bunten Bildchen in einem Missionsblättchen zu sehen gewesen war. Ein schwerer dunkler Stein, fast rund und festgewurzelt dicht am Rande, wo es hinabgeht ins Tiefe; ein Felsen, in welchem es zu träumen schien und der träumen machte – wovon? Vielleicht von Lida-Glück der nächsten Nähe, darin Landschaft und Seele einander umarmten...

So also ist es gekommen, daß ein Vierteljahrhundert nach jenem Jahr im Grasland ein Gewebe aus Erinnerung und Tagebuchnotaten sich über den Bildschirm spannt und durch den Drucker surrt. Das Gewebe weitläufiger, aus Episoden und Stimmungen hin- und hergezogener Erinnerungen an ein Schwellenjahr, erweitert durch einen Überblick über das letzte Jahr im Regenwald und einen Ausblick auf das ferne Leuchten. Ein Gewebe aus Beschreibbarem an nachkolonialem Idyll, gefolgt von Wahrnehmungen des Verfalls; an Reisebildern und Nachdenklichkeiten hinsichtlich des Daseins einer Fremden in fremdem Lande zum Zwecke des Übermittelns von abendländischen Bildungsgütern im Umkreis christlichen Daseinsverständnisses an lern- und eigenwillige Söhne Afrikas aus Regenwald und Savanne.

Das Schwellenjahr im Regenwald stellt sich im Rückblick dar als ein Prolog zu allem, was mancherlei Enttäuschungen der Jahre in Afrika überdauerte. Es war Stolperstein und Stufe zu einem Landschafts- und Sinnerlebnis, das Spur und Abglanz hinterlassen hat bis in diese späten Tage und Jahre.

*

Von der selben Autorin:

Helgard Balz-Cochois
Fufu und Vergißmeinnicht
Die Afrika-Rundbriefe der Frau des Feldforschers
BoD Norderstedt 2006